예술이
꿈꾼
러시아
혁명

예술가들은 혁명과 어떻게 만났는가
예술은 혁명을 어떻게 구현해냈는가

이강은
최진희
조규연
최종술
박선영
이형숙
김홍중
김혜란
윤영순
임혜영
박혜경
변현태
이규영
이득재
김수환
오원교
신혜조
이지연
채혜연
이승억

예술이
꿈꾼
러시아
혁명

한길사

The Russian Revolution that Art Dreamed of

by Korean Association of Rusists

Published by Hangilsa Publishing Co., Ltd., Korea, 2017

"저항하기 위해 이 세상에 왔다."

• 막심 고리키

러시아혁명과 사건들

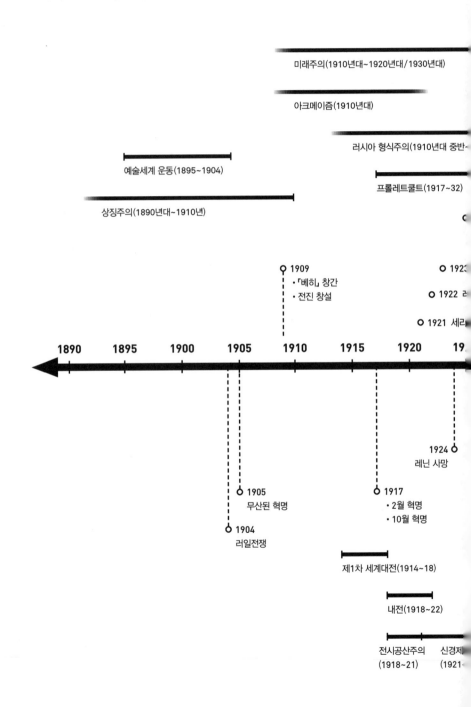

미래주의(1910년대~1920년대/1930년대)

아크메이즘(1910년대)

러시아 형식주의(1910년대 중반~

예술세계 운동(1895~1904)

프롤레트쿨트(1917~32)

상징주의(1890년대~1910년)

1909
• 「베히」 창간
• 전진 창설

1923

1922 러

1921 세리

1890　1895　1900　1905　1910　1915　1920　19

1924
레닌 사망

1905
무산된 혁명

1917
• 2월 혁명
• 10월 혁명

1904
러일전쟁

제1차 세계대전(1914~18)

내전(1918~22)

전시공산주의　신경제
(1918~21)　(1921~

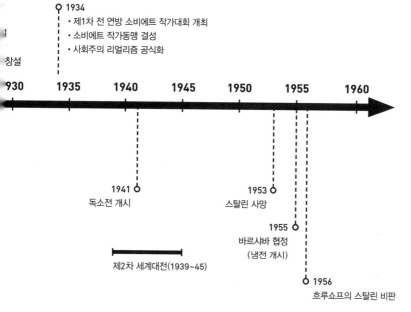

사회주의 리얼리즘
(1934~91)

「학 영역에서 당 정책」 발표
P) 창설

창설

○ 1934
• 제1차 전 연방 소비에트 작가대회 개최
• 소비에트 작가동맹 결성
• 사회주의 리얼리즘 공식화

930   1935   1940   1945   1950   1955   1960

1941 ○
독소전 개시

1953 ○
스탈린 사망

1955 ○
바르샤바 협정
(냉전 개시)

1956
흐루쇼프의 스탈린 비판

제2차 세계대전(1939~45)

차 5개년 계획
8~32)

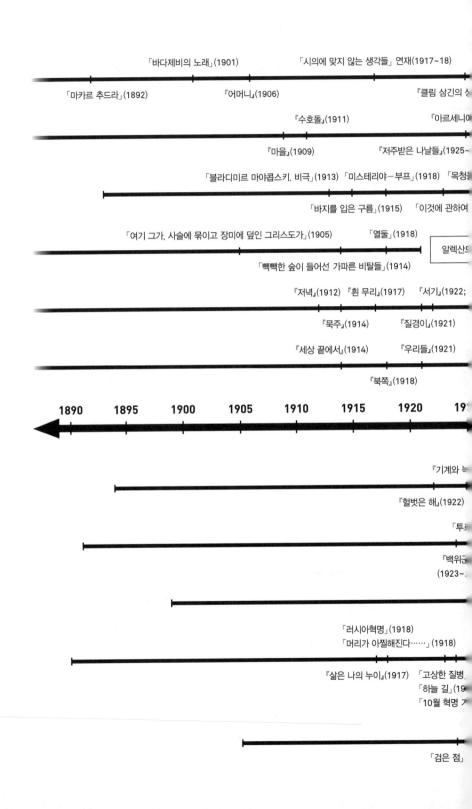

「바다제비의 노래」(1901)　　　　　「시의에 맞지 않는 생각들」 연재(1917~18)

「마카르 추드라」(1892)　　　　「어머니』(1906)　　　　　　『클림 삼긴의 삶

『수호롤』(1911)　　　　　　『아르세니아

『마을』(1909)　　　　『저주받은 나날들』(1925~

「블라디미르 마야콥스키. 비극」(1913)「미스테리야—부프」(1918)「목청

「바지를 입은 구름」(1915)　「이것에 관하여

「여기 그가, 사슬에 묶이고 장미에 덮인 그리스도가」(1905)　　「열둘」(1918)

알렉산드

「빽빽한 숲이 들어선 가파른 비탈들」(1914)

『저녁』(1912)『흰 무리』(1917)『서기』(1922;

『묵주』(1914)　　『질경이』(1921)

『세상 끝에서』(1914)　　『우리들』(1921)

『북쪽』(1918)

1890　1895　1900　1905　1910　1915　1920　19

『기계와 늑

『헐벗은 해』(1922）

「투

『백위군

(1923~

「러시아혁명」(1918)
「머리가 아찔해진다……」(1918)

『삶은 나의 누이』(1917)　「고상한 질병
　　　　　　　　　　　　「하늘 길」(19
　　　　　　　　　　　　「10월 혁명 가

「검은 점」

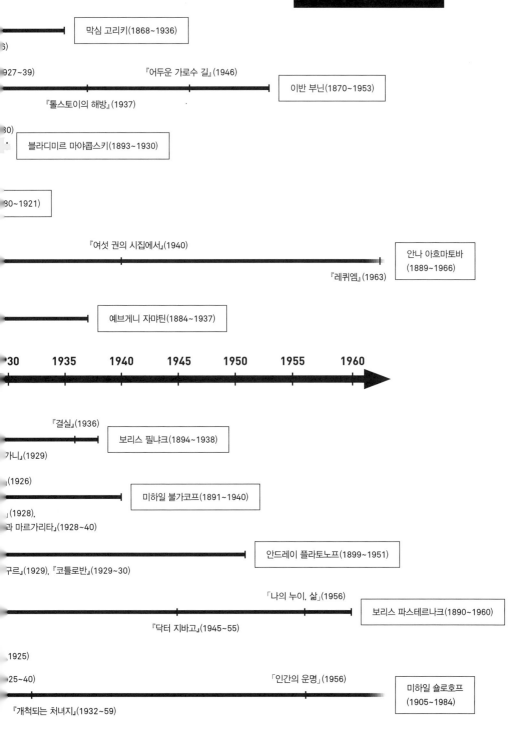

러시아혁명과 작가들

막심 고리키(1868~1936)

6)

927~39) 『어두운 가로수 길』(1946) 이반 부닌(1870~1953)

『톨스토이의 해방』(1937)

80)

블라디미르 마야콥스키(1893~1930)

80~1921)

『여섯 권의 시집에서』(1940) 안나 아흐마토바
(1889~1966)

『레퀴엠』(1963)

예브게니 자먀틴(1884~1937)

30   1935   1940   1945   1950   1955   1960

『결실』(1936)

보리스 필냐크(1894~1938)

가니』(1929)

(1926)

미하일 불가코프(1891~1940)

(1928),
과 마르가리타』(1928~40)

안드레이 플라토노프(1899~1951)

구르』(1929), 『코틀로반』(1929~30)

「나의 누이, 삶」(1956)

보리스 파스테르나크(1890~1960)

『닥터 지바고』(1945~55)

1925)

25~40) 「인간의 운명」(1956) 미하일 숄로호프
(1905~1984)

『개척되는 처녀지』(1932~59)

러시아 예술가들의 삶과 마주하다

· 이 책을 내면서

2017년, 러시아혁명은 100주년을 맞이했다. 러시아혁명으로 건설된 최초의 사회주의 국가는 한 세기도 견디지 못하고 과거가 되었다. 그렇지만 러시아혁명이 가져온 세계사적인 변화 그리고 우리 한국사회에 미친 영향은 부인할 수 없는 역사적 사실이다. 전제주의와 노예제 같은 농노제도가 가장 오랫동안 잔존했던 러시아에서 사회적 진보와 과학기술의 발전은 지식인의 오랜 염원이었다. 그러한 맥락에서 전통적으로 러시아지식인은 자신의 개인적 삶과 공동체의 운명을 동일시하며 사회적 발언과 행동에 적극적으로 나섰다. 따라서 1917년 2월 혁명은 러시아지식인 전체가 맞이한 역사의 필연적 과정이었으며 알렉산드르 블로크 같은 시인에게는 '세계정화의 불'로 여겨졌다. 그러나 이어진 10월 혁명은 러시아지식인을 셋으로 나눴다. 소비에트 정부에 적극적으로 동참하는 지식인과 국외망명을 택한 지식인 그리고 이데올로기적으로는 공감하지 못하지만 러시아를 떠날 수 없어 '국내망명'을 선택한 지식인까지. 이 선택은 그들의 삶을 상상 이상으로 바꾸어놓았다.

이 책은 막심 고리키에서부터 이반 부닌, 보리스 파스테르나크, 안나 아흐마토바, 미하일 불가코프, 미하일 숄로호프에 이르기까지 삶과 예술 면에서 정치적으로도, 미학적으로도 다양한 궤적을 그린 예술가들의 이야기를 담았다. 또한 아방가르드 예술론, 형식주의, 사회주의 리얼리즘 등 혁명의 지평을 넓힌 예술론과 예술운동을 당대의 구체적인 예술적 상황과 정치사회적 역학관계 속에서 역동적으로 조명한다. 러시아혁명 이후 새로운 문화건설이라는 당대의 필요를 고려하는 동시에 예술적 불멸을 모색한 발레, 미술, 음악, 건축, 연극에 대한 글도 독자와 만나길 기다리고 있다.

지난 3년간 한국러시아문학회는 2017년 러시아혁명 100주년을 기념하기 위해 국내의 대표적인 러시아 문학·문화·예술 전공자들이 참여하는 대규모 공동 학술연구를 기획하고 준비했다. 러시아혁명과 관련된 기존 연구들이 주로 정치와 역사 분야에만 편중됐고, 문학 분야에 대한 연구도 일부 작가만을 연구대상으로 삼았다면, 이 연구는 러시아혁명 전후(前後)의 문화 전반을 다룸으로써 혁명으로 탄생한 구체적 삶의 일상과 인간의 내면 풍경까지 다룰 수 있었다. 저자들은 1917년 러시아혁명에 대해 당시 예술가들이 어떠한 생각과 고민을 품었으며 그 고민이 작품 및 문학활동 또는 관련 사회활동 모두에 어떤 방식으로 반영되었는지를 생생하면서도 입체적으로 그리려고 노력했다. 저자들은 각 분야의 전공자들로 기존의 연구자료를 바탕으로 최근 20년간 새롭게 공개된 러시아혁명 당시의 기록과 문서들을 참고하고 최신의 연구결과를 담아내 학술적 측면에서 새로움을 담으려 노력했다. 또한 기존 연구서들이 어려운 용어나 문체 등으로 독자에게 쉽게 다가가지 못했던 과거의 경험을 고려해 학술적 깊이는 유지하면서도 대중적인 문체로 기술하려고 노력했다. 무엇보다 거대서사 속에 자칫 가려질 수 있는 개인의 모습을 오롯이 보여주어 독자들이 러시아작가들의 삶에 '자신'을 대입해 상상해보고 곱씹어볼 수 있도록 했다.

여러 번에 걸친 회의를 통해 기획연구의 의미와 방향을 논의하고 저자들의 글을 모두 읽고 일일이 귀한 조언을 해주신 김수환(한국외국어대학교), 김정일(경북대학교), 박혜경(한림대학교), 변현태(서울대학교), 서상범(부산외국어대학교), 이규환(대구대학교), 이지연(한국외국어대학교), 이형숙(고려대학교), 심성보(건국대학교), 오원교(경기대학교), 이강은(경북대학교), 이기주(안양대학교), 이명현(고려대학교), 최정현(성균관대학교), 최종술(상명대학교), 최진희(안양대학교) 선생님께 진심으로 감사드린다. 그리고 스무 명에 달하는 저자의 글을 꼼꼼하게 교정보고 편집하느라 현장에서 애써주신 한길사 편집부에도 감사드린다. 마지막으로 요즘처럼 출판계가 어려운 상황에서도 본 연구의 뜻에 공감해주시고 출판을 결정해주신 한길사 김언호 대표님께도 깊은 감사의 말씀을 전한다.

2017년 11월 7일
한국러시아문학회

예술이 꿈꾼 러시아혁명

1 ——————— 혁명의 목소리와 문학

일러두기

1. 『예술이 꿈꾼 러시아혁명』은 한국러시아문학회 소속 학자 20명이 쓴 글 22편을 엮었다. 학술지 등에 발표된 몇몇 글은 내용을 좀더 다듬거나 보완해 싣고 출전을 미주에 밝혔다.

2. 인명, 지명, 단체명 등은 외래어표기법에 따라 표기했으며, 인명 병기 시 부칭(父稱)은 쓰지 않았다.

3. 책명, 잡지명 등은 『 』으로 표시하고 단편소설, 논문명, 시 제목 등은 「 」으로 표시했다.

4. 인용문 중 글쓴이가 보완하거나 수정한 내용은 〔 〕으로 표시하고, 그 밖의 보충 설명은 (―글쓴이)로 표시했다.

1

혁명의 목소리와 문학

"실로 위대하고, 실로 고통스러운 이 전환의 시대
모든 교차로마다 어떤 짙은 어둠이,
우리가 내내 열렬하게 기다리는, 우리가 두려워하는,
우리가 희망을 거는 사건들의 저 먼 어떤 적자색
노을이 숨어서 우리를 기다리고 있다."

• 알렉산드르 블로크

이강은 경북대학교·러시아문학

혁명의 패러다임, 경계 또는 그 너머

막심 고리키

고리키는 있었는가

'고리키는 있었는가?' 드미트리 비코프(Dmitrii Bykov, 1967~)가 막심 고리키(Maksim Gor'kii, 1868~1936) 전기를 새롭게 쓰면서 던진 질문이다.

비코프는 민중 출신이라는 초기 신화에서부터 '혁명의 바다제비' (Burevestnik revolyutsii)라는 중기 이후 신화,[1] 나아가 사회주의 리얼리즘의 창시자라는 후기 신화에 이르기까지 고리키에게 찍힌 다양한 이데올로기적 낙인과 1990년대부터 이뤄진 정반대의 극단적 평가절하를 모두 비판하며 고리키 문학의 진정한 의미를 복원하기 위해 새로운 접근을 시도한다. 비코프는 고리키의 문학이 "주체의 힘과 문화를 결합하고, 인간성과 결단력 있는 행동을 결합하며, 자유로운 의지와 고난을 함께 감수해내는 새로운 인간 유형(그런 인간 유형이 없이는 인류가 존재할 수 없는)을 추구하고 있다"라고 말한다. 물론 이전의 연구들도 고리키에게서 이런 인간 유형을 확정해내고자 했다. 하지만 비코프의 주장에 따르면 고리키는 "이런 인간 유형의 신뢰할 만한 유형을 우리에게 선사하지 못한다. 다만 그를 위해 되지 말아야 할, 있어서는 안 될 유형에 대해서는 충분하게 이야기해준다."² 따라서 오늘날에도 고리키의 삶과 문학의 진정한 모습을 다시 읽을 필요가 있다고 주장하며 비코프는 "고리키는 있었다"³라고 답한다.

비코프의 이런 수사 자체는 새로운 것이 아니다. 21세기 들어 고리키에 대한 연구는 단순한 폭로나 옹호의 경향을 극복해가고 있기 때문이다. 다만 비코프의 질문은 이 새로운 연구경향을 가장 적절하게 시사적으로 압축하고 있다. '고리키는 있었는가'라는 표현은 '소년은 있었는가'라는 『클림 삼긴의 생애』(1925~36)의 한 모티프에서 따온 것⁴으로 파벨 바신스키(Pavel Basinskii, 1961~)가 쓴 고리키 전기의 부제도 '소년은 있었는가'일 정도로 고리키 해석에 대한 새로운 알레고리로 최근 많이 활용되고 있다.⁵

고리키의 존재와 문학은 러시아혁명 패러다임의 대립적 자장이 가장 극적으로 작동한 무대로서 혁명 패러다임과 문학의 동적 상호관계를 보여주는 가장 좋은 실례다. 고리키 문학은 그 시작부터 격렬한 논쟁의 대상이었고, 혁명 과정과 소련 시절 그리고 소련이 몰락한 이후까지 마치 진자의 양쪽 끝을 오가듯 평가의 양극을 달렸다. 이때 혁명과 어떤 관련을 맺었는지, 혁명에 대한 태도는 무엇인지가 고리키 문학에 대한 평가의 가장 중요한 기준이었다. 이러한 상황에서 그의 문학이 항상 일정한 과장과 극단적 폄하에서 자유로울 수 없었던 것은 당연했다. 혁명 패러다임은 고리키에게 최고의 명예를 수여했을 뿐아니라 최악의 불명예를 덧씌우기도 했다는 점에서 그는 혁명 패러다임의 최대 수혜자이자 최대 수난자였던 셈이다.

고리키는 혁명 패러다임이 자신에게 부와 명예를 가져다주었는데도 적어도 무비판적으로 그에 편승한 작가는 아니다. 그는 가능한 스스로의 생각과 판단에 기초해 자신의 길을 지향했는데, 그런 노력은 적대적인 진영과의 통합과 화합 도모나, 혁명 패러다임에 대한 강력한 저항과 비판으로 나타나기도 했다. 세계와 인간, 사회에 대한 새로운 문제의식으로 가득한 후기의 문학적 모색들도 바로 그러한 노력의 일관성을 보여주고 있다.

고리키가 혁명 패러다임과 관련을 맺는 양상은 대략 네 시기로 나누어 살펴볼 수 있다. 첫 번째는 1892년부터 1905년까지 당대 러시아 사회의 혁명 패러다임과 접목해가는 시기다. 이 시기 고리키 문학은 혁명 패러다임으로 수렴되어 해석되면서 고리키는 혁명문학가로 신화화된다. 두 번째는 1905년부터 1913년 무렵까지 혁명 패러다임을 이론적으로 수용하고 그 논리에 따라 적극적으로 움직이는 시기다(물론 이런 판단은 항상 상대적인 의미에서다). 세 번째는 1913년부터 1921년까지 자신이 수용한 패러다임을 구체적 현실에 적용하며 문화 패러다임으로 변환하는 전환기다. 마지막 네 번째는 1921년부터 1936년까지 자신이 수용하고 해석하고 변환했던 패러다임을 비판적으로 성찰하고 새로운 패러다임으로 나아가는 탈-패러다임 시기다.[6]

맨발의 부랑자에서 혁명의 신화 속으로

고리키의 초기 단편소설들은 대부분 당시 보샤키[7]로 불리던 부랑자들을 다루고 있다. 19세기 말 러시아 농촌이 해체되면서 러시아를 떠도는 많은 부랑자가 양산되는데, 이들은 아직 산업 프롤레타리아로 편입되지 못한 이를테면 룸펜 프롤레타리아였다. 「마카르 추드라」(1892)나 「첼카시」「이제르길리 노파」를 비롯한 많은 단편소설에서 고리키는 이 부랑자들의 삶과 운명, 갖가지 체험과 사건을 그려낸다. 이를테면 항구에서 빈둥거리며 살아가는 첼카시는 돈을 벌기 위해 농촌을 떠나온 가브릴라와 함께 도둑질을 한다. 그는 매일 소처럼 짐이나 나르는 하역인부들을 비웃고, 관리나 경찰을 전혀 두려워하지 않는다. 첼카시는 도둑질에 대해 어떤 윤리적·양심적 가책도 느끼지 않는 맹수 같은 사내지만, 돈 때문에 자기를 돌로 치는 가브릴라와 달리 돈에 대해서만큼은 아주 초연하고 대담하다. 고리키는 이 인물을 일종의 초인처럼 낭만적으로 채색하고 있다. 이런 인물형은 동족을 위험에서 구해내기 위해 자신의 불타는 심장을 꺼내 보이는 신념에 찬 지도자 단코(『이제르길리 노파』에 등장하는 전설 속 인물)에게서 극적으로 상징화되며 혁명의 알레고리로 사용된다.

잘 알려져 있다시피, 고리키는 어린 시절 부모를 여의고 외조부모 슬하에서 자랐는데, 외조부 집안이 몰락해버려 열 살 때부터 넝마주이, 가게 심부름꾼, 접시닦이, 야간경비 등 하층계급의 일을 전전하며 생계를 유지해야 했다. 그런 중에 삶의 의미를 고통스럽게 되묻게 된 그는 러시아 곳곳을 방랑하며 수많은 사람을 만나고 최하층의 삶을 다양하게 체험한다. 이런 이력의 사람이 혜성처럼, 게다가 '가장 고통스러운, 가장 쓰라린'이라는 의미의 '막심 고리키'라는 필명[8]으로 문단에 등장했을 때, 많은 지식인 문학가가 얼마나 당황하고 얼마나 신기해했을지 상상하기란 그리 어렵지 않다. 더구나 러시아 문학에서 그때까지 결코 주역이 되지 못했던 부랑자들을 전혀 새로운 시각에서 주인공으로 부각시킨 단편소설들이 대중에게 엄청난 인기를 불러일으키면서 고리키는 신기함과 호기심의 대상이기를 넘어 경이로움 그 자체가 된다. 이런 분위기에서 그는 문단에 등장한 지 10년도 채 되지 않아 당대에 여전히 활동하고 있던 레프 톨스토이(Lev Tolstoi, 1828~1910)와 안톤 체호프(Anton Chekhov, 1860~1904)을 훨씬 능가하는 대중적 인기와 세계적 명성을 누리게 된다.[9]

문제는 이러한 고리키 현상을 수용하는 당대의 혁명 패러다임이다. 침체를 벗어나 1890년대부터 다시 활발해진 러시아 지성계는 기존의 모든 것을 부정하고 무언가 새로운 변화를 갈망하고 있었다. 새로움, 혁신, 변화, 혁명 같은 단어들이 당시 러시아 정신문화를 이끌어가는 지배소였다. 새로운 것, 새로운 나라, 새로운 세계 같은 단어들은 상징주의 시의 주요한 상징대상이었을 뿐 아니라 블라디미르 솔로비요프(Vladimir Solov'yov, 1853~1900)나 니콜라이 베르댜예프(Nikolai Berdyaev, 1874~1948) 같은 종교사상가들의 그리고 '새로운' 리얼리즘의 주창자들의 지배적인 정신적 신화소였다.[10] 고리키

1900년 톨스토이(왼쪽)의 영지 야스나야 폴랴나를 방문한 고리키.
그는 문단에 등장한 지 10년도 채 되지 않아 당대에
여전히 활동하고 있던 톨스토이와 체호프를 훨씬 능가하는
대중적 인기와 세계적 명성을 누리게 된다.

와 그의 문학은 바로 이러한 분위기에 가장 적절하게 부응하는 것이었다. 민중 속에서 그대로 걸어 나온 작가, 작품 속에 그려진 사회 최하층 인물들의 적극적 행동주의, 다듬어지지 않은 거친 문체 등은 러시아 문학계가 고대하던 바로 그 새로움을 구현하고 있는 것으로 여겨졌다.

특히 혁명에 공감하는 평론가들은 고리키와 그의 작품을 민중의 자생적 혁명성과 혁명의 필연성을 확인하는 증거로 삼으면서 그것을 혁명 패러다임에 더욱 적합한 형식으로 조형해갔다. 이들은 무엇보다 보샤키를 "근로대중의 영혼이, 러시아의 부랑자 프롤레타리아의 영혼이 직접적으로 반영"[11]된 존재로, 고리키를 "프롤레타리아 작가, 보샤키 작가"[12]로 정의하고자 했다. 물론 탈계급적 보샤키와 계급을 대표하는 프롤레타리아를 구분해서 이해해야 하며, 고리키의 보샤키는 "서유럽적 의미의 프롤레타리아 같은 냄새가 나지 않는다"[13]라는 반론도 적지 않았다. 그러나 혁명 패러다임이 강화되면서 보샤키를 프롤레타리아로 해석하는 경향 또한 더욱 강화되었고, 급기야는 그러한 해석이 고리키의 작품들을 "마르크스주의를 위해 가치 있는 작품"[14]으로 만들어준다는 주장까지 등장했다. 고리키가 마르크스주의를 올바로 이해하는지, 그의 작품과 주인공의 진정한 의미가 무엇인지보다 그와 그의 작품이 혁명 패러다임 속에서 어떻게 기능하는지가 더 중요했던 것이다. 볼셰비키 당 기관지 『이스크라』(Iskra)에는 "당신의 거대한 예술적 재능은…… 자유를 위한 용감하고 공개적인 투쟁을 강력하게 호소하는 것으로서…… 당신이 주신 슬로건은 우리가 적과 투쟁할 때 도움이 되었고, 되고 있다는 점을 결코 잊지 않을 것입니다"[15]라는 글이 게재되기도 했다. 즉 고리키의 재능은 예술성에 앞서 정치적 목적과 효용성에 따라 평가되었던 것이다.

이처럼 초기 고리키 문학에 대한 평가는 점차 혁명 패러다임의 한쪽 극점으로 수렴되어 갔다. 그에 따라 초기 문학의 다양한 특성들,

즉 니체 미학의 변용과 아나키즘적 성격, 보샤키의 개인주의적이며 낭만주의적인 성격, 자유로우면서 다면적인 작가의 모습[16]은 점차 비평의 시야에서 사라져갔다. 정치적·이념적 신화화가 시작된 것이다.

그러나 고리키 문학이 이러한 패러다임에 정확하게 부합하는 것은 아니다. 앞서 말했듯이 보샤키를 과연 프롤레타리아로, 아니 적어도 그 전단계인 룸펜 프롤레타리아로 이해할 수 있을 만큼의 사회심리나 행동방식이 고리키 문학에서 드러났는지는 쉽게 단언할 수 없는 문제다. 더구나 고리키가 보샤키를 다루고 있는 시각은 계급적 관점이라고 하기에는 너무나 개인주의적이고 낭만적이며 무이념적이다. 당대 저명한 인민주의 비평가였던 미하일롭스키조차 고리키의 보샤키 문학이 이념적이거나 조직적인 혁명활동에 집중하기보다 개인적·내적 자유를 우선하는 위험한 데카당적 감수성을 보여준다고 우려를 표한 바 있을 정도다. 이런 점에서 고리키 초기 문학이 니체의 초인주의적 이념에 가깝다거나,[17] 극단적 주관주의와 냉소주의, 몰도덕주의에 젖어 있다는 당시의 일부 평가나 현대의 재해석이 더욱 진실에 가깝다고 할 수 있다.

이 시기 고리키 문학에 나타나는 다양하고 모순적인 요소들은 종종 이중성 또는 모순성이라는 개념으로 이해된다. 그것은 예술가로서의 고리키와 정치평론가로서의 고리키를 분리해 고찰하는 코르네이 추콥스키(Kornei Chukovskii, 1882~1969)의 명제에서 기원하는 것일 터인데, 그는 일찍이 『막심 고리키의 두 영혼』[18]에서 고리키의 예술작품에는 이론적이고 정치평론적인 세계관이 아니라 모순적이고 복합적인 영혼이 공존한다고 지적한 바 있다. 이후 많은 연구에서 고리키의 모순적 이중성이라는 테제가 자주 활용되었는데, 이는 현대에 이르러 단순한 대립적 이중성을 넘어 다음성성이나 대화성이라는 테제로 발전하기도 한다. 이러한 이중성 또는 다원성 테제들은 초기 고리키 문학에 대한 단순한 신화화를 비판하며 더욱 다원적인 이해를 도모하고 있다.

아울러 서사분석을 통해 작가의 목소리와 주인공의 목소리 차이를 분석하는 최근의 시도들도 고리키 초기작품의 내용을 특정한 이념으로 단순화하는 신화화의 함정을 극복하려는 중요한 시도 중 하나다. 이런 접근은 보샤키와 작가의 이념적·정서적 관계를 새롭게 고찰하고,『밑바닥에서』나『고백』『세 사람』『포마 고르데예프』 등에 나타난 고리키의 작가적 태도를 신화화한 기존의 해석을 해체하며, 새로운 시학적 측면들을 밝혀내고 있다. 이러한 연구들은 이 시기 고리키 문학이 혁명 패러다임을 수용하고 강화하는 신화소 자체를 지니고 있는 것은 사실이지만, 단순한 신화화에 매몰되지 않고 혁명 패러다임 자체를 넘어설 수 있는 폭넓은 가능성을 지니고 있다는 점을 거듭 확인해준다.

물론 혁명 패러다임이 고리키를 성장시킨 중요한 계기가 되었다는 점도 결코 부인할 수 없는 사실이다. "저항하기 위해 이 세상에 왔다"[19]라고 스스로를 규정했던 것처럼 고리키는 당시 러시아 현실에 대해 거의 본능적일 정도로 저항적 태도를 취했다. 다소 막연하고 추상적인 고리키의 이런 저항성을 더욱 구체적이고 현실적인 방향으로 추동한 것이 바로 혁명 패러다임이다. 이를테면 민중의 계몽과 각성을 도모하기 위해 시작한 출판문화 사업이 한 사례다. 동인 체제로 운영되던 출판사 즈나니에(Znanie)를 인수한 고리키는 출판혁명에 가까울 정도의 혁신을 수행한다. 문학에 국한하지 않고 정치, 경제, 과학 등 다양한 분야에서 값싼 보급판 도서를 만들어 엄청난 인기를 끌었고, 모든 수입을 저자에게 돌려주었으며, 수많은 무명작가를 발굴해 지원을 아끼지 않았다. 당시 즈나니에의 작가들은 다른 출판사보다 두세 배 많은 인세를 받았고, 심지어 월급제로 지원받기도 했으며, 오늘날 연구년에 해당되는 선지원제도의 혜택을 누리기도 했다. 이반 부닌(Ivan Bunin, 1870~1953)이나 레오니트 안드레예프(Leonid Andreev, 1871~1919) 같은 작가들이 바로 이러한 혜택 속에서 성장했다는 것은 잘 알려진 사실이다. 또한 고리키는 동명의 잡지『즈나니에』를 발행하며 이념적 태도나 창작경향과 무관하게 가능한 모든 문학인에게 지면을 할애해주기도 했다. 이렇게 구체적이고 실천적인 경험을 축적한 고리키는 정치적·이념적 혁명 패러다임보다 문화 패러다임이 중요하다는 것을 체감하고 그에 입각한 활동을 해나가기 시작한다. 다시 말해 혁명 패러다임이 그에게 강력한 영향을 미치고 폭발적 인기를 가져다주었지만, 그는 그 패러다임이 요구하는 행동방식이나 이념을 기계적으로 수용하기보다 스스로 새로운 문화적 실천의 길을 모색해나갔던 것이다. 사실 그 당시 혁명진영은 문화 사업이나 문화·예술 영역에서 핵심적 역할을 수행할 형편이 아니었고, 정치논리를 직접적으로 대입하는 수준이었기 때문에 고리키의 새로운 활동과 그 대대적인 성공은 혁명 패러다임의 다원화와 구체화에 적지 않게 이바지하는 것이었다.

혁명적 실천과 이론적 자기화

1905년 망명길에 오른 고리키는 혁명을 위한 재정모금 활동의 하나로 미국을 방문하고 최종적으로는 이탈리아에 정착한 뒤 당(黨)활동가들과 더욱 적극적으로 교류한다. 이탈리아 카프리섬에서는 알렉산드르 보그다노프(Aleksandr Bogdanov, 1873~1928), 아나톨리 루나차르스키(Anatolii Lunacharskii, 1875~1933) 등과 힘을 합쳐 학교를 세우고 러시아 문학과 문화에 대해 강의하는 등 교육문화 활동에 적극적으로 참여한다.

이 시기 고리키는 초기보다 뚜렷한 목적을 품고 그리고 더욱 체계적인 이론적 관점에 기초해 혁명활동에 관여한다. 망명 후 독일에서 발표한 장편소설 『어머니』(Mat', 1906)는 이러한 특징을 보여주는 대표적인 작품이다. 평범한 노동자에서 강철 같은 사회주의 혁명가로 성장하는 파벨, 그런 아들을 불안하게 지켜보면서 점차 아들을 이해하고 혁명운동에 직접 참여하게 되는 어머니 닐로브나, 이들 주변의 다양한 혁명가와 반혁명적 인물, 참담한 노동현실과 노동자의 무지한 의식,

전제정권의 가혹한 탄압과 부조리한 사법현장 등 이 작품에서 묘사되는 인물과 상황, 현실배경은 현대 노동문학의 전형적인 요소들을 두루 갖추고 있다. 블라디미르 레닌(Vladimir Lenin, 1870~1924)은 이 작품이 무의식적이고 자연발생적으로 혁명운동에 나서던 노동자들을 더욱 의식적으로 혁명운동에 동참하게 하는 시의적절한 작품이라고 평했다(제20권, 9쪽). 마르크스주의 문학비평가 루카치는 이 작품을 "진정한 서사시다운 풍부한 내용과 압도적 넓이"를 지닌 "노동계급 전위의 영웅적 투쟁에 대한 서사적 형상화"[20]라고까지 극찬했다. 이들에게 『어머니』는 신화화된 고리키의 문학적 정점이었던 셈이다.

『어머니』는 혁명 패러다임을 적극적으로 수용하고 그에 입각해 목적의식적으로 활동하기 시작한 고리키의 정신세계를 웅변하는 작품으로 전 세계 혁명문학사에 그 이름을 각인시켰다. 반면 혁명 패러다임의 다른 한 극점에서는 고리키에 대한 완벽한 반감과 적대적 의식을 불러일으킨 작품이기도 하다. 상징주의와 종교주의 문학가들은 고리키가 유물론과 사회주의를 수용하면서 그 재능이 '죽었다'고 선언하기에 이른다. 멘셰비키 진영에서도 볼셰비키 논리에 가깝다는 이유로 이 작품을 부정적으로 평가했다. 게오르기 플레하노프(Georgii Plekhanov, 1856~1918)는 고리키의 『고백』과 『어머니』의 건신주의(建神主義)[21]적 요소와 '혁명적 낙관주의'를 비판하면서 고리키가 혁명과 사회주의를 제대로 이해하지 못한다고 힐난했다. 이 작품의 문학적 가치에 대한 논쟁은 차치하더라도 이러한 비판들은 이 시기 고리키와 그의 문학이 혁명 패러다임의 몹시 예민한 경계에 놓여 있었다는 것을 말해준다.

이 시기 고리키가 혁명 패러다임에 더욱 적극적으로 개입해 들어가고 나름의 이론적 체계를 구축해갔다는 판단은 분명 상대적인 의미에서 그러하다. 다시 말하지만 고리키는 당시 지배적인 혁명 패러다임의 한 축을 따라 움직이면서도 항상 스스로 사고하고 신뢰할 수 있는 수준에서 그것을 자기화하고자 했다. 건신주의만 해도 그렇다. 고리키는『고백』을 통해 집단주의와 민중주의를 바탕으로 일종의 종교화된 사회주의에 대한 지향을 선보인 바 있다. 이런 생각은 보그다노프와 루나차르스키를 비롯한 혁명가들이 주장하는 건신주의와 연결된다. 레닌에게서 강력한 비판과 경고를 받고 일정 부분 자신의 오류를 인정했지만, 고리키가 이 사상을 완전히 포기했다고 말하기는 어렵다. 건신주의 경향이 이후에도 다양한 작품에서 지속적으로 표출되고 있기 때문이다.[22] 이런 점은 고리키가 정치적으로 볼셰비키에 가까웠다 하더라도 혁명에 대해 자신의 경험과 논리를 따라 독자적으로 사고했다는 점을 반증한다. 이러한 모색은 당대의 문화논쟁에 적극적으로 개입하면서 더욱 체계적으로 이론화된다.

1905년 이후 혁명 패러다임은 서로 대립하는 다양한 이념을 따라 급격하게 분화된다. 이전까지 구체적인 정치적 전망과 무관하게 대체로 많은 지식인이 혁명의 당위성에 공감과 지지를 보냈다면, 혁명의 현실적 전개양상을 체험하면서 그들은 이제 더욱 구체적이고 현실적으로 사고하지 않을 수 없게 되었다. 일군의 지식인은 더욱 극단적이고 정파적인 태도를 선택했고, 또 다른 지식인들은 정치적 혁명에 반대하며 더욱 보수적이고 종교적이며 민족주의적인 문화혁명에 경도되어갔다. 1910년대의 이른바『베히』(*Vekhi*) 논쟁은 바로 이런 이념적 분화 과정을 집약적으로 보여주는 사건이다. 조금씩 편차가 있지만,『베히』의 저자들은 러시아 문화의 우수성과 독자성에 기초해 서구와는 다른 독자적인 러시아 문화를 건설해야 한다고 주장한다는 점에서 대체로 민족주의적·종교주의적 관점을 갖추고 있었다.『베히』를 주도한 인물이었던 미하일 게르셴존(Mikhail Gershenzon, 1869~1925)은 민중과의 일치를 지향하는 러시아 인텔리겐치아(intelligentsiya)의 꿈은 광기에 지나지 않으며, 심지어 "총검과 감옥으로 그것을 막아주는 권력을 찬양해야 한다"[23]라는 극단적인 논리를 펼쳤다. 베르댜예프나 세르게이 불가코프(Sergei Bulgakov, 1871~1944) 등은 그렇게까지 극우적으로 전제정권을 옹호하지 않았지만, 혁명가들의 반문화적 행태, 정치선동과 폭력, 사회주의 이상 등을 맹렬하게 비판하며 새로운 종교의식의 창조를 통해 세계문화를 구원할 수 있는 러시아 문화를 부활시켜야 한다는 점에서는 의견을 같이했다.

『베히』가 촉발한 문화논쟁은 다양한 반론을 불러일으켰다. 고리키역시 『베히』의 논점에 격렬하게 반발했다. 고리키는 『베히』의 옹호자들을 매우 반동적이며 반민중적인 자들이라고 규정하고, 러시아 문화는 유럽 문화의 이성적이고 합리적인 개혁적 요소를 수렴할 때 진정한 민중문화로 거듭날 수 있다고 역설한다. 고리키는 「개인의 파괴」(1909), 「먼 곳에서」(1911~12) 같은 일련의 논문과 중편 연작소설 『오쿠로프시』 등에서 러시아 문화와 종교의 야만성과 예속성, 그것이민중에게 끼치는 부정적 영향을 지적하고, 유럽 문화의 이성성과 과학성을 적극적으로 수용할 것을 주장했다. 그는 러시아의 슬라브주의적 선민성을 주장하는 반동적이고 수구적인 논리가 러시아 문화의 부정성을 강화해 민중을 더욱 노예화한다고 날선 독설을 퍼붓는다. 문화에 대한 고리키의 관심은 이러한 논쟁 속에서 점점 독자적인 신념과 체계를 갖추어간다. 혁명 패러다임을 가장 적극적으로 수용하고실천한 시기에도 고리키는 그 패러다임을 기계적으로 수용하기보다자기 자신이 확신하는 바에 따라 독자적으로 그 내용을 보완하고 확대해갔던 것이다.

혁명을 문화 패러다임으로 이해하고 그에 입각해 자기 정체성을확보하려는 고리키의 논리는 종종 모순적으로 보이기도 한다. 사실문학가의 정치적 태도와 실제 작품에서 나타난 이념이 모순되는 경우가 드문 것은 아니다. 『오쿠로프시』의 경우, 이념적으로 러시아 사회의 변방성과 문화적 야만성을 폭로하겠다는 의도가 담겨 있는데도 많은 비평가가 "드디어 고리키가 루시를 사랑하기 시작했다"[24]라는 역설적인 평가를 내렸다. 평론가들은 러시아 사회의 잔혹함과 출구 없음을 그리고자 했던 자전적 3부작에 대해서도 러시아인의 품성과 러시아의 자연에 대한 무한한 긍정이 담겨 있다고 평가했다.[25] 반대로 농민혐오증이 있는 작가로 불릴 만큼 러시아 농민의 아나키즘과 폭력성을 부정적으로 평가한 고리키가 농민을 좀 다른 시각에서 그린 문학작품을 쓴 적도 있다. 심지어 『어머니』에서는 철의 혁명가와 어머니상을 그리면서도 예술가로서 불안한 신호를 남겼다.[26]

그러나 분명한 것은 러시아 사회와 문화를 민중적 관점에서 새롭게 또는 더욱 혁명적으로 변화시켜야 한다는 고리키의 신념과 염원만큼은 누구보다 강렬했다는 사실이다. 사회 최하층의 처지에서 절실하게 문화적 갈증을 체험했던 고리키로서는 어떤 화려한 수사나 형식논리보다 현실의 직접적 변화에 응답하는 구체적이고 실효적인 진단과 해결책을 우선시할 수밖에 없었다. 이를테면 러시아 문화의 '아시아적' 야만성과 유럽 문화의 이성을 대비시키고, 러시아는 유럽 문화의 정신으로 수렴되어야 한다는 「두 영혼」의 논리를 보면 우리는 그 편협함과 단순성에 아연실색하지 않을 수 없다. 그러나 이 논문이, 제1차 세계대전 중에 극우적인 민족주의와 슬라브주의가 정부의 전쟁 선동과 결합하면서 러시아 민중을 대단히 위험한 문화적 상태로 내몰고 있다는 심각한 위기의식의 발로라는 점, 구체적 현실인식과 간명한 대안이라는 예의 고리키식 발언이라는 점을 고려하면 외적으로 표명된 논리 그 자체만으로 고리키의 진의를 온전히 파악했다고 할 수는 없을 것이다.[27] 게다가 당시 독일 사회민주당이 제국주의 전쟁을 강력히 지지하고, 러시아의 사회주의 진영마저 독일에 대한 민족적 저항이라는 관점에서 전쟁참여를 불가피하다고 선언한 상황에서 고리키의 「두 영혼」에 표명된 반전사상 자체는 매우 선도적인 것이었으며 당시 레닌을 비롯한 볼셰비키의 국제주의적 관점과 전시상황에서의 계급투쟁론[28]을 뒷받침하는 효과도 없지 않았다.

이런 점들을 고려하면 고리키가 이 시기 혁명 패러다임을 적극적으로 내면화하면서도 문화 패러다임의 필요성을 자각하고 그것을 자기 나름의 이론으로 수렴해가고 있다는 점은 분명히 확인된다. 볼셰비키의 지속적인 견제와 비판을 받으면서도 고리키는 자신만의 독자적인 시각으로 보고 자신이 믿는 한 걸음을 내딛고자 노력했던 것이다. 물론 이 시기 고리키의 논리가 이론가로서의 일관된 체계와 구체성을 갖추고 있다고 말하기는 어렵다. 혁명활동을 지원하고 참여하고 있었지만 여전히 그는 작가였던 것이다.

『시의에 맞지 않는 생각들』과 문화 패러다임

혁명과 고리키의 관계에 대해 가장 충격적인 사실을 말해주는 것은 『시의에 맞지 않는 생각들』일 것이다. 고리키는 자신이 창간한 『신생활』이라는 잡지에 1917년 4월부터 1918년 7월 폐간할 때까지, 즉 10월 혁명을 전후해 80여 편의 글을 발표하는데, 그중 57편을 「시의에 맞지 않는 생각들」이라는 제하의 칼럼으로 발표했다. 곧바로 이 글 중 일부가 『혁명과 문화. 1917년 논문들』로 독일에서 출판되었고, 다시 일부가 『시의에 맞지 않는 생각들. 혁명과 문화에 대한 촌평』으로 러시아에서 출판되었다.[29] 이후 고리키가 두 책에 실린 글들을 합치고 빠진 글들을 첨가해 『시의에 맞지 않는 생각들』이라는 최종본으로 편집하지만 다시 출판되지는 못했다. 작가의 마지막 구상에 따라 재구성된 판본은 1990년이 되어서야 비로소 출판될 수 있었다.[30]

이 칼럼에서 고리키는 볼셰비키의 폭력성과 잔인성에 대해 날카롭고 거침없는 비판을 퍼붓는다. 레닌과 레프 트로츠키(Lev Trotskii, 1879~1940) 등 볼셰비키 지도자들은 "권력이라는 독에 중독된 자들"이자 "도덕성이 부재하고 민중의 생명을 폭군처럼 무자비하게 다루는 냉혈한"이라고 독설을 퍼붓는가 하면, 그 아래서 부화뇌동하는 프롤레타리아는 "몰상식한 주인에게 선동당해 폭력과 테러를 사용하면서 계급적 특권의식을 부르짖는"[31] 자들이라고 냉혹하게 몰아붙인다. 또한 러시아 민족은 "기질적으로 아나키스트이고, 잔혹한 짐승 같은 민족이며, 어둡고 사악한 노예의 피가 혈관을 타고 흐르는 민족"[32]이라고, 누구도 좋아할 수 없는 말들을 거침없이 쏟아낸다. 또한 그는 "사회주의 속에서 나폴레옹이 되기를 꿈꾸는 레닌주의자들은 러시아를 붕괴시키기 위해 발버둥치고" "러시아 민중은 피의 호수로 그 대가를 치르게 될"[33] 것이라고 경고한다. 이처럼 혁명과 혁명가에 대한 격렬한 비난, 프롤레타리아와 농민에 대한 신랄한 비판 때문에 소련에서 이 책은 고리키가 일시적 실수와 혼란 속에서 혁명정부의 정책을 비난했다거나, 혁명 과정을 좀더 신중하고 단계적으로 진행해야 함을 주장했다는 식으로만 언급될 수 있었다. 반면 서구에서 이 책은 혁명을 비판하고 고리키의 반혁명적 태도를 부각하기 위한 유력한 근거로 활용되었다.

그러나 이 모든 글을 전체적으로 재구성해 정말로 고리키가 제기하려 했던 문제의식을 복원해본다면, 단순히 혁명과 혁명가에 대한 비판이나 비방에 주안점을 두고 있지 않음을 알 수 있다. 고리키가 이 책에서 역설하고 있는 것은 무엇보다 먼저 러시아인의 정신적 부활과 새로운 문화건설이다.

> 무엇보다 먼저 단일한 정치 프로그램이나 정치선전만으로 새로운 인간을 양육할 수 없고, 심화되는 적의와 증오가 사람들을 완전히 야만적이고 미개한 상태로 만든다는 사실, 이 나라의 부활을 위해 조속히 집중적 문화작업이 요구된다는 사실, 그것만이 우리를 내부와 외부의 적에서 해방시켜줄 수 있다는 사실, 이런 사실을 느끼고 깨우친 모든 지식인을 아우르는 조직이 필요하다.[34]

고리키는 어떤 정치적 프로그램보다 문화의 보존과 발전, 민중의 정신적 부활을 위한 문화·예술 실천이 러시아의 가장 긴급한 당면과제라고 확신하고 있었다. 그러나 혁명 과정에서 적대적 대립과 폭력이 만연하고 적대감과 증오심이 강화되어가는 현실을 목도하면서 그는 초조와 불안을 떨쳐내지 못했다. 그가 고대하고 예상했던 혁명이 오히려 러시아 문화의 토대를 파괴하고 민중에게 야만적 본능을 조장하는 것은 아닌지 의혹을 떨쳐낼 수 없었던 것이다. 실제로 고리키의 혁명 정권에 대한 비판은 문화와 교육사업을 등한시한다는 점, 궁전이나 귀족저택 등에 있는 귀중한 문화유산과 예술품, 도서를 약탈하고 파손한다는 점, 민중을 정치적 목적에 따라 마구잡이로 동원한다는 점 등에 집중되어 있었다.

『시의에 맞지 않은 생각들』에서 고리키는 혁명 패러다임의 '시의성'을 정확하게 인지했다. 그가 이해하고 있는 한, 혁명 패러다임은 권력 장악을 위한 정치적 목적과 그에 대한 저항으로 양극화되어 있었다. 이때 양극은 서로 격렬히 대립하며 혁명 과정에서 무차별적으로 모든 것을 자기 쪽으로 끌어들이기 위해 한껏 강력한 자장을 형성했다. 그러나 고리키는 그러한 대립적 양극화가 러시아 민중과 문화에 바람직하지 않다고 판단했고, 대신 "문화건설과 인민교육을 위한 조직을 세우기 위해 온 나라의 모든 진보적 민주세력을 결합해야 한다"[35]라고 생각했다. 이런 생각은 혁명 패러다임 속에서 그가 취할 수 있는 입지를 매우 협소하게 만들었다. 혁명 패러다임에 편승하는 가장 좋은 방법은 어느 쪽이든 하나의 극점을 따라 자신의 태도를 단순화하는 것이다. 그러나 문화건설이나 인민교육을 중심에 두는 고리키의 사고는 혁명정권 수립을 제일 목적으로 삼은 혁명진영에게는 다소 한가하고 거추장스러운 태도로, 반혁명 진영에게는 일정하게 혁명을 수용하는 태도로 여겨졌다. 그들에게 고리키의 사고는 전혀 '시의에 맞지 않는 것'이었다. 칼럼의 제목을 '시의에 맞지 않는 생각들'이라고 명명한 것은 바로 이런 점을 고리키가 충분히 의식하고 있었다는 것을 말해준다.[36]

고리키는 자신의 태도가 혁명 패러다임의 양극에서 똑같이 배척당한다는 사실을 물론 잘 알고 있었다. 그는 한 칼럼에서 자신을 위험을 경고하며 짖어대지만 주인에게 이해받지 못하는 '외로운 개'에 비유한다. 주인이 짐승이기 때문에 그의 경고를 알아들을 수 없다는 것이다.[37] 그는 러시아 농민을 포함한 러시아 민중이 매우 미개하고 야만적인 상태에 놓여 있어 혁명을 올바로 수행할 준비가 되어 있지 못하다고 짖어댄다. 하지만 정치적 권력획득만을 추구하는 혁명가들은 민중을 이용하려 할 뿐이다. 따라서 러시아 민중은 그 야수적 발톱을 더욱 드러내고 가치 있는 모든 것을 파괴해가며 더욱 야만화된다. 권력자나 민중이나 모두 충견의 경고를 무시하고 있다. 이러한 외침을 보고, 고리키가 혁명과 민중을 부정적으로 대했다고 해석하는 것은 결코 정당하지 못하다. 고리키가 민중의 부정적인 측면을 부각한 것은 바로 그것을 극복해야 한다는 강렬한 의지의 표현이고, 혁명권력을 비판한 것은 혁명권력이 정상화되어야 한다는—그의 견해에 따르면 문화건설을 준비해야 한다는—충견의 경고이기 때문이다.

『시의에 맞지 않는 생각들』에는 러시아와 러시아 문화 그리고 그 혁신에 대한 고리키의 생각들이 폭발적으로 터져 나오고 있다. 고리키를 혁명문학가로 이해한 사람에게 이 글은 고리키의 반혁명적 변신으로 보일 것이다. 그러나 앞서 살펴본 바와 같이 고리키는 혁명 패러다임 속에 있으면서도 그 패러다임을 기계적으로 수용하지 않고 스스로의 사고와 판단을 통해 움직이고 활동하고자 했다. 고리키가 혁명 이전부터 볼셰비키 혁명가들과 긴밀히 교류했고, 볼셰비키 당의 유력한 재정적 후원자였다 하더라도 그것이 고리키가 볼셰비키의 혁명 정책 일반을 그대로 수용한다는 의미는 결코 아니었다. 고리키는 항상 문학과 예술 영역에서 독자적인 행로를 걸었고, 특히 러시아의 문화적 개혁과 혁명에 대한 독특한 이론을 구축해나갔다.『시의에 맞지 않는 생각들』은 고리키의 이러한 태도가 급박한 환경 탓에 더욱 집중적으로 표출됨으로써 일종의 문화혁명 패러다임으로까지 결정(結晶)되고 있음을 보여주는 증거인 셈이다.

다른 생각과 다른 어조를 찾아가는 예술적 모색

『신생활』이 폐간된 후 고리키는 볼셰비키 정권과 어느 정도 타협적 관계를 회복하고 냉담한 분위기 속에 문화·예술 보호와 복원, 문화·예술인과 지식인 지원사업에 앞장선다. 이 시기 소련의 모든 문화

·예술 정책과 기금 지원사업은 대부분 고리키의 제안을 통해 이루어 졌고 그 집행 과정도 고리키가 좌우했다. 고리키는 출판사 '전 세계 문학'을 비롯해 '예술의 집' '문학가의 집' '학자들의 집' 등을 조직해 친분이나 문학적 경향과 무관하게 가능한 모든 지식인과 문화·예술 인을 지원했다. 고리키의 보호와 지원을 받지 않은 지식인은 하나도 없었다고 할 수 있을 정도였다. 고리키와 문학적으로 결코 친하다고 할 수 없었던 시인 블라디슬라프 호다세비치(Vladislav Khodasevich, 1886~1939)도 이 시기 고리키에 대해 이렇게 회고했다.

> 아침 일찍부터 저녁 늦게까지 그의 방은 사람으로 넘쳐났다. (…) 방 문자들은 '예술의 집' '문학가의 집' '학자들의 집' '전 세계문학'의 문 제를 들고 찾아왔다. 페테르부르크와 인근 지역 문학가와 학자, 수병 과 노동자가 (…) 찾아오고, 예술가와 화가, 투기꾼, 전직 고위관료, 사교계의 귀부인이 찾아왔다. 그들은 체포된 사람이 석방되도록 도 와달라고 했고, 고리키를 통해 배급 식량과 잠잘 곳을 얻었으며, 옷 과 약품, 기름, 기차표, 여행허가증, 담배, 종이, 잉크, 노인용 의치, 신생아를 위한 우유에 이르기까지 당시 구하기 힘든 모든 것을 얻어 낼 수 있었다. 고리키는 그를 찾아오는 모든 이에게 일일이 귀를 기 울였고 수많은 추천장을 써주었다. 나는 고리키가 사람들의 청원을 거절하는 것을 딱 한 번 보았다. 새로 태어날 아기의 대부가 되어달 라는 어릿광대 델바리의 부탁이었다.[38]

대체로 이 시기 고리키가 러시아 문화의 수호자로서 크게 이바지 했다는 것은 누구도 부인하기 힘든 사실이다. 하지만 이러한 타협기 도 그리 오래 지속되지는 못했다. 고리키의 끝없는 청원과 간섭은 정 권으로서도 부담이 되었고, 급기야 레닌의 권고 끝에 1921년 고리키 는 병을 치료한다는 명분으로 해외로 나가야 했다. 공식적으로는 망 명이 아니지만 실질적으로는 망명이 아닐 수 없는 상황이 된 것이다.

1908년 카프리섬에서 망명 중인 고리키를 방문한
레닌(제일 오른쪽)이 보그다노프와 장기를 두고
있다. 가운데 서서 턱을 괴고 있는 이가 고리키다.
그는 당시 러시아 문화의 수호자이면서 동시에
볼셰비키 정권의 큰 부담이었다.
레닌의 권고로 고리키는 해외로 나간다.

고리키는 독일과 유럽 여러 나라를 거쳐 이탈리아에 정착한다. 해외에서 고리키는 한편으로는 소련의 정당성을 적극적으로 지지해달라는 당국의 은밀한 요구를 받았고, 다른 한편으로는 망명지식인들이 포함된 반혁명·반소진영에게서 소련에 대한 공개적 비판을 해달라는 압력을 받았다. 그러나 고리키는 소련과 망명지식인 모두의 불만과 비판을 감수하면서 결연히 침묵을 지켰다. 그러다가 1928년 이오시프 스탈린(Iosif Stalin, 1879~1953)의 집요한 귀국요구에 소련을 방문해 변화된 모습을 살펴보고는 1932년 귀국을 결심한다. 그리고 1934년 소비에트 작가동맹(Union of Soviet Writers) 의장으로 피선되고 1936년 사망한다.

이 시기 고리키의 활동은 20세기 말 소련이 붕괴된 이후 격렬한 비판과 폭로의 대상이 된다. 스탈린에게 매수되어 귀국했다거나, 소비에트 작가동맹 의장이 되기 위해 스탈린의 주구가 되었다는 등 고리키를 비난하며 평가절하하는 기사들이 지면을 가득 채웠다. 그러나 1990년대 초중반의 거친 반작용 기간이 지나자 비밀 해제된 새로운 자료와 더욱 냉정하게 당시 고리키의 활동을 조망하는 글들이 나타나기 시작했다. 이런 글들은 고리키와 스탈린의 불화, 스탈린의 숙청에 대항하던 고리키의 은밀한 노력, 심지어 스탈린 정부를 전복하고 새 정당을 구축하려던 움직임 등을 증언하고 있다. 이의 진실성 여부는 이미 문학의 차원을 넘어선 것으로 그 시비를 역사에 맡겨두어야 하겠다. 다만 소련의 문학교과서에서 그동안 거의 신격화되었던 고리키의 모습은 정당한 것이 아니었다는 사실, 동시에 문학사에서 지워내야 한다는 식의 극단적인 폄하와 비방 역시 결코 합당하지 못하다는 사실만큼은 분명하다고 할 것이다.

혁명 패러다임 속에서 문화 패러다임의 실천적·이론적 태도를 강화하고 체계화했던 혁명 전후 시기를 지나 고리키는 해외에서 소련의 현실과 일정한 거리를 둔 채 모든 혁명 과정을 성찰할 수 있는 시간을 보낸다. 이 시기 고리키는 정치적 발언을 하거나 정치평론적 논문을 쓰지 않고 그동안 미루어왔던 작품창작에 몰두한다. 혁명 이후 고리키는 문학작품에 손댈 틈이 없었다. 그가 러시아를 떠나는 문제에 대해 주위 문인들과 상의하는 자리에서 빅토르 시클롭스키(Viktor Shklovskii, 1893~1984)가 "작가가 글을 쓸 수 있는 곳으로 떠나세요. 이건 도망가는 것이 아니라 일로 돌아가는 겁니다"[39]라고 위로했던 것도 괜한 말이 아니었다. 실제로 고리키는 러시아를 떠난 직후 자전적 3부작의 마지막 편 『나의 대학』을 비롯해 『아르타모노프가의 사업』, 단편소설 「첫사랑에 대하여」를 집필하는 등 많은 작품을 쓰고 발표한다.

특히 고리키 최후의 단편집이라고 할 수 있는 『1922-1924년 단편집』은 고리키의 '새로운 형식'과 '새로운 어조'[40]를 담은 작품으로 주목할 만하다. 아홉 편의 단편으로 이뤄진 이 작품집은 기존의 작품과는 전혀 다른 형식과 내용을 담고 있다. 기존의 작품들이 주로 작가의 체험과 역사적 사실에 기초한 것이었다면 이 작품들은 거의 전적으로 창조적 허구이며 그 형식도 매우 실험적이다. 이를테면 「어떤 소설에 대한 이야기」는 미완성된 소설 속 주인공이 소설 밖의 현실로 나와 작가를 비판하며 스스로 자신의 삶을 완결하려 한다는 아주 독창적인 형식실험을 보여준다. 소설을 쓰는 작가로서의 자의식과 소설세계에 대한 메타적 비평을 다룬 것도 고리키로서는 거의 처음이었다. 그리고 「카라모라」는 기존에 사용한 바 없는 주인공의 일인칭 독백을 바탕으로 자신의 삶과 의식을 되돌아보는 의식의 흐름 기법을 시도한다. 형식의 새로움도 놀랍지만 전제정부의 프락치가 된 혁명활동가의 삶과 의식을 다루면서 혁명의 논리와 허위의식을 스스로 폭로한다는 점도 매우 놀랍다. 이러한 내용은 「특별한 것에 대하여」에서 더욱 극적으로 표현된다. 우연히 혁명에 참가한 주인공이 혁명의 논리가 아닌 어떤 본능적 질투와 교묘하게 뒤섞인 감정으로 무고한 노인을 살해하는 장면은 혁명과 혁명가에 대한 고리키의 생각을 일의적으로 판단하기 어렵게 한다. 「은둔자」에서는 어떤 이념이나 논리가 아니라 모든 것을 사랑하고 위로하는 마음으로 살아가는 한 은둔자 노인이 등장하는데 「특별한 것에 대하여」의 주인공과 대비되며 더욱 깊은 울림을 전한다. 이어지는 「푸르른 삶」은 한 인간의 의식이 광기에 빠져드는 과정을 색과 소리 모티프를 통해 거의 상징주의적인 기법으로 그리고 있다. 이처럼 『1922~1924년 단편집』의 단편소설들은 모두 고리키가 이전에는 다루지 않은 소재와 거의 활용해본 적 없는 실험적 기법들을 다양하게 선보인다.[41] 고리키의 창작사 자체로만 본다면 이는 거의 혁명적인 변화라고까지 말할 수 있다. 앞서 혁명 패러다임에서 문화 패러다임으로 스스로의 변화를 꾀했던 혁명 전후의 어떤 체험이 고리키를 새로운 문학실험으로 나아가게 한 것일까.

이 단편집의 문학적 실험은 최후의 장편소설로 『클림 삼긴의 생애』로 수렴된다. 이 작품은 1925년부터 1936년 작가가 사망할 때까지, 작품 구상까지 포함한다면 집필에 12년이 넘게 걸린 대작이다.

주인공 삼긴은 대학을 졸업한 뒤 변호사가 되어 혁명 과정을 지켜보고 언론활동을 전개하는데, 정작 혁명 와중에 군중에게 떠밀려 죽음을 맞는다. 주인공의 이러한 운명은 그런대로 한 인간의 일대기로서 소설적 구성을 따른다고 할 수 있지만 대서사작품의 주인공이라기에는 어떤 필연적 동기와 행동이 부재한다. 기존의 소설문법대로 주인공의 삶에 어떻게든 의미를 부여하고자 해도, 부르주아 지식인의 몰락하는 영혼이나 중간적 지식인의 기회주의적 심리를 표현했다고밖에 달리 설명할 도리가 없다. 만일 이러한 해석이 '위대한 고리키'의 최후작품에 걸맞지 않다고 생각한다면, 이 작품에 등장하는 대중과 수많은 혁명가에 초점을 맞춰 주인공이 민중이나 역사의 필연성을 대변한다고 좀더 자의적으로 해석하는 수밖에 없다. 하지만 그 어떤 경우도 이 소설의 비밀을 완전히 밝혀내지 못한다.

『클림 삼긴의 생애』에는 주인공과 수많은 등장인물이 등장하고 수많은 역사적 사건이 묘사되지만, 정작 소설의 의미는 이들의 서사와 상호관계에서 나오는 것이 아니다. 고리키는 이 작품에서 혁명 패러다임이 지배하는 사회에서 모든 사람의 의식과 말이 얼마나 그 패러다임 속에 갇혀 있는지 그리고 인간의 실제 삶과 의식이 그 지배적인 패러다임에 어떻게 균열을 일으키고 차이를 생산하는지 드러내고 있다. 말하자면 이 작품에서 고리키는 혁명 패러다임에서 벗어나고자 노력해온 자신의 의식세계를 그리고 있는 것이다.

소설에 등장하는 수많은 인물은 무엇보다 그들이 하는 말을 통해 개성을 부여받고 각자의 이념을 드러낸다. 그들은 사회적 지위나 이해관계의 대표자가 아니라 자기 말의 주인공이면서 동시에 말의 노예다. 따라서 모든 인물은 어떤 행동이나 사건의 연속성에 있지 않고 오직 말과 이념의 인과성 속에 배치된다. 바로 이런 점에서 이 소설의 주인공은, 바흐친의 용어로 말하자면, 바로 말 자체, 이념 자체다. 이 소설의 비서사성, 중층적 시점구조, 비인과적 배치 등은 이념체계의 상호대비와 조망을 위한 매우 필연적인 시학적 결과물이라고 할 수 있다.

결국 『클림 삼긴의 생애』의 핵심주제는 혁명 패러다임이 인간의 의식 속에 어떻게 굴절되어 이념으로 재생산되는지, 그렇게 재생산된 이념들이 어떻게 상호충돌하고 상호조명하면서 다시 혁명 패러다임을 구성해가는지, 그렇게 구성된 패러다임이 인간의 역사를 어떻게 이끌어가는지다. 혁명 패러다임 속에서 인간의 주체적 의식과 행동이 아닌 인간이 생성한 이념들이 오히려 인간의 의식과 말과 행동을 지배하는 역전현상이 발생하고, 이때 인간들은 모두 "이성의 밀림에서 헤매고" "거기에서 놀란 바보들처럼 도망"(제21권, 334쪽)칠 뿐이다. 특히 이 소설에서는 무엇보다 기계적이고 폭력적인 혁명 패러다임에 대한 객관적 묘사와 비판이 강조된다. 소설 속 볼셰비키 혁명가 쿠투조프는 단호한 논리와 실천에도 불구하고 "자물쇠를 여는 열쇠가 아니라 부수는 망치"(제21권, 451쪽)처럼 보인다. 그는 인간의 문제를 다루는 것이 아니라 냉혹한 혁명의 대수학을 푸는 사람으로 그려진다. 삼긴의 눈에 비친 볼셰비즘은 "사람들을 완전히 명료한 이해

관계의 선들로 엄격히 규정되는 통일적인 집단으로 나누면서 삶을 단순화"(제21권, 452쪽)한다. 볼셰비즘에 대한 이런 형상화는 아무리 문학적 주인공을 통해서라 할지라도 그리고 아무리 해외에 체류 중인 상황이라 할지라도 '혁명의 바다제비'인 고리키에게 결코 어울리는 모습이 아니다. 이 작품이 발표되자 소련 내 문학비평가와 언론이 당황해하며 격렬한 비난을 쏟아낸 것은 당연했다. 그렇지만 이 작품이 비판하고 있는 것은 볼셰비즘만이 아니다. 소설의 등장인물들은 인민주의자에서부터 마르크스주의자, 볼셰비키, 멘셰비키, 입헌군주주의자, 자유주의자, 허무주의자, 종교주의자, 신비주의자까지 온갖 이념을 대변하는 자들로, 이들은 모두 서로 반박하고 밀어내다가 다시 섞이면서 끝없이 '이성의 밀림'을 구축하고 있다.

고리키는 이 소설을 통해 혁명 패러다임 속의 인간 의식과 행동의 상호성을 문제시하고 어떤 외적 패러다임에도 종속되지 않는, 즉 어떤 이념의 프리즘으로도 가려지지 않는 깨어 있는 주체의 눈과 의식만이 필요함을 강조한다. 혁명 패러다임에서 문화 패러다임으로 자신의 방향을 전환했던 고리키가 이제 문화 패러다임을 구성하는 주체의 의식과 태도를 문제시하고 있는 것이다. 어떤 외적 문화 패러다임도 인간을 자동적으로 해방시켜주는 것이 아니며, 오직 인간 스스로 각성한 눈과 의식만이 모든 패러다임에 앞서는 패러다임이라는 것이 고리키의 마지막 통찰인 셈이다. 그것은 오랜 혁명활동과 그 속에서의 여러 모색을 통해 인류의 새로운 혁명이 어떤 모습이어야 하는지 고민한 고리키의 대답이기도 하다.

새로운 변혁기의 문화적·예술적 실천을 모색하며

고리키의 혁명활동과 문학은 혁명 패러다임 속에서 일정하게 왜곡되고 신화화되었지만 고리키 자신은 그 자체에 구속되지 않고 자신의 존재와 현실 자체에서 삶과 문학의 동력을 이끌어내고자 했다. 그는 혁명 패러다임의 한가운데 있으면서도 패러다임의 질서를 끊임없이

1932년 인상파 화가 코린이 그린 말년의 고리키.
내적 고뇌로 가득한 모습이다. 고리키는 단순한 혁명의
실행자이거나 희생자가 아니었다. 그는 혁명 패러다임의
의미를 이해하고 그에 기대어 자신을 실현하고자 한
용감한 문학적 혁명가였다.

의심하고 회의해 그 폭과 깊이를 재설정하려 했다.

고리키는 혁명의 단순한 실행자이거나 희생자가 아니었다. 그는 혁명 패러다임의 의미를 이해하고 그에 기대어 자신을 실현하고자 했으며, 확인하고 신뢰할 수 있는 것인 한 그것을 실천하고자 노력했던 용감한 문학적 혁명가였다고 할 수 있다.

초기 신화화 과정에서 고리키는 혁명 패러다임의 의미를 자기화하려고 노력하는 동시에 해야 할 일에 대한 답을 스스로 찾았다. 이후 그 패러다임을 적극적으로 수용하는 시기를 거치지만 그것이 자신의 신념을 벗어난 양상으로 전개될 때, 그는 물러서지 않고 맞섰다. 볼셰비키 정권에 맞서 혈혈단신으로 격렬하게 투쟁했던 결과물인 『시의에 맞지 않는 생각들』은 혁명 패러다임에 대한 반성과 성찰을 통해 새로운 문화 패러다임으로 나아가고자 했던 고리키의 노력을 극적으로 보여주는 증거다.

이후 고리키는 그 모든 것을 재성찰한다. 후기 고리키 문학, 특히 『1922-1924년 단편집』과 『클림 삼긴의 생애』는 성찰의 깊이와 방향을 잘 보여준다. 인간의 의식, 말, 행동 그리고 현실이 빚어내는 간격과 불일치를 그려낸 이 작품들은 이념이나 이데올로기가 혁명 패러다임을 어떻게 구축하는지, 혁명 패러다임이 문화 패러다임으로 어떻게 변형되고 왜곡되는지, 문화 패러다임에서 주체들의 의식이 어떻게 새로워질 수 있는지 모색한다.

혁명 패러다임의 극적 자장 속에서 태어나고 성장한 고리키 문학은 당시 문화·예술 활동가들의 자세와 활동방향에 대해 많은 것을 숙고하게 해준다. 특히 혁명 패러다임 속에서 쉽게 빠져들 수 있는 진영 논리나 정치논리에 수동적으로 매몰되지 않고, 항상 문화·예술의 본성에 기초한 올바른 실천을 모색한 작가의 노력은 잊지 말아야 할 귀중한 유산이다.

최진희 안양대학교·러시아문학

러시아의 영혼에서 영원한 현재로[1]
이반 부닌

망명문학의 상징

갑자기 나는 잠이 깨었다. 사위가 밝아 있었다. 그렇다. 나는 흑해에, 낯선 선박에 있었다. 무슨 이유에선지 나는 콘스탄티노플로 가고 있었다. 러시아는 끝났다. 모든 것, 모든 과거, 나의 삶이 끝났다. 기적이 일어나서 우리가 이 악의에 찬 얼어붙은 심해에서 죽지 않는다고 할지라도 말이다. 어째서 나는 이를 이해하지 못했을까, 어떻게 과거에는 이런 사실을 이해하지 못했을까?[2]

구력(舊曆) 1917년 10월 부닌은 마흔일곱 살 생일을 맞았다. 시인으로서, 소설가로서 인생의 절정을 맞았다고 생각한 그때 부닌은 혁명과 맞닥뜨리게 된다. 1870년 러시아 보로네시에서 태어난 부닌은 1920년 아내 베라 무롬체바(Vera Muromtseva, 1881~1961)와 함께 러시아 오데사를 떠나 콘스탄티노플과 불가리아를 거쳐 1953년 프랑스 남부의 소도시 그라스에서 사망할 때까지 33년간 망명자로 살았다. 1933년 러시아인 최초로 노벨문학상 수상자로 선정되는 영예를 누리기도 하였으나 평생 어느 문학유파에도 참여하지 않았고 따라서 문학적 동반자 하나 없이 외로운 문학인생을 걸었다. 1897년 최초의 시집 『야외에서』(*Pod otkrytom nebom*)로 문단의 주목을 받은 이래 단편집 『안토노프의 사과』(*Antonovskie iabloki*, 1900), 중편소설 『마을』(*Derevnya*, 1909), 『수호돌』(*Sukhodol*, 1911), 단편소설 「샌프란시스코에서 온 신사」(Gospodin iz San-Frantsisko, 1915), 「엘라긴 소위 사건」(Delo korneta Elagina, 1925), 「미탸의 사랑」(Mitina lyubov', 1924), 「일사병」(Solnechnyi udar, 1925), 장편소설 『아르세니예프의 생애』(*Zhizn' Arsen'eva*, 1927~1939), 에세이집 『톨스토이의 해방』(*Osvobozhdenie Tolstogo*, 1937), 연작소설 『어두운 가로수 길』(*Tyomnye allei*, 1946) 등 시와 소설, 에세이, 회상록, 여행기, 시사평론 등 다양한 장르의 작품을 꾸준하게 발표했다. 부닌이 1905년 혁명부터 제1차 세계대전, 1917년 2월 혁명과 10월 혁명, 내전 그리고 제2차 세계대전까지 20세기 세계사의 가장 굴곡진 사건들을 직간접적으로 겪어낸 것을 생각해본다면 그의 끊이지 않는 창작열이 매우 놀라울 따름이다.

러시아 문학연구사에서 혁명과 작가라는 주제가 참신하다고는 할 수 없으나 최근 소비에트 사회와 문화에 대한 문화학적·인류학적·일상사적 연구가 대두되면서 혁명 이후 러시아 사회에 대한 새로운 정보와 관점이 등장해 주제에 대한 다면적 접근이 가능하게 되었다. 부닌의 경우, 『I.A.부닌: 비평 1913-1953』 『I.A.부닌: 새로운 자료들 1, 2』 『수정되지 않은 고전: I.A.부닌 창작세계에 대한 문학계의 반응. 비평문, 에세이, 패러디(1890년대~1950년대) 선집』 등 이전에 공개되지 않았거나 공개될 수 없었던 중요한 자료들이 출판되면서 그의 삶과 예술을 전면적으로 새롭게 조망할 수 있는 여건이 형성되었다.[3]

주지하다시피 이반 부닌은 혁명에 찬성하지 않았던 대표적인 작가로 망명문학[4]의 대표자였으며 망명사회 전체의 상징적 존재였다. 혁명 전 이미 시대를 대표하는 작가라는 명성을 얻었던 부닌에게 자신의

1937년의 부닌.
그는 혁명에 찬성하지 않았던 대표적인 작가로
망명문학의 대표자였으며 망명사회 전체의 상징적
존재였다. 혁명 전 이미 시대를 대표하는 작가라는
명성을 얻었던 그에게 자신의 정신적·문학적 뿌리였던
러시아를 떠나도록 한 혁명은 어떠한 의미였을까?

정신적·문학적 뿌리였던 러시아를 떠나도록 한 혁명은 어떠한 의미였을까? 혁명은 왜 그가 러시아를 떠나도록 했을까? 1917년 혁명으로 분출되기까지 축적된 사회적 변화 과정을 부닌은 어떻게 인식하고 예술적으로 형상화했을까? 혁명과 망명이 부닌의 삶과 창작에 미친 영향은 무엇일까?

혁명보다 '러시아의 영혼'

1905년 러시아혁명에 대한 직접적인 반응을 해당 시기 부닌의 작품에서는 찾아 볼 수 없다. 이 시기 『즈나니에』을 중심으로 그와 함께 활동했던 사실주의 계열의 예술가들과 달리 그는 정치적인 시도, 당대성을 담은 수기나 오체르크(ocherk)[5]도 쓰지 않았다: 다만 1907년 아시아와 서유럽으로의 기나긴 여행을 떠났을 뿐이다. 러시아에서 벌어진 일들에 대한 철학적 고민과 성찰은 이후 『마을』 『수호돌』 「즐거운 집」(1911), 「삶의 잔」(1913), 「샌프란시스코에서 온 신사」 「형제들」(1914), 「창의 꿈」(1916) 같은 일련의 산문작품을 통해서 표현되었다. 이 시기 부닌은 시인으로서의 명성에 더해 러시아 최고작가의 반열에 오르게 되는데 그 계기는 1909년 발표한 중편소설 『마을』이었다.

『마을』은 혁명 직전인 1905년과 혁명 후인 1907년까지 러시아 농촌에서 벌어진 사건을 성찰한 작품이다. 이 작품에서 부닌은 러시아 농민의 일상과 세태를 묘사하는 데 그치지 않고 그들의 내면과 심리를 섬세하게 분석한다. 농촌 두르노브카를 배경으로 티혼 크라소프와 쿠즈마 크라소프 두 형제의 운명을 그린 『마을』은 땅에 대한 애착을 상실하고 삶에 대한 의미도 찾지 못한 채 영혼까지 망가져가는 농민과 붕괴되어가는 농촌을 묘사한다. 이 소설에서 부닌이 보여주는 러시아 민중은 거칠고 뻔뻔하고 잔인하며 비루한 삶을 산다. 두르노프카를 배경으로 다양한 민중의 삶과 내면을 보여줌으로써 부닌은 이성적으로 이해하기 어려운 자기파괴적인 이들의 성향을 적나라하게 드러낸다. 초기작 「데멘티예브나」(1891)부터 『마을』 「즐거운 집」 『수하돌』 「자하르 보로비요프」(1912)에 이르기까지 부닌의 작품 속 민중은 선과 아름다움에 애착하는 한편 무정부적이고 호전적이기도 한 종잡을 수 없는 '내면이 어두운' 존재로 묘사된다. 농민에 대한 이와 같은 부정적인 묘사에 대해 동시대 비평가들은 농촌의 부조리한 현실을 비판하는 훌륭한 작품으로 찬사를 보내기도 하고,[6] 반대로 러시아 농민들과 그들의 현실을 비방하고 그릇된 견해를 심어주는 나쁜 작품으로 비난하기도 했다.[7]

부닌은 환경과 사회적 관계를 따라 개인의 특성이 규정되고 이 관계의 모순을 바로잡기 위해 교육과 계몽을 펼쳐야 한다는 인민주의적 사상에 동의하지 않았다. 그에게 인간은 비이성적이고, 충동적이며, 욕망에 사로잡힌 파멸지향적인 존재에 가까웠다. 인간의 이러한 특징들은 농민이나 지주, 민중이나 귀족 등 계층의 구분에 따라 달라지지 않는다. "러시아 귀족의 일상과 그들의 영혼은 농민의 그것과 같다. 차이가 있다면 귀족계층이 물질적으로 풍요롭다는 것뿐이다. 어느 나라보다도 우리나라의 귀족과 농민의 삶은 매우 밀접하며 밀착되어 있다. 귀족의 영혼과 농민의 영혼은 동일하게 러시아적이라고 생각한다"(제9권, 537쪽). 부닌이 관심을 품었던 것은 러시아 땅에서 살아가는 일종의 정신적 유기체라 할 수 있는 '러시아의 영혼'(Russian soul)이었다. 비이성적이고 쉽게 광기에 휩싸여 종종 기꺼이 파멸을 찾아가는 '어두운' 존재. 『마을』은 "러시아의 혼, 그 밝은 면과 어두운 면들, 그러나 항상 비극적인 특성을 날카롭게 묘사한 작품들"(제9권, 268쪽)의 출발점이었다.

러시아 민중의 내면을 묘사하며 그 영혼의 심연을 보여준 『마을』에 이어 발표한 『수호돌』에서 부닌은 러시아 귀족의 내면을 깊게 파고들어 이들의 영혼과 민중의 영혼의 근원이 같음을 다시 한번 강조한다. 수호돌의 주인 흐루쇼프 가문의 후손이지만 수호돌을 '전설'로만 전해들은 화자는 농민과 지주의 삶이 하나였던 옛날의 삶을 이야기한다. 작가는 소설에서 하녀 나탈리야와 주인 흐루쇼프의 삶을 '귀족·농민적 삶'이라는 특별한 용어로 지칭하면서 이것이 바로 '수호돌적 특성'이라고 규정한다. 흐루쇼프는 나탈리야의 아버지를 입대시켜 죽게 하고 그녀의 어머니를 공포에 떨다 심장이 터져 죽게 할 만큼 잔인한 인물이지만 나탈리야는 그를 '우주에서' 가장 선한 인물로 여긴다. 흐루쇼프를 사랑한 나탈리야는 수호돌에서 추방되지만 여전히 자신의 운명과 수호돌의 운명을 동일시하며 그곳으로 돌아가는 날을 손꼽아 기다린다. 그 와중에 흐루쇼프는 자신의 사생아였던 게르바시카에게 살해당하고 화자의 고모는 불행한 사랑 때문에 미쳐버리지만 이들은 수호돌을 떠나지 못한다. 수호돌은 사람들에게 '행복도 이성도 인간적 형상도 잃어버리도록' 하지만 '수호돌의 영혼'을 지닌 그들은 수호돌에 대한 불가해한 애착을 느낀다. 그 과정에서 그들은 하나둘 광기에 사로잡혀 현실에서 멀어지고 스스로 자멸의 길을 간다. 이때 '수호돌의 영혼'은 바로 '러시아의 영혼'을 의미한다. 수호돌에 대한 애착은 러시아에 대한 러시아인들의 애착을 그대로 보여준다. 이상적이거나 인간적 사랑과 행복이 가득한 곳이기 때문에 사랑하는 것이 아니라 오히려 비이성적이고 심지어 반휴머니즘적인 공간인데도 러시아인들은 자신의 러시아를 사랑하는 것이다. 그곳이 자신과 타인, 자신과 자연, 자신과 선조의 영혼을 하나로 묶어주는 유기적 공간이기 때문이다. 그곳에서 '다른 영혼은 없는 것'이다.

(…)

세상이 시라고 부르는 곳에 시는 없다.
시는 내가 받은 유산 안에 있다.
내가 유산으로 풍요로워질수록 나는 더 시인이 된다.

고대의 어린 시절 내 선대가 느낀 바로 그것
그 어두운 흔적을 감지한 나는 스스로에게 말한다.

세상에 다른 영혼이란 없으며 그 안에 시간은 존재하지 않는다고.

·제1권, 401쪽(생략 및 강조―글쓴이)

'세상에 다른 영혼은 없다'라는 생각은 부닌의 개인적 경험과 오랜 성찰을 바탕으로 한다. 그는 러시아 민중, 특히 러시아 농민에 대해 휴머니즘적으로 접근하는 19세기 러시아 인텔리겐치아의 문학적 전통에 깊은 회의감을 느끼고 있었다. 러시아 민중을 이상화하고자 하는 정치적·사회적·예술적 시도는 설득력이 없다고 생각한 것이다.[8] 실제로 부닌은 러시아 문학에서 휴머니즘적 관점으로 민중을 묘사하는 지식인 예술가들의 태도를 날카롭게 비판했다. 그가 보기에 문학적 선배라고 할 수 있는 이반 투르게네프(Ivan Turgenev, 1818~83)도 러시아 농민의 형상을 이상적으로 그리고 있을 뿐이고 심지어 그가 가장 존경하는 작가 톨스토이조차 러시아 농민의 삶을 제대로 알지 못했다.[9] 당시 농촌·농민문제를 포함한 사회현실을 사실적으로 묘사하고 농민의 내면을 깊이 있게 그려내는 최고의 작가로 문단 안팎에서 인정받고 있던 고리키에 대해서도 부닌은 그의 지식이 '급행열차 안에서 창밖을 보는 것'에 불과하다고 비판했다. 그는 러시아 농민의 삶에 대한 자신의 지식과 경험이 누구보다 월등하다고 자부했다.

사실 부닌에게 농촌의 현실과 농민의 삶은 자신의 일상이었다. 러시아 남부 보로네시의 오래된 귀족가문에서 태어나기는 했지만 지주귀족으로서의 삶은 '풍문'으로만 들었을 뿐 그는 등록금을 내지 못해 김나지움을 그만두어야 했을 정도로 가난했다.[10] 그는 농민의 자식들과 함께 자라며 가난한 농촌의 일상을 그들과 함께했다. 1905년과 1906년에는 툴라와 오룔 지역에서 벌어졌던 농민반란을 직접 목격하였으며 형 예브게니의 영지가 몰락하는 과정도 자신의 눈으로 보았다. 농촌사회의 몰락과 농민공동체의 파괴, 혁명과정에서 벌어진 폭력과 혼란을 보며 품은 생각을 그는 시 「황야」(Pustosh', 1907)에서 간접적으로 표현하고 있다. 그는 자신을 '짐승 같은 짓들, 총격과 고문,

처형의 힘없는 증인이며 위대한 사건이자 더러운 사건의 증인'이라고 표현하면서 농민들의 폭력성과 파괴적 성향을 고발하는 동시에 지주 귀족들 또한 그에 못지않게 죄를 지은 존재라고 지적했다. 부닌에게는 이러한 혼돈을 불러온 원인을 이해하는 것이 중요한 일이었다.

부닌은 20세기 현대사회는 위기의 정점에 서 있으며 더 큰 문제는 인간들의 영혼이 붕괴되고 있다는 사실을 인간 자신이 깨닫지 못하는 점이라고 생각했다. 그는 인간을 혼돈에 빠뜨리는 원인이 계급적 갈등이나 전쟁, 혁명 같은 사회적 현실 너머에, 즉 인간 존재 안에 있다고 생각했다.[11] 그러한 화두를 품고 그는 1907년부터 1914년까지 이집트, 시리아, 팔레스타인, 이탈리아, 그리스, 실론섬 등 서유럽과 소아시아지역을 여행한다. 이 과정에서 부닌은 이슬람교(「예언자의 죽음」, 1911), 도교(「창의 꿈」, 1916), 불교(「형제들」, 1914, 「고타미」, 1919), 기독교(「성인」, 1914, 「여리고의 장미」, 1924) 등 다양한 종교와 사상을 접하면서 러시아뿐만 아니라 서구와 동양까지 포괄해 20세기 인간 문명의 문제들을 성찰하는 작품을 연이어 발표했다. 그에게 종교는 믿음이나 신앙의 대상이 아니었다. 그보다는 삶과 죽음, 욕망과 집착 그리고 구원과 해방 같은 인간의 실존적 문제에 대한 해답을 구하고자 했다. 이는 1917년 10월 혁명과 망명이라는 거대한 사건으로 더욱 심화되었다. 이제 부닌은 망명자라는 새로운 삶의 조건에서 자신의 예술의 존재이유를 물어야 하는 고통스러운 길로 들어서게 된다.

저주받은 나날을 넘어

"러시아혁명을 냉철하게 객관적으로 파악할 수 있는 때는 아직 오지 않았다!"[12] 1917년 10월 혁명을 모스크바에서 맞이한 부닌은 자신이 목도한 혁명의 과정을 『저주받은 나날들』(*Okayannye dni*, 1925~27)이라는 제목의 논픽션 수기로 대단히 '감정적이며' '주관적으로' 써내려갔다. 출판을 염두에 두지 않았던 『일기 1917–1918』가 일상의 느낌들을 단속적으로 기록하고 있는 것과 달리 『저주받은 나날들』은 혼란한 현실에 대한 자신의 견해와 느낌을 일관된 시선으로 기록하고 있다. 모스크바 거리 곳곳을 매운 군중 사이를 직접 누빈 작가는 그들의 이야기, 그들의 싸움, 그들의 혼란 등을 직접 보고 들으며 받은 인상을 격렬한 어조로 풀어낸다. 반문맹의 하류 언어들, 전형적인 정치적 용어들, 민중의 거친 표현들, 그것들이 만들어내는 씁쓸한 희극성 그대로. 특히 소문들에 주목하는데 주로 독일군의 모스크바 입성, 볼셰비키의 패배, 백군의 승리 같은 가짜 뉴스들이다. "거짓말을 하지 않을 수도, 거짓을 보태지 않을 수도, 분명 가짜 뉴스인데도 그것을 왜곡시키지 않을 수도 없다. 이 모든 것은 그렇게 되었으면 좋겠다는 참을 수 없는 갈망의 표현이었다"(*OD*, 99쪽). 부닌은 혁명을 찬양하는 병사들, 그들을 욕하는 사람들, 교회 앞을 지키는 사람들, 독일군의 입성 소문을 듣고 공포에 떠는 시민들의 언어를 그대로 모방함으로써 이들의 언어에서는 논리나 이해를 찾아볼 수 없다는 것과 혁명이 부조리한 현실이라는 것을 증명하고자 했다.

1917년 2월 혁명 당시 부닌의 태도는 상대적으로 '비정치적'인 것이었다. 그는 벌어진 현상에 대해 정치적 판단이나 평가를 내리려고 애쓰지 않았다. 하지만 10월 혁명 과정에서 그는 혁명에 대한 자신의 생각을 분명하게 표현해야 할 필요성을 느끼게 되었다. 그가 가장 중요하게 생각하는 요소인 도덕성의 문제를 깊이 건드렸기 때문이다. 혁명의 폭력성과 비윤리성은 부닌에게 받아들일 수 없는 것이었다. 물론 그도 혁명은 매우 복잡한 것이고 혁명을 만들어내는 자는 승리자이면서 동시에 희생자이며 '거짓'의 옆에 '진실'도 있다는 주장을 매일 접했다. 그러나 부닌은 혁명의 복잡한 측면을 정당화하려는 시도가 폭력배에게 면죄부를 주는 것과 다르지 않다고 생각했다. 따라서 혁명에 찬성하는 작가들 또한 가차 없이 비판했다. "'블로크는 러시아를, 바람 같은 혁명을 듣는다.' 이런 헛소리가!"(*OD*, 99쪽) "'혁명은 피할 수 없는 자연의 힘이다.' 지진, 페스트, 콜레라도 불가항력적인 자연의 힘이다. 그렇지만 누구도 그것을 찬양하지 않으며 누구도 그것을 신격화하지 않는다. 그것과는 싸울 뿐이다"(*OD*, 108쪽).
부닌은 예술가가 정치활동에 몰입하면 창작의 미학적 측면이 치명적
으로 손상된다고 확신했다. 그는 정치적 목적에 따라 문화를 재규정
하려는 혁명은 결국 러시아 문학을 붕괴로 이끌 것이라고 생각했다.
부닌은 이 시작이 19세기 말~20세기 초의 데카당적 흐름 및 모더니
즘 경향과 관련 있다고 여겼으며 이러한 경향의 작가들이 혁명진영에
포함되어 있는 것은 우연이 아니라고 생각했다.

> 러시아 문학은 지난 10여 년간 믿을 수 없을 만큼 타락했다. 거리와
> 대중이 매우 큰 역할을 하기 시작했다. 모든 것이—특히 문학이—
> 거리로 나와 거리와 관계를 맺더니 거리의 영향 아래 쓰러졌다. 거리
> 가 타락시킨다. 그리고 마음에만 맞으면 지나치게 칭찬을 남발해 신
> 경을 거스른다. 러시아 문학에는 이제 '천재들'만 존재한다. 경이로
> 운 결실이다! 천재 브류소프, 천재 고리키, 천재 세베랴닌, 천재 블로
> 크, 천재 벨리. 그토록 쉽고 빠르게 천재의 반열에 오를 수 있다는데
> 어떻게 조용히 있을 수 있단 말인가? 모두가 앞으로 나서서 자신에게
> 관심을 돌리려고 어깨를 겨루고 있다.
>
> ·*OD*, 110쪽

혁명에 대한 부닌의 시각과 성찰을 보면 그의 판단기준이 일관되
고 비타협적이라는 것을 분명히 알 수 있다. 그러나 부닌은 혁명의 현
실을 바라보기는 하지만 그것을 이성적으로 분석하고 판단하며 이해
하고자 하지 않았다. 혁명의 러시아는 이미 자신의 세계가 아니기에
더 이상 이해의 대상도 애정의 대상도 될 수 없다고 생각했기 때문이
다. 혁명이 '가난, 황폐함, 무지, 아나키즘, 반문화, 탐욕, 질투, 거짓'
을 만들어내었다며[13] 부닌은 혁명을 힐난하고 증오했다. 인간의 기본
적인 가치가 뒤집어지고 증발해버려 인간의 존재 자체가 불안정해진
카오스. 하지만 그것은 사실, 혁명이 만들어낸 것이라기보다는 혁명

이전부터 현실 곳곳에서 도사리고 있던 부조리였으며 이는 부닌도 익히 알고 있는 바였다. 하지만 그는 질서와 아름다움, 균형미를 언제나 추구해왔던 '고전주의자'로서 '타락한 천재들'인 모더니스트들과 달리 혁명에 저주의 낙인을 찍고 더 이상 뒤돌아보지 않았다.

혁명 전 작품들에서 부닌은 과거 러시아의 삶을 특별히 이상화하지 않았다. 그러나 혁명과 내전의 잔혹함 때문에 혁명 전 러시아는 그에게 안정과 질서의 본보기처럼 여겨졌다. 혁명을 위해 싸운 '투사'들에게 기본적으로 신경질적인 태도를 보인 부닌도 그들의 진정성을 전혀 인정하지 않는 것은 아니었다. 하지만 그가 보는 것은 혁명의 의도가 아니라 그 결과였다. 삶의 터전을 빼앗고 가난에 빠뜨려 몸 둘 곳도 없이 이전보다 더 쓰라린 상황으로 사람들을 몰아낸 혁명. 이러한 재앙을 가져온 이들이 바로 러시아 민중에게 '거짓된' 믿음을 주입했던 러시아 인텔리겐치아라고 그는 비난했다. 부닌이 보기에 볼셰비키 혁명정부가 내각을 교체하든, 검열을 폐지하든 민중은 하등 관심을 두지 않았다. "민중은 두 가지 유형이 있다. 하나는 루시 민족에게 지배적인 유형과 고대 에스토니아와 핀우그르 민족에게 지배적인 유형. 그런데 두 가지 유형 모두 공통점은 끔찍할 정도로 변화무쌍하다는 것이다. 내면도, 모습도……. 민중 스스로도 자신에 대해 다음과 같이 말한다. '나무가 몽둥이의 재료도 될 수 있고 이콘의 재료도 될 수 있는 것처럼 우리도 그러하다'"(OD, 101쪽). 상황에 따라, 어떤 사람이 민중을 계발하는지에 따라 세르기 라도네지스키(Sergii Radonezhskii, 1314~92)가 될 수도 있고 푸가초프가 될 수도 있다는 것이다.[14] 그에게 '민중' '인류'라는 이름으로 총칭되는 추상적 개념은 부조리이며 거짓이었다. "러시아를 망친 것은 우둔하며 탐욕스러운 권력이었다"는 지인의 말에 부닌은 "혁명을 시작한 것은 민중이 아니라 당신[인텔리겐치아]입니다"라고 답한다. 그에게 남은 것은 깊은 상실감과 분노뿐이었다. 러시아를 떠나는 배에 올라 오데사 항구를 바라보며 작가는 말한다. "우리의 자식들, 손자들은 우리가 언젠가(바로 어제까지) 살았던, 그렇지만 그 가치를 알지도 이해하지도 못했던 그 러시아를 상상조차 할 수 없을 것이다. 그 모든 힘과 풍요로움과 행복……"(*OD*, 90쪽). 부닌은 스스로를 '아버지들과 할아버지들의 과거'를 느낄 수 있는 마지막 세대라고 생각했다. 이러한 맥락에서 그는 러시아 문화, 러시아어 그리고 러시아 문학을 십자가 지듯 짊어지고 나아가야 한다고 생각했다. 이것이 바로 조국을 상실한 자신이 져야 할 의무이자 다른 한편으로는 그와 같은 망명작가에게만 허락된 권리였다.

1920년 파리에 정착한 부닌은 신문 『부활』을 중심으로 한 우파그룹에 합류하며 소비에트 러시아와 관련된 모든 것을 극렬히 비판했다. 그의 정치적 발언은 1924년 2월 파리에서 한 「러시아 망명의 임무」라는 연설에서 정점을 이루었다. 1924년은 러시아 망명사회에서 정치적 열기가 가장 고조되었던 해였다. 그해 1월 레닌이 사망했기 때문이다. '전 세계 프롤레타리아의 영도자'의 죽음으로 볼셰비키 정권이 곧 몰락하리라는 기대감이 커졌다. 망명사회의 언론들은 볼셰비키 내부의 분열, 볼셰비키 상층부의 갈등, 트로츠키의 몰락에 대해 기쁨을 감추지 못했다. 그러나 기쁨은 곧 충격으로 바뀌게 되었다. 지난 6년여간 볼셰비키 정권을 국제적으로 인정하지 않던 서방세계가 갑자기 태도를 바꿔 소비에트에 도움의 손길을 건네며 파트너십을 제안한 것이다. 그해 2월 영국을 시작으로 이탈리아, 프랑스, 중국, 일본 등 20여 개 주요국이 소비에트 러시아와 외교관계를 체결하기 시작했다. 이는 소비에트 러시아라는 새로운 정치체제의 합법성을 공식적으로 인정하는 것이었다. 많은 러시아 망명자가 서방의 이러한 태도를 변절로 인식했다. 이러한 변화에 대해 러시아 망명언론들은 전적으로 환영하는 좌파와 극렬히 비난하는 우파로 갈라졌다.[15] 이 문제는 사회적 논쟁을 불러일으켰으며 유럽과 미국, 극동지역에서 이데올로기 전쟁을 일으켰다. 원칙적으로 정치와 거리를 두던 망명사회의 지식인들도 러시아 망명사회가 새로운 조건하에 놓였다는 인식 속에 1924년 2월 16일 파리에서 '러시아 망명의 임무'

로 이름 붙인 회합을 열게 되었다. 이날의 연사로는 부닌, 이반 시멜료프(Ivan Shmelyov, 1873~1950), 드미트리 메레지콥스키(Dmitrii Merezhkovskii, 1865~1941) 등이 참여했다. 이들은 모두 비타협적으로 볼셰비키주의에 적대적인 자세를 취한 작가들이었다. 이날 부닌은 다음과 같은 연설을 했다. "러시아 망명사회는 혹독한 행군으로 러시아를 떠난 그 사실로 자신들의 투쟁을 증명했습니다. 공포 때문만이 아니라 양심 때문에라도 레닌의 도시들을 받아들일 수 없었습니다. 이제 러시아 망명사회의 임무는 그러한 거부의 몸짓을 유지하는 것입니다. (…) 오늘날과 같이 올바르지 않은 시대에 러시아가 올바른 미래로 나아가는 데 그러한 몸짓은 대단히 중요한 일입니다"(*OD*, 355~356쪽, 생략―글쓴이).

소비에트 권력에 반대하는 인사로 활동하면서부터 부닌은 작품을 거의 쓰지 못했다. 글레브 스트루베(Gleb Struve, 1898~1985)의 말처럼 "부닌의 예술창작이 빈곤해진 것은 그의 마음이 러시아혁명에 대한 증오심으로 가득 찼기 때문일 것이다. 그 감정이 다른 모든 것을 밀어냈기 때문일 것이다."[16] 1917년 이전까지 전혀 쓰지 않았던 시사평론이 이 시기 부닌의 주요 장르가 된 것도 당면과제를 볼셰비키 혁명에 반대하는 것이라고 생각했던 그에게는 당연한 일이었다.

그러나 결국 작가는 자신의 본원인 문학으로 돌아간다. 1924년 망명 후 처음 출판한 작품집 『여리고의 장미』는 망명사회에서 부닌이 위대한 러시아 문학의 계승자이며 망명문학의 상징임을 입증해주었다. 같은 해 출판한 작품집 『미탸의 사랑』은 이러한 위상을 더욱 굳건하게 해주었다. 이후 부닌은 그에게 노벨문학상 수상자라는 전 세계적 명성을 가져다 준 소설 『아르세니예프의 생애』를 발표한다.

영원한 현재를 찾아

소설 『아르세니예프의 생애』는 혁명과 망명을 겪으며 예술적 화두로 떠오른 문제를 집요하게 파헤친 부닌 인생 최고의 작품이다.[17] 작

1933년 스톡홀름에서 노벨상을 받는 부닌.
부닌은 『아르세니예프의 생애』로 노벨상을 받는다.
이 작품은 혁명과 망명을 겪으며 예술적 화두로
떠오른 문제를 집요하게 파헤친
부닌 창작세계 최고의 작품이다.

가의 유일한 장편소설인 『아르세니예프의 생애』는 기억을 다룬 소설이다. 부닌 창작세계 전반에 걸쳐 기억은 가장 중요한 테마였다. 과거 러시아에 대한 향수를 표현하는 초기작 「안토노프의 사과」에서부터 기억을 제3의 진실로 묘사하는 「창의 꿈」, 어둡고 잔혹한 과거의 기억으로 살아가는 사람들의 이야기인 『수호돌』, 비극의 여주인공을 기억하며 살아가는 여선생의 이야기인 「가벼운 숨결」에 이르기까지 무수히 많은 작품을 통해 부닌은 인간이 존재를 유지하기 위한 필수적인 능력이자 선물이 바로 기억이라고 말해왔다. 이러한 맥락에서 볼셰비키 혁명으로 인간의 원천이자 자신의 문학적 원천인 러시아가 현실에서 사라졌다는 사실을 맞닥뜨린 부닌이 기억의 문제에 더욱 몰두한 것은 당연한 일일 것이다.

소설은 1917년 러시아혁명 이후 프랑스에서 망명생활을 하고 있는 노작가 아르세니예프가 머리에 각인된 최초의 기억부터 첫사랑의 설렘과 죽음에 대한 최초의 공포 그리고 시적 감수성이 피어나는 순간들까지 그 시절의 어린 주인공으로 돌아가 기록하는 이야기다. 스무 살 무렵까지 러시아에서 보낸 과거의 시간과 반백년 후 글을 쓰고 있는 현재의 시간이 교차되는 이 소설 속에는 전쟁이나 혁명, 망명처럼 주인공이 겪은 역사적 사건들이 전혀 등장하지 않는다. 그저 단편적인 기억과 찰나의 느낌, 툭툭 끊어지는 사건들이 단속적으로 이어져 있을 뿐이다. 화자의 말처럼 '가난하고 단조로운' 현실이 이어지는 것 같다. 하지만 그 뒤에는 삶의 오롯한 반짝임이 숨겨져 있는데 그것은 바로 자연과 인간이 나누는 섬세한 감정이다. 주인공에게 삶이라는 것은 분석이나 이해의 대상이라기보다 경이와 놀라움의 대상이다. 이는 작가 부닌의 생각이기도 하다. 삶에 대해 놀라움을 느끼는 정도는 사람마다 차이가 있다. 그는 이것을 '능력'이라고 생각하며 그러한 능력이 가장 많은 존재가 바로 시인이라고 정의한다. 어린 시절의 아르세니예프는 시인의 감성으로 세계를 느끼고 그것과 호흡하는 데 집중한다. 그것은 감각을 통해 기억에 각인되며 바로 그러한 이유로 물리적 시간을 넘어서게 된다. 이런 점에서 『아르세니예프의 생애』는 마르셀 프루스트(Marcel Proust, 1871~1922)의 『잃어버린 시간을 찾아서』와 비교된다.[18] 프루스트의 주인공이 마들렌 향기에 과거의 시간을 현재의 시간으로 불러내는 것처럼 부닌에게도 기억은 오감을 통해 환기된다. 소년 시절의 어느 저녁 아르세니예프가 처음 느낀 첫사랑의 감정은 그 순간 맡았던 담배향으로 그의 몸에 문신처럼 각인되어 그 후 어느 순간에라도 담배향을 맡을 때면 설레었던 그 순간이 오롯이 현재에 되살아나는 것이다. 그것은 새로운 경험이 되고 그 과정을 통해 기억은 현재가 된다. 과거의 기억이 현재 속에 반복되면서 현재의 시간은 과거의 시간으로 풍요롭게 된다. 그 결과 반복되는 기억과 반복되는 경험 속에서 과거와 현재의 경계는 사라지고 '영원한 현재'가 만들어진다. 부닌은 소설의 서두에서 자신의 시간은 자신의 탄생으로 시작되지 않으며 자신의 죽음으로 끝나지 않는다고 말한다. 인간의 가장 치명적인 한계인 유한함을 넘어서 영원에 닿고자 하는 열망을 실현시킬 수 있는 것이 바로 기억이다. 부닌에게 기억은 자신의 존재와 '아버지들과 형제들, 친구들과 친지들' 사이를 이어주며 불멸의 생명을 얻게 해주는, 인간이 가진 최고의 능력이자 현재의 시간에서는 사라진 조국 러시아를 영원히 살게 하는 기적의 고리인 것이다. 바로 그 기억의 행위와 글을 쓰는 행위는 불멸이라는 지점에서 만나게 된다. "글로 쓰지 않은 것들과 일들은 어둠에 가려져 망각의 무덤에 묻히게 되나 글로 쓴 것은 생명을 얻은 듯하나니……"로 시작하는 『아르세니예프의 생애』는 영원주의적 시간관을 가진 작가의 의식을 고스란히 보여준다.

러시아는 영원한 과거가 되어 기억 속에서만 그 모습을 찾아볼 수 있다는 비극적 현실에 대해 부닌은 『저주받은 나날들』에서 제기했던 고통스러운 질문을 반복하며 그 해답을 구한다. "믿을 수 없을 만큼 짧은 시간 만에 우리 눈앞에서 사라져버린 러시아, 그 안에서 벌어졌던 일들은 도대체 왜 일어난 것일까?"(제6권, 41쪽) 부닌은 다시 유럽인들은 이해할 수 없는 '러시아의 영혼' 이야기를 꺼낸다. "젖과 꿀이 흐르는 강에 대한 꿈, 한계를 넘어선 방임에 대한 몽상, 축제를 향한 예로부터 내려오는 열망이 바로 러시아 혁명성의 근원이 아닐까?"(제6권, 83쪽) 특히 혁명을 주도해 과거 러시아를 파멸로 이끈 지식인들에게 가혹한 비난을 쏟아낸다. "러시아의 반란자, 저항자, 혁명가들은 언제나 멍청하리만큼 현실과 괴리되어 있고 현실을 경멸하며 서두름 없는 침착한 활동이나 이성적인 계산은 조금도 하려고 하지 않는 자들 아닌가?"(제6권, 83쪽) '민중 속으로'(V narod)를 외친 귀족의 자식들은 '상상으로 만들어낸 감정'에 사로잡혀 '소음과 거리의 노래와 지하활동의 위험에 마비된 자'(제6권, 86쪽)들이다. 아르세니예프에게 러시아의 유로디비(yurodivyi) 현상과 고행, 자기공양, 온갖 반란은 뿌리가 같은 것들이다. 그것은 이성적 판단, 합리적 계산, 체계적 계획과는 거리가 먼 '러시아 영혼'의 특성인 것이다. 결국 그는 러시아인이란 농민, 귀족 가리지 않고 '자기학대'에 집착하며 비현실적 몽상에 몰두하는 자기파괴적 인간들로서 그 일부인 자신도 죄지은 바 있다는 쓰라린 자각에 도달하게 된다. 그렇다면 러시아혁명이란 이러한 영혼을 품은 러시아인들에게는 필연적인 결과인 것일까?

『아르세니예프의 생애』 출판 후 1933년 부닌은 러시아인으로는 최초로 노벨문학상 수상자로 선정된다.[19] "한동안 축하전화와 전보들이 쏟아지고 난 후 나는 한밤 홀로 조용한 가운데 스웨덴 한림원의 결정이 내포한 의미를 생각해보았습니다. 노벨상이 제정된 이후로 여러분은 처음으로 추방자에게 상을 수여한 것입니다. 내가 누구입니까? 추방자입니다⋯⋯."[20] 러시아라는 나라가 이미 존재하지 않는 현실 속에서 러시아인에게 수여된 노벨상은 부닌뿐만 아니라 러시아 망명사회 전체에 큰 울림을 전했다. '전형적인 러시아적 특성을 산문 속에 부활시킨 위대한 예술적 재능'을 이유로 무국적자에게 상을 준 것은 한편으로는 역설적이면서, 다른 한편으로는 슬픈 현실이 아닐 수 없었다.[21]

노벨문학상 수상으로 부닌의 문학적 활동은 절정을 맞았고 이후 노년기에 접어들어 그를 향한 문학적 기대가 어느 정도 수그러들 즈음 작가는 76세의 나이로 그의 인생에서 가장 독창적인 작품집을 발표한다. 바로 사랑이라는 주제로 엮은 연작집 『어두운 가로수 길』이다. 1910년대 발표한 단편소설 「가벼운 숨결」 「사랑의 문법」 같은 작품이 있긴 하지만 사랑의 테마는 혁명 후인 1920년대 발표한 「엘라긴 소위 사건」 「미탸의 사랑」 「일사병」 등의 비중 있는 작품들에서부터 부닌 창작의 대표적 테마로 자리 잡게 된다. 이러한 흐름의 최고봉에 『어두운 가로수 길』이 자리한 것이다. 그런데 작가의 말에 따르면 '가장 높은 완성도'를 자랑했던 『어두운 가로수 길』은 1세대 망명가들에게 '부도덕하며' '허용할 수 없는 디테일'로 큰 충격을 주었으며 일각에서는 '노년의 에로티시즘'이라는 비난이 쏟아졌다.[22] 그도 그럴 것이 부닌은 이 작품에서 지금까지 볼 수 없던 노골적 성(性) 묘사로 에로틱한 장면들을 과감하게 그려낸다. 특히 사랑과 죽음이라는 극단적 정서가 충돌하면서 독자가 느끼는 충격의 강도는 배가된다. 이는 사랑에 대한 부닌 특유의 태도와도 관련이 있다. 그에게 사랑은 무엇보다 육체적 욕망을 불러일으키는 사랑을 가리킨다.[23] 그 육체적 욕망이 주인공들을 죽음, 자살, 살인 같은 극한의 상황으로 몰고 간다. 부닌이 육체적 사랑에 주목하는 이유는 그것이 인간이 제어할 수 없는 감정으로서 예기치 않게 찾아와 선과 악의 경계, 도덕의 경계를 초월해 극한의 행복과 극한의 고통을 동시에 안겨준다는 점 때문이다.[24] 그에게 사랑은 삶의 의미를 극단적으로 끌어올려 희열을 느끼도록 하는 매개인 까닭에 파국이 예정되어 있다고 하더라도 주인공들은 기꺼이 파국 속으로 몸을 던진다.

『어두운 가로수 길』에 수록된 단편소설 「나탈리」에서 이제 막 대학생이 된 주인공 메세르스키는 어린 시절 첫사랑이었던 사촌 소냐와 주체할 수 없는 사랑을 하게 된다. 그런데 소냐와는 전혀 다른 매력의 나탈리를 만나게 되면서 그는 또 다른 순수한 사랑에 빠지게 된다. 육체적 사랑과 정신적 사랑을 동시에 경험하게 된 것이다. 소설은 사랑에 빠진 미숙한 영혼(소년에 가까운 청년)의 미칠 듯한 혼란과 달콤한 고통을 그대로 보여준다. 그 과정은 삶에 대한 첨예한 감각과 러시아 자연의 아름다움에 대한 감성을 벼려준다. 부닌의 작품에서 사랑은 한 개인의 특정한 사건으로 한정되지 않으며 언제나 보편적 차원의 문제로 다뤄진다. 하나의 우연한 '사건'이 아니라 인간 영혼의 수수께끼를 밝히고 삶의 의미를 밝히는 매개로 사랑이 묘사된다. 그래서 평범하고 비루해 보이는 일상 아래 감춰진 심연을 들여다보는 부닌은 불륜이나 문란함 또는 성적 유희 같이 사회적으로 비난을 면하기 어려운 행위들조차 찰나의 아름다움과 조우할 수 있는 '시적인 어떤 것'으로 인식한다.[25]

『어두운 가로수 길』에 포함된 대다수 작품은 제2차 세계대전이 발발해 부닌이 거주하고 있던 프랑스 남부의 그라스 지역이 차례로 이탈리아와 독일에 점령당하던 시기에 씌었다. 작가 자신이 말한 것처럼 "『데카메론』이 페스트가 창궐하던 시기에 쓰인 것처럼 『어두운 가로수 길』은 히틀러와 스탈린 시절에 씌었다."[26] 러시아혁명 못지않게 '어두운' 나치 세력의 힘이 세상을 장악하던 시대에 부닌은 말 그대로 사랑에 '탐닉'한다. 노년에 완성한 최고의 작품이라고 할 수 있는 『어두운 가로수 길』은 그의 삶이 향하는 곳을 예시(豫示)한다.

무지개

창조주께서 선택하신
신의 행복을 실행하는 이—
마치 무지개처럼 해질녘에야 반짝이듯—
끝의 시작에 불붙는다.
· 제8권, 12쪽

인생의 끝에서 부닌이 집중한 사랑은 그가 평생 탐구해왔던 '어두운' 영혼의 심연에서 인간 존재의 신비를 극한으로 체험할 수 있게 해주는 '길'이자 삶의 의미를 가장 강렬하게 밝혀주는 불빛이었다.

역사와 선택, 그 결과

10월 혁명 이후 볼셰비키 지배하에서 벌어지는 폭력과 혼란을 참을 수 없던 부닌은 그 시절을 말 그대로 '저주'했다. 그에게 혁명은 민중을 위한 새로운 세상으로 가는 필수불가결한 과정이 결코 아니었다. '민중의' 또는 '민중을 위한' 같은 수식어들은 민중을 잘 이해하지 못하는 몽상적 지식인들의 왜곡된 언어에 불과했다. 오히려 그들은 민중에 대해 무지하고 그렇기 때문에 그들의 추상적 대의는 혼란만을 초래할 뿐이라고 생각했다. 부닌에게 혁명은 폭력적 현실 그 자체였다. 결국 1920년 망명했고 이후 그는 1953년 사망할 때까지 프랑스에서 망명작가로 살게 된다.

부닌은 19세기 말 러시아 문단에 등장해 발레리 브류소프(Valerii Bryusov, 1873~1924), 발몬트 같은 상징주의자들과도 고리키, 쿠프린 같은 사실주의자들과도 필요에 따라 유연한 협력관계를 유지했지만 동시대의 어느 주요 문학적 유파에도 미학적으로든 사상적으로든 동참하지 않았다. 그는 러시아 문학의 '위기'를 논하면서 거리의 언어들로 러시아어를 훼손시키고 자신들의 문학만이 유일하게 '사실적인' 문학이라고 강변하는 상징주의자들에 맞서, 푸시킨에게서 시작해 레르몬토프, 페트, 톨스토이에게 이르는 러시아 문학의 전통을 지켜내야 할 사명이 자신에게 있다고 믿었다(또는 믿고 싶어 했다). 러시아 민중에 대한 이해를 둘러싼 고리키와의 경쟁관계를 끊임없이 의식했지만 고리키의 전투적 문학관과 사회관은 부닌에게는 언제나 낯선 것들이었다.

부닌 문학은 순수하게 예술의 영역에 한정되었으며 이는 혁명 전에도 혁명 후에도 변하지 않았다. 그는 인터뷰, 설문조사, 사회비평, 대중연설 같은 비예술 텍스트와 예술 텍스트를 철저히 구분했다. 그의

1910년대의 부닌과 그의 아내 무롬체바.
작가는 1920년 아내와 함께 러시아 오데사를 떠나
콘스탄티노플과 불가리아를 거쳐 1953년 프랑스 남부의
소도시 그라스에서 사망할 때까지 33년간 망명자로
살았다. 그 기간 동안 부닌 창작세계의 원천은 프랑스도,
동시대 러시아도 아닌 현실에서 사라진 '러시아'였다.

비예술 텍스트에는 동시대 문학에 대한 비판적 태도가 적나라하게 드러나 있을 뿐 아니라 작가의 사회정치적 견해들도 표현되어 있다. 특히 혁명 후 몇 년 동안은 혁명과 소비에트 정부를 비난하고 망명사회의 역할을 강조하는 내용의 사회비평 텍스트가 부닌의 문학세계를 지배하기도 했다. 하지만 그는 예술은 특정한 사회적 또는 이데올로기적 목적을 추구하기 위한 도구나 매개가 아니라고 생각했다. 그에게 예술은 불가해한 인간의 '어두운' 내면을 파고들어 그것을 명징한 언어로 표현하는 것이었다. 그렇게 '러시아의 영혼'이라고 자신이 명명한 인간의 욕망, 몽상, 자기파괴적 성향 같은 비이성적인 것들에 파묻힌 채 작가가 천착한 것은 결국 인생을 의미 있게 하는 것, 생명의 환희를 깨닫게 하는 것이었다. 부닌에게 그것은 바로 사랑과 기억이었다. 현재의 삶에서 자기 삶의 의미를 가장 강렬하게 느낄 수 있게 하는 사랑과 내세의 삶이 아니라 현재의 삶을 영원하게 하는 인간의 본원적 능력인 기억. 부닌의 예술세계에서는 순간의 환희, 찰나의 기억이 영원 같은 무게를 지닌다. 『아르세니예프의 생애』와 『어두운 가로수 길』은 이러한 작가의 예술관을 가장 잘 드러내주는 작품이다.

망명한 이후 30년 이상을 프랑스에서 살았지만 부닌의 작품에서는 프랑스에서의 삶을 거의 찾아볼 수 없다. 망명한 동료들의 삶도, 자신의 삶조차도 그의 작품에 거의 등장하지 않는다. 아름다운 프랑스는 그에게 삶의 공간이었지만 예술의 원천은 되지 못했다. 소비에트 러시아라는 동시대의 사회적 현실이 등장하는 경우도 찾기 어렵다. 그 자리를 대신한 것은 현실에서 사라진 '러시아'였다. 따라서 그에게 기억의 행위는 오직 기억 속에서만 살아 있는 러시아를 현재로 불러들여 '영원한 현재'로 만드는 필연적 행위였다. 바로 이것이 작가 일생의 대표작 『아르세니예프의 생애』를 집필하도록 한 원동력이었다. 소설 속 주인공인 노년의 작가 아르세니예프가 자신의 서재에 앉아 어린 시절의 기억을 떠올리며 글을 쓰는 것처럼, 부닌도 소설 『아르세니예프의 생애』를 쓰면서 '잃어버린' 러시아를 되살리려 한 것이다.

그는 자신의 문학이 '영원한 현재'가 살아 있는 공간이 되길 꿈꾸었다. 그 속에서는 잃어버린 러시아도, 잃어버린 첫사랑도, 잃어버린 삶의 환희도 언제든지 다시 만날 수 있기 때문이다.

부닌은 문학과 정치, 문학과 사회의 거리를 일정하게 유지하는 차원에서 탈정치적·탈역사적 태도를 취했다. 하지만 그가 깊이 천착했던 '러시아의 영혼'은 결국 혁명이라는 사회정치적 현상으로 외화 되었다. 그는 이 사실을 누구보다 처절하게 이해했지만 현실을 받아들일 수 없었고 결국 작가가 선택할 수 있는 최악의 선택을 했다. 자신의 모국어 공간을 잃은 채 작가로 산다는 것은 얼마나 큰 슬픔일까? 소비에트 문단은 '침묵전략'으로 부닌을 지워버렸고, 망명문단은 '힌두교의 소'처럼 부닌을 신성시했지만[27] 그는 자신을 지지하고 깊이 이해해주는 예술적 동료를 만나지 못했다. 그가 할 수 있는 일은 오로지 자기 예술 속으로 더욱 침잠하는 것, 언젠가 만나게 될 독자를 향해 성실하게 글을 쓰는 것뿐이었다. 그 결과 마침내 우리는 소비에트 문학과 더불어 20세기 러시아 문학을 이끈 또 하나의 거대한 흐름인 러시아 망명문학의 무게와 그 의미를 느끼게 된다.

역사에 가설은 불필요하다지만 삶에서 맞닥뜨리는 중요한 문제에서 선택되지 않은 답안은 존재의 정당성을 시시때때로 확인하게끔 하는 '기회비용'이 된다. 망명하지 않고 소비에트에 남았다면 부닌은 『아르세니예프의 생애』나 『어두운 가로수 길』 같은 인생의 작품을 남길 수 있었을까?

조규연 중앙대학교·러시아문학

혁명의 예술, 예술의 혁명
블라디미르 마야콥스키

미래주의: 삶으로 침투하는 예술

혁명은 블라디미르 마야콥스키(Vladimir Mayakovskii, 1893~1930)의 삶과 창작을 관통하는 키워드다. 생애 자체가 '러시아혁명의 연대기'[1]로 불릴 만큼 마야콥스키는 혁명의 격변기를 온몸으로 살아냈으며, 그의 작품 상당수는 10월 혁명이라는 역사적 사건에 바쳐졌다. 그에게 혁명은 삶 자체이자 시적 동기로서 사회적 삶과 문학적 활동을 동시에 추동하는 근본적인 계기였다. 그는 자서전 『나 자신』에서 10대 시절의 첫 창작에 대해 이렇게 술회했다.

> 나는 끄적이기 시작했다. 믿을 수 없이 혁명적인 그리고 그만큼 볼품없는 시가 씌어졌다. (…) 두 번째 시를 썼다. 서정적인 시가 나왔다. 그러한 마음상태는 나의 '사회주의적 가치'와 양립할 수 없는 것으로 간주하고 시 쓰기를 완전히 포기했다.[2]

모스크바로 이주 후 겪게된 열악한 삶은 마야콥스키에게 마르크스주의와 사회주의 혁명에 대한 강한 관심을 불어넣었다. 만 15세가 되던 1908년부터 본격적으로 문단에 등장하기 전인 1910년까지 러시아 사회민주노동당 활동으로 세 차례 수감됐던 마야콥스키에게는 서정성과 사회주의(경향성)라는 양립 불가한 두 요소가 근원적으로 혼재되어 있었다.

1911년 '모스크바 회화·조각·건축학교'(MUZHVZ)에 입학한 마야콥스키는 그곳에서 다비트 부를류크(David Burlyuk, 1882~1967)를 알게 된다. 마야콥스키 창작뿐 아니라 러시아 문예사에서 이 만남의 의미는 매우 크다. 둘의 만남은 러시아 미래주의(Futurism)가 시작되는 순간이자 마야콥스키가 '시인'이 되는 결정적인 계기이기 때문이다. 마야콥스키는 미래주의를 "동시대인들을 능가하는 거장 부를류크의 분노와 낡은 것은 붕괴되어야 한다는 필연성을 알고 있는 사회주의 파토스"(1:19)의 결합으로 규정했는데, 이는 미래주의의 예술적 기저와 본질을 함축하고 있다.

1912년 고조되는 혁명의 분위기 속에서 종래의 모든 전통과 관습을 '상식과 고상한 취향'으로 치부하고 "푸시킨, 도스토옙스키, 톨스토이 등을 현대의 기선에서 던져버리라"[3]는 도발적인 선언을 통해 과거에서부터 이어온 문학적 가치와 헤게모니를 전적으로 부정했던 러시아 미래주의자들은 첫 선언문의 제목처럼 '대중의 취향에 따귀를' 가하며 언어와 형식에 대한 급진적인 실험을 통해 예술의 혁신을 추구했다.

1912년 약관의 나이 20세에 본격적으로 문단에 데뷔한 마야콥스키는 미래주의에 적극적으로 가담해 부를류크, 알렉세이 크루초니흐(Aleksei Kruchonykh, 1886~1968), 벨리미르 흘레브니코프(Velimir Khlebnikov, 1885~1922) 등 '길레야'(Hylaea) 그룹에 속한 입체미래주의 시인들뿐 아니라 카지미르 말레비치(Kazimir Malevich, 1878~1935), 미하일 라리오노프(Mikhail Larionov, 1881~1964), 파벨 필로노프(Pavel Filonov, 1883~1941) 등 당대를 대표하는 아방가르드 예술가들과도 교류하며 실험적인 창작활동을 이어갔다.

마야콥스키의 수감기록 카드. 만 15세가 되던 1908년부터
본격적으로 문단에 등장하기 전인 1910년까지
러시아 사회민주노동당 활동으로 세 차례 수감됐던
마야콥스키에게는 서정성과 사회주의(경향성)라는 양립
불가한 두 요소가 근원적으로 혼재되어 있었다.

미래주의를 선전하기 위해 이들이 향유했던 대표적인 방식은 대중을 상대로 한 순회강연이었다. 1911년에서 1915년 사이 모스크바와 페테르부르크에서 우크라이나와 카스피해 연안의 도시들까지 이어진 미래주의자들의 순회강연 및 낭송회는 지역언론과 대중에게 큰 반향을 불러일으켰다. "예술에서의 추악하고 무례하며 엉뚱한 현상"[4] 이라는 언론의 평가에도 불구하고 특이한 복장과 분장을 한 미래주의 시인들의 선동과 퍼포먼스는 유희의 대상으로서 기존 문학전통에 길들여져 있던 대중의 호기심을 자극하기에 충분했다.[5] 마야콥스키는 시「바지를 입은 구름」(1915)에서 자신들의 순회강연을 이렇게 묘사했다.

페트로그라드, 모스크바, 오데사, 키예프의
청중을 골고다로 이끌었다. "못 박아라,
그를 못 박아라!"
하고 소리치지 않을
사람은
그 누구도 없었다.
하지만 내게는
나를 모욕했던
사람들,
당신들이 가장 소중하고 친근하다.

때리는 손을 핥은 개를
본적이 있는가?!
·제1권, 184~185쪽

마치 순례행위처럼 묘사한 순회강연에서 미래주의자들은 기존의 문학전통을 향유하던 대중이 느끼는 모욕감을 그들이 "새로운 미를 이해하는 첫 단계"[6]에 진입한 증거로 인식했으며, 이에 마야콥스키는 미래주의 활동이 가장 왕성했던 이 시기를 "즐거운 한해"(제1권, 22쪽)라고 말한다. 이들의 분장과 퍼포먼스는 제정러시아라는 정치적 상황과 인상주의, 초기 입체파(Cubism) 등 당대의 모든 사조를 포괄하는 낡은 예술적 질서에 대항하려는 미래주의자들의 급진적이고 강력한 무기였다.[7] 이처럼 순회강연은 종이나 화폭에 제한됐던 예술의 재현공간과 매체를 예술가 자신의 행위로, 나아가 그를 둘러싼 삶 자체로 확장시킴으로써 예술을 삶과 결합하고자 했던 새로운 미래주의 기획이었다.

새로운 예술을 선전하고 예술을 통한 삶의 변혁의지를 표출하기 위한 미래주의 시인들의 주요 매체는 '책'이었다. 마야콥스키 역시 미래주의 시인들 및 아방가르드 예술가들과의 긴밀한 협업을 통해 『대중의 취향에 따귀를 때려라』 『판관의 덫 2』 『3인의 기도서』(1913), 『소멸한 달』(1914), 『점령』(1915) 등의 공동선집뿐 아니라 『나!』(1913), 『블라디미르 마야콥스키』(1914), 『바지를 입은 구름』(1915) 등의 개인시집을 제작하고 출판하는 데 적극적으로 관여했다.

전통적으로 '책'은 문학의 절대적인 매체였다. 그러나 "읽었으면 찢어버리라!"[8] 던 흘레브니코프와 크루초니흐 등의 미래주의자들은 전통과 과거유산의 보고인 도서관이나 미술관을 새로운 예술을 가로막는 '유해한' 것으로 간주하고 책의 기능과 문학적 가치에 대한 전통적 의미마저 철저하게 부정했다. 상징주의적 리브르 다티스트(Libre D'Artist)에 대한 반향으로서 등장한 새로운 '안티북' 경향 또한 활자나 책의 외형 등 시각적 요인들을 통해 더욱 구체화된다. 마야콥스키를 비롯한 8인의 미래주의자가 서명해 1914년 발표한 미래주의 공동선언문 「판관의 덫 2」를 보면 "단어의 시각적·음성적 특성에 따라 내용을 부여"해야 한다는 주장이 나오는데, 실제로 장르 간의 경계를 넘나드는 종합주의는 미래주의 시학의 가장 두드러지는 특징이 된다. 특히 타이포그래피를 통한 활자의 변형과 여백의 활용, 단어와 행의 해체와 분할 등 시각적 효과가 강조되면서 언어는 그 자체로 그래픽

대중공연 당시 마야콥스키(위)와 부를류크. 미래주의를
선전하기 위한 대표적인 방식이 대중을 상대로 한
순회강연이었다. 특이한 복장과 분장을 한 미래주의
시인들의 선동과 퍼포먼스는 유희의 대상으로서 기존의
문학전통에 길들여져 있던 대중의 호기심을 자극하기에
충분했다.

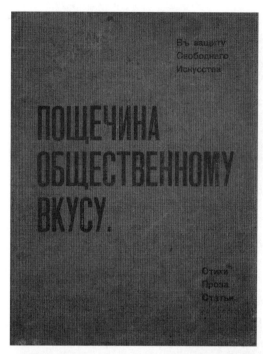

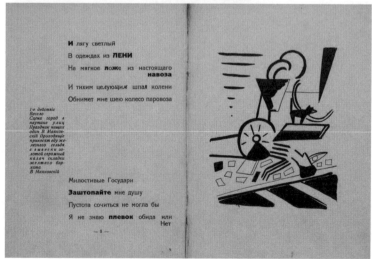

『대중의 취향에 따귀를 때려라』의 표지(위)와 「블라디미르
마야콥스키. 비극」의 대본. 새로운 예술을 선전하고 예술을
통한 삶의 변혁의지를 표출하기 위한 미래주의 시인들의
주요 매체는 '책'이었다. 마야콥스키 역시 개인시집을
제작하고 출판하는 데 적극적으로 관여했다.

적 요소가 된다. 또한 삽화(회화)라는 시각텍스트와 시라는 언어텍스트 간의 위계적인 경계가 무화되면서 이 둘은 서로 대등한 위치에 놓인다. 이를 통해 '읽는 대상'이었던 시는 '보는 것'으로서 시각적 의미까지 지니게 된다.

책에 대한 새로운 인식은 같은 시기 마야콥스키의 시에서도 직접적으로 드러난다. 그는 "결코 그 어떤 책도 읽고 싶지 않아. 무슨 책이란 말인가?"(제1권, 132쪽)라며 책(문학)의 무용성을 강조하고, "철로 만든 책을 읽을 것"(제1권, 41쪽)을 권유하며 거리의 간판들에 주목한다. '간판'은 도시공간의 시각적·언어적 기호로서 도시의 일상적 디테일에 주목했던 마야콥스키 초기 시의 주요 모티프다. 실제로 그에게 새로운 예술(문학)의 가능성으로 인식됐던 도시가 직접적인 창조와 건설의 대상이 되고 책이 "개별 페이지로 뜯겨져 100배로 확대되고 더욱 선명하게 채색된 포스터가 되어"[9] 모스크바 거리 구석구석을 장식했던 혁명 이후 1920년대 상황을 미루어볼 때 예술과 기능, 형식과 내용이 유기적으로 결합된 종합주의 예술매체로서 책은 새로운 예술을 삶 속에서 실현하기 위한 미래주의 기획에 매우 적합했다.

마야콥스키의 미래주의 드라마: 사물의 반란과 예술 인식의 혁명

연극(공연) 또한 새로운 형태의 종합주의 예술을 실현하기 위한 주요 매체였다. 미래주의자들에게 극장은 말, 회화, 음향이 통합되는 새로운 예술의 투기장으로서 "색채와 음향이 반란을 일으키는 극장적 볼거리"이자 "열정이 불타오르고 관객이 스스로 싸울 태세를 갖추는 미래주의 극장"[10]이 되어야만 했다. 이를 반영하듯 미래주의가 정점에 다다른 1913년 마야콥스키의 첫 번째 희곡 「블라디미르 마야콥스키. 비극」이 페테르부르크의 루나파르크 극장에서 '세계 최초의 미래주의 극장 공연'이라는 기획하에 상연되기에 이른다.[11]

「블라디미르 마야콥스키. 비극」은 도시주의와 주체의 시학으로 귀결되는 마야콥스키의 대표적인 초기작이다. 마야콥스키 본인이 주인공으로 등장하는 작품의 제1막에서 묘사된 도시는 '귀가 없는 인간' '머리가 없는 인간' '한쪽 눈과 다리가 없는 인간' '길게 늘어진 얼굴을 한 인간' 등 파편적인 시대상을 대변하는 '불구자-대중'으로 가득 찬 카오스적 공간으로 제시된다. 경적소리, 외침, 총소리 등을 통해 암시되는 그들의 불안과 고통은 혁명 전야의 분위기를 점차 고조시킨다. 근본적인 변화는 도시공간을 구성하는 기존 '사물'에 대한 새로운 인식, 즉 '사물의 반란'으로 실현되는데, 일상에 존재하는 기존 사물들이란 도시의 실제 현실에서는 아무런 반응도 할 수 없는 무가치한 존재였기 때문이다.

> 보이는가! 사물들을 베어버려야 해! 내 이것들의 애교 속에서 적을 예견했던 것도 무리가 아니지! (…) 많은 사물은 뒤집혀 만들어졌어. 심장은 노하지도 않고 악의에 무관심할 뿐.
> ·제1권, 158쪽

반란을 모의하는 불구자 사이에서 갑작스럽게 등장해 이들의 전복 의지를 꺾으려는 '평범한 젊은이'는 불구자로 가득한 도시공간에서 오히려 고립될 수밖에 없는 존재다. 혁명이라는 시대적 맥락을 고려할 때 이 '평범한 젊은이'는 부르주아적 취향을 지닌 채 기존의 전통을 향유하고 현실적 삶에 안주하려는 멘셰비키적인 인물임을 알 수 있다. 결국 그는 자신을 둘러싼 불구자들에게 조롱의 대상이 되고 '궤짝이나 술통 위로' 올라서지 않으면 보이지 않을 정도의 사소한 소품으로 전락하고 만다. '평범한 젊은이'의 등장 이후 불구자들의 의식 속에서 사물들의 혁명적 반란은 더욱 첨예화되고, 도시공간의 정적인 존재였던 사물들은 궐기하는 역동적인 존재로 변모한다.

> 이제 늙은 시간은 입이 비뚤어진 거대한 폭동을 낳았소! (…) 갑자기 모든 사물이 목소리를 쥐어짜며 낡은 이름의 누더기를 벗어던지려

달려들었소. 술집 진열장은 사탄의 지시를 받기라도 하듯이 스스로 술통의 밑바닥을 두드렸소. 놀란 재단사에게서 바지가 뛰어나와 가 버렸소. 혼자서! 인간의 넓적다리도 없이 말이오! 술 취한 서랍장은 검은 아가리를 벌리고 침실에서 떨어져 나왔소. 코르셋들은 땅에 떨 어질까 겁내며 '여성복과 유행'이라고 쓰인 간판에서 기어 내려왔소.

·제1권, 162~163쪽

마야콥스키는 현실가치의 역전과 기괴하면서도 희극적인 '사물들 의 반란'[12]을 통해 당대의 시대상을 묘사하고 혁명의 예감을 표출하 면서 고착화되어 이미 죽어버렸던 기존의 사물을 부활시키고[13] 이로 써 새로운 예술과 일상을 창조하려는 의지를 적극적으로 표출한다. 새로운 도시의 삶을 반영하는 사물들에 대한 재인식은 1913년 쓴 에 세이에서도 드러난다.

새롭다는 것이 이제 우리의 잿빛 세상에서 아직 누구에게도 알려지지 않은 그 어떤 것일 수는 없습니다. 그것은 바로 거대하고 실로 새로운 도시 삶의 영향하에서 자신의 외형을 오래전부터 변화시켰던 모든 사 물의 상호관계에 대한 시선의 변화를 말합니다.

·제1권, 284~285쪽

혁명 이전 미래주의 시기의 '불구자-대중'은 주인공 마야콥스키가 연민과 동정을 품는 대상일 뿐 아직은 세상을 전복할 만한 혁명적 행 동능력이 없다. 사물들은 '통제 불능'의 존재이며, 사물의 부활은 현 실이 아닌 불구자들의 의식 속에서만 실현될 뿐이다. 일상의 변혁에 동참하는 더욱 역동적인 사물의 형상은 10월 혁명 1주년 기념행사의 일부로 상연된 혁명극 「미스테리야-부프」(1918)에서 구체적으로 제 시된다.

혁명 전야의 도시: 마야콥스키의 도시텍스트

마야콥스키의 전복과 혁신방식은 여타 미래주의자들과는 근본적으로 달랐다. 미래주의 시인들이 언어적인 실험을 통해 이른바 초이성적 언어라고 불리는 '자움'(zaum)의 창조에 천착했던 반면 마야콥스키는 메타포와 과장으로 포화된 '도시주의' 시학에 집중한다.

마야콥스키에게 도시는 양가적인 가치를 지닌다. 도시에 대한 애착과 증오는 마야콥스키 초기 창작을 특징짓는 "미래주의의 두 근원이자 구성요소이며, 동시에 두 개의 모순적인 양극단이자 각기 다른 방향의 중요한 가치"[14]다. 기계의 움직임과 소음으로 가득한 역동적인 도시는 마야콥스키 창작에서 주된 질료이자 핵심주제로, 창작행위를 촉진하고 새로운 예술에 대한 관심을 환기시키는 특수한 공간으로 제시된다. 마야콥스키가 어느 강연에서 미래주의 시를 "현대적 도시의 시"(제1권, 453쪽)로 규정했듯 1912~14년 사이 씌어진 그의 초기 시는 도시의 풍경과 도시적 디테일을 내용과 형식, 시각과 청각의 층위에서 다층적으로 결합한다. 또한 그에게 "현대적 삶의 강도와 긴장상태"를 유지하는 도시는 "예술이라는 인식능력의 자유로운 유희의 절대적인 필요성을 불러일으키는"(제1권, 276쪽) 긍정적인 창조공간이다. 이는 도시를 예술의 창조공간으로 마음껏 향유하는 예술가의 능력을 강조하는 시 「그대들은 할 수 있는가?」(1913)에서도 잘 드러난다.

> 나는 컵에 담긴 물감을 뿌려
> 일상의 지도를 단숨에 지워버렸다.
> 나는 고기젤리 요리에서
> 대양의 비뚤어진 광대뼈를 보여주었고,
> 양철 생선의 비늘에서
> 새로 태어난 입술의 외침을 낭송했다.
> 그런데 그대들은
> 배수관의 플루트로

야상곡을 연주할 수 있는가?

·제1권, 40쪽

이 시의 특징은 전반부의 시각적(회화적) 층위(지도, 물감, 음식, 비늘)와 후반부의 청각적(음악적) 층위(플루트, 야상곡)가 역동성을 의미하는 동사들(뿌리다, 지우다, 보여주다, 낭송하다, 연주하다)을 통해 유기적인 전체로 통일된다는 점에 있다. 일상을 "단숨에 지워 버린" 시적 화자에게 도시는 사물에 대한 새로운 관점을 '제시'하고, 새로운 예술을 '낭송'하고, '연주'할 수 있는 창조적 공간으로 변형된다. 이때 새로운 예술은 다름 아닌 간판(양철 생선)이나 건물의 배수관 같은 도시의 디테일을 활용해 가능해진다. 이렇듯 예술가인 '나'는 '그대들'과 달리 기존의 낡은 일상과 도시를 새롭게 채색하고 창조적인 공간으로 변형시킬 수 있는 능력을 지닌 존재다. 이러한 미래주의적 자기과시는 마야콥스키 초기 시에서 가장 두드러지는 특징이라 할 수 있다.

마야콥스키에게 새롭게 창조되어야 할 대상인 도시는 또한 전복되어야 할 일상이기도 하다. 그의 초기 시에서 때때로 도시가 부정적인 가치를 지닌 종말론적 공간으로 제시되는 것은 이러한 이유 때문이다. 초기 시 「잡음, 소음, 굉음」(1913)에서 도시는 기계와 인간의 소음이 지배하는 공간인데, 소음(shum)이 만연한 도시의 카오스적 분위기는 시의 내용뿐 아니라 음성학적 층위, 즉 'sh' 소리의 반복을 통해 더욱 배가된다. 또한 같은 해 씌어진 시 「도시 지옥」에서 자동차, 간판, 전차, 마차, 마천루, 비행기 등은 현대도시의 악마적 이미지를 강조하고 있으며, 연작시 「나」(1913)에서 인간의 육체와 동일시된 도시는 "목매달린 탑의 뒤틀린 목이 구름의 올가미 속에서 굳어져버린" (제1권, 45쪽) 죽음과 종말의 공간으로 제시된다.

주체의 시학: 나!

카오스와 죽음이 만연한 종말적 도시공간 속에서 마야콥스키의 시적 화자인 '나'는 일상의 전복과 새로운 예술과 삶을 위해 홀로 투쟁하고 고통받는 희생자이자 구원자로 등장한다. 동시대 작가인 추콥스키의 지적처럼 "십자가와 골고다, 가시면류관" 같은 도시의 환영은 그에게 "심장에 박히는 못"[15]에 다름 아니다. 「나」에서 시인은 마치 기도하듯 시대의 비극으로 고통당함을 호소하고, 불확실한 미래에나마 "이콘에서 달려 나와 진창에 빠진 그리스도"(제1권, 48쪽)를 대체할 비극적 시대의 유일한 구원자로서 자신의 존재를 확신한다.

도시공간 속에서 홀로 고통받는 '나'는 자신만의 새로운 예술적 능력을 과시하는 차원을 넘어 삶 자체의 변혁, 즉 혁명을 예견하고 주도하는 적극적인 주체로 확대된다. 「블라디미르 마야콥스키. 비극」의 프롤로그에서 '최후의 시인'을 자처하며 등장한 주인공 마야콥스키는 비극적 시대에 존재하는 시인으로서 자신의 역할을 이렇게 천명한다.

> 나는
> 램프의 황제!
> 침묵을 깨뜨린 자,
> 한낮의 슬픔의 올가미로
> 울부짖었던 자,
> 모두 내게로 오라.
> 내 그대들에게
> 소 울음처럼 단순한
> 말로써
> 가로등처럼
> 웅웅거리는
> 우리의 새로운 영혼을 열어보이리.
> 내 손가락이 그대들의 머리에 닿는 순간

그대에게는

거대한 키스를 위한

입술과

모든 민족에게 친숙한

혀가 자라날 것이니.

·제1권, 154쪽

'당신들'과 전혀 다른 능력을 지닌 창조자이자 프로메테우스적인 도시문명의 구원자(램프의 황제)로 등장하는 주인공은 다름 아닌 '시인' 마야콥스키다. 또한 그가 비극적이고 혼란한 도시를 구원하기 위해 제시하고 있는 수단은 미래주의 시인들의 '초이성어'를 상기시키는 '소 울음처럼 단순한'[16] 말이다. 구원자의 형상은 결국 언어의 창조자이자 예술의 창조자와 동일시되며, 그 중심에 시인인 '나'가 존재한다. 마야콥스키의 이름에서 '나'를 의미하는 러시아어 'Я'(Ya)가 자주 강조되는 것은 이러한 이유에서다.

「블라디미르 마야콥스키. 비극」에서 등장하는 서정적 '나'의 형상은 초기 시들에서 제시된 그것에 비해 훨씬 비대하다. 비극의 제목도, 등장인물도, 주인공도 모두 마야콥스키 자신이며, 심지어 1913년 공연에서는 스스로 주인공 역을 맡아 무대에 등장하기도 한다. 작품 속에서 시인은 진정한 예술과 사랑이 불가능한 카오스적 도시에서 "혼자만이 노래할 수 있는"(제1권, 169쪽) 존재일 뿐 아니라 '당신들'의 "눈물의 짐"을 힘겹게 지고 가는 희생자-구원자다.

에필로그에서 시인은 "나는 이 모든 것을 당신들, 불쌍한 쥐새끼들에 대해 썼다"(제1권, 172쪽)라는 미래주의 특유의 모욕적인 언사로 관객들과 소통하며 무대와 현실, 역할 속의 '나'와 실존적 '나'의 경계를 제거한다. 결국 이 작품은 그 자체로 미래주의 시인들의 대중 순회 강연 방식과 유사한 연극적 포즈이자 삶과 예술의 통합을 위한 하나의 퍼포먼스인 셈이다.

국립 마야콥스키 박물관의 입구. 마야콥스키의 시에서
구원자의 형상은 결국 언어의 창조자이자 예술의
창조자와 동일시되며, 그 중심에 시인인 '나'가 존재한다.
마야콥스키의 이름에서 '나'를 의미하는 러시아어
'Я'(Ya)가 자주 강조되는 것은 이러한 이유에서다.

마야콥스키의 과장된 '나'는 분열을 겪는다. "내게 나는 협소해. 나에게서 누군가가 자꾸만 분출되고 있다"(제1권, 179쪽)라는 말에서 드러나듯 강인한 외모와 나약한 내면, 예술과 삶, 문학과 혁명, 형식과 내용, '나'와 대중, 서정성과 경향성 등 형용모순적인 양면성에서 비롯된 마야콥스키의 자아분열은 점차 극대화되어가는 비극적 인식의 주된 요인이 된다.

형식에서 내용으로, 순수예술에서 삶의 예술로

1914년 제1차 세계대전의 발발은 미래주의뿐 아니라 마야콥스키 개인의 창작에도 중요한 분기점으로 작용했다. 전통을 일소하기 위한 미래주의적 가치로 전쟁을 받아들였던 마야콥스키는 점차 그것을 불합리하고 혐오스러운 것으로 인식하게 된다. 전쟁 때문에 당시 예술에 대한 대중의 관심뿐 아니라 미래주의 활동 역시 현저하게 줄어든 것도 사실이다.[17] 이 시기 "예술에 대한 관심이 전적으로 사라졌다"(제1권, 23쪽)라고 고백한 마야콥스키는 이제 자본주의의 폐해와 관련된 역사적 경향성, 즉 사회적 성격의 테마를 주제로 창작활동을 이어가게 된다. 『나 자신』에서 말한 것처럼 미래주의 활동에 가장 적극적으로 임한 1913년은 그에게 "형식에 대한 작업과 언어를 습득했던 시기"(제1권, 22쪽)였다. 1914년 마야콥스키 창작의 중심은 '형식'에서 '주제'로 이행한다.

> 숙달했음을 느낀다. 주제를 터득할 수 있다. 본격적으로. 주제에 대한 문제를 제기한다. 혁명적인 주제에 대해. 「바지를 입은 구름」을 구상한다.
> ·제1권, 22쪽

마야콥스키 스스로 '혁명적 주제'로 규정한 「바지를 입은 구름」은 오히려 기존의 미래주의적 서정성이 짙게 드러나는 작품이다. 이 시기 그는 '형식'에서 '내용'으로의 이행을 강조하고 있지만, 작품의 근본적인 주제는 사회적인 측면보다 시적 화자의 내면, 즉 사랑과 이에 관한 비극적 인식에 더욱 가깝다. 마야콥스키의 작품 속에서 연인과의 사랑은 항상 실패로 돌아가고, 사랑의 고통과 좌절이라는 개인의 비극은 세계의 비극으로 확장된다. 시적 주인공인 '나'에게 적대적인 존재는 '여인'에서 사랑조차 할 수 없고 자신의 천재적 재능도 인정하지 않는 시대적 현실 전체로 확장되며, 이는 혁명에 대한 예감과 기대로 자연스럽게 전이된다.

> 지루한
> 음담패설처럼
> 오늘날의 종족들에게 조롱받는
> 나는
> 누구에게도 보이지 않는
> 시간의 산맥을 넘어오고 있는 이를 본다.
>
> 인간들의 눈이 닿지 않은 곳에서
> 굶주린 무리의 우두머리처럼
> 혁명의 면류관을 쓰고
> 1916년이 도래한다.
> ·제1권, 185쪽

전쟁이 지속되고 혁명의 기운이 팽배했던 1915년 마야콥스키는 "특별한 그룹으로서의 미래주의는 죽었다"라는 말로 미래주의의 소멸을 인정하면서도 그 영향력은 여전히 남아 "그대들 모두에게 홍수처럼 흘러넘친다"(제1권, 351쪽)라고 주장한다. '선택된 자들의 관념'으로서의 기존 예술을 거부하고 파괴하려던 미래주의의 사명은 이미 완수되었기에 미래주의에게는 이제 새로운 단계가 요구된다는 것이다.

우리는 '파괴'라는 강령의 첫 부분이 완수된 것으로 간주한다. 그렇기에 만일 오늘 우리의 손에서 광대의 딸랑이 대신 건축가의 도면을 보더라도, 어제는 감상적 몽상으로 아직은 미약했던 미래주의의 목소리가 오늘날 명료한 설교의 형태를 띠더라도 놀라지 마시길.

· 제1권, 351쪽

마야콥스키는 예술은 추상적 '관념'이길 멈추고 삶과 결합해 삶의 건설에 적극적으로 이바지하기 위한 더욱 구체적인 단계로 이행해야 하며 미래주의가 그 과정의 중심에 있어야 한다고 주장했다. 그러나 「바지를 입은 구름」뿐 아니라 「등골의 플루트」(1915), 「인간」(1916~17) 등 혁명 이전 시의 주된 내용은 여전히 사랑, 수난, 죽음, 자기신화화 등의 모티프를 중심으로 한 '나'의 고통과 비극이었고 혁명 역시 개인의 차원에만 머물렀다. '나'라는 개인이 상쇄되고, 본격적으로 작가의 내면에서 삶으로 주제가 바뀌기 시작한 것은 혁명기인 1917년 이후부터였다.

혁명 직후의 마야콥스키와 미래주의

'시인들의 카페': 미래주의의 지속

혁명 직후 마야콥스키는 미래주의의 핵심 멤버들이었던 부를류크, 바실리 카멘스키(Vasilii Kamenskii, 1884~1961)와 재결합해 모스크바 소재 '시인들의 카페'를 거점으로 미래주의 예술실험과 강연활동을 어느 때보다 활발하게 이어가며 "특별한 그룹으로서 이미 죽었던" 미래주의를 부활시키려고 노력한다.[18]

이 시기 마야콥스키는 1918년 3월 미래주의 사상과 시를 대변하는 『미래주의자들의 신문』을 창간하고, 창간호의 첫 페이지에 「비상하는 미래주의자들의 동맹선언서」(이하 「동맹선언서」), 「노동자들에게 보내는 공개서한」(이하 「공개서한」), 「예술의 민주화에 관한 법령 제1호」(이하 「법령 제1호」)를 게재한다. 이 세 편의 선언문은 1910년대 초 이미 예술혁명을 감행한 그들이기에 대중의 신뢰를 얻을 수 있을 것이라는 낙관주의 그리고 새로운 시대에 걸맞은 미래주의의 사명과 본질에 대한 확신으로 가득 차 있다.

마야콥스키를 비롯해 부를류크와 카멘스키 3인이 서명한 「동맹선언서」는 '국가에서의 예술독립'을 명확히 요구한다. 이는 마야콥스키가 2월 혁명 직후 한 연설에서도 잘 드러난다.

> 미래 국가에서 모든 예술 종사자가 자유로운 결정권을 갖도록 해야합니다. 나를 포함한 모든 이의 신조는 이렇습니다. 정치적 삶 만세, 정치에서 자유로운 예술 만세!
>
> ·제13권, 244쪽

마야콥스키는 혁명을 삶과 예술, 나아가 사회주의 이데올로기와 예술이 조화롭게 결합할 수 있는 가능성으로 인식했다. 그러나 이것이 정치에 대한 예술의 종속을 의미하지는 않는다. 당시 마야콥스키를 포함한 상당수의 작가와 예술가는 혁명을 통해 제정시대의 검열이나 아카데미즘의 족쇄에서 벗어날 수 있다는 희망을 품었으며, 이에 마야콥스키는 혁명 이후에도 지속적으로 "정치에서 자유로운 예술"을 요구했다.

「동맹선언서」에 따르면 과거의 문화적 유산이 정치, 사회, 정신의 세 영역에서 속박상태를 형성했고, 그중 정치적 속박을 해방시킨 것이 바로 2월 혁명이다. 『미래주의자들의 신문』에 발표된 2월 혁명에 관한 시 「혁명: 시-연대기」에서 드러나듯 마야콥스키는 "수천 년의 '과거'가 붕괴하고 세계의 토대가 재고될"(제1권, 136쪽) 결정적인 계기인 2월 혁명을 통해 전제주의의 전복과 함께 '사회주의적 아나키즘'(Socialist anarchism), 즉 "사회주의자들의 위대한 이단"(제1권, 140쪽)이 실현되었다고 확신한다. 이와 관련해 그는 「공개서한」에서 '사회주의적 아나키즘'으로 실현된 '내용'혁명은 '형식'혁명인 미래주의 없이는 완성될 수 없기에 새로운 사회를 건설하는 과정에서 미래주의의 역할이 더욱 강조되어야 한다고 강변한다(제12권, 9쪽).

10월 혁명이 사회적 속박마저 일소했다면, 예술과 문화 영역에서의 '정신적 속박'을 벗어나는 것이 「동맹선언서」에서 드러난 가장 시급한 과제였다.

> 우리 예술 프롤레타리아는 공장과 토지의 프롤레타리아들을 제3차 혁명으로 호출한다. 피는 흘리지 않지만 무자비한 혁명, 바로 정신의 혁명(Dukh Revolyutsii)이다.[19]

또한 마야콥스키를 포함한 세 명의 미래주의자는 「법령 제1호」에서 새로운 형식의 예술, 즉 '담장의 문학'과 '거리의 회화'를 요구한다.

> 문화 앞에서의 모든 이의 평등이라는 위대한 진일보를 위해 자유로운 말은 집의 담장, 울타리, 지붕, 도시와 마을의 거리와 자동차, 철도, 트램의 객차 그리고 전 시민의 의복에 쓰어지도록 해야 한다. (…) 지금부터 시민은 거리를 지나며 항상 위대한 현대인들의 사고의 깊이를 향유하고, 오늘날 아름다운 기쁨의 다채로운 생동성을 관조하며, 도처에서 선율이나 굉음과 소음 같은 위대한 작곡가들의 음악을 듣도록 하라. 거리가 만인을 위한 예술의 축제가 되도록 하라.
> ·제12권, 443쪽

화폭이나 책이 유일한 매체였던 전통적 개념의 회화와 문학은 이제 본격적으로 삶과 일상으로 침투하고, 거리와 도시공간은 문학과 예술의 재현매체이자 일종의 예술적 대상으로 확장된다. 흥미로운 점은 모든 프롤레타리아 민중이 예술을 향유할 수 있도록 '예술의 민주화'를 이룩하는 주된 수단으로 혁명 이전 미래주의 시기의 신조어를 상기시키는 "자유로운 말"을 제시하고, 혁명 이전 마야콥스키 초기 시의 주제와 모티프(거리, 소음, 역동성) 역시 반복된다는 사실이다. 마야콥스키에게 예술은 정치와는 별개로 삶을 창조하고 변화시키는 근본적인 수단이다. 그에게 혁명이라는 정치적 사건은 예술을 통한 삶의 변혁이라는 기획을 실현 가능케 하고 그 과정에서 급진적 예술로서의 미래주의의 역할을 보장받게 하는 결정적 계기였을 뿐이다.

혁명이라는 격변의 시기 '시인들의 카페'의 주요 활동무대였던 모스크바 역시 정치상황에서 자유로울 수는 없었다. 수많은 정치성명과 출판물이 난무했던 혼란한 상황 속에서 이들의 개인적이면서도 대중선동적인 '전단지' 형식의 슬로건들은 쉽게 사라지거나 잊힐 수밖에 없었다.[20] 또한 혁명 이전 미래주의의 지극히 개인적이고 급진적인 방식은 1918년이라는 새로운 시공간에서 오히려 시대착오적이고 '기괴한 것으로'[21] 여겨지기에 충분했다.

「코뮌의 예술」: 예술과 이데올로기

혁명 직후 러시아 예술 분야에서는 힘의 재편이 이루어진다. 무엇보다 기존의 전통적 사조나 사실주의뿐 아니라 '예술세계'(Mir iskusstva)로 대변되는 순수예술 차원의 새로운 경향마저 부정하며 스스로를 '좌익'으로 자처하는 급진적인 예술가들이 문화의 전면에 등장하기 시작했다. '예술아카데미'(Akademiya iskusstv)에 속한 보수적 예술가들의 그늘에 가려져 있었던 좌익예술가들은 혁명을 그간 좌절되었던 창조적 에너지의 해방으로 인식했다. 이들은 새로운 사회의 유용한 존재로서 문화적 삶을 재편하는 데 능동적으로 참여하고, 문화혁명에 동참해 '정신의 혁명'을 체화하며, 이를 자신의 창작 속에 유기적으로 반영하고자 했다.[22]

혁명 이후 문화와 교육을 관할했던 기관은 인민계몽위원회(NARKOMPROS)였다. 기관의 수장인 루나차르스키는 기관 산하에 조형예술분과(IZO)를 창설하고, 예술아카데미에 속한 보수적인 예술지식인들 대신 좌익예술가들에게 기관 내의 주도적 역할을 위임했다. 이를 통해 혁명 이후 '예술의 민주화'라는 구호를 볼셰비키와 공유했던 좌익예술가들은 어렵지 않게 문화·예술 권력에 접근했고,[23] 나아가 '좌익예술 독재'를 위한 토대를 마련할 수 있었다.

혁명 이후 볼셰비키의 예술검열을 피해 지방도시에 창작거점을 마련한 대부분 미래주의자와 달리 1918년 '시인들의 카페' 활동 이후 페트로그라드로 돌아온 마야콥스키는 좌익예술의 흐름 속에서 미래주의의 역할을 더욱 강조한다. 혁명 이전 다분히 '예술을 위한 예술', 즉 순수예술 차원에 머물렀던 미래주의는 정치 이데올로기와 결합하면서 '삶을 위한 예술', 즉 사회문화적 차원으로 본격적으로 확장되기 시작한다.

1918년 12월 마야콥스키는 오시프 브리크(Osip Brik, 1888~1945)와 함께 조형예술분과의 기관지이자 좌익예술 신문인 『코뮌의 예술』을 창간하고 자신의 시 「예술군단에 대한 명령」을 창간호 제1면에 게재한다.

> 퇴각을 위한 다리를 불 질러버린 자만이
> 진정한 공산주의자다.
> 미래주의자여, 걷는 것은 이제 충분하다.
> 미래로 도약하라!
> (…)
> 거리는 우리의 붓,
> 광장은 우리의 팔레트.
> 수천 년에 걸친
> 시간의 책은
> 혁명의 나날을 노래할 수 없으니.
> 미래주의자들이여, 거리로 나오라,
> 고수들이여, 시인들이여!
> ·제2권, 14~15쪽

왼쪽부터 마야콥스키, 릴랴 브리크, 브리크. 마야콥스키는
그가 평소 존경해 마지않은 브리크와 『코뮌의 예술』을
창간했다. 마야콥스키와 브리크의 아내 릴리 브리크
사이의 염문은 유명한 혁명기 일화다.

이처럼 예술과 삶의 결합은 정치적인 측면과 더욱 구체적으로 맞물리게 된다. 마야콥스키는 미래주의 예술가들을 거리와 광장으로 호출하면서 그들을 새로운 시대를 주도하는 혁명적 주체로 묘사한다. "수천 년에 걸친 시간의 책"으로 제시된 문화적 전통에 대한 부정적 태도와 확장된 예술재현 공간으로서의 '거리'에 대한 그의 인식으로 볼 때 "거리는 우리의 붓, 광장은 우리의 팔레트"라고 선언한 것은 분명 혁명 이전 또는 '시인들의 카페' 시기의 미래주의 인식과 궤를 같이한다.

역사적 사건으로서의 혁명을 예술활동을 포함한 자신의 모든 일상 속에서 그대로 체화하고자 했던 마야콥스키에게 진정한 미래주의 예술가의 행위는 혁명과 내전을 주도했던 공산주의자의 급진성과 결합하고, 이에 그의 인식 속에서 정치혁명은 예술혁명과 동일시된다. 이러한 특징은 1917~18년에 씌어진 강령 성격을 띠는 일련의 시 「우리의 행진」 「혁명의 송가」 「저편에 부쳐」 「좌익행진」 등에서도 동일하게 나타난다. 이 작품들은 더욱 구체적인 혁명의 모티프와 정치적 디테일들을 차용하고 연설적 어조로 혁명의 분위기와 감흥을 배가시킨다는 점에서 초기 미래주의 시와는 차이가 있지만, 여전히 주된 주제는 정치적 혁명이나 그와 관련된 디테일들이 아닌 새로운 삶에 적극적으로 종사하고 그것을 변화시키는 미래주의 예술가의 사명이다.

혁명 이후 마야콥스키 창작에서 나타나는 특징적 변화는 예술의 사명을 창조적 개인을 넘어 '거대한 민중'의 목소리와 결합시키고, 시인을 삶의 변혁 주체인 '우리'의 일부분으로 만든다는 점이다. 즉 미래주의 본연의 서정성과 주체의 시학으로 점철된 혁명 이전 창작과는 달리 미래주의적 '나'의 역할을 혁명의 시원인 민중이라는 무리에 전가하고 혁명의 정치적 맥락을 더욱 강조한다. 이와 관련된 대표적인 작품이 소비에트 최초의 혁명극 「미스테리야-부프」다. '우리 시대의 영웅적이고 서사적이고 풍자적인 묘사'라고 부제를 단 이 희곡은 혁명 이후 사회주의 유토피아를 쟁취하기 위한 노동자들의 투쟁 과정을 그림으로써 '혁명'을 본격적으로 주제화한 작품이지만, 혁명의 구체적인 현실은 다루지 않는다. 대홍수[24]가 발생하자 방주에 오른 '불순한 자들'이 '순수한 자들'과의 투쟁 끝에 방주의 지배권을 얻게 되고 지옥과 천국을 거쳐 결국 약속의 땅에 도달하게 된다는 내용의 이 작품은 성서적 모티프(대홍수, 방주)를 통해 혁명의 장엄함을 표현하면서도 성서를 패러디하고 부르주아(순수한 자들)를 풍자하는 등 희극적 특징을 강조한다. 이러한 양가적인 성격은 등장인물들, 즉 프롤레타리아 노동자와 부르주아, 새로운 시대와 구시대를 각각 대변하는 '불순한 자들'과 '순수한 자들'의 형상과 또한 성스럽고 장엄한 종교극 '미스테리야'와 저급하고 세속적인 민중극 '부프'를 결합시킨 작품의 제목에서 잘 드러난다.

이 시기 많은 예술가가 진정한 '프롤레타리아 예술가'로 인정받기 위해 프롤레타리아계급이나 이데올로기적인 내용에만 몰두했다. 그러나 내용보다 형식을 우위에 두었던 미래주의 시인 마야콥스키에게 이러한 사회적·문화적 분위기는 결코 용인할 수 없는 것이었다. "언어를 혁명적인 것으로 만들어야 하며, 자신의 질료에 대한 시인의 태도는 강철에 대한 철공의 태도 같아야 한다"(제12권, 454쪽)라는 마야콥스키의 원칙은 당시 대다수 프롤레타리아 작가의 특징인 형식에 대한 비전문적인 태도와는 상반된 것이었다. 이에 마야콥스키는 브리크와 함께 1918년 『코뮌의 예술』을 발간함과 동시에 페트로그라드의 노동자 거주지역에서 일련의 강연과 시의 밤 행사를 직접 조직해 미래주의가 프롤레타리아와 가장 가까운 존재임을 증명하고자 했다.[25]

노동자들과의 직접적인 접촉을 기반으로 마야콥스키와 브리크는 '콤푸트'(Kom-fut, 공산주의적 미래주의자들)를 창설하기에 이른다. 그들은 볼셰비키의 문화정책을 반혁명적인 것으로 규정하고, 정치와 경제적 변혁에 비해 뒤쳐진 '정신의 혁명'을 이끄는 본질적으로 새로운 공식, 즉 '새로운 공산주의 문화 이데올로기'의 필요성을 강조한다. 하지만 조형예술분과 내에서 국가의 공식예술로 인정받고자 한

「일곱 쌍의 '불순한 자'의 스케치」(위)와 「일곱 쌍의
'순수한 자'의 스케치」. 「미스테리야-부프」는 혁명의
장엄함을 표현하면서도 성서를 패러디하고 부르주아를
풍자하는 등 희극적 특징을 강조한다. 이때 '불순한 자'와
'순수한 자'는 각각 프롤레타리아 노동자와 새로운 시대,
부르주아와 구시대를 형상화한 인물들이다.

그들의 전횡은 미래주의에 대한 혹독한 비판만 불러오게 된다.

미래주의에 대한 정치권력의 비판은 매우 가혹했다. "늘 새로운 것을 가장하고, 프롤레타리아 예술과 문화를 빙자해 어떤 초자연적이고 무의미한 것을 늘어놓는 이들"[26]이라는 레닌의 평가는 미래주의의 관에 마지막 못을 박는 것이나 다름없었다.[27] 결국 『코뮌의 예술』은 6개월도 지나지 않아 1919년 4월 제19호를 끝으로 폐간되고 미래주의는 인민계몽위원회에서 모든 영향력을 상실하고 만다.

1919~20년 사이 볼셰비즘과 레닌을 찬양하는 수편의 시를 썼는데도 정치권력은 마야콥스키를 프롤레타리아혁명에 열광적으로 스며들기는 했지만 혁명과 진정으로 화합하지는 못한, '혁명적 개인주의'와 '보헤미안적인 오만'을 지닌 무례하고 위험한 미래주의 시인으로 인식했다.[28] 일례로 "블라디미르 일리치 동지에게. 콤푸트의 인사를 전하며"라는 서명과 함께 레닌에게 헌사했던 마야콥스키의 혁명서사시 「1억 5,000만」(1919~20)을 '불량스러운 공산주의'로 규정했던 레닌의 비판은 미래주의와 그 경향을 대표하는 마야콥스키에 대한 볼셰비키의 부정적 인식을 단적으로 보여주는 것이었다.[29]

시인의 존재론적 위기와 예술로의 회귀

1920년대 마야콥스키는 정치권력의 탄압으로 흩어져 있는 좌익 경향의 예술가들을 결집하고자 브리크와 함께 종합예술그룹 '레프'(LEF, 좌익예술전선戰線)를 결성해 이데올로기와 미래주의 예술의 결합을 시도한다. 이 시기 발표한 마야콥스키의 대표적인 시가 「이것에 관하여」(1923)다. '우리'가 아닌 '나'를 중심으로 혁명 이후의 일상에 대한 시인의 비극적 인식을 표출한 이 시에서 시적 주인공은 혁명 이전의 페트로그라드라는 시공간으로 회귀해 네바강의 교각에 결박되어 있는 자신의 분신과 조우하게 된다. 곧 현재의 시공간인 혁명 이후의 1920년대 모스크바로 돌아온 주인공은 과거의 시공간 속에 결박되어 있는 자신의 분신을 구하고자 하나 그를 둘러싼 속물적인 현실에서는 결코 불가능함을 인식하고 현실과의 한바탕 결투 끝에 죽음을 맞이한다. 이렇듯 마야콥스키는 현실의 인간인 시적 주인공과 시인의 실존인 분신을 대립시켜 과거의 미래주의에 대한 지향을 지속적으로 표출함과 동시에 정치, 사회, 문화를 포함한 현실의 모든 일상을 비판한다.

이 시기 마야콥스키의 창작은 선전·선동시를 비롯해 국가가 관할하는 포스터와 광고작업이 주를 차지한다. 그러면서도 형식과 언어실험을 통한 새로운 예술의 추구의지는 소비에트라는 정치현실에 매몰되지 않는다. 마야콥스키의 유언시이자 창작을 결산하는 성격의 「목청을 다하여」(1930)에서 시인은 혁명 이후 주로 창작한 선전·선동시를 "신물이 나는" 것으로 규정하고, "그대들을 위해 포스터의 거친 혀로 폐병쟁이의 가래침을 핥아왔다"라는 말로 혁명 이후 자신의 시적 목소리의 변화가 자연스럽지 않음을 인정함과 동시에 창작의 변화를 정당화한다. 또한 "나는 스스로를 억누르고 내 노래가 흘러나오는 목구멍 위에 올라섰다"(제10권, 280~281쪽)라고 고백함으로써 예술혁명이라는 미래주의의 진정한 가치가 정치혁명으로 폐기될 수밖에 없는 시대적 현실뿐 아니라 이러한 현실 속에서 '목청을 다해' 노래할 수 없는 시인의 존재론적 위기와 비극적 인식을 표출한다.

지금까지 살펴본 것처럼 마야콥스키의 창작은 나와 우리, 내용과 형식, 인간과 시인, 삶과 예술 나아가 정치와 예술 간의 첨예한 대립을 통해 발전했다. 그에게 내재했던 이러한 이율배반적인 극단의 충돌과 대립양상은 혁명 이전 미래주의에서부터 혁명 이후 레프와 신(新)레프(Novyi LEF), 혁명예술전선(REF), 라프(RAPP, 러시아 프롤레타리아 작가동맹)를 거쳐 자살에 이르는 작가의 삶과 창작 과정에 오롯이 배어 있다. 또한 이는 혁명과 소비에트라는 격변의 정치현실에서 시인으로 남기 위한 마야콥스키의 격렬한 투쟁 과정이기도 했다.

이렇듯 마야콥스키는 자신의 전 창작 과정 속에서 그리고 정치와 예술의 첨예한 긴장관계 속에서 예술과 삶의 통합을 위한 새로운 미래주의 예술의 가능성을 타진해갔다. 그에게 미래주의는 "미학이라는 이름

1930년 열린 '창작 20주년 기념회'에서의 마야콥스키.
기념회에 당대 정치계와 문화계의 유력인사들은
거의 참석하지 않았으며 참석자의 대다수는 대학생과
청년이었다. 마야콥스키는 정치적 불화, 문학적 고립
그리고 시인의 존재적 위기상황이 가장 심화된 1930년
자살한다.

을 빌린 밀폐된 언어실험실"[30]이 결코 아니었다. 마야콥스키에게 예술과 삶은 혁명이라는 이름으로 결합되었고, 이때 미래주의적 예술혁명은 삶의 전위와 동일시되었으며, 그것은 결국 정치적 혁명에 대한 인식으로까지 이어졌다. 여기서 예술과 정치의 대립적인 영역을 포괄하는 마야콥스키만의 두드러진 개성을 확인할 수 있다. 시인 츠베타예바가 지적했듯 그는 '혁명의 시인'과 '혁명적인 시인'이라는 각기 다른 두 개성의 '조화로운 최대치'였으며,[31] 그런 그에게 10월 혁명은 정치와 예술을 모두 포괄하는 창작의 근원적 도구이자 시적 동기이고 삶의 과정 자체였다.

> 수용할 것인가, 말 것인가? 나와 다른 모스크바 미래주의자들에게 이러한 의문은 존재하지 않았다. 그저 나의 혁명일 뿐. 스몰니로 가서 내가 해야만 하는 모든 일을 했다. 회합이 시작되었다.
>
> ·제1권, 25쪽

최종술 상명대학교·러시아문학

혁명과 자유를 노래한 시인[1]

알렉산드르 블로크

시대의 비극적 테너

밤, 거리, 가로등, 약국
무의미한 흐릿한 빛
스무 해를 더 산들
다 그렇겠지, 출구는 없다

죽어 다시 산들 어차피
다 예전처럼 되풀이되겠지
밤, 얼어붙은 운하의 잔물결
약국, 거리, 가로등
·「밤, 거리, 가로등, 약국」, 1912

20세기 초 페테르부르크의 어느 겨울날 밤풍경을 묘사한 시다. 암울한 거리의 모습이 시인의 눈앞에 펼쳐진다. 흐릿한 가로등. 빛은 무의미하다. 얼어붙은 운하. 작은 파문만이 인다. 죽음을 떠올리게 하는 약국. 모든 것이 움직임 없이 붙박인 세상이다.

생의 한탄이 풍경에 겹친다. 삶은 풍경처럼 광채를 잃고 얼어붙었다. 어둠과 추위에 질식당했다. 자질구레한 일들의 무의미한 반복 속에 갇혔다. 조금 더 산들, 아니면 아예 죽었다가 새로 산들 무의미의 반복이 변함없이 이어진다.

무서운 세상이다. 죽음의 목소리, 희망 없는 삶에 지친 목소리가 나직이 울린다. 삶은 죽음의 무도(舞蹈)다. 냉담한 무감각이 절망에 빠진 인간의 영혼을 잠식한다. 쓰라린 냉소만이 지친 영혼에 남는다.

회의와 공포에 질린 영혼은 무서운 세상을 외면하고 싶지만 그럴 수 없다. 잊고 싶지만 잊을 수 없다. 심장을 죄어오는 애수 때문이다. 잠재울 수 없는 양심의 고통 때문이다. 희망 없이 인간은 살 수 없다. 절망이 도저함은 강렬한 희망이 있기 때문이다. 희망 때문에 절망하고, 사랑 때문에 분노한다.

생의 무의미로 뱉는 신음이 깊을수록 진정한 삶에 대한 갈망이 더욱 타오른다. 무서운 삶의 공포에 떨지만 내면에 밝은 이상을 간직한다. 그래서 비애에 찬 영혼의 신음은 출구 없는 생의 어둠에 갇힌 완전한 절망에 머무르지 않는다.

어둠 속에서 빛을 믿는다. 삶이 변하리라 믿는다. 삶 자체는 아름다운 것임을 믿는다. 기쁨에 차서 끔찍한 세상을 찬양한다. 어둠과 추위에 맞선다. 밝고 따뜻한 새 세상의 도래를 믿기 때문이다. 망각을, 무의미한 안락을 거부한다. 깊은 비관의 계곡에서 다른 목소리를 길어 올린다.

지상의 심장이 다시 식는다
심장 가득 한기를 맞아들인다
사람들을 향해 나누지 못한 내 사랑을
인적 없는 거리에서 간직한다

사랑하기에 분노가 무르익는다
경멸이 자라난다, 남자의 시선에서
여자의 시선에서 망각의 소인(燒印)을
선택의 소인을 읽고픈 욕구가 짙어간다

외쳐온다. 시인이여, 잊어라!
쾌적한 안락으로 돌아오라!
아니! 차라리 지독한 혹한 속에 스러지리라!
안락은 없다. 평안은 없다
·「지상의 심장이 다시 식는다」, 1911~14

혼돈과 파멸의 매혹을 노래한다. 어둠의 시대, 고통과 궁핍에 처한 삶과 하나가 된다. 삶의 나락에서 다른 세상의 선명한 모습을 본다. 시대적 혼돈의 불길로 자신을 사르며 새로운 세상을 꿈꾼다.

산다는 것은 삶과 대결하는 것이다. 광포한 세상과 하나가 되는 것이다. 빛과 온기에 대한 믿음으로 어둠과 추위에 맞서는 것이다. 변화에 대한 믿음으로 끔찍한 세상을 찬양하는 것이다. 삶과의 대결 속에서 삶은 아름답다. 삶의 의미는 삶과의 투쟁에 있다. 싸우다 지쳐 스러질지언정 "안락"을, "평안"을 거부해야 할 이유다.

마음 한구석의 체념을 떨치고 환희에 차서 삶에 대한 강한 열망과 믿음을 외친다.

오, 나는 미쳐 살고 싶어라!
모든 실재를 영원하게 하고 싶어라!
얼굴 없는 존재를 육화(肉化)하고 싶어라!
이루어지지 않은 것을 구현하고 싶어라!

생의 무거운 잠이여, 짓눌러라

그 잠 속에서, 숨이여, 막혀라
앞날에 올 쾌활한 청년이
나를 두고 이렇게 말할지니

음울함을 용서하자. 그것이야말로
그의 은밀한 동력이 아니던가?
그는 온전히 선과 빛의 아이!
그는 온전히 자유의 영광!
·「오, 나는 미쳐 살고 싶어라!」, 1914

세상에 대한 체념과 순응을 대가로 얻는 안락한 삶의 무의미를 꿰뚫어 보는 영혼은 음울하다. 음울한 영혼으로 자유를 선언한다. 거짓된, 불의(不義)한 삶에 구속되어 순응하기를 거부하고 '미친 자'의 삶을 살 자유를 선언한다. 세상의 얼굴을 담대히 바라보며 피할 길 없는 파멸의 운명과 대결한다. 선과 빛에 대한 갈망으로 모든 시련을 감내할 준비가 된 강인한 존재로서의 자기자각이다. 구속이 아닌 자유를 선택함은 삶의 부정이자 긍정이다. "무거운 잠" 같은 현재의 일그러진 삶에 대한 부정이자 일찍이 없던 선과 빛의 세상이 실현될 미래에 대한 소망이며 믿음이다. 시인은 "모든 실재를 영원하게 하"기 위해, "얼굴 없는 존재를 육화하"기 위해, "이루어지지 않은 것을 구현하"기 위해 살기를 원한다. 삶의 목적은 현존의 모든 특징을 시에 구현해 영원히 기억되도록 하는 것에, 자유롭고 생기로운 인간의 모습을 구현하는 것에, '이루어져야 할 것'을 이루는 것에 있다.

죽음 같은 애수 속에서 생의 파멸적인 불길이 인다. 타오르는 격정으로 순응을 떨치고 삶과 대결한다. 영혼과 세상에 드리운 어둠은 빛의 불가피한 조건이다. 그래서 시인은 어둠을 선택할 자유에 불가피하게 내맡겨진다. 어둠을 불사른다. 광기에 찬 삶은 어둠 속에서 빛을 창조하는 삶이다. 그 삶이 미래세대에게 지닌 가치를 믿는다.

비관을 딛고 선 비극의 시를 읽는다. 전율이 엄습한다. 파국에 처한 저주스러운 생의 느낌이 무겁게 짓누른다. 그 느낌에 질식당할 것만 같다. 그러다가 다시 후련해진다. 희열이 차오른다. 참으로 암울하고, 참으로 장엄하다.

저토록 강렬한 전율에 찬 목소리를 남긴 시인은 누구인가. 바로 한 세기 전의 러시아를 살다 간 시인 알렉산드르 블로크(Aleksandr Blok, 1880~1921)다. 그는 격동의 시대를 살았다. 현대 러시아인의 운명을 결정한 변혁의 바람이 휘몰아쳤다. 비극적인 사건들이 삶을 뒤덮었다. 러일전쟁, 1905년 혁명, 벗어날 길 없는 암흑의 시대, 제1차 세계대전과 1917년 혁명, 제정 러시아의 몰락 그리고 사회주의 국가 수립에 이르는 역사의 소용돌이. 블로크는 두 혁명 사이로 난 삶의 길을 걸었다. 블로크의 시는 온몸과 온 가슴으로 격동의 시대를 살아낸 삶의 기록이다. "시대의 비극적 테너".[2] 또 다른 시대의 증언자인 시인 안나 아흐마토바(Anna Akhmatova, 1889~1966)가 그를 그렇게 불렀다. 저 도저한 비관에, 웅혼한 외침에 "비극적 테너"라는 말은 참으로 잘 어울린다.

블로크의 시는 파국의 느낌으로 읽는 사람을 전율케 한다. 전 생애에 걸쳐 시인의 내면에는 생의 저주스러움과 파멸성에 관한 무서운 느낌이 도사렸다. 근대문명은 의미를 다했고, 그 파멸은 피할 수 없고 무시무시하다. 블로크는 파멸의 재앙을 인류의 죄악과 실수에 대한 보복으로 이해했다. 그래서 그는 안락과 축복을 거부한 시인, 파멸의 시인이 되었다.

시인은 세계를 파괴할 재앙을 예감했고, 재앙의 불길이 쏟아질 예감 속에서 세계를 아름답게 갱신할 정화의 뇌우를 보았다. 오직 그 소망으로 러시아혁명의 재앙을 받아들였다. 블로크는 혁명을 믿었다. 혁명이 "모든 것을 새로 만들어야 함을" "거짓되고 추악하고 무료한 생이 정의롭고 순결하고 즐거우며 아름다운 것이 되도록 해야 함을"[3] 믿었다. 예감이 실현되었다. 그의 가슴에 희열이 들끓었다. 그러나 기쁨은

블로크.
그는 복잡한 길을 걸었다. 현실과 유리된 낭만적
몽상을 노래한 시인으로 등단해서 폐부 깊숙이
시대의 대기를 들이마신 시인으로 생을 마감했다.

오래가지 못했다. 위대한 뇌우가 그치자 삶은 더 잔혹하고 쓰라린 것이 되었다. 무시무시한 애수에 압도당한 시인은 심장병을 동반한 정신착란 속에서 때 이른 죽음을 맞았다.

블로크는 복잡한 길을 걸었다. 현실과 유리된 낭만적 몽상을 노래한 시인으로 등단해서 폐부 깊숙이 시대의 대기를 들이마신 시인으로 생을 마감했다. 시대의 요구에 이끌린 길이었다. 역사의 행보가 시인의 삶과 문학의 방향을 결정했다. 그는 날카로운 모순들로 점철된 복잡하고 힘겨운 길을 꿋꿋하게 걸었다.

끝없는 길의 자유

탁 트인 길로 나선다
바람에 능청거리는 덤불
돌 부스러기가 깔린 산비탈
노란 점토의 성긴 지층

축축한 계곡에서 가을이 한바탕 흥청거렸다
대지의 무덤을 발가벗겼다
하지만 길가 마을 저 멀리
무성한 마가목 열매가 붉게 물결친다

여기 나의 흥이 춤춘다
덤불 속에 사라져 울린다, 울린다!
너의 무늬진 소매가, 너의 다채로운 소매가
저 멀리 저 멀리 애틋한 손짓을 보내온다

누가 나를 익숙한 길로 이끌었나?
누가 감옥의 창 너머로 내게 미소 지었나?

돌길에 이끌리며
찬송가를 부르는 걸인인가?

아니다. 누구도 초대하지 않은 길을 나는 가리라
대지는 내게 버겁지 않으리라!
술 취한 루시의 목소리를 들으리라
선술집 지붕 아래 쉬어가리라

내 성공에 관해 노래할까?
취기 속에 파산한 내 젊음을?
네 밭의 슬픔을 울리라
네 광야를 영원히 사랑하리라……

자유롭고 젊고 우람한 많은 우리
사랑을 모른 채 죽어간다……
너는 광활한 저 멀리에 깃들라!
너 없이 어찌 살며 어찌 울까!
·「가을의 자유」, 1905

블로크가 고독한 낭만적 몽상을 뒤로하고 삶의 수용, 현실과의 동화를 선언하며 조국에 대한 사랑을 노래한 시다. 블로크에게 조국에 대한 사랑은 곧 조국의 광활한 대지에 대한 사랑이다. 가을날 길을 나선 시인의 시야에 탁 트인 광활한 대지의 풍경이 들어온다. 버림받은 땅이다. 척박함 일색인 대지의 모습이 시를 관류한다. 그 모습을 마주하며 시인은 슬픔에 젖는다. 조국을 사랑하기에 슬프다. 사랑과 눈물은 분리될 수 없다.

슬픔만이 시인의 영혼을 채우는 것은 아니다. 그의 내면에는 희열 또한 자리한다. 우울한 풍경은 흥분을 일으키는 매혹적인 대상이기도 하다. 풍경의 변주가 희열을 낳는다. 시야에 펼쳐진 준혹하고 척박한 풍경 속에서 시인은 제 영혼에 깃든 격정을 인지한다. 바로 저 멀리 붉게 물든 마가목 열매의 손짓이다. 어딘가로 부른다. 저 먼 곳으로 이끄는 손짓이 흥을 돋운다. 시인은 "너의 무늬진 소매가" "너의 다채로운 소매가" 이끄는 대로 길을 떠난다.

시인과 조국은 일체다. 그는 버림받은 대지, 술에 취한 궁핍한 대지를 닮았다. 제멋대로 흥겨운 가을날 대지의 춤이 시인의 춤이고, "취기 속에 파산한 그의 젊음"이 "술 취한 루시"의 모습에 겹친다.

조국의 대지가 지닌 매력은 아우를 수 없이 광활한 평원의 유혹이다. 숲을 지나 비탈을 지나 평원 저 멀리 사라지는 길의 유혹이다. 조국에 대한 사랑은 평원 사이로 끝없이 이어진 길에 대한 사랑이다. 그 길 때문에 시인은 슬픔과 희열이 착종하는 가운데 조국의 대지를 사랑하지 않을 수 없다. 시인은 아우를 수 없는 "저 먼 곳"으로 떠나고 싶은 욕구를 억누를 수 없다. "저 먼 곳" 없이는 삶이 불가능하다.

"가을의 자유". 이중적인 의미를 내포한 제목이다. "가을의 자유"는 여성적 존재인 '너', 곧 조국 루시의 자유다. "가을의 자유"는 또 슬픔과 희열이 착종된 사랑의 감정으로 조국의 대지와 하나 된 '나'의 자유다. 그렇듯 자유는 사랑하는 조국의 존재와 시인의 삶의 이상이다. 그렇다면 무엇이 진정 자유로움인가?

러시아 문화에서 자유는 공간적 표상이다. 자유는 러시아인이 삶에서 향유하는 외적 환경의 대표적인 특성인 광활한 공간의 표상에 결부되어 있다. 곧 자유는 광활하고 끝없는 평원과 연상관계를 이룬다. 자연 그대로의 자유분방함이 고래로 러시아인에게 고유한 자유에 대한 이해다.[4] 자유롭게 노니는 바람 같은 존재, 블로크의 표현을 빌리면, "한바탕 흥청거린 가을" 같은 존재가 러시아적 자유의 구현이다.

러시아인의 문화적 자의식 속에서 러시아는 늘 부단히 움직이는 존재, 생성하는 존재다. 바로 '저 먼 곳'을 향해 한없는 평원 위를 '질주하는 트로이카'의 형상이 러시아를 대변한다. 시인에게 고통스럽도

록 사랑스러운 조국, 그 형상의 라이트모티프가 바로 자유로운 길의
형상이다.

> (…)
> 오, 나의 루시여! 나의 아내여! 고통스럽도록
> 우리에게 선명한 긴 길이여!
> 우리의 길은 고대 타타르의 자유의 화살로
> 우리의 가슴을 꿰뚫었다
> (…)
> ·「강이 펼쳐졌다. 굼뜨게 흐르며 슬퍼한다」, 1908

의식에 선명하게 각인된 끝없는 길이다. 심장을 파고드는 화살처
럼 고통스럽다. 정주를 모르는 쏜살같은 질주의 길. 길의 형상에 정
주와 구속을 모르는 자유의 모티프가 결부된다. 자유의 러시아적 표
상은 러시아 문화의 특징인 "광활한 평원과 끝없는 길의 크로노토프
(chronotope)"[5]의 산물이다. 블로크는 영원한 생성, 절대적 자유의 화
신인 조국 러시아에 대한 믿음으로 혁명의 소용돌이를 받아들인다.

혼돈의 시대, 혼돈 속의 실존에 대한 블로크의 찬양에는 낭만주의
자로 일관한 그의 삶과 시의 신조가 기원으로 놓여 있다.

블로크에게 낭만주의는 삶의 철학이자 역사철학이다. 삶의 태도로
서 낭만주의는 경직되고 정체된 형식을 파괴하는, 달리 말해 타성에
젖은 삶에 대항하는 정신이다. 제한과 구속을 거부하는 '영혼의 청년
기적 상태', 삶의 충만한 체험에 대한 격정적인 지향이다. 나아가 낭
만주의는 인류사의 항구적인 동반자다. 블로크에게 세계사는 정신 유
형의 교체사, 즉 낭만주의와 고전주의, 두 정신의 축 사이를 오가는
진자운동의 역사다. 이때 진정한 낭만주의가 의미를 상실한 모든 정
체된 형식을 거부하는 정신을 의미한다면, 진정한 고전주의는 '낭만
주의적 정신의 운동'에 대한 일시적인 거부, "부단한 지향과 투쟁의

길 위의 짧고 밝은 휴식의 순간"⁶이다.

블로크가 실존과 역사를 말하며 논하는 '낭만주의'와 '고전주의'의 관계는 니체가 정리한 정신의 유형학에서 '디오니소스'와 '아폴론'의 관계에 다름 아니다. 대립하는 성질의 두 신이 한 신전 안에 함께 존재한다는 사실은 우연이 아니다. 둘 가운데 하나만으로는 올바로 설 수 없다는 개인과 인류 삶의 역사적 본질을 곧바로 말해주고 있는 것이다. 바로 그 양가적 모순성에 대한 이해를 기초로 블로크는 낭만주의적 의식, 곧 디오니시즘이 인간 실존과 인류 역사의 항구적이고 필수적인 동반자임을 말한다.

삶에는, 역사에는 혼돈이 불가피하다. 블로크는 낭만주의가 '혼돈과 주체의 새로운 관계 맺음'이라 말한다. 혼돈의 파괴적 힘은 창조의 계기를 동시에 내포하고 있다. 낭만주의적 주체는 혼돈의 파괴적 힘을 적의와 사랑으로 대한다. 적의, 곧 대결의 의지가 강렬할수록 사랑 역시 강해진다. 혼돈의 강렬한 힘은 동시에 창조의 강렬한 힘이기 때문이다. 낭만주의적 의식의 소유자는 혼돈의 파괴적 물결을 새로운 질서를 형성하는 힘으로 정립시킨다. 달리 말해 혼돈의 어둠을 문화의 빛으로 변모시킨다. '혼돈'의 파괴적 물결은 그와 대결해 그것을 자기갱신의 힘으로 전환할 능력이 없는 질서를 파괴한다. '혼돈'의 파괴적 물결에 무너지는 질서는 진정한 문화가 아니다. 그러므로 진정한 문화는 부단한 자기갱신을 위해 '혼돈'을 필요로 한다. 그 점에서 '혼돈'은 문화를 구원하는 힘이다. 삶에 대해서도 그렇다. 삶에 대한 갈망이 낳는, 반편(半偏)의 평안과 조화에 대한 거부는 형식적이고 의미 없는 질서를 파괴하는 역사적 '혼돈'의 물결에 대한 옹호와 맥을 같이한다.

(…) 움직임의 목적은 이미 윤리적 인간도, 정치적 인간도, 휴머니즘적 인간도 아니다. 그것은 예술가 인간이다. 그가 그리고 오직 그만이 인류가 통제를 넘어 돌진해 들어간, 회오리와 폭풍우의 열린 시대

속에서 격정적으로 살고 행동할 수 있다.[7]

창조의 원천인 혼돈에 대한 블로크의 찬양은 그가 견지한 "예술가 인간"의 이상과 결부된다. 모순과 절망을 체험하지 않은 진정한 삶은 없다. 모순과 어둠에 잠재된 조화와 빛의 계기를 포착하고 이를 실현하기 위해 투쟁하는 자인 "예술가 인간"은 세계에 대한 건강한 비극적 지각을 체현한 인간이다.

"예술가 인간"은 열린 시대의 인간, 열린 삶을 사는 인간이다. 그는 창조의 계기를 내포한 혼돈의 파괴적 힘에 자신을 개방해 부단한 자기갱신의 삶을 산다. 그는 혼돈과 조화의 역동적인 과정인 삶의 길을 부단히 걸으며 디오니소스적 혼돈을 아폴론적 조화로 변모시킨다. "예술가 인간"만이 혼돈의 실존에서도, 생기를 잃은 무의미한 정체의 상태에서도 삶을 구할 수 있다. 블로크의 시에는 그런 예술가로 살라는 가르침이 자리하고 있다.

"예술가 인간"의 이상은 낭만주의적 인간에 대한 이상의 유기적 고리다. 블로크 자신이 파악하는 바대로, 근대 서구정신에서 일어난 낭만주의로의 의식'전환'은 괴테의 『파우스트』에 기원을 둔다.

파우스트는 지상의 영(靈)을 알아보고, "새 포도주로 정확히 취하고, 닥치는 대로 세상에 뛰어들어 지상의 모든 슬픔과 행복을 체험하며, 폭풍우에 맞서 싸우고, 난파선의 부서지는 소리에도 겁내지 않을 용기를 자신 속에서 느낀다."[8]

선택과 평가를 배제하고 행동하며 체험하는 삶의 전체적인 면모를 수용하고자 하는 파우스트의 지향. 파우스트와 함께 디오니시즘의 정신이 부활한다. 파우스트는 "예술가 인간"의 원류다. 낭만주의자들은 파우스트적 정신의 후예들이다. "누구든 줄곧 노력하며 애쓰는 이를 우리는 구원할 수 있다." "구하라, 인간이여! 방황하라, 인간이여!"

파우스트의 형상이 인간의 실존과 인류의 역사에 대해 지닌 의미의 핵심은 바로 저 두 구절에 들어 있다. 무엇을 위해 애쓰며 노력할 것인가? 무엇을 구하며 방황할 것인가? 이 질문에 대해 낭만주의가 준 한 가지 확실한 대답, 바로 '자기실현'. 이는 의미로 충만한 자유롭고 생기로운 삶의 이상이다. 무엇이든 자신의 내면이 진정으로 원하는 것을 찾아 실현하는 삶을 살라는 것, 그 과정에서 겪는 실패의 아픔과 상실의 슬픔과 절망, 나아가 죄악마저도 견디고 다시 희망을 품고 폭풍같이 삶의 길을 헤쳐나가라는 것이다.[9] 그런 목표 속에서 고통과 기만에 부딪히더라도 격정적으로 삶에 대한 찬가(讚歌)를 부르라는 것이다. 그 찬가를 통해 어둡고 동시에 밝은 삶의 전체적인 면모를 수용하라는 것이다. 그렇게 블로크는 자신이 살았던 격동의 시대를 디오니시즘의 시대로 받아들이고, 시대와 삶을 예찬했다. 열린 시대의 자유. 자유하라, 인간이여! 블로크의 외침이다. "디오니소스적인 생의 축제 속에서 벌이는 삶에 대한 긍정".[10] 자유로운 인간만이, 타율적인 삶에 순응하는 것이 아니라 제 삶의 길을 스스로 개척하는 인간만이, 노예가 아니라 주인인 인간만이 운명을 긍정할 수 있다. '자신이 곧 법'인 존재. 실러의 '유희하는 인간', 니체의 '위버멘쉬', 헤세의 '카인', 사르트르의 '무(無)의 인간', 카뮈의 '시시포스', 들뢰즈의 '유목민'……. 블로크의 "예술가 인간"의 형상에 겹치는 초상들이다.

인텔리겐치아와 그리스도

(…)
오, 궁핍한 내 나라
너는 심장에 무엇을 의미하는가?
오, 불쌍한 내 아내
너는 무엇을 통곡하는가?
·「가을날」, 1909

블로크는 사상가의 추상적인 이념이 아닌 시인의 내밀한 사랑으로 조국이 처한 운명에 다가간다.[11] 블로크의 시에서 조국은 인간적인 모습을 한 살아 있는 존재다. 러시아는 시인에게 연인이다. 조국의 형상은 사랑하는 여인의 형상과 섞인다. 러시아에 대한 시인의 사랑은 개인적이고 혈연적이며 아주 내밀한 정서다.

조국은 비단 다양한 주제 중 하나이기를 넘어 블로크의 모든 시를 포괄하는 주제다. 시인이 아주 다양한 시를 읽었던 말년의 어느 시낭송회에서 청중들이 러시아에 대한 시를 읽어달라고 요청했을 때, 블로크는 이렇게 대답했다. "이 시들이 다 러시아에 관한 겁니다."[12] "나의 루시여, 나의 삶이여……." 그에게 러시아는 사랑이자 운명이자 삶 자체였다.

시인의 삶과 사랑은 모순된 질곡의 연속이었다. 그래서 시인의 내밀한 사랑 그리고 개인적인 삶의 모습과 분리할 수 없는 조국 러시아의 형상도 다면적이고 다채롭다. 그 모든 것이 서로 결합되며 대조와 모순 속에서 러시아를 드러낸다. 그리고 그 모두는 선택과 배제를 거부하는 소중한 사랑의 대상이다.

조국에 대한 블로크의 다양하고 모순적인 시적 사유의 핵심에는 '인텔리겐치아와 민중'이라는 주제가 놓여 있다.[13] 조국에 대한 시인의 사유에는 인텔리겐치아의 자의식과 역사적 책임의식이 짙게 투영되어 있다. 또한 변혁의 시대상에 대한 사유에는 그가 자기 시의 큰 문맥으로 설명한 '성육신 3부작'의 이상, 즉 그리스도의 존재에 대한 평생의 고민이 깃들어 있다.

여기 그가, 사슬에 묶이고 장미에 덮인 그리스도가
내 감옥의 창살 뒤에 섰네
여기 새하얀 제의(祭衣)를 입은 온순한 어린양이
와서 감옥의 창을 들여다보네

푸른 하늘의 소박한 틀 속에서
그의 이콘이 창을 들여다보네
서툰 화가가 하늘을 창조했다네
그러나 얼굴과 푸른 하늘은 하나네

밝고 조금 슬픈 단일한 얼굴
그 모습 뒤에서 곡초가 자라나네
작은 언덕 위에 자리한 양배추밭
골짜기로 내달리는 자작나무들과 전나무들

나란히 서서 잡을 수 없이
모든 것이 그토록 가깝고 또 그토록 멀기만 하네
스스로 오솔길처럼 되기 전에는
푸른 눈을 깨닫지 못하리라……

그와 같은 걸인이 되기 전에는
짓밟힌 채 황량한 골짜기에 눕기 전에는
모든 것을 잊기 전에는, 모든 것에 대한 애착을 버리기 전에는
죽은 곡초처럼 시들기 전에는
·「여기 그가, 사슬에 묶이고 장미에 덮인 그리스도가」, 1905

블로크가 조국의 삶과 동화됨을 선언적으로 표명한 시 「가을의 자유」와 거의 동시에 쓴 시다. 서두에 곧바로 주의를 환기하며 등장하는 그리스도의 형상이 통사적 리듬의 반복 속에서 변주된다. 시적 주인공 '나'는 그리스도와의 공간적 대립 속에서 대두된다. '나'는 감옥에 갇힌 존재다. 그리스도가 와서 감옥의 창을 들여다본다. '나'와 그리스도는 감옥과 외부세계, 닫힘과 열림, 구속과 자유의 대립적 관계를 맺는다. 그리스도의 모습은 창밖의 풍경과 결부된 환영이다. 단순히 결부

된 것이 아니라 단일한 전체를 이룬다. 맑고 밝은 평화로운 러시아의 자연 정경에 그리스도의 고결하고 온유한 얼굴이 어린다. 조국은 "푸른 눈"의 존재, 그리스도 같은 고결한 존재다. "푸른 눈"의 깨달음에 도달하는 것은 죽음을 향한 고행의 길을 뒤따름으로써 가능하다.[14]

온유하고 고결한 동시에 척박한 러시아의 자연과 단일한 얼굴로 대두되는, 짓밟혀 쓰러지는 앙상한 곡초 같은 모습의 그리스도. 그리스도는 러시아의 대지, 러시아의 삶 자체로 대두된다. 평화롭지만 척박한 러시아의 대지는 그리스도의 온유와 고결 그리고 가난의 실천을 품는다. 그래서 그리스도를 알기 위해서는 자기 존재의 감옥에서 벗어나 조국이 간 고행의 길을 걸어야 하는 것이다. "모든 것을 잊는" "모든 것에 대한 애착을 버리는" 전면적인 자기부정을 통해서만 첫걸음을 뗄 수 있다.

대지 사이로 난 길의 부름에 대한 응답에는 데카당스의 세계에서 출구 없는 애수에 신음하던 인텔리겐치아의 자기반성과 역사적 소임에 대한 자각이 바탕에 깔려 있다. 시인은 인텔리겐치아로서의 자기 자각과 함께 조국을 마주 대한다.

> 실로 위대하고, 실로 고통스러운 이 전환의 시대 (…) 모든 교차로마다 어떤 짙은 어둠이, 우리가 내내 열렬하게 기다리는, 우리가 두려워하는, 우리가 희망을 거는 사건들의 저 먼 어떤 적자색 노을이 숨어서 우리를 기다리고 있다.[15]

두려움이 깃든 기대 속의 기다림. 자신을 민중의 자식으로 여기는 인텔리겐치아 시인이 변혁의 시대에 불가피하게 품게 되는 착종된 정서다. 인텔리겐치아로서 작가적 사명의식을 품은 시인은 피할 길 없이 다가오는 새로운 역사적 파국의 예감을 그렇게 표현한다.

블로크는 "작가의 의의는 진실성과 진정성으로, 참회의 목소리와 자기희생의 준비로 검증된다"라고 말한다.[16] "참회"와 "자기희생".

바로 인텔리겐치아의 역사적 원죄의식을 표현하는 말이다.

자기 계급에 대한 귀족의 수치심이 19세기 사회변혁운동의 시작이었다. 표트르의 근대화 기획은 러시아 사회와 문화에 깊은 내적 균열을 가져왔다. 계몽의 결실을 누리는 특권계급인 귀족과 억압된 민중의 대립. 민족문화의 뿌리를 경시하고 망각해왔던 러시아 귀족은 1812년 전쟁을 통해 민중을 '발견한다.' 나아가 귀족 인텔리겐치아는 기생적 특권계층인 자기 존재의 기만성을 뼈아프게 자각하게 된다. 19세기를 관류하는 사회변혁운동의 막이 오른다.

19세기의 시대정신은 러시아 문학에 '참회하는 귀족'의 형상[17]을 새겼다. '조국 속의 이방인'인 역사적 실존상황에 맞서 민중의 삶과 문화를 알고자 하고 추구하며 민중과 혼연일체가 됨으로써 역사적 죄과를 씻고자 하는 귀족의 형상. 인텔리겐치아 정신세계의 근간을 이루는 민중에 대한 도덕적 콤플렉스는 '잡계급'(raznochintsy)의 대두와 더불어 더욱 적극적인 사회적·시민적 태도로 표출된다.

근대 러시아가 시초부터 과제로 떠안은 민중의 사회적·법적 자유의 실현과 민족문화의 통합은 이루어지지 못했다. 그것은 곧 인텔리겐치아의 역사적 소임이 실패했음을 의미했다. 두 문화가 극복할 수 없는 괴리에 처했다는 명확한 인식과 함께, 인텔리겐치아 휴머니즘의 죽음과 함께, 러시아의 19세기는 종말을 고한다. '민중'이 새로운 역사적 주체로 대두되는 것이다. 블로크는 마지막 인텔리겐치아였다. 그는 자신 속에 깃든 인텔리겐치아의 역사적 책임을 자각함으로써 데카당스에 물든 영혼의 해방과 치유의 기쁨을 맛본다.

> (…) 내 앞에서 '시민'의 개념이 자라난다. 그리고 이 개념을 나 자신의 영혼 속에서 드러내기 시작할 때, 그것이 얼마만 한 해방과 치유를 주는지 나는 이해하기 시작한다.[18]

시 「여기 그가, 사슬에 묶이고 장미에 덮인 그리스도가」와 「가을

의 의지」의 근간을 이루는 주제 '길 떠남'과 '궁핍'은 바로 인텔리겐
치아로 자각한 시인이 고통스러워 한 인텔리겐치아와 민중의 관계문
제와 긴밀히 연관된 것이다. 그래서 이 시들은 '참회하는 귀족'의 고
통스러운 자각과 그 표출로 읽힌다. 이 주제, 이 문제의식을 통해 블
로크는 19세기 러시아 인민주의 사상과 문학유산의 적법한 상속자
로 나섰다. 러시아 인텔리겐치아의 민중에 대한 역사적 콤플렉스와
속죄는 조국을 주제로 한 블로크 시의 기본 줄기다. 블로크는 러시아
인텔리겐치아의 인민주의자적 콤플렉스를 유산으로 물려받아 '민중
에 대한 사랑의 사도'로서 시인의 길을 걸었다.

블로크는 강연문 「러시아와 인텔리겐치아」에서 민중을 두고 "서
서히 깨어나는 거인"[19]이라 말한다. 민중과 인텔리겐치아 사이의 몰
이해가 러시아 역사를 비극으로 치닫게 한다. 얼굴 없는 민중의 소름
끼치는 격동의 물결이 인다. 민중이 역사적 삶을 향해 전진한다. 민
중과 단절된 인텔리겐치아는 자기거절을 통한 동참만이 살길이다.

니콜라이 고골(Nikolai Gogol', 1809~52) 이후 러시아의 상징이
되었던 미지의 먼 곳으로 질주해가는 트로이카의 형상. 블로크는 고
골의 트로이카를 민중의 상징으로 해석한다. 트로이카는 인텔리겐치
아와 민중의 비극적 충돌을 묘사한 무서운 환영으로 자라난다. 양 진
영이 "다가갈 수 없는 모습"[20]을 지우지 않으면 피할 수 없는 충돌이
다. 블로크는 민중의 트로이카가 달려와서 인텔리겐치아를 짓밟을
것임을 예언한다.

블로크는 러시아를 "폭풍"이라고 말했다. '폭풍의 러시아'는 '민중
의 러시아'다. '민중의 러시아'가 자유의 구현체임을 말한 것이다. 민
중은 인텔리겐치아는 물론 의미를 다한 구시대의 질서를 덮치는 '혼
돈'의 집단이다. 블로크는 동시대의 민중봉기, 사회적 '혼돈' 속에서
역사의 길을 통해 반복되는 자유의 정신이 발현하는 모습을 보았다.

블로크의 주제이자 '은(銀)세기'(Silver Age)의 시대정신이었던 '보
복'은 민중을 새로운 주체로 내세운 역사가 19세기 인텔리겐치아의

휴머니즘적인 인민주의 문화에 내린 징벌을 의미했다. 그 자신이 인텔리겐치아의 일원이었던 블로크는 자기파멸을 역사의 불가피성으로 받아들였다. 블로크에게 민중봉기, 러시아혁명은 인텔리겐치아의 죄악을 정화하기 위한 파괴의 불길이었다.

블로크는 그와 같은 인텔리겐치아의 역사적 문제의식과 지향을 그리스도의 형상과 주제에 투영했다. 그에게 인텔리겐치아의 희생제의는 바로 그리스도의 고행 같은 것이었다. 그는 민중 앞에 자기 계급이 진 죄를 그리스도가 십자가를 지듯 짊어진다.

> 축축한 녹빛 잎사귀에서
> 마가목 열매송이가 붉게 물들어갈 때
> 뼈가 앙상한 손으로 형리가
> 손바닥에 마지막 못을 박을 때
>
> 납빛 강의 잔물결 위에서
> 축축한 잿빛 창공에서
> 모진 조국의 얼굴을 대하며
> 내가 십자가에서 흔들리기 시작할 때
>
> 그때 나는 임종을 앞둔 눈물의 피 사이로
> 광활한 사위 저 멀리 보네
> 넓은 강을 따라 나룻배를 타고
> 내게 다가오는 그리스도를 보네
>
> 눈에 품은 그와 같은 희망과
> 그와 같은 몸에 걸친 누더기
> 못 박힌 손바닥이
> 옷 밖으로 가련하게 드러났네

그리스도여! 조국의 평원이 슬프네!

십자가에서 나는 지쳐가네!

당신의 나룻배는

책형 당한 나의 창공에 닻을 내릴 텐가?

·「축축한 녹빛 잎사귀에서」, 1907

인텔리겐치아의 희생제의와 그리스도의 고난을 결부해 충만한 울림을 얻고 있는 시다. 시적 주인공은 이제 자기 존재의 '감옥'을 버리고 길을 나서 고난을 당한다.

시적 주인공은 책형 당한 존재다. 그는 조국의 대지 위로 솟은 십자가에 못 박혔다. 녹빛에 물든 척박한 대지가 축축하게 젖었다. 하늘은 잿빛이다. 붉게 물들기 시작하는 마가목 열매송이만이 선명하게 부각된다. 그것은 가을의 깊이, 소멸의 완성을 말한다. 바로 이 마가목이 시적 주인공의 십자가다. 가을 풍경의 완성은 곧 책형의 완성이다. 마가목 열매송이가 익어갈수록 책형의 고통이 더해간다. 축축한 잿빛을 띤 척박한 조국의 대지 위에서 마가목이 납빛 강물을 굽어보며 흔들린다. 시적 주인공이 십자가 위에서 흔들린다. 그는 조국과 함께 책형 당했다. 녹빛 잎사귀 사이 마가목의 붉은 열매는 책형 당한 납빛 손에서 흐르는 붉은 피다.

시적 주인공은 조국에 대한 사랑의 십자가를 스스로 힘겹게 졌다. 십자가는 고통, 즉 그리스도의 고행에 동참함을 상징한다. 시인은 고통당하는 조국, 민중과 하나가 됨으로써 그리스도를 닮는다. 그는 외양과 내면 모두 그리스도를 닮았다. 임종을 앞두고 흘리는 눈물에 그리스도의 그것과 같은 연민과 구원의 희망이 고인다. 시적 주인공도 그리스도도 남루한 누더기를 걸쳤다.

시적 주인공은 조국과 하나 된 고행의 끝에서 그리스도에게 구원을 호소한다. 그는 그리스도를 뒤따라 길을 나섬으로써 드디어 그리스도의 반열에 올라선다. 시적 주인공도 그의 조국도 고행의 성스러움 속에서 구원의 자격을 얻는다. 이처럼 이 시는 구원을 호소하는 단일한 기도의 말이다.

이 시에서 블로크는 처음으로 그에게 가장 중요한 시인의 사명에 대해 확고하게 말한다. 조국의 슬픈 대지에 대한 시인의 의무, 조국의 이름으로 지고 가야 할 십자가의 고통이 그것이다.

> 황금세기처럼 다시
> 닳고 닳은 세 개의 말 가슴걸이가 펄럭인다
> 채색된 바퀴살들이
> 헐거운 홈에 끼워져 있다……
>
> 러시아, 궁핍한 러시아
> 내게 네 잿빛 이즈바(izba)들은
> 내게 네 바람의 노래들은
> 첫사랑의 눈물 같구나!
>
> 나는 널 불쌍히 여길 줄 모르고
> 제 십자가를 소중히 나른다……
> 어떤 마법사든 네 마음에 들면
> 약탈의 미를 내어주어라!
>
> 꾀어내어 속이게 해라
> 너는 사라지지 않을 것이다. 몰락하지 않을 것이다
> 오직 근심이
> 네 아름다운 모습에 어둠을 드리울 뿐……
>
> 그래 뭐? 근심 하나 더하고
> 눈물 한 방울로 강이 더 소란스러운들

넌 여전하다. 숲과 들판,
눈썹까지 두른 무늬 스카프……

불가능한 것이 가능하다
긴 길이 가볍다
길 저 멀리 스카프 아래에서
순간적인 시선이 번뜩일 때,
마부의 황량한 노래가
감옥의 애수가 되어 울릴 때!……
·「러시아」, 1908

블로크는 조국에 대한 염려로 고통의 눈물을 쏟는다. 하지만 조국은 연민의 대상이 아니다. 사랑과 연민은 함께할 수 없는 것. 조국에 대한 사랑, 조국에 대한 환희가 시 「러시아」 전편을 관류한다. 조국이 걸어갈 길에 대한 사랑이자 환희다.

제1연에서 길의 형상이 출현해 시를 관류하고 질주하는 트로이카의 형상도 생생히 대두된다. 그리고 러시아에 대한 가슴 시린 사랑고백이 이 형상 위에 놓인다. '연민에 대한 거부'는 존재의 동질감과 자존감이 함께할 때 가능하다. 시적 주인공은 "제 십자가를 소중히 나른다." 사랑, 믿음, 헌신과 자기희생의 십자가다. 조국은 오직 믿음과 헌신의 대상이다. 그는 조국의 모든 결함을 보고 그것에 연민을 느끼지도 부정하지도 않고 받아들인다.

시인은 조국이 진 궁핍의 십자가를 함께 진다. 시인은 러시아를, 그 기쁨과 비애를 자기 삶으로 산다. 조국은 시인에게 순종하며 지고 가야 할 고통과 시련의 십자가다. 조국과 하나인 시인은 겸손과 온유 속에 운명적인 고통의 십자가를 지고 갈 것을 설파한다.

'영적 가난', 겸손과 온유와 순종의 정신을 구현하는 그리스도의 형상은 자기 존재를 거절하고 '신성한 궁핍과 파멸의 운명' 속에서 민중과 하나 되는 인텔리겐치아의 상징이 된다. 그런데 조국과 결부된 그리스도의 형상에서 온유와 순종은 유일한 선율이 아니다.

> 빽빽한 숲이 들어선 가파른 비탈들
> 언젠가 저곳, 저 높은 곳에서
> 선조들이 땔나무를 베며
> 그들 자신의 그리스도를 노래했네
> (…)
>
> 깊은 숲의 어둠 속에서 태어나는
> 녹슨 물방울들이
> 타오르는 그리스도에 관한 소식을
> 공포에 사로잡힌 러시아에 가져가네
> ·「빽빽한 숲이 들어선 가파른 비탈들」, 1914

"타오르는 그리스도"의 형상. 그것은 '분노와 징벌'의 정신을 구현한 것이다. 한편으로는 온유하고 다른 한편으로는 격정적인 그리스도의 형상은 블로크가 주제로 다루는 '조국'의 문맥에서 역동적인 순환 관계를 맺는다. "타오르는 그리스도"의 형상에는 '혁명가 그리스도'에 대한 시인의 이상이 투영되어 있다. 블로크는 강한 기독교적 파토스와 결부된 혁명적 인민주의의 이상을 품고 그리스도의 형상에 새로운 삶의 시작을 위해 불가피한 파괴와 폭력의 공포를 담았다.

한편으로, 자기부정을 통한 조국과의 동화는 '성스러운 가난'의 실천이다. 민중과 하나 되어 온유하게 죽음의 운명에 순종하는 그리스도의 길을 실천하는 것이다. 다른 한편으로, 인텔리겐치아-그리스도는 격정적인 애수에 찬 시대의 십자가에 못 박힌다. 블로크는 '기독교 휴머니즘'에 종말을 고하고 새 시대를 여는 '악의 창조적 역할'에 충실한 새로운 "예술가 인간"의 이상을 피력하며 '양심에 따른 피'의 불가피성을 받아들였다.

> 저 앞에는 하얀 장미 화환을 쓴
> 예수 그리스도

블로크 시의 종착점이자 소비에트 문학사의 첫 장을 연 서사시 「열둘」(1918). 서사시의 끝에는 10월 혁명 직후의 겨울, 얼어붙은 수도의 거리를 순찰하며 구시대의 잔재를 청산하는 열두 명의 적위군 병사를 저만치 앞서가는 그리스도의 형상이 저렇게 묘사되어 있다. 애초에 블로크는 당혹감을 느끼며 그리스도의 형상을 「열둘」에서 배제하고자 했다. 그러나 그는 그리스도의 형상이 그의 정신적 삶의 실제임을 확언하며 끝내 작품에서 배제하지 않았다.[21] 그러면서도 못내 이 형상이 불만스러웠다. '폭풍의 러시아'를 확신하며 쓴 서사시 「열둘」 속 그리스도는 여성적인 환영이 아니라 분노에 찬 보복과 창조적 격정의 구현이어야 했기 때문이다.

> (…) 요 며칠 무서운 생각이 떠나지 않는다. 지금 예수가 동행하고 있는 저 적위군 병사들이 그에게 합당하지 않다는 것이 문제가 아니다. 문제는 바로 그가 그들과 함께 가고 있다는 사실이다. 다른 이가 가야 하는 것이다.[22]

서사시 자체는 민중과 인텔리겐치아의 관계에 대한, '휴머니즘의 붕괴'에 대한 그의 고통스러운 사색의 최종적인 결실이었다. 블로크의 '열둘'은 십자가 없이, 신 없이 간다. '열둘'은 그리스도를 거절한다. 하지만 러시아 민족의 도덕성을 상징하는 그리스도는 그들을 버리지 않는다. 파멸을 통해 정화의 불길을 구현하는 그리스도의 이름(그리고 손에 든 붉은 깃발)과 달리 그의 형상 자체는 여성적인 온유한 사랑의 원칙을 구현한다. '눈보라 위의' '혼돈 위의' 그리스도. 그는 '열둘'을 부활과 신성함으로 이끌어야 한다. 블로크에게는 "하얀 장미 화환을 쓴 예수 그리스도"가 혁명의 유일한 당위였다. 그는 기독교적 휴머니즘을 통해 기독교적 휴머니즘을 거부했다. 그래서 그리스도의 형상은 마지막까지 이중적인 모습으로 남아서 여전히 분분한 해석을 낳는다.[23]

이 모순에 혁명의 불길을 옹호한 인텔리겐치아의 착종된 정서가 담겨 있다. 인텔리겐치아-그리스도는 민중봉기를 옹호하는 동시에 그 속에서 파멸할 자기 운명에 순종하며 혁명의 폭력을 용서했다.

혁명의 불길 속에서 블로크 시의 산실이자 그가 대표하는 문화와 시대의 상징인 샤흐마토보(Shakhmatovo) 별장의 서재도 재가 되어 사라졌다. 그 사건에 대해 블로크와 나눈 대화를 마야콥스키는 이렇게 회상한다.

> (…) 나는 기억한다. 혁명 직후의 어느 날 나는 겨울궁전 앞에 피워놓은 모닥불 가에서 등을 숙이고 몸을 녹인 채 있던 병사 차림새의 비쩍 마른 사람을 지나쳐 가고 있었다. 그가 소리쳐 나를 불렀다. 블로크였다. (…) 내가 묻는다. "마음에 듭니까?" "좋네." 블로크가 말했다. 그러고 나서 덧붙였다. "시골에 있는 내 서재를 태워버렸네." 바로 이 "좋네"와 "서재를 태워버렸네"가 그의 서사시 「열둘」 속에서 환상적으로 결합된 혁명의 두 느낌이었다.[24]

세기의 기념비

시인은 결국 러시아와 하나 될 수 없었다. 혁명이 창조한 새로운 러시아에 그의 자리는 없었다. 결국 블로크는 곤궁 속에서 죽음을 맞이하고 말았다. 하지만 시인에게 그것은 비극이 아니었다. 옛 러시아와 함께 파멸하는 것은 그에게 절망, 고독이 아니라 사명, 의무, 행복, 길, 운명이었다. 블로크는 이를 이해하고 마지막 작품 「열둘」을 썼다.

조국의 운명을 함께할 준비가 되었던 시인은 10월 혁명을 불가피한

샤흐마토보의 블로크 박물관.
블로크의 「열둘」에서 인텔리겐치아-그리스도는
민중봉기를 옹호하는 동시에
그 속에서 파멸할 자기 운명에 온유하게
순종하며 혁명의 폭력을 용서한다.

안녠코프, 「죽음의 침상 위의 블로크」, 1921.
밝고 아름다운 삶, 인간다운 삶을 향한 블로크의 추구와
방황은 영원히 절실한 울림을 던진다.
그는 '삶의 이름으로' 자신을 희생하며, 새로운 삶,
새로운 러시아를 위해 자신을 제물로 바쳤다.

것으로 받아들였다. 수 세기에 걸친 민중의 고통에 대한 러시아 인텔리겐치아의 전형적인 죄의식이 「열둘」 속에서 폭력과 피를 정당화했다. 그렇게 블로크는 혁명을 받아들였다. 하지만 그와 더불어 그는 죽었다. 그가 구현했던 시대가 죽었기 때문이다. "혁명가 시인이 아니라 혁명의 시인인"[25] 블로크 시의 진정성이 여기에 있다.

블로크가 보여준 밝고 아름다운 삶, 인간다운 삶의 추구와 방황은 영원히 절실한 울림을 던진다. 세상에서 행복은 실현될 수 없다는 인식 뒤에는 행복한 세상에 대한 깊은 의무감이 놓여 있었다. 블로크는 '삶의 이름으로' 자신을 희생하며, 새로운 삶, 새로운 러시아를 위해 자신을 제물로 바쳤다. 바로 이것이, 블로크의 선택에 대한 찬반에도 불구하고, 한결같은 사랑으로 기억되는 그의 면모다. 즉 고리키가 "두려움을 모르는 진실성의 사람"[26]이라고 했듯이, 그는 정직과 대의를 위한 자기희생의 면모를 보여주었다.

그가 옳다. 또다시 가로등, 약국

네바, 침묵, 화강암……

그가 푸시킨스키 돔(Pushkinskii Dom)에게

작별하며 손을 흔들고

죽음의 노곤함을 합당치 않은

평안으로 받아들였을 때

세기 초의 기념비로

저기 이 사람이 서 있다

·아흐마토바, 「그가 옳다. 또다시 가로등, 약국」, 1946

"세기 초의 기념비"인 블로크. 삶은 변하지 않았다. 20세기 내내 러시아인의 삶에 "선과 빛" "자유의 영광"은 오지 않았다. 출구 없는 암울한 생에 대한 절망이, 시간이 멈춰버린 삶의 무의미로 토해내는 신음이 되풀이된다. 더 불확실하고 더 희망 없고 더 흉측해진, 광포한

세기의 느낌과 함께……[27]

 (…)
 오, 이 잿빛의 울타리여
 스무 번째 작품에서는
 하루하루가 조서 같고
 밤은 심문만 같아라

 모든 것이 까닭 없다가도 그렇지 않네
 그 무엇도 견고한 건 없네
 몇 시인가, 그건 누구도
 정확히 모르네

 세기의 징후들 속에서
 달력만이 변함없네
 한밤의 거리. 가로등
 운하. 약국……
 (…)
 ·알렉산드르 갈리치(Aleksandr Galich, 1918~77), 「새해 전날의 폭
 음」, 1969

   정화를 위한 혼돈의 폭풍우는 새롭고 조화로운 문화를 낳지 않았
다. 그렇게 블로크는 파국의 20세기 러시아 시인들에게 "세기의 기념
비"가 되었다.

 숨 쉴 수 없다. 벌레들이 우글거리는 하늘
 어느 별 하나 말하지 않는다
 (…)

·오시프 만델시탐(Osip Mandel'shtam, 1891~1938), 「정거장에서의 콘서트」, 1921

"시인은 죽는다. 그를 숨 쉬게 할 것이 이미 아무것도 없기 때문이다."[28]

박선영 충북대학교·러시아문학

달리 생각하는 자의 혁명 살아내기

안나 아흐마토바

너 없이도, 너와 함께도
나 살 수가 없네
Nec sine te, nec tecum
vivere possum[1]

혁명과 함께 '달리 생각하는 자'가 태어났다

"10월 혁명은 내 작업에 영향을 미치지 않을 수 없었다"[2]라는 시인 만델시탐의 발언은 러시아혁명과 맞닥뜨렸던 모든 문인, 더 나아가 모든 이에게 동일하게 적용될 수 있는 발언일 것이다. '혁명'이라는 불가항력적인 사건 아래서 살아야만 했던 20세기 초 러시아인들은 자신들의 향후 운명 전체를 결정지을 일생일대의 선택에 직면하게 된다. 즉 혁명 이후 러시아인들 앞에는 세 길—① 러시아에 남아 혁명세력에 동조하느냐, ② 러시아에 남아 혁명세력에 동조하지 않느냐, ③ 망명이냐—이 놓여 있었고 누구든 이 세 길 중 하나를 필연적으로 선택하지 않을 수 없었던 것이다.

아흐마토바나 만델시탐처럼, 두 번째 길을 택했던 이들은 조국을 버리고 떠나는 비극을 감내해야 했던 망명자들만큼이나 큰 용기와 결단으로 조국에 남았다. 아흐마토바는 1917년 이후 펼쳐진 러시아의 새로운 사회적·정치적 상황이나 소비에트 체제에 전혀 적응하지 못했을뿐더러 적응하려고도 하지 않았다. 그런데도 끝내 망명을 거부한 채 러시아에 남아 '달리 생각하는 자'(inakomyslyashchii)[3]로 살아감으로써 자신의 삶을 스스로 고난의 길로 밀어 넣었다. 선명한 '혁명의 음악'을 들으며 10월 혁명을 받아들였던 블로크와는 달리[4] 그저 '알 수 없는 웅성거림'만을 들었던 아흐마토바는,[5] 10월 혁명을 '나의 혁명'으로 받아들이며 진정한 혁명가로 살아갔던 마야콥스키와는 정반대의 삶을 영위하게 되었다. 그 때문에 1917년 10월 혁명 후의 러시아는 '나의 혁명'을 '위해' 쓰는 마야콥스키의 러시아와 '너의 혁명'에 '대해' 쓰거나 침묵하는 아흐마토바의 러시아로 필연적으로 나뉠 수밖에 없었다.[6]

이 글의 목적은 다른 혁명주의자들과 똑같이 생각할 수 없었던 '달리 생각하는 자' 아흐마토바가 거리 두기와 버티기를 통해 어떻게 혁명을 살아냈고 혁명에 대해 어떤 태도를 취했는지 살펴보는 것이다. 따라서 이 글은 19세기 말에 태어나 20세기가 요구하는 소비에트형 인간이 되지 못한 채 자발적 '내부망명자'[7]로 남아 굴곡진 일흔여섯 해를 살아갔던 그의 생애와 창작을, 혁명을 중심으로 추적하게 될 것이다. 혁명에 대한 아흐마토바의 관점에 대해서는 대부분 전기작가가 별 이견을 보이지 않는바,[8] 이 글에서는 '아흐마토바와 혁명'이라는 주제에 대해 새로운 시각을 제시하기보다는 지금껏 다소 파편적으로 다루어진 혁명이라는 주제를 더욱 통합적인 관점에서 조명하는 것을 목표로 할 것이다.

떠날 수 없었던 '달리 생각하는 자', 어떻게 혁명을 살아내었는가
제1차 세계대전과 혁명 전야, 불안에 떨다

잘 알려져 있듯이 아흐마토바의 문단 데뷔는 아주 성공적이었다. 성공의 원천은 시인 특유의 섬세하고도 정확한 심리 및 상황 묘사를 통해 남녀 간의 애정사를 마치 장편소설의 한 장면을 보는 것처럼 그려낸 데 있었다. 애인과 이별한 여인의 내적 긴장감을 "난 왼쪽 장갑을 / 오른손에 꼈다"라고 표현한다거나 보헤미안적 특성을 "더 날씬해 보이려고 / 나 타이트한 스커트를 입었다네"라고 거침없이 표현

아흐마토바. 그녀는 자신의 삶과 창작의 터전이었던
조국 러시아를 차마 떠날 수 없었지만 그렇다고
혁명세력에 동조하지도 않았다. '달리 생각하는 자'로
살아감으로써 자신의 삶을 스스로 고난의 길로
밀어 넣었다.

하는 아흐마토바의 초기 서정시는 발표 즉시 평단과 대중의 뜨거운 반응을 불러일으켰다. 하지만 제1차 세계대전과 혁명이라는 거대한 역사적 사건들을 마주하게 되자 대체로 내밀하고도 사적인 작은 세계를 그리던 시인의 작풍에도 변화가 찾아오지 않을 수 없었다. 이미 초기부터 정적이고도 다소 비극적인 파토스를 내장하고 있던 시인의 작품들은 이제 사적인 차원을 넘어서서 역사적인 차원의 비극성을 착근하게 된 것이다. 실체 없는 불안감에 휩싸인 상태에서도 "죽어가면서도 불멸에 대해 괴로워"하고[9] "어제보단 내일이 더 낫다"(제1권, 69쪽)라고 말하던 시인은, 엄연한 실체를 지닌 전쟁이라는 비극 앞에서 자신의 불안감을 더욱 직접적으로 노출하기 시작했다.

그리하여 1914년 이후 작품들이 대거 실린 세 번째 시집 『흰 무리』(*Belaya staya*, 1917)에서부터 시적 공간은 침묵, 공허, 어둠이 지배하는 죽음의 공간, 장례의 공간으로 변해간다. 특히 제목에서 이미 전쟁을 암시하는 시 「1914년 7월」은 "새로운 아흐마토바"의 시적 기법을 분명히 보여주는 작품이 되었다.[10] 아흐마토바 역시 제1차 세계대전이라는 큰 재앙 앞에서는 결코 초연할 수 없었던 것이다. 이즈음 그녀는 초기의 차분한 목소리를 버리고 분노로 가득한 우렁찬 목소리로 노래하기 시작했다. 모출스키가 정확히 지적한 바와 같이 『흰 무리』 시기는 아흐마토바 창작의 급격한 변화를 보여준다. (…) 시인의 시 창작 목록에는 조국의 형상이 나타났고 전쟁의 공허한 울림이 울려 퍼지며 고요한 기도의 속삭임이 들린다."[11] 서정적 '나'가 아닌 서사적 '우리'에 대해 쓰기 시작한 "새로운 아흐마토바"는 전쟁의 참상과 비극을 산불, 향나무, 곡소리 등으로 묘사해 전쟁의 종말적 특성을 강조한다.[12]

탄내가 난다. 4주간
마른 이탄(泥炭)이 늪마다 타오르고 있다.
오늘은 새조차 울지 않았고

사시나무도 더 이상 떨지 않는다.

(…)

향나무 단내가

불타고 있는 숲에서 날아온다.

전사한 병사의 아내들이 아이들 위에서 신음하고

미망인의 곡소리가 마을마다 울려 퍼진다

·제1권, 96~97쪽

1914년 7월 19일 오후 2시, 독일이 러시아에 전쟁을 선포하면서 러시아는 제1차 세계대전의 소용돌이에 휘말리게 되었다. 훗날 아흐마토바는 제1차 세계대전이 발발한 1914년을 20세기의 시작으로 간주하기도 했다. 시인은 자전산문에서 "19세기가 빈회의와 함께 시작된 것처럼, 20세기는 1914년 가을, 전쟁과 함께 시작되었다. 달력상의 날짜는 의미가 없었다"[13]라고 회고했고 「주인공 없는 서사시」에서는 1913년의 페테르부르크를 회상하며 "달력상의 20세기가 아닌 / 진정한 20세기가 다가오고 있었다"(제1권, 333쪽)라고 썼다.

전쟁이 발발한 날에 대해 아흐마토바는 "아침에는 여전히 다른 것에 관한 평온한 시를 썼지만 저녁에는 모든 삶이 산산조각 나버렸다"[14]고 기록함으로써 전쟁의 비극적 영향력을 아주 간명하게 묘사한다. 그렇지만 러시아 영토 내에서 장기간 격전이 벌어졌던 제2차 세계대전에 비할 때, 제1차 세계대전은 러시아인들에게 상대적으로 덜 실체적이었다. 그러나 아흐마토바는 자신의 남편인 시인 니콜라이 구밀료프(Nikolai Gumilyov, 1886~1921)가 제1차 세계대전에 참전했기 때문에 이 전쟁을 실감하지 않을 수 없었다. 따라서 구밀료프가 전선으로 떠난 이후인 1914년 9월 집필한 시 「위로」에서는 전쟁의 상황이 더욱 구체적이고도 직접적으로 묘사된다. 이런 특성은 위에서 인용한 「1914년 7월」과 비교할 때 더욱 두드러진다. 구밀료프가 참전하기 전에 집필한 「1914년 7월」이 비교적 일반적이고도 관찰자적인 관점에서 쓰인 것이라면, 「위로」에서는 구밀료프의 시를 제사로 인용해 아흐마토바와 구밀료프의 관계를 환기시킴으로써 전쟁에 관한 일반적인 내용뿐만 아니라 두 시인의 부부관계를 다룬 내밀한 내용으로도 읽히게끔 했다.

> 그곳에서 대천사 미카엘은
> 그를 자신의 군대에 넣어주었다.
> ·구밀료프

> 넌 더 이상 그에게서 소식을 받지 못하리,
> 넌 그에 대해 듣지 못하리.
> 불길에 휩싸인 슬픈 폴란드에서
> 그의 무덤 찾지 못하리
> ·제1권, 98쪽

전후 아흐마토바의 시적 공간들, 즉 사적인 공간으로서의 집과 전체적인 공간으로서의 러시아는 급격히 어두워지거나 파괴된 채 텅 비어버린 공간으로 변한다. 전쟁으로 촉발되어 실체화된 세계의 파멸과 종말의 예감은 러시아인들의 불안감을 가중시켰고 결국 '떠날 것인가, 남을 것인가'라는 선택의 기로에 서도록 만들었다. 그 운명적인 기로에서 아흐마토바는 러시아에 남겠다는 선택을 하게 된다. 조국을 떠나는 것에 큰 반감을 품는 러시아인의 보편적인 정서에 더해, 그의 결정에는 자신의 우상이자 예술적 모델이었던 푸시킨이 100여 년 전에 보여준 결단과 가장 가까운 문우였던 오시프 만델시탐의 선택도 어느 정도 영향을 미쳤을 것으로 보인다.[15]

1917년 가을 페테르부르크에서 집필한 네 번째 시집 『질경이』(*Podorozhnik*, 1921)에 수록된 시 「자살을 그리워하며……」에서 시인은 망명 거부에 대한 자신의 명확한 의사와 의지를 피력한다.

내게 목소리가 들려왔다. 목소리는 반갑게 부르며
말했다: "여기로 오렴,
공허하고 죄 많은 너의 땅을 버리렴,
러시아를 영원히 버려버리렴.
네 두 손에서 흐르는 피를 내가 닦아줄게,
가슴속에서 검은 수치심을 꺼내줄게,
패배의 고통과 수치심을
새로운 이름으로 덮어줄게."

하지만 냉정하고도 차분하게
나 두 손으로 귀를 막았다네,
이 수치스러운 말이
슬픈 혼을 더럽히지 않게끔
·제1권, 143쪽

혁명기 러시아인의 심리를 생생히 묘파(描破)한 듯한 이 시는 블로크가 암송할 정도로 좋아했던 작품이라고 전해진다. 블로크가 모스크바행 열차 안에서 이 시를 낭송한 후 동승한 문인 추콥스키와 출판인 사무일 알랸스키(Samuil Alyanskii, 1891~1974)에게 남긴 말은 망명의 기회를 스스로 내던져버리고 러시아에 남을 수밖에 없었던 자들의 심정을 아주 적확하게 보여준다.

아흐마토바가 옳아요. 이건 부끄러운 말이지요. 러시아혁명에서 도망친다는 것은 수치입니다.[16]

영국으로 망명한 조각가 보리스 안레프(Boris Anrep, 1883~1969)를 수신자로 설정해 쓴 시 「그대는 변절자」(1917)에서 시인은 러시아를 떠난 자신의 지인을 거침없이 '변절자'로 규정해버리기도 했다.[17]

한편, 아크메이즘 시학의 영향 아래서 창작된 시인의 두 시집 『저녁』(Vecher, 1912)과 『묵주』(Chetki, 1914)의 시들이 주로 '지금, 여기'를 다루면서 현재지향성을 드러낸다면, 전쟁과 혁명으로 새로운 시대, 새로운 세계가 도래할 것을 감지하고부터 시인은 자신의 과거지향성을 강하게 노출한다. 물론 과거지향성 또한 과거의 문화와 가치를 중시하며 그 영속성을 굳게 믿었던 아크메이즘 시학의 영향이라고 할 수 있다. 포스트상징주의의 대안으로 거의 같은 시기에 등장한 두 문학유파, 즉 아크메이즘과 미래주의 가운데 전자는 19세기 문학전통을 계승하는 데 충실한바, 아크메이스트는 이를 자신들에게 정통성이 있다는 자부심의 근거로 여겼던 반면, 구세계 타파를 제1의 목표로 삼은 혁명주의자는 부르주아 문학으로 인식해 타도대상으로 삼았다.[18] 1917년 혁명을 '나의 혁명'으로 받아들인 미래주의자 마야콥스키가 혁명정신으로 무장한 채 '미래'를 향해 맹렬히 전진해나갔다면, 아크메이스트 아흐마토바는 자신이 가치 있다고 여긴 19세기 전통세계를 전면 부정하는 혁명에 대해 직접적인 언급을 회피하면서도 끊임없이 '과거'를 되돌아보았다. 즉 '혁명'에 동조할 수 없었던 '달리 생각하는 자' 아흐마토바는 과거를 추억하며 미래 없는 현재를 살아갔던 것이다.

이 시기에 발표한 시집들의 제목이 '흰 무리'와 '질경이'라는 것에서도 시대를 대하는 시인의 태도가 엿보인다. '흰 무리'는 차르스코예 셀로(Tsarskoe Selo)[19] 호수에 떠 있는 백조무리를 연상시킴으로써 자연스럽게 시인과 백조 간의 유비를 이끌어내고 있다.[20] 아울러 백조는 러시아 민중 시가에서 비보의 전달자로 자주 등장하기에[21] 결국 '흰 무리'는 스러져가는 19세기 문화전통에 바친 '백조의 노래'를 상징하는 동시에 전쟁터에서 날아드는 전사자들에 대한 비보를 의미하는 것으로도 볼 수 있다. 그런 '흰 무리'를 떠올린 뒤 시인에게 찾아온 이미지가 '질경이'였다는 사실은 더욱 의미심장하다. 사실, 시집의 제목으로 시인이 원래 계획했던 것은 '혼란기'였지만 더욱 폭넓은 상징성을 지닌다는 점에서 결국 '질경이'로 결정되었다. 동서를 막론하고 질경이는 길가에서 자라는 강한 생명력을 지닌 식물이자 약초로 널리 알려져 있다. 아흐마토바는 자신의 시로 혼란기의 러시아를 '치유'하고자 하는 바람과 이 혼란기를 강인한 생명력으로 살아내겠다는 의지를 제목에 담아냈던 것이다.

한편, '혁명주의자' 마야콥스키와 '반(反)혁명주의자' 아흐마토바의 향후 행보가 큰 차이를 보이는 것은 이미 목전에 닥쳐온 종말에 대한 인식이 달랐기 때문이다. 미래주의자 마야콥스키가 혁명을 통해 구세계의 종말을 기꺼이 받아들이며 장밋빛 신세계, 유토피아의 도래를 꿈꾸었다면, 아크메이스트 아흐마토바는 구세계의 종말을 안타까워하며 새로이 도래할 신세계에 아무런 희망도 걸지 않았다.[22] 『질경이』의 마지막 시에서는 러시아의 과거와 현재 그리고 미래에 대한 시인의 생각과 고뇌가 더욱 직접적으로 드러난다. 여기서 시인은 미래뿐 아니라 현재까지도 부정한 채 과거에만 가치를 두는 한편, '혁명이 가져다 줄 장밋빛 신세계'를 꿈꾸는 대다수 혁명주의자의 시각에 비추어 과거에만 정향된 자신을 객관적으로 돌아보며 자책하기도 한다.

> 가슴에서 내 심장을 꺼내
> 가장 굶주린 개에게 던져주라
> (…)
> 현재는 없고 나 과거를 자랑스럽게 여기노니
> 그런 부끄러움에 숨이 막혀버렸지
> ·제1권, 143쪽

혁명 이후 파괴된 구세계와 이미 도래했지만 아직은 정체를 제대로 알 수 없는 미지의 신세계에 대한 시인의 상념은 다섯 번째 시집 『서기』에 고스란히 반영된다.

혁명 이후, 혼돈에 갇히다

시집 『서기』는 판본이 두 개다. 1922년 페트로그라드에서 1921년 창작한 작품들을 수록해 『서기 1921년』이라는 제목으로, 1923년 베를린에서 1922년 창작한 시편까지 포함해 『서기』라는 제목으로 출간했다. 시집은 총 3부로 구성되어 있는데, 상징적인 의미를 담고 있는 제1부 「모든 것이 끝난 이후」에서는 혁명 후의 혼돈스러운 상황을, 제2부 「1921」에서는 1921년 벌어진 비극적 상황을, 제3부 「기억의 음성」에서는 1915년에서 1921년 사이, 즉 가깝기는 하지만 이미 과거가 되어버린 상황을 그려내고 있다. 비평가 오신스키는 "블로크 사망 이후 아흐마토바는, 의심할 바 없이, 러시아 시인 가운데 정상을 차지하게 된다. (…) 혁명은 그녀의 시에서 상징적이면서도 허식적인 모든 것을 없애버렸다. 거대한 사적 체험들은 이 시들에 쓰라린 색채와 맛을 덧붙였다"[23]라고 쓰면서 아흐마토바의 창작에 미친 혁명의 영향력을 지적한다.

혁명 이후 변해버린 시인의 삶은 시집을 여는 첫 시 「페트로그라드, 1919」(1920)에서부터 선명하게 그려지고 있다.

> 그리하여 황량한 수도에 유폐된 채
> 우리는 영원히 잊어버렸다,
> 거대한 조국의
> 호수와 스텝, 도시, 노을을.
> 유혈의 현장에서는 밤낮
> 끔찍한 나른함이 사로잡았다……
> 아무도 우리를 도우려 하지 않았다
> 우리가 집에 남아 있었기에,
> 날개 돋친 자유가 아니라
> 제 도시를 사랑하며
> 도시의 궁전들과 불과 물을

우리 스스로를 위해 지켜냈기에.

다른 시기가 가까워왔다,
이미 죽음의 바람이 가슴을 서늘하게 한다.
하지만 우리에게 베드로의 성스러운 도시는
우연한 기념비가 되리라
·제1권, 144쪽

제1차 세계대전 발발을 다룬 시 「1914년 7월」과 마찬가지로, 다큐멘터리 보고서를 연상시키는 시의 제목이 눈길을 끈다. 또한 혁명 이후 세계를 그려낸 시집의 첫 시에서 아흐마토바가 '페트로그라드'라는 공간을 내세웠다는 사실 또한 주목할 만하다. 잘 알려져 있다시피, 러시아의 공간기호학 체계에서 페테르부르크는 탄생과 동시에 종말이 운명 지어져 있는 신화적 공간이자 근대 러시아 문화 전체를 가리키는 상징적 공간이다. 데르자빈에서 시작해 푸시킨을 거치면서 명실공히 러시아 문학의 발상지이자 성소로 자리매김한 차르스코예 셀로를 근교에 두고 있는 페테르부르크는 시인 아흐마토바에게 러시아 문화전통 그 자체였던 것이다.

만델시탐이 기꺼이 '나의 도시'로 호명한 것처럼 페테르부르크를 '나의 도시'로 받아들였던 많은 이가 이 도시의 운명과 자신들의 운명을 동일시했다. 더욱이 이 도시에서 삶의 영욕을 모두 맛보았던 아흐마토바에게, 상트페테르부르크에서 페트로그라드로, 다시 레닌그라드로 이름을 바꿀 때마다 달라진 도시의 운명은 시인 자신의 운명과 궤를 같이하는 것으로 여겨졌다.[24] 1712년부터 200년 남짓 러시아 제국의 수도로서 그 역할에 충실해왔던 페테르부르크는 제1차 세계대전 발발과 함께 페트로그라드로 도시명이 바뀌었고 1918년에는 모스크바에 수도의 지위도 내주게 된다. '황량한 수도'가 되어버린 '자신의 도시' '베드로의 성스러운 도시'를 떠나지 못한 아흐마토바는 이 떠나지 못함을 구세계 문화의 상징인 페테르부르크를 지켜내기 위함이었다고 설명한다. 시인은 다시금 '남은 자 대(對) 떠난 자'의 대립을 부각하면서 '죽음의 바람'이 불어대는 '다른 시기'를 맞이한 상황에서도 문화전통의 수호자로 남아 있겠다는 의지를 피력한다.

혁명 후 창작된 시편들 속에서 가장 많이 보이는 어휘들은 대체로 황량함이나 죽음과 파멸, 길 잃음 등 부정적 의미장에 속하는 것이다. 그리고 이러한 어휘들은 혁명에 이어 발발했던 내전 말기의 황폐한 현실을 묘사하는 시 「전부 도둑맞았고 배신당했고 변절당했다……」(1921)에 집약되어 있다. 그러나 이 시가 포함된 시집의 제2부 제사로 취한 오비디우스의 시구 "너 없이도, 너와 함께도 나 살 수가 없네"가 암시하듯 텍스트에는 떠날 수 없었던 조국에 대한 양가적인 감정이 잘 녹아들어 있다. 즉 '전부 도둑맞았고 배신당했고 변절당했'으며 '검은 죽음의 날개가 어른거리'는 '허물어져 버린 더러운 집들'이 존재하는 처참하고 암울한 상황 속에서도 아직은 확실히 알 수 없지만 '태곳적부터 우리가 바라던 멋진 것'이 다가오고 있음을 묘사하는 것이다.

전부 도둑맞았고 배신당했고 변절당했다
검은 죽음의 날개가 어른거리고
허기진 그리움에 모든 게 물어뜯겼건만
대체 무엇 때문에 우린 밝아졌던가?
(…)
그 누구에게도 알려지지 않았지만
태곳적부터 우리가 바라던
멋진 것이 아주 가까이 다가오고 있지.
허물어져 버린 더러운 집들을 향해
·제1권, 161쪽

그러나 이 시가 아흐마토바에게 일련의 비극적 사건이 벌어진 1921년 8월 이전, 즉 그해 6월 창작되었다는 사실에 주목할 필요가 있다. 1921년 8월 그녀는 가까운 두 시인의 죽음을 마주해야 했다. 우선 1921년 8월 7일 염문이 떠돌 정도로 아흐마토바가 존경했던 블로크가 사망했다. 블로크의 장례식장에서는 그녀의 전 남편 구밀료프의 체포소식을 전해 듣는데 그는 8월 26일(또는 29일) 35세의 나이로 반혁명분자라는 죄를 뒤집어쓰고 총살당했다(구밀료프의 사망일은 불분명하지만, 총살형이 집행된 29일로 보는 것이 타당하다).[25] 두 시인의 사망소식이 전해지자 모스크바에서는 아흐마토바가 충격으로 자살했다는 소문까지 떠돌았을 정도로,[26] 세간의 눈으로 보아도 이 두 죽음은 시인이 감당하기 힘든 비극적 사건이었다. 두 시인의 죽음을 접하고 난 뒤 아흐마토바는 비통하고도 참담한 심경을 감추지 못했다. ("사랑하는 이들에게 내가 파멸을 불러왔다, / 그리하여 연이어 사망했다. / 오, 비통하여라! 이 무덤들은 / 내가 예언한 것이었다.")

특히, 구밀료프의 죽음은 너무나 급작스럽게 닥친 것이었고, 더욱이 중상(中傷)으로 불명예스러운 죽임을 당한 것이었기에 충격이 더 컸다. 구밀료프는 일명 '타간체프 사건'이라고 불리는 사건에 연루되었던 것인데, 이는 체카(Cheka)[27]가 페테르부르크 대학교 지리학과 교수였던 블라디미르 타간체프(Vladimir Tagantsev, 1889~1921)를 중심으로 한 지식인들의 모임을 반소비에트적·반혁명적인 '타간체프 페트로그라드 전투조직'으로 규정한 사건이다. 구밀료프는 이들과 연관되어 있었기 때문에 총살형을 피하지 못했다.

사건의 시작은 1921년 7월 24일 자 『이즈베스티야』에 체카가 "페트로그라드, 북방 및 북서지역 내에서 소비에트 정권에 반대해 무장봉기를 준비했던 대규모 음모"를 적발했다는 내용의 기사였다. 체포는 8월 3일 이뤄졌고 8월 24일에는 타간체프를 비롯해 페트로그라드 여러 대학의 교수들과 구밀료프 등 총 61명에 대한 총살형 판결이 내려졌다. 형은 8월 29일 집행되었으며 『페트로그라드 프라브다』 9월

1일 자에 총살소식과 명단이 공표된 후 그해 10월 조사가 종결되면서 사건은 일단락되었다.

이 사건은 반혁명주의자 숙청을 목적으로 행해진 대규모 작전으로 총 833명이 연루되어 총살당하거나 구금 중 사망한 이가 96명에 이르고 집중수용소로 보내진 이도 83명이나 되었다. 60여 년이 흐른 1992년이 되어서야 모두 조작된 것으로 밝혀져 여기에 연루되었던 이들이 복권될 수 있었다.[28]

체카가 조작한 대규모 지식인 총살사건은 이후 아흐마토바뿐 아니라 구밀료프와의 사이에서 낳은 외아들 레프 구밀료프(Lev Gumilyov, 1912~92)의 삶에도 치명적인 영향을 끼치게 된다. 니콜라이 구밀료프와 아흐마토바에게 쏟아진 각종 중상과 비방은 시인에게 「비방」(1922)이라는 시를 쓰도록 했다. '배반'이나 '까닭 없는 공포'의 모습을 한 비방이 "무자비한 하늘 밑 죽어버린 도시에서" "어디서든 나를 따라다녔다"라고 시인은 적고 있다. 하지만 여기서 아흐마토바는 "난 그것[비방]이 두렵지 않다. 온갖 새로운 호출에 / 난 정당하고도 엄정한 답변을 가지고 있다"라고 밝힘으로써 앞으로 펼쳐질 엄혹하고도 험난한 현실을 의연히 타개해나가겠다는 다짐을 공고히 하고 있다.

구밀료프 사망 후 소비에트 정권하에서 아흐마토바가 처한 상황은 누가 보아도 힘겨운 것이었고 그 때문에 그녀에게 망명의사를 타진해보려는 시도가 많았다. 아크메이즘이라는 동일 문학유파에서 활동했던 시인 미하일 젠케비치(Mikhail Zenkevich, 1886~1973)나, 망명길에 오르기 전 방문한 시인 게오르기 이바노프의 물음에 아흐마토바는 한결같이 단호한 거부의사를 밝힌다.

젠케비치 당신이 외국으로 떠날 거라고 말하던데요?

아흐마토바 뭣 때문에요? 거기서 제가 뭘 하겠어요? 거기 있는 사람 모두 정신이 나가서 아무것도 이해하려 하지 않는데요.[29]

구밀료프(제일 왼쪽), 레프 구밀료프, 아흐마토바가 함께
찍은 가족사진. 1915년 차르스코예 셀로에서 촬영했다.
구밀료프는 1921년 소비에트 정부가 조작한 사건에 휘말려
총살당하는데, 이는 아흐마토바와 레프 구밀료프의
비극적 삶을 선명하게 예고하는 사건이었다.

아흐마토바 떠나시죠? 파리에 안부를 전해주세요. (…)

이바노프 그런데, 안나 안드레예브나, 당신은 안 떠나실 건가요?

아흐마토바 아니요. 전 러시아에서 떠나지 않을 거예요.

이바노프 하지만 갈수록 사는 게 더 힘들어질 거예요.

아흐마토바 그렇겠죠, 더 힘들어지겠죠.

이바노프 전혀 참을 수 없게 될 수도 있을 거예요.

아흐마토바 어쩌겠어요.

이바노프 떠나지 않을 건가요?

아흐마토바 떠나지 않을 거예요.[30]

　망명하지 않고 러시아 땅에 남는 것을 일종의 신성한 소명처럼 여겼던 아흐마토바는 1922년 봄 베를린으로 출장을 떠났다가 러시아로 돌아오지 않은 작곡가였던 지인 아르투르 루리에(Artur Lur'e, 1891~1966) 때문에 「조국을 버린 자들과 나 같이 있지 않노라……」(1922년)를 쓴다.

갈가리 찢어 적들에게
조국을 던져버린 자들과 나 같이 있지 않노라.
그들의 조야한 아첨에 나 귀 기울이지 않으리라,
내 노래를 그들에게 내어주지 않으리라.

하지만 수인처럼 병자처럼
추방자가 난 영원히 안타까우이.
방랑자여, 그대의 길은 어둑하노니
타인의 빵은 쑥냄새가 나는 법.
하지만 이곳, 황량한 화재의 연기 속에서
남은 청춘을 죽이며
우리는 단 한 번도

제 길에서 벗어나지를 않았지

·제1권, 147쪽

이 시에서는 「자살을 그리워하며……」에서 처음으로 드러난 망명에 대한 시인의 상념이 가장 견고하고도 강한 형태로 표출되고 있다. 시적 자아는 격앙된 어조로 망명자들을 '조국을 던져버린 자' '추방자'로 규정하면서 분명한 선 긋기를 통해 그들과 자신을 분리하고 있다. 구세계가 사라지기 직전 마지막으로 맞이했던 문화의 르네상스 '은세기'를 추억하는 망명가 사이에서 '은세기의 여왕' 아흐마토바의 인기는 식을 줄 몰라 망명자들이 발간한 여러 잡지가 시인의 신작을 실으려는 노력을 아끼지 않았다. 이에 대해 시인은 "그들의 조야한 아첨에 나 귀 기울이지 않으리라, / 내 노래를 그들에게 내어주지 않으리라"라고 단호하게 거절한다.

「비방」에서 어떤 비방도 두려워하지 않겠노라고 선언했던 것에 이어 아흐마토바는 이 시에서 '옳고 그름'이라는 관점을 들고 와 고난으로 점철된 삶의 여정에 정당성을 부여하고 있다. 성서에서 신의 징벌과 고난, 파멸 등을 가리키는 '쑥'의 함의를 염두에 둘 때, "타인의 빵은 쑥냄새가 난다"는 표현 속에서 망명자들의 삶 또한 결코 녹록하지 않을 것이라는 시인의 경고를 읽을 수 있다.

살펴본 바와 같이, 혁명 이후 참혹한 러시아의 현실 앞에서 시인은 러시아를 떠나지 않은 자신의 선택에 끊임없이 의미를 부여하며 혁명을 살아낼 힘을 길러나갔다. 하지만 소비에트 러시아의 현실은 망명에 대한 온갖 달콤한 유혹을 물리칠 만큼 정신을 무장한 시인조차 감내하기 어려울 정도로 혹독했다. 가장 큰 원인은 레닌 사후, 가히 '혁명의 사생아'라 할 수 있는 스탈린의 전횡과 폭압이 날이 갈수록 심해져갔던 데서 찾을 수 있다. 그 때문에 아흐마토바는 『서기』 이후 1940년 여섯 번째 시집이 나올 때까지 출판을 금지당해 '강요된 침묵기'를 보내야만 했다. '반혁명주의자'라는 낙인이 찍힌 채 총살당한 그녀의 전 남편 구밀료프 때문에 1920년대부터 시인은 지속적으로 도청과 미행을 당하는 등 소비에트 독재정권의 철저한 감시 아래서 지낼 수밖에 없었다.[31] 결국, "비통했고 비통할 것이다 / 비통은 끝이 없다"(제1권, 173쪽)라는 1915년의 예언적 시구는 혁명 이후 시인의 일상이 되어버렸다. 혁명과 거리를 두고 19세기 문학전통을 이어가는 '후계자'의 영예를 스스로에게 선사한 아흐마토바는—초기작에서부터 끊임없이 이에 대해 직간접적으로 말해오던 시인은 1959년에 쓴 시「후계자」에서 이를 분명히 선언한다—그 자부심으로 시를 쓰며 고단한 삶을 버텨나갔다.

그 후로도 오랫동안 '달리 생각하는 자'의 비극은 지속되었다

1912년 첫 시집 발간 이후 10여 년간 다섯 권의 시집을 펴내면서 단숨에 일류 시인의 반열에 오른 아흐마토바는 자신의 재능을 혁명에 바치지 않았다. 혁명 후에도 러시아 내에 하나의 목소리, 하나의 음조만 존재한 것은 아니었다. 마야콥스키를 비롯한 혁명주의자들의 작품에서 신세계를 향한 우렁찬 '행진곡'이 울렸다면, 반혁명주의자 아흐마토바의 작품에서는 소멸해가는 구세계에 대한 서글픈 '애가'가 울리고 있었던 것이다.[32] 유토피아적 사회주의 사회건설이라는 단 하나의 지향점만을 향해 달려가고 있던 소비에트 정권에게 그녀의 작품은 '숙청'해야만 하는 구세대의 유물에 지나지 않았다. 차라리 망명이라도 해버린다면 소비에트 정권창출과 유지에 방해되는 걸림돌을 깨끗이 치워버리는 셈이 될 터인데, 혁명세력에 동조하지 않는 '달리 생각하는 자들'은 조국을 버릴 수 없다며 끈질기게 러시아에 남아 눈엣가시처럼 굴었다.

그러던 차에 비록 이혼한 전 남편이기는 하나 대중에게는 아흐마토바의 남편으로 각인되어 있던 구밀료프가 '반혁명활동'에 가담했다는 구실을 찾아냈다. 많은 이가 목숨을 걸고 투쟁해 혁명을 이룬 시대에 '반혁명주의자'로 낙인찍힌다는 것이 얼마나 치명적인 일인지는 능히 짐작하고도 남을 일이다. 구밀료프가 총살당한 후 시인은 '반혁명주의자의 아내'로, 아들은 '반혁명주의자의 아들'로 살아가야 했다. 이후 아흐마토바는 가족력인 결핵으로 죽음의 공포와 싸우며 빈한한 삶을 꾸려가다가, 제2차 세계대전을 전후로 검열이 다소 느슨해진 틈에 간헐적으로 시를 발표했다. 특히 1942년 3월 8일 자『프라브다』에「용기」 같은 애국주의적인 시가 실리기도 하면서 '은세기'의 영예를 잠시나마 회복하는 듯하기도 했다. 하지만 1946년 1월 모스크바 주재 영국대사관 외교관으로 와 있던 아이제이아 벌린(Isaiah Berlin, 1909~97)을 만났다는, 즉 서방세계와 접선했다는 이유로 그해 8월에는 전(全) 러시아적인 공개비난을 감수해야 했고, 그 때문에 소비에트 작가동맹에서 제명당하기도 했다.[33]

이뿐만이 아니었다. 아들이 네 차례씩이나 투옥과 유형을 겪는가 하면[34] 시인의 세 번째 남편인 예술사학자 푸닌 역시 반복적인 체포와 투옥으로 고생하다가 1953년 끝내 수용소에서 사망했다. 아흐마토바의 절친한 문우였던 만델시탐 또한 두 차례에 걸친 체포와 유형 끝에 1938년 수용소에서 죽음을 맞이하게 되었다. 보로네시에서 유형생활을 하던 만델시탐을 방문한 뒤 쓴 시「보로네시」(1936)의 "실총당한 시인의 방엔 / 공포와 뮤즈가 교대로 당직을 선다"라는 시구는 시인 자신에게도 그대로 적용될 수 있는 것이었다.

그런 와중에 아흐마토바는 스탈린 압제의 희생자들을 진혼하고자 서사시「레퀴엠」(1935~61)을 쓰게 된다. 이 서사시에서 시인은 '인민의 적의 아내이자 어머니'로서의 사적인 체험을 전 민중의 역사적 차원으로 확장한다. 즉 시인은 "남편은 무덤에, 아들은 감옥에 있소 / 날 위해 기도해주오"(제1권, 198쪽) 같은 구절에서 잘 드러나는 비극적인 가족사를 러시아 민족 전체의 비극과 연결시킴으로써 자신의 개인서사를 역사적 담론으로 끌어올리는 데 성공한다.

시인은 "뭘 위해 내 비참한 조국에 / 난 충직하게 남았던가?"(제1권, 255쪽) 같은 시구에서 드러나듯 조국을 떠나지 않은 것을 잠시 후회하기도 했고, 심지어 투옥되어 있는 아들을 석방시키기 위해 권력자 스탈린에게 서신을 보내거나 「평화 찬양」(1949~50)이라는 연작시를 바치기도 했다. 하지만 "형리나 단두대 없이 / 이 땅에서 시인은 존재할 수 없다"(제1권, 255쪽)는 시구처럼 시인의 삶이란 것이 본디 그렇게 고난 속에 있는 것임을 누구보다 잘 알고 있던 아흐마토바는 결국 자신이 조국을 떠나지 않고 힘겨운 시절 러시아 민중과 함께했음을 큰 영광으로 여기게 된다.[35]

스스로에게 역사라는 비극의 "숙명적인 합창의 역할"(제1권, 330쪽)을 부여했던 아흐마토바는, 혁명 이후 소비에트 체제의 변혁을 받아들이지 않는다는 이유로 이미 서른 즈음부터 같은 세대 사람들에게 "나프탈렌 냄새를 풍기는" 사람, "구시대 사람" "19세기 사람" 취급을 받아왔다. 하지만 끝내 러시아에 남아 러시아의 시전통을 이어가며 혁명과 혁명 이후의 힘겨운 삶을 살아냈던 아흐마토바는 1960년대 들어 이오시프 브로츠키(Iosif Brodskii, 1940~1996), 다비트 사모일로프(David Samoilov, 1920~90), 안드레이 보즈네센스키(Andrei Voznesenskii, 1933~2010) 같은 재능 있는 젊은 시인들에게서 '살아 있는 클래식'으로 인정받게 된다. 소비에트 사회에서 '달리 생각하는 자'는 비극적인 삶을 살 수밖에 없는 운명이었지만, 결국 그 고난의 시간을 견디게 해준 시인의 시는 "죽음을 이겨낸 말"(제1권, 333쪽)로 영원히 남게 되었다. 시인은, 결국, 시대 속에서 살아가는 힘을 얻는 것이다. 사망 1년 전, 일흔다섯의 노시인이 자신의 일생을 반추하며 쓴 짧은 글의 마지막 구절이 이를 말해준다.

> "난 결코 시 쓰는 것을 멈추지 않았다. 시 속엔 시간, 내 민족의 새로운 삶과 나를 연결해주는 끈이 있었다. 시를 쓸 때면, 나는 내 나라의 영웅적인 역사 속에서 울리던 바로 그 리듬으로 살았다. 이 시기를 살고 다양한 사건을 보았던 것은 행운이었다."
> ·제1권, 20쪽

이형숙 고려대학교·러시아문학

아름다운 병, 이단, 두려움
예브게니 자먀틴

'아름다운 병': 러시아를 향한 사랑과 증오

"지도 한가운데를 중심으로 해서 작은 원을 그려보면 레베단이라는 곳이 눈에 띈다. 톨스토이와 투르게네프가 이 마을에 대해 쓴 적이 있다. 나는 레베단에서 태어났다. 피아노 곁에서 자랐다. 어머니는 뛰어난 음악가셨다. 고골을 네 살 때 이미 읽기 시작했다. 어린 시절에는 친구가 거의 없었다. 책이 친구였다. 도스토옙스키의 『네토츠카 네즈바노바』를 읽으면서, 투르게네프의 '『첫사랑』'을 만났을 때 느낀 전율을 지금까지도 기억한다. 이것이 가장 오래된, 아마도 내게는 가장 강렬한 책들일 것이다. 고골은 나의 친구였다."[1]

예브게니 자먀틴(Evgenii Zamyatin, 1884~1937)은 20세기 러시아 문단에서 활약한 매우 흥미롭고 다채로운 개성을 지닌 작가다. 산문, 시나리오, 드라마, 번역, 문학비평, 정론, 문학이론 등 문학활동의 거의 모든 영역에서 선명한 창작적 개성을 발휘했다. 동시에 그는 수학자이자 엔지니어로서 선박건조 분야에서도 고유한 업적을 남겼다.

이런 자먀틴이 소비에트 시기 '새로운' 러시아 문학을 개척한 예술가로서 제기한 혁신의 내용은 폭넓었으며, 혁명의 소용돌이에 휩싸인 인간으로서 걸었던 길은 평탄하지 않았다.

자먀틴의 생애와 창작에 대해 이야기할 때 그가 탐보프현(현재 리페츠카야 관구)의 레베댠이라는 '매우 러시아스러운' 시골마을 출신이라는 사실을 간과해서는 안 된다. 자먀틴은 레베댠의 성직자 가정에서 태어났다. 그가 유년기를 보낼 당시 레베댠은 인구 6,678명의 정체되고 보잘 것 없는 돈강 유역 소도시였다. 그러나 레베댠이나 그 근교인 투르게네프의 고향 오룔, 톨스토이가 숨을 거둔 간이역 아스타포보, 부닌의 옐레츠, 미하일 프리시빈(Mikhail Prishvin, 1873~1954)의 고향 흐루쇼보, 탐보프현의 츠나강 등은 러시아 문화와 문학 깊숙한 곳에 거대한 뿌리를 내리고 있는 지명들이다. 야만, 문명의 부재, 흑토 등으로 상징되는 레베댠의 검은 대지 위에서 많은 작가가 태어나 성장했다. 자먀틴은 레베댠에서 성장하는 동안 얻은 인상을 『시골마을』(Uezdnoe, 1912), 『알라티리』(Alatyr', 1914), 『세상 끝에서』(Na kulitskakh, 1914) 등의 중편소설에 변형된 형태로 담았다.

자먀틴은 1900년대 초 페트로그라드 종합기술학교 재학 시절 러시아를 뒤흔든 혁명적 사건들을 목도하며 각종 집회와 시위에 참여했다. 공장에 취업해 노동현장을 체험했고, 증기선 '러시아'호를 타고 해외를 항해하기도 했다. 1905년 '포템킨'호 봉기에 참여했던 경험은 단편소설 「3일」(Tri dnya, 1913)에 반영되었다. 또한 러시아사회민주노동당에 가입하는 등 자먀틴은 볼셰비키와 함께했고, 스스로를 볼셰비키로 기꺼이 자처했다. 그 결과 두 번에 걸친 체포와 독방 수감 그리고 레베댠으로의 추방이라는, 혁명적 인간으로서 겪어야 했던 시련을 통과했다. 페트로그라드와 핀란드 헬싱포르에서 불법으로 거주하며 활동하던 이 시기에 대해 자먀틴은 훗날 "혁명은 나이 어린, 이글거리는 눈동자를 지닌 연인이었고, 나는 그 혁명과 사랑에 빠졌었다"라고 회상한다.[2]

수학자이자 엔지니어이고, 작가였던 자먀틴.
그는 20세기 러시아 문단에서 활약한 매우 흥미롭고
다채로운 개성을 지닌 작가다. 산문, 시나리오,
드라마, 번역, 문학비평, 정론, 문학이론 등 문학활동의
거의 모든 영역에서 선명한 창작적 개성을 발휘했다.

경찰을 피하느라 수시로 거주지를 옮기면서도 자먀틴은 선박건조 공부에 매진했고 그 성과를 영국 체류 기간에 본격적으로 발휘하기 시작했다. 당시 페테르부르크에서 발간되던 과학기술 잡지들에 특별 기고 형식으로 논문을 싣기도 했다. 동시에 자먀틴은 작가가 되려는 열망을 집요하게 키워나갔다. 공대를 졸업하던 해인 1908년 등단을 시도했지만 실패하고, 훨씬 훗날 『시골마을』을 통해 고리키와 추콥스키 등으로 대표되던 당시 문단의 주목을 받게 된다.

페트로그라드에서 발간되던 잡지 『유훈』(Zavety)을 통해 자먀틴은 알렉세이 레미조프(Aleksei Remizov, 1877~1957)와 특히 프리시빈과 가까워진다. 또한 고골과 표도르 도스토옙스키(Fyodor Dostoevskii, 1821~81), 니콜라이 레스코프(Nikolai Leskov, 1831~95), 미하일 살티코프-셰드린(Mikhail Saltykov-Shchedrin, 1826~89) 등을 재해석하면서 이들을 스승으로 삼는다. 자먀틴과 가까웠던 동시대 작가는 고리키나 부닌, 쿠프린 등 사실주의 계열보다는 상징주의와 '모던' 경향을 지닌 작가들—안드레이 벨리(Andrei Bely, 1880~1934), 안드레예프, 표도르 솔로구프(Fyodor Sologub, 1863~1927) 등—이었다. "러시아 문학의 새로운 장(章)"은, 자먀틴에 따르면, 솔로구프와 그의 소설 「작은 악마」에서부터 시작된다.

자먀틴의 작품에 등장하는 기괴한 인물들과 세계는 솔로구프의 섬뜩한 환상성과 비슷한 면이 있다. 러시아 문학에 '유럽주의'를 도입하려는 시도와 관련해 자먀틴은 솔로구프가 언어와 문체 영역에서 추구하는 것과 그의 "불안하고 아픈 러시아적 영혼"을 언급하며 자신의 영혼 깊은 곳의 울림을 고백한다.

그[솔로구프]는 전통적으로 직설적인 러시아 산문의 문체를 구부리고 있다. 「작은 악마」에서, 많은 단편소설에서 그는 세태어의 단단한 응축물과 낭만주의자의 고양되고 우미한 언어를 어김없이 혼합시킨다. ……최근 러시아 산문의 문체적 추구, 자연주의 전통과의 투쟁,

서구로 이어진 그 어떤 다리를 건너려는 시도들—이 모든 것에서 우리는 솔로구프의 그림자를 본다. 그가 유럽적인 예리함이나 세련됨과 함께 유럽인의 기계적이며 공허한 정신에 동화되었다면, 우리에게 이토록 친근한 솔로구프가 되지 못했을 것이다. 그러나 그는 엄격하고 절제된 유럽풍 드레스 밑에 억제되지 않은 러시아의 영혼을 간직했다. 전부가 아니면 무(無)를 요구하는 이런 사랑, 어리석고 고칠 수 없는, 아름다운 병(病)—이것은 솔로구프나 돈키호테, 블로크만이 앓던 병이 아니다(블로크는 바로 이 병으로 죽었다). 이것은 우리 러시아의 병(morbus rossica)이다.[3]

러시아인의 민족성과 러시아 문화를 관통해온 바로 이 "전부가 아니면 무"라는 최대강령주의적 사랑은 자먀틴 자신에게도 '아름다운 병'이 되었다. 비록 '영국인'이라는 조롱조의 별명이 그를 따라다니기는 했으나, 자먀틴은 더할 나위 없이 '러시아적인' 사람이었다. 예술가로서 그가 지닌 힘과 그가 겪은 비극 또한 바로 여기에서 비롯된다. 옛 러시아에 대한 그의 태도는 '사랑과 증오'라고 표현할 수 있다. 자먀틴은 건강한 민중적 토대, 러시아인들의 본성에 내재된 창조적 광기, 혁명적 개혁에 대한 준비성 등을 깊이 사랑했다. 그러면서도 전제적이며 경찰정치적인 질곡, 시골의 우매함, 아시아적 야만성, 미개함과 무교양 등은 철저하게 증오했다. 한순간에 해결될 수 없고 결코 극복된 적 없는 이 러시아적 자연력의 상징은 『시골마을』「3일」「쓸모없는 자」(Neputevyi, 1913) 등에서 제시되고 있다. 「쓸모없는 자」에서 자먀틴은 바리케이드에서 죽은 학생 세냐를 통해 저항하는, 혁명적인 러시아의 모습을 제시하기도 한다.

또한 자먀틴은 러시아 북부의 케미, 솔로브키, 소록 등지를 여행할 당시의 경험을 담은 연작(중편소설 『북쪽』Sever, 1918, 단편소설 「아프리카」Afrika, 1916 및 「욜라」Ela, 1929)에서 도도한 몽상가들, 강하고 아름다운 인간들의 형상을 제시한다. 생각에 잠긴 선량한 거인 마레이, 정직하고 붉은 머리의 펠카, 존재하지 않는 사랑과 풍요의 나라—멀고 먼 아프리카에 대한 동화에 매료되어 넋이 빠진 포수 볼코프 등. 이 여행에 앞서 사면된 자먀틴은 마침내 수도에서 합법적으로 거주할 수 있게 되었으나, 지병인 협심증 증세로 요양을 위해 페트로그라드를 떠나야 했다. 자먀틴은 니콜라예프에서 굴착기를 설계하는 동시에 변방수비대에 버려진 인간을 그린 『세상 끝에서』를 쓴다. 이 작품이 게재된 『유훈』 제5호(1914)는 몰수되었고, 작가는 재판에 회부되었다.

1915년 3월 자먀틴은 영국 뉴캐슬의 한 공장으로 실습을 떠났다. 이곳에서 그는 러시아 쇄빙선 '성 알렉산드르 넵스키'호(혁명 후 '레닌'호로 개명), '스뱌토고르'호, '미닌'호, '일리야 무로메츠'호 등의 건조 과정에 직접 참여했다. 당시로서는 최첨단 기술이 집약된 선박들이었고, 자먀틴의 최종 확인과 서명 없이는 단 한 장의 설계도도 제작소로 이관될 수 없었다. 미하일로프는 예술적 환상과 정확한 기하학적 선(線)의 세계가 서로에게 유익한 영향을 주면서 뛰어난 창작으로 귀결되었다는 점에서 자먀틴을 러시아 문학 최초의 진정한 전문작가-지식인이라고 평가한다.

숙련된 선박 건축가 자먀틴은 쇄빙선을, 쇄빙선 외관의 아름다움과 선들의 여성성을 사랑했다. 러시아를 생각하며, 러시아를 위해 선박을 만들었다. 스스로 말했듯 문학과 기술(조선술)이라는 "두 명의 아내"와 함께 살았던 자먀틴은 말년의 에세이 「나의 아내들, 쇄빙선들 그리고 러시아에 대하여」(O moikh zhenakh, o ledokolakh i o Rossii)에서 정체(停滯)와 대립을 이겨내며 앞으로 나아갈 러시아의 메시아적 특성에 대한 믿음을 표현하고 있다.

쇄빙선은 사모바르와 마찬가지로 러시아만의 특별한 물건이다. 유럽의 어떤 나라도 그런 배를 건조하지 않으며, 그 어떤 유럽 국가도 그런 배가 필요하지 않다. 바다는 어디서든 자유로운데, 유독 러시아에서만 무자비한 겨울의 추위에 꽁꽁 묶여 있다. 그러니 세상에서 차단되지 않기 위해서는 이 족쇄를 부숴야만 한다. 러시아는 이상하고 어려운 경로를 거쳐 앞으로 나아간다. 다른 나라들의 움직임과는 닮지 않은 길로. 러시아의 길은 고르지 않고, 불안하다. 러시아는 위로 올라가다가도 이내 아래로 떨어지고, 주위엔 굉음과 균열이 에워싸고 있다. 러시아는 앞으로 나아간다, 파괴하면서.[4]

엔지니어로서 자먀틴이 런던과 뉴캐슬에서 목격한 기계문명은 도스토옙스키가 19세기 중반 만국박람회에서 본 수정궁만큼이나 강렬한 인상을 남겼다. 굉음을 내는 기계들의 움직임을 보며, 운전대에 앉아서 자먀틴은 생각했다. "성장의 유일한 토대가 아스팔트인 나라. 돌과 아스팔트, 철, 가솔린, 기계의 나라―이것이 20세기 현재의 런던이다." 영국에서 그는 저주받은 '기계의 낙원'의 토대가 어떻게 만들어지고 있는지 보았다. 기계 중심의 삶이 이루는 강제적 구원, 권력과 자본의 위선이 영국의 소시민계급에게서 완연히 드러나고 있었다. "런던에는 매우 이상한 직업을 갖고 살아가는 사람들이 있다. 공원에서 연인을 낚는 것이 직업이라니."[5] 돈이 되는 일이라면 무엇이든 한다는 서구의 자본주의적 소시민성을 자먀틴은 단편소설 「인간 낚시꾼」(Lovets chelovekov, 1918)에서 날카롭게 풍자하고 있다.

영국에서 보낸 2년간의 실습 기간은 자먀틴의 세계인식과 사유가 방향을 전환하는 데 확고한 영향을 미친 것으로 보인다. 자먀틴은 윤리나 정신과는 단절된 채 맹목적으로 진보하는 기술은 인류의 삶을 개선시키지 못하며 오히려 인간적인 것을 몰아내도록 위협한다는 점을 실증적인 근거를 통해 확신하게 되었다. 자본주의 열강의 한복판에서 콘크리트, 철, 선착장, 지하도, 자동차를 바라보며 궁핍과 혼돈으로 신음하는 조국과 고향의 미래를 걱정한 그는 이 경험을 안티유토피아 소설 『우리들』(My, 1921)로 구체화한다. 혁명 이전 시기 자먀틴은 새로운 러시아를 만들기 위해 시민으로서 투쟁했고, 러시아가

버려야 할 것들에 대해 예술가로서 고뇌했다.

『우리들』: 혁명가와 '이단'

차리즘(tsarism)이 몰락했다는 소식을 듣자마자 자먀틴은 러시아로 달려왔다. 혁명이 성공한 러시아는 그에게 사랑이자 고통이며, 희망이었다. 작가는 1922년 쓴 자서전에서 자신이 "1917년에 영국에서 돌아오지 않았다면, 이 세월 동안 러시아와 함께 살지 않았다면, 더이상 글을 쓰지 못했을 것이다"라고 고백한다.

1917년 자먀틴은 서른셋에 불과했으니, 대문호로 인정받기에는 아직 어린 나이였다. 그렇지만 당시 이미 충분히 대가성(大家性)을 인정받았고, 귀국한 지 얼마 되지 않아 재능 있는 청년작가들로 구성된 문학그룹 세라피온 형제들(Serapion Brothers)의 지도교사가 되었다.[6] 그러나 혁명을 위해 달려온 그의 앞에는, 역설적으로, 반역자 또는 '이단아'(그가 가장 좋아했던 단어―글쓴이)의 길이 펼쳐져 있었다.

혁명이 성공한 페트로그라드에서 자먀틴은 동료들과 함께 내전의 잔혹한 참상을, 추위와 굶주림을 겪었다. 그러나 고리키와 가깝게 지내며 러시아 문화를 지켜내기 위한 거의 모든 활동에 참여했다. 세계고전 출판사업, 역사극위원회 활동, '예술의 집'과 '학자의 집' 활동에 참여했으며, 안톤 체호프, 솔로구프, 아나톨 프랑스(Anatole France, 1844~1924), 허버트 웰스(Herbert Wells, 1866~1946), 오 헨리(O. Henry, 본명 William Porter, 1862~1910), 조지프 셰리단(Joseph Sheridan Le Fanu, 1814~73) 등의 글을 엮은 선집 서문, 개별 에세이, 블로크와 안드레예프의 죽음에 대한 회상문 등을 썼다.

그러나 이 시기 가장 본질적이며 중요한 그의 창작활동은 당연히 『우리들』이다. "자먀틴의 소설 첫 대목은 모두를 놀라게 했다. 20분쯤 읽던 작가가 다음 작가에게 자리를 내주기 위해 멈추자 청중들은 '더, 더요! 계속 해주세요!'라고 외쳤다. ……고리키를 통해 얼마 전 영국에서 돌아온 자먀틴은…… 두세 차례를 더 읽은 후 멈추려 했으나 성공하지 못했다. 청중들은 숨을 멈추었고, 이내 그에게 박수갈채를 보냈다. 그날 저녁 낭송을 했던 작가 중 그 누구도, 심지어 블로크조차도 자먀틴 만큼의 성공을 거두지는 못했다. 추콥스키는 홀을 돌아다니며 마주치는 사람마다 붙들고 말했다. '어떤가? 어때요? 새로운 고골이 나타났지요. 안 그렇소?'[7] 출판이 거의 불가능했던 열악한 상황 속에서 저명한 작가와 비평가들은 낭송을 통해 자먀틴의 작품을 알게 되었고, 그 내용에 환호했다. 심지어 베를린에서 출판되던 잡지 『러시아의 책』(*Russkaja kniga*) 제9호(1921)에도 자먀틴이 "『우리들』을 썼고, 여기에는 800년 후 공산주의 사회가 묘사되어 있다"라는 내용이 소개되었다.

그러나 그의 조국에서는 아직 출판도 되지 않은 소설[8]에 대한 거칠고 요란한 비난이 들끓었다. "자먀틴의 『우리들』은 사회주의에 반대하는 팸플릿이다"(레오폴트 아베르바흐Leopol'd Averbakh, 1903~37)라거나 "『우리들』은 공산주의에 대한 빈정거림이며 소비에트 체제에 대한 비방이다"(알렉산드르 예프레민Aleksandr Efremin, 1888~1937)라거나 "자먀틴은 공산주의가 아니라 국가사회주의, 비스마르크식 사회주의, 반동적 사회주의에 대한 팸플릿을 쓴 것"(알렉산드르 보론스키Aleksandr Voronskii, 1884~1937)이라는 등 프롤레타리아 작가와 문학비평가 진영에서는 이 소설을 사회주의에 대한, 다가올 공산주의 사회에 대한 사악한 풍자로 받아들였다. 이들은 혁명 이후 현실에 대한 자먀틴의 비관적 정서가 곧 변절이자 배신이라고 여겼다.

유리 티냐노프(Yurii Tynyanov, 1894~1943)는 이 소설을 균형 잡힌 시각에서 평가했다. "자먀틴의 문체 자체가 소설을 환상문학으로 이끌었다. 자먀틴의 환상문학이 이 소설을 풍자적 유토피아로 이끄는 것은 당연하다. 유토피아적인 『우리들』에는 모든 것이 폐쇄되어 있고, 계산되어 있고, 계량되어 있으며, 정연하다. ……수정처럼 정교한 세계, 녹색의 벽에 갇힌 회색 줄무늬 유니폼을 입은 사람들과 그들이

하는 말의 부서진 결정(結晶)들―이것은 자먀틴식 장식(ornament), 그의 '곁말'의 실현이다. 문체의 관성이 환상문학을 야기했다. 그래서 이 환상은 생리적 감각을 느끼게 할 정도로 설득력이 있다.『우리들』은 성공작이다."⁹ 자먀틴 자서전에서, "『우리들』은 가장 경박하면서도 가장 진지한 작품"이라고 언급했다.

100여 년 전 동시대인들 사이에서 격렬한 논쟁을 불러일으킨 『우리들』은 먼 미래의 인류에게 펼쳐진 이성적으로 완벽하게 기획된 세계에 대한 간결하면서도 농도 짙은 예술적 개요다. 유토피아의 문명적·기술적 측면뿐 아니라 사회주의적 측면 또한 풍자하고 비판하는 미래학적 예고이자, 유토피아의 실현을 통해 오히려 그 허상이 폭로되는 '음습한 공간'으로서의 미래사회(디스토피아)를 묘사한다는 점에서 과감한 '경고소설'로 평가된다. 21세기를 살아가며 시대의 개혁을 논하는 오늘날의 우리에게도 명백히 동시대적인 작품이라고 할 수 있다.

식량도 부족하고 난방도 되지 않는 1920년대의 페트로그라드, 혁명의 성공 이후 곧바로 공산주의로 이행할 수 있다는 믿음이 확산되어가던 분위기에서 소설은 독자들을 미래사회로 빠져들게 했다. 소설 속 사회는 인간의 모든 물질적 요구를 해결하고, 자유와 개성, 독자적 의지와 사고의 권리를 폐지함으로써 사람들은 수학적으로 완전한 행복을 누린다. 1,000년 후인 30세기 인간은 아직 자연을 완전히 정복하지는 못했지만 '녹색의 벽'을 세워 야만과 혼돈이 지배하는 자연세계와 문명세계를 차단한다. '200년 전쟁'에서 살아남은 가장 강하고 뛰어난 0.2퍼센트의 인류가 유리로 만든 위대한 '단일제국'을 건설한 것이다. 이곳은 담장, 거리, 강당, 마루, 심지어 '정서'까지도 유리로 만들어진 세계다. 이 유리들은 모든 것을 볼 수 있지만 결코 넘어갈 수 없는 경계다. 이 세계의 삶은 '시간율법표'라는 철의 규율을 통해 통제되므로 모두 같은 시간에 자고 같은 시간에 일어난다. 똑같은 시간에 산책하고(또는 산책하고 싶은 욕망을 품어야 하고), 심지어 사랑을 나누는 시간도 같다. 얼굴 없는 인간들, 번호가 되어버린 인간들, 더 정확히 말해서 '번호나부랭이들'은 '보안요원'의 감호를 받는다. 빵 대신 '석유식품'을 먹는 이 사회에서 행복하게 사는 것은 모든 번호의 '의무'다.

전체와 개인의 삶이 통합된 이 미래사회에서 기계음악과 시(詩)는 자신들을 감시하고 통제하는 현명한 통치자, 즉 '은혜로운 분'만을 찬양한다. 영혼조차 빼앗긴 이 '번호들'에게는 비자유가 곧 행복인데, 그 행복은 이미 달성된 상태다. 게다가 이 무조건적인, 강요된 행복을 온 우주로 실어나를 사명을 지닌 기계인 '인테그랄'이 만들어지고 있다.

주인공 D-503은 이 미래사회의 행복한 다수 중 하나다. "이 위대한 흐름의 무수한 물결 중 하나"(18)로서 "심지어 생각까지도 동일하다. 왜냐하면 그 누구도 '개인'이 아닌 '…… 중의 한 사람'이기 때문이다"(20).[10] 인테그랄을 설계하는 기사이자 시인인 주인공은 자신이 살고 있는 세계를 찬미하며, 모두의 행복에 이바지하는 것에 긍지를 느낀다. 그래서 D-503은 '우리'의 형상을 창조하기로 결심한다. 그는 "단지 단일제국의 수학자 중 하나일 뿐이다. ……다만 보고 생각하는 것을 기록하려고 시도할 뿐이다. 더욱 정확하게, 우리가 생각하는 것을(바로 그거다. 우리, 이 '우리'가 내 기록들의 제목이 되게 하라)"(16).

그러나 이렇게 고양된 이념과 정서를 지닌 주인공은 세계와의 갈등을 체험하면서 서서히 변해간다. 갈등의 원인은 외부가 아닌 그 자신의 내면에 있는데, 갈등이 표면화되기까지 길고 고통스러운 과정이 수반된다. 이성의 견고한 성(城)을 허물어뜨리는 개인으로서의 자의식이, "낯설고 이질적이고 끔찍한"(44) 비이성적 충동($\sqrt{-1}$)이 서서히 그를 잠식해간다. 이단의 무리인 '메피'를 만난 후부터는 영혼이라는 "바이러스"가 D-503의 분열을 가속화한다. "장화가 질병이 아닌데 어째서 '영혼'은 질병일까?"(93)

소설을 구성하는 결정적 요소인 '갈등'을 통해 주인공은 드디어 '번호'가 아닌 주체로서의 개인으로 변모한다. 단일제국의 산물인 동시에 그 유토피아를 옹호하고 찬양하며 미래를 짊어질 '어린아이'였던 D-503이 영혼의 눈을 통해 자신과 세계의 부조화를 의식하게 됨으로써 성숙해질 가능성을 얻은 것이다. 그러나 "환각을 제거하는 수술"을 받고 '건강해진' D-503은 자신의 느낌에 대한 기록들을 알아보지 못하게 되면서 다시 나-개인을 인정할 수 없게 된다. 자신을 알아보려 하지 않고 유리궁전 너머에 다른 세계가 있을 수 있다는 생각 자체를 버린다. 이 미래사회에서 그의 운명은 결코 전체에서 분리된 적 없고, 개인으로서의 의식 또한 아예 주어지지 않았기 때문이다. 따라서 그는 다시 발육부진의 상태로 퇴행하게 된다. 주인공은 우주의 유한성이나 상대성을 결코 시인하지 않으며, "이성은 반드시 승리한다"(195)라는 지배이념을 최종적인 진리로 받아들인다. 영혼과 상상력을 빼앗긴 주인공은 이미 시인도, 과학자도 아닌 "못쓰게 되어버린 나사"(25)일 뿐이다. 주인공이 믿는 승리는 사실 인식의 모든 가능성이 차단된 현실을 역설적으로 묘사한 것에 불과하고, 따라서 소설은 갈등의 강제적 해결로 좌절된 현실을 보여준다. 이렇게 유토피아는 디스토피아가 된다.

소설에서 D-503은 기록 40개를 비밀스럽게 써나가는데, 이 과정 자체가 단일제국을 찬양하는 모범 장르인 서사시와 송시가 근대세계의 일상 속 개인의 모습을 담은 문학, 즉 소설로 변모해가는 역사다. 소설에서 독자적 시공간을 확보하고 있는 이 기록 덕분에 『우리들』은 메타소설의 위상을 얻게 되고, 메타적 층위의 서술을 통해 자먀틴은 새로운 시대의 문학과 관련된 문제들을 성찰하고 논쟁한다. 그중 중요한 쟁점이 바로 예술의 '유용성'이다.

이성의 힘으로 우주적 질서를 재편하고 삶 자체를 '창조'하는 과정에 들어선 소비에트 러시아에서 예술과 예술가와 "우리"라는 개념은 낡은 세계를 구원하는 메시아적 의미를 획득한다. 거대한 대중이 역사의 전면에 진출하게 됨으로써 모든 '개인중심주의'적 예술원리들은 먼 과거의 것이 되어버리고 만다. 소설 속에서 단일제국의 예술은 "고대예술"(즉 러시아 고전문학)과 공공연하게 또는 은밀하게 줄곧 대비된다. D-503은 "자유라는 미개한 상태"에 놓여 있는 "선조들"의 창작품을 지극히 저급한 것으로 여긴다. 반면 오늘날의 독자들은 "장엄한 기계들의 발레"(17)나 "테일러 공식의 합산적인 협음"(28)을 예술적 사유의 월계관이라고 주장하는 주인공을 보며 고개를 내젓게 된다. 단일제국이라는 유일하고 진정한 현실에 비추어보면 지금 우리가 사는 세계는 멀고 먼 야만의 시대로 밀려나고, 우리의 예술은 부조리하고 황당한 것이 되어버린다.

자먀틴은 1920년대 초 소비에트 러시아를 지배하던 '멘탈리티', 즉 현실을 새로운 이데올로기에 따라 재창조해야 할 '재료'로 대하는 태도와 이러한 맥락에서 창출되는 미학적 개념들을 문학적 패러디를 통해 낱낱이 파헤친다. 단일제국에 어울리는 예술형상을 창조하고 거기에 대응하는 "번호들"의 사유형상을 구축하는 과정에서 작가는 결코 희화화하는 태도를 취하지 않는다. 미래주의자와 '프롤레트쿨트'(Proletkul't, 프롤레타리아 문화) 활동가들이 주창하고 선전한 예술의 유용성이나 예술가의 사명, 보그다노프와 알렉세이 가스테프(Aleksei Gastev, 1882~1939)가 장려한 공산주의국가 시민의 이상적 정신상태 등은 이 소설 안에서 더없이 진지한 시각에서 논의되고 있으며, 결국 부조리에 이른다.

혁명 직후 터져나온 시인들의 자의식("자기 자신을 딛고 넘어가는 것"이라는 마야콥스키의 말)과 대중을 계몽하려는 열망은 문학이 혁명의 정의를 따르고 대중이 직접 창작에 참여하는 것으로 이어진다. 창작에 대한 집단주의적 추구는 프롤레타리아 문화와 계몽조직들의 연합체인 프롤레트쿨트의 결성으로 외화된다. 프롤레트쿨트의 예술이념은 무엇보다 예술가가 '일상의 창조자'로서 주변 세계를 변형하고, 프롤레타리아 고유의 문화를 창조하며, "감성과 지향의 영역"에서조차 사회적 경험을 조직하는 임무를 완수해야 한다는 것을 강조한다.[11] 프롤레트쿨트는 1922년 '생산예술'(Production Art)이라는 공통의 강령을 통해 레프와 통합되는데, 『우리들』은 바로 이 생산예술 개념을 집중적으로 비판하고 있다.

생산예술가들은 창조적 영감이 아닌 정확한 계산에 따라 문화를 재건하고자 했으며, 예술창작의 기술화와 이성화를 선전하고 감성성과 심리주의를 부정했다("2×2=4").[12] 생산예술이라는 기획은 최고의 기술적 '생산'으로서의 예술을, 대중이 창조하고 대중이 요구하는 유물론적 문화와 예술을 창조하는 것으로 이해되었다. '재료'라는 용어는 생산예술 개념 속에서 우주적이며 보편적인 의의를 획득했다. 이에 대해 보그다노프의 뒤를 이은 아르바토프 미하일로비치(Arbatov Mikhailovich, 1900~54)는 "기쁘고 아름다운 삶을 반영하는 것이 아니라 만들어내는 것, 삶을 건설하는 것, 예술가가 생산과 결합되는 것, 실제 현실 속에서 인간 집단의 풍요로움을 확산시키는 것—이것이야말로 노동자계급이 추구해야 할 진정으로 위대한 이상이다. 그러나 그것의 달성은 오직 미학적인 것을, 다시 말해서 삶의 밖에 있는 자기목적적인 규범들을 파괴함으로써만 가능하다"[13]라고 설명했다. 『우리들』에서 유리강당에 모인 번호들에게 강연자는 이렇게 말한다. "그들[야만적인 선조들]은 간질의 알려지지 않은 한 형태인 '영감'(靈感)이라고 하는 발작에 스스로를 맡김으로써만 창조할 수 있었습니다"(27). "미학적인 것, 다시 말해서 삶의 밖에 있는 자기목적적인 규범들"은 단일제국에서 철저하게 파괴되었기에, 남은 것이라곤 오로지 반쯤 닳아 없어진 '기호들'뿐이다.

D-503은 '고대관'(古代館)에서 야만 시대의 유물을 발견한다. "들창코에 비대칭적인 표정을 한 물건이 벽의 선반에 매달려 곧바로 내 얼굴을 향해 보일 듯 말 듯 웃고 있었다. 그것은 고대의 시인 중 누군가의 동상이었다(푸시킨인 것 같았다)"(36). D-503에게 고대예술은 다음향과 불협화음의 연주다. 그는 알렉산드르 스크랴빈(Aleksandr

Skryabin, 1872~1915)의 음악을 "야만적이고 경련적이고 조잡"한, "무의미하고 성가시게 끊임없이 이어지는 현의 소리"(28)라고 표현하며 '간질 발작'에 비유한다. 그리고 그 발작은 단일제국의 "끝없이 모였다 흩어졌다 하는 음열의 수정 같은 반음계 음정"(28)이나 '음악제작소'의 파이프들을 통해 흘러나오는 '단일제국 행진곡'과 대립된다.

연장선에서 생산예술의 지지자들이 선전하는 이론적이고 실천적인 기획들이 패러디를 통해 소설 곳곳에서 구현된다. D-503이 '국가시인 및 작가연구소'에 대해 말할 때 1920년대 독자들은 프롤레트쿨트를, 1930년 이후 독자들은 '소비에트 작가동맹'을 떠올렸을 것이다. 주인공은 과거에 대해 "그저 우스울 뿐이다. 작가가 자신에게 떠오르는 것에 대해 썼다는 것은"(67)이라고 평한다. 단일제국에서 "시는 더 이상 파렴치한 나이팅게일의 휘파람소리가 아니다. 시란 국가에 대한 봉사다. 시란 유용한 것이다"(67). 유용하지 않은 것은 아름답지 않다. 아름다움을 느끼는 감정이나 꿈을 꾸는 것은 미개함이며 "뇌수의 이물질"일 뿐이다. 사형선고를 "운문화"하는 국가시인인 D-503은 "셰익스피어니 도스토옙스키니, 저 온갖 종류의 이들이 활동한 태곳적 시대"(48)가 지나간 것을 다행스럽게 여긴다. 그리고 그 모든 것이 지나간 지금(아니, 미래) "제로에서 무한까지, 백치에서 셰익스피어까지 통합"(48)된 평등한 세계에서 기계화된 그는 불행히도 "꽃에서 아무런 아름다움도 발견할 수가 없다. 이미 오래 전에 '녹색의 벽' 너머로 쫓겨난 야만적인 세계에 속하는 모든 것이 그렇듯이. 아름다운 것은 오직 이성적이고 유익한 것들이다. 기계, 장화, 공식, 음식물 기타 등등"(52).

단일제국에서는 셰익스피어보다 장화가 유용하고 꽃보다 기계가 아름답다고 느껴야 하는 것에 대해 결코 의문을 제기해서는 안 된다. 프롤레트쿨트를 대표하는 시인 보그다노프의 시 「프롤레타리아의 노래」(1900)와 어느 단일제국 국가시인의 시를 대비해보면, 이 소설이 당시 프롤레타리아 시인들의 창작을 새삼 과장할 필요가 없었음을 알 수 있다.

> 오, 승리의 전령이여! (…) 불굴의 거인이여!
> 너는 밤의 암흑에서 벼락을 내던졌다. (…)
> 전진하라─투쟁을 향해, 프롤레타리아여, 노동자여! (…)
>
> 그는 기계에, 강철에, 불의 쇠를 채웠다.
> 그리고 법률로써 혼돈을 다스렸다.
> ·51

아래는 『우리들』에 나오는 시로 이단적인 생각을 품은 '번호'들을 처형하는 경축일에 어느 시인이 낭독한, 프로메테우스를 찬양하는 축시다. 이 시를 듣고 고양된 D-503은 "가장 교훈적이고 아름다운 이미지들"로서 "강철의 태양, 강철의 나무, 강철의 인간"(51)을 떠올린다.

자먀틴은 이러한 서술방식으로 러시아의 새로운 예술이, 현실화된 이상국가의 문학과 시가 도그마와 훈계와 교훈들로 가득한 실험실이 되는 것을 경계한다. "모든 번호가 예술과 과학의 정해진 경로를 따라야 하는"(38) 전체주의의 도구가 되는 것을 경계한다. "하나의 음계만이 그려져 있는 대리석으로 만든 주춧돌"[14]을, 환희와 환호와 찬란한 빛으로만 건설되는 천국을 비뚤어진 시각으로 바라보며 예술에 가해지는 '테러'를 우려한다.

혁명 초기 프롤레타리아 정부가 주도하는 새로운 예술창작의 지침들에 대한 일체의 비판적 사고가 '이단'으로 규정되고 거세당하는 전체주의적 분위기에서 자먀틴은 예술가들의 의식을 사로잡은 집단적 사고의 위험성에 대해 전면적으로 문제를 제기한다. 그에 따르면 "우리"는 "구시대의 신(神)과 구시대의 삶을 정복"(18)하고 스스로를 "탑처럼" 느끼게 된 미래의 인간이다. "우리"는 자기목적적인 미학을 파괴하는 동시에 그 파괴의 현장에서 삶을 '건설'하고 새로운 예술을 창조하는 주체다. 그리고 '황금빛 번호판'을 가슴에 달고 '청동의 박자'로 창공을 향해 비상하는 "우리"의 내면을 지배하는 것은 "개인 시간을 보중(保重) 산책에 소모"(18)한다는 기계화된 의식이다. "우리"에게 "인간화된 기계와 기계화된 인간은 결국 동일한 것"(78)이다. '우리들'이라는 제목은 이처럼 프롤레트쿨트와 레프가 천명한 집단주의 의식을 직설적으로 비판한 것이다.

가스테프는, "우리는 사물들과 기계화된 군중과 그 어떤 은밀함과 서정적인 것을 모르는, 경이롭게 펼쳐진 장엄함을 전례 없이 객관적으로 과시하기 위해 나아간다"[15]라고 노래했다. 그가 보기에 역사의 전면에 가장 강력한 힘으로서 등장한 노동자대중은 "기계화된 천국"을 꿈꾸면서 "일상적 사고의 기계화"와 "기계화된 집단주의"를 통해 휴머니즘을 구현할 수 있다고 믿었다.[16] 마야콥스키는 1924년 오데사의 한 신문과 한 인터뷰에서 레프의 활동과 관련해, "우리의 구호는 바로 분노의 회오리가 몰아치는 바다 한가운데 있는 '우리'라는 말의 돌덩어리 위에 서서 예술의 보잘것없는 '우리'를 공산주의의 거대한 '우리' 속으로 기꺼이 녹아들게 하는 것"[17]이라고 선언했다. 마야콥스키의 이 말은 레프 활동가들의 강령과 직접적으로 닿아 있었다. 생산예술의 이념은 이후 공산주의 건설 과정에 직접적으로 영향을 미치게 된다.

"일상적 사고의 기계화"는 이 밖에도 "프롤레타리아의 심리에 놀랄 만한 익명성을 제공하고, 그 결과 개개의 프롤레타리아 단위에 A, B, C 또는 325, 075 그리고 0 등의 자격을 부여할 수 있게"[18] 되며, 이 평등주의적 공식은 『우리들』에서 등장인물들의 이름으로, 정확하게는, 이름 없는 '번호들'로 구현된다(D-503, I-330, O-90, 320, 326……). "우리"는 집단-다수-단일한 존재, "가장 행복한, 평균적인, 산술적인 존재들"(48)이다. D-503은 '만장일치의 날'에 투표하면서 생각한다. "'모든 사람'과 '나'는 단일한 '우리' 아닌가. 이것은 고대인들의 비겁하고 도둑놈 같은 '비밀'보다 얼마나 더 고결하고 진실되고 고상한가. 그리고 얼마나 더 합목적적인가"(120). 이와 관련해 실제로 1920년 무렵 러시아의 대중적 정서가 "우리"라는 말을 "양적으로는 대중·다수·거대함을, 질적으로는 유사함·통합·한 덩어리 속에서의 확고부동함"으로 받아들였다는 객관적인 지적[19]은 『우리들』에서 일관되게 유지되고 있는 진지한 정조(情調)를 단순히 집단의식에 대한 패러디로만 이해하지 않게 해준다.

혁명 직후 러시아의 집단의식화, 심리의 익명화에 지대한 영향을 미친 키릴로프의 시 「우리들」(1917)은 스스로를 미래의 유일한 건설자로 자임한 프롤레트쿨트 시인들의 결의를 잘 보여준다.

> 모두가 (…) 우리이며, 모든 것에는 우리가 있다.
> 우리는 바로 승리의 불꽃이자 빛이다.
> 바로 우리가 신이고, 판관이고, 법이다.

당장이라도 '나'를 수백만의 '우리' 속으로 녹아들게 할 수 있다는 가능성에 대한 경건하지만 순진한 이 믿음을 가스테프뿐 아니라 당시 거의 모든 프롤레타리아 시인이 노래했다(크라이스키의 "우리는 하나, 우리는 하나, 우리는 하나다", 사도피에프의 "우리와 당신들은 하나의 몸이다. 당신들과 우리는 서로 나뉠 수 없다" 등). "우리"가 주인공이 되어야 하는 혁명 후 러시아는, 이 거대한 지각변동을 겪는 현실과 '새로운' 문학은 이제 고대문학에서 선조들이 뜨겁게 애정을 쏟았던 개별 인간의 발전이나 운명의 변전에서 더 이상 가치를 찾지 않았다. 가스테프와 키릴로프가 노래한 '우리-신-판관-법'이라는 가치에 자먀틴은 '번호-기계-은혜로운 분(대심문관의 후예)-시간율법표'를 대입시킨다.

스무 번째 기록에서 D-503은 권리와 권력의 함수관계에 대해 사고한다. 단일제국에서 진정한 권리와 의무는 무엇인가? 유일한 권리는 "징벌을 받아들이는"(103) 것이다. '나'의 의무는 1그램이며 '우리', 즉 단일제국의 권리는 1톤이다. 성숙한 '번호'라면 이 소립자의 사소함과 위대함 사이에 평형이란 없다는 것을 안다. 그래서 그는 "100만 개의 머리를 가진 단일한 몸통"처럼 걷는 '우리'의 대오에서 이탈한 "개인적인 의식이란 단지 질병"임을, '우리'는 신에게서, '나'는 악마에게서"(113) 온 것임을 깨닫는다. 단일제국에서는 '거짓된' 의식의 상태에서만 개인으로 존재할 수 있다. 이때 모든 문제의 궁극적 해결, 즉 국가가 제시하는 이념이나 예술창조 규범을 따르지 않는 이단적 개인들을 단두대나 화형대에서 처벌하지 않고 수술을 통해 '나'라는 환각만 제거하는 것은 어떤 징후를 암시한다. 생산예술의 유토피아적 개념이 제안하는 개인-노동자로서의 인간을 자먀틴은 단일제국의 '번호들'처럼 기능화된 존재라는 비극적인 기획으로 이해한 것이다.

자먀틴은 존재와 내면에 관한 문제들을 논리정연하고 명쾌한 수학적 어조로 표현하면서 역설적으로 지식인 예술가의 위기의식을 드러낸다. '우리'라는 이름의 강제된 형제애를 내세워 생각이 다른 사람들을 억압하는 장치를 폭로하고, 전통적 인본주의의 파괴를 우려하며, 예술과 삶을 분리하는 보이지 않는 직선과 나선들을 아예 없애버리려는 시도들에 저항한다. 이런 의미에서 『우리들』은 그가 살았던 동시대의 삶 또는 정치화된 현실이 문학에 어떻게 영향을 미쳤는지, 또한 문학이 인간의 실제 삶에 어떻게 영향을 미치는지 형상화하는 소설이다. 자먀틴에게 푸시킨과 셰익스피어와 도스토옙스키 등의 전통문학은 그의 문학적 기원일 뿐 아니라 소비에트 러시아로 다시 태어난 러시아를 위해서도 부흥시켜야 하는 문학이다. 그래서 D-503이라는 디스토피아의 주인공이 자신의 개성과 역사를 발견하는 병든 과정에는 "미개한 선조들"의 시대와 당시의 작가들을 발견하는 과정 또한 포함된다.

소설 속에서 자먀틴이 냉소적으로 '마이너스 부호'(유토피아가 결여한 가치)를 써넣는 항목은 '우리', 단일제국, 인테그랄, 엔트로피,

이성, 직선, 유리 등이다. 기술발전 자체를 문제 삼는 것이 아니라, 비행선을 타고 행복한 천국으로 날아간다는 생각을 비판하는 것이다. 과학과 지식이 인류에게 완전한 진보를 가져다준다 해도 인간은 영혼과 마음의 상처들을 버리면서까지 유쾌하게 날아가 버릴 수 없다. 100년 전 자먀틴이 보여준 완전한 미래사회는 에너지와 엔트로피의 순환적 공존을 이루어내지 못한다. 따라서 자연히 죽음과도 같은 정체(停滯)와 개성의 파괴에 대해, 무질서를 과장하는 것에 대해 저항하는 힘(메피)이 태동한다. 정체된 사회를 전복(顚覆)시키려는 열정과 에너지를 의미하는 '플러스 기호'는 '나', 메피, $\sqrt{-1}$, 사랑, 영감, X, I-330 등에 붙는다.

자먀틴은 완벽한 미래사회일 것이라 믿은 소비에트 러시아가 잃어버린 것과 얻은 것을 극명하게 대비하면서 유토피아가 펼쳐놓는 악의적인 미로를 경고한다. "마지막이란 없어요. 혁명이란 무한한 거예요. 마지막 혁명이란 어린아이들을 위한 얘기죠"(149)라는 I-330의 말을 통해 자먀틴은 단일제국을 넘어 또 다시 새롭게 추구해야 할 좌표가 존재함을 환기한다. 그가 버리지 못한 것은 길들여지지 않는 이단아적 열망이며, 그가 인정할 수 있는 진정한 사회와 문학은 권력자나 관리들이 아니라 "광인, 은둔자, 이단아, 몽상가, 반항아, 회의주의자들"만이 창조할 수 있다.

『우리들』 이후: 자먀틴이 두려워한 것

자먀틴은 러시아 작가 중에서 가장 먼저 10월 혁명의 본질을 주시하고 그 결과를 예견했으며, 뒤따르는 예후를 가시적으로 제시하고자 했다. 그리고 어느 정도 그것을 성취했다.[20] 53년이라는 길지 않은 생애 중 29년간 창작활동을 했던 자먀틴의 예술세계에는 당대의 주요 지적 경향들이 집적되어 있다. 알베르트 아인슈타인(Albert Einstein, 1879~1955), 니콜라이 다닐렙스키(Nikolai Danilevskii, 1822~85), 오스발트 슈펭글러(Oswald Spengler, 1880~1936), 니콜라이 로바쳅스키(Nikolai Lobachevskii, 1792~1856), 스크랴빈, 유리 안넨코프(Yurii Annenkov, 1880~1956), 아폴론 그리고리예프(Apollon Grigor'ev, 1822~64), 보리스 쿠스토디예프(Boris Kustodiev, 1878~1927), 브세볼로트 메이에르홀트(Vsevolod Meierkhol'd, 1874~1940) 등 과학, 역사, 문명, 문화, 예술 분야의 선구적 이론가들과 그들의 이론들을 연구하면서 자먀틴은 인류와 예술의 미래에 대해 진지하게 사유했고 그 결과로 고유한 '종합주의'를 제안했다. 폴랴코바는 자먀틴의 "개성, 창작행위, 산문, 드라마, 정론, 문학비평, 문학이론 등은 매우 독창적인 데다가 20세기 전반뿐 아니라 이후의 러시아 문학까지도 규정하는 것이라서, 이 작가의 유산과 창작 전기에 관심을 기울여보면 20세기 전체의 문학 과정에 대한 시각을 교정할 수 있다"[21]라고 평가한다.

10월 혁명의 결과를 예견하면서 자먀틴은 1919년 「내일」(Zavtra)이라는 소논문을 쓴다. "어제는 차르와 노예들이 있었다. 오늘은 차르는 없지만 노예들은 남아 있다. 우리는 대중을 억압하는 시대를 겪었다. 대중의 이름으로 개인을 억압하는 시대를 지나왔다. ……인간 속에서 짐승이 승리를 거두고, 야만적인 중세가 회귀하며, 인간적인 삶의 가치가 맹렬하게 추락하고 있다."[22] 연장선에서 2년 뒤 『우리들』을 통해 그는 오직 하나의 개인("은혜로운 분")만 있고 나머지 모든 시민은 "번호나부랭이들"에 지나지 않는 미래국가의 모습을 제시한다. "단일제국"은 자먀틴이 소비에트 러시아에서 살며 우려한 야만의 세계이자, 인간성이 말살된 "마지막 숫자"의 세계다. 예술가로서 자먀틴이 무엇보다 두려워한 것은 바로 러시아 문학과 예술의 미래다. 채 15년이 지나기도 전에 그의 불길한 예감은 현실이 되었다. 자먀틴이 소설에서 제시한 "국가문학"이 '사회주의 리얼리즘'이라는 이름으로 등장한 것이다.

「내일」에서 자먀틴은 "인간이 얻을 수 있는 유일한 무기는 말이다. 10여 년간 러시아 지식인과 러시아 문학은 말의 힘으로 내일의 인간적인 위대함을 얻기 위해 줄기차게 투쟁해왔다. ……더 이상 침묵해서는 안 된다. 이제 외칠 시간이다. 인간이 인간에게—형제여! 인간과 인간성을 지키기 위해 우리는 러시아 인텔리겐치아에게 호소한다"[23]라고 힘주어 말한다. 예술언어가 일체의 폭력·테러형식들에 대해 지니는 우월성을 확신한, 따라서 그 힘을 두려워한 자먀틴은 『우리들』에서 권력이 언어를 통해 개인의 의식을 어떻게 형성하고 길들이는지 분명하게 증명해 보인다.

"우리의 의무는 그들을 강제로 행복하게 하는 것일지도 모른다. 그러나 무력을 쓰기 전에 우리는 언어의 힘을 시험해볼 것이다"(15). 이는 자먀틴의 구상인 동시에 D-503이 단일제국이라는 디스토피아에서 살아가기 위해 감내해야 할 조건이다. 또한 미시적으로는 자먀틴이 활동했던 동시대의 예술이념들과 거시적으로는 유토피아 장르를 통해 오랫동안 제기되어온 철학 및 역사적 문제들과 긴밀하게 연관되어 있다.

"고대세계에서 예술언어의 거대하고 위대한 힘은 헛되게 낭비되었다. 그저 우스울 뿐이다. 저마다 머리에 떠오르는 대로 생각했다는 것이"(16). 단일제국의 진정한 문학은 국가에 봉사하는 문학이다. 특히 국가문학 중 가장 훌륭한 작품은 '은혜로운 분에게 바치는 매일매일의 송시'다. 단일제국의 시인들은 "이성이라는 압제"를 고맙게 여기며 "단일제국 만세, 번호들 만세, 은혜로운 분 만세!"(16)를 외친다. 그 단어들을 쓰는 순간 두 뺨이 달아오르며, '우리'를 위해 희생할 각오를 새롭게 다진다.

예술을 시민통치의 도구로 간주했던 플라톤이 언어의 암시적 힘을 경계하면서 완전한 국가는 검열과 국가시(國家詩)를 도입하고 시인을 추방해야 한다고 말한 이후로, 삶에서 언어의 역할이나 사유와 행위에 작용하는 언어의 힘은 지속적으로 사유의 대상이 되어왔다. 사회의 모든 영역에 스며들어 있는 권력은 공개된 표현과 숨겨진 의미의 통일체로서 등장할 때 가장 효과적으로 자신의 목적을 이룰 수 있다. 언어는 사고와 의식뿐 아니라 무의식을 결정하고, 이러한 결정 과정과 구조를 통해 타인을 지배하는 강력한 수단 또는 권력이 되기도 한다. 지배의 언어, 권력의 언어는 사고를 왜곡시키거나 사물에 대한 인식을 바꾸게 하며, 폭력에 의존하지 않고 지배이데올로기를 실현시키는 힘이 된다.

언어구조가 일으키는 가장 큰 변화들은 대부분 사회적·정치적 격변들과 연관된다. 소비에트 시기 러시아에서는 '동무'와 '시민'이라는 말이 '강압적으로' 통용되었다. 1941년 제2차 세계대전이 발발하자 스탈린은 국가를 위기에서 구하기 위해 '동무들'이라는 말 대신 '형제자매들이여!'라고 외쳤다. 전체주의국가가 제3의 힘을 필요로 할 때도 '우리'라는 말로 호소했다. 통제를 꾀하는 권력은 말의 이념적 가능성을 충분히 인식하고, 특히 위계와 관련된 언어문제에 촉각을 기울이기 마련이다. 권력이 경계하거나 바꿔놓고자 하는 것은 언어 자체가 아니라 언어로 표현되는 본질, 즉 생각인 것이다.

『우리들』이 발표된 직후 자먀틴은 보론스키로 대표되는 프롤레타리아 시인들뿐 아니라 심지어 고리키에게도 언어의 무미건조함, 인간혐오주의적 묘사, 작품의 전반적인 암울함과 "황폐함"[24] 등을 이유로 신랄한 비판을 받았다. 이러한 평가는 작품의 시공간이 폐쇄적이라는 점, 아직 도래하지 않은 기계화시대의 단면들을 수학적 언어와 형상들로 표현했다는 점에서 비롯되었을 것이다.

이 소설에서 자먀틴은 인류의 과거를 파기하지 않고 미래로 이어주는 언어의 역할에 많은 관심을 할애한다. 작가이자 수학자인 자먀틴의 '말'에는 아방가르드 작가들이 보여주는 언어파괴나 해체경향은 없다. 대신 회화성과 정확성이라는 '양가적' 색채를 지닌다. 소설에서 그는 지배이데올로기에 봉사하는 언어, 폭력에 의존하지 않으면서도 피지배자들의 생각과 감정을 통제할 수 있는 강제와 당위의 언어(권력의 언어)가 어떤 얼굴을 지니고 있는지에 대해 철저하게 이성적으로 고찰한다.

언어가 이념적 작용의 도구이자 권력실현의 도구로 이용될 수 있는 가능성을 '시험'하는 과정에서 자먀틴은 결합할 수 없는 어휘들을 결합해 '말이 삶에 개입'할 수 있음을, 즉 생각이 현실을 창조할 수 있음을 보여준다. 이는 소설에서 "서사시와 송시를 작성하는 것"(15), "비자유의 본능"(17), "확고부동하고 영원한 유리"(18), "사고의 광기로 흐려지지 않은 얼굴"(18), "보안요원-수호천사" 등으로 표현된다. 의미적으로 대비되는 말들을 결합함으로써 예기치 않은 의미적 통일을 만들어내는 예(형용모순)도 수없이 많이 등장한다. 가령 "이성이라는 고마운 압제"(5), "자유라고 불리는 미개한 상태" "수학적으로 완전한 행복" "국가의 은혜로운 속박"(42) 등이 그것이다.

'음악공장' '인테그랄' '번호지시장치' '시간율법표' '보안국' 등 국가조직이나 사회기관들과 관련된 신조어는 구성원들에게서 일체의 의문과 반론의 기회를 제거하고 개념을 단순하게 인지하도록 한다. 통제사회에서 언어는 소통수단이 아니라 권력이 제시하는 지침의 전달수단이기 때문이다. 신조어는 구성원들의 세태묘사뿐 아니라 권력의 이데올로기와 정치적 언어까지 반영하는 인위적 언어모델이다.

권력의 언어는 과거를 변형시키고, 심지어 완전히 파괴한다. 그 결과 '유산'(遺産)으로서의 언어는 실종된다. 하나의 언어는 하나의 형상과 의미만을 지녀야 한다는 원칙은 곧 언어의 자동화를 초래하며, 언어를 통제와 조종이 용이한 단일 알고리즘으로 변형시킨다. 이렇게 기계적인 언어로 말하는 인간은 그 자신이 기계로 변하지 않을 수 없다. 그 결과 단일제국에서는 '열차시간표'가 가장 위대한 고대문학의 문헌으로 평가받고, 푸시킨과 도스토옙스키와 셰익스피어로 대표되는 문학유산은 폐기된다. 사랑이나 자연의 섭리 역시 쓸모없는 감정으로 취급당하고 다만 번식을 위해 '모성기준'만 중요시된다. 더 나아가 빵 대신 '석유식품'을 먹는 것으로 충분히 행복하다고 느낀다.

혁명 후 소비에트 권력의 새로운 문화정책은 두 가지 방향으로 진행되었다. 절대로 쓰거나 연주하거나 그리거나 조각해서는 안 되는 대상을 지정하는 것, 동시에 그렇게 할 필요가 있는(또는 반드시 해야 하는) 대상을 지정하는 것. 혁명 직후인 1917년 말에는 '부르주아 출판물'에 대한 검열 및 출판금지 조치가 내려졌다. 1918년 여름에는 볼셰비키 권력에 비판적인 태도를 취하는 신문과 잡지, 여타 출판물들을 폐간시켰다. 또한 기존에 존재해왔던 모든 유형의 검열을 통합하기 위해 '출판물중앙위원회'를 설립했고 '문학·예술 분야 중앙통제국' 설치법령을 공포했다. 중앙통제국은 배포 예정인 모든 문학작품과 정기 및 부정기 간행물, 심지어 지도까지 사전검열을 의무화했고, 인쇄가 완료된 모든 글의 출판허가, 금서목록 작성, 인쇄소와 도서관 및 서적매매 관련 규정을 마련했다.[25] 인민계몽위원회 위원장은 "혁명적 문화국가는 자신의 이상에 부분적으로 부합하지 않는다고 여겨지는 꽃들을 인위적으로 꺾지는 않을 것"이라고 약속하면서도, "말은 무기이며, 따라서 혁명적 권력이 온갖 어중이떠중이들에게 리볼버와 기관총을 허용할 수 없는 것과 마찬가지로, 국가는 출판물을 통한 선전의 자유를 허가할 수 없다"[26]라고 공언했다. 이러한 '새로운 프롤레타리아 문화'의 건설자들이 자먀틴의 "말의 힘"을 어떻게 받아들였을지 상상하기는 어렵지 않다.

자먀틴을 포함한 '비(非)프롤레타리아' 예술가와 문화활동가들은 '동반자들'(poputchiki)로 분류되었다. 동반자들이란 적으로 분류하기는 어렵지만 친구로 인정할 수도 없는 이를 지칭하는 가치평가적·계급적 의미의 '꼬리표'다. 잠시 러시아를 떠나 있던 고리키도 동반자였고, '미래주의자'라는 낙인이 찍힌 마야콥스키는 더욱더 위험한 동반자였다. 권력의 관점에서 언제라도 위험한 존재로 돌변할 수 있다고 여겨지는 이들은 결국 자신들의 생명인 '말'을 빼앗기고 조국에서 버림받았다.

결코 혁명의 필요성이나 합법성을 부정한 적이 없는데도 프롤레타리아 권력의 눈에 비친 자먀틴은 늘 '의혹을 품은 혁명가'이자 '이단아'였다. 1922년부터 비평가들은 그의 모든 작품에 '반혁명적'이라는 수식어를 붙였고, 마침내 "이 시대의 경향들에 이념적으로 적대적이므로 광범위한 대중의 독서용으로는 불필요할 뿐 아니라 해롭다"[27]라고 선언하기에 이르렀다. 권력층과 어용비평가들이 특히 해롭다고 판단한 자먀틴의 글은 「나는 두렵다」(Ya boyus')라는 에세이였다. 1921년 잡지 『예술의 집』(Dom iskusstv) 창간호에 실린 이 글은 1920년대 후반 더욱 거세진 '동반자들'에 대한 탄압, 특히 보리스 필냐크(Boris Pil'nyak, 1894~1938)와 자먀틴에 대한 "사냥"의 직접적인 빌미가 되었다. 1929년 자먀틴은 이 에세이가 이후 "8년에 걸쳐 나를 공격한 신문지상의 모든 캠페인의 출발점이 되다시피 했다"라고 밝혔다.[28]

'새로운 프롤레타리아 문화'의 건설자들, 즉 자먀틴이 "교활하다"라고 표현했던 작가와 기회주의적 비평가들을 특히 격분시킨 '말'은 이 에세이의 결론에 나온다. "나는 두렵다. 어린아이들의 천진난만함을 깨지 않으려는 듯이 러시아 민중을 대하는 한 우리에게 진정한 문학은 오지 않으리라는 것이. 나는 두렵다. 어떤 새로운 가톨릭교에서 벗어나지 않는 한 우리에게 진정한 문학이 없어지게 되리라는 것이. 새로운 가톨릭교는 과거의 그것 못지않게 일체의 이단적 언어를 경계한다. 이 병을 고치지 않는다면—러시아 문학에는 단 하나의 미래, 과거만이 남게 될까봐 두렵다."[29]

1920년대 이후 러시아 문학에서 하나의 아포리즘이 된 이 말은 전체주의화하는 소비에트 사회를 향한 또 하나의 경고이자 러시아 예술과 인문정신의 죽음에 대한 두려움 섞인 우려다. 자먀틴은 '엔트로피'가 러시아 문학을 위협하는 것을, 단 하나의 형식과 하나의 철학만을 규범화하는 것을, 예술가가 예술이 아닌 지배계급에 '복무'하는 것을, 이성적 권력이 현재가 비교당하지 않기 위해 과거를 폐기하는 것을 두려워했다. 그래서 그는 아무것도 두려워하지 않는 작가들만이 러시아 예술·문화를 구할 수 있다고 믿었다.

창작적 침묵을 강요당하던 자먀틴은 마침내 1931년 스탈린에게 자신을 외국으로 보내달라고 요청하는 편지를 쓴다. 차르정부 시기 탄압당했던 전력 때문에 쉽지 않았으나 고리키의 도움으로 이 요청은 받아들여졌다. 비록 조국에서 버림받았지만, 자먀틴은 1935년 파리에서 열린 세계작가대회에 참석한 소비에트 대표단 명단에 이름을 올렸다. 파리에서 쓸쓸한 죽음을 맞이하는 순간까지도 러시아로 돌아갈 수 있다는 믿음을 포기하지 않은 자먀틴은 낡은 양복 안주머니에 늘 소비에트 여권을 품고 있었다.

마지막 숫자는 없다

10월 혁명 전후로 프롤레타리아 권력이 제기하고 시행한 일련의 방침에 대한 사유와 비판 중 내용과 문체 면에서 자먀틴과 비교될 수 있는 작가는 드물다. 자먀틴은 많은 이가 혁명의 실현에 열광하면서 낙관적인 전망을 쏟아내던 바로 그즈음 의심을 품고 불협화음을 내기 시작했다. 그러나 그것이 사회주의적 이상을 악의적으로 평가하려는 기도나 휴머니즘에 대한 비난 또는 진보를 거부하는 저항은 아니었다. 그는 새로워진 러시아를 사랑했고 그 사회에서 살았지만, 과학과 기계와 '나 없는 우리'의 엔트로피 속에서 진정한 정신적 가치들이 전도되는 현실을 우려하고 비판함으로써 정신적 투항과 퇴행을 거부했을 뿐이다.

"세태묘사와 산수, 1과 수백만—이것들의 차이는 오직 양적인 것일 뿐이다. 위대한 종합들의 시대인 오늘날 산수는 이미 무력하다. 변증법이 필요하고, 마르크스의 생각처럼 '모든 본질적인 형식은 운동 속에서', 즉 움직이는 것으로서 바라볼 필요가 있다. (…) 오늘날 삶자체는 더 이상 평면적이지도, 현실적이지도 않다. 삶은 이전처럼 움직이지 않는 것들을 토대로 설계되는 것이 아니고 아인슈타인의 역동적인 좌표들에, 혁명에 입각해 설계된다."[30] 자먀틴이 혁명과 더불어 달라진 러시아를 겪으면서 삶과 예술의 이념으로 추구하던 이 생각은 혁명 100주년을 맞이하는 오늘날, 즉 인간의 일상 전반에서 가능한 모든 혁명이 이루어졌고 어느새 제4차 산업혁명을 외치고 있는 오늘날에도 유효하다. 전기(電氣)의 시대, 아인슈타인의 시대, 기계화의 시대에 인문의 위기를 우려한 그는 새로운 시대의 혁명적 진폭과 강도를 포착하자고 요구했다.

『우리들』을 통해 자먀틴은 훗날 실현된 실제 사회주의의 많은 특징을 예견했고, 연장선에서 전체주의에 반대했다. 그의 소설은 이후 헉슬리의 『멋진 신세계』(1932)와 오웰의 『1984』(1948)를 비롯한 서구의 안티유토피아 장르에도 영향을 미쳤다. 흥미로운 점은 오웰이 헉슬리와 자먀틴의 작품을 비교하면서 자먀틴의 손을 들어주었다는 것이다. "희생, 그 자체가 목적인 잔혹성, 신성이 부여된 지도자 숭배 등 전체주의의 불합리한 측면에 대한 직관적 폭로는 자먀틴의 소설을 헉슬리의 그것보다 수준 높게 해준다."[31]

사실 자먀틴 소설의 함의는 소비에트와 서구의 해석보다 훨씬 폭넓다. 자먀틴은 어떤 경우에라도 국가의 개인 노예화, 비인격화, 기능으로의 격하, 인간 존재의 획일화, '이단'을 허용하지 않는 단일한 사고에 반대했다. 심지어 사회주의와 공산주의에 반대하는 이들이 소설에 부여한 협애한 의미도 자먀틴은 거부했다. 1932년 한 인터뷰에서 자먀틴은, "이 소설은 한 인간과 인류를 위협하는 비대해진 기계권력과 국가권력—그 어떤 권력이라도 마찬가지이겠지요—의 위험을 알리는 신호입니다"[32]라고 밝혔다. 100년 전의 러시아보다 인간의 가치가 희미해져가는 오늘날, 이성적 권력과 인터넷이 주도하는 과학기술의 시대에도 자먀틴이 『우리들』에서, 이성의 벽 너머에서 던진 마지막 질문은 여전히 답을 기다리고 있다. "당신은 반드시, 반드시 내게 대답해야 합니다. 그렇다면 그곳, 당신의 마지막 우주가 끝나는 곳은 어디이지요? 그곳에는 무엇이 있나요?"

김홍중 중앙대학교·러시아문학

소설 속에서 울려 퍼지는 혁명교향곡

보리스 필냐크

잊혀진 '혁명'작가 필냐크의 문학사적 의미

필냐크는 러시아혁명을 직접적으로 묘사한 최초의 작가 중 한 명이다. 러시아 문학에서 혁명을 시대적 배경으로 삼은 산문은 많았지만 10월 혁명 직후의 혁명기에는 의외로 많지 않았다. 비켄티 베레사예프(Vikentii Veresaev, 1867~1945)의 『궁지에서』(*V tupike*, 1922)나 알렉산드르 파데예프(Aleksandr Fadeev, 1901~56)의 『대혼란』(*Razgrom*, 1924), 콘스탄틴 페딘(Konstantin Fedin, 1892~1977)의 『도시와 세월』(*Goroda i gody*) 정도가 혁명과 혁명 직후 러시아를 묘사한 동시대의 장편소설들인데, 그중에서도 필냐크의 혁명소설이 많은 대중적 인기를 얻었다. 그뿐만 아니라 그의 혁명소설은 러시아 문학사에서도 특별한 의미를 지니는데 '혁명기 소비에트의 권력과 정치' '새로운 소설형식의 모색' 그리고 '러시아혁명과 역사'라는 세 가지 관점에서 문학연구자들의 관심을 끌었다.

필냐크는 혁명의 역사적 당위성을 인정했던 작가였는데도 스탈린은 그를 탄압했고 결국 오랜 기간 잊힌 채 지내야 했다. 그는 자먀틴과 더불어 1920년대 벌어진 몇몇 필화사건 때문에 소련정부와 갈등을 빚었으며, 트로츠키가 호의적으로 평가했다는 이유만으로 트로츠키주의자로 내몰리기도 했다. 결국 1930년대 초반 필냐크가 스탈린에게 혁명과 소련에 대한 자신의 작가적 소속감을 밝혔는데도 소련정부는 1938년 그를 총살한다. 이것으로 필냐크는 이사크 바벨(Isaak Babel', 1894~1940)과 함께 1920~30년대 망명하지 않고 모국에 남아 소비에트 문학의 비극적 역사를 온몸으로 겪은 작가가 된다. 스탈린 사후인 1956년 복권되긴 했지만, 소련문학계에서 그의 작품을 출판하고 연구하는 것은 여전히 금기시되었다. 그래서 현대의 연구자에게 필냐크의 작품은 매우 낯설다. 필냐크의 작품을 읽을 때면 100여 년이라는 오랜 세월에 풍화되어 윤곽을 알아보기 힘든 혁명기의 단어와 표현 그리고 그만의 고유한 언어가 마치 고고학자들이 발굴한 유물처럼 모습을 드러낸다. 필냐크의 작품이 낯설게 여겨지는 또 다른 이유는 그가 사용한 소설형식을 다른 후대 작가들에게서 발견하기 어렵기 때문이다.

필냐크는 러시아 문학의 전통, 특히 시문학 중심으로 발달했던 러시아 상징주의 문학의 성과들을 계승했지만 어떠한 문예운동에도 깊이 관여하지 않으면서 독자적인 창작세계를 구축한 작가다. 혁명으로 새 시대를 건설하고자 했던 1920년대 소련문학계에서 상징주의적 묘사와 언어 사용은 동시대 비평가들에게 '퇴폐적'으로 보였을 것이다. 그렇지만 필냐크는 벨리, 레미조프가 일군 러시아 상징주의산문의 전통을 자기의 글쓰기에 포함시키는 동시에 그 전통에서 더 발전한 새로운 러시아 모더니즘 산문의 예를 보여주었다. 줄거리와 사건 중심의 기존 장편소설 서사법에서 벗어난 그의 '실험적' 소설들은 현대의 독자들에게는 프루스트나 조이스의 '의식의 흐름'만큼 당혹스럽고 낯선 형식이다. 하지만 러시아 상징주의를 이미 20여 년 동안 겪었고, 혁명을 계기로 새로운 세계인식의 방법들을 모색한 아방가르드 예술을 호흡하던 1920년대의 소련독자들에게 필냐크의 문학은 새로운 시대를 묘사하는 새로운 방식으로 받아들여졌다.

필냐크에 대한 대부분 연구는 새로운 러시아 모더니즘 산문과 연관된 그의 실험적 산문의 형식적 특징을 규명하려는 시도다. 그의 문학적 형식실험에 대해서는 지지와 비판이 극렬하게 나뉜다. 보론스키와 보리스 에이헨바움(Boris Eikhenbaum, 1886~1959)은 필냐크 산문의 시적 특징을 높이 평가했는데, 보론스키는 필냐크의 독특한 문체를 '소설 속의 장시(長詩)'라고 정의하기도 했다. 빅토르 고프만(Viktor Gofman, 1899~1942)은 필냐크의 여러 형식적·문학사적 실험이 혁명의 시대를 대변하고 있다고 평가하면서 옛 방식(사실주의적 서사법)에 대한 전복이 필냐크 문학의 특징이자 장점이라고 긍정적으로 평가했다. 반면 티냐노프는 필냐크 산문에 대해 '벨리의 『페테르부르크』를 요리비법에 따라 조리한' 텍스트이자 '조각구성'이라고 정의하면서 '이 서로 뒤엉킨 덩어리 속에서 사건은 신음하고 주인공들은 거품을 내면서 헐떡거린다'라고 낯선 문체와 형식파괴를 조롱했다. 형식주의(Formalism) 이론가 시클롭스키 역시 필냐크의 '비(非)줄거리 소설'(plotless prose)을 부정적으로 평가했다.

필냐크 문학은 혁명을 직접적으로 묘사한다는 점에서도 독자와 연구자의 관심을 끈다. '혁명세태 묘사작가'로 불린 필냐크는 처음으로 러시아혁명기의 여러 모습을 묘사하면서 역사적·사회적 관점에서 러시아혁명을 바라보았다. 고리키, 미하일 불가코프(Mikhail Bulgakov, 1891~1940), 솔로호프 등의 작가가 쓴 혁명에 관한 소설들과 달리 필냐크는 러시아혁명의 여러 편린을 모아 혁명의 생생한 모습을 보여주면서도, 혁명에 대한 가치판단은 하지 않는다. 현실에 대한 필냐크의 관찰은 여러 정치적 오해를 일으키기도 했다. 혁명기 귀족들은 환희나 희망보다는 우수와 회의로 새로운 세계를 맞이했다. 볼셰비키들은 굳건한 이념적 전사의 모습뿐만 아니라 감정이 배제되고 획일화·기계화된 '가죽 재킷'의 형상으로도 묘사됐다. 농민들에게 혁명은 가뭄과 굶주림 그리고 죽음과 다름없었다. 새로운 산문형식 적용이 필냐크의 '문학적·예술적 위기'를 가져왔다면, 불편

필냐크.
그는 러시아혁명을 직접적으로 묘사한 최초의 작가
중 한 명으로 러시아 문학의 전통, 특히
시문학 중심으로 발달했던
러시아 상징주의 문학의 성과들을 계승했지만
어떠한 문예운동에도 깊이 관여하지 않으면서
독창적인 창작세계를 구축했다.

부당한 혁명세태 묘사는 그에게 '정치적 위기'를 가져다주었다.

이 두 가지 위기는 필냐크 문학을 평가하고 분석하는 중요한 출발점이다. 연구자들은 그의 묘사방법이 정말로 무의미한 퇴폐적 예술의 반복이나 요령 없는 모방인지, 아니면 지금껏 없던 전위적인 형식실험인지 분석했다. 필냐크 산문의 형식적 특징인 '분절성'(discontinuity)과 '파편성'(fragmentariness)은 줄거리와 사건 구성을 통해 의미가 전개되는 서사구조가 아니라 개별 형상의 대립과 반복, 일화(逸話)와 라이트모티프의 배치를 통해 전체적인 형상을 만들어내는 '시적(詩的) 구조'라는 것이 여러 연구를 통해 밝혀졌다. 반복되는 단어와 일화는 상징과 기호로 쓰여 시적 의미화의 요소가 되었다. 조이스나 프루스트가 '의식의 흐름' 같은 초현실주의적 서사법을 문학에 도입해 유럽 모더니즘 소설의 새로운 시대를 열었다면, 필냐크는 '비줄거리 소설'로 새로운 산문의 가능성을 모색했던 것이다.

필냐크는 여러 편의 '비줄거리 소설'을 썼는데 『헐벗은 해』(*Golyi god*, 1922), 『밥풀꽃』(*Ivan-da-mar'ya*, 1922), 『기계와 늑대』(*Mashiny i volki*, 1925), 『마호가니』(*Krasnoe derevo*, 1929) 등을 썼고, 『결실』(*Sozrevanie plodov*, 1936)과 미발표 유고작 『소금창고』(*Solyanyi ambar*) 같은 '줄거리 소설'도 다수 썼다. 그의 비줄거리 소설들은 작품마다 구성원칙이 달라, 일관되고 통일된 서사구조를 찾아내기는 어렵다. 예를 들어 『밥풀꽃』이나 『기계와 늑대』 『마호가니』 같은 작품들에서는 영화적·회화적 구성이 두드러진다. 또 한 작품에 회화적(색채, 그래픽 문자)·영화적(영상)·음악적 구성원칙이 동시에 드러나기도 한다.

필냐크에게 가장 큰 문학적 명성을 가져다 준 소설 『헐벗은 해』에도 몇 가지 구성원칙이 복합적으로 적용됐다. 연대기적·성화적(제단화) 그리고 음악적 구성 등이 사용된 이 작품에서 가장 주된 것이 음악적 구성이다. 아래에서는 문자예술인 소설 『헐벗은 해』가 어떻게 음악적으로 구성되는지, 작가는 이런 구성을 통해 러시아혁명을 어떻게 묘사하고 있는지 그리고 왜 이러한 방법이 혁명을 묘사하는 데 필요했는지를 살펴보고자 한다.

『헐벗은 해』의 음악적 구성

독자들이 자신의 '특별한' 소설을 이해할 수 있도록 필냐크는 다양한 '신호'들을 숨겨놓았는데, 『헐벗은 해』의 「서주」 마지막에 넣은 암호와도 같은 '필수주석'이 그러한 예다. 이 '필수주석'은 소설이라는 예술 장르에서는 매우 낯선 기법인 동시에 그 내용 또한 '서술적'이지 않고 정보 전달적이다.

> 필수주석
> 백위군들은 3월에 떠났다. 공장은 3월이었다. 도시(오르드이닌시市)는 7월이었고, 방방곡곡은 한 해였다. 그러나 각자는 자신의 눈으로 보았고, 자신의 편성법과 자신의 달을 가지고 있다. 오르드이닌시와 타예젭스키 공장이 먼 사방까지 나란히 있었다. 백위군들이 도나트 라트친을 죽였다: 모든 것은 그에 대한 이야기.[1]

여기서 필냐크는 작품의 시간(3월, 7월, 한 해)과 공간(도시, 사방, 오르드이닌시, 타예젭스키 공장)을 지시하면서 '모든 사람은 자신의 눈과 자신의 '편성법'(instrumentation)과 그리고 자신의 달을 가진다'고 말한다.[2] 희곡의 첫 부분을 연상시키는 이 구절은 『헐벗은 해』 속 조각난 사건들이 어떻게 서로 연결되고 의미를 형성하는지 뿐만 아니라, 작가나 독자의 특정한 세계인식과 결합하지 않고 그 자체로 자율성을 획득한다는 것까지 밝히고 있다. 보통의 소설이라면 작가는 독자들에게 이 작품을 어떻게 읽어야 하는지 알려주지 않지만 필냐크는 자신의 창작원칙을 제시하고 있다. 이런 식의 개입은 필냐크 문학의 특징이기도 한데, 또 다른 비줄거리 소설인 『기계와 늑대』에서는 '사건이 일어난 장소의 단일성' '연상' '대조법' 등이 감독의 역할을 한다고 창작원칙을 밝히고 있다.

이러한 새로운 창작원칙 속에서 작가도 새로운 역할을 부여받는다. 필냐크 소설에서 작가의 형상은 기존 소설과 달리 작곡가나 영화감독, 연출가의 모습이다. 작가는 특정한 사상이나 사건을 인위적으로 조작하지 않고 특정 주제나 모티프에 따라 '배열'할 뿐으로 이때 사건들은 자율성을 획득한다. 사건은 전개·발전되지 않는다. 대신 개별 사건이 배열원칙에 따라 대립되고 대조되면서 특정 형상들이 생성된다. 소나타나 협주곡에서는 제각기 다른 주제와 동기가 특정한 조성과 박자에 따라 배열되는데 특정 단위의 소절들이 모티프를 이루고 이것들이 모여 주제나 라이트모티프를 만들어낸다. 이와 유사하게 필냐크의 소설에서도 각각의 시각적·청각적 형상과 사건, 인물 등이 모티프를 이루고 이 모티프들이 서로 유기적으로 연결되는 것이다. 이 방식이 필냐크 소설의 '편성법'이다. 사실 산문에서 소주제로서의 모티프 개념은 예전부터 있어왔으나, 모티프는 사건과 줄거리에 자연스럽게 종속될 뿐 자율성을 획득하지는 않았다. 이와 반대로 필냐크 소설처럼 개별 모티프끼리 자율적으로 관계를 맺는 산문창작 방식을 모티프 구성이라고 한다.

장편소설 창작에서 모티프 구성원칙은 러시아 상징주의작가 벨리에게서 처음 발견된다. 그는 '내적 실재'(Inner reality)의 창조를 제안해 1920년대 러시아 모더니즘 산문에 큰 영향을 미쳤는데, 이것을 구현하기 위해 산문과 음악, 산문과 시의 결합을 요구했고, 모티프 구성을 전면에 내세우면서 전통적인 의미구조의 위계를 전복했다. 여기서 '작가'는 사건들의 인과적 관계를 구성해 어떤 심리적·이념적 결과로 독자를 이끄는 것이 아니라 특정한 원칙에 따라 모티프들을 배열하고 제시함으로써 각 모티프의 상호작용이 독자의 의식 속에서 자율적으로 이루어지게 한다. 모티프 구성원칙은 유럽 모더니즘 문학에서 즐겨 사용된 '의식의 흐름'과 유사하지만 의식의 흐름이 사고, 느낌, 체험 등을 통해 일련의 형상들을 연상관계 속에서 물결처럼 제시한다면, 벨리의 모티프 구성은 꿈이나 자유연상이 아니라 시적 원칙인 반복과 여기서 비롯되는 유사, 대조, 대립, 대비 등의 효과로 모티프들을 상호작용시킨다. 반면 필냐크는 시적 원칙보다는 음악 편성법, 즉 교향악적 구성을 통해 모티프들의 상호관계를 설정하고 있는데, 비언어적인 음향형상들의 상관관계에 논리를 부여하는 음악동기화의 과정을 문학에 적용하고 있다.

『헐벗은 해』의 특징 중 하나는 마치 논문이나 습작처럼 각 사건이나 사건의 집합을 지칭하는 편집용어를 사용한다는 것이다. 특히 구성을 칭하는 용어로는 「서문」 「설명」 「결론」이 있는데, 러시아어로 표기하면 'vstuplenie' 'izhlozhenie' 'zaklyuchenie'이다. 이 용어들은 논문이나 보고서를 쓰거나 작문을 연습할 때 사용하기도 하지만, 실제로 작곡할 때 사용하는 용어이기도 하다. 그래서 『헐벗은 해』를 번역할 때, 이 단어들은 「서주」 「주제 제시부」 「종결부」 같은 음악용어로 옮기는 것이 타당하다. 또한 주제와 사건들이 '3부작'(Triptych) 양식으로 관계를 맺기도 하는데, 3부작 양식은 회화나 사진예술에서 널리 쓰이기도 하지만 푸치니의 오페라 3부작처럼 음악에서도 종종 쓰이는 양식이다.

그래서 이 작품을 읽을 때는 사건의 전개를 파악하는 게 아니라, 구성을 통해 각 주제가 어떻게 발전해나가는지, 서로 어떤 상호관계를 맺는지 파악하는 것이 중요하다. 『헐벗은 해』는 「서주」 「주제 제시부」 「종결부」로 이루어져 있는데 다음 도표처럼 정리할 수 있다. 각구성부의 사건들은 서로 직접적인 인과관계를 맺지 않지만 공통된 모티프들로서 서로 연결되며, 심지어 「주제 제시부」의 각 장도 다수의 개별적 사건으로 구성된다. 사건과 사건 사이 곳곳에서 화자가 서정적 이탈을 시도하는데 이때에도 작은 모티프들이 제시된다.

이 작품에서 가장 기이한 부분은 「주제 제시부」의 '마지막 장, 무제'인데 여기에는 '러시아' '혁명' '눈보라' 이 세 단어만 제시되어 있다. 이 단어들은 이 작품의 모든 사건과 모티프들을 유형화시키면서

「서주」	「주제 제시부」	「종결부」
오르드이닌시 키타이고로드	제1장 여기서 토마토를 팝니다 올렌카 쿤츠와 명령서 아르히포프 노인의 죽음 제2장 오르드이닌가(街) 두 대화, 노인들 제3장 자유에 대해 제4장 정-류-자, 축-열-기 제5장 파멸들 제6장 볼셰비키 제7장 마지막 장, 무제	주술 대화 결혼식

교향악에서의 주선율, 즉 주요 주제를 제시하는 역할을 맡고 있다. 이 장에 대해 필냐크는 고리키에게 다음과 같이 설명했다.

> 소설의 마지막 장은 소설 전체를 풀어내고 있고, 소설 전체는 마지막 장에서, 그 장 위에 구성되어 있습니다.[3]

즉 이 소설의 모든 모티프는 혁명 전 러시아인의 삶인 '**러시아**'와 거대한 폭발력으로 삶을 총체적으로 변화시킨 전환점으로서의 '**혁명**' 그

리고 자유롭게 터져 나오는 민중의 힘을 상징하는 **눈보라**를 중심에
두고 종횡으로 얽혀 있다.

『헐벗은 해』의 동기화가 '편성법'을 따른 것이라면, 이 소설의 구조
는 일반적으로 교향악의 제1악장에 적용되는 소나타 형식과 매우 유
사하다. 「서주」에서 작가는 몇몇 인물의 개인사를 짧게 서술하는데
이들은 더 이상 등장하지 않는다. 상인 라트친 집안도, 볼셰비키 도나
트의 이야기도 「서주」에서 끝난다. 라트친 집안이 혁명 전의 궁벽한
꿈을 표현한다면, 도나트는 '가죽 재킷' 형상을 한 볼셰비키로 제시되
고 있다. 이 작품의 기본적 대립항인 혁명 전의 삶과 혁명 후의 삶이
제시되고 있는 것이다. 「주제 제시부」에서는 대립하는 모티프들이 다
양한 형상으로 서로 대조·대비·반복되면서 제시된다. 「종결부」에서
는 「서주」에서 제시되었던 주제, 즉 '옛 세계'와 '새로운 세계'의 대립
이 반복되지만 다른 형상으로 대체되어 재현되는데, '러시아 제국 대
볼셰비키'에서 '러시아 민속·민중세계 대 기술·이성·공산주의세계'
로 대립이 변주된다. 「서주」「주제 제시부」「종결부」 부분에서 러시
아-혁명-눈보라의 주선율이 어떻게 변주되고 있는지 더욱 구체적으
로 살펴보자.

「서주」에서의 주제 변주: 러시아-혁명-눈보라

「서주」에서 주선율 '러시아'는 세 가지 형상으로 변주된다. 첫 번째
변주는 정체된 상업도시 오르드이닌시의 기괴한 세태다. 오르드이닌
시는 깊은 침체에 빠진 상태로 묘사되는데 도시는 깊이 잠들어 있어
사건은 거의 발생하지 않는다. '라트친 집안의 200년 전통'은 다른 말
로 200년 동안의 침체를 의미하기도 한다. 라트친 집안의 삶은 확고
한 원칙을 따라 세대에서 세대로 이어졌고, 모든 삶의 단계가 새로운
것의 도입 없이 반복되어왔다. 오르드이닌시의 주민들 역시 마찬가
지다. 사제 레프코예프나 교사 블라만조프 등 주민들은 의미가 결여
된 일상을 살고 있다. 심지어 혁명으로 '침체상태'가 깨어졌을 때조차

'인민의 집' 공사현장에 나타난 라트친의 행동에서 우리는 여전히 '침체상태'가 지속되고 있음을 알 수 있다.

> 매일 아침 일곱 시 5분 전, 동그란 안경에 솜을 넣은 무테모자를 쓴 등뼈가 보일 정도로 앙상하고 연로한 노인이 지팡이를 짚고서 예전에는 '라트친과 그의 아들' 상점이 있었지만 지금은 인민의 집 건설 현장이 된 그 장소로 온다. (…) 그는 바로 이반 예멜리야노비치 라트친, 제멘티의 증손자다.
> ·『헐벗은 해』, 35쪽

혁명 이후에도 오랜 습관을 고칠 수 없던 라트친의 행동은 치유될 수 없는 상실감을 보여준다.

두 번째 변주는 침체가 아니라 '영원함'이다. "주여 이 도시와 당신의 사람들을 구원하소서"(『헐벗은 해』, 35쪽)는 고결함과 영원함을 무의식적으로 추구했던 민중의 원초적 정신을 상징하는 기도다. 작품 전반에 걸쳐 계속 반복되면서 긴장감을 주는 수도원의 종소리는 러시아의 천년 역사와 그 영속에 대한 기원이자, 동시에 끊임없이 흘러가는 시간을 의미한다.

> 수도원의 시계가 울렸다: 동-동-동!
> ·『헐벗은 해』, 56쪽

본질적으로 '침체'와 '영원함'의 추구는 그 속성이 동일하다. 천년 동안 정신적 지주 역할을 한 신앙은 오랫동안 러시아인들의 삶을 지켜왔지만, 침체된 삶의 원인이기도 하다.

세 번째 변주는 대지다.

> 오르드이닌의 지세는 다음과 같다: 건천, 골짜기, 호수, 숲, 삼림지

대, 늪지, 평야, 고요한 하늘, 샛길. 하늘은 때로는 잿빛 구름 속에서
침울했다. 때로는 숲이 꽥꽥거리고 끙끙거렸으며 어떤 해에는 타오
르기도 했다. 샛길은 시작도 끝도 없이 구불구불 실처럼 기어가고 있
었다.

·『헐벗은 해』, 36쪽

대지로 표현되는 '러시아'는 비밀스러운 잠재력을 보여주지만 영원
함과 정체(또는 느림)를 드러내기도 한다. 필냐크의 창작세계 전반에
서 대지를 통해 드러나는 주제는 혁명 전의 대지와 혁명 이후의 대지,
즉 구불구불한 길과 신작로나 포장도로의 대립으로 묘사되는데, 시대
적 배경이 1919년으로 혁명 직후인 『헐벗은 해』에서 대지는 아직 구
불구불하게만 묘사되고 있다. 대지로 변주된 '러시아'는 '눈보라'의
주제이기도 한 자연의 힘을 암시하지만 '러시아'와 '눈보라'의 차이는
'눈보라'가 공간적·시간적 속성보다는 이성적·문명적·건설적 에너지
이면에 숨겨져 있는 혼돈과 무질서, 원초적 생명력 등을 상징하면서
머무름과 정체의 요소를 제거한 반면, '러시아'의 공간적·시간적 속
성은 침체되어 소멸해가는 구세계를 대표한다는 것이다. 실제로 러시
아 민중은 중세와 근대를 거치면서 혁명이 오기 직전까지도 크게 변
화하지 않았다. 러시아 농촌은 유럽에서 가장 낙후되어 있었으며, 항
상 신화와 전설이 자연과 함께했다. 몇몇 대도시에는 그나마 유럽의
문물이 전해졌지만 중소도시, 농촌의 혁명 전 삶은 말 그대로 '중세
적' 상태였다. 1861년 중세적 제도였던 농노제가 폐지되었지만, 실상
농민공동체는 혁명 전까지도 지속되고 있었다. 이런 뿌리 깊은 정체
를 깨뜨린 것이 바로 러시아혁명이었던 것이다.

주선율 '눈보라'는 민중의 희망이 구현되고 민중의 자유를 위해 폭
발하는 자연의 힘이자 혁명의 근원적 동력을 상징하는데, 그 첫 번째
변주인 '눈보라 속의 노래'(pesnya v meteli)가 음향적으로 제시된다.
이 '노래'는 작품 곳곳에서 반복되면서 '눈보라'의 시각적·음성적 형

상들을 구축해간다.

> — 눈보라. 소나무. 목초지, 공포. —
> — 쇼오야야, 쇼-오야야, 쇼오오야야야...
> — 그비이우우, 가아우우, 그비이이우우우, 그비이이이우우우우, 가
> 아아우우.
> 그리고 —
> — 글라-브붐!
> — 글라-브붐!!
> — 구-부즈! 구우-부우즈!...
> — 쇼오오야, 그비이우우, 가아아우우우...
> — 글라-브붐!!
> 그리고 —
> ·『헐벗은 해』, 36쪽

'눈보라'의 두 번째 변주는 민중의 아시아적 힘을 상징하는 '키타
이고로드'(Kitai-gorod)다.[4] 키타이고로드는 양가적 형상을 하고 있
는데, 낮의 키타이고로드와 밤의 키타이고로드는 서로 그 속성이 다
르다. 낮에는 키타이고로드의 진정한 모습이 보이지 않는다. 심지어
낮의 키타이고로드는 '유럽'의 모습을 하고 있기도 하다. 하지만 밤
의 정적과 공허 속에서 키타이고로드는 본모습을 드러내고 사팔뜨
기 눈으로 세계를 바라본다. 자연의 힘을 상징하는 키타이고로드에
는 유럽의 기만적 속성을 품은 키타이고로드, 러시아 민중의 내재된
힘을 품은 키타이고로드 그리고 눈보라로 깨어난 키타이고로드가 있
다. 마지막 키타이고로드는 혁명을 촉진시킨다. 밤과 낮이 다른 키타
이고로드의 모습을 통해 이 지역이 속한 도시 모스크바에 눈보라의
속성이 숨겨져 있음을 알 수 있다. 즉 키타이고로드의 형상을 통해
모스크바와 아시아에 자연의 불가해한 생명력이 있고, 그것이 혁명

의 원동력임을 알 수 있다.

주선율 '혁명'은 파괴하고 소멸시키는 힘이다. 혁명은 「서주」 첫 줄의 "지금은 말소되었다"라는 표현으로 처음 언급된다. 작품 전반에서 계속 반복되는 '부수다'(razrushit'), '파괴하다'(gromit') 등의 동사는 '혁명'의 특징적인 형상들이다. 혁명은 수백 년의 침체를 깨트리고 외적 변화를 가져올 뿐만 아니라 옛 세계의 속성들을 파괴하는 내적 변화도 동반하는데, 볼셰비키 도나트가 첫 번째 새로운 인간이자 혁명의 상징이 된다.

소금매대는 도나트의 지시에 따라 파괴되었고, 그 자리에 인민의 집이 세워졌다.
·『헐벗은 해』, 35쪽

그래서 주선율 '혁명'의 첫 번째 변주는 볼셰비키다. 다른 주제들이 변주되면서 여러 양상을 보여주듯이, 볼셰비키의 모티프 역시 각기 다른 뉘앙스를 가진 형상들로 변주된다.

'혁명'의 두 번째 변주는 '화재'와 '숨 막힘'이다.

1914년 6월, 7월에 숲과 풀은 붉은 화염으로 타올랐고, 태양은 붉은 원으로 떠오르고 내려앉았다. 사람들은 극도의 숨 막히는 고통을 겪었다. 1914년 전쟁이 불붙었고, 1917년 혁명이 그 뒤를 따랐다.
·『헐벗은 해』, 34쪽

이 혁명의 변주는 「주제 제시부」에서 '폭염의 아지랑이' 형상으로 발전하게 된다. 「서주」에서 제시된 볼셰비키 도나트의 면모 역시 '화재'와 연결된다.

……도나트의 고수머리는 예전처럼 구불구불했으나, 그의 눈에는 열

정과 증오의 건조한 불길이 타올랐다.

　　· 『헐벗은 해』, 35쪽

하지만 혁명은 긍정적 형상으로 변주되기도 하는데, 정체되고 움직이지 않는 옛 러시아에 변화를 줄 때 그러하다.

　　소금매대를 파괴했다. 마루 밑에서 수천의 쥐가 흩어져 달려 나왔다.
　　· 『헐벗은 해』, 35쪽

이처럼 「서주」에는 '러시아' '눈보라' '혁명'이라는 『헐벗은 해』의 주선율이 모두 제시되어 있다. 이 주선율들은 「주제 제시부」과 「종결부」에서 반복되고 변주되는데, 「서주」에서의 주선율만으로는 사건들의 인과관계도 찾을 수 없을뿐더러 이 주선율 사이의 시적·음악적 조화 역시 발견할 수 없다.

「주제 제시부」에서 변주되는 주제들: 러시아 – 혁명 – 눈보라

「서주」에서 짧게 제시된 주선율의 변주들은 「주제 제시부」에서 다양한 형상으로 발전하고 내부적으로 충돌하면서 양가성을 획득한다. 이렇게 주선율에서 변주된 모티프들이 서로 얽히게 됨으로써 주선율은 발전의 내적 동력을 획득하고 '움직이는 형상'이 된다. 바로 이 형상의 역동성에서 발생하는 리듬이 전통적인 소설의 의미화 작용인 사건의 전개를 대체하는 것이다.

「주제 제시부」에서 주선율 '러시아'는 퇴락하는 귀족사회로 변주된다. 오르드이닌시의 역사는 공작집안의 탄생과 번영 그리고 죽음과 밀접한 관계를 맺는다. 상인 라트친 집안처럼 귀족 오르드이닌 집안의 시간 역시 정체되고 사라지는데, '흐려진 거울'의 모티프가 사라진 시간을 대표한다.

— 죽는 게 힘들어, 나타샤! 너는 알아차렸겠지. 우리 집에 거울이 흐려지고 색이 바랬어. 그런 것들이 많아. 항상 그 거울 속에서 얼굴을 마주 본다는 게 난 무서워. 모든 것이 파괴되었어. 모든 꿈이.

·『헐벗은 해』, 83쪽

죽음은 예정되어 있고, 파멸은 내부에서부터 진행된다. 죽음의 운명은 마치 어떤 가치나 정해진 여로를 거부하는 것에 대한 대가처럼 보인다. 작품 전반에서 거울의 모티프는 '흐려진' '어슴푸레한' '뿌연' '퇴색한' 등의 형용사와 결합하면서 자신의 현재모습을 볼 수 없는 러시아 귀족들의 상실감과 불투명한 미래를 표현한다.

「서주」에서는 라트친 집안의 소멸이 '흩어져 도망치는 쥐'와 그 자리에 세워진 '인민의 집'으로 간략히 제시되지만, 「주제 제시부」에서는 오르드이닌 집안의 구성원 각각의 내면을 자세히 묘사한다. 특히 도나트와 달리 나타샤는 집안의 파멸과 소멸의 아픔을 감내하고 받아들이면서 변화의 주체가 되고 있음을 보여주기도 한다. 이처럼 「주제 제시부」에서 '러시아' 주선율의 변주는 더욱 정교하고 복잡하게 묘사된다.

귀족을 대신해서 등장한 볼셰비키 형상을 포괄하는 모티프는 '가죽재킷'이며 이들은 혁명의 주체이자 주선율 '혁명'의 변주다. 이들은 다음과 같이 획일적으로 묘사된다.

그들은 모두 같은 체격이었고, 아름다운 가죽인간들이었다. 모두가 강인했고, 모자 아래로 고수머리가 고리처럼 뒤통수로 흘러내렸다. 주름진 광대뼈와 이마의 주름, 다리미질 같은 움직임 속에서 최고의 의지와 기백이 보였다. 무기력하고 휘어진 러시아 민족성에서 나온 최고의 선택들이었다.

·『헐벗은 해』, 44쪽

가죽 재킷으로 상징되는 볼셰비키 형상은 혁명 주도세력의 전형이다. 러시아 화가 쿠스토디예프가 『헐벗은 해』의 시대적 배경인 1919년에 그린 그림 「볼셰비키」에서 알 수 있듯이 볼셰비키에게는 혁명의 상징이자 주체세력이라는 정형화된 이미지가 있었다.

가죽 재킷은 기계 같은 속성을 보여준다. 가장 뚜렷한 사례가 볼셰비키 아르히프 이야기다. '총살'이란 단어를 대수롭지 않게 내뱉는 그는 아버지의 자살에 대해서도 잔인할 정도로 냉정한 모습을 보이면서 과거에 어떠한 미련도 보이지 않는다. 병에 걸린 아버지가 그와 자살에 대해 대화를 나누기 전 '러시아'의 주선율인 영원함을 상징하는 종소리가 들리는 것이 인상적이다.

'혁명'의 변주 '볼셰비키'는 모순적인 형상도 보여준다. 아버지의 죽음을 감정 없이 대하던 아르히프는 어느 순간부터 '아버지'란 단어 앞에 주저하다가 결국 혈연의 정을 포기하지 못한다. 볼셰비키 아르히프는 새로운 시대를 만들어가는 '가죽 재킷'의 무자비함과 기계성만 보여주는 것이 아니라 인간적인 작은 균열도 동시에 보여주고 있다. 주목해야 할 것은 에피소드 '노인 아르히포프의 죽음'과 연결되는 문장이 '부활'과 연관된다는 것이다.

> 부활에 관한 어떤 철학적인 것 그리고
> — **아르히포프 노인의 죽음**
> ·『헐벗은 해』, 51쪽

이것은 '혁명'의 주선율이 죽음과 파괴의 형상들로만 변주되는 것이 아니라 '되살아남' '갱생' '탄생'의 형상도 동시에 지니고 있음을 보여준다. 실제 이 소설에서 '탄생' '임신' '결혼'의 모티프는 '러시아' '혁명' '눈보라'의 주선율과 끊임없이 교차한다. 그래서 한편으로 가죽 재킷은 삶에 대한 강렬한 열망, 새로운 삶에 대한 노력을 표현하기도 한다.

쿠스토디예프, 「볼셰비키」, 1919.
이 그림이 잘 드러내듯이, 볼셰비키에게는 혁명의 상징이자
주체세력이라는 정형화된 이미지가 있었다.

아르히프의 형상 외에도 그의 연인인 (오르드이닌 집안의) 나탈리야의 형상 역시 '가죽 재킷'의 고정관념을 무너뜨린다. 아르히프의 냉정함이 그의 아버지의 죽음과 연결되어 있다면, 과거에 대한 나탈리야의 단호한 망각은 변화한 시대에 적응하지 못해 도태된 오빠 보리스의 자살과 연결된다. 나탈리야의 단호한 망각은 모든 것이 불분명해지고 쇠락해가는 귀족집안에서 '살아남기 위한' 노력이며, 이제 그녀는 과거의 모든 감상적 태도를 버리고 볼셰비키가 되어 새로운 시대의 아이를 낳으려 한다.

이 외에도 '가죽 재킷'은 다양한 모티프로 제시된다. 영혼이 없는 기능주의자인 볼셰비키 라이티스 동무, 조직의 압박을 느끼는 콜로투로프 코노프 그리고 혁명에서 정의와 선을 추구하는 아르히프는 모두 동일한 '가죽 재킷'의 형상인 동시에 저마다의 사연을 간직한 개별적인 인간으로 묘사된다. 제6장의 마지막 부분에서 묘사되는 나탈리야와 아르히프의 결합은 '새로운 세계의 탄생' '출산' '부활'의 모티프를 암시하는데, 이들의 사랑은 거짓과 고통이 없는 새로운 도덕에 기반을 둔 사랑이다. '혁명'의 주선율 중 하나인 '가죽 재킷'은 침체되고 정체된 러시아를 대표하는 상인, 귀족과는 대립되는 모티프다. 상인, 귀족이 서로 다른 모티프이지만 결국 '러시아'의 변주라면, 단일한 가죽 재킷 형상이면서도 개별 존재로서의 인간적 면모를 지닌 볼셰비키들은 서로 모순적이지만 모두 '혁명'의 변주인 '볼셰비키'의 모티프인 것이다.

『헐벗은 해』에서 혁명을 가장 어둡게 묘사하고 있는 에피소드는 '세 번째 3부작, 가장 어두운 부분'에서의 마르 간이역 묘사일 것이다. 마르 간이역은 주선율 '혁명'의 공간적 변주다. 여기서 혁명은 종말론적 재앙이자 무서운 혼돈으로 묘사된다. 낯선 열차들은 자신의 토대를 잃어버리고 혼돈 손에서 죽어가는 이들의 모든 공포를 실어가고 있다.

플랫폼에 근무자가 나타났고, 수천의 목소리로 열차는 작별을 고한

다: — 사기이이이꾼! 뇌무우울꾼!

·『헐벗은 해』, 147쪽

마르 간이역의 세계는 야생화되고 야수화되어 두렵다. 하지만 이 혼돈의 세계를 더 두렵게 하는 것은 파렴치한 간이역 수비대다. 이들은 열차를 강탈하고 여인들을 강간하면서 마르 간이역을 생지옥으로 만드는 존재들인데, 이런 현실이 삶의 기준이 된다는 것 역시 공포를 전달한다. 유일한 희망은 마르 간이역을 떠나는 기차가 내뱉는 기적뿐이다.

흥미롭게도 혁명의 부정적 변주인 마르 간이역 에피소드에서 '쿠르간'(스키타이 봉분)이 혁명으로 비롯된 죽음의 모티프를 강조한다. 키타이의 형상이 아시아, 동양을 상징하는 것처럼 쿠르간은 혁명 직후 마르 간이역의 혼란한 상황 이면에 자리한 아시아의 힘 그리고 죽음과 시간의 영속성을 상징한다.

간이역 뒤의 초원에는 쿠르간이 있다. 간이역의 이름은 그 쿠르간에서 따온 것이다. 언젠가 쿠르간 근처에서 누군가 살해되었다. 묘비에 누군가가 서툰 글씨체로 썼다. '나는 당신이었지만, 당신은 내가 될 것이다.'

·『헐벗은 해』, 154쪽

'내가 ……있었다'(Ya byl……)로 수렴되는 쿠르간의 비문은 과거에도 혁명을 기억하는 존재가 있었다는 것과 현재의 혁명도 미래에 반복될 수 있다는 혁명의 역사적 반복을 의미한다. 그래서 마르 간이역의 혼란으로 변주된 '러시아혁명'은 17세기 류릭 왕조의 붕괴 이후 로마노프 왕조가 들어서기 전까지 계속됐던 '동란시대'(Smutnoe vremya)와 비교된다. 더불어 쿠르간은 사라진 존재들이 '기억'되고 그 존재들을 기억하는 공간성을 마르 간이역에 부여한다. 마르 간이

역은 스키타이인들이, 몽고가, 류릭 왕조가 그리고 로마노프 왕조가 거쳐 갔고, 지금은 새로운 볼셰비키 권력이 자리 잡으려는 공간이다. 현재의 권력은 과거의 권력처럼 '과거'로 기억될 것이고, 파괴적인 혁명의 틈바구니 속에서도 기억되고 기억하는 행위는 계속될 것이다.

반복적으로 등장하는 혁명의 속성 중 하나는 동과 서로 정의할 수 있는 이질적 세계의 결합이다. 초원에서는 스키타이(고대 슬라브)뿐 아니라 바랴그인(류릭 왕조),[5] 몽고-키타이, 폴란드, 로마노프(러시아 제국), 독일(마르크스주의)이 끊임없이 이전 세력들을 대체해왔고 그 순간에 '동란'과 '폭동'이 수반되었다. 동과 서는 대립만 하는 것이 아니라, 역사적 전복의 순간에 결합해왔고, 그것이 러시아 정체성을 이루어왔다. 『헐벗은 해』에서 이 모티프가 직접적으로 제시되는데, 질로토프가 동서결합의 상징으로 기획한 '가죽 재킷' 얀 라이티스 동지와 사무원 올렌카 쿤츠의 결합이다. 독일 이름을 한 얀 라이티스 그리고 러시아 이름을 한 올렌카 쿤츠, 이 둘을 생물학적으로 결합함으로써 동양과 서양이 하나 된다는 질로토프의 기획은 혁명의 이중적 속성과 역사적 소명을 암시한다. 몇몇 판본에서 생략되기도 한 이 에피소드는 러시아혁명에 대한 당시의 음모론적 인식을 반영하고 있다.

필냐크는 러시아혁명의 의미를 다각도로 조망한다. 왜냐하면 당시 민중뿐만 아니라 지식인들조차 프롤레타리아혁명의 역사적·정치적·경제적 의미를 모두 이해한 것은 아니었기 때문이다. 그래서 필냐크는 동서의 경계선에 있어 역사적 전환점마다 동란을 겪은 러시아 역사를 평행이론 차원에서 고찰해 혁명을 파악하려던 시각도 반영했다. 전근대적이거나 심지어 고대적(이중신앙, 범신론적 세계관) 특성까지 지녔던 러시아 민중은 러시아혁명이 지닌 이중성의 근원이다. 그래서 필냐크는 과거와 전통을 송두리째 뒤엎는 프롤레타리아혁명을 다루면서 키타이고로드의 이중성, 아시아적 요소인 볼셰비즘과 유럽적 요소인 코뮤니즘의 요소를 동시에 묘사하고 있다. 그래서 주선율

'혁명' 역시 상호모순적이며 이질적인 모티프로 구성된다. 1990년 들어 널리 알려지게 된 유라시아주의자 니콜라이 트루베츠코이(Nikolai Trubetskoi, 1890~1938)가 '러시아는 몽고의 계승자'임을 선언한 것이 1925년이고, 혁명 이후 서구주의에 대한 반정립으로 슬라브주의를 대신해 유라시아주의가 자생하기 시작했다는 사실은 『헐벗은 해』에서 묘사된 질로토프의 세계관이 전혀 허황되지 않음을 말해준다.

「주제 제시부」의 주선율 '눈보라' 역시 의미가 일관적이지 않는데, '눈보라'는 제3장의 '자유에 대해'에서 가장 집중적으로 다루어진다. 제3장은 3부작 형식으로 혁명기 러시아인의 삶을 그린다. 필냐크는 영화나 소설의 3부작을 의미하는 'trilogy' 대신 미술, 음악의 3부작을 가리키는 'triptych'라는 용어를 써 장르적 정의를 내린다. 3부작은 안드레이, 나탈리야 그리고 이리나의 시선으로 주선율 '눈보라'와 상호관계를 맺는 자연의 힘을 살펴보고 있다. '눈보라' 주선율은 '안드레이의 눈을 통해' 유로디비(가난함, 무소유, 속박에서의 자유), 이교도 신앙(메텔리차metelitsa, 루살카 주간rusal'nye nedeli, 이반 쿠팔라Ivan Kupala의 날 등)으로 변주된다. 이 형상들은 모두 자연의 힘(stikhiya)을 대표하는데, 혁명의 자연적 힘을 고대 및 중세 러시아의 자연과 서로 연결시키면서 '혁명-자연-고대와 중세의 자연의 힘-혁명과 자연의 힘-자연의 자유로운 에너지'라는 연상작용을 일으킨다.

또한 필냐크는 '나탈리야의 눈을 통해' 주선율 '눈보라'를 신화와 요술의 세계로 확장시키고 있다. 고고학자 바우데크, 화가인 글렙, 무정부주의자 나탈리야(볼셰비키 나탈리야와는 다른 인물)는 우베크에서 유물을 발굴하면서 민둥산의 마녀들, 표트르 손체보로트(Pyotr Solntsevorot)라는 세시풍속, 러시아 전래동화 등에 대해 이야기한다.

> ─ 러시아. 혁명. 맞아요. 쑥냄새. 생명수냄새? 맞아요! 모든 것이 사라질까요? 길이 없나요? 위를 둘러보세요. ─ 러시아는 지금 마술

이야기의 세상이에요.

·『헐벗은 해』, 98~99쪽

이들은 혁명을 전래동화나 고대신화의 세계와 동일시한다. '안드레이의 눈을 통해' '눈보라'가 민중 속에서 순환하는 자연의 힘을 나타내는 자연, 세시풍속으로 변주되었다면, 고고학자 바우데크에게는 고고학 발굴현장에서 출토된 유물이나 동화 속의 신화적 형상들로 변주된다. 즉 고대성, 환상과 동화, 신화가 혁명의 내적 동력인 '눈보라'로 수렴되는 것이다. 그래서 나탈리야는 '혁명의 해'(years of revolution)를 환상과 신화의 힘으로 느끼고 있었다.

새벽부터 쑥냄새가 따갑게 풍겼다. 그리고 나탈리야는 깨달았다. 7월의 골짜기에서만이 아니라, 지금의 모든 날이, 1919년이 동화에서의 따가운 쑥냄새나 생명수냄새를 풍기고 있다는 것을.

·『헐벗은 해』, 97쪽

'이리나의 눈을 통해'서는 분리파교도들의 삶이 묘사된다. 여기서 '눈보라'는 '삶에 대한 의지'로 변주된다. 강도, 도둑, 무정부주의자, 분리파교도 사이에서 이리나는 혁명과 혁명의 시대를 삶을 위한 투쟁으로 판단한다.

그때 나는 생각한다. 나는 알고 있다. 지금의 날들은 그 어느 때보다도 삶을 위한 싸움 한 가지에 집중하고 있다는 것을. 그것이 불굴의 투쟁이어서 그토록 많은 죽음이 있다는 것을. 휴머니즘에 관한 동화 따위가 아니다! (…) 휴머니즘과 윤리 따위는 사라져라! (…) 그리고 본능, 지금의 날들은 본능의 투쟁이 아닌가!

·『헐벗은 해』, 109~110쪽

「서주」에서 '눈보라'의 변주였던 키타이고로드는 「주제 제시부」에서 별도의 에피소드로 다시 반복된다. 세 개의 키타이고로드는 숨겨지고 구속된 자연의 힘을 묘사한다. 「서주」에서와 달리 「주제 제시부」에서는 혁명으로 파괴된 키타이고로드가 새로운 모습으로 다시 나타나면서 새로운 세 가지 형상으로 제시되는데, 첫 번째는 낮의 모스크바에서의 키타이고로드, 두 번째는 겨울의 자연에서의 키타이고로드, 마지막으로 공장과 생산현장 속에서의 키타이고로드다. '키타이고로드' 에피소드는 이 세 가지 자연의 힘을 제시한 후 상징적인 3월의 눈보라를 묘사하면서 끝난다.

눈보라. 3월. 바람이 눈을 머금었을 때의 눈보라……!
쇼오야야, 쇼-오야야, 쇼오오오야야……!
그비이우, 그바아우, 가아아우…… 그비이이우우, 그비이이이우우우……
구-부-스스! 구-부-스스……! 글라-브붐……! 글라-브붐……!
쇼오야야, 그비이우우, 가아우우! 글라-브붐!! 구-부스!!
아, 눈보라! 얼마나 눈보라가 몰아치는가……! 얼마나 좋-은-가!
·『헐벗은 해』, 162쪽

결국 「주제 제시부」에서 '눈보라'의 주선율은 네 가지 내재적인 힘, 즉 자연 그 자체, 신화적·동화적 힘, 원초적 생명에 대한 의지 그리고 기계와 공장이 발휘하는 힘으로 변주되면서 혁명을 진행시키는 내적 에너지를 표현한다.

「종결부」: 민중의 눈으로 본 혁명
「종결부」는 「서주」와 「주제 제시부」의 내용과 전혀 상관없는 내용으로 시골 민중의 삶을 묘사한다. 이 삶은 세시풍속과 가정훈, 신화, 자연 그리고 혁명으로 둘러싸여 있으며, 이 모든 환경적 요소는 '민중의 삶'으로 통합된다. 여기서 혁명의 주제는 다른 모습으로 재현된다. 즉 볼셰비키의 관점이나 지식인의 관점이 아닌 민중의 관점으로 본 '혁명'이다. 여기서 민중은 역사적 사건으로서 '혁명'의 본질을 이해하지 못하고 있다. 정치용어들을 헷갈려 하는 데서 새로운 권력은 이들이 이해하지 못하는 낯선 권력임이 강조된다.

> 말하자면, 나는, 우리는 볼셰비키를 지지하고, 소비에트를 지지해. 그런데, 당신들 공산주의자들은 어떤가? (…) 우리는 우리식대로, 러시아식대로 하려고 볼셰비키와 소비에트를 지지하고 있어.
> ·『헐벗은 해』, 176쪽

민중은 볼셰비키를 지지한다고 외치지만 사실 볼셰비키의 속성을 정확히 알지도 못하면서 그럴 뿐이다. 사실 『헐벗은 해』는 혁명의 주체인 볼셰비키에 관한 소설이라고 해도 과언이 아니다. 특히 볼셰비키나 민중이나 그 본질을 아는 이가 없다는 '무지'의 모티프는 혁명을 희망보다는 두려움과 혼동으로 인식하게 한다. 1919년은 모든 사건이 드러나는 해이지만 여전히 결핍과 미완의 해이기도 하다. 눈보라는 모든 것을 드러내고 기존의 질서를 무너뜨리며 새로운 질서를 예고한다. 눈보라가 부는 동안에는 눈보라가 멎은 후 어떤 세계가 올지 알 수 없다.

그런데도 「종결부」에서 강조하는 '혁명'의 변주는 '결혼'과 '남녀의 결합'이다. 「종결부」는 알료사와 울랸카의 결혼을 중심으로 전개된다. 이 결혼의 모티프는 볼셰비키 나탈리야와 아르히포프 그리고 무정부주의자 나탈리야와 바우제크의 결합과 결혼, 출산의 의지가 반복된 것이다. 민중에게든, 볼셰비키에게든, 지식인에게든 혁명은 죽음을 딛고 새로운 삶을 시작하는 계기이기도 하다. 이들의 결합은 강간, 매춘, 성병으로 형상화되는 마르 간이역에서의 결합과 달리 새로운 생명을 낳고자 하는 의지이자 본능이다.

바스네초프, 「여섯 개의 머리를 가진 뱀과 싸우는 도브룬야
니키티치」, 1918.
니키티의 형상은 러시아혁명 시기에도 러시아 민중의
삶 속에는 중세적·원초적·신화적 요소들이 지속되고
있었음을 보여준다.

민중에게 혁명은 새 삶을 반복해서 지속하는 시간의 순환이자 자연의 법칙이다. 「종결부」에서 혁명기 러시아의 시공간은 고대와 신화적 시대가 자유롭게 뒤섞여 구성된다. 이것으로 러시아혁명은 제국주의 러시아를 무너뜨리고 과학적 사회주의 유토피아를 건설한다는 유물론적 변증법의 해석을 뛰어넘어 러시아의 고대와 근현대, 현실과 신화 속에서 이어지는 영속적 속성으로 이해된다. 전자가 이념가, 사상가의 혁명이라면, 후자는 러시아 민중과 자연의 힘인 '눈보라'로 세상이 뒤집어지는 동란(smuta)이자 폭동(bunt)이다. 작가는 10월의 마법의 숲과 영웅의 세계, 분리파교도의 마을 등 여러 시공간을 현란하게 넘나들며 독자를 이끈다. 이때 혁명이 일어난 러시아의 대지는 다시 고대의 모습, 즉 주술과 징조, 전설, 이교도 등이 공존하는 시공간으로, 수수께끼와 비밀의 세계로 변한다.

민중의 자연적 삶은 도브룬야 니키티치의 형상으로 구현된다.

> 굳어진 대지가 술냄새를 풍기는 초가을, 들판 위로 도브룬야 즐라토포야스 니키티치가 말을 몰고 있다. 한낮에 그의 갑옷은 사시나무의 진사빛으로, 황금빛 자작나무처럼, 푸른 하늘(술처럼 강하고 푸른)처럼 반짝였다.
>
> ·『헐벗은 해』, 169쪽

니키티치의 형상은 러시아혁명 시기에도 러시아 민중의 삶 속에는 중세적·원초적·신화적 요소들이 지속되고 있었음을 보여준다.

러시아인의 삶은 자연과 조화롭게 연결되고, 자연으로 결정된다. 알료사와 울랸카의 결혼식에서 불리는 노래는 '눈보라의 노래'를 연상시킨다.

> 우우우. 아아아. 오오오. 이이이. 오두막은 숨이 막힌다. 오두막은 즐거움이 가득 차 있다. 오두막에는 비명과 음식과 술이 있다. 아-이이

흐! 그리고 오두막에서 나와 숨을 돌리려 처마 밑으로 뛰어간다. 땀을 식히고 생각과 힘을 가다듬기 위해.

·『헐벗은 해』, 179쪽

판단하지 않고 시대를 '기억'하는 혁명소설

장편소설 『헐벗은 해』의 음악적 구성원칙은 조각난 줄거리와 파편화된 모티프들을 결합시켜 통일성을 부여할 뿐만 아니라 '진행되는' 혁명적 현실을 묘사하려는 작가의 의도도 반영하고 있다. 1919년은 10월 혁명에서 만 1년이 지난 해다. 혁명 직후 내전과 기근이 닥쳤고, 이 대혼란 속에서 갑자기 이루어진 러시아혁명을 정확하게 진단할 수 있는 시간적 여유가 없었다. 혁명을 환영한 이도 혁명을 반대한 이도 있었지만, 1919년에는 누구도 혁명이 어디로 갈지, 혁명의 역사적 의미는 무엇인지 가늠할 수 없었던 것이다. 1922년 판본의 『헐벗은 해』 속지에는 다음과 같이 블로크의 시구가 제명으로 제시되어 있다.

궁벽한 세월에 태어난 우리는
자신의 길을 알지 못하고.
러시아의 소란스러운 시대에 태어난 우리는
아무것도 잊을 수 없다.

·블로크

1914년 블로크가 쓴 이 시는 러시아혁명을 직접 지칭하고 있지 않지만, 이 시구를 통해 필냐크는 『헐벗은 해』에서 혁명에 대한 자신의 생각을 '무지'와 '기억'으로 정리하려 한다.

1919년 혁명기를 묘사하는 『헐벗은 해』의 문학적·역사적 의미는 크다. 말 그대로 혁명의 '무질서' 속에 놓인 러시아의 시공간을 통시적·공시적으로 묘사했기 때문이다. 전대미문의 역사적 사건을 묘사하기 위해서 필냐크는 언어적 논리전개에 기반을 둔 산문서사를 버리

ГОЛЫЙ ГОД

РОМАН

> Рожденные в года глухие
> Пути не помнят своего.
> Мы, дети страшных лет России,
> Забыть не в силах ничего.
>
> *А. Блок.*

『헐벗은 해』속지에 제명으로 들어간 블로크의 시구.
이 시구를 통해 필냐크는 혁명에 대한 자신의 생각을
'무지'와 '기억'으로 정리하려 한다.

고, 혁명에 대한 총체적 형상을 구성하려 했다. 그 방법이 바로 음악적 구성을 통한 산문서술이다. 논리적·합리적 언어는 한창 진행 중인 미정의 역사적 사건을 이해하고 묘사하는 데 적합하지 않았다.『헐벗은 해』의 주선율 '러시아' '혁명' '눈보라'는 여러 변주를 통해 묘사된 개별적인 모티프를 포괄하면서 최종적이지는 않지만 전체적인 러시아혁명의 형상을 그려내고 있다.

『헐벗은 해』이후 필냐크는 음악적 구성을 다시 쓰지 않는데, 이를 통해 음악적 구성이 그에게 주요 창작방법이 아니고, 따라서 특별한 목적을 위해 사용했음을 알 수 있다. 사실 필냐크는 묘사대상의 시공간적 특성에 따라 다양한 서사법을 구사했다. 예를 들어『밥풀꽃』이나『기계와 늑대』에서는 영화적 구성법이 더 강하게 드러나는데, 이야기들의 서사적 힘과 각 이야기의 구성방식이 음악적 구성인『헐벗은 해』와는 다르다.[6] 이 작품들 역시 연상작용에 기반을 두고 있지만,『헐벗은 해』의 음악적 구조보다는 시각적 결합에 따른 몽타주 효과를 우선시한다. 반면『오케이』『일본 태양의 기원』같은 여행, 수필문학들은 앞서 언급한 음악적·영화적 서사방식과는 거리가 먼 사실적·회화적 묘사방법을 썼다.

필냐크의 장편소설 대부분은 시대를 반영하는 역사소설이다. 그래서 필냐크를 역사주의(istoriosofiya)작가로 규정하기도 한다. 그렇다고『헐벗은 해』에서 묘사된 슬라브 민족의 세시풍속이나 고대와 중세의 모티프들 때문에 이 작품을 슬라브주의적 역사주의로 정의하는 것은 큰 오류다. 왜냐하면 슬라브주의는 이 작품의 주선율 중 하나인 '눈보라'의 내재적 힘을 구성하는 모티프들과만 관련될 뿐이지 그것이 필냐크의 세계관 자체라고는 할 수 없다. 필냐크를 슬라브주의에 가까운 작가로 규정한다면, 1930년대 작품들과 1920년대 수필작품들을 연구할 때 모순적 상황에 처하게 된다. 이 작품들에서는 러시아 민족의 중세적 형상들이 거의 묘사되지 않기 때문이다. 그런데 1929년 작『마호가니』와 1930년 작『볼가는 카스피해로 흐른다』에서 슬라브주의적 요소가 다시 등장한다. 따라서 『헐벗은 해』의 슬라브주의적 모티프들이 후기작품들에서 발견되지 않는다고 해서 필냐크가 문학적으로 변절했다고 판단하는 것은 옳지 않다. 필냐크는 묘사대상의 시공간적 속성에 따라 다양한 서사법과 형상을 사용했을 뿐이다.

『헐벗은 해』에서 작가는 철저히 관찰자다. 『헐벗은 해』나 『기계와 늑대』 『마호가니』 등에서는 연대기 저자의 모습이 자주 강조된다. 또한 이들 장편소설은 현대의 연대기라고도 암시되곤 하는데, 『헐벗은 해』에서는 연대기 저자 실베스트르가 등장해 직접적으로 이 작품의 연대기적 속성을 드러낸다. 중세 러시아의 연대기 저자는 전쟁이나 동란기에 벌어지는 사건들을 수집해서 기록하는 사람이었다. 마치 연대기 저자처럼 필냐크는 관찰자-작가로서 혁명을 다양한 형상이 눈보라 치듯 휘감겨 몰아치는 현상으로 보았다. 필냐크는 이 소설에서 역사적 사건을 '설명'하거나 '해석'하지 않고, 사건 내면의 배경을 찾아내려 한다. 이런 목적을 위해 필냐크는 '음악적 구성'을 통해 시대를 묘사하려 한 것이다. 즉 실험을 하기 위해서가 아니라 이 형식이 러시아혁명을 묘사하는 데 가장 적절했기 때문에 사용한 것이다. '실험'이라는 것은 어떤 현상에 대한 추측을 바탕으로 가설을 세우고 그 타당성을 검토하는 행위다. 그래서 필냐크의 음악적 구성은 '실험'이라기보다는 '적용'이라고 해야 옳다.

필냐크는 결코 혁명을 정의하거나 혁명의 의미를 찾으려 하지 않았다. 그는 단지 혁명을 중심으로 발생하는 여러 사건의 이면을 관찰하고 기록하면서 혁명의 모티프들을 주선율에 맞춰 구성했을 뿐이다. 독자가 이 작품을 읽을 때 이 모티프들은 자유로운 시공간 속에서 서로 상관관계를 맺으며 혁명에 대한 장엄한 교향곡으로 바뀌게 된다.

알렉세예프는 필냐크의 장편소설들을 음악으로 정의하면서 블로크와의 유사성을 지적했다.

혁명 초기 블로크는 당황해서 소리쳤다. 혁명의 음악을 들어보시오!

「열둘」은 혁명의 음악이지 혁명을 찬성하거나 혁명을 부인하는 것이 아닙니다. 필냐크의 『헐벗은 해』 『밥풀꽃』 『풀』은 혁명의 의미를 찾거나 혁명의 특정한 향방을 가리키는 것이 아니라 혁명의 음악입니다.[7]

김혜란　고려대학교·러시아문학

한 반혁명가의 도덕률

미하일 불가코프

혁명의 원치 않은 목격자

불가코프는 혁명을 꿈꾸었던 작가가 아니다. 제국 러시아의 도시였던 키예프에서 태어나 어린 시절과 청년기를 보낸 불가코프는 동시대 혁명적 인텔리겐치아들과 달리 붕괴 직전의 차르 체제나 혁명사상 같은 것에는 관심이 없었다. 오페라 극장을 즐겨 찾고 한때 오페라 가수가 되기를 꿈꾸기도 한 불가코프는 키예프 대학교 의학부에 입학한 이후 줄곧 성공한 의사가 되어 평온하고 안정된 생활을 누리는 따위의 지극히 개인적이고, 또 평범한 삶을 추구했다. 그런 불가코프에게 혁명은 위협적으로 갑자기 밀어닥친 역사였다. 대학을 갓 졸업한 스물여섯 살 신참내기 의사로 1917년 혁명을 맞이했을 때, 그는 목격자가 되는 것조차 내켜하지 않았다. 다음은 제1차 세계대전 중 적십자 소속 군의관으로 자원해 모스크바 근교의 소도시 뱌지마에서 근무하던 1917년 12월 31일 동생에게 보낸 편지의 한 구절이다.

얼마 전 모스크바와 사라토프에 다녀오는 길에 나는 모든 것을, 더 이상 보고 싶지 않은 장면들을 내 두 눈으로 보아야 했다.

회색 군중이 고함을 지르며 추악한 욕설을 퍼붓고 기차 유리창을 깨뜨리고 사람들을 두들겨 패는 것을, 파괴되고 불타버린 모스크바의 집들과…… 무감각해지고 야수처럼 변한 얼굴들…… (…) 그리고 결국 한 가지에 대해, 남쪽과 서쪽 그리고 동쪽에서 흘러넘치고 있는 피와 감옥에 대해 쓰고 있는 신문들을 보았다. 나는 모든 것을 내 두 눈으로 보았고, 무슨 일이 벌어졌는지 완전히 이해했다.[1]

사실 혁명이나 사회적 문제에 전혀 관심이 없던 불가코프가 차창 밖으로 목격한 장면들만으로 혁명을 완전히 이해했다고 보기는 어렵다. 이 무렵 글을 쓰기 시작한 불가코프가 모르핀 중독에 빠져 있었다는 첫 아내 타티아나 니콜라예브나(Tatiana Nikolaevna, 1892~1982)의 증언[2]까지 고려한다면 혁명에 대한 그의 이해는 더욱 의심스럽다. 그렇지만 위의 구절을 모르핀 환자의 병적인 인상으로 치부할 수만은 없다. 이제 막 작가의 꿈을 키우기 시작한 불가코프가 비록 불안정하지만 날카로운 시각으로 혁명과 내전을 승리한 혁명의 논리가 아닌 도덕적 견지에서 숙고하게 되는 출발점이기 때문이다. 불가코프의 시각은 이후 고향 키예프에서 내전을 겪으며 더욱 확고해진다.

1918년 2월 제대해 고향으로 돌아간 불가코프는 다른 어떤 지역보다도 혼란스럽고 유혈이 낭자했던 키예프의 내전에 휩쓸리게 된다. 훗날 장편소설 『백위군』(Belaya gvardiya, 1923~24)을 비롯한 여러 작품에서 반복적으로 묘사하듯이, 키예프의 내전은 단순히 혁명정부를 지키려는 볼셰비키(적위군)와 제국 러시아를 복구하려는 왕정주의자(백위군)의 싸움이 아니었다. 1918년 봄 브레스트리토프스크 조약으로 독립국이 된 우크라이나의 수도 키예프는 독일군과 우크라이나 민족주의자, 백위군과 볼셰비키가 뒤엉켜 싸우는 혼란한 전쟁터로 변해갔다. 이 와중에 불가코프는 상대가 단지 유대인이라는 이유만으로 또는 우크라이나어로 말한다는 이유만으로, 그도 아니면 부르주아 계층에 속한다는 이유만으로 자행되었던 잔인한 학살을 목격해야 했다.[3] 게다가 이번에는 단순한 목격자로 남아 있을 수도 없었다. 도시를 점령한 각기 다른 세력, 즉 우크라이나 민족주의 군과 볼셰비키 군이 차례로 그를 징집했다. 1919년 가을에는 백위군의 징집명령서를 받아 그들과 함께 러시아 남부의 블라디캅카스 지역으로 향하게 된다.

이를 두고 소비에트 시기의 연구자들은 백위군의 잔혹한 강제 징집에 어쩔 수 없이 따른 것으로 해석했다. 하지만 소비에트 해체 이후 공개된 국가보안국의 1926년 심문기록에는 전혀 다른 내용이 들어 있었다. 『백위군』을 각색한 연극 「투르빈네의 나날들」(Dni Turbinykh, 1926)의 총리허설을 하루 앞두고 국가보안국으로 소환된 불가코프는 내전 당시 백위군에 전적으로 동조했으며, 백위군의 패배는 믿기 어려웠다고 진술했다. 게다가 소환에 앞서 이뤄진 가택수색에서는 비슷한 고백이 담긴 그간의 일기와 소비에트의 이른바 '새로운 인간'을 풍자한 소설로, "생각보다 훨씬 악질적으로 나왔다"라고 스스로 인정한 중편소설 『개의 심장』(Sobachie serdtse)이 발견된 상황이었다.[4] 불가코프 스스로 이 모든 상황이 『백위군』에서 비롯된 것임을 분명히 알고 있던 만큼 혁명의 반대편에 서 있던 자신의 태도를 굳이 감출 필요도 없었을 것이다.

불가코프와 함께 블라디캅카스까지 갔던 니콜라예브나의 회상도 크게 다르지 않다. 그녀에 따르면, 1920년 초 불가코프는 심각한 티푸스에 걸려 퇴각하는 백위군과 함께 블라디캅카스를 떠나지 못하고 만다. 결국 블라디캅카스가 볼셰비키에게 점령당하자 그는 자신을 어떻게든 끌고 떠나지 못한 니콜라예브나를 한동안 책망했다고 한다.[5] 백위군의 패배로 그는 정신적 위기를 겪게 되고, 결국 백위군 군의관이라는 꼬리표가 따라다녔던 의사직을 버리게 된다. 1920년 봄부터 블라디캅카스 인민계몽국 문학분과장으로 일하는 등 타협적인 행보를 보이기도 했지만 그의 '반혁명적' 성향이 곧 드러나 자리를 잃게 된다.[6] 당시 볼셰비키 체제하의 블라디캅카스에서 살아남기 위해 쓴 '혁명적 희곡'은

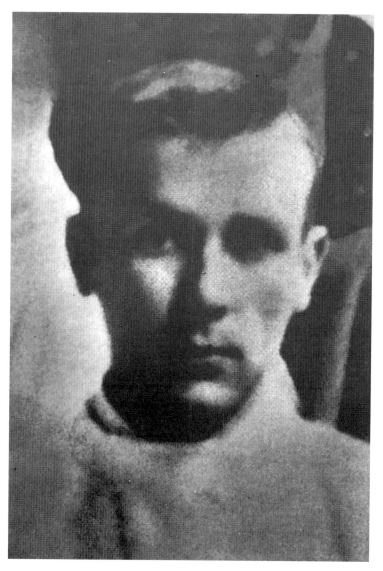

1914년 사라토프 야전병원의 불가코프.
제1차 세계대전 중 적십자 소속 군의관으로 자원한
불가코프는 혁명의 폭력적인 모습을 목격하게 된다.

1918년 키예프에 입성하는 우크라이나 인민공화국 군대.
내전 기간 중 키예프는 다른 어떤 지역보다 혼란스럽고
유혈이 낭자했던 곳이었다. 불가코프는 이 복마전의
한복판에 있었다.

"반혁명 행위보다 더한 범죄였다"[7]라며 두고두고 자책할 만큼 혁명에 대한 자신의 생각과 거리가 먼 것이었다. 1921년 여름 불가코프는 망명을 고심하기도 했지만, 결국 소비에트 러시아에 남았다. 그리고 고향 키예프가 아닌 모스크바로 떠났다. 본격적인 작가활동을 위해서였다.

『백위군』과 소비에트의 도덕률

1921년 가을 불가코프는 혁명과 함께 시작된 새로운 러시아, '소비에트사회주의공화국연방'의 수도 모스크바에 도착했다. 1921년 11월 키예프의 어머니에게 보낸 편지에 따르면, 당시 모스크바에서는 "하루살이처럼 자신의 모든 능력과 수단, 사람들을 팔고" 사는 "광포한 생존투쟁"이 진행되고 있었고, 불가코프 역시 그 싸움에 매달려야만 했다.[8] 그는 아내와 며칠씩 굶으면서 일자리를 구하기 위해 모스크바 구석구석을 뛰어다녔고, 주간지 『상공통보』 편집국과 군사아카데미 과학기술위원회 출판부의 원고교정원, 신문 『노동자』와 『기적』(汽笛)의 현장보고기자, 베를린에서 발행되던 러시아 신문 『전야』(前夜)의 통신원 등으로 아침부터 저녁까지 쉬지 않고 일하며 살았다.

1929년에 쓴 자전적 수기 「비밀 친구에게」(Tainomu drugu)에서 불가코프는 강제노역 같은 삶을 살았던 모스크바 정착 초기를 회상하며 철자법이 거의 맞지 않는 남의 원고를 교정하는 일과 매번 편집장의 검열을 받아야 했던 현장보고문이나 펠레톤(fel'eton) 쓰기가 얼마나 괴로운 일이었는지 토로한다. 그러면서 그 일들을 할 수 밖에 없었던 이유에 대해 "밤에 소설을 쓰기 위해서"였다고, "밤에 소설을 쓰려면 어떻게든 낮에 살아 있어야 했기" 때문이었다고 말한다.[9] 이어서 그는 고향 꿈을 반복해서 꾸고 난 후 쓰기 시작한 소설의 첫 구절을 인용하는데, 그 구절은 1925년 잡지 『러시아』(Rossiya)에서 연재하기 시작한 첫 장편소설 『백위군』[10]에 붙인 다음 제사였다.

죽은 자들은 책에 기록된 대로 자신의 행위에 따라 심판을 받았
다…….

「요한계시록」에서 따온 제사에 이어 불가코프는 마치 중세의 연대
기 작가처럼 『백위군』의 첫 장을 연다. "두 번째 혁명과 함께 시작된
우리의 주 그리스도의 해 1918년은 위대하고 무서운 해였다."[11] "우
리 주 그리스도의 해 1918년", 이 구절은 『백위군』이 혁명이 아닌 그
리스도의 탄생을 소설 속 시간의 기준점으로 삼고 있음을 말해준다.
불가코프는 자신의 시대와 논쟁을 벌이듯 혁명에 대해 이야기하기 시
작한 것이다.

반혁명적인 소설

"나라면 '백색'이라는 단어는 쓰지 않을 것이다. 그 단어는 '백위군들
의 종말' 같은 조합으로만 사용될 수 있다. 하지만 (레퍼토리 선정위
원회는) 그것도 허용하지 않을 것이다. 나는 연극의 제목을 '종말 앞
에서'로 바꾸라고 하고 싶다. 그 제목이라면 처음부터 연극을 완전히
다르게 보이도록 할 것이다."[12]

1926년 6월 『백위군』을 각색한 연극의 심사를 앞두고 모스크바 예
술극장의 연출가 스타니슬랍스키가 한 충고에서도 알 수 있듯이, 혁
명 이후 소비에트에서 '백색'이라는 단어는 어김없이 '불순한' 세력,
반혁명분자, 반소비에트 세력과 연결되었다. 물론 그 불순한 세력을
작품의 주인공으로 삼는 것도, '백색'이라는 단어를 작품의 제목에 쓰
는 것도 금기시되었다. 불가코프는 금기시되는 것들로 자신의 작품을
채운 것이다.

『백위군』의 주인공 알렉세이 투르빈과 그와 함께 알렉산드르 황립
김나지움을 다닌 친구들은 볼셰비키에 대한 적의로 가득한 왕정주의

자들이다. 제1차 세계대전에서 군의관으로 복무하다 고향으로 돌아온 젊은 의사 알렉세이는 친구들과의 술자리에서 혁명을 "모스크바의 병"으로, 트로츠키를 "전쟁보다도, 독일군보다도, 세상의 그 무엇보다도 끔찍한 존재"(210쪽)로 칭하고는 장교인 친구들과 함께 제국 러시아의 국가를 합창한다. 하지만 이러한 적의는 내전 당시 불가코프가 그랬듯이 정치적인 신념에 따른 것이라기보다는 평범한 인간의 꿈, 즉 자유로운 삶, 돈, 명예 따위를 꿈꾸며 대학을 다니고 미래를 준비하던 평범한 일상을 망가뜨린 역사에 대한 반감에서 비롯된 것이라고 할 수 있다. 또한 엄밀히 말해 그들의 왕정주의는 귀족 인텔리겐치아의 관습적인 사고, 전설과도 같은 '역사 이전'의 세계에 대한 감상적 향수에 가까운 것이기도 하다.

　알렉세이의 형제들과 친구들은 18세기 후반 벌어진 농민반란을 소제로 한 푸시킨의 『대위의 딸』이나 나폴레옹과의 전쟁을 그린 톨스토이의 『전쟁과 평화』 속 귀족장교들처럼 러시아를 지키고 싶어 한다. 그들에게 혁명과 내전은 1812년 전쟁에 대한 톨스토이의 표현처럼 '무수한 악행'과 '죄악'[13]이자 푸가초프 농민반란에 대한 푸시킨의 정의처럼 '무자비하고 무의미한 폭동'일 뿐이다. 따라서 그들은 톨스토이와 푸시킨 소설의 주인공들이 그랬던 것처럼 제국 러시아의 장교로서 명예를 걸고 그 죄악과 폭동에서 러시아를 지키고 싶어 한다. 혁명으로 파괴된 '집'에 대한 애정 어린 묘사로 유명한 첫 장면에서 불가코프가 투르빈가의 "오래되고 비밀스러운 초콜릿 냄새를 풍기는 책들이 꽂힌, 세상에서 가장 훌륭한 책장"(181쪽)을 설명하며 특별히 『전쟁과 평화』와 『대위의 딸』을 언급한 것은 주인공들의 위와 같은 태도와 무관하지 않다.

　『백위군』의 주인공들이 『대위의 딸』의 주인공 그리뇨프 대위와 자주 비교되고 '그리뇨프의 후예'로 불리는 것도 같은 맥락에서 이해할 수 있다. 하지만 투르빈가의 "벽은 무너지고, (…) 대위의 딸은 불살라질 것이다"(181쪽)라는 구절에서도 암시되듯이, '그리뇨프의 후예'

들은 혁명의 시간과는 맞지 않는 사람들이다. 그들은 "100년 전에 태어났다면 좋았을"—이는 1917년 불가코프가 동생에게 보낸 편지에서 썼던 표현이기도 하다—사람들로, 자신들의 눈앞에서 일어나는 '역사적인 사건들'의 의미를 인식하지 못하고, 마지막 순간까지도 혁명의 필연성에 대한 '의식' 또는 '각성'에 도달하지 못한다. 그리고 바로 여기에 『백위군』과 소비에트적인 소설, 이른바 '사회주의 리얼리즘' 소설의 주된 차이가 있다.

『소비에트 소설』의 저자 카테리나 클락(Katerina Clark, 1941~)에 따르면, 고전적인 사회주의 리얼리즘 소설은 일종의 정치적 성장소설로, 이전 환경에서의 '분리', 새로운 환경으로의 '전이'와 '혼입' 등 일정한 단계로 구성된 '의식의 추구'를 기본 플롯으로 삼고, 주인공은 그 길의 끝에서 새로운 '집단적 정체성'을 인식하게 된다.[14] 그런데 불가코프의 주인공들은 위에서도 보았듯 애초에 '의식이 있는' 젊은이들이 아니었을 뿐만 아니라 혁명적 의식을 추구하는 방향으로 나아가지도 않는다. 예컨대 알렉세이는 시몬 페틀류라(Simon Petlyura, 1879~1926)[15] 군대의 습격에서 도시를 지키기 위해 도시수비대 군의관으로 자원해 거리로 나섰다가 페틀류라 병사들의 공격에 치명상을 입고 말 그대로 죽음의 문턱까지 갔다 온다. 하지만 그 모든 역경에도 불구하고 그의 의식은 '혁명의 합법칙성에 대한 인식'이나 '집단적 정체성의 인식'으로 고양되지 않는다.

알렉세이의 이러한 모습은 불가코프가 애초 구상한 3부작으로 『백위군』을 완성하지 못한 채 서둘러 소설을 끝맺은 데 따른 것으로도 볼 수 있다.[16] 소설의 제목으로 쓰인 백위군이 전혀 등장하지 않고, 볼셰비키 군대가 도시 입성을 앞둔 장면으로 소설을 끝낸 것도 같은 이유로 설명된다. 하지만 『백위군』 곳곳의 다음과 같은 구절들은 실현되지 못한 3부작 구상의 문제와 상관없이 역사의 합법칙성이나 그러한 의식의 추구에 냉담한 불가코프의 태도를 분명히 드러낸다.

누구도, 단 한 사람도 페틀류라가 우크라이나에 세우고자 하는 것이
무엇인지 알지 못했다.

·239쪽

누가? 왜?
그것을 아는 사람은 아무도 없었다.

·253쪽

1918년 12월 14일 새벽 창가에 서 있는 코지르는 페틀류라 군대의
대령이 되어 있었고, 이 세상의 누구도 (심지어 코지르 자신도) 어떻
게 그렇게 된 것인지 말할 수 없었다.

·277쪽

아니다. 12월 14일 낮 도시에서 벌어진 일은 누구도 이해하지 못할
것이다.

·282쪽

　위의 구절들은 불가코프가 소비에트 소설의 플롯 규범뿐만 아니
라, 역사발전의 법칙과 혁명을 그 합법칙성의 구현으로 보는 소비에
트 역사관까지 부정하는 것으로 해석할 수 있다. 소설 전반에 걸쳐 나
타나는 종교적 모티프들도 마찬가지다. 불가코프는 「요한계시록」의
구절을 제사로 붙이고 그리스도의 탄생("주 그리스도의 해 1918년")
을 소설 속 시간의 기준점으로 제시한다. 또한 공간적 배경을 제시할
때도 구체적인 지명 없이 성서 속 예루살렘이나 바빌론이 연상되도
록 대문자로 시작되는 '도시'(Gorod)로만 표기함으로써 소설 속에서
묘사되는 사건들에 상징적·종교적 배음을 입힌다. 이 배음은 교도소
666호에 수감되어 있었다는 페틀류라의 도시입성 장면에서 주음조가
되어 울린다. 학살에 가까운 일방적인 전투를 마치고 도시로 입성한

페틀류라 군대를 맞이하는 군중의 흥분과 환호성 그리고 여기에 괴기스럽게 겹쳐지는 소피아 성당의 찬미가는 페틀류라 군대의 입성 퍼레이드를 적그리스도의 미사처럼 보이게 한다.[17]

사실 혁명을 종교적으로 채색하는 것은 이른바 혁명적인 작가들의 작품에서도 종종 발견되는 특징이다. 특히 종말과 최후심판, '새로운 하늘과 새로운 땅'의 도래에 대해 이야기하는 「요한계시록」의 플롯과 주요 상징들은 마야콥스키를 비롯한 혁명기 시인들이 즐겨 사용하곤 했다. 이때 새로운 하늘과 땅은 신의 뜻이 아닌 인간의 의지로 표현된다. 역사의 법칙, 즉 구세계의 착취자들에게는 보이지 않을 '묵시'를 인식하고 스스로 행하는 혁명가와 프롤레타리아가 만들어가는 지상 낙원으로 그려지는 것이다. 그 낙원에서 신은 철저히 배제되며, 혁명가 시인은 열세 번째 사도이자 재림한 예수, 곧 신이 된다.

1980년대 몇몇 소비에트 비평가는 『백위군』 속 묵시의 모티프들을 위와 같은 혁명기 시인들의 작품과 같은 맥락에서 해석하고자 했다. 실제로 『백위군』 마지막 장에는 '새로운 하늘과 새로운 땅'에 대한 「요한계시록」의 구절이 인용되어 있으며, 그에 이어 '도시'입성을 앞둔 장갑열차 '프롤레타리아'가 묘사되기도 한다. 하지만 역설적이게도 그 「요한계시록」의 구절을 읽고 있는 소설 속 인물 이반 루사코프는 모스크바를 "적그리스도의 왕국"으로, 내전 당시 전쟁인민위원이었던 트로츠키를 "사탄"이자 파괴자 "아바돈"으로 부른다. 그리고 그는 모든 고통의 완전한 치유가 지상이 아닌 '저곳', 즉 천상에서만 이루어질 것임을 강조한다(415~416쪽). 다시 말해서 불가코프는 볼셰비키를 최후의 심판자로 묘사하지 않으며, 혁명과 함께 이곳, 즉 지상에서 새 하늘과 땅이 열리리라고 말하지도 않는다. 무엇보다도 작가는 주인공들의 의식 속에서 신을 배제하지 않으며, 역사의 법칙, 불가피한 희생이라는 말로 혁명이 정당화했던 폭력과 유혈의 죄를 묻는다.

유혈의 죄와 영원한 도덕

> 누구는 믿고, 누구는 믿지 않는다고 하나 서로의 목덜미를 움켜쥐고 있는 그대들의 행동은 다 똑같다. (…) 그대들은 내게 똑같이 전쟁터에서 죽은 자들일 뿐이다. 쥘린 이 점을 이해해야 한다. 하지만 모두가 이해하지는 못할 것이다. 쥘린 그대도 이 문제로 골치 아파하지 말고 편하게 지내도록 하라.
> ·236~237쪽

위의 구절은 알렉세이가 꿈에서 들은 신의 말이다. 그 꿈에서 알렉세이는 자신이 제1차 세계대전 중 한 전선병원에서 돌본 기병 특무상사를 만나 천국에 볼셰비키를 위한 붉은 집이 있다는 이야기를 듣고 혼란스러워한다. 신을 부정하는 볼셰비키를 위한 자리가 천국에 있다는 사실을 받아들이기 힘들었던 것이다. 위의 구절은 그런 알렉세이에게 천국의 기사가 되었다는 특무상사가 전하는 신의 말로, 모두가 이해할 수는 없는 문제이니 골치 아파하지 말라는 신의 조언을 받아들인 듯 그는 더 이상 따져 묻지 않는다. 하지만 천국에 볼셰비키를 위한 안식처가 있다거나, 서로의 목덜미를 움켜쥐었다는 점에서 믿는 자나 믿지 않는 자나 똑같다고 말하는 것은 이른바 '공산주의 도덕'(kommunisticheskaya moral')의 견지에서는 결코 받아들일 수 없는 것이었다.

1920년 연설문 「청년연맹의 임무」(Zadachi soyuzov molodyozhi)에서 레닌이 밝혔듯이 "공산주의 도덕은 프롤레타리아 계급투쟁의 이해에 전적으로 종속"된 것으로, 계급투쟁을 벗어난 도덕은 "기만"(obman)으로 부정되었다.[18] 공산주의 도덕의 토대이자 목적인 계급투쟁에서 적과 우리, 선과 악의 구분은 명확했고, "불구대천의 적"들에 대한 심판은 가차 없었다. 1921년 코민테른 제3차 대회 기념공연으로 오르기도 했던 마야콥스키의 희곡 「미스테리야-부프」에서 '미래에서 온 인간'이 그리스도의 천국과는 전혀 다른 '지상의 천국'을 노래하며 "적의 몸뚱어리에 태연히 칼을 박고 노래 부르며 물러서는 자, 그대 내게로 오라"[19]라고 선언하는 것은 그 냉혹한 도덕을 드러내는 대표적인 예다. 1925년 레닌그라드 볼쇼이 드라마 극장에서 상연된 연극 「반란」에서는 다음과 같은 구절이 울려 퍼지기도 했다.

> 피가 왜? 무엇이 문제란 말인가? 생명이 태어나는데……. 생각해보라. 대지가 새로운 삶을 낳고 있다. 그런데 어떻게 피가 없을 수 있겠는가? 피가 흘러야 삶이 굳건해진다.[20]

소비에트의 대표적인 반체제 사상가 안드레이 시냡스키(Andrei Sinyavskii, 1925~97)의 표현을 빌리자면, "볼셰비키들은 도덕과 폭력의 죄 사이에서 혼란스러워하지 않았다."[21] 혁명의 정당성 앞에서 폭력과 유혈은 죄로 인식되지 않았고, 양심의 가책이나 연민이 오히려 죄로 간주되었다. 그 추상적이고 탈계급적인 '영원한 도덕'—이 표현은 레닌이 공산주의 도덕과 구별되는 것으로서 혁명 이전의 도덕률을 부정하며 썼던 표현이다—이 혁명의 무기를, 계급투쟁의 테제를 탈취할 것이라고 생각했기 때문이다.[22]

앞서 알렉세이의 꿈에서도 보았듯이, 혁명기의 폭력과 유혈에 대한 불가코프의 생각은 소비에트의 도덕과 달랐다. 1923년 일기에서 불가코프는 자신을 "뼛속까지 보수주의자"라고 칭하는데,[23] 혁명기 폭력을 바라보는 관점에서 그는 특히 보수적이었다. 그는 혁명 이전의 러시아 작가들이 그랬듯 영원한 도덕의 문제를 버리지 못했다. 『백위군』의 초고라 할 「3일 새벽」(V noch' na 3-e chislo, 1922)에서부터 단편소설 「붉은 관」(Krasnaya korona, 1922), 「급습」(Nalyot, 1923), 「내가 죽었다」(Ya ubil, 1926), 결정적으로 그의 창작활동에 파국을 초래한 희곡 「질주」(1928)에 이르기까지 내전을 소재로 한 작품들 속에서 불가코프가 시종일관 다루는 것은 유혈의 죄와 양심의 가책문제다.

'장편소설 『선홍빛 타격』(Alyi makh) 중에서'라는 부제가 붙은 단편소설 「3일 새벽」은 『백위군』의 중심사건인 페틀류라 군의 도시입성 이후 시점, 좀더 정확히 말하자면 볼셰비키 군의 습격으로 페틀류라 군이 퇴각하는 시점을 배경으로 이야기를 풀어나간다. 『백위군』의 알렉세이처럼 왕정주의자를 자처하는 젊은 의사 바칼레이니코프가 이야기의 주인공이다. 그는 페틀류라 군에 군의관으로 징집되었다가 도망치는데, 그 과정에서 페틀류라 군의 잔혹행위, 특히 탈주병으로 보이는 유대인을 붙잡아 린치를 가하고 살해하는 장면을 목격하고 큰 충격을 받는다. 이와 유사한 이야기가 단편소설 「급습」 「내가 죽였다」뿐만 아니라 『백위군』 마지막 장에서까지 '슬로보트카'라는 지명, '눈보라'가 휘몰아치는 '3일 새벽', '유대인'의 '머리를 내려치는 총대', 눈밭을 검게 적시는 '피' 등으로 거의 동일하게 반복된다. 불가코프의 전기를 연구한 레오니드 파르신(Leonid Parshin, 1944~2010)은 1919년 초 불가코프가 페틀류라 군의 군의관으로 징집되었다가 슬로보트카에서 도망쳤다는 니콜라예브나의 회상에 주목한다. 즉 내전 중에 목격한 장면이 심각한 트라우마로 남아 작품들 속에서 무기력한 분노 또는 자책으로 표현되는 죄의식으로 반복적으로 묘사되고 있다는 것이다. 가령 "하지만 나도…… 쓸모없는 인텔리였어!"(「3일 새벽」), "그때 난 아무것도 할 수 없었지만 지금은 말할 수 있어. '당신은 짐승이야. 사람들을 매달지 마'"(「붉은 관」), "나는 꿈에서 울면서 소리를 질렀다. 죽이지 마!"(「비밀 친구에게」)[24] 같은 표현들처럼 말이다.

유대인 살해를 목격한 일과 관련해 불가코프가 직접 남긴 진술은 없지만, 그 반복적 묘사는 그가 '유혈'의 문제를 피할 수 없는 중심 테마로 생각하고 있었음을 분명히 보여준다. 이는 『백위군』을 각색할 1925년에는 소설에 담겨 있지 않았던 유대인 살해 장면을 희곡 「백위군」에 집어넣고, 극장이 작품의 "중심사건과 직접적인 연관이 없다"라는 이유로 해당 장면의 삭제를 제안하자 차라리 "「백위군」을 상연목록에서 제외해 달라"[25]라고 요구한 일화에서도 잘 드러난다.

모스크바 예술극장은 작가의 최후통첩에도 불구하고 '유대인 살해 장면 없이' 공연을 무대에 올렸다. 극장이 작가보다 힘이 셌기 때문이었다. 그리고 그 배후에는 극장보다 더 힘이 셌던 인민계몽위원회와 레퍼토리 선정위원회가 있었다. "페틀류라 병사들이 유대인을 조롱하고 고문하는 혐오스러운 에피소드"를 삭제한 극장의 선택을 호의적으로 평가한 인민계몽위원회 의장 루나차르스키는 그 '혐오스러운' (omerzitel'nyi) 장면이 「백위군」의 작가가 주인공들의 진정한 계급적 본질을 무시하고 사실을 왜곡한 대표적인 사례라고 비판했다. 내전 당시 볼셰비키와 동의어로 여겨지던 유대인 학살은 백위군도 자행했으며, 노동자 학살까지 포함한 가장 끔찍한 테러는 다름 아닌 백위군이 저질렀는데도, 작가가 알렉세이와 다른 장교들의 손은 피로 더럽히지 않고 깨끗하게 유지시킴으로써 사실을 왜곡했다는 것이다.[26] 하지만 인민계몽위원회와 레퍼토리 선정위원회는 불가코프가 피로 손을 흠뻑 적신 백위군 사령관을 주인공으로 하는 희곡을 내놓았을 때도 만족하지 않았다. 불가코프의 마지막 소설 『거장과 마르가리타』 (Master i Margarita, 1928~40)에서 악마 볼란드가 목이 잘려 죽은 베를리오즈에게 한 말처럼, 불가코프에게 중요한 것은 "사실(fakt)이 아니라, 그다음"이었고,[27] 루나차르스키와 당대 비평가들도 그것을 모르지 않았을 것이다.

1928년 불가코프는 희곡 「질주」를 완성한다. 「질주」에는 공산주의자로 의심되는 사람들을 닥치는 대로 교수형에 처하는 백위군 사령관 흘루도프가 등장한다. 그는 백위군 병사에게까지 '더러운 짐승' '들개'로 불리는데 그렇다고 루나차르스키의 비판을 의식해 만든 인물은 아니다. 오히려 1922년 발표된 단편소설 「붉은 관」에 나오는 백위군 장군—볼셰비키의 '푸른 인장'이 찍힌 종잇조각을 지니고 있었다는 이유만으로 노동자를 교수형에 처하고 환영처럼 떠도는 인물—의 연장선에 있는 인물로 이후 『거장과 마르가리타』에서 로마인 총독 본디오 빌라도 형상으로 발전하게 된다.[28] 흘루도프는 광포한 괴물인 동시에 자신이 살해한 사람들의 망령에서 벗어나지 못하고 괴로워한다. 죄의식에서 벗어나지 못하는 것이다. 다음은 자신이 처형한 전령의 환영에서 벗어나지 못하는 그의 대사다.

> **흘루도프** (…) 두 명의 보초가 나한테 달라붙어 있어, 아니면 내 영혼
> 이 분열된 건가. 말이 분명하게 들리지 않아. 물속에서 듣는 것처럼.
> 납덩이처럼 나는 가라앉고 있어. 그 자가, 빌어먹을 그 자가 내 발에
> 걸려서 나를 잡아당겨, 어둠이 나를 부르고 있어. 아…… 그래……
> 양심이었어![29]

잔혹한 백위군 형리이자 정신분열증에 걸려 망명지를 떠도는 인물 흘루도프가 주인공인 「질주」를 소비에트 비평이 용납하지 못하고 결국 상연금지로 몰고 간 것은 바로 위와 같은 양심의 가책 때문이었다. 비평가들은 「질주」를 "별 볼 일 없는 성상화가가 그려놓은 백위군 수난자들의 이콘"이라고 비난했으며, 심지어 불가코프가 "소비에트 극장에 반혁명분자 옹호를 끌어들이려 하고" "반혁명분자의 사회적 뿌리와 계급적 구호를 완전히 무시한 채 우리(소비에트) 적들의 계급적 본질을 흐리며 동정심을 부추긴다"라고 주장하며 정치국과 스탈린 앞으로 고발장을 보냈다. 스탈린은 고발장에 대한 답변에서 「질주」가 "반소비에트적 현상"임을 확인해주었고,[30] 이는 「질주」를 포함한 모든 불가코프 작품의 상연을 금지하는 명령으로 이어졌다. 혁명의 정당성을 분명히 각성하지 못한 채 '속된 처형'으로 죽은 자들의 환영에서 벗어나지 못하는 주인공들의 모습은 레닌과 볼셰비키가 주저하지 않고 부정했던 영원한 도덕을 떠올리게 했고, 이는 공산주의 도덕과 그 도덕이 유일하게 복무하는 소비에트 체제의 합법성을 의심하는 명백한 반소비에트적 행위였기 때문이다.

1930년 소비에트사회주의공화국연방 정부 앞으로 보낸 장문의 편지에서 불가코프는 자신에게 퍼부어진 소비에트 비평의 모든 공격과

비난이 정당하며, 따라서 자신의 작품은 소비에트에서 존재할 수 없음을 인정했다.[31] 사실 불가코프는 1920년대 초 작가활동을 시작했을 때부터 파국에 이르게 될 자신의 운명을 예상하고 있었다. 1923년 일기에서 그는 자신의 의지와 상관없이 "작품 속에 배어나오는 나의 시각으로는 출판도 살아가기 어렵다"[32]라고 쓴 바 있다. 불가코프는 그가 버리지 못한 신의 계율—"강하고 용감한 사람에겐 신이 필요 없을지 몰라도 나 같은 사람에겐 신을 생각하며 사는 게 더 쉽다"[33]—이 소비에트에서 결코 받아들여지지 않을 것이며, 이념과 사회에 대한 봉사를 최고의 도덕으로 여기는 소비에트 도덕이 점차 형리의 그것처럼 잔인해지고 있다는 사실을 분명히 감지하고 있었다. 길고 고통스러운 자책 끝에 어떤 대가를 치르더라도 조국으로 돌아가겠다고 결심한 흘루도프에게 또 다른 전(前) 백위군 장군이 "가장 가까운 교수대로 끌려갈 때까지만 살아 있을 것이며, 어쩌면 교수대로 가는 길목에서 갈기갈기 찢겨 죽을 것"[34]이라 말하는 것은 적을 심판하는 데 가차 없었던 소비에트의 잔혹한 윤리를 꼬집는다. 그리고 1928년 초 혁명 3부작 구상을 포기하고 써내려간 장편소설 『백위군』의 마지막 장에서 불가코프가 유대인 살해 장면을 다시 한번 상세하게 묘사한 후 다음과 같이 덧붙인 것은 그 도덕에 대한 깊은 회의를 드러낸 것이라고 할 수 있다.

> 그런데 어째서 이런 일이 벌어진 것일까? 아무도 대답하지 않는다.
> 그렇다면 누군가 그 피에 대한 대가를 치르기는 할까?
> 아니다. 아무도 치르지 않을 것이다.
> 눈은 녹고 (…) 피는 흔적도 남지 않을 것이다. 붉은 들판 위의 피는 값싼 것이고, 누구도 그 값을 치르려 하지 않을 것이다.
> 아무도.
> ·422쪽

1928년의 불가코프. 이즈음 3부작 구상을 포기하고
써내려간 장편소설 『백위군』의 마지막 장에서
그는 공산주의 도덕에 대한 깊은 회의를 드러낸다.

평온과 영원한 집

1930년대 불가코프는 모스크바 예술극장의 조연출로, 레닌그라드 볼쇼이 드라마극장의 대본작가로 살았다. 침묵을 대가로 얻은 자리였다. 모스크바 예술극장에서 일하면서 『전쟁과 평화』『돈키호테』 등 고전소설들을 각색하고, 셰익스피어, 몰리에르의 극작품을 번역하는 일 외에 기회가 있을 때마다 새 희곡을 쓰기도 했지만, 그 희곡들은 단 한 편도 무대에 올리지 못했다. 스탈린의 '시혜'로 「몰리에르」[35] 공연이 허가되고 「투르빈네의 나날들」 공연이 재개됐지만, 「몰리에르」는 극 중 묘사되는 루이 14세의 폭정이 프롤레타리아 독재를 연상시킨다는 비난과 함께 제7회 공연을 끝으로 내려졌고, 「투르빈네의 나날들」은 온전한 불가코프의 작품이라기보다는 소비에트에서 공연을 허가받을 수 있는 범위를 보여주는 검열판에 가까웠다.

하지만 1932년 친구 파벨 포포프(Pavel Popov, 1892~1964)에게 보낸 편지에서 드러나듯이, 불가코프는 "진정한 나의 언어로 말하고 싶다"[36]라는 열망을 버리지 않았고, 스탈린 시대의 다른 여러 작가가 그랬듯이 오랫동안 서랍 속에 넣어두어야만 했던 소설을 다시 쓰기 시작했다. 불가코프의 대표작으로 유명한 『거장과 마르가리타』가 그것으로, 1940년 세상을 떠날 때까지 그는 누구도 출판이 가능하리라고 생각하지 않았던 그 소설을 쓰고 고치기를 반복했다. 그렇게 10여 년에 걸쳐 완성된 소설 『거장과 마르가리타』는 비평가 알렉산드르 제르칼로프(Aleksandr Zerkalov, 1927~2001)가 지적하듯이, 아주 튼튼한 실로 엮인 조각이불처럼 자력(磁力)이 강한 소설이다.[37] 얼핏 연결되지 않고 서로를 밀어내는 것처럼 보이는 장면들도 보이지 않는 끈으로 견고하게 연결되어 서로를 잡아당기고 있는 것이다. 예수를 처형한 빌라도의 자책은 어지러운 조각들을 이어주는 튼튼한 실 중 하나로, 그 실은 『백위군』의 결말에서 불가코프가 깊은 회의를 드러낸 소비에트 도덕에 대한 문제를 다시 제기하고 있다.

로마에서 파견된 총독 빌라도는 예르샬라임[38] 성전의 파괴를 선동하고 로마 황제의 권력을 부정하는 말—"모든 권력은 인간에 대한 폭력이다"—을 했다는 이유로 끌려온 예슈아를 심문하게 된다. 빌라도는 예슈아가 선한 자이자 아무에게도 말하지 못한 자신의 고통을 이해하고 치유해줄 수 있는 유일한 사람이라는 것과 무엇보다 예슈아의 사형이 그가 자신들의 신앙을 조롱한다고 믿는 광신자들이 꾸며낸 음모라는 사실을 알게 된다. 하지만 그는 그동안 쌓아온 경력과 자리를 지키기 위해 살려달라는 예슈아의 부탁을 들어주지 않는다. 결국 사형은 집행되고, 빌라도는 밀고자 유다를 찾아내 살해할 만큼 무기력한 분노와 뒤늦은 자책으로 괴로워한다.

『거장과 마르가리타』의 첫 장면에서 무신론을 선전하는 문학협회 의장과 시인 앞에 나타난 악마 볼란드가 들려주는 이 이야기는 소설 후반에 등장하는 주인공 '거장'이 쓴 소설이기도 하다. 거장은 그 소설로 불가코프가 내전을 다룬 그의 작품들 때문에 받아야 했던 것과 같은 비난을 받는다. 즉『본디오 빌라도』를 읽은 비평가들은 거장을 그리스도를 옹호하는 글을 출판계로 잠입시키려 하는 '엉터리 성상화가'로 부르며 '빌라도주의'(pilatchina)의 처단을 외친다. 여기서 '빌라도주의'는 '속된 처형'을 막지 못한 빌라도의 자책을 뜻하는 것으로 소비에트 비평이 참을 수 없어 했던 '불가코프주의'(bulgakovshchina) 와 같은 말이라고 할 수 있다. 거장이 쓴 소설은 불가코프의 작품들이 그랬듯 "대다수 국민이 의식적으로 신에 대한 전설을 믿지 않는",[39] 다시 말해 영원한 도덕을 믿지 않는 사회의 도덕을 배반하는 소설인 것이다.

『거장과 마르가리타』의 결말에서 거장은 예수 처형 당시 그 자리에 있었다는 수수께끼 같은 악마 볼란드와 함께 모스크바를 떠난다. 불가코프의 마지막 아내 엘레나 세르게예브나(Elena Sergeevna, 1893~1970)를 모델로 삼아 만든 거장의 연인 마르가리타도 함께 떠난 그 길의 어딘가, 지상도 천상도 아닌 곳에서 거장은 2,000년 가까이 죄책감에서 벗어나지 못한 채 괴로워하고 있는 빌라도를 만난다.

1939년의 불가코프.
『거장과 마르가리타』의 결말에서 거장은 지상에서 받은
모든 고통에 대한 보상으로 '평온'과 '영원한 집'을
받게 된다. 그것은 끊이지 않는 비판과 모욕 섞인 위협,
고독과 절망 속에서 고통스럽게 살아야 했던 불가코프가
회구하던 것이기도 하다.

"언젠가 있었던 하나의 달 때문에 1만 2,000개의 달은 너무 많지 않느냐"[40]는 마르가리타의 말처럼 빌라도의 죄책감은 지나치게 무겁고 커 보인다. 어쩌면 불가코프는 빌라도 형상 속에 자신의 다른 주인공들, 즉 내전의 무분별한 살해를 목격하고도 아무것도 할 수 없었던 인물들, 제국에 대한 잘못된 신념 또는 비겁함으로 유혈의 죄를 지었던 알렉세이와 흘루도프 형상을 결합시키고, 빌라도에게 그 죗값을 치르게 하는 것인지도 모른다. 불가코프의 분신이라 할 거장은 그렇게 너무 많이, 오랫동안 고통스러워한 자신의 주인공을 죄의식에서 풀어준다. 거장이 쓴 소설을 읽었다는 예슈아가 자신의 형리를 용서해달라고 부탁했기 때문이다. 마지막으로 거장은 지상에서 그가 받은 모든 고통에 대한 보상으로 '평온'과 '영원한 집'을 받게 된다. 그것은 끊이지 않는 비판과 모욕 섞인 위협, 고독과 절망 속에서 고통스럽게 살아야 했던 현실의 불가코프가 회구하던 것이 아니었을까.

윤영순 경북대학교·러시아문학

프롤레타리아 작가의 낯선 목소리

안드레이 플라토노프

혁명이 문학으로 가는 길을 열어준 작가

안드레이 플라토노프(Andrei Platonov, 1899~1951)는 '혁명이 문학으로 가는 길을 열어준' 작가이자, 혁명과 더불어 살았고 혁명에 대해 기록했던, 그 삶과 예술이 모두 혁명과 동의어인 작가다. 개인사와 창작뿐만 아니라, 사후 수용사조차도 공산주의 이념의 부침과 긴밀히 연관되었을 만큼 플라토노프의 문학은 러시아혁명과 별개로 설명할 수 없다.

러시아 남부 보로네시 변두리의 작은 역참마을에서 가난한 노동자 아버지를 둔 10남매의 맏이로 태어난 플라토노프는 혁명이 아니었다면, 궁벽한 러시아 소도시에서 평범한 노동자로 삶을 마쳤을지도 모른다. 그러나 1917년의 러시아혁명은 막 소년티를 벗은 청년에게 토지측량 기사와 철도기관사로서의 삶뿐만 아니라 문학이라는 전혀 다른 지평의 세계를 열어주었다. 그리하여 제대로 교육받은 적도, 문학을 배운 적도 없던 청년 노동자는 이전에 누구도 말한 적 없고 들은 적 없던 언어로 혁명이 만든 새로운 세상을 이야기할 수 있었던 것이다.

그렇지만 열렬히 혁명을 맞이했던 프롤레타리아 작가 플라토노프는 전성기였던 20대 중후반에 반혁명분자이자 인민의 적으로 매도되었고 사후에도 페레스트로이카(perestroika)[1] 이전까지 소비에트에서 가장 엄격히 금지된 작가 중 한 명이었다. 시와 소설, 희곡과 시나리오, 평론과 신문기사 등 다양한 장르를 섭렵했던 플라토노프의 작품 중 1920년대 말부터 1930년대 초까지 집필한 『체벤구르』(*Chevengur*, 1929), 『행복한 모스크바』(*Shastrivaya Moskva*), 『코틀로반』(*Kotlovan*, 1929~30) 등의 대표작은 생전에 출판조차 되지 못했다. 이 작품들은 1970년대 들어서야 서구에서 먼저 번역·출판되기 시작했고, 러시아에서는 페레스트로이카 이후에야 빛을 볼 수 있었다.

마땅한 기고지면조차 제대로 얻지 못했던 플라토노프는 1930년대 후반, 중단편소설을 발표하면서 나름 복권을 꾀했지만 여전히 수용되지 못했고, 스탈린의 대숙청 시기에는 미성년이었던 아들이 수용소로 끌려갔다가 돌아온 후 폐렴으로 사망하는 비극마저 경험하게 된다. 그런 상황에서도 펜을 놓지 않았지만 제2차 세계대전 종전 직후 발표한 단편소설 「귀향」으로 '저주받을 작가'라는 치명적 평가를 받은 플라토노프는 몇 년 후 사망할 때까지 '반혁명적'이라는 수식어를 결국 떼어내지 못했다. 혁명의 역사적 당위성을 믿었고, '열린 가슴'으로 혁명을 맞이했던 프롤레타리아 작가는 왜 이런 비난의 표적이 되었던 것일까? 실제로 플라토노프가 반혁명적 생각을 표명했으며, 소비에트 유토피아에 반대하는 저주의 시선을 보냈던 것일까?

플라토노프에게 혁명은 어떤 의미였는지, 혁명으로 이뤄낸 공산주의 유토피아에 대한 생각은 어떻게 변화했는지는 그의 창작물을 살펴봄으로써만 답할 수 있을 것이다. 특히 그의 작품 중에서도 혁명과 직접 연관되어 있으며, 혁명 과정에 대한 보고서로까지 평가받는 대표작 『체벤구르』와 혁명 직후 발표한 선언문 및 사설에 나타난 슬로건들을 살펴보면서 때론 혁명과 동의어로, 때론 반의어로 읽힌 플라토노프의 비밀을 알아보도록 하자.

수용소에서 돌아온 아들(가장 오른쪽)과 함께 찍은 가족사진.
플라토노프의 아들은 스탈린의 대숙청 시기에 미성년인데도
수용소로 끌려갔다가 풀려난 후 폐렴으로 사망했다.

프롤레타리아 작가는 어떻게 만들어졌는가

문학이 혁명의 노정에서 큰 역할을 한 것과 마찬가지로, 혁명은 새로운 문학을 창조하는 동인이 되었다. 혁명 이후 여러 분야에서 변화가 감지되었지만, 프롤레타리아가 문학과 예술의 창조자이자 소비자로 등장한 것이 아마도 가장 큰 변화였을 것이다.

그렇다면 혁명의 당위성을 믿었지만 우월한 태도로 러시아 민중을 대한 인텔리겐치아는 새롭게 등장한 프롤레타리아 지식인을 어떻게 바라보았을까? 고리키는 1905년 제1차 혁명이 실패한 원인 중 하나로 "인텔리겐치아와 민중 사이의 극복하기 힘든 간극"을 꼽았으며, 이를 극복하고 "민중 출신의 진짜 인텔리겐치아가 나타날 때"[2] 혁명이 성공하리라고 예언했다. 그의 예언에 인텔리겐치아 대신 작가를 대입해도 의미가 크게 달라지지 않을 것이다. '밑바닥'에서 등장한 작가 고리키의 문학적·정치적 위상과 러시아 문학의 핵심 키워드였던 민중이라는 말의 무게에도 불구하고, 민중'을' 쓴 문학뿐만 아니라 민중'이' 쓴 문학은 고리키 이전까지 거의 부재했던 것이 사실이기 때문이다.

혁명 직후 블로크는 기존 인텔리겐치아의 각성을 요구하면서 그들을 따라잡고 오히려 압도할 수 있는 민중 인텔리겐치아의 출현 가능성을 예견한다. 혁명기 난무하는 어려운 용어와 공식을 읽고는 "우리는 어리석어서 이해할 수 없다"라고 자책하는 수많은 프롤레타리아 속에서 "창작의 힘"을 품고 있는 수백만의 민중을 블로크는 보았던 것이다. 그는 인텔리겐치아의 도움을 받아 계몽된 것이 아니라, 자기 스스로 "깨어난" 그들 프롤레타리아가 "피로하고 지친, 책으로만 존재했던 문학"이 오랫동안 하지 못한 이야기를 해줄 수 있으리라고 확신했다.[3]

민중 출신 인텔리겐치아의 등장에 대한 고리키와 블로크의 이러한 기대를 온전히 충족시킨 사람이 바로 플라토노프일 것이다. 플라토노프는 1910년대 중반 이후 노조와 동인지를 중심으로 한꺼번에 등장했다가 금세 사라졌던 고만고만한 프롤레타리아 작가들과 달리 노동자계급 문학의 태생적 한계를 극복하고 러시아 소비에트 문학의 본령으로 들어간 보기 드문 작가였다.

홀로 시를 쓰곤 했던 노동자계급 출신 소년은 변방의 빈민 어린이들이 그러했듯 혁명 이전까지 일용직 노동자로, 철도기관사 조수로, 주물공으로 노동현장을 전전했다. 작가의 고백처럼 삶은 그에게서 "소년 시절을 빼앗고, 아이에서 곧바로 어른으로 바뀌게" 했다. 자신도 어리면서 동생들을 돌보고 생계를 걱정하는 등 가난 때문에 애어른이 될 수밖에 없는 아이의 모습은 플라토노프의 창작에서 자주 반복되는 모티프이기도 하다. 『체벤구르』의 영악한 소년 프로샤를 비롯해 『세 푼』 「귀향」 등의 작품에서 삶의 신산(辛酸)함을 터득한 등장인물들의 모습은 애늙은이 플라토노프의 자화상이기도 했다.

닥치는 대로 일하면서 가족의 생계를 도왔던 플라토노프는 혁명 직후였던 1918년 보로네시 철도대학교에 입학하면서 문학활동을 시작한다. 플라토노프는, 『체벤구르』의 유명한 도입부처럼, "오래된 시골도시의 노후한 변두리"에서, "사람들이 자연으로부터 살기 위해 도착하곤 했던 그곳"에서, 혁명기 러시아 문학과 예술의 소용돌이 속으로 곧장 뛰어들었던 것이다. 혁명이 어떻게 소년 노동자를 인텔리겐치아로 교육하고 작가로 만들었는지 그 과정은 『체벤구르』의 주인공 드바노프의 삶에서 찾아볼 수 있다. 고아였던 드바노프는 혁명을 세상의 새벽으로 받아들였고, 자기 삶의 새벽에 찾아온 또 다른 세상을 이해하기 위해 밤새워 책을 읽었다. 양아버지와 함께 입당 후 파견된 시골마을의 클럽에서도 드바노프는 독서에 몰두한다.

> 드바노프의 동갑내기들은 시장이 서는 광장에 있는 클럽에 앉아서 열심히 혁명과 관련된 글들을 읽었다. 책 읽는 사람들 주변으로 붉은색의 슬로건들이 걸려 있었고, 창문으로는 들판의 위험한 공간이 보였다. 책을 읽는 사람들과 슬로건은 둘 다 보호받을 수 없었다. 왜냐하면 스텝에서 총을 쏘면 책 위로 숙이고 있는 젊은 공산주의자의 머리로 곧장 총알이 날아와 박힐 수도 있었기 때문이다.[4]

1922년의 젊은 플라토노프. 일용직 노동자, 철도기관사
조수, 주물공 등으로 노동현장을 전전하던 플라토노프는
1918년 보로네시 철도대학교에 입학하면서 문학활동을
시작한다.

혁명 후 적군과 백군이 내전을 벌이던 위험한 상황에서도 혁명 관련 서적을 열심히 읽는 청년 노동자들의 모습은 소비에트 문화계몽운동의 한 장면을 떠올리게 한다. 작가는 드바노프의 소년 시절을 묘사하면서 '텅 빈 심장' 또는 '열린 심장'이라는 은유를 사용하는데, 이는 무엇으로도 점유되지 않은 심장으로 공산주의 이념과 혁명을 흡수하듯 받아들였던 당대 청년 노동자들의 내적 상황을 의미한다.[5]

그러니 자신도 '열린 심장'으로 혁명을 맞이했던 작가가 세상을 뒤집는 변혁으로서의 혁명을 고양된 목소리로 찬양한 것은 어쩌면 당연한 일이었다. 플라토노프는 몇몇 잡지를 편집하고 시와 에세이, 단편소설, 사설 등 여러 종류의 글을 쉴 새 없이 발표하면서 혁명의 당위성과 프롤레타리아의 승리를 웅변했다. 하지만 이러한 활동은 1920년대 초 러시아 전역을 휩쓸었던 끔찍한 기근과 신경제정책(NEP) 시행 이후 달라지기 시작했다. 가뭄으로 타들어가는 대지와 아사하는 민중을 보면서 플라토노프는 자신은 기술자로서 '문학 같은 관조적인 작업'에 몰두할 수 없다고 선언했다. 그는 작가로서가 아니라 러시아 시골에 전기를 가설하는 전력화사업 담당자로, 토지개량 기사로 가뭄과의 '투쟁'에 직접 뛰어들었다. 플라토노프는 기근으로 고통받는 민중의 삶을 알리려고 모스크바로 공문을 보냈으며, 사설을 통해 고통에 대한 공감을 호소했다. 행복 앞에서뿐만 아니라 "고통 앞에서도 인류는 평등해야" 하며, 그것이야말로 공산주의자의 의무라는 것이 당시 플라토노프의 생각이었다.

이 시기 플라토노프는 인류의 고통을 극복할 수 있는 두 가지 방법, 즉 공산주의와 과학기술의 위력을 굳게 확신하고 있었다. 세계개조의 유일한 가능성으로서의 공산주의혁명에 대한 믿음과 인간 이성의 집약체인 과학기술이 인류를 구원할 수 있다는 신념을 품은 채 작가는 현실과 예술 모두에서 이를 실현하고자 노력했다. 인류의 미래를 공상과학소설로 그려내는 동시에 당시의 전력화 과정을 다룬 단편소설을 쓰고, 저수지와 댐을 건설하고 땅을 개간하는 동시에 전기와 수도

시설을 만들 비용을 달라고 끊임없이 정부에 요청했던 것이다. 그 과정 중에 목도한 지도층의 관료주의적이고도 비효율적 행정 처리와 민중과 동떨어진 풍요로운 생활에 작가는 절망감을 느꼈다. 바로 이 시기부터 이념과 그 현실화 과정의 간극에 의문을 표하기 시작했을 것이다. 그리고 이러한 의문은 1920년대 중반 이후 본격적으로 시작한 문학창작에 반영되었다.

특히 1920년대 중반 탐보프 출장을 계기로 현실 공산주의에 대한 작가의 비판적 시선은 더욱 날카로워진다. 토지측량 기사로 러시아 남부의 시골도시에 도착한 작가는 비참한 농촌의 현실과 다시 조우하게 된다. 그는 화려한 수도 모스크바가 아니라 19세기 고골이 그려냈던 그대로 남아 있는 어둡고도 무지몽매한 러시아 벽지에서 '진짜 예술과 진짜 사상'의 가능성을 보았다. 그리하여 플라토노프는 이념의 맹목적 찬양자에서 혁명 과정을 기록하는 자기 시대의 연대기작가로 거듭날 수 있었다.

당시 쏟아내듯 집필한 작품들은 혁명과 유토피아 건설과정에 대한 플라토노프의 고민을 직접적으로 드러내는 동시에 작가로서의 다양한 문학적 실험을 보여주고 있다. 작가는 전자증식 장치의 발명을 통한 인류구원의 꿈을 담은 공상과학소설 『에피르의 길』을 완성했으며, 표트르 대제가 페테르부르크를 건설할 당시 러시아로 파견된 영국인 기술자의 시선을 통해 세계개조의 이념과 그 현실화 과정의 모순을 그린 역사소설 『예피판의 수문들』과 관료주의 및 유토피아 문제를 다룬 풍자소설 『그라도프 시』를 탈고한다. 이 작품들은 다양한 시공간을 배경으로 하고 공상과학소설에서 역사소설까지 장르도 서로 다르지만 실은 동시대의 문제에 대해 직접적으로 말하고 있다. 그렇기에 『에피르의 길』과 『예피판의 수문들』 등에서는 혁명과 세계개조에 대한 막연한 낭만적 기대감이 아니라, 자연의 범용함 앞에서 인간이 느끼는 무력감 그리고 실패와 패배에 대한 불안한 예감이 오히려 지배적이다.

1920년대 후반 단편집 출간을 필두로『체벤구르』의 몇 가지 에피소드를 문학잡지에 부분적으로 발표하면서 작가는 비평계의 주목을 받게 되었다. 하지만 그것은 문학적 성공이 아니라 실은 반혁명주의자가 아니냐는 의혹이 시작된 것을 뜻했다. 결정적으로 비난받게 된 계기는 1929년 발표한 단편소설「의혹을 품은 마카르」였다. 라프의 수장이었던 아베르바흐를 비롯한 비평가들은 플라토노프의 행간에서 반소비에트적 맥락을 감지하고 작가를 무정부주의자, 허무주의자로 규정하면서, '프롤레타리아 문학에 대한 변절자'로 낙인찍었다. 이 때문에 고리키 등의 도움을 받아『체벤구르』를 출판하려던 작가의 시도는 무산되었고 심지어 작가대회에서 공개적으로 비난받았으며 자아비판의 자리에 서기도 했다.

그를 둘러싼 날선 공방에도 불구하고 작가로서 플라토노프는 원숙함을 더해가는데, 그 창작적 재능이 절정에 달한 시기는 이른바 스탈린의 "위대한 대변혁의 해"와 일치한다. 1929년부터 1930년까지 플라토노프는 중편소설『저장용으로』를 완성하고[6] 몇 편의 영화 시나리오를 썼다. 그리고 노동자들을 위한 '전체 프롤레타리아의 집' 건설 과정과 농촌집단화를 그린 2부작 구성의 중편소설『코틀로반』을 집필했는데 이때부터 플라토노프는 스탈린식 공산주의 건설에 대해 직접적으로 이야기하기 시작한다. 작가는 특히 '혁명'이념이 추구했던 사회주의 유토피아, 즉 프롤레타리아 천국이라는 공식적인 유토피아 건설 과정이 러시아 농촌을 중심으로 오랫동안 구축되어온 농민 유토피아에 대한 종교적 표상과 어떻게 충돌하는지 그리고 계급척결이라는 비극적 사건이 혁명의 이름으로 어떻게 행해지는지를 자기 시대의 말로 무심하고 순진하게 그려내고 있다. 노동자들이 반복해서 말하는 슬로건과 표어는 낯설게 읽히고, 죄의식 없이 행해지는 부르주아와 부농척결 과정은 흡사 어린아이들의 놀이나 광대극처럼 보인다. 어린 소녀 나스차는 계급이 무엇인지, 죽음이 무엇인지도 모르지만 겨울에 파리가 날아다니는 것조차 부농들의 탓이라면서 '계급으로서의 부농을 척결하고' 그들을 뗏목에 태워 바다로 보내버리라고 말한다.

> "그를 바다로 보내도록 해요. 오늘은 여기, 내일은 저기 멀리, 그렇게 하는 게 더 좋겠죠?" 나스챠는 말했다. "짐승들과 살면 우리도 지루하니까요."[7]

위대한 스탈린을 위해 집단농장을 만들어야 하고, 짐승 같은 놈들과 함께 사는 것이 지루하다는 소녀의 말은 당대의 표어와 슬로건 그리고 노동자들이 쓰는 거친 욕설과 유행가 가사로 채워져 있다. 순박한 노동자나 소녀가 무의식적으로 사용하는 시대의 말들은 풍자적이고 기괴하게 읽힌다.

플라토노프는 혁명의 적들을 '척결하는' 과정뿐만 아니라 그 과정에서 죽음을 맞이하는 다양한 인간 군상까지 그려낸다. 스탈린의 명령에 따라서 부농과 중농도 제거되지만, 노동자도, 활동분자도, 공산주의의 미래인 나스챠도, 혁명의 전사도 예외 없이 파멸을 맞이한다. 그리하여 '인간이 없는 사회주의'에 대한 작가의 불안한 예감은 혁명과 공산주의 건설의 정당성에 대한 직접적인 물음으로 귀결된다. 유토피아 이념을 추구하는 과정에서 인간이 없어진다면, 혁명이, 공산주의가 홀로 살아남을 수 있겠느냐는 의문은 당시 발표된 거의 모든 작품에서 반복되는 작가의 화두였다. 이는 『체벤구르』의 공산주의 건설을 꿈꾸는 볼셰비키의 입을 통해서도, 『코틀로반』의 죽어가는 부농의 입을 통해서도 반복된다.

> [부농] 철폐는 된 거요? 그가 눈구덩이 속에서 말했다. "보시오. 오늘은 내가 이렇게 사라지지만, 내일은 당신들이 사라지게 될 거요. 오직 당신들 우두머리만 사회주의에 도달하게 될 테니 두고 보시오."
> ·『코틀로반』, 170쪽

그의 작품들이 '부르주아'나 중도작가의 작품보다도 더 심하게 스탈린과 관변비평가들의 분노를 샀던 이유는 위의 예처럼 사회주의의 미래에 대한 의혹이 우두머리이자 '최후의 1인자' 스탈린을 직접 겨냥하고 있기 때문이다. 결국 플라토노프는 소비에트 작가동맹과 스탈린에게 사죄와 자아비판의 뜻을 담은, 자기 작품을 부정하는 편지를 보내야만 했고, 그 후로도 오랫동안 자신을 따라다니는 비난을 감수해야 했다.[8]

그렇다면 이러한 비난에도 불구하고 플라토노프가 자기 시대와 스탈린의 유토피아에 대해 비극적이고도 풍자적으로, "아이러니하고"도 "이중적으로" 계속 써나간 이유는 무엇이었을까?[9] 『코틀로반』의 말미에 예외적으로 덧붙인 「에필로그」를 통해 그 이유를 유추할 수 있다. 사회주의 미래의 상징이던 소녀 나스챠의 갑작스러운 죽음으로 소설을 끝맺은 작가는 이런 결말이 사회주의의 미래에 대한 암울한 전망으로 읽히리라는 것을 예상했다. 플라토노프는 소비에트 미래세대의 파멸을 묘사한 것이 실수일 수도 있다고, 아니 실수이길 바란다고 덧붙였다. 이어서 그 실수는 "사랑하는 무언가에 대한 과도한 염려"에서 연원한 것이며 미래세대를 잃어버릴까 두려웠기 때문이라고 쓰고 있다(『코틀로반』, 218쪽). 혁명과 공산주의는 프롤레타리아 작가 플라토노프에게 온전히 보존되어야만 하는 어떤 것으로, "그것을 잃는다는 것은 과거뿐 아니라 미래까지 모두 허물어지는"(『코틀로반』, 218쪽) 어떤 것으로 표상되었던 것이다.

결국 스탈린을 비롯해 당대 비평계와의 마찰로 작가는 공식적으로 1930년대 후반까지 침묵해야 했으며, 숙청의 시기도 위태롭게 견뎌내야 했다.[10] 이후 역설적이지만 플라토노프는 인류 전체의 비극이었던 제2차 세계대전에 종군기자로 복무하면서 문학으로 돌아갈 기회를 얻게 된다. 그러나 제2차 세계대전의 경험을 바탕으로 발표한 「귀향」에 쏟아진 비평계의 날선 비난으로 작가는 더 이상 창작활동을 할 수 없게 되었다. 회복할 수 없을 정도로 타격을 입은 플라토노프는 시나리오와 희곡, 동화를 몇 편 더 썼지만 출판할 기회조차 얻지 못한 채, 스탈린보다 2년 먼저 사망했다.

플라토노프의 문학적 삶은 이처럼 혁명과 공산주의 유토피아 건설, 농촌집단화, 대숙청, 제2차 세계대전과 스탈린의 죽음이라는 소비에트 역사의 중요한 장면들과 긴밀히 연관되어 있으며, 작가에 대한 극단적인 평가 역시 혁명과 공산주의의 운명을 가늠케 하는 바로미터의 역할을 하고 있다. 혁명은 철도노동자 출신의 소년에게 시인, 소설가, 비평가, 극작가, 인텔리겐치아라는 명예로운 타이틀을 부여했지만, 혁명과 공산주의에 대한 '과도한' 사랑과 염려는 오히려 '반혁명분자'이자 '저주받을 작가'로 낙인찍히는 계기가 되었다.

혁명과 자생적 유토피아의 종말

창작 초기 플라토노프는 시를 짓는 것과 더불어 저널리즘의 언어로 혁명과 예술에 대한 표상을 지역신문과 잡지에 피력하기 시작했다. 스무 살 플라토노프에게 혁명과 문학은 무엇보다 부르주아적인 과거와의 결별이었으며 이는 그들이 남긴 유산의 파괴에서부터 출발했다. 지난 세기의 예술과 문학을 부르주아의 산물로 치부한 작가는 정치에서와 마찬가지로 예술에서도 혁명이 필연적임을 이야기한다. 정치와 투쟁의 영역에서 할 일을 다 한 혁명은 이제 예술의 영역으로 옮겨왔고, 따라서 "예술에서 혁명은 막 타오르기 시작한 것"[11]이었다. 예술은 창조임으로 과거의 파괴가 선행되어야 한다고 여겼던 스탈린과 마찬가지로, 플라토노프도 "혁명의 모닥불에 부르주아의 시체와 그들의 죽은 예술을 불태우고" 나서야 진짜 예술을 창조할 수 있다고 보았다. 혁명은 프롤레타리아가 행한 최초의 예술행위이며, 소비에트의 창조가 공산주의 최고의 예술품이 되리라는 전체주의 예술강령은 청년 플라토노프에게도 예외가 아니었다. 인류의 영혼이자 그 영원성의 담지자로서 프롤레타리아가 과거의 부르주아 예술을 "자기 창작형식의 첫 번째 불꽃, 즉 혁명의 불꽃으로 태워버릴 것"이라는 선언은 새로운 예술에 대한 열망으로 나타났다. 정치와 투쟁의 영역에서 임무를 완수한 프롤레타리아를 예술의 장으로 소환한 작가는 혁명가 또는 창조자로서의 예술가를 선언했다. 같은 글에서 "인간은 영원한 혁명가이며, 영원히 파괴된 것에서 나타나는 영원한 창조자"라고 선언했듯, 플라토노프는 혁명과 예술을 영원히 지향해야 할 것으로, 파괴와 창조라는 서로 다른 얼굴을 지닌 것으로 이해했다.[12]

파괴와 창조의 모순적 역학관계를 내재한 혁명은 종말론적 유토피아가 제시하는 최후심판과 구원의 날에 대응하는데, 당대 많은 예술가와 민중이 그랬던 것처럼 플라토노프 역시 혁명을 일종의 종교적 사건으로 여겼다. 혁명을 최후심판으로, 이후 건설된 공산주의 유토피아를 지상에 세워진 그리스도의 왕국으로 바라본 것이다. "분노와 복수, 절망으로 가득한 프롤레타리아"의 손으로 행해진 혁명은 그리스도가 성공하지 못했던 구원을 지상에 구현한 것으로 여겨졌으며, 그 때문에 플라토노프는 볼셰비키를 성자보다 더 높은 곳에 있는 자들로 평가했다.

혁명과 공산주의에 대한 이와 같은 작가의 이해는 평론 「그리스도와 우리」에 선언적으로 드러나 있으며, 이는 후에 『체벤구르』와 『코틀로반』 등의 작품에도 반영돼 부르주아와 부농척결 과정을 종말론적 에피소드로 그리고 있다. 예를 들어 볼셰비키들이 공산주의 천국을 건설하는 도시 체벤구르는 원래 주민들이 오랫동안 최후심판의 날을 기다리며 살아오던 공간이었다.

> 울타리 근처 우엉잎으로 덮인 포근한 보금자리에는 과거의 점원들, 감축된 공직자들이 하느님의 나날들과 그리스도의 천년왕국에 대해 그리고 고통으로 정화된 지상에서 이루어질 미래의 행복에 대해 소곤거리고 있었다. 그런 대화들은 공산주의라는 지옥에서 보내는 하루가 빨리 지나가도록 하기 위해서 필연석인 것이었다.
>
> ·『체벤구르』, 392~393쪽

혁명이 일어난 후 부르주아들은 체벤구르 마을에 나타난 볼셰비키들을 적그리스도로 여기면서 '공산주의라는 지옥'에서 보내는 나날들이 빨리 지나가고 '그리스도의 천년왕국'이 도래하기만을 기다리고 있었다. 반면 프롤레타리아들에게는 혁명이야말로 오랫동안 기다려온 재림과 천년왕국이었다. 메시아이자 심판자가 볼셰비키이며, 심판의 대상이 부르주아라는 것만 성서와 다를 뿐이다. 러시아 공산주의가 기독교의 종말론적 전통과 연관된다는 사실은 베르자예프를 비롯하여 치스토프와 예고로프 등 여러 학자가 언급한 바 있는데, 플라토노프는 소설을 통해 이를 보여주고 있다.

> 우선 그는 위원회를 소집했는데, 위원회는 체푸르니에게 하느님의 '재림'의 필연성에 대해서 이야기했다. 체푸르니는 그때는 침묵했지만, 이 부르주아의 잔재를 남겨두기로 비밀스럽게 결정했는데, 이는 전 세계적 혁명이 해야 할 일이 뭐라도 남아 있어야 하기 때문이었다. 하지만 체푸르니는 결국 그들을 깨끗이 제거하길 원해서, 비상위원회 의장인 피우샤를 소환한 것이었다. "저 억압적 요소들에서 도시를 깨끗이 청소해주게나!" 체푸르니는 이렇게 명령했다.
> ·『체벤구르』, 359쪽

무위도식하며 천년왕국을 기다리는 쓸모없는 "억압적 요소들"이 살고 있는 체벤구르에서 "영혼이 아픈 것을 느꼈던" 볼셰비키들은 주민들이 원하는 방식으로 재림을 '조직하려고' 결정한다.[13] 최후심판을 기다리던 과거 부르주아들과 마찬가지로 드바노프를 비롯한 볼셰비키 프롤레타리아들은 혁명과 유토피아를 최후심판으로 표상한 것이다.

그리스도와 성자들이 행하지 못했던 일을 공산주의자들은 실행에 옮겼기에, 오히려 그들이 더 높은 곳에 있다는 작가의 말에는 공산주의를 종교로, 혁명을 구원의 행위로, 볼셰비키를 성자나 그리스도로 여겼던 당시 민중의 믿음이 드러나 있다. 평론 「그리스도와 우리」에서 작가는 "전선에서 볼셰비키의 총구는 성서의 말보다도 더 높은 곳에, 적군 병사는 성자보다도 더 높은 곳에 있다"라고 확언했다. 성자들이 생각만 했던 일을 프롤레타리아는 실행하기 때문이다. 그렇기에 체푸르니를 필두로 한 『체벤구르』의 볼셰비키들은 죄의식 없이 부르주아를 총살해버리고, 『코틀로반』의 부농척결 역시 어떤 망설임도 없이 행해진다. 그리스도와 성서 대신 프롤레타리아에게는 마르크스와 『자본론』이 있었기 때문이다. 그렇지만 러시아 민중의 삶에서 구원을 이야기하는 신이 낯설고 두려운 존재였던 것처럼, 마르크스와 볼셰비키 역시 그들에게는 '무시무시한 책들'을 통해 어려운 말로 공산주의를 이야기하는 두려운 존재였다.

> 그 어떤 책에도, 옛날이야기에도, 그 어디에도 위험할 때 위로가 되도록 기억하기 쉬운 그런 노래로 공산주의에 대해 씌어 있는 곳은 없었다. 마르크스는 흡사 낯선 사바오프처럼 벽에서 그를 내려다보고 있었는데, 그의 무시무시한 책들은 인간을 공산주의의 위안이 되는 상상 속으로 데려가 줄 수 없었다.
>
> ·『체벤구르』, 393쪽

변방의 프롤레타리아들은 신처럼 멀리 있는 존재 마르크스와 이해하기 힘든 책 『자본론』을 통해서는 공산주의라는 행복한 미래를 상상하기 힘들어했다. 결국 공산주의라는 '감동적인 미래'를 달성하기 위해 플라토노프의 주인공들은 마르크스나 『자본론』의 도움이 아니라 스스로의 "고양된 심장과 그 심장의 힘겨운 노력"에 기댈 수밖에 없었다. 이는 플라토노프와 그 주인공들이 찾는 공산주의가 마르크스주의의 이념적 지향과는 다른 방향을 향하고 있으며, 오히려 마르크스주의를 넘어 러시아 민중, 더 나아가 인류가 구현해온 유토피아에 대한 근원적 욕망에 접촉하고 있음을 의미한다.

결국 혁명과 공산주의 이론에 기대 건설된 유토피아라고는 하지만 체벤구르는 러시아 역사에서 수없이 등장했던 종교적 민중 유토피아의 일종으로, 혁명과 공산주의에 대한 민중 나름의 표상과 오해가 결집된 공간으로 볼 수 있다. 혁명을 세상의 종말로 이해한 것은 농민이나 부르주아뿐만 아니라 드바노프를 포함한 볼셰비키들도 마찬가지였고, 국가 유토피아 이념이 된 혁명과 공산주의는 종말론적 유토피아와 다르지 않게 이해되었다.

그렇기에 러시아 민중은 오랫동안 꿈꿔온 유토피아가 혁명을 통해 현실화될 것이라고 믿었지만, 실제로는 '공식적인' 유토피아만이 강제되는 바람에 와해되고 파멸한다. 플라토노프는 바로 이것을 기록하고 있다. 공산주의와 혁명에 대한 프롤레타리아 민중의 믿음은 체벤구르라는 자생적 유토피아를 창조하지만, 그 본질에 대한 오해는 유토피아의 붕괴와 아이의 죽음이라는 비극적 사건으로 귀결된다. 그러나 플라토노프의 주인공들이 추구하는 유토피아는 오히려 이 붕괴된 유토피아 너머에, 드바노프가 죽은 친부의 흔적을 찾아서 걸어 들어간 호수 속 "아버지의 육체에서 아들을 위해 분리되어 나간 그 피의 귀환을 영원한 우정으로 기다리고 있는, 좁고도 더 이상 아무와도 헤어지지 않아도 될" 그곳에 여전히 존재하고 있었다. 이처럼 완결되지 않는 유토피아에 대한 희망 역시 '더 이상의 유토피아는 없다'고 선언한 공식적인 국가 유토피아와 작가의 불화를 설명해주는 또 하나의 요인이다. 더 나아가 인류사 미증유의 유토피아 건설실험이 소비에트의 붕괴로 끝난 오늘날에도 작가로서뿐만 아니라 공산주의자로서의 플라토노프가 여전히 유효한 이유이기도 하다.

공산주의의 다른 얼굴과 "역사의 저녁"

러시아 현대작가 라스푸틴의 표현처럼 플라토노프는 그 누구와도 닮지 않은, "다른 인간이자 다른 작가"라고 할 수 있다. 이때 '다른'이라는 말은 동시대 문학 또는 문학사에서 유례를 찾기 힘든 낯선 현상임을 뜻한다. 사실 작가도 자신의 '다른' 문학적 노선에 대해 일찌감치 인지했던 것 같다. 프롤레타리아 작가대회 설문조사에서 "어떤 문학유파에 속하며 공감하느냐"라는 질문에 플라토노프가 "아무 데도 속하지 않는다. 나는 자신만의 경향을 지니고 있다"라고 대답한 것은 유명한 일화다.[14]

라스푸틴은 더 나아가 플라토노프의 문학은 "전혀 다른 차원의 심연과 시간에서", 문자나 문학이라는 것이 아직 존재하지 않던 시대 또는 문학이라는 것이 겨우 시작되던 시대에서 도래한 것처럼 보인다고 강조한다. 그는 플라토노프가 "작가로서 아무것도 할 줄 모르는 것 같다"라고, "투르게네프나 부닌, 슈멜레프가 그랬듯이 적합한 단어를 고르고, 사유하고, 아름답게 묘사하는 것"과는 거리가 멀다고 정의했다.[15] 플라토노프와 소통했던 레프 구밀렙스키(Lev Gumilevskii, 1890~1976)는 "플라토노프가 작가로 성장하던 시기에 독서를 많이 하지 못한 것이 행운이었다"며, "성숙기에 들어서서는 고전적인 문학어의 작용에 작가 스스로 저항(그렇기에 자신의 목소리를 지킬 수 있었다)"했다고 그 이유를 설명한다.[16] 하지만 구밀렙스키의 의견에 완전히 동의할 수만은 없다. 플라토노프가 정말로 타인의 글을 읽고 목소리를 들은 바 없었다면, 그리하여 그 내부가 온전히 '비어 있었더라면' 그의 창작은 '유토피아의 언어'라 불리는 스탈린 시대의 공식적인 언어로만, 일원적 이념으로만 채워졌을지도 모른다. 브로드스키의 표현처럼 플라토노프는 유토피아의 언어를 무조건 따른 것이 아니라, 자신의 언어를 "고의로" 시대의 언어에 종속시키고,[17] 이를 반복함으로써 오히려 그 언어의 이념적 지향과 다른 방향을 향해 나아갔다. 1920년대 후반부터 '반혁명적인' 인민의 적, '저주받을 작가'라고 비난받으면서 플라토노프가 가장 많이 들었던 말 역시 '다른' '낯선' '타자의' 그리고 '적대적인'이라는 표현이었다. 이는 작가가 당대 프롤레타리아 문학이나 과거 문학적 전통과 변별되어서라기보다는 그가 소비에트의 공식적 이념과는 '다른' 방향을 추구했기 때문이다.

스탈린의 소비에트가 강제한 유일한 목소리, 당대의 이념에 맞서 '낯선' 목소리로 이야기했던 플라토노프에게 비난과 비판이 집중되었음은 어쩌면 당연한 일이라 할 수 있다. 작가가 소비에트 이념과 다른 목소리를 추구한 이유는 앞서 언급한 대로 이념과 혁명에 대한 과도한 염려와 사랑으로 그 본질적 변화를 민감하게 감지한 데 있다. 작가의 표현대로 자신의 이념은 "균질하고 항상적이었지만", 혁명과 공산주의 이념은 "다른 표정"을 짓기 시작했고 바로 이것이 낯선 목소리를 낸 일차적인 이유였다. 이미 1920년대 초부터 작가는 혁명의 다른 얼굴을 포착했다. 혁명을 영원히 "영웅적 범주 안에서 간직하고자 했던" 작가의 염원과 달리, 혁명은 눈앞에서 고요히 가라앉으면서 "질서와 퍼레이드로" 대체되고 있었다.

> 노동자와 여자들은 후퇴했다. 그들은 혁명이 가라앉았다는 사실을 이해했다. 승마바지는 계속해서 뛰어갔다.
> 혁명은 질서와 퍼레이드로 바뀌었다.
> ·「인간의 영혼은 불쾌한 짐승이다」, 1921[18]

플라토노프는 "살짝 분칠을 하고" "성장(盛裝)한 혁명가"를 "소비에트 사륜마차를 탄 죽은 혼"으로 그려낸다. 1917년 혁명 당시 "종교보다 가난했고" 머물 곳조차 없던, 그리하여 한없이 사랑했던 혁명에게 "다른 표정이 생긴 것"이 플라토노프가 급격히 '다른' 목소리를 낸 원인인 것은 분명하다. 더 나아가 작가는 혁명의 다른 표정뿐만 아니라 그 존재 자체에 대해서까지 의문을 제기한다. 『체벤구르』에서 로자 룩셈부르크(Rosa Luxemburg, 1871~1919)의 묘지로 순례를 떠난 코푠킨이 끊임없이 찾는 혁명 그리고 드바노프가 시골마을과 러시아 벽지에서 찾아내려던 혁명은 몇 년도 지나지 않아서 "숨어버리기라도 한 것처럼" 사라져버린 것이다.

고프네르와 더불어 체벤구르까지 오면서 자연에는 이제 이전의 불안함이 없다는 것이 드바노프에게 보였다. 비록 길옆에 있는 시골마을들에는 여전한 위험과 가난이 존재하고 있었지만 말이다. 혁명은 이 장소들을 피해가면서, 평온한 우수에 젖은 들판을 해방시켰지만, 혁명 자신은 지나온 길에서 지쳐버려서, 인간 내부의 어둠 속에 숨어버리기라도 한 것처럼 어디로 갔는지 모르게 사라져버렸다. 세상은 흡사 저녁 같았으며, 드바노프는 자기에게도 그런 저녁이, 성숙함의 시간이, 행복 또는 후회의 시간이 오고 있음을 자각했다.

· 『체벤구르』, 503쪽

사라진 혁명에 우수를 느끼면서 드바노프는 세상의 아침이 아니라 저녁의 도래를 예감하는데, 작가는 이 시간을 행복과 후회라는 양가적인 감정으로 설명한다. 텅 빈 러시아와 사라진 혁명에도 불구하고 체벤구르라는 공간과 자신이 사랑한 사람들의 내부에서 혁명의 흔적을 찾아보려는 드바노프의 노력은 결국 한숨과 탄식으로 끝나버린다.

하지만 체벤구르에서 공산주의는 밖으로 드러나 있지 않았다. 아마도 공산주의는 사람들 속에 숨어 있을지도 모른다. 드바노프는 어디에서도 공산주의를 보지 못했는데, 스텝에도 사람이 없고 고독했으며, 집들 가까이에는 가끔씩 졸린 것 같은 기타 인간들이 앉아 있을 뿐이었다. '나의 젊음이 끝나가는구나.' 드바노프는 생각했다. '내 안은 고요하고, 모든 역사에도 저녁이 도래하고 있다.' 드바노프가 살면서 지나다녔던 그 러시아는 이제 텅 비었으며, 지쳐 있었다. 혁명은 이미 지나가버렸으며, 혁명의 수확도 이미 거둬들였고, 이제 사람들은 혁명이 육체의 지속적인 살점이 되도록 익은 낱알을 조용히 먹고 있었다.

· 『체벤구르』, 505쪽

혁명의 격랑은 러시아를 지치게 했고, 드바노프의 젊음도 휩쓸어 가버렸다. 그리고 미래에 대한 주인공의 비극적 예감은 낯선 부대가 체벤구르를 붕괴시키면서 현실화된다. 혁명전사 코푠킨과 볼셰비키 들은 죽음을 맞이하고 겨우 살아남은 드바노프는 친부가 몸을 던진 호수로 "삶을 지속하면서" 걸어 들어간다. 어린 시절 드바노프를 구 박하고 사회주의 최후의 일인자가 되고자 했던 영악한 프로슈카가 "공짜로 드바노프를 데려오겠다"는 말만 남긴 채 그를 찾아 길을 나 서는 것으로 소설은 마무리된다. 비극으로 해석될 수 있는 이런 결말 은 그러나 혁명과 유토피아에 마침표를 찍는 행위라고 볼 수는 없다.

작가는 창작 초기에 '혁명의 기관차'라는 표현처럼 무조건적인 이 념의 승리와 파괴의 힘에 기댄 새로운 세상의 '조직화'를 꿈꾸었다. 그러나 1920년대 중반 이후 플라토노프는 이념의 현실화 과정에서 가장 중요한 것은 추상적 개념으로서가 아니라 구체적인 존재로서의 '인간'이라는 사실을 명료하게 인식했다.

> "사셔, 이제 우리가 뭔가를 조직해야 할 때가 아닌가?"
>
> "뭘 조직해야 하죠?" 드바노프가 물었다.
>
> "뭐라니? 그러면 우리가 이곳으로 온 이유가 뭔가? 구체적인 전체 공산주의를 조직해야지."
>
> 드바노프는 서두르지 않고 가만히 서 있었다.
>
> "이곳에는 말입니다, 표도르 표도로비치, 기계가 있는 게 아니라 사 람들이 살고 있어요. 그들 스스로가 대오를 정비하기 전에는, 그들을 조직할 수 없습니다. 나도 이전에는 혁명이 기관차 같은 것이라고 생 각했어요. 그런데, 지금 보니 그건 아닙니다."
>
> ·『체벤구르』, 529~530쪽

사실 드바노프는 "개인적 삶을 위해 공산주의를 이루려고 할 정 도로 스스로를 깊이 사랑하지는 않았다."『코틀로반』의 주인공 보셰프가 '개인의 삶'이 아니라 '공동의 행복'을 추구했던 것처럼 드바노프 역시 이념이나 기계보다 사람이 먼저라는 사실을 분명히 인식하고 있었다. 공산주의 유토피아를 건설하려 한 것도 자신의 행복이나 이념 자체를 위해서가 아니라 동지라고 표현한 '사람들'과 함께 있고 싶어서였다. 드바노프의 사람들은 때로는 유토피아의 내면을 파고들어 가는 민중지식인으로, 때로는 아무 생각 없이 강령에 따라 행동하는 "혁명의 돈키호테"로, 때로는 놀란 아이 같은 눈으로 평생을 살아가는 은자로 역사의 처음부터 존재해왔지만 혁명 이전에는 주목받지 못했던 종류의 인간들이다. 아버지도 가족도 없는 드바노프가 자생적인 유토피아를 찾아간 것은 코푠킨을 포함한 프롤레타리아 동지들과의 영원한 삶을 위해서였다. 그들은 "불평도 없이 혁명의 고통을 견뎌냈으며, 빵과 구원을 찾아서 러시아의 스텝을 참을성 있게 떠돌아다닌" 사람들로, 플라토노프의 작품에는 이런 인간들에 대한 연민이 드러난다. 작가에게는 태초부터 그리고 "바로 그곳, 러시아인과 러시아적 사유라는 것이 막 생겨났던 그곳에서부터" 존재하고, 어떻게든 살아남았던 '변방의 바보들'이 혁명이나 공산주의보다 더 소중했다. 그들이 바로 '가까이 있는 사랑'의 대상으로서 플라토노프의 사람이었다. 비록 혁명은 사라지고 체벤구르는 파멸했지만 작가는 이들의 질긴 생명력을 믿었으며, 어떠한 경우라도 그들이 살아남으리라는 희망을 버리지 않았다. 1930년대 중반 이후 플라토노프가 공동의 행복을 위한 이념의 서사가 아니라 구체적인 개인 삶의 서사로 창작의 방향을 수정한 것은 바로 이런 이유에서였다.

혁명 100주년과 플라토노프의 진짜 목소리

러시아혁명이 일어난 지 채 1세기도 되지 않았지만 소비에트 유토피아는 와해됐고, 공산주의 이념과 예술은 박제된 유물처럼 여겨지고 있다. 그렇지만 혁명은 유토피아에 대한 러시아인들의 오랜 열망의 현현으로, 더 나은 시공간을 찾으려는 인간의 지난한 노력에 마침표를 찍으려했던 사건으로, 역사상 그 예를 찾아보기 힘든 시도였음이 분명하다. 연장선에서 인류사 가장 흥미로운 한 시대에 대한 기록으로서 소비에트와 그 예술에 합당한 평가를 내리는 것도 절실하다.

프롤레타리아 작가로 혁명을 열렬히 맞이했던 플라토노프는 유토피아 건설 과정에서 왜곡되어가는 이념을 목도했다. 혁명을 종교처럼 믿었던 그는 공산주의가 '다른' 얼굴로 바뀌기 시작하자 의혹에 찬 시선으로 혁명의 '낯선' 얼굴을 그려냈고 질문을 던졌다. 혁명 이념을 온전히 보호하기를 원하면서 현실 공산주의 건설 과정을 그대로 기록했던 작가는 '반동적'이라는 당대의 평가를 고통스럽게 견뎌내며 창작활동을 계속했다. 그리하여 플라토노프의 창작은 러시아혁명의 기원을 찾는 시도이자, 유토피아를 향해 나아가는 과정, 이미 건설된 유토피아의 현재에 대한 증언이 되었다.

미래를 현재로 만들고자하는 유토피아에 대한 인간의 열망이 영원히 끝나지 않는 욕망이라면, 공산주의 역시 한 번의 실패로 마무리된 마지막 이념이라고 할 수 없다. 플라토노프의 창작은 완성을 선언한 자기 시대 유토피아의 전체주의적 본질을 밝혀내면서 인간의 유토피아적 욕망의 근원에 닿고자 하는 끊임없는 시도였다. 그렇기에 이념의 무화, 기술의 발달 등으로 상상 가능한 유토피아의 가능태가 점차로 적어지고 유토피아적 욕망 자체가 낯설게 된 오늘날의 서구에서도 그리고 혁명을 역사의 한 지점으로 박제해버린 포스트-소비에트에서도 플라토노프적 공산주의는 여전히 유효하며, 실제로 그의 유토피아는 끊임없이 소환되고 있다.[19] 혁명의 동의어로 불리면서, 동시에 반혁명분자로 낙인찍혔던 플라토노프는 언젠가 아내에게 보낸 편지에서 "진짜 나를 아무에게도 보여준 적이 없다. 그리고 언젠가 보여줄 리도 없다"라고 말한 바 있는데, 그의 '진짜' 목소리를 들어보는 것은 혁명 후 한 세기가 지난 지금에서야 어느 정도 가능해진 것이 아닐까.

임혜영 고려대학교·러시아문학

혁명의 이상과 왜곡[1]
보리스 파스테르나크

시인 파스테르나크의 혁명관

보리스 파스테르나크(Boris Pasternak, 1890~1960)는 1905년 혁명부터 1917년 혁명에 이르기까지 모든 러시아혁명을 적극적으로 지지하고 작품을 통해 혁명의 도덕적 정당성을 강조한 작가다.[2] 하지만 같은 이유로 일찍이 1920년대 초부터 시대의 문제에 무관심하다는 비판을 피하지 못한 작가이기도 하다. 혁명에 대한 그의 태도는 정당한 평가를 받지 못했는데, 무엇보다 그의 작품이 혁명적·역사적 테마를 구현하기에는 충분치 못하다고 인식했기 때문이다. 작가는 1920년대 중반 이전까지는 서정시와 개인적 테마에 몰두했다가 그 후 의식적인 노력으로 서정시에서 탈피해 서사시로 옮겨갔다. 대표적인 서사시로는 1905년 혁명이나 내전을 다룬 「1905년」(1925~26), 「시미트 중위」(1926~27), 「스펙토르스키」(Spektorskii, 1924~30)가 있다. 이처럼 형식을 바꿔 객관적인 시각에서 역사 테마를 다루었는데,[3] 그러면서 서정성이 우세하거나 단편적인 여타 작품은 큰 주목을 받지 못했다.

또한 「1905년」과 「시미트 중위」에서 엿보이듯, 작가는 마야콥스키를 비롯한 당시 시인들과 달리 볼셰비키 혁명보다는 1905년 혁명 같은 최초의 혁명에 더 의미를 두었다. 볼셰비키 혁명을 역사의 일시적인 현상으로 보아, 주로 1920년대까지만 혁명문제에 관심을 두었기 때문이다.[4] 후기(後期)에는 볼셰비키 혁명으로 탄생된 새로운 국가 및 사회의 문제에 관심을 돌렸다.[5] 비록 1940년대에 이르러 장편소설 『닥터 지바고』(1945~55)와 자전적 에세이 『사람들과 상황』의 보충장인 「나의 누이, 삶」(1956)에서 다시 혁명 테마를 다루기도 하지만, 이는 앞선 작품들의 관점이 반영된 것들이다. 앞선 작품들에서는 혁명과 역사 테마가 당면문제로서 집중적으로 다뤄졌다고 할 때, 자전적 주인공과 그의 삶을 통해 드러난 45년간의 역사를 다룬 장편소설에서는 혁명 테마가 창작적 전환과 함께 등장한 종교적·윤리적 역사철학 테마[6]의 차원에서 재조명된다. 이때 혁명관을 제시해달라는 편집진의 요청에 따라 쓴 1956년 글은 앞선 작품들에 대한 주석(註釋)이라 할 수 있다.

혁명에 대한 작가의 태도가 적절히 평가받지 못한 더욱 근본적인 원인은 그의 고유한 혁명관에서 찾아야 한다. 1922년 출국하게 된 작가는 출국 직전 트로츠키의 부름을 받아 그를 대면했는데, 그때 처음으로 혁명에 대한 생각을 발설한 것으로 보인다. 작가는 시인 브류소프에게 이 만남에 대해 곧바로 편지를 썼다. 편지에 따르면, 왜 사회문제들을 작품으로 다루는 것을 '억제'하느냐는 트로츠키의 물음에 작가는 "새로운 사회의 유기체 속에서 사회의 새로운 격막이 된 개인주의를 진정으로 옹호"하는 것이 혁명이라 생각한다고 밝혔다. 그러면서 작가 자신의 "마음과 시에 가장 친밀한 혁명 단계는 혁명의 '아침'〔2월 혁명]과 그 폭발로, 혁명이란 인간을 '본성'상태로 되돌아가게 해 국가를 '자연'의 눈으로 바라보게 하는 때"라는 것 그리고 이러한 생각을 시집 『삶은 나의 누이』(1917, 이하 『누이』)에 표현했다는 것[7]을 트로츠키에게 미처 설명하지 못했다며 아쉬워했다.

이 같은 시각은 작가가 향후 혁명과 관련해 드러내는 관점들과도 일치한다. 말하자면 그의 혁명관의 요체라 할 수 있다. 자연현상과 대기의 분위기 묘사를 중심으로 혁명을 표현하는 방식은 창작의 기본원리로 자리 잡고, 『누이』에 묘사된 1917년 혁명은 이후 작품들에서 진정한 혁명의 모델로 등장한다. 요컨대 작가의 혁명 테마를 고찰할 때는 '객관성'이나 '인간과 인간 상황' 중심의 접근법에서 탈피해야 한다. 그러한 접근은 작품을 선별하는 데도 제한을 가져와, 작가의 작품 세계를 온전히 평가하는 데 장벽으로 작용한다.

이 글은 이러한 점들을 염두에 두고 1917년 혁명에 대한 파스테르나크의 관념을, 혁명 테마에 집중적으로 몰두해 혁명의 본질을 제시한 1920년대까지의 창작을 중심으로 고찰하려 한다. 해당 작품들의 테마는 혁명의 전개과정과 궤를 같이해 세 단계—2월 혁명 직후, 10월 혁명 직후, 소비에트 국가의 형성 초기—로 나눠 고찰할 수 있는바, 이 글의 분석대상은 2월 혁명과 10월 혁명을 다룬 두 시 「머리가 아찔해진다……」(1918), 「러시아혁명」(1918)과 볼셰비키 혁명을 다각도로 조망한 1920년대의 네 작품, 즉 서사시 「고상한 질병」(1923; 1928, 이하 「질병」), 단편소설 「하늘 길」(1924), 시 「10월 혁명 기념일에 즈음해」(1925), 「역사」(1927)가 될 것이다. 이 작품들은 레닌 형상이 직간접적으로 투영돼 있고 지금까지 분석하지 않은 채 인용에만 그친 것들이다.

2월 혁명과 10월 혁명: 민중의 유기적 혁명 대 서구의 폭력적 혁명

시 「머리가 아찔해진다……」와 「러시아혁명」은 두 사건—제헌의회 해산 후인 1918년 1월 7일 수병들이 카데트 당의 두 의원을 잔혹하게 살해한 사건과 그즈음 역시 수병들이 크론시타트에서 장교들을 화로에 던진 사건—에 각각 바쳐졌다. 첫 시에는 작가의 분노가 직설화법을 통해 여과 없이 6연 전체[8]에 걸쳐 표출된다. 작가의 분노는 가 두 연씩인 세 종류의 발화—독백과 절대자를 향한 푸념 그리고 볼셰비키들에 대한 항의—로 표현된다. 독백은 제1연에서 당혹감과 함

모스크바 서쪽에 있는 작가마을 페레델키노에서 일하는
파스테르나크.
작가의 고유한 혁명관은 당시 그의 작품세계가 온전히
평가받는 데 장벽으로 작용했다.

께("머리가 아찔해진다"), 무방비상태에 있던 두 의원("잠자리에 들었고, 옷을 벗었다.")이 무자비하게 살해된 것을 묻는 식으로("방아쇠가 내려져 박살냈다고?") 행해진다. 제2연에서는 살해자들과 피살자들 그리고 그들이 거주하는 도시와 밤, 인간 "정신" 등을 열거하며 모두가 창조주의 피조물임을 연거푸 상기시키는 식으로("누구에게 창조되었나") 행해진다. 작가는 수병들의 살해 행위를 기독교-정교의 도덕적 차원에서 조망함으로써 그 행위가 러시아 정교 공동체의 분열을 나타내는 비윤리적인 혈족 살해임을 드러낸다.[9]

기독교적 색채는 제3, 4연에서 점점 뚜렷해진다. 질문은 이제 창조주를 향하는데, 살해자와 피살자가 모두 가족처럼 함께 창조되지 않았느냐고 묻는다("당신 한 분이 이 둘과 둘의 / 창조에 참여하셨지요?"). 이는 혈연간 살육이 벌어지는 것을 허용한 신에 대한 항의로 보인다. 그런데 면밀히 보면 작가는 무엇보다 생명에 절대적인 가치를 부여하고 있음을 알 수 있다. 두 수병[10]에게 살해당한 두 의원의 피는 성서에서 형 카인에게 살해당한 동생 아벨의 피처럼 온 대지를 물들이는 피, 인간의 사악함으로 무고하게 희생된 혈족의 생명이란 뉘앙스를 띠기 때문이다. 이러한 뉘앙스는 갈수록 표면화된다. 신이 피조물에게 부여한 값진 생명이 "쓸모없는" 다른 피조물, 즉 수병들에게, 그것도 세계의 융합을 위해서가 아니라 무의미한 폭력 속에서 희생된 점을 따지는 제4연[11]이 그러한 예다. 『카라마조프가의 형제들』에서 세계의 "조화"를 위해 죄 없는 아이들을 고통받게 한 신에게 항의하는 이반 카라마조프(Ivan Karamazov)의 목소리가 메아리치는 듯하다.

그러나 시의 질문은 '반역'적 항의라기보다는, 만유를 주재하는 절대자의 섭리하에 이뤄진 2월 혁명 직후에 모두 하나 되는 자유로운 세상이 도래할 것이라 믿은 작가가 신앙의 흔들림과 고통 속에서 부르짖는 호소[12]라 할 수 있다. 이는 작가가 직접적으로 항의하는 대상은 볼셰비키들임이 마지막 제5, 6연에서 드러나면서 확인된다.

제5연에서 작가는 수병들의 살해행위가 계급대립을 이념으로 한 마르크스주의의 러시아적 변형, 즉 볼셰비즘에 취한 민중이 맹목적으로 행한 것이라고 폭로하며, 자신과 견해가 같은 동료들의 이름으로 유혈의 볼셰비키 혁명을 거부한다고 말한다.[13] 제6연에서는 조국 땅을 동족의 피로 물들인 그 혁명을, 신성한 혁명 이념을 왜곡한 "거짓"된 혁명이자 "악"으로 규정하면서 온 러시아가 혁명 지도자들에게 바란 것은 피 흘림이 아닌 인간다운 "삶"(생명)의 수호라고 토로한다 (*PSS*. 제2권, 223쪽). 혁명이 성취할 가장 핵심적인 요소는 생명-삶의 가치를 보호하는 일이라고 피력한 것이다.[14]

동족분열과 유혈을 초래한 볼셰비키식 혁명을 거부한 작가의 태도는 블로크의 "가장 유명한 논문"으로 평가받는 「인텔리겐치아와 혁명」에 나타난 태도와 비교할 때 더욱 뚜렷해진다. 블로크는 혁명에서 파괴와 폭력은 필수임을 강조하는데, 특히 민중의 잔혹한 폭력에 대해 별반 개의치 않고 오히려 그들이 보여줄 미래의 가능성에 더 무게를 두며 전적으로 옹호한다. 야만성과 "잔혹성" 때문에 민중을 거부하는 지식층을 도리어 질책하고 속히 민중을 포용할 것을 촉구할 정도다.[15] 그는 파스테르나크의 태도와 정면 대립하는바, 폭력과 살인행위에 도덕적 잣대를 들이대지 않는[16] 무신론적 태도를 보이는 것이다.[17]

또한 모든 계층이 한 동족임을 강조한 파스테르나크와 달리 블로크는 '과거 대 현재' '귀족 대 상민' 등 계층적 대립 요소를 열거하며 전자가 파멸해야 할 당위성을 강조함으로써[18] 세계를 두 지대의 대립으로 보는 이원론적 관점을 드러낸다.[19] 과거에 속한 것을 "진정한 악"으로 규정하고 전면적인 파괴를 선언하는 그는 혁명이 "목가적"인 것이 아님을 강조하며 그 과정에서 파생될 유혈 사태는 일절 고려하지 않을 만큼 추상적·몽상적 차원[20]에서 볼셰비키 혁명을 지지한다.

그런데 두 작가가 볼셰비키 혁명의 폭력성과 유혈성에 대해 상반된 태도를 보인다 해서 혁명에 대한 태도까지 상반된 것은 아니다. 두 작가는 혁명이 근본적으로 인류를 구원할 것이라는 데는 뜻을 같이한다. 다만 두 시인의 세계관 차이(낭만주의적 세계관 대 기독교-정교적[21] 세계관)가 혁명을 어떻게 실현할지에 대한 방법론 차이로 이어진 것이다. 블로크가 현실의 삶과 생명보다는 파멸과 죽음에 미학적 의미를 부여했다면, 기독교적 관점에서 생명을 신이 주신 선물로 본 파스테르나크[22]는 삶과 생명을 신성시하고 그것들의 보장을 혁명의 목적 중 하나로 봤다.[23] 블로크와의 공통점과 차이점은 혁명을 한층 미학적으로 다룬 이후 작품들에서 점점 뚜렷이 드러나는데, 특히 앞의 시를 다시 쓴 것으로 평가받는 시[24]이자 혁명이 기독교적 구원과 동일함을[25] 최초로 공표한 시 「러시아혁명」이 대표적이다.

「러시아혁명」은 1917년 말부터 1918년 초까지의 사건을 즉각적인 인상으로 묘사한 「머리가 아찔해진다……」에서 더 나아가 볼셰비키 혁명의 기원과 본질을 제시한다. 전체 10연은 제1~5연과 제6~10연의 두 부분으로 나뉘어 2월 혁명(시에서는 신력 "3월"로 표기)과 볼셰비키 혁명을 차례로 묘사한다. 제1~3연에서(PSS. 제2권, 224쪽) 2월 혁명은 봄의 해빙 이미지("얼음 깨는 그대의 호흡소리" "따스한 물방울" "따스한 종소리")를 통해, 동결되었던 구세계의 "모든 것"에서의 해방으로 묘사된다(제2연). 그것은 특정 "인물"이나 "당"의 지도로 이루어지는 게(제1연) 아니라 역사의 흐름 속에서 자연현상처럼 평화롭고 자연스럽게 도달되는 것이다(제1~3연).

제3연 말미부터 제5연까지(PSS. 제2권, 224쪽) 2월 혁명은 작가의 이상적인 혁명상과 일치하는 세 가지 성격으로 규정된다. 첫째, 그것은 "서구에서 기원한 혁명 이념"이 러시아 민중의 "마음"과 접목되어(제3연) 평화로운 혁명으로 재탄생된 것(PSS. 제2권, 455쪽)이자 마르크스주의의 영향을 받지 않은 것(제5연)이다. 둘째, 그것은 블로크가 「인텔리겐치아와 혁명」에서 강조한 것[26]과 달리 계층적 대립 없이 각 계층의 존재와 삶을 모두 "소중"히 하고 포용하는[27] "피 흘리지 않는" 혁명이다. 따라서 "모든 위대한 혁명 중" "가장 밝고" 도덕적으로 고귀한("그대의 아름다움") 혁명인 것(제4연)이다.[28] 셋째, 그것은 "그리스도의 사회주의"(제5연)다. 이는 서로를 포용하고 생명을 중시하는 2월 혁명이, 산문 「대화」에서도 시사했듯,[29] 형제애, 평등, 자유라는 정교회의 이상이자 그리스도의 진리를 따라 슬라브주의적인 이념과 흡사하게 하나 된 공동체의 모습을 드러냈기 때문이다. 그리고 이렇게 "기독교적 사회주의"의 공동체정신이 깃듦으로써 2월 혁명은 로마의 박해를 피해 카타콤에서 진리를 수호한 초기 기독교 공동체(*PSS.* 제2권, 455쪽) 같은 "신성한 것"이 된다(제5연).[30] 따라서 수병들의 살해행위는 진정한 혁명정신인 신성한 2월 혁명의 정신을 더럽히고 왜곡한 것이 되는데, 제6~10연은 그러한 왜곡현상의 발원지로 레닌을 지목한다.

볼셰비키 혁명에 바친 제6~10연의 대부분(제6~9연)은 4월에 귀환하는 레닌의 모습("타국에서" 출발을 준비하는 장면과 출발하는 장면(제6, 7연), 조국에 도착하자마자 선동하는 모습(제8, 9연) 등)을 그리고 있다. 레닌을 수식하는 어휘들("급행열차" "권총" "고함")은 2월 혁명 후의 평화 및 고요와 격하게 대립함으로써(*PSS.* 제2권, 224쪽), 그에게 러시아를 파멸시키려고 돌진하는 외부의 적대적인 힘의 이미지를 부여한다.

도착 즉시 울려 퍼지는 레닌의 발화("루시를 불태워라" "불 질러 연기를 내라" "눌러버려라" 등)는 블로크의 「열둘」 속 적위군들의 발화[31]와 상응함으로써 구세계의 파괴를 선동하는 볼셰비키의 구호를 재현한다. 그의 말 전후로 "조국"에 관한 어휘들이 네 차례 반복되는데 이 때문에 외부인-망명객으로서의 정체성이 강조될 뿐만 아니라 그에게는 블로크의 적위군에게 "신성함"을 부여했던 "그리스도교 상징들"이 부재하다. 오직 조국에 대한 증오와 조국을 함부로 대하는 태도만이 있을 뿐이다.[32] 요컨대 평화와 일상적 온기가 소생된 땅에 '파괴적인' 서구식 혁명 지침, 즉 4월 테제를 몰고 온 주범[33]으로 레닌을 지목한바, 그는 조국의 토양과 격리된 서구주의자이자 서구식 혁명을 지향하는 자[34]를 상징하게 된다.

마지막 제10연에서 러시아혁명은 결국 "봉기"이자 "활활 타는 화로"인 볼셰비키 혁명으로 변질됐다고 규정된다. 이때 수병들의 행위는 레닌이 "노골적으로 호소"한 폭력적인 "서구적 혁명 이념"을 실천한 것에 지나지 않는다. 마지막 두 행(PSS. 제2권, 225쪽)에서 작가는 그러한 서구식 혁명을 이식받은 러시아혁명이 죽음과 무질서의 "지옥"을 불러왔으며 곧 전면적인 파괴("폭발")로 나아갈 것임을 예언한다.

볼셰비키 혁명의 위험성을 예견하는 파스테르나크의 관점은 그가 진정한 혁명가상으로 여긴 고리키의 그것과 비슷하다.[35] 혁명의 유혈성과 폭력성 때문에 물질적·정신적으로 큰 고통을 겪은[36] 작가가 1918~19년, 특히 1920년에 창작활동을 거의 중단하고서 고리키가 주관한 세계 고전 번역에 참여하거나 문화보존위원회에 등록한 점, 이데올로기가 난무한 도시를 떠나 교외에서 밭 갈며 노동한 점[37]도 고리키와 동일한 관점에서 내린 선택이라 하겠다.

작가가 혁명의 암울함에 집중했다고 할 때, 독재와 공포정치 후 비극을 맞는 두 혁명가 생-쥐스트와 로베스피에르의 삶을 그린 「드라마 절편」[38]은 주목할 필요가 있다. 서구사와의 비교를 통해 '변질된 러시아혁명'의 비극성을 다루기 때문이다. 오로지 자신의 이성에 의지하며 혁명에 삶을 바친 "청렴한" 지식인이자 금욕생활자 로베스피에르의 형상[39]은 레닌의 본질적 모습[40]이기도 한바, 자코뱅파의 혁명에는 2월 혁명의 대척점인 볼셰비키 혁명의 본질 또한 반영된다.[41] 볼셰비키 혁명의 비극성은 「질병」에서 볼셰비즘의 최악기인 궁핍과 혼란의 1918~21년을 구현함으로써 전면화된다.

전시공산주의와 새 정권의 수립: 볼셰비즘의 사기(詐欺)와 시의 파멸

혁명을 정치 차원에서 공식적으로 다룬 「질병」은 작가가 최초로 큰 규모의 사회적 테마를 다뤘다는 점에서 블로크의 「얌브」나 「징벌」에 견줄 만하다. 하지만 기존 연구에서는 완진한 서사시로 가는 과도기적 작품,[42] 또는 레닌의 형상이 등장한 독특한 작품으로서만 논의됐을 뿐, 여타 차원의 논의는 거의 이뤄지지 않았다.[43] 이는 "새 시대에 관한" 작품을 창작하라는 레프의 "주문"에 따라 시대적 요구에 부응한 서사시를 쓰려한 의도[44]와 달리, 서정적 주인공의 생각과 감정이 지배하는 극히 서정적이고 의미가 모호한 작품("암호화된 서신")이 됐기 때문이다.[45]

이에 대해서는 근본적으로 작가의 세계관 및 혁명관에서 원인을 찾을 수 있다. 몇몇 연구가가 작가의 세계관과 혁명관 사이의 긴밀한 관계를 간파했지만[46] 작품분석으로까지 이어지지는 않았다. 앞서 트로츠키에게 한 고백과 1927년의 편지들[47]에서 드러나듯, 작가는 블로크처럼 혁명을 자연과 우주현상으로 보고[48] 혁명의 목적을 개개인의 일상 삶 및 생명의 수호로 여긴다. 이러한 혁명-역사관에 초점을 맞출 때, 서사시의 모호성에 가려진 혁명 관념이 도출된다.

크기가 다른 22개의 연으로 구성된 서사시는, 뚜렷이 구분되지 않는 세 장면―배고픈 혁명의 해들, 시인의 절망, 새로운 계획들이 선포되는 제9차 소비에트 대회(1921년 12월)―을 묘사한다. 앞의 두 장면은 내용상 셋째 장면과 대비된다(*PSS.* 제2권, 517쪽). 첫 장면은 제1~10연에서, 셋째 장면은 제13연과 제17, 20, 21연에서 제시되는 데 반해, 둘째 장면은 첫째와 셋째 장면에 걸쳐 제2, 3, 11, 12, 14~17연에서 제시된다. 세 장면과 시간적으로 거리가 있는 나머지 제18, 19연 그리고 제22연은 각각 두 판본(1923; 1928)의 맺는말이 된다. 서사시는 각 연 간에 논리적 연관이나 구심점이 없는, 플롯이 부재한 작품이나[49] 대신 서정적 주인공의 "의식"이 등장해 각 부분을 연결해준다.[50] 이때 서정적 주인공은 "사건들의 내용"을 알려주는 게 아니라, 사건들의 의미를 제시해주는 "뉘앙스"-"날씨"[51]를 전달한다.

요새의 "봉쇄"와 "붕괴"로 첫 장면을 여는 제1연은 전시공산주의와 새 정권 초기의 "암울"한 분위기를 개관한다(*PSS.* 제1권, 252쪽). 제2연 역시 파괴와 혼란의 이미지("소돔" "지옥")로 점철돼 1918년의 시들을 복기하는 듯하다. 제4연부터는 궁핍과 추위의 이미지, 질병-티푸스("기침" "옷엣니")의 이미지, 의식이 혼미해진 민중("그대" "대지")에게 다가오는 죽음 및 그 "정적" 이미지(*PSS.* 제1권, 253쪽) 등 새로운 지배적인 이미지들이 나타나 제10연까지 지속된다. 정상적인 삶과 생명활동이 중단된 "동란"기는 먼지와 혹한, 티푸스만 활개 치는 병적 상태[52]와 다름없고, 이때 볼셰비즘이 일으킨 '질병'은 시 속 주체와 자연, 사물이 품은 비극성[53]을 환유할 뿐이다.

첫 장면에는, 유토피아("새 창고")를 선전하며 민중에게 삶의 개조 "사상을 주입하"고 선동하는 볼셰비키들("엉겅퀴" "천장")의 이미지도 등장한다. 그들의 선동은 "악취"와 "회충"처럼 "염증"을 불러일으키는 기만적인 것이다(*PSS.* 제1권, 254쪽). 그러한 기만성은 첫 장면의 또 다른 지배적인 이미지, 즉 "귀" 이미지를 통해 폭로된다. 귀 이미지는 「인텔리겐치아와 혁명」을 기저 텍스트로 해 분석할 수 있다. 블로크에게 귀는 지식층이 전심으로 혁명의 "음악 소리"- "평화와 형제애"의 "구호"를 들어야 함을 강조한 것으로, 곧 주의력에 대한 환유다. 그런데 두 진영으로의 분열이라는 '질병'에 걸린 상태에서는 음악을 들을 수 없다. 이때 볼셰비키의 선전은 현실과 동떨어진 계획들을 부르짖는 일에 불과해 만물("침묵" 겨울"밤" "티푸스" "옷엣니")의 "귀"엔 공허한 "거짓"으로 들릴 뿐이다(*PSS.* 제1권, 253쪽). 개조를 위한 파괴("전복")라는 선전에 지친 만물은 차라리 귀를 막고 "침묵"하려 한다(*PSS.* 제1권, 255쪽). 요컨대 귀 이미지는, 레닌의 제3인터내셔널로 전 세계에 퍼진 볼셰비즘의 기만을 우주적 규모로 풍자한 것이다.

제8, 9연은, 순회공연과 포스터를 통해 민중에게 볼셰비즘을 선전하는 지식인들(즉 마야콥스키와 레프[54])를 풍자한다. 그들은, 블로크가 "특권 없는" 비귀족 지식인들에게 호소했듯 민중에게 다가가지만 몽매한 민중("어두운 힘")은 그들을 헛된 유토피아를 선전하는 "이상주의자", 스스로를 "영웅"이라 생각하는 "바보"로 조롱한다(*PSS.* 제

1권, 255쪽). 낭만주의자인 블로크와 마야콥스키와 달리, 작가는 혁명에 동원된 민중을 야수처럼 거칠고 볼셰비즘을 맹목적으로 추종하는 존재로 부각시킨다.[55]

　프롤레타리아 지식인과 민중 사이의 간극을 제시함으로써 작가는 마치 계층적 대립을 강조하며 블로크와 논쟁하는 듯하다. 하지만 결국 폭로하려는 대상은, 유산계급에 대항하는 민중이 아니라 삶의 진실과 동떨어진 이중적·기만적 이념이 초래한 '일상의 추함'[56]이다. 즉 고리키가 그러했듯, 작가의 비판대상은 포악해진 민중이나 이상주의자-지식인이 아니라, "그들을 정치적 목적에 따라 마구잡이로 동원한"[57] 볼셰비키 정권과 그 이념으로, 민중과 지식인은 그 이념[58]의 희생물일 뿐이다.

　이러한 희생물 이미지는, 시인이 절망감을 느끼는 근원으로서 볼셰비즘을 구체화한 둘째 장면에서 본격적으로 제시된다. 절망적인 묘사는 궁핍들을 다룬 첫째 장면에 삽입돼 있어 마치 역사적 서사시에 개인적 서정시가 개입된 듯하다. 그러나 1916년의 글 「검은 술잔」에서 드러나듯 현실이 동등한 두 대립적 지대, 즉 '역사'와 '서정시'로 이뤄진다는 역사적 관점에서, 다시 말해 전체와 개인의 운명은 연관된다는 점에서[59] 이는 '정치와 예술'의 상관성, 곧 "혁명과 시인에 관한 서사시"를 구현하는 장치로 드러난다.[60]

　'역사'와 '서정시'의 상관성 차원에서 역사적 장면에 삽입된 서정시인의 형상은 주변 만물들처럼 고통을 겪는다. 개인의 삶과 감정을 노래하는 서정시는 병으로 "파멸"("고상한 질병")해가고 그 "매개체"-시인(*PSS.* 제1권, 516쪽)은 무위에 빠진다(*PSS.* 제1권, 252쪽). 서정시가 울리지 않는 까닭은 모두("대지") 서정시("책")를 버린 채, 마르크스주의에 기초한 볼셰비즘("곳과 총검")의 선동들("소돔")만 맹목적으로 따르기[61] 때문이다(*PSS.* 제1권, 252쪽). 말하자면 시인을 절망케 한 건 절대지대-예술이, 이상국가 건설을 빌미("좋은 의도")로 파괴를 일삼는 볼셰비키 정권을 찬미하는 도구가 되고(*PSS.* 제1권,

252쪽) 예술가가 기능공-건설자로 전락한 상황이다.[62] 삶의 진실에는 무심한 채 "시류"만 따르는 프롤레타리아 예술은 "무의미의 극치"로 추락할 뿐이다.[63]

결국 서정적 주인공은 견해가 같은 동료들과 침묵하는 쪽을 택한다. 둘째 장면 후반부인 제11연에 드러나듯 그가 수동적 태도를 견지하는 건("얼음으로 덮인 음악" "객") 시대에 무관심해서가 아니라 "세 번"의 혁명 속에서 변질된 혁명활동과 예술에 동조하지 않기 위해서다(*PSS*. 제1권, 516쪽).

> 여기에 수치스러워 할 것이란 없다.
> 나는 세 번 사물을 직시하는
> 그때마다 다르게 보려고 태어난 건 아니니까.
> 노래보다도 더욱더 이중적인 것은
> "적"이란 둔감한 단어.
> 나는 객으로 머물고 있다. 고상한 질병이
> 전 세계에 객으로 머물고 있다.
> 평생 나는 모든 이처럼 되길 원했으나 (⋯)
> ·*PSS*. 제1권, 256쪽

제12연에서 주인공은 "철의 의지"를 지닌 이데올로기-"볼셰비즘"이 지배하는 도시를 떠나 인간적인 일상 삶을 찾아 시골("누구에게도 아첨치 않는 비밀들의 어둠 속")로 간다. 그의 무위는, 만물이 얼어붙은 볼셰비즘 시기 후 올 해빙을 기다리며 역사를 관망하는 상태("생각의 음악")인 것이다. 이는 제13연에서 그가 "현재를 이해하고 받아들이려 애쓰며",[64] '신경제정책'을 논의하는 "제9차 소비에트 대회에 참관"(*PSS*. 제1권, 256쪽)하는 것으로, 즉 '역사'의 기록자로 나서는 것으로 입증된다. 하지만 제14연에서는 떠들썩한 내회와 달리 황폐하게 남은 주변 삶을 바라보며("주변의 모든 건 (⋯) 화재의 완전한 희생자처럼 보였다." *PSS*. 제1권, 258쪽) 사색에 잠긴다. 새 정권의 방침들은 현실과 무관한 허황된("금빛") "전설"이나 "동화" 같고 자연물조차 정권의 요구("가르침")에 따라 인위적으로 운영될 만큼 (*PSS*. 제1권, 258쪽) 모든 게 이념적 강요로 이뤄짐을 깨닫는다. 그런 가 하면, 새 지도자("천재")의 모습에서 로베스피에르와 프랑스혁명 ("국민공회")을 떠올린다(*PSS*. 제1권, 258쪽).

일상 삶과 생명을 복원하는 "치유"책을 제시하지 못한 새 정권의 행태는 제16연에서 1923년 가을 일본에서 일어난 지진의 피해자들에게 프롤레타리아 노동자들이 전보를 보낸 일화("익살극")를 통해 풍자된다. 정작 생명은 아랑곳하지 않은 채 오로지 계급의식에만 매인 노동자들은 일본의 희생자들을 두 계급("문어같이 위험한 지배계급과 노동자계급")으로 "구별"해 부르주아를 재앙의 원흉으로 매도하고 노동자들만을 위로하는[65] "불경스러운" 전보를 보낸다(*PSS*. 제1권, 257~258쪽). 제17연에서 서정적 주인공은 사색과 감정에서 벗어나("시인이여 깨어나라") 다시 대회장 묘사로 돌아간다. 하지만 강과 호수들의 "전력화 및 발전소건설 계획을 기술"하는(*PSS*. 제1권, 518쪽) 대목에 이르자 또다시 사색에 빠진다. 레닌의 계획이 "천재" 개혁자였던 표트르 대제의 것과 같음[66]을 느낀 것인데, 조국 현실을 고려하지 않는다는 점에서 그의 계획은 바로 표트르식 "개조", 즉 서구주의자의 계획이라고 결론짓는다(*PSS*. 제1권, 258쪽).

도주했던 황제의 체포와 레닌의 입성을 다룬 1923년 판의 마지막 연인 제18, 19연에서는 볼셰비키 정권이 혁명정신을 왜곡하고 기만한 것에서 시인의 절망이 비롯됐음이 다시 한번 강조된다. 혁명의 정당성과 정권교체를 기술하는 대목[67]은 짤막한 데 반해, 볼셰비키의 폭력에 황제가 희생되는 장면은 매우 길게 묘사하고 그의 무사 도주를 기원하기까지 함으로써 분열을 조장하고 생명을 경시한 볼셰비즘의 속성을 부각하기 때문이다("미래는 암울했다." *PSS*. 제1권, 259쪽).

제9차 소비에트 대회 장면의 본격적 묘사는 1928년 판에 추가된 세 연(제20~22연)에서 이뤄졌다. 레닌을 은유적으로 형상화한 세 연은 그를 비판하는 내용과 무서운 예언을 담고 있지만, 역설적이게도 동시대인들에게 레닌에 대한 뛰어난 묘사로 찬미됐다. 특히 1934년 작가대회에서 티호노프와 니콜라이 부하린(Nikolai Bukharin, 1888~1938)이 이를 극찬했다. 세 연은 제1판이 탈고된 직후인 1924년 레닌이 사망하자 그를 사유한 결과 탄생한 것이다.[68] "절대적인 소비에트 성물"인 레닌의 초상화를 역사적 사실에 기초해 절제된 모습으로 제시했는데[69] 이는 작가의 이후 모든 작품에서 불변의 특징이 된다.

제20연의 첫 행("나는 내 시 조각을 어떻게 마무리해야 하나?")은, 세 연이 볼셰비키 혁명에 대한 작가의 생각을 밝히기 위해 첨가된 것임을 드러낸다. 작가는 "레닌의 초상화"를 은유적으로 그림으로써 자신의 생각을 밝히는데, 동시대인들의 찬미를 받은(*PSS*. 제1권, 516쪽) "구전"(球電)이 그 첫 은유다. 구전의 눈부시고 신속한 이미지가 부여됨으로써 레닌은 신비한 존재(제5~12행)가 된다. 하지만 제20연의 후반부[70]를 면밀히 살펴보면, 구전을 통해 작가가 정작 구현하려는 것은 레닌의 급진성[71]과 일시성이다. 즉 그의 혁명은 "기억하고 추도"할 만한 기념비적인 게 아니라 "극단적인" "파괴"를 몰고 온 "비상적인" "일시적 현상"[72]이라는 것이다.

제21연에서는 은유적 묘사 이외에도 레닌의 외모와 행적에 대한 사실적인 묘사가 이뤄진다. 첫 행에서는 "펜싱 검"의 은유를 통해 그의 신체를 묘사하는데("손과 발동작" "등" "대머리" "말투". *PSS*. 제1권, 260쪽)[73] 이를 통해 그의 물러서지 않는 "완강"함과 공격성이 제시된다. 연의 후반부에서는 왜 레닌이 역사의 "일시적 현상"에 불과한지 설명한다. 작가는 역사가 사실들을 폭로할 때 레닌을 그 "메가폰"[74]으로 사용했다[75]는 데서 이유를 찾는다.[76] 레닌은 역사의 "흐름을 지배"한 게 아니라 『전쟁과 평화』의 나폴레옹처럼 역사의 호기를 "기꺼이" "이용"하며 민중이 원하는 것을 포착해[77] 그들을 "조종"

했을 뿐이다. 제21연의 끝과 제22연에서는 그리스도를 대신해 "메시아"로 군림한 레닌의 영혼에 자리했던 건 평화와 사랑이 아닌 오직 조국의 역사에 대한 강한 증오심("시샘")이었으며 이는 새로운 "압제"를 가져왔다고 진단한다(*PSS.* 제1권, 260쪽).

이러한 진단은, 황제정권의 전복과 임시정부의 주전운동 및 볼셰비키 혁명을 다룬 「10월 혁명 기념일에 즈음해」와 "테러에 대한 경고"인 "파스테르나크식의 암울하고 은밀한 시"「역사」에서도 볼 수 있다. 볼셰비키 지도자가 내건 "특혜"(자유와 형제애의 약속)를 믿고 그에게 "전권"을 내준[78] 민중은 "무서운" 통제와 새로운 "모욕"을 마주해야 했다.[79] 주목해야 할 점은 이 시들에서는 러시아혁명이 볼셰비키 혁명으로 변질된 것에 대해 레닌 탓만 하지 않는다는 것이다. 「10월 혁명 기념일에 즈음해」와 1956년의 글 「나의 누이, 삶」에서 작가는 자신의 세대를 대표해 반성하면서, 대부분 지식층이 메시아주의에 기초한 "유토피아" 사상에 빠져 2월 혁명과 10월 혁명을 구분하지 못했다고 밝힌다.

> 페트로그라드는 제왕의 홀(笏)의 과실들과
> 가증한 고정관념의
> 과오를 여전히 만회하지 않았다.
> (…) 유토피아들[2월 혁명정신]을 가라앉히게끔
> (…) 해안으로 보냈다,
> (…) 6개월간[임시정부기] 연달아 마비된
> 먼지 낀 난국 속으로 나르도록 말이다 (…)
>
> 한때 우리는 유토피아의 영역에
> 객으로 머물렀었다. 이제 우리는 (…)
> 지구의 4분의 1의 지역[소비에트연방]으로 옮겨졌다.
> ·*PSS.* 제1권, 245~246쪽

지식층 (…) 명상가는 민중이 이해한 혁명에 공감했더라도 혁명을 전시에 깃든 (…) 새로운 슬라브주의식 애국철학의 프리즘으로 고찰했다. 그들은 2월 혁명과 10월 혁명을 두 대립물로 대비하지 않았다. 양 격변은 그들의 관념에 (…) 많은 고난과 영적으로 성스러웠던 러시아 과거 전체에서 자연스럽게 흘러나온 러시아대혁명의 하나의 불가분한 전체였던 것이다.

·SS. 제4권, 790쪽

작가는 인류를 구원할 혁명이란 2월 혁명처럼 개개인의 영적 깨달음을 바탕으로 하나의 공동체를 향해 나아가는 것이지 10월 혁명처럼 '철의 의지'를 지닌 '천재'가 이성의 힘에만 의존해 좌우하는 인위적·파벌적인 게 아님을 성찰했다.[80] 작가의 진정한 혁명상은 성서 속 인류 최초의 낙원,[81] 곧 그리스도의 재림을 통해 이루어질 교회공동체의 모습으로의 회귀다. "그리스도의 사회주의"로 불리기도 한 이런 공동체상은, 혁명과 역사철학을 기독교적 모티프의 본격적인 원용을 통해 종합적으로 제시한 『닥터 지바고』에서 더욱 구체적으로 구현된다.

진정한 혁명

파스테르나크는 1917년 혁명에 대한 생각을 10월 혁명 직후부터 본격적으로 제시했다. 볼셰비키 수병들의 만행에 바친 1918년의 두 시 「머리가 아찔해진다……」와 「러시아혁명」에서 그는 혁명에 대한 자신의 기독교적 관점과 도덕적 가치를 제시한다. 혁명의 목적은 계급대립에 기초한 동족분열과 생명파괴가 아닌, 신성한 생명과 일상 삶의 보호에 있으며, 진정한 혁명은 상대 계층을 포용한 2월 혁명처럼 형제애와 자유에 기초한 "그리스도의 사회주의"이지 기반을 파괴하는 서구식 혁명이 아니라는 것이다. 특히 잔혹한 행위들이 자행된 건 레닌이 폭력적인 서구식 혁명 이념-볼셰비즘을 몰고 왔기 때문이라고 설명한다.

레닌 형상은 볼셰비키 혁명의 환유인데, 「드라마 절편」과 「하늘 길」에서는 로베스피에르나, 제3인터내셔널을 조직해 공산주의 사상을 세계에 전파하는 서구주의자 형상으로 암시되거나 제시된다. 레닌과 1917년 혁명이 온전히 규명되는 건 서사시 「질병」에서다. '전면적 파괴'와 질병에 휩싸인 황폐한 세상을 묘사함으로써 작가는 혁명의 목적이 보람찬 노동을 보장하는 인간적 삶의 보호에 있음을 다시 드러내고, 삶의 파괴를 가져온 볼셰비키 혁명은 진정한 혁명이 아닌 왜곡된 혁명에 불과하다고 비판한다.

레닌에 대한 최종 진단이 내려진 건 「질병」의 1928년 판에서다. 레닌은 그리스도를 대신해 등장한 메시아가 아니라 러시아 역사에 증오를 품어온 새로운 압제자라는 것이다. 하지만 1920년대 후반부터 작가는 혁명이 변질된 원인에 대해 레닌 탓만 하지 않는다. 그와 그의 세대가 2월 혁명 이후 낙관론에 빠져 10월 혁명을 분별하는 데 소홀했던 탓도 있다는 것이다. 요컨대 작가는 진정한 혁명이란 2월 혁명처럼 개개인의 정신적 깨달음에 달린 것이지 이성의 힘에 의존하는 어느 천재가 홀로 좌우해서는 이룰 수 없음을 전한다.

박혜경 한림대학교·러시아문학

카자크 작가인가, 소비에트 작가인가[1]

미하일 숄로호프

소비에트의 문학영웅

소비에트 문학사에서 미하일 숄로호프(Mikhail Sholokhov, 1905~84)가 차지하는 위치와 의미는 매우 독특하다. 대부분의 문학활동을 스탈린 통치하에서 해온 그의 이력은 적극적인 정치참여와 다양한 수상경력에서 알 수 있듯이 매우 화려하다.[2] 또한 소비에트 문학을 이끈 쌍두마차를 꼽으라면 많은 이가 고리키와 더불어 숄로호프를 댈 만큼 문학적으로도 대가의 반열에 올랐다.

> 고리키가 새로운 세계의 승리를 선언한 이후 숄로호프는 모든 것을 끌어안고 현대성에 가장 깊게 침투한 작품을 성공적으로 생산해냈다. 그는 지난 반세기 동안 우리 역사에서 가장 중요한 사건과 정신세계, 혁명적 서사시의 정염과 동력학을 보여주었다.[3]

그러나 그가 소비에트 대표작가로서 명예를 얻기까지의 과정은 결코 순탄하지 않았다. 그의 삶과 창작활동은 당과 최고지도자에게 직간접적으로 많은 간섭과 위협을 받았고, 그러한 상황은 스탈린 사후에도 크게 변하지 않아서 생애와 관련된 각종 정보가 오랫동안 발표되지 못했다. 무엇보다 숄로호프는 친소비에트적인 정치적 태도와 달리 문학에서만큼은 반혁명적 정서를 담거나 반혁명적 주인공에게 심정적으로 동조했기 때문에 당과 문학권력의 거센 공격을 받았다. 그의 작품을 수용하는 독자들 역시 세대에 따라 서로 다른 반응을 보인다. 그와 소비에트 시대를 함께 살았던 노년층이나 장년층 독자들은 숄로호프를 여전히 소비에트의 대표작가이자 공산주의자, 국가문학상 수상자, 노벨문학상 수상자로 기억한다. 그러나 젊은 독자 중에는 숄로호프는 아무것도 아니고, 중고등학교 교과서에서도 대체로 2류 작가로 분류된다는 극단적인 주장을 하는 이도 있다.[4]

이 글에서는 숄로호프의 생애 중 특히 혁명기 소비에트에서의 삶을 추적해봄으로써 정치적 삶과 문학적 삶의 괴리를 어떻게 이해할 것인지 생각해보고자 한다. 그의 이력은 매우 흥미로운데, 1920년대 발표한 초기 단편소설들과 장편서사시 『고요한 돈강』(*Tikhii Don*, 1925~40)에서는 혁명기 러시아 카자크의 격동적이고 비극적인 삶을 그려냈지만 이후 『개척되는 처녀지』(*Podnyataya tselina*, 1932~59)에서는 당의 농업집단화 정책을 사회주의 리얼리즘적 원칙에 따라 열정적으로 묘사했다. 또한 현실정치에서도 일관되게 소비에트 정부를 지지하고, 스탈린과의 친분을 통해 문단에 상당한 정치적 영향력을 행사했다. 소비에트의 대표작가 숄로호프는 혁명과 정치에의 적극적 참여와 문학적 거리두기를 어떻게 모두 수행할 수 있었는가.

초기 단편: 이념의 도식화

숄로호프는 카자크를 대표하는 가장 위대한 소비에트 작가로 자주 언급되곤 한다. 그러나 소비에트 문학의 걸작이자 세계문학사에서도 그 가치를 인정받고 있는 카자크 서사시 『고요한 돈강』을 창작한 숄로호프는 역설적이게도 카자크 혈통이 아니었다. 그의 아버지 알렉산드르 숄로호프(Alexander Sholokhov, 1865~1925)는 러시아 상인의

숄로호프. 소비에트 문학사에서 그가 차지하는 위치와 의미는
매우 독특하다. 매우 화려한 이력을 뽐내지만
소비에트 대표작가로서 명예를 얻기까지 숱한 고난을
겪어야 했다.

아들이었고, 어머니 아나스타시야 체르니코바(Anastasiya Chernikova, 1871~1942)는 우크라이나 농노 출신이었다.[5] 사실 미하일 숄로호프는 자신과 카자크의 연관성에 큰 의미를 부여하지 않았으며, "나는 단 한 번도 카자크인 적이 없었다"[6]라고 고백하기도 했다. 그러나 그가 카자크가 아니라는 사실이 그의 카자크 문학이 지닌 가치를 훼손하지는 않는다. 그는 카자크 마을에서 태어났을 뿐만 아니라 그들과 함께 자라고 교육받는 등 생의 대부분을 그곳에서 보냈기 때문에 그의 삶과 문학은 카자크 정체성과 불가분의 관계에 있다고 할 수 있다. 숄로호프는 혁명과 내전 그리고 스탈린의 농업집단화 과정을 카자크와 함께 목격하고 겪었으며, 따라서 그는 돈 지방에서 벌어지던 역사적 사건의 참여자이자 목격자였다. 그러면서도 태생적 이중성 덕분에 숄로호프는 한편으로는 카자크를 애정 어린 주관적 시선으로 바라보면서도 다른 한편으로는 객관적, 즉 제3자적 시선으로 그들의 삶과 비극을 그려낼 수 있었다.

혁명과 내전은 카자크 마을에도 예외 없이 이념논쟁을 불러일으켰는데, 카자크 대부분이 제정 러시아 시대 황제와 귀족을 위해 봉사하던 군인이었기 때문에 이들의 적백갈등과 대립은 훨씬 더 격렬하고 잔인한 양상을 띠었다. 조국 러시아와 아버지 황제를 위해 함께 복무했던 카자크 농민들은 이념의 대립 속에서 서로 적이 되어 맞서 싸워야 하는 극단적인 상황에 직면했고, 숄로호프 역시 예외는 아니어서 적과 백의 선택을 강요받을 수밖에 없었다. 흥미로운 것은 그가 내전 기간 대부분을 백군 점령지역에서 살았는데도 심정적으로는 적군 쪽에 더 많이 공감하고 있었다는 사실이다.[7]

1920~22년 사이 숄로호프는 역사적 격변의 시대를 온몸으로 체험했고, 혁명과 내전 중 목격한 극단적인 상황들은 그에게 강렬한 인상을 남겼다. 그 첫 문학적 기록이 「돈 지방 이야기」와 「하늘색 초원」[8]이다. 숄로호프가 초기에 발표한 단편소설들에 대한 비평가들의 반응은 열광적이지는 않았지만 비교적 우호적인 편이었다. 알렉산드르 세

라피모비치(Aleksandr Serafimovich, 1863~1949)나 그와 관점이 같던 평론가들은 "카자크 삶에 대한 지식과 언어와 이미지의 생생한 표현력"을 높게 평가하면서도, 숄로호프에게는 "이념이 부족하고 예술적 이미지를 만들어내는 방법론이 부족"하다는 점을 지적했다.[9] 더 부정적인 평론가들은 숄로호프가 노동자계급에는 주의를 기울이지 않고 세상을 "혁명적 농민의 시선으로만 바라보는 농민작가"라는 점을 부각하며 프롤레타리아 작가로서의 한계를 지적했다. 라프의 일원이었던 셀리바놉스키는 숄로호프의 주인공들이 "계급투쟁의 진실이 이 세상에서 유일하게 정당하다는 점을 인정하지 않으며" 그 결과 "주인공들은 타고난 휴머니즘의 감정과 혁명적 잔인함을 드러내야 할 필연성 사이에서 갈등을 경험"한다고 비난했다.[10] 인물을 묘사하는 데 지나치게 도식화된 흑백대립을 활용하거나 정치적 반대자는 비열한 인간으로, 동지는 절대적으로 이상화된 인간으로 묘사한다는 점도 숄로호프 단편들의 한계이자 작가적 미성숙으로 지적되었다.[11] 전반적으로 초기 단편소설들은 작가로서의 문학적 성취보다는 정치적 생각의 선명한 표출에 집중함으로써 혁명과 내전 등 당대 현실에 대한 숄로호프의 시선을 이해하게 해준다. 물론 작가로서의 성장 가능성을 보여주기도 하지만,[12] 적군과 백군의 대립을 다루고 있는 단편들은 전반적으로 너무 극단적이다. 갈등은 지나치게 날카롭고, 그들의 대화는 너무 직설적이고 강해서 선정적이며, 가족 안에서 벌어지는 사회적·정치적 충돌은 대부분 한쪽의 강요된 죽음으로 끝날 정도로 잔인하고 부자연스럽다. 물론 소설보다 현실이 더 무서울 수도 있지만, 인간이 인간에 대해 품을 수 있는 동정심, 연민, 살인에 대한 공포, 내면적 갈등 같은 것은 이 작품들에서 좀처럼 발전하지 못하고 있다. 또한 잔인한 행동과 극한의 정치적 대립 속에서도 도덕적 정당성은 대부분 적군 측에 있는데, 숄로호프가 묘사하는 백군 카자크의 잔인함은 너무나 사실적이고 잔혹해서 오히려 비현실적으로 보인다.

　카자크 마을에서 벌어지는 적군과 백군의 대립은 귀족과 농민 사이의 계급갈등, 같은 계급 안에서의 이념갈등, 가족 구성원끼리의 반목과 위협 등으로 그들의 삶 전체를 뒤흔들어놓는다. 그중 무엇보다 비극적인 상황은 부모와 자식 간에 또는 형제간에 벌어지는 가족 안에서의 폭력이다. 이념충돌이 가족 안에서 일어나는 경우 더 잔인하고 고통스럽게 다가오는데, 그것은 가족이라면 마땅히 본능적으로 잠재되어 있는 심리적 갈등이나 내적 동요 같은 인간적 감정이 거의 드러나지 않기 때문이다. 그들 사이에는 흑과 백의 냉혹한 대립만이 있을 뿐이다. 이것이 숄로호프 초기 단편소설이 비판받는 이유이기도 하다. 이념을 지나치게 도식적으로 대비시키다보니 각 인물의 개성이나 내적 고뇌, 갈등은 찾아볼 수 없고 모두가 이념의 대변자로만 남게 되는 것이다. 『참외밭 감시인』은 백군 야전군법회의 사령관이 된 아버지와 볼셰비키가 된 큰아들 표도르의 대립과 긴장 사이에서 어머니와 동생이 겪는 공포와 정신적 혼란을 그리고 있다. 아버지는 "카자크의 명예"를 지키기 위해 백군 사령관이 되었고, 표도르는 "토지를 위해, 가난한 민중을 위해, 부자도 가난한 사람도 없는 평등한 세상을 만들기 위해 싸우러 나간다"(제1권, 63쪽).[13] 부자가 백군과 적군으로 나뉘어 야기된 긴장 속에서 어린 동생 미치카는 하나의 길을 선택하도록 강요받고, 작가는 그가 형의 길을 선택하게 함으로써 적군의 도덕적 우위를 입증한다. 『소용돌이』에서는 백군 장교가 된 큰아들이 '카자크의 명예'를 들먹이며 '돈강의 충성스러운 아들'이 되겠다고 말하면서도 정작 자기 부모의 아들이 되는 것은 거부한다. 『벌레 먹은 구멍』에서는 막내아들 스툐프카가 콤소몰(komsomal, 공산주의 청년동맹)에 가입하자 아버지와 형은 그를 더 이상 가족으로 인정하지 않는다.

> "나무에 벌레가 먹어 구멍이 생겼다고 하자. 제때 치료하지 않으면 나무는 부스러져서 죽어버릴 거야. 단호하게 치료해야 해. 아까워하지 말고 병든 가지를 잘라버려야 해. 성서에도 그렇게 씌어 있어."
> ·제1권, 243쪽

아들이 볼셰비키에 입당했다는 것을 안 순간부터 그들에게 아들은 더 이상 가족이 아니며 그저 타도의 대상일 뿐이다. 그들은 가족으로서의 애정이나 동정은 전혀 발휘하지 못하고, 서로를 수치스럽게 생각한다. 아버지와 형은 함께 돌보던 소가 없어졌다는 이유로 스툐프카에게 무자비한 폭력을 행사하는데, 소는 알아서 무사히 집에 돌아온다. 결국 아버지와 형은 집안의 '벌레 먹은 구멍'을 제거하기 위한 이유가 필요했을 뿐이었다. 이처럼 숄로호프의 초기 단편소설에서 백군은 인간적인 자질을 제대로 갖추지 못한 냉혈한이자 악의 축으로, 반면 적군은 부당함과 부조리함에 맞서 싸우는 투사로 명확하게 구분되어 있다. 그러나 이들 단편소설 중에도 단순한 이분법적 대립을 넘어 섬세한 인간적 감수성, 『고요한 돈강』의 휴머니즘적인 속성을 미리 가늠케 하는 작품들이 존재한다. 그중 대표적인 작품이 「검은 점」(1924)과 「타인의 피」다. 특히 「검은 점」은 "문학으로의 돌파"[14]라고 불릴 정도로 숄로호프를 작가로서 알려준 작품이다. 이 두 이야기가 다른 단편소설들과 다른 점은 혁명과 내전의 상황이 백군과 적군에 상관없이 모든 카자크에게 비극일 수밖에 없음을 인정한다는 것이다. 「검은 점」은 백군 아타만과 적군 기병중대장이 되어 마주친 아버지와 아들의 비극적인 파멸에 관한 이야기다. 적으로 만난 두 사람은 서로를 알아보지 못하고 치열하게 전투를 치르는데, 아버지는 죽은 적군에게 전리품으로 신발을 챙기려다 발목에 있는 '검은 점'을 보고서야 그가 자신의 아들임을 알게 된다. 숄로호프의 초기 단편소설들이 대부분 적군과 백군의 정치적·이념적 갈등과 그러한 갈등이 가족마저 해체시키는 과정에만 집중했다면, 「검은 점」은 비극적 상황에 처한 인간의 절박한 심정을 그려냄으로써 더욱 깊은 울림을 전한다. 인간으로서의 카자크는 더 이상 백군과 적군이라는 집단으로 나뉘지 않고 휴머니즘적인 본성을 갖춘 온전한 개인으로 존재하게 된다.

「타인의 피」 역시 카자크의 삶이 이념에만 맹목적으로 이끌리는 것이 아님을 보여준다. 가브릴라 노인은 백군으로서의 사명감에 아들 표트르를 참전시킨다.

> "자, 페트로, 나는 너를 장교로서 부끄럽지 않도록 준비시켰다. 너의 아버지가 봉사했던 것과 같이 봉사해야 한다. 카자크 부대와 돈강이 부끄럽지 않도록! 너의 조상들이 황제에게 봉사했으니 이제 너도 그 래야 한다!"
> ·제1권, 332쪽

그러나 아버지의 뒤를 이어 황제에게 봉사하기 위해 내전에 참전한 아들은 행방불명되고, 가브릴라 부부 앞에는 식량징발대로 참전한 적군 젊은이 표트르가 나타난다. 아들을 죽인 적군에 대한 뿌리 깊은 증오에도 불구하고 총에 맞아 쓰러진 19세의 어린 식량징발대원의 얼굴을 본 가브릴라는 연민의 정에 휩싸인다. 정치적인 신념으로는 서로 화해할 수 없는 두 사람이지만, 그들은 서로에게 아버지와 아들 같은 정을 느끼며 서서히 가까워진다. 특히 표트르가 가브릴라를 아버지라고 부르는 순간 '타인의 피'가 흐르는 두 사람은 진정한 부자간의 정을 느끼게 된다.

이 작품들은 정치적·사회적 갈등보다는 인간으로서 느끼는 갈등과 고뇌에 초점을 맞추고 있다. 적군과 백군의 대립을 선명한 이분법적 도식에 따라 전개하면서 도덕적 정당성을 적군에게 미리 예정한 다른 초기 단편소설들과는 달리, 이 두 작품에서는 어느 한쪽의 가치가 절대적으로 우월하지 않다. 그들은 인간이기 때문에 실수하기도 하지만, 또한 인간이기 때문에 용서받을 수 있다. 여기서 중요한 것은 이념의 대립이 아니라 인간성의 회복이다.

숄로호프의 초기 단편소설들에서 귀족, 지주, 장교, 성직자 등으로 대변되는 백군 카자크는 자신들의 기득권을 지키기 위해 전쟁에 참여하지만, 농민들로 구성된 적군 카자크는 가난하고 무지하면서도 내면에 휴머니즘과 인간적 장점을 간직한 사람들로 모든 억압받는 민중에게 새로운 세상을 열어주리라는 믿음을 품고 혁명의 과정에 동참한다. 이들의 가장 큰 장점은 지적으로나 정신적으로 성장하는 모습을 보여준다는 사실이다. 비록 그 과정에서 또 다른 폭력을 일으키기도 하지만, 적군 카자크는 대부분 젊은이기 때문에 자신들의 잘못을 극복할 수 있을 것이며, 이들의 이야기를 쓰고 있는 젊은 작가 숄로호프 역시 성장하는 카자크들과 함께 작가로서 성장할 것이다. 이처럼 혁명에 대한 심정적인 동조와 적극적인 정치참여는 문학적으로 덜 성숙한 초기 단편소설들의 약점을 보상해주었을 뿐만 아니라 그가 소비에트의 신진작가로 인정받는 계기로도 작용했다. 그러나 「검은 점」과 「타인의 피」에서 확인했듯이 숄로호프 소설의 문학적 성취로 평가받는 몇몇 자질은 초기 단편소설들에서 이미 틀을 갖추기 시작했다.

물론 '인간성의 회복'이라는 주제를 강조할 경우 '카자크 작가'로서 숄로호프만의 변별성은 무엇이냐는 의문이 생길 수 있다. 휴머니즘이라는 개념 자체가 너무 광범위하고 일반론적이어서 숄로호프 작품의 개성을 드러내는 데는 한계가 있기 때문이다. 그러나 숄로호프에게서 강조해야 할 것은 그가 카자크의 시선에서 카자크의 이야기를 쓰고 있다는 사실이다. 러시아 역사에서 카자크는 항상 러시아 황제와 국가를 보호하는 임무의 선봉에 서 있었으며, 따라서 농민계급으로 분류되기는 하지만 러시아 농민과는 다른 존재로 인식되어왔다. 대부분 러시아인은 그들을 변방에 살고 있는 두려운 존재, 문명인의 시선으로는 이해할 수 없는 이방인집단 정도로만 인식했다. 그러나 카자크 마을에서 태어나고 자란 숄로호프에게는 그들 역시 "러시아 차리즘의 희생자"이자 "진정한 러시아적 영혼과 본질을 품은 러시아인"이었다.[15] 숄로호프를 통해 러시아인들은 처음으로 카자크가 "러시아라는 뿌리를 가지고 있음을 알고 있고 그것을 사랑"하며 그들 스스로를 "러시아인들과 별개의 민족으로 생각하지 않는다"[16]는 사실을 알게 되었다. 따라서 숄로호프의 초기 난편소설들은 잔인하게 혁명을 진압한 카자크 기병대의 행위를 속죄하고 새로운 혁명정부에 참여함으로써 자유로운 인간으로 다시 태어나고자 하는 카자크 농민들의 염원을 담고 있다고 할 수 있겠다.

이러한 주제의식은 『고요한 돈강』을 통해 완벽한 문학적 표상을 얻게 된다. 이 소설에서는 시대적 사명감과 이념의 무게 아래에서 갈등하고 고민하는 카자크가 주인공으로 등장한다. 전형적인 카자크 농민의 삶을 살아왔던 주인공이 혁명과 내전에 참여하면서 겪게 되는 정신적 위기를 다룸으로써 거대한 역사적 흐름 속에서 살아남은 한 인간의 비극적 삶과 인간적 성장을 그려내고 있는 것이다. 이런 사실 때문에 『고요한 돈강』은 숄로호프의 소설 중에서 문학적으로는 가장 뛰어난 성취를 이루었지만 정치적으로는 가장 많은 논란을 불러일으켰다고 평가받는다. 그러나 '혁명과 문학'이라는 주제론에서 보았을 때 이 소설은 '혁명'과 '문학'을 가장 완벽하게 조합해낸 작품이라 할 수 있다. 또한 혁명이라는 거대한 역사적 수레바퀴 아래에서 특수집단이었던 카자크가 겪은 가치관의 혼란, 정체성의 탐구, 인간성의 회복을 묵직하게 그려내고 있다는 점에서 역사소설이나 혁명소설의 범주를 뛰어넘는 문학적 업적으로도 평가할 수 있을 것이다.

『고요한 돈강』: 문학과 정치

『고요한 돈강』에 대한 정치적 평가

20세기 러시아 문학에서 가장 위대한 작품 중 하나로 평가받는 『고요한 돈강』은 제1차 세계대전에서부터 볼셰비키 혁명과 내전까지의 굴곡진 시대를 산 카자크의 이야기를 거대한 파노라마로 그려낸 작품이다. 숄로호프는 이전까지 항상 이방인의 시선에서 다뤄지던 카자크의 삶과 역사를 내부자적 관점에서 진솔하게 그려냄으로써 처음으로 "러시아 민중의 비교할 수 없는 위대함과 그들의 카자크성을 전 세계에 보여주었고" 바로 여기에 『고요한 돈강』의 주요한 역사적·민족적 의미가 있다.[17] 총 4권 분량의 방대한 이 작품은 대혼란의 시대 수많은 카자크 민중의 삶을 충실하게 담아내고 있는 만큼 완성되기까지 오랜 시간이 걸렸다.[18] 1925년 쓰기 시작한 『고요한 돈강』 제1권은 1927년 완성되었는데, 발표되자마자 엄청난 성공을 거두며 일반 독자 사이에서 가장 인기 있는 작품이 되었다. 그러나 짧은 기간의 정규 교육을 받은 것이 전부인 20세의 젊은 작가가 어떻게 이처럼 대단한 작품을 써낼 수 있었는지에 대한 의문 역시 함께 제기되었다.[19] 당과 문학계의 공식적인 반응 역시 호의적이지는 않았다. 예를 들어 소설의 대단한 인기에도 불과하고 『고요한 돈강』은 대학 입학시험의 필수 목록에는 포함되지 못했다. "좋은 작품이지만, 당성이 없기 때문"[20]이라는 것이 그 이유였다. "『고요한 돈강』은 모든 계급의 사람들이 마음에 들어 한다. 이것은 일련의 생각을 불러일으킨다. 즉 이 소설에는 계급적인 경계가 지워져 있기는 하지만, 그 안에서는 계급의 적에 대한 뺨 때리기도, 카자크 빈민에 대한 지지도 없다. 『고요한 돈강』에는 가치 있는 것이 많이 들어 있지만, 그것과는 별개로 날카로운 계급적 문제제기가 없다는 것을 소설의 부족한 점으로 지적하고자 한다"[21]라는 비판도 있었다. 이 모든 부정적 반응의 정점에는 스탈린의 언급이 있었다. 그는 『고요한 돈강』의 문학적 위대함은 인정했지만 이 소설이 소비에트 공산당의 역사나 사회주의 리얼리즘의 규범에는 들어갈 수 없다고 선을 그었다.

> 우리 시대의 저명한 작가 숄로호프 동무는 『고요한 돈강』에서 일련의 허술한 실수와 잘못된 정보를 내놓고 있습니다.[22]

허술한 실수라고 완곡하게 표현하고 있지만, 스탈린의 평가는 『고요한 돈강』을 어떻게 수용할 것인지에 대한 공식적인 지침이나 마찬가지였다. 스탈린을 비롯해 문학관료들이 숄로호프 소설에서 가장 문제가 된다고 생각했던 것은 주인공 멜레호프의 이념적 동요와 카자크로서의 정체성 추구였다. 실제로 혁명 당시 적극적으로 혁명정부의 사업에 동참하고 사회주의 이념에 지지를 보냈던 숄로호프가 멜레호프 같은 주인공을 창조해낸 것은 의외의 상황으로 받아들여졌다. 초기 단편소설들에서 보여주었던 선명한 흑백논리, 적군의 윤리적 우월성 등이 『고요한 돈강』에서는 카자크 주인공의 내면적 갈등과 정신적혼란, 이념 추구의 위기 등으로 대체되고 있기 때문이다.[23] 프롤레타리아 비평가 중에서는 숄로호프를 "프롤레타리아 작가"라고 대담하게 선언한 블라디미르 예르밀로프(Vladimir Ermilov, 1904~65) 외에작품의 문학적 완성도나 이데올로기를 높게 평가한 사람이 거의 없었다.[24] 라프를 주도한 비평가 중 한 사람인 셀리바놉스키는 1929년초 『고요한 돈강』을 "프롤레타리아 문학의 첫 번째 열에 놓는 것이 가능"하다고 주장하며, 숄로호프를 "프롤레타리아 작가로 성장한 농민작가"로 규정했다. 그러나 몇 달 후 그는 자신의 실수를 인정하고[25] 숄로호프를 "프롤레타리아 작가로 성장하고 있는(하지만 완전히 성장하지는 않은) 농민작가"로 다시 규정했다. 이러한 정치적 평가 때문에 『고요한 돈강』은 프롤레타리아 문학에 속하지 못하게 되었으며, 단지 그 가까이 다가간 작품으로만 또는 "뛰어난 농민문학"으로만 남게 되었다.[26] 대부분의 라프 비평가는 집행부보다 더 노골적으로 숄로호프의 작품을 비판했는데, 그들은 라프 집행부가 "너무 느려서 프롤레타리아 문학과 사회주의의 건설속도를 맞추지 못한다"라고불평했다. 이들의 『고요한 돈강』에 대한 태도는 집행부보다 더 부정적이어서 소설의 주요 결점들로 "반동적이고 부유한 카자크 삶의 이상화, 백군 주인공, 개인으로서는 매력도 없고 잔인하기만 한 볼셰비키, 반혁명 투쟁에 대한 공평하고 객관적인 묘사, 계급투쟁의 메커니즘을 밝히려는 시도의 실패"[27] 등을 열거했다. 공산주의 아카데미의얼굴마담이었고 『문학신문』의 편집주간이었던 디나모프는 "숄로호프는 프롤레타리아-예술가가 아니다"라고 단언했다. 비록 숄로호프가프롤레타리아-예술가가 되고 싶다고 하더라도 옛 삶의 양상과 맺어진 연관성을 극복할 수 없기 때문이라는 것이다. 또한 작가 숄로호프와 주인공 멜레호프는 "내적 모순으로 분열되어 있다는 점에서 아주 가깝다"라고도 지적했다.[28] 그러나 당의 공식적인 비판이나 라프 비평가들의 노골적인 비난에도 불구하고 『고요한 돈강』은 계속해서 문학잡지에 연재될 수 있었는데, 여기에는 당의 최고지도자인 스탈린의 영향력이 크게 작용했다. 스탈린은 "우리 시대의 위대한 작가 숄로호프 동무가 소설 『고요한 돈강』에서 일련의 미숙한 실수를 하고 있지만, 이것이 『고요한 돈강』이 판매중지를 당할 만큼 부적절한 것이라고 해야만 할까요?"[29]라거나 "러시아의 위대한 작가 숄로호프에게는 작업을 위한 좋은 조건이 만들어져야 한다"[30]고 관료들을 설득하면서 그를 비난과 숙청대상에서 제외시켰다.

이렇듯 우여곡절 끝에 완간된 『고요한 돈강』은 20세기의 가장 위대한 문학작품 중 하나로 인정받으며 1965년에는 노벨문학상 수상의 영예까지 얻었다.[31] 이 작품에서는 초기 단편소설들의 문학적 약점으로 지적되었던 이념이나 정치적 성향을 따라 도식화된 인물형상과 이분법적 전개가 극복되었고, 대신 내적 갈등과 회의를 통해 주체적 인간으로 성장하는 주인공의 삶이 매우 충실하게 그려지고 있다. 소비에트 문학비평가들이 이 소설에 대해 반정치적이고 계급의식이 없다는 이유로 비난을 쏟아냈지만, 숄로호프는 러시아 전체 역사에서 항상 특수한 집단이었던 카자크가 혁명을 이해하고 그것을 통해 성장하는 과정을 그들 내부의 시선으로 그려냄으로써 러시아 문학에 새로운 문학적 성취를 이루어내었다.

『고요한 돈강』의 문학적 성취

『고요한 돈강』은 멜레호프를 중심으로 혁명과 내전 시기 카자크의 역동적인 삶을 그리고 있는 대서사시이자 역사소설이다. 이 작품을 통해 숄로호프는 가장 위대한 소비에트 작가 중 한 사람으로 평가받을 수 있었으며, 문학관료나 정치가들이 쏟아낸 불만이나 비난과는 상관없이 당대 동료 문학가들에게 이미 문학적 성과를 인정받았다. 알렉세이 톨스토이(Aleksei Tolstoi, 1883~1945)는 "우리 문학의 놀라운 현상은 숄로호프다. 그는 전적으로 10월 혁명을 통해 탄생했고 소비에트 시대를 통해 만들어졌다. 그는 고통스럽고 비극적인 사회투쟁 속에서 새로운 사회의 탄생이라는 주제를 들고 문학에 들어왔다. ……『고요한 돈강』에서 그는 흙냄새 가득한 돈 지방 카자크의 삶의 서사시를 그림처럼 펼쳐보였다. 그러나 이것이 소설의 위대한 주제를 제한하지는 않는다. 『고요한 돈강』은 언어, 진정성, 인간성, 조형성에서 범러시아적·민족적·민중적 작품이다"라고 극찬했다. 니콜라이 비류코프(Nikolai Biryukov, 1912~66)는 "숄로호프의 세계는 무엇보다 농민의 세계다. 우리 혁명에서 농민문제는 가장 복잡한 문제였다. 숄로호프에게 농민대중은 추상적이거나 모호한 존재도 아니었으며, 개성이 없고 총체적인 무언가도 아니었다. 그는 민중을 대표하는 다양한 개인을 소설 속에 배치했다"는 말로 숄로호프가 그려낸 농민들의 개성을 높게 평가했다. 안드리아소프는 "숄로호프는 콜럼버스가 아메리카 대륙을 열어주었듯이 돈 지방을 인류에게 열어주었다. …… 얼마나 아름다운 사람들이, 얼마나 부유하고 고결한 영혼들이, 얼마나 뜨겁고 열정적인 가슴이 이곳에 살고 있는지 보라. 그들이 어떻게 살고 노동하고 사랑하고 질투하고 투쟁하는지 보라"라고 숄로호프의 소설을 극찬했다.[32]

이들과는 다른 맥락에서 비평가 루카치는 『고요한 돈강』을 혁명적 서사시의 완성으로 규정하기도 했다. 그는 숄로호프가 "보편자와 특수자를 불가분한 상호관계 속에서 동시적으로 서술"하고 있는 것이 이 소설의 위대성이라고 평가하며, "좁은 공간 안에서 지방적 인물들을 중심으로 벌어지는 사건을 그리고 있지만, 소설의 정신만은 지방적 범위에 한정되고 있지 않기 때문"이라고 설명한다.[33] 주인공 멜레호프는 카자크라는 특수자이면서 동시에 인간 멜레호프라는 보편자다. 사회주의적 서사시가 요구하는 바를 아직 의식적으로 따르지 못하는 그는 하나의 "이행현상"[34]이자 단호한 인간인데도 사회적 상황 때문에 영원한 방황과 동요의 상황으로 몰리는 "농민적 햄릿"[35]이다.

루카치에 따르면 역사적으로 카자크의 정체성을 규정짓는 영원한 화두는 '카자크 국가'의 건설이었으며, 멜레호프의 반혁명도 이 사실에서 기인하는 것이므로 그는 사회주의 국가건설에 참여할 수 없었고, 결국 카자크 독립이 실패했을 때 그에게 남은 유일한 길은 농민생활로의 복귀, 역사적 곤경에서의 도주였다. 이것이 "카자크 최고의 속성을 대변하는 동시에 결정적 약점도 대변"[36]하는 멜레호프의 비극이었다. 숄로호프는 이러한 방향으로 혁명상황의 변증법을 펼쳐보였고, 그래서 『고요한 돈강』은 위대한 혁명적 서사시가 될 수 있었다는 것이 루카치의 이해다. 루카치는 『고요한 돈강』을 철저하게 계급투쟁의 과정, 서사시적 구조물로 접근했고, 이 맥락에서 소설의 위대성을 증명하고자 했다.

이러한 과정에서 필연적으로 간과될 수밖에 없는 것이 멜레호프의 내면적 갈등에 대한 구체적인 접근이다. 루카치의 관점에서 멜레호프는 카자크적 이중성의 구현체이자 사회적 상황 때문에 비극적 운명을 맞이하는 개인이다. 그러나 루카치는 멜레호프의 중요한 본성을 간과하고 있다. 그것은 숄로호프가 처음부터 끝까지 멜레호프의 삶에 녹여내고 있는 휴머니즘적 정신, 즉 살아 있는 모든 생명체에 대한 애틋한 감정과 연민의 정이다. 이것은 그가 카자크나, 농민, 장교 등 어떤 역할을 맡든 상관없이 일관되게 그의 삶을 관통하고 있으며, 그가 비극적 선택을 할 때마다 항상 중요한 계기로 작용한다. 들판에서 풀을 베다가 자신의 낫에 목숨을 잃은 들오리 새끼를 보며 느낀 날카로운 연민의 정은 전쟁터에서 그가 휘두른 칼에 목숨을 잃은 오스트리아 병사에게로 전이된다. 인간이 인간을, 생명체가 생명체를 죽이는 전쟁의 참혹함 앞에서 그의 내면은 혐오와 의혹으로 가득차고, 극복할 수 없을 만큼 무기력해진다. 전쟁은 "서로가 동물적인 공포에 휩싸인 채 부딪치고 서로 베고 서로 때려서 자신도 다치고 말도 다치게 하고, 결국은 누군가가 쏜 총소리에 놀라 사방으로 도망치는 것일 뿐인데"(제2권, 285쪽) 그것이 위대한 훈공으로 불리는 상황을 멜레호프는 용납할 수 없어 한다. 그처럼 신체가 강한 사람은 육체적 고통은 이겨낼 수 있지만 마음의 아픔, 가령 자신이 죽인 오스트리아 병사가 꿈에 나타나 그를 정신적으로 괴롭히는 상황은 쉽게 극복하지 못한다. 혁명과 내전이라는 불가항력적인 역사적 사건 앞에서 인간성이 무너질수록 멜레호프는 점점 잔인한 군인으로 변하겠지만 그의 내면에 감추어진 인간적인 본성은 결코 사라지지 않을 것이며, 따라서 그의 인생은 더욱 비극적으로 될 것이다. 그의 내면에 자리 잡은 생명존중, 휴머니즘은 마지막까지 그를 따라다니며 괴롭힐 것이지만 소설 속 그어떤 인물보다도 인간으로 남을 여지 또한 줄 것이다. 소설의 마지막에서 멜레호프는 아들이 있는 고향으로 귀환한다. 혁명의 현실이나 전쟁의 참혹함에 대한 환멸, 카자크 독립주장의 공허함, 비적단의 무목적적인 행위, 그 어디에서도 자신의 길을 찾지 못한 멜레호프를 마지막까지 지탱해준 것은 인간의 가장 순수한 감정인 사랑, 즉 아내 아크시냐에 대한 사랑이었다. 하지만 그녀마저 죽음으로 그의 곁을 떠나고 말았다. 모든 정치와 사상, 이념을 걷어내고 사랑하는 이까지 떠나보낸 멜레호프를 마지막까지 지탱해준 힘은 유일한 혈육인 어린 아들이었으며, 그에게 돌아가는 것은 결국 카자크 고향으로의 귀환이기도 하다.

이러한 결말에 대해 소비에트 비평가들은 멜레호프가 계급투쟁에 매진하지 못하고 비극적 운명을 맞았다는 이유로 숄로호프를 비난했고, 차라리 멜레호프를 죽게 하는 것이 올바른 결론이라고 주장했다. 반면 비정치적 성향의 비평가들은 멜레호프의 귀환을 숄로호프 휴머니즘의 승리라고 평가한다. 멜레호프가 인간적 속성, 즉 카자크라는 특수집단의 속성을 극복하고 온전한 인간으로 성장해가는 드라마라는 점에서 『고요한 돈강』은 시대와 이념을 초월해 위대한 소설로 읽힐 수 있다는 것이다. 그런데 『고요한 돈강』이 카자크 소설이라는 점에 주목해본다면 조금은 다르게 이해할 수 있지 않을까 한다. 처음부터 끝까지 멜레호프의 인생은 비극적인 선택의 연속이었는데, 사실

이것은 개인적인 문제라기보다는 카자크 중농이 처한 시대적·계급적 한계로 볼 수 있다. 리스트니츠키나 코셰보이로 형상화된 귀족 카자크와 가난한 농민 카자크는 적과 백을 선택하는 상황에서 고민할 필요가 없었다. 그들에게는 처음부터 모든 것이 명확했고 직선도로만 있었다. 하지만 멜레호프에게는 모든 것이 불명확했고 그래서 계속 헤매고 이리저리 떠돌 수밖에 없었다. 멜레호프의 불행과 비극은 처음부터 예정된 것이었다. 그래서 『고요한 돈강』의 결말은 "잔인하지만 현실적"[37]이다.

　적군과 백군, 비적단까지 그 어느 곳에서도 자신의 자리를 찾지 못하고 방황하던 멜레호프가 죽는 것으로 이 소설이 끝났다면 그것은 중농 카자크가 소비에트 권력과 타협하지 못함을 입증할 뿐이므로 숄로호프는 결코 그러한 결말을 원하지 않았을 것이다. 『고요한 돈강』이 반소비에트적인 소설로 읽힐 수 없는 이유도 여기에 있다. 멜레호프는 '죽음'으로는 자신의 죄나 실수를 만회할 수 없다. 그럴 경우 소비에트 권력과 결코 타협하지 못한 채 스스로의 파멸을 선택한 것이 되기 때문이다. 그렇다고 그의 귀환을 "카자크의 살아남음"으로, 그의 팔에 안긴 아들 미샤를 "카자크 생존의 상징이자 러시아 민중과 미래에 이룰 단일성에 대한 상징"[38]으로만 받아들일 수도 없다. 멜레호프가 주인공인 이유는 다른 맥락에서 이해해야 한다. 사회주의 리얼리즘적 관점에서라면 주인공은 빈농출신으로 철저하게 사회주의 이념을 추종하고 소비에트 인간으로 성장하는 코셰보이가 되어야 하지만, 숄로호프는 방황하는 카자크 중농 멜레호프를 내세워 파멸의 이야기를 그리고 있다. 즉 『고요한 돈강』은 카자크가 자신들의 집단적 특수성을 넘어 범소비에트적 인간으로 재탄생해야 함을 증명하면서도, 그렇게 되기까지의 과정이 너무나 비극적임 역시 강조한다. 멜레호프 삶의 과정들, 즉 농민 카자크로서 평화로운 삶을 살다가 황제의 군인으로서 전쟁에 참여했고 이후 카자크 독립에 대한 꿈을 품고 혁명에 앞장섰다가 결국 비적단에 들어가는, 이 모든 삶의 행적은 카자크 전체 역사의 구현이며, 따라서 그의 몰락은 카자크성의 몰락을 상징한다. 소비에트 러시아라는 거대담론 속에서 결국 자신들의 집단적 정체성을 내려놓고 소비에트 인간으로 재탄생할 수밖에 없음이 카자크의 역사적 필연이겠지만, 그러한 과정은 고통스러울 수밖에 없다. 『고요한 돈강』은 그것에 대한 비극적 기록이다.

소비에트 문학의 한계를 넘어서

러시아혁명은 러시아 역사와 전체 러시아인의 삶에 돌이킬 수 없는 변화를 가져왔으며, 그들의 가치관 정립에도 확고부동한 지침을 마련해주었다. 소비에트에서 가장 사랑받았던 작가 중 한 사람인 숄로호프와 그의 작품들은 정치적 평가에서 결코 자유로울 수 없었다. 그러나 정치적 정당성으로 평가받는 작품과 문학적 완성도로 평가받는 작품은 다를 수밖에 없다. 여기서 중요한 것은 무엇이 옳은지의 문제보다는 혁명(정치)과 문학이라는 테마가 숄로호프에게서처럼 극명하게 대비되는 소비에트 작가가 거의 없다는 점이다. 그렇다면 혁명 100년이 지난 이 시점에서 작가 숄로호프를 어떻게 평가해야 할 것인가? 이제는 정치에서 그를 놓아주어야 할 때다. 100년 전 성공한 볼셰비키 혁명은 이미 그 생명력을 상실하고 말았지만, 「돈 지방 이야기」『고요한 돈강』의 작가 숄로호프는 현재도 여전히 유효하기 때문이다. 그는 세계문학사에 처음으로 카자크를 생명력 있는 존재로 그려내었으며, 그들의 삶과 고뇌, 비극적 역사를 그대로 보여주었다. 그러나 그것은 단지 카자크라는 특수한 집단의 문제가 아니라 혁명을 겪은 러시아 민중 전체의 이야기이기도 하다. 「돈 지방 이야기」와 「하늘색 초원」 등 초기 단편소설들에서 우리는 혁명에 대한 예찬과 볼셰비키 정당에 대한 지지를 분명하게 읽어낼 수 있다. 이들 작품에는 이념의 혼란으로 고통받는 사람이 없으며, 선명한 흑백논리와 자신이 지향하는 정치노선을 위해 죽음을 불사하는 카자크들만을 보게 된다. 주제와 구성의 도식화된 전개 때문에 문학적으로는 크게 평가받지 못했지만 숄로호프의 정치성만은 분명하게 확인할 수 있는 작품들이었다.

 이처럼 문학적으로 많은 한계를 내포하고 있는 초기 단편소설들을 발표한 시기에 숄로호프는 소비에트 문학사에서 가장 위대하다고 평가받는 『고요한 돈강』의 집필에 착수한다. 이 작품은 초기 단편소설들과 달리 혁명과 내전에 대한 분명한 정치적 정향성을 드러내지 못하고 내적으로 고뇌하고 갈등하는 비극적 주인공을 그리기 때문에 당의 비평가들에게는 비판을 받았지만, 문학적으로는 가장 훌륭한 소비에트 문학으로 평가받고 있다. 왜 『고요한 돈강』에서 이전 단편소설들이 보여주었던 정치적 선명성이 힘을 잃게 되었는지, 단편소설의 한계로 지적되었던 허약한 문학성이 어떻게 갑자기 극복될 수 있었는지에 대해서는 여전히 설득력 있는 설명이 부족하지만, 이 작품이 수많은 정치적·문학적 논쟁에도 불구하고 숄로호프의 작가적 역량의 정점을 보여주고 있다는 사실은 분명하다. 소비에트의 주류작가로서 숄로호프는 자신의 작가적 임무를 잘 알고 있었다. 그러나 그것을 문학적으로 형상화하는 과정에서 그는 정치적 설득력보다는 인간성에 대한 탐구에 더 몰두한 것으로 보인다. 이러한 점에서 그는 카자크 지방 출신의 위대한 작가라는 타이틀에서 벗어나 진지한 인간 탐구자로 인식되어야 할 것이며, 혁명의 시대에 문학이 무엇을 할 수 있는지 보여준 작가로서 인정받아야 할 것이다.

2

혁명의 지평을 넓힌 이론들

"삶의 감각을 회복시키기 위해,
사물들을 느끼기 위해, 돌을 돌로 만들기 위해
이른바 예술이라는 것이 존재한다.
예술의 목적은 대상을 단순히 인지(uznavanie)하는
것을 넘어
그것을 바라봄으로써 감각하는(videnie) 데 있다."
• 빅토르 시클롭스키

변현태 서울대학교·고대러시아문학, 러시아문학이론

혁명과 아방가르드[1]

아방가르드와 정치라는 문제설정

혁명을 소박하게 사회제도와 정치질서의 발본적인 변혁으로 이해한다면, 러시아 아방가르드를 포함하는 아방가르드 운동을 문학과 예술에서 혁명에 가장 근접했던 역사적인 시도로 보아도 무방할 것이다. 아방가르드야 말로 문학성이나 예술성에 대한 전통적인 생각뿐 아니라 문학성이나 예술성을 규정하는 문학제도나 예술제도의 발본적인 변혁을 지향했기 때문이다. 가령 아방가르드에 대한 고전적인 연구서 『아방가르드의 이론』을 쓴 페터 뷔르거(Peter Bürger, 1936~2017)에 따르면 '역사적 아방가르드'는 예술의 자율성을 핵심으로 하는 부르주아적인 제도예술(Institution Kunst)에 대한 발본적인 비판을 시도했다.[2]

물론 뷔르거가 말하는 제도예술은 문학성이나 예술성에 대한 담론을 생산하는 구체적인 사회적 제도, 가령 대학이나 출판사, 비평계 등보다는 근대 이후로 문학적·예술적 자율성이라는 담론을 형성해온 미학적·비평적 담론, 가령 칸트의 『판단력 비판』이나 실러의 『인간의 미적 교육에 관한 서한』 같은 다소 추상적인 담론체계를 가리킨다.[3]

하지만 뷔르거가 제도예술을 실생활(praxis of life)에 대립시키고 다시 아방가르드를 예술과 실생활을 통합하는 시도로 파악한다는 사실을 고려해볼 때, 아방가르드가 미적 자율성을 중심으로 예술과 실생활의 분리를 재생산해내는 기존 예술제도들의 발본적인 변혁을 시도했다는 사실은 매우 중요하다.

러시아 아방가르드에 대한 연구에서 이는 특히 중요하다. 왜냐하면 러시아 아방가르드야 말로 문학제도나 예술제도에 대한 발본적인 변혁을 시도했고 또 부분적으로 이 시도를 성공시켰던, 어찌 보면 유일한 아방가르드였기 때문이다. 이 글에서 우리가 염두에 두고 있는 것은 소비에트 혁명 이후 등장한 다양한 예술적·정치적 관점들과 투쟁하며 현실로 개입해 들어갔던 혁명 후 아방가르드의 다양한 경향들이다. 이들을 아방가르드로 통칭하게 된 것은 한참 이후의 일이며[4] 당대에 그들은 '구축주의자' '생산주의자' '미래주의자' 또는 단지 '좌파들'(levye)로 스스로를 명칭했다.

1923년부터 1925년까지 이들이 모여서 펴낸 잡지 『레프』 창간호에 실린 글 「레프는 누구를 경계하고 있는가?」(Kogo predosteregaet Lef?)를 보면 당시 아방가르드의 다양한 경향을 확인할 수 있다. 이 글에서 레프는 우선 "레프의 동지들! 우리는 알고 있다, 우리가 좌파의 장인들이라는 사실을. 우리가 오늘날 예술의 가장 뛰어난 노동자들이라는 사실을"이라는 말로 스스로를 규정한다. 그런 다음 '미래주의자들' '구축주의자들' '생산주의자들' '시어연구회회원들(형식주의자들)'을 차례로 호명하면서 각 '동지'에게 과제를 부여한다.[5]

다양한 자기 명칭에도 불구하고 이 문예운동그룹은 『레프』와 『신레프』를 중심으로 활동한다는 점에서 '레프'라고 불렸다. 이들은 예술창작이나 이론연구에만 자신들의 활동을 제한하지 않았고 때로는 정책으로, 때로는 교육으로, 때로는 출판활동으로 현실에 적극적으로 개입하고자 했다. 가령 그들은 고등예술·기술학교(BKHUTEMAS, 1920년 설립되어 1926년 고등예술·기술연구소

BKHUTEIN로 통합된 뒤 1930년까지 존재한다)에서 교육활동을 했으며, 루나차르스키를 수장으로 하는 국가기관인 인민계몽위원회 산하의 조형예술분과나 역시 국가기관인 예술·문화연구소(INKHUK)에서도 활동했다.

여기서 아방가르드와 정치의 관계라는 문제가 제기된다. 가령 앞서 인용한 뷔르거의 연구처럼 아방가르드를 제도예술의 예술적 자율성에 대한 비판이자 실생활과 예술을 통합하려는 시도로 규정하는 한 아방가르드는 필연적으로 현실정치적 문제인 예술제도와 연결될 수밖에 없다(뷔르거는 이 문제를 충분히 발전시키지 않았다). 헬 포스터(Hal Foster, 1955~)는 이러한 뷔르거의 아방가르드 이론을 비판하면서 예술과 삶의 통합으로 아방가르드를 규정한다면 이는 필연적으로 혁명의 와중에 등장한 운동들, 즉 실제로 삶을 변혁할 수 있는 가능성을 갖췄던 운동들만으로 아방가르드를 협소하게 정의할 수밖에 없다고 주장한다. 더 나아가 포스터는 서구의 좌익예술가나 이론가들이 내리는 러시아 구축주의(Constructivism)에 대한 특권화된 평가가 바로 이러한 사실에 근거하고 있으며 오히려 러시아 구축주의는 다양한 아방가르드적 시도 중에서 '유일한 예외'일 뿐임을 지적한다.[6]

이 글은 그 반대, 즉 혁명 후 아방가르드가 '유일한 예외'가 아니라는 사실, 오히려 혁명 후 아방가르드의 이론적·미학적 시도에 아방가르드의 보편성이 있을 수 있다는 관점에서 출발한다. 혁명 후 아방가르드의 다양한 경향에도 불구하고(가령 미래주의자들은 시와 연극창작 영역에서, 구축주의자들은 회화나 조각, 건축, 디자인 등 미술 영역에서, 생산주의자들은 사회학과 미학이론 영역에서, 형식주의자들은 문예학과 언어학 영역에서 주로 활동한다), 1920년대에는 『레프』와 『신레프』를 중심으로 다양한 경향을 통합하는 공통의 기획이 존재했는데, 이 기획을 통해 예술과 삶의 통합을 모색했던 아방가르드의 이론적·미학적 지향이 드러난다. 이 공통의 기획이 '삶건설'(zhiznestroenie) 이념과 '팍토그라피야'(faktografiya)론(論)/'사실문학'(literatura fakta)론이다.

이를 살펴보기 전에 아방가르드와 정치의 관계에 대한 관점들을 먼저 검토할 필요가 있다. 삶건설 이념이나 팍토그라피야론이 '예술과 삶'의 문제를 다루고 있으며 이는 궁극적으로 삶을 조직하는 문제로서의 정치와 관계되기 때문이다. 이 글에서는 포스트소비에트에서의 아방가르드 수용에 대한 검토라는 우회로를 통해 이 문제를 살펴보기로 하자.

러시아에서는 1960~70년대부터 조금씩 아방가르드를 연구했지만 본격적인 연구는 포스트소비에트의 경계에서 이루어졌다. 포스트소비에트의 경계에서 아방가르드에 대한 예술계·학계의 관심은 소비에트 기간 정치적인 이유로 금기시되었던 대다수 주제와 마찬가지로 매우 폭발적이었고 그 화력은 지금까지도 지속되고 있다. 1920년대의 혁명 후 아방가르드에 대해서도 사정은 마찬가지인데 이들의 정치성을 바라보는 여러 관점은 두 가지 근본적인 경향으로 압축할 수 있다.

하나는 혁명 후 아방가르드의 정치성을 아방가르드 예술성의 변질로 파악하면서 혁명 전 아방가르드(가령 회화에서의 절대주의 Supermatism나 문학에서의 미래주의)와 혁명 후 아방가르드를 분리하고자 하는 시도다. 다른 하나는 아방가르드의 예술적 혁명성의 본질을 혁명 후 아방가르드에서 본격화되는 예술과 삶의 통합 시도에서 찾고자 하는 시도다.

전자의 관점은 학계에서 지속적으로 표출되는 것인데, 가령 독일의 연구자 한스 귄터(Hans Günter, 1941~)는 1920년대 소비에트 아방가르드를 '제2차 미래주의'라고 통칭하면서 이렇게 묘사한다. "혁명과 가까워지는 것은 미래주의 운동의 성격을 근본적으로 변화시킨다. (…) 이 현상의 특징은 사회적이고 정치적 과제를 수행하기, 창조적인 창의성을 약화시키기, 대중적 취향에 접근하기 등이다."[7] 귄터에게 '제2차 미래주의'는 가령 "[삶의 묘사를 내신하는] 구축성, 관례성, 기법의 노출, 작품의 몽타주적 성격, 난해한 초이성적 언어, 문학에 대한 탈정전적인 접근"[8] 등을 특징으로 하는 혁명 전 미래주의 또는 진정한 아방가르드의 변질이다. 그리고 그 근본적인 원인은 '혁명과 가까워지는 것', 즉 혁명 후 아방가르드의 정치적 지향에 있다.

예술의 자율성이라는 오랜 전통에 입각해 있는 서구학자만 아방가르드의 핵심을 기존의 예술적―주로 미메시스적―관례를 파괴하고 새로운 미적 장치를 발명하는 것으로 간주하면서 1920년대 소비에트 아방가르드에서 노골화되는 정치적 지향을 아방가르드의 변질로 간주하는 것은 아니다. 가령 러시아 모더니즘 문학 연구자인 갈리나 벨라야(Galina Belaya, 1931~2004)는 귄터의 '제2차 미래주의'라는 용어를 차용하면서 "1930~50년대 공식비평에서 혁명 후 아방가르드는 '형식주의'와 동일한 것이었다. 1970년대가 시작되면서 '아방가르드' 개념은 전체주의와 동일시되었다"[9]라고 주장한다. 전자의 주장은 그렇다 쳐도 후자의 주장, 즉 아방가르드 개념과 전체주의의 동일시는, 이미 1970~80년대부터 니콜라이 하르드지예프(Nikolai Khardzhiev, 1903~96)의 아방가르드 문학연구나 셀림 한-마고메도프(Selim Khan-Magomedov, 1928~2011)의 아방가르드 건축연구 같은 아카데믹한 연구가 본격화되었다는 사실을 생각해본다면, 다소 과한 것으로 보인다.

아방가르드 개념과 전체주의를 동일시한 벨라야의 주장은 미술사학자이자 미술비평가인 글레프 포스펠로프(Gleb Pospelov, 1930~2014)의 견해에 입각한 것이다. 포스펠로프는 「다시 한번 아방가르드에 대하여」(1998)라는 글에서 당시 러시아에서 아방가르드 개념이 마구잡이로 확산되었다고 비판한다. 오늘날 아방가르드로 통칭되는 러시아의 다양한 예술경향, 즉 '절대주의', '미래주의', '무대상 회화' 등이 아방가르드라는 용어로 포획되었던 역사 자체를 비판적으로 재검토하는 것이다. 그에 따르면 군대의 전위를 뜻하는 전투적이고 정치적인 용어 아방가르드가 러시아 예술과 결합된 사건의 기원은 전적으로 서구에 있다. 즉 1950~60년대 사회주의에 경도되었던 유럽의 지식인들이 20세기 초 러시아 미술의 예술적 급진주의와 러시아혁명의 정치적 급진주의를 동일시하려는 차원에서 "명백하게 정치적인 반향을 가진 용어법을 예술로 옮기려고" 시도했다는 것이다.[10] 포스펠로프는 실제로 아방가르드 개념을 20세기 초 러시아 미술에 적용한 사람은 프랑스의 미술비평가 미셸 쇠포르(Michel Seuphor, 1901~99)로, 그가 러시아 미술을 다루는 논문에서 '시대의 아방가르드[전위]'라는 표현을 최초로 썼다고 밝힌다. 이후 러시아 미술사가들과 미술비평가들이 점차 아방가르드라는 표현을 받아들이게 되었다는 게 포스펠로프의 주장이다.

포스펠로프에 따르면 러시아 미술계에서 이러한 아방가르드의 정치성은 1981년 열린 '모스크바-파리' 전시회에서 뚜렷하게 나타난다. 그 기간 "모두 '아방가르드'에서 삶의 구체성과 다양성에 대한 경시, **삶 그 자체에 대한 폭력**을 뚜렷하게 느끼게 되었는데, 특히 1920년대 의지의 독재라는 분위기를 내뿜은 소비에트 건축기획들에서 강렬하게 느꼈다."[11] 1920년대 소비에트 건축기획들이란 물론 구축주의 건축기획을 가리키는 것이다. 한 개인의 회고에 따른 것이기는 하지만 포스펠로프의 아방가르드 개념사 정리는 1920년대 소비에트 아방가르드의 한 수용양상을 뚜렷하게 보여준다. 바로 이러한 수용양상 위에서 벨라야는 '제2차 미래주의'를 포함한 정치적 아방가르드에서 예술적 아방가르드를 구출하고자 한다. "혁명 전의 ('역사적') 아방가르드와 '제2차 미래주의', 즉 겉으로 보기에만 1920년대 예술 속에서 전자를 지속하는 것의 개념을 구별할 필요성"이 있다는 것이다.[12]

이런 맥락에서의 혁명 후 아방가르드에 대한 비판적인 태도는 비록 약화된 형태이기는 하지만 지금까지도 지속되고 있다. 가령 논문집 『러시아 문학비평의 역사: 소비에트와 포스트소비에트 시기』[13]의 저자들은 혁명 후 아방가르드에 대해 더욱 중립적으로 접근하면서도 이를 일종의 '계급투쟁적' 관점에서 검토한다. 이들은 혁명을 전후로 진행된 러시아 아방가르드의 진화를 이렇게 묘사한다. "가령 이전까지 입체미래주의자들의 관심이 근본적으로 언어적이고 예술적인 측면에 정박되어 있었다면 10월 혁명 후에는 새로운 과제가 설정된다. 즉 '시적 질료'를, 사회적 창조라는 과정으로 매우 넓게 이해되어지는 예술적 과정의 '생산품'이자 도구로 전환한다는 것이다."[14] 한마디로 이는 "텍스트 건설에서 삶건설로의"[15] 이행을 뜻한다.

벨랴나 포스펠로프와 달리 『러시아 문학비평의 역사』의 저자들은 혁명 후 아방가르드의 미학적 측면을 무시하지는 않는다. 그들은 혁명 후 아방가르드가 자신의 고유한 미학적 기획을 갖추고 있었으며 이 기획을 『레프』로 전달했다는 사실을 적시한다. "[혁명 후] 새로운 미학적 기획의 발전에 입체미래주의가 이바지한 바는, 입체미래주의가 [혁명에] 이데올로기적이나 미학적으로 낯선 전통을 넘어서는 새로운 이념과 새로운 질료의 원천을 처음으로 주목했다는 사실에 있다. 이것이 바로 신경제정책 시기 『레프』와 『신레프』에서 발전되게 될 바로 그 유산이다."[16]

이어서 『러시아 문학비평의 역사』의 저자들은 혁명 후 아방가르드가 이러한 기획을 실현하기 위해 인텔리겐치아로서 한편으로는 노동자들(프롤레트쿨트의 비평가들)과 다른 한편으로는 마르크스주의 비평가들(루나차르스키와 트로츠키 등)과 일종의 계급투쟁을 벌여야 했다고 주장한다. 이는 혁명 후 아방가르드의 미학적 기획을 그 계층적 측면(인텔리겐치아)에서 평가하는 것이다. 프롤레트쿨트-아방가르드-마르크스주의 비평이라는 이 대립구도는 오늘날의 관점에서 보자면 매우 문제적이다. 아방가르드를 '형식주의'로 비판했던 소비에트의 공식비평이 역사적인 유효성을 상실해버린 오늘날 어떤 측면에서 보자면 아방가르드 미학이론이야말로 '마르크스주의적'이라고 평가할 수 있기 때문이다. 구축주의자나 생산주의자들의 글은 마르크스주의적 용어법으로 가득할 뿐 아니라 그들의 의도 또한 새로운 마르크스주의 미학 또는 유물론적 미학을 구축하는 것이었다. 따라서 이러한 문제를 제기할 수 있다. 혁명 후 아방가르드 미학은 전통적인 소비에트 문학비평이나 예술비평보다 더 마르크스주의적이지 않은가?
결국 이 문제는 혁명 후 아방가르드 미학이론의 '마르크스주의적 성
격' 또는 '정치성'과 연관될 것이다.

최근 일부 러시아문학·예술비평가가 혁명 후 아방가르드와 정치의
문제를 지금까지 살펴본 비판적인 태도와 다른 관점에서 적극적으로
분석하고 있다. 가령 2007년 5월 18일, 상트페테르부르크에서 진행
된 자크 랑시에르(Jacques Rancière, 1940~)와 젊은 러시아 예술가·
예술비평가 그룹인 '무엇을 할 것인가'(Chto delat')의 대담, '폭발은
예견될 수 없다'(Vzryvy nepredskazuemy)가 좋은 예다.[17] 이 대담의
발제격인 발언에서 러시아 예술평론가 마군은 이렇게 말한다.

> 오늘 우리가 당신과 토론하고 싶은 문제는 미학과 정치의 관계입니
> 다. 오늘날의 정치적·문화적 상황 속에서 생산적일 수 있는 구체적
> 인 예술유형에 대해 이야기할 수 있을까요? 우리의 가설은 이러한 예
> 술유형 또는 심지어 예술에 대한 이해가 개념으로서 그리고 현상으
> 로서 아방가르드라는 것입니다. (…) 우리에게 이러한 유형의 예술과
> 정치적 해방은 그 연관성이 명백했습니다. 요컨대 문제는 이런 겁니
> 다. 아방가르드 개념의 적용과 유관성에 대해 당신은 어떻게 생각하
> 십니까?[18]

이처럼 포스트소비에트의 젊은 예술가·예술비평가들은, 정치를
'감지 가능한 것의 분배'로 규정하면서 '정치의 미학화'를 감행했던
랑시에르에게 '미학과 정치의 관계'를 묻고 있다. 이 질문의 출발점
은 무엇보다도 러시아 아방가르드라는 경험의 현재적 생산성이고,
이때 러시아 아방가르드는 무엇보다도 삶건설의 구호 아래 '예술의
삶 속에서의 용해'(rastvorenie iskusstva v zhizni)를 지향했던 레프를
가리킨다. 그들이 레프를 주목한 것은 명백한 '예술과 정치적 해방의
연관성' 때문이다.

이 질문에 랑시에르는 우선 아방가르드를 두 가지로 구별한다. 한편에는 '새로운 삶형식'의 창조를 의식적으로 지향했던 예술로서의 아방가르드가 있다. 엘 리시츠키(El Lissitzky, 1890~1941), 알렉산드르 로드첸코(Aleksandr Rodchenko, 1891~1956) 같은 구축주의 예술가가 여기에 포함된다. 이들은 예술과 정치 사이의 경계를 없애고 감각적 삶의 새로운 조직을 창조하려고 했다. 다른 한편에는 카프카, 조이스, 폴록이 있다. 이들과 전자가 공유하는 것은 평균적인 재현적 예술의 부정뿐이다. 그들은 새로운 삶형식을 창조하려고 하지 않았으며, 예술을 정치와 통합하려고 하지 않았다. 기실 랑시에르가 카프카, 조이스, 폴록의 이름을 거론한 것은 마군이 페레스트로이카라는 상황 속에서 자신들에게 영향을 미친 대표적인 것으로 소비에트 아방가르드 외에도 서구의 모더니즘을 언급했기 때문이다.

다시 마군은 '새로운 삶형식'이라는 랑시에르의 규정을 아방가르드의 종별적인 규정으로 사용할 수 없는지 질문한다.

아마도 이러한 특징들에 대한 규정이 아방가르드와 모더니즘 사이의 경계를 뚜렷하게 해주지 않을까요? 모더니즘은 혁신적인, 비재현적인 기법을 이용합니다. 예술 그 자체를 숭고하게 하기 위해, 전 세계를 자신 속에 품은 절대적인 예술작품을 만들기 위해 말이죠. 반면 아방가르드는 같은 기법을 이용하지만, 이는 정반대의 것을 창조하기 위해서 입니다. 즉 예술을 내부에서부터 파열시켜서 그것을 삶 속에서 용해하기 위해서죠. 헤겔이 이미 말했던 것처럼 예술을 '종말시키기' 위해서 말입니다. 즉 모더니즘에서는 삶이 예술 속에서 용해된다면 반대로 아방가르드에서는 예술이 삶 속에서 용해되는 거죠.[19]

모더니즘과 아방가르드를 다소 과격하게 분리하는 마군의 논법은 이후에도 이어지는바, 가령 말레비치의 「흰 바탕 위의 검은 사각형」(1915)을 검은, 투시 불가능한 사각형(모더니즘 유토피아)으로, 「흰 바탕 위의 흰 사각형」(1918)을 하얀, 보이지 않을 정도로 삶으로 용해된 것(아방가르드 유토피아)으로 해석한다. 이 과격한 분리는 물론 자신들의 예술전략을 모더니즘 일반과 차별되는, '예술의 삶 속에서의 용해'를 지향했던 소비에트 아방가르드로 정향하기 위해서다.

이처럼 혁명 후 아방가르드를 바라보는 두 대립적인 관점이 존재한다. 진정한 아방가르드인 혁명 전 아방가르드를 혁명 후 정치적 또는 정치화된 아방가르드에서 구출하고자 하는 시도(벨랴야, 포스펠로프)와 그 반대로 혁명 후 아방가르드에서 아방가르드의 진정한 문제의식, 즉 '삶과 예술' '예술과 정치'의 실현을 보고 이를 발본화하고자 하는 시도('무엇을 할 것인가')가 그것이다. 이 글은 후자의 관점에서 혁명 후 아방가르드가 전면화시켰던 삶건설 이념과 팍토그라피야론/사실문학론을 검토할 것이다.

삶건설 이념

1923년 『레프』 제1호에 실린 「삶건설의 기호 아래서」라는 글에서 생산주의 이론가 니콜라이 추자크(Nikolai Chuzhak, 1876~1937)는 당대의 예술상황을 이렇게 요약한다.

> 우리 러시아 예술, 시에서 회화, 극장에 이르기까지 그 전체 종은 지금 어떤 엄청난 전환기의 상태를 체험하고 있다. 이는 단지 그 속에서 필연적인 개화가 감지되는 어떤 위기 같은 것이 아니다. 그렇다. 이는 진정으로 '사느냐 죽느냐'의 문제인 것이다. (…) 오늘날 예술이란 무엇인가? 필연적일 예술의 삶 속에서의 용해를 마주보면서 말이다.[20]

추자크는 일단 당대의 예술상황을 '예술의 삶 속에서의 용해'에 직면한 '사느냐 죽느냐'의 문제로 요약한다. 일단 이 문제는 삶의 전면적인 변혁이라는 혁명적 상황과 연관된다. 삶 전체의 근본적인 건설이라는 혁명적 상황 속에서 예술은 이러한 삶건설의 일부로서 사회주의적인 삶/생활건설에 복무해야 한다. 1928년 『신레프』 제11호에 실린 「삶건설의 문학」이라는 글에서 추자크는 이렇게 말한다.

> 우리의 시대가 삶건설로서의 예술이라는 구호를, 생산예술, 일상예술이라는 구호에 구체적으로 근거하고 있는 구호를 제기했다. 문학에서 이는 우리 시대의 건설(생산, 혁명-정치, 일상)에 작가가 직접적으로 참여하는 것으로서, 자신의 글쓰기를 구체적인 필요와 결부시키는 것으로서 해독되고 있다. 낡은 미학이 삶을 변체(變體)-조명했고(변증법의 '신비화된' 형식), 삶을 '자유로운' 상상의 빛으로 물들였다면, 예술에 대한 새로운 과학은(이제 '미학'이라는 말은 던져버려야 할 것이다) 현실을 재건축이라는 방법을 통해 변화시킬 것을 전제한다(마르크스에 따른 변증법의 '합리적인' 본질).[21]

이러한 삶건설로서의 예술이 삶과 예술, 정치와 예술 사이에 가로놓인 경계의 선언적인 폐기만을 의미하지는 않는다. 삶건설 이념은 러시아 아방가르드가 지속적으로 보여준 반(反)전통주의의 맥락 위에서 과거의 '예술적 창조'를 '생산'으로, '삶인식으로서의 예술'을 '삶건설로서의 예술'로 대체하면서 구축된다. 추자크는 한편으로는 전통적인 리얼리즘 문학에, 다른 한편으로는 당대의 마르크스주의 이론가 보론스키가 말한 '삶인식으로서의 문학'에 스스로를 이론적으로 대립시키면서 이렇게 말한다. "전체적으로 낡은 미학, 심지어 그중 가장 뛰어난 미학과 예술에 대한 새로운 과학의 차이는 무엇인가? 낡은 미학은, 그 가장 뛰어난 미학조차도 삶인식의 특정한 방법으로서의 예술이라는 개념에 근거했다."[22]

인식이라는 매개 없이 또는 '예술적 허구'라는 매개 없이 직접적이고 무매개적으로 삶과 예술을 통합하고자 했던 레프의 삶건설을—원래 그 속에 내포되어 있는 헤겔적 뉘앙스를 전면화하면서—뷔르거는 '예술의 삶으로의 지양'으로 해석한다. 요컨대 예술은 삶의 일부가 되어 삶 속에서 삶으로 용해된다. 그런데 이러한 삶건설로서의 예술은 윤리나 종교의 시녀로 복무했던, 고대 그리스나 중세의 예술과 어떻게 구별될 수 있는가? 실제로 마군이 내린 '예술의 삶 속에서의 용해'라는 아방가르드의 종별적 규정에 대해 랑시에르는 이렇게 말한다. "당신이 아방가르드를 삶 속에서 예술을 용해하고자 하는 충동으로 규정한다면, 이 경우 그 정의는 내가 예술의 윤리적 체계라 부르는 것과 맞아떨어집니다."[23]

주지하듯이 랑시에르는 예술의 체계를 각각 윤리적 체계, 재현적/시학적 체계, 미학적 체계로 구분한다. 윤리적 체계에서 예술은 윤리적 도구로 간주되며 좋은 예술의 형식은 좋은 교육의 형식이 된다. 재현적/시학적 체계에서 예술은 '시학'의 체계에 따라 분할된다. 랑시에르가 주장하는 미학적 체계는 예술의 자율성과 구별되는 미적 체험의 자율성에 근거한다. 랑시에르에 따르면 칸트의 『판단력 비판』이나 실러의 『인간의 미적 교육에 관한 서한』 같은 저작은 "다른, 인간에게 익숙한 체험의 형식들과 구별되는 특정한 미적 체험이 있다"라는 사실에 근거한다. 칸트와 실러가 이러한 미학적 전환을 강조하기 전까지 "예술형식은 언제나 삶형식과 연관되어 있었다." 요컨대 "예술은 종교적 진리를 표현하기 위해, 군주를 위대하게 하기 위해, 궁정을 장식하기 위해 또는 귀족의 삶을 장식하기 위해 예정된" 것이었다. 반면 미적 체험의 자율성은 그것이 어떤 것이든 사회적 기능과는 전혀 관계 없는 특정한 '예술의 체험'이 있다는 것을 의미한다.[24]

따라서 랑시에르가 강조하는 '미적 체험의 자율성'을 '예술의 자율성'과 구별해야 한다. 그렇기 때문에 랑시에르가 말한 삶형식을 창조하는 아방가르드의 시도는 더욱 복잡한 양상을 띤다.

미적 체험의 유토피아적 잠재력은 처음부터 이러한, 즉 예술과 삶의 윤리적 동일화의 포로에서 예술을 떼어내는, 미적 체험의 '자율화'에 뿌리내리고 있습니다. 아방가르드의 내적 모순은 그것이 자율적 체험으로서의 미적 체험이 지닌 잠재력에 근거하면서 동시에 새로운 삶의 감각중추를 창조하기 위해 이러한 고립에 종지부를 찍고자 한다는 사실에 있지요. 그렇기 때문에 내게는 아방가르드주의에 대한 정확한 규정을 내리는 것이 불가능합니다. 아방가르드주의는 예술 형식의 삶형식으로의 변형(preobrazovanie)이라 규정할 수 있습니다. 하지만 그러한 변형에서 미적 체험의 자율성이 유지(predokhranenie)된다고 규정할 수도 있습니다.[25]

이 지점에서 마군을 비롯한 '무엇을 할 것인가' 그룹과 랑시에르의 대립은 다소 복잡해진다. 아방가르드 이해에 관한 문제도 마찬가지다. 요컨대 '자율적 체험으로서의 미적 체험이 지닌 잠재력'에 근거하면서도 바로 그 '자율적 체험'으로 대표되는 '고립'을 폐기하는 아방가르드를 어떻게 이해해야 할 것인가. 랑시에르의 '미적 체계'나 아방가르드 이해는 별도의 고찰을 요한다.[26] 여기서는 한 가지 표현에 주목해보기로 하자. '예술형식의 삶형식으로의 변형'이라는 표현이 그것이다. 엄밀하게 말하면 이는 아방가르드의 삶건설 이념이라기보다는 러시아 상징주의의 '삶창조'(zhiznetvrchestvo) 이념에 해당한다.

실제로 러시아 아방가르드 연구자이기도 한 보리스 그로이스(Boris Grois, 1947~)나 귄터는 러시아 상징주의의 삶창조 이념이 아방가르드의 삶건설 이념에 직접적으로 영향을 미쳤다고 주장한다.[27] 가령 그로이스는 앞서 인용한 추자크의 「삶건설의 기호 아래서」를 언급하면서 그의 삶건설 개념이 러시아 상징주의 이론가 솔로비요프의 예술 이념을 직접적으로 따르고 있다고 주장한다. 솔로비요프의 미학은 예술의 인식적 기능을 종결시키고, 대신 새로운 목적, 즉 "현실 그 자체의 변형"이라는 목적을 설정해야만 한다는 필연성에서 출발한다. 요컨대 예술은 현실의 인식이 아니라, 현실의 변형이다. 여기서 중요한 것은 이렇게 변형될 현실의 미래 모습으로 물(物, veshch'), 즉 구체적인 상(像)을 제시해야만 한다는 사실인데, 솔로비요프에 따르면 그럴

때에만 지금 있는 것으로서의 물을 표현할 때 당대 민중의 표상을 뛰어넘는 '보편민중적'인 표상을 제시할 수 있다.[28] 결국 삶건설은 솔로비요프의 '현실 그 자체의 변형'이라는 관념을, 예술에 대한 프롤레타리아트적 과학은 솔로비요프의 '보편민중적' 예술관을 반복하고 있는 것이다.

권터 또한 레프가 삶건설 개념을 정립하고 발전시키는 과정에서 상징주의, 미래주의, 생산주의, 사실문학 그리고 프롤레트쿨트 문화 이론 등 다양한 관념적인 층을 종합하고 있다고 주장하면서,[29] 특히 상징주의의 삶창조 이념을 집중적으로 살핀다. 그로이스와 마찬가지로 권터는 레프의 삶건설에서 가장 중요한 것으로 "문학의 미래에 대한 지향과 문학의 작용적이고 변형하는 기능"을 꼽는다.[30] 그리고 이 '문학의 미래에 대한 지향과 작용적이고 변형하는 기능'이 솔로비요프, 이바노프 그리고 벨리의 상징주의 이론에 근거하고 있음은 의심의 여지가 없다고 단언한다.[31] 권터가 인용하는 이바노프의 다음 글을 보면 과연 그럴 듯하다. "〔서정시는〕 음악처럼 움직이는 예술이다. 즉 그것은 관조적이지 않고 작용적이며, 궁극적으로는 형상창조가 아니라 삶창조다."[32]

요컨대 아방가르드의 삶건설은 인식이 아니라 현실의 변형을 전제하는, 형상이 아니라 삶을 창조할 것을 요구하는 러시아 상징주의의 삶창조 이념을 반복하고 있는 것은 아닌가. 이 질문에 대답하기 위해서는 러시아 상징주의에서 말하는 삶창조를 더욱 자세하게 살펴볼 필요가 있다. 여기서는 아름다움과 예술에 대한 솔로비요프의 글이 도움 될 것이다.

솔로비요프의 글 「자연에서의 아름다움」에서 제사로 인용되고 있는 "아름다움이 세계를 구원할 것이다"라는 도스토옙스키의 명제는 솔로비요프의 독특한 미학관을 보여주는 것이기도 하다. '세계의 구원'이라는 표현에서 알 수 있듯이 솔로비요프는 미적인 것의 현실개입을 부정하지 않는다. 상징주의 미학의 관점에서 '최신의 리얼리즘과 실용주의 미학'들을 비판하면서도 솔로비요프가 가령 체르니솁스키의 공리주의 미학을 긍정적으로 평가하는 것은 그 자신이 "미학적으로 아름다운 것은 현실의 실재적인 개선으로 귀결되어야 한다"라는 신념을 공유하기 때문이다.[33]

솔로비요프의 글 속에서 도스토옙스키의 명제는 두 가지 의미로 해석될 수 있다. 첫째, '아름다움이 **세계를 구원할 것이다**.' 즉 플라톤적인 의미에서 예술은 그 윤리적인 쓰임새로써 현실을 실재적으로 개선한다. 둘째 '**아름다움**이 세계를 구원할 것이다.' 요컨대 진리나 선함이 아니라 아름다움이 구원한다. 기독교의 관점에서 성부, 성자, 성령의 삼위일체의 '육화'인 예수 그리스도가 세상을 구원하듯이, 진(眞), 선(善), 미(美)의 보편적 통일의 '육화'로서 아름다움이 세상을 구원한다.

첫 번째 관점에서 솔로비요프의 미학은 이중적으로 플라톤적이다. 한편으로는 예술은 시민에 대한 '좋은 교육'으로써, 그것이 가진 '실제적이고 도덕적인 작용'으로써 현실의 실재적인 개선에 복무한다.[34] 다른 한편으로는 이러한 예술의 도덕적인 '작용'은 이데아 작용의 모방(미메시스)이다. 즉 시민에 대한 예술의 실제적·도덕적 교육은 이데아가 물(物)에 가하는 작용의 모방인 것이다. 관련해서 솔로비요프는 꾀꼬리의 울음과 고양이의 비명으로 예를 드는데, 전자를 아름다움에, 후자를 추함에 연결한다. "이 노래[꾀꼬리의 울음]는 성적 본능의 변형이자, 조야한 생리적인 사실에서의 해방이다. 이는 자신 속에서 사랑의 이데아를 육화하는, 동물의 성적 본능이다. 반면 지붕 위에서 울어대는, 사랑에 빠진 고양이의 비명은 자신을 통제하지 못하는 생리학적 작용의 직접적인 표현일 뿐이다."[35] 요컨대 꾀꼬리의 울음이나 고양이의 비명 모두 '성적 본능'의 표현인데, 전자가 아름다운 것은 거기에 '사랑의 이데아'가 작용하기 때문이다. 이러한 점에서 솔로비요프는, 아름다움을 "물질(matreiya) 속에서, 다른, 초물질적인 것을 육화함으로써 물질을 변형하는 것"으로 규정한다.[36] 이때 예술은 '사랑의 이데아'가 '성적 본능'을 아름답게 하는 것을 미메시스하면서, 시민에게 실제적·도덕적으로 작용한다(변화시킨다). 이를 염두에 두면서 추자크의 말을 다시 읽어보기로 하자.

> [예술의] 거부에 이를 정도로 예술로 가득한, 실제의 삶이 [이제는 더] 필요 없다는 이유로 예술을 거부하는 순간이 생각되고 있다. 그리고 이 순간은 미래주의 예술가에게 축복이 될 것이며, 그의 아름다운, '이제는 해방시켜라'가 될 것이다. 그 이전까지 예술가는 저 위대한 '다 이루었다—멈추어라!'를 기다리고 있는, 사회적이고 사회주의적인 혁명의 초소에 선 병사다.[37]

'이제는 해방시켜라'는 성모 마리아의 죽음과 관련된 복음서의 구절에서 인용한 것이며, '다 이루었다—멈추어라!'는 괴테의 『파우스트』에서 인용한 것이다. 물론 이는 '예술의 삶 속에서의 용해'의 순간을 묘사하는 대목이기도 한데, 중요한 것은 실제의 삶이 예술을 거부하는 순간은 바로 삶이 예술로 가득한 순간이라는 사실이다. 요컨대 추자크에게서 삶건설 이념은 삶의 아름다움에서, 사회주의적인 삶이 삶건설을 통해 아름다워질 것이라는 믿음에서 출발한다. 예술에 대해 삶이 우위를 차지한다는 확신, 이 우위에 대한 위풍당당한 선언이 "우리의 서사시, 이는 신문이다"라는 세르게이 트레티야코프(Sergei Tret'yakov, 1892~1937)의 말에서도 잘 드러난다. 당대 인식론자들의 '붉은 톨스토이'에 대한 요구, 즉 레프 톨스토이의 작품처럼 기념비적인, 서사시적인 양식으로 형상화하되 사회주의적 이념을 갖추라는 요구에 대해 트레티야코프는 이렇게 말한다. "우리는 톨스토이를 기다릴 필요가 없다. 왜냐하면 우리에게는 우리의 서사시가 있기 때문이다. 우리의 서사시, 이는 신문이다."[38]

이러한 맥락에서 레프의 삶건설과 솔로비요프의 '변형'은 정반대로 대립된다. 전자에게서 삶-현실은 그 자체의 아름다움으로 긍정된다. 후자에게서 삶-동물적 본능은 극복의 대상으로 부정된다. 전자에게서 아름다움이 현실에 근거하고 있다면, 후자에게서 아름다움은 관념(이데아)에서 비롯된다. 앞서 나온 랑시에르의 표현을 빌리자면, 상징주의의 삶창조가 예술형식으로 삶형식을 대체하는 것이라면 레프의 삶건설은 오히려 삶형식으로 예술형식을 대체하는 것이다(신문이 서사시를 대체한다). 만일 여기서 귄터나 그로이스처럼 레프의 삶건설에 미친 상징주의 미학의 영향을 말하고자 한다면, 이는—마치 헤겔의 변증법을 마르크스가 전도(顚倒)한 것처럼—오로지 '전도의 형식'으로만 가능할 것이다.

두 번째 관점, 즉 '아름다움이 세계를 구원할 것이다'라는 관점에서 솔로비요프의 미학은 다분히 기독교적이다. 한편으로는 삼위일체에 진선미의 통일이 상응한다. 다른 한편으로는 성부와 성령이 육화한 성자에 진과 선이 육화한 미가 상응한다. "자신의 진정한 실현을 위해 선과 진은, 현실을 반영할 뿐 아니라 변형시키는, 주체의 창조적인 힘[미美]이 되어야만 한다."[39] 물론 솔로비요프는 이러한 진선미가 통합된 '완전한 예술'이 아직 도래하지 않았다고 본다. 이때 삶창조의 다른 표현으로서 '완전한 예술'에 대한 관념이 등장한다. "완전한 예술은 자신의 최종과제로서, 어떤 상상 속에서뿐 아니라 자기 자신 속에서 절대관념을 육화해야만 하며, 우리의 실제 삶을 고무시키고(odukhotvorit') 변체시켜야(presushchestvit')만 한다."[40] 정신적으로 '고무시키고', 그리스도의 피와 살이 포도주와 육체로 '변체하듯이' 그렇게 우리의 삶을 변체시켜야 한다는 기독교적인 용법에서 드러나듯 솔로비요프의 미학은 다분히 메시아적이다. 귄터와 그로이스는 이처럼 메시아적인 상징주의 미학의 '완전한 예술'이라는 관념이 바로 레프의 '예술의 삶 속에서의 용해'라는 관념에 영향을 미쳤다고 설명한다.

다른 사회주의 미학과 마찬가지로 레프 미학에도 어느 정도 유토피아적인 관념이 있었다는 사실, 메시아주의적인 충동이 있었다는 사실은 부정하기 어렵다. 사회주의 혁명의 성공이라는 파토스에 사로잡히지 않은 사회주의 미학론이 과연 존재할 수 있었을까 하는 의문도 든다. 더 나아가 낭만주의 이래로 '완전한 예술'을 지향하지 않았던 예술가가 있었을까? 요컨대 귄터와 그로이스가 인용하는 솔로비요프의 '완전한 예술'이라는 관념은 지나치게 보편적이어서 모든 예술에 다 적용될 수 있는 것이 아닐까?

문제는 다른 측면에 있다. 기실 솔로비요프의 '완전한 예술'이란 고전주의 시대 이래로 예술작품의 근본적이고 이상적인 형태로 제시된 '유기적 작품' 개념에 근거하고 있다. '유기적 작품' 개념을 거칠게 규정하자면 그 자체로 자족적인 총체화된 작품 정도일 것이다. 뷔르거에 따르면 "아방가르드 운동의 정치적 의도(예술을 통한 실생활의 재조직)는 실현되지 못한 채로 남은 데 반해, 그 운동이 예술 영역에 미친 영향은 아무리 과대평가해도 부족"하다. 아방가르드가 "유기적 예술작품이라는 전통적 개념을 파괴하고 그 자리에 새로운 개념을 대치"했기 때문이다.[41] 뷔르거는 베냐민의 알레고리 개념을 빌려와서 이 비유기적인 작품을 알레고리적 작품으로 개념화하기도 한다. 베냐민에 따르면 알레고리란 총체화, 유기화의 불가능을, 그것이 부서진 폐허를 가리키는 기호다. 유기적인 작품 개념만큼이나 비유기적인 작품 또는 알레고리적 작품 개념도 한두 마디로 규정하기는 어렵다. 다만 솔로비요프의 표현을 빌려 말해보자면 비유기적인 예술작품이란 진선미의 육화된 형태인 미로의 통합이 불가능하다는 것을 의미한다. 비유기적인 예술작품은 언제나 어딘가로 열려 있기 때문이다. 그것은 때로는 예술작품을 요구하는 당대의 맥락에, 때로는 예술작품을 수용하는 독자에게 열려 있는 형태로 존재한다.

아방가르드의 '삶건설'과 러시아 상징주의의 '삶창조' 비교는 기존의 예술형식과 삶형식, 이 둘의 통합에서 방향성의 문제를 그리고 비유기성의 문제를 제기한다. 아방가르드의 미학적 이념인 삶건설의 구체적인 실천전략이 팍토그라피야론이다. 레프의 팍토그라피야론을 검토하면서 부분적으로 비유기적인 작품 개념도 검토해보기로 하자.

팍토그라피야론과 사실문학론

사실을 뜻하는 'fact'와 기술(記述), 그림을 뜻하는 'graphy'를 결합시켜 만든 조어 팍토그라피야는 좁게는 회화나 조각을 하다가 '포토-콜라쥬' '포토-몽타쥬'를 시도했던 리시츠키나 로드첸코의 작업을 지칭한다.[42] 사실문학은 이 팍토그라피야의 문학적 판본이다. 팍토그라피야 미학이 사실문학 미학을 초과한다는 사실은 기억해둘 필요가 있다. 가령 사진-팍토그라피야에는, 당시로서는 새로운 매체인 사진의 발견이라는 역사적 사건이 개입하기 때문이다.

서술의 편의를 위해 하나의 우회로를 설정해보자. 레프의 대표적인 시인이었던 마야콥스키의 「가장 뛰어난 시」(Luchshii stikh, 1927)가 그것이다. 이 시의 화자는 야로슬라블에서 청중(시 속에서 그들은 제유공製乳工과 방적공紡績工, 요컨대 노동자로 서술된다)과 대화하는 마야콥스키 자신이다. 먼저 청중은 "따끔한 질문들을 / 퍼부으며" "마야콥스키 동무"에게 "당신의 / 가장 뛰어난 / 시를" 읽어달라고 요구한다. 이 요구에 마야콥스키는 "'시의 고물(古物)'을 뒤적이며 / '이걸 저들에게 읽어줄까 / 아니 / 이것을 읽어줄까'" 고민한다. 이때 신문 『북방의 노동자』의 비서관이 마야콥스키에게 어떤 사실을 전한다. 그 순간 "시적 어조에서 / 벗어나 / 나는 외쳤다." 자신의 가장 뛰어난 시 대신 광동의 노동자와 군대가 상해를 함락했다는 소식을 "커다랗게 / 여리고식으로" 알린 것이다. 그리고 그 순간, "손바닥에서 / 양철이 / 지나가듯 / 갈채의 힘이 / 자라고 또 자라났다."

중국의 노동자들과 소비에트 러시아의 노동자들이 맺은 국제적인 연대를 바라보며 마야콥스키는 생각한다. "시라는 하찮은 물건은 / 비할 수 없다. / 가장 뛰어난 시적인 명예 중 / 어떤 것도 / 단순한 / 신문의 사실(gazetnyi fakt)에 / 비할 수 없다"라고. 그리고 노동자들의 국제적인 연대가 더 강해질 것을 바라며— "박수를 쳐다오, 야로슬라블 사람들이여, / 제유공과 방적공이여, / 알지는 못하지만 / 형제인 / 중국의 쿨리〔하층 노동자〕들에게!"—시를 끝맺는다.[43]

1920년대 레프의 슬로건이었던 팍토그라피야나 사실문학과 관련해서 이 시는 다음 사항들을 확언한다. 첫째, 예술에 대한 사실의 우위 또는 '진실유사성'(pravdopodvie)[44]에 대한 진실의 우위. 둘째, 그렇기 때문에 '허구로서의 예술'에 대한 사실문학의 우위. 팍토그라피야와 사실문학은 사실의 허구적인 반영이 아니라 현실 그 자체에 대한 미메시스가, 더 나아가 현실 그 자체가 되고자 한다. 셋째, 이 두 확언에 덧붙여 마야콥스키 시의 아이러니에 주목할 필요가 있다.

첫 번째 확언처럼 이 시는 '신문의 사실'이 '시라는 하찮은 물건'에 비해 뛰어나다고 확언하는 시다. 여기서, 미래주의자로서 가장 과격한 시적 실험을 하면서도 고전적인 시적 서정성을 간직했던 시인 마야콥스키 개인의 아이러니를 읽을 수도 있겠지만, 사실 이러한 아이러니 또는 아이러니가 전제하는 어떤 불일치(아이러니는 자기부정의 대표적인 형식이다)야말로 팍토그라피야나 사실문학에서 중요한 지점을 차지하는 것으로, 비유기적 작품 개념과도 닿아 있다.

두 번째 확언에서 출발해보기로 하자. 사실문학에 대해 추자크는 이렇게 말한다.

사실문학, 이는 수기이자 과학-예술적인, 즉 수공업적인 단행본이다. 신문과 사실-몽타쥬(facto-montage)다. 신문과 잡지의 페유통(feuilleton, 문예란)이고(이 또한 매우 다양하다), 전기이고(구체적인 인간에 대한 작업), 회고록이다. 자서전과 인간에 대한 기록이다. 에세이다. 어떤 과정을 둘러싼 사회적 투쟁을 담은 법정기록이다. 여행기이자 역사기행이다. 사회적 그룹, 계급, 인물들의 이해관계가 폭발적으로 결합하고 있는 회의와 미팅에 대한 기록이다. 특정 지역에서의 통신원기록이다. 리듬 있게 구성된 말[語]이다. 팸플릿, 패러디, 풍자 등……[45]

이후 루카치의 한 논문에서 '르포르타주냐 형상화냐'로 정식화되기도 한 이 문제는 무엇보다도 **문학의 형식**에 관해 문제를 제기한다. '수기' '신문' '전기' '회고록' '법정기록' '여행기' '역사기행' 등의 단어가 지시하듯이 팍토그라피야와 사실문학의 문제는 '장르'에 관한 문제다. 이와 관련해서 두 가지 사실을 지적할 필요가 있다.

우선 사실문학의 의의는 프로파간다의 전술적인 필요로 제한되지 않는다. 실제로 보고문학(르포르타주)을 포함하는 팍토그라피야와 사실문학의 '생산자들'은 사회주의 건설을 위한 프로파간다에 자신들이 관여한 것을 부정하지 않았다. 물론, 이들의 활동이 선전문구나 포스터 제작, 신문기사 작성 등을 포괄하는 것이기도 했지만(가령 마야콥스키는 혁명 포스터 제작에 관여했다), 사실문학은 무엇보다 새로운 현실에 상응하는 새로운 문학**형식**으로 기획되었다는 사실을 염두에 둘 필요가 있다.

또한 '리듬 있게 구성된 말'이나 '패러디' '풍자' 같은 말이 보여주듯이 사실문학은 예술적 장치 또는 기법 전체를 부정하지도, 사실이라는 질료 그 자체로 예술을 대체하지도 않는다. 여기서 부정되는 것은 '허구로서의 예술'이다. 그런데 '허구로서의 예술'에 대한 부정의 구체적인 함의에 대해 '사실문학'의 이론가들의 견해가 모두 일치하는 것은 아니다. 가령 '사실문학' 이론가이자 대표적인 러시아 형식주의 이론가인 시클롭스키는 예술질료로서의 스토리(파불라fabula) 대(對) 예술원리로서의 플롯(슈제트syuzhet)이라는 형식주의적 대립속에서, '허구로서의 예술'에 대한 부정을 '슈제트의 해체'로 파악한다. 시클롭스키에게 '슈제트의 해체'란 예술의 허구성을 드러내는 다른 예술적 장치들을 도입하는 것이다. 따라서 '새로운 주제를 도입하는 동기화 없는 소설 그리고 구성의 관점에서 기법과 몽타쥬의 노출을 지지하는 소설'[46]이 전통적인 허구적 소설의 대안이 된다. 추자크는 시클롭스키와 달리 현실 또는 삶 그 자체의 슈제트로 예술의 허구적 슈제트를 대체해야 한다고 말한다.

〔예술적으로〕 고안되지 않은 슈제트는 모든 수기-묘사적 문학에 있다. 회고록, 여행기, 인간적 기록, 전기, 역사, 이 모든 것이 현실 그 자체가 슈제트적인 것처럼, 자연스럽게 슈제트적이다. 그와 같은 슈제트를 우리는 파괴하려 하지 않으며, 파괴해서도 안 된다. 삶은 그 자체로 〔구성적으로〕 나쁘지 않은, '고안된 것'〔즉 슈제트〕이다. 그리고 우리는 모든 경우 삶을 지지한다. 다만 우리는 '삶 밑으로'의 〔방향으로〕 고안된 것에 반대할 뿐이다.[47]

이러한 맥락에서 1840년대부터 1920년대까지 이어진, 톨스토이와 고리키로 대표되는 러시아 리얼리즘에 대한 역사적인 고찰을 통해 사실문학을 '문학사적으로' 근거 지우고자 하는 추자크의 시도가 흥미롭다. 그에 따르면 러시아 문학은 두 주도적인 노선을 따라 진행되었던바, 투르게네프로 대표되는 '귀족적 리얼리즘'과 리세트니코프로 대표되는 '잡계급적 리얼리즘'이 그것이다. '귀족'이나 '잡계급' 같은 다분히 사회학적인 용어에도 불구하고 추쟈크가 출신성분이나 세계관적인 요소를 따라 이 노선들을 구성하는 것은 아니다. 이 두 노선은 각각 '무대상성과 모호성 대 구체성과 직접성' '상상 대 삶건설' '허구적 노벨라 대 수기' '아름다운 모방 대 구체적인 삶' 등의 대립으로 특징지어지는데, 이러한 대립의 핵심에는 '진실유사성과 진실'의 대립이 있다.

리세트니코프의 리얼리즘은 이미 전통적인 **진실유사성**(낡은 리얼리즘 미학의 토대)으로 만족하지 않는다. 그는 이미 추악한 **진실**에까지 도달했으며 어떠한 우아함-아름다움도 그에게는 길이 될 수 없었던 것이 명백하다. (…) 바라보기로 만족하지 않고 그는 가장 단호한 방법으로 **삶-건설**의 핵심으로 비집고 들어간다. 배부른 도취(sytoe lyubovanie)를 대신해서, 잡계급적 리얼리즘에는 석극석인 관심(neravnodushie)과 불안(bespokoistvo)이 있다.[48]

다양한 형태의 사실을 다루는 장르 문제에서 진실유사성에 대한 진실의 우위 문제까지, 일견 팍토그라피아나 사실문학의 문제는 단순해 보이기도 한다. 그런데 추자크는 이와 관련된 정서가 '배부른 도취'가 아니라 '적극적인 관심과 불안'이라고 말한다. 러시아어로는 모두 부정형으로 표현되는데(무관심하지 않은 것이고, 평온하지 않은 것이다), 유기적인 작품에서는 현실과 예술적 형상화의 대립이 '배부른 도취'로 조화를 이룬다면 아방가르드의 비유기적인 작품(팍토그라피아나 사실문학)에서는 1차적인 질료로서의 사실과 다양한 장르로 실현되는 사실문학의 모순이 '적극적인 관심과 불안'이라는 부조화 속에서 해결 불가능한 사태로 연장되기 때문이다. 사실 '우아함—아름다움'이나 '배부른 도취' 등이 전통적인 의미에서 미적인 조화와 연관된다면, 마치 알레고리가 상징적 유기성의 폐허를 가리키듯이 부정의 형태로 제시되는 '적극적인 관심과 불안'은 바로 그 '미적인 조화'(무관심과 평온함)의 파괴를, 불가능성을 가리킨다.

앞서 인용한 트레티야코프의 사실문학과 관련된 활동을 다룬 베냐민의 글 「생산자로서의 작가」에서 이러한 사태가 묘사된다. 이 글에서 베냐민은 문학적 생산물에 대한 유물론적 분석을 시도하는데, 그의 주장은 "계급투쟁 속에서 지식인의 위치는 오로지 생산과정 속에서 그가 차지하는 위치에 따라 규정되거나 선택되어야 한다"로 요약할 수 있다.[49] 요컨대 생산기구를 제공하는 것이 아니라 생산기구를 변혁시키는 것이 생산자로서의 작가에게 요구된다는 것인데 베냐민은 그 구체적인 예 중 하나로 트레티야코프를 든다.

베냐민은 트레티야코프를 '활동적 작가'(operierend/operiruyushchii)의 유형으로 제시한다. 그에 따르면 "트레티야코프는 활동하는 작가와 보도하는 작가를 구별한다. 그의 임무는 보도하는 것이 아니라 싸우는 것이다. 관객의 관점을 취하는 것이 아니라 능동적으로 참여하는 것이다. 그는 이러한 사명을 그 자신의 활동에 대한 보고에서 정의한다."[50] 우선 사실문학의 문제는 마치 완성된 사실이 있다고 전제한 다음, 그 완성된 사실을 보도/전달하는 것이 아니라는 점을 기억하자. 그 사실과 싸우는 것이고, 능동적으로 참여하는 것이다. 다시 트레티야코프로 돌아가보면, "농업의 전면적 집단화가 이루어지던 때인 1928년, '작가는 콜호즈로!'라는 구호가 선언되었을 때 트레티야코프는 '공산주의자의 등대'라는 집단농장으로 가서 두 차례 오래 체류하며 여러 일을 시작했다. 대중집회 소집, 트랙터 대금을 지불하기 위한 모금, 개개 농민에게 콜호즈 가입 설득, 독서실 감독, 벽신문 창안, 콜호즈-신문 제작, 모스크바 신문을 위한 취재, 라디오 개설, 순회영화관 운영 등이 그가 착수한 일이다."[51] 그리고 "이 체류 기간 쓴 책 『야전의 지휘자들』이 집단농장 발전에 상당한 영향을 미쳤다는 것은 조금도 놀라운 일이 아니다."[52]

트레티야코프의 이러한 활동에 대한 일반적인 반응, 즉 그것은 작가의 활동이 아니라 선전가의 활동이 아니냐는 질문에 베냐민은 "문학의 여러 형식과 장르를 오늘날의 상황에 깊은 영향을 미치는 기술적 요소의 관점에서 폭넓게 재검토해보지 않으면 안 된다는 것과 오늘날의 문학적 에너지를 위한 출발점을 제시해주는 표현형식들을 알아보기 위해서"[53] 트레티야코프를 거론했다고 대답한다. 곧이어 다시 신문이라는 매체를 살펴본 베냐민은 트레티야코프가 콜호즈에서 한 활동(가령 벽신문 창안, 콜호즈-신문 제작, 모스크바 신문을 위한 취재 등)을 염두에 두면서 이렇게 선언한다. "부르주아적 신문에서 문학의 몰락은 소비에트 러시아에서 문학의 회복이라는 공식으로 나타나고 있다. 문학이 깊이를 상실하는 대신 폭넓은 대중적 기반을 획득함으로써 부르주아적 신문에서 전통적 형태로 유지되어온 작가와 대중의 구별이 소비에트의 신문에서는 사라지기 시작했기 때문이다."[54]

다소 길게 베냐민의 트레티야코프론을 기술한 것은 앞서 언급되었던 현실 자체의 아름다움과 그에 대한 미메시스론으로서의 삶건설 이념이나 진실유사성에 대한 진실의 우위, 다양한 사실문학의 기술들(수기, 여행기 등)에 대한 지적만으로는 드러낼 수 없는 팍토그라피야 예술가/사실문학가의 활동을 묘사하기 위해서다. 이때 사실은 그냥 보도될 수 없는 투쟁과 활동의 대상이고, 이는 다시 선전가의 그것이라 할 수 있는 활동과 이런저런 장르적 기획을 요구하는 신문기자적/사실문학가적 활동(콜호즈의 벽신문), 더 나아가 출판활동 그리고 신문이라는 생산수단의 변화로 이어져야 할 최초의 질료다. 이 모든 것이 고전적인 미적 조화의 정서('배부른 도취')가 아니라 무관심하지 않고, 평안하지 않은, 비유기적인 전체로서의 아방가르드적인 '작품'을 구성한다.

지금까지 예술 분야의 혁명으로서 1920년대의 혁명 후 아방가르드 미학이론을 삶건설 이념과 팍토그라피야/사실문학론을 중심으로 살펴보았다. 혁명 후 아방가르드를 포함한 러시아 아방가르드에 대한 관심은 최근 1차 자료나 연구서들이 쏟아져 나오는 데서도 알 수 있듯이 여러 이유로 앞으로도 계속 확산될 것으로 보인다.

마야콥스키의 「예술군단에 대한 명령」의 첫 구절, "거리는 우리의 붓, / 광장은 우리의 팔레트"는 팍토그라피야나 사실문학과 관련해서 골방의 시인들에게 거리와 광장으로 나갈 것을, '행동할 것을' 요구하는 메타포로 즐겨 인용된다. 그러나 광장이라는 팔레트에 색을 담아 거리라는 붓으로 세계를 색칠하는 예술가의 활동은, 그 사이사이 비어 있는 현실과 비유의 간극을 삶건설과 팍토그라피야/사실문학의 구체적인 활동으로 채워 넣을 때만 전체적으로 조망될 수 있을 것이다.

『베히』논쟁과 러시아의 길

러시아 운명의 이정표

1905년, 1917년 2월, 10월 총 세 차례에 걸쳐 발생한 러시아혁명의 배경에는 전제정권의 횡포와 탄압, 궁핍한 경제로 피폐해진 러시아인들의 삶이 있었다. 서유럽과 주변 국가들에서 찾아보기 힘든 유례없이 혹독한 전제정권과 1861년까지 존속했던 농노제는 19세기 러시아 지식인들에게 반성적 자각을 불러일으켰다. 1825년 데카브리스트에서 시작해 1830~40년대 서구주의자와 슬라브주의자, 1860년대 잡계급 지식인, 19세기 말 허무주의자, 무정부주의자, 인민주의자, 마르크주의자로 이어지는 계보를 이룬 러시아 지식인들은 인민들의 처참한 생활상에 대한 개혁방안을 모색했다. 19세기 전제정권하에서 자유수호에 대한 의지와 사회문제에 대한 참여의식을 품고 있던 당대 러시아 지식인들을 인텔리겐치아라고 부른다. 그들은 1917년 10월 혁명까지 수많은 토론회를 열었고, 신문과 잡지에 글을 기고하고, 봉기와 투쟁에 앞장섰다. 전제정권에 대한 뚜렷한 저항 한 번 없이 수동적이기만 했던 러시아 인텔리겐치아의 태도가 19세기 들어서야 비로소 적극성과 구체성을 띠기 시작한 것이다.

사회개혁과 새로운 러시아 건설은 프랑스혁명의 과정에서 알 수 있듯이 짧은 시간에 성취할 수 있는 것이 아니었다. 그런데도 1830~40년대 초기 지식인들과 다르게 1860년대 이후 인텔리겐치아들은 발전 사관에 입각해 러시아 사회의 전반적인 적폐를 일시에 혁파하고자 했다. 그들은 공리주의의 명목 아래 이성적·과학적 기치를 내걸었으며 급진적 성향을 띠었다. 공공의 선을 위해 개인의 인격과 삶을 잠시 뒤로 미루었던 러시아 인텔리겐치아들은 통제와 억압의 섬에서 탈출하고자 했던 이카로스처럼 오직 러시아라는 감옥에서 해방되려는 신념뿐이었다. 하지만 해방과 새로운 사회건설을 향한 비상이 추락으로 끝나고 말 것이라는 의심과 염려가 일부 지식인 사이에서 서서히 생겨나기 시작했다.

　19세기 말 인민주의자와 마르크스주의자의 주요 철학적 노선은 실용주의, 유물론, 무신론이었으며, 대부분 삶의 윤리나 미학적 측면에 무관심한 공리주의자였다. 반면 19세기 말 시와 문학에서는 상징주의와 데카당주의가, 예술에서는 이동파와 결별했던 모더니즘이, 사회학과 철학에서는 솔로비요프로 대표되는 신비주의적 종교철학이 등장했다. 19세기 말 20세기 초에는 이러한 경향들이 대립하는 가운데 마르크스주의와 결별하는 지식인들이 속속 출현했다. 마르크스주의 진영에서 자유주의 진영으로 전환한 인사들은 저서나 모음집을 통해 마르크스주의의 오류를 관념주의적 관점에서 분석했고 당대 주류 인텔리겐치아의 사회, 역사, 철학사상을 비판했다. 표트르 스트루베(Pyotr Struve, 1870~1944), 베르댜예프, 세르게이 불가코프, 세묜 프랑크(Semyon Frank, 1877~1950)가 대표적인 이들이다. 스트루베는 러시아 마르크스주의 첫 잡지인 『노보에 슬로보』(Novoe Slovo)의 편집과 『이스크라』 창간에 참여했다. 베르댜예프는 1898년 키예프의 마르크스주의 서클이 펼친 노동자계급 해방투쟁에 참가했다가 체포된 후 감옥생활을 하고 대학에서 제적당했던 마르크스주의자였다. 하지만 그는 자유를 부르주아와 기업가의 이익을 위한 구호로만 간주했

왼쪽 위부터 시계방향으로 스트루베, 베르댜예프,
불가코프, 프랑크.
이들은 마르크스 진영에서 자유주의 진영으로 전환한
인사들로 저서나 모음집을 통해 마르크스주의의
오류를 관념주의적 관점에서 분석하고 당대 주류
인텔리겐치아들의 사회, 역사, 철학사상을 비판했다.

던 마르크스주의 진영에 동조하지 못하고, 자연과학보다 정신과학의 의미를 중시하는 신칸트주의 관념론에 관심을 기울였다. 1894년 마르크스주의 잡지 발행에 참가하던 불가코프는 마르크스 유물론에 입각해 자본주의와 농업의 관계를 다룬 학위논문을 썼으나 점차적으로 '합법적' 마르크스주의에서 종교적 세계관으로 전향한다. 프랑크는 마르크스주의 선전과 평론, 출판 일을 하다가 체포되어 대학에서 제적당한 뒤 1899년 베를린으로 망명했다. 이들의 사회적·정치적 사상, 즉 객관적 법의 필요성을 역설하고 자유의지의 문제를 다룬 책이 1902년 출간한 『관념주의의 문제들』(*Problemy Idealizma*)이다. 개인, 자유, 종교적 가치를 강조하는 『관념주의의 문제들』은 법과 개인의 인격은 분리할 수 없고, 관념론적인 철학이 개인의 권리를 보호하는 이론적 토대이며, 유물론적 투쟁을 위해 개인이 희생되는 것은 정당하지 못함을 논했다. 이후 러시아 지식인들과 사회의 당면과제가 무엇인지 밝힌 두 번째 공동작업이 1909년 출판한 『베히』다. 방향, 표식이라는 뜻의 '베히'는 인간 개성의 의미를 강조하면서 실용주의에 대한 비판을 이어갔으며 1905년 혁명의 실패와 급진적 인텔리겐치아의 문제점을 지적했다.

1905~1907년 혁명의 실패와 그 여진(餘震)은 『베히』 참여자들에게 러시아 인텔리겐치아들의 이데올로기가 곧 붕괴할 것임을 보여주는 강력한 징조였다. 1905년 혁명의 실패로 혁명가들조차 자신들의 이상에 회의를 품게 되었고 결국 현실적 문제의 대안을 모색하기 시작했다. 이러한 분위기에서 혁명의 이상과 인텔리겐치아를 비평한 『베히』는 드넓은 러시아 전역, 심지어 블라디보스토크의 시골에까지 퍼질 정도로 러시아 지성사를 강타했다. 『베히』는 좌우의 정치 세력뿐 아니라 학계, 종교계, 문필가, 예술가 사이에서도 논쟁거리였다. 사회주의 혁명가들은 물론이고 중도 우익 성향의 입헌민주주의자들도 『베히』에 대한 견해를 모아서 모음집을 출간했다. 마르크스주의자들은 토론이나 강연을 통해서 『베히』를 비판했다. 입헌민주당 진영조차도 가혹하

게 비판했을 정도니 『베히』에 동조하는 사람들은 극소수에 불과했다.

『베히』가 1909년 3월 출판되고 레닌의 『유물론 경험비판론』(*Materialism and Empiriocriticism*)이 같은 해 5월 출간된 것은 『베히』 논쟁의 시대적 배경과 러시아 역사의 운명을 설명하는 일종의 이정표 역할을 한다. 『베히』 논쟁의 중심에는 사회민주당과 사회혁명당원 같은 급진세력이 있었다. 공산당의 전신이었던 사회민주당의 볼셰비키 세력과 혁명적 인민주의의 전통을 부흥시키려는 사회혁명당원의 테러리즘이 러시아 지식인 사이에서 논쟁거리였기 때문이다. 입헌민주당원이었던 스트루베와 불가코프 등 『베히』 저자들의 공산주의자 전력 역시 문제였다. 그래서 1909년 12월 레닌은 『베히』를 입헌민주당을 공격하는 구실로 이용했다. 그는 『베히』 저자들을 변절자들이라고 비난하면서 입헌민주당이 『베히』를 통해 실체를 드러냈으며 그들의 주요 공격대상과 목표는 인텔리겐치아가 아니라 혁명가임을 직시해야 한다고 강조했다.

하지만 1909~10년에 걸쳐 격렬히 진행됐던 『베히』 논쟁은 제1차 세계대전과 1917년 대혁명의 역사적 소용돌이를 겪으며 잊혀져갔다. 대혁명 이후 『베히』가 다시 지식인 사이에서 회자되기 시작했지만 러시아는 이미 다른 세상이었다. 『베히』의 예언처럼 러시아의 역사와 정치는 다시 폭력과 횡포의 소용돌이에 휩싸였다. 대혁명 이듬해인 1918년 스트루베가 러시아의 미래와 운명에 대한 『관념주의의 문제들』과 『베히』 저자들의 견해를 모아 낸 것이 『심연에서』(*Iz glubiny*)다. 세 번째 모음집인 『심연에서』는 『베히』와 1917년 대혁명에 대한 평가서다. 『관념주의의 문제들』 『베히』 『심연에서』의 핵심사상과 내용은 계속 이어지는데, 그 중심에는 『베히』가 있다. 『베히』와 『심연에서』의 부제가 각각 '러시아 인텔리겐치아에 대하여' '러시아혁명에 대하여'인 것처럼 『베히』 논쟁의 본질적으로 러시아 인텔리겐치아와 혁명, 즉 러시아 지식인들과 정치·경제구조의 급격한 변화에서 비롯된 것이다.

이 글은 『베히』 논쟁을 중심으로 혁명의 시기에 러시아 인텔리겐치아들의 역할과 태도를 둘러싸고 벌어진 정치가, 사상가, 문필가들의 논의를 살펴본다. 그 과정에서 출간된 후 100년이 지난 『베히』의 현재적 의의를 찾고자 한다.

러시아 인텔리겐치아의 문제점

『베히』 저자들은 혹독한 전제정치와 농노제에 찌들었던 인민의 이익을 수호하는 인텔리겐치아의 과업을 인정한다. 동시에 인텔리겐치아의 목표와 계획을 되돌아보고 문제점을 논의할 시점이 도래했다고 판단했다. 불가코프는 전제정치가 회복할 수 없을 정도로 붕괴 일로로 치닫고 있는데도 1905년 혁명이 실패한 것은 인텔리겐치아에 대한 역사적 심판이라고 설명한다. 그는 인텔리겐치아의 기질과 성향을 비판하면서 자성을 촉구한다. 인민에 대한 죄책감에서 비롯된 사회적 참회와 과감한 희생정신, 전제정치의 박해 때문에 자신들이 순교자라도 되는 양 착각하고 공리주의를 내세우며 도덕적·정신적 가치를 경시하는 것이 인텔리겐치아의 특징이라는 것이다. 그들의 영웅주의적인 집단주의는 그 우월적 자세와 태도 때문에 오히려 인민과 유리되는 계기가 되었다고 지적한다.[1] 인텔리겐치아에 대한 불가코프의 평가는 다른 『베히』 저자들과도 맥을 같이 한다. 전제정치의 독재가 인텔리겐치아에게 사회문제에 대한 과장된 관심을 품게 했다고 본 게르셴존은 오로지 사회의식에만 사로잡힌 그들의 심각한 인격 부조화를 지적한다. 베르댜예프는 인텔리겐치아에게 철학적 인식의 태도가 부재하다는 측면에서 문제의 원인을 찾았고, 알렉산드르 이즈고예프(Aleksandr Izgoev, 1872~1935)는 러시아의 교육문제 때문이라고 간주했다. 또한 보그단 키스탸콥스키(Bogdan Kistyakovs'kii, 1868~1920)는 원인을 러시아인의 법의식과 법질서 결여에서 찾았다.

『베히』의 서문에서 게르셴존은 자신이 러시아 인텔리겐치아를 심판하거나 경멸하는 것이 아니며, 단지 조국의 불안한 미래를 걱정하는 마음과 책임감에서 비판하는 것임을 밝혔다. 하지만 『베히』는 단

아내와 함께 있는 게르셴존.
전제정치의 독재가 인텔리겐치아에게 사회문제에 대한
과장된 관심을 품게 했다고 본 게르셴존은 오로지
사회의식에만 사로잡힌 그들의 심각한 인격 부조화를
지적한다.

지 급진적 인텔리겐치아의 이상과 관념의 오류만을 지적하지 않았다. "정신적 불구자" "마치 순교자인 양 인생을 포기한 사람" "인간의 탈을 쓴 괴물" "법도 철학도 없는 러시아" "노예 심리" "몽상가" 같은 표현을 통해서 인텔리겐치아들의 인격과 삶의 방식까지도 비난했다. 『베히』는 표트르 차아다예프(Pyotr Chaadaev, 1794~1856)가 1836년 쓴 철학 서한을 연상시켰으며 심지어 그보다 더 강하게 러시아 지식인들의 정신적 근간을 뒤흔들었다.

"러시아는 유럽과 아시아의 중간에서 세상에 이바지한 것이 하나도 없고 외양과 사치만을 수입했으며 그 어떤 발명품 하나 발견하려 힘쓰지 않았다. 과거도 없고 과학, 교육, 도덕도 없는 민족이다."[2] 차아다예프 서한의 이러한 내용은 "러시아는 고유의 민족적 사상의 진화를 성취한 적이 없다"[3]는 게르셴존의 표현이나, "지금까지의 러시아 문헌 가운데는 법에 대한 논문이나 연구가 단 한 편도 없다"[4]는 키스탸콥스키의 표현이나, "러시아의 철학적 인식의 부재는 문화적으로 원시적인 상태에서 기인한다"[5]는 베르댜예프의 표현으로 이어졌다. 차아다예프와 『베히』 저자들은 공통적으로 과학, 법, 교육, 정치 등을 통틀어 러시아 문화에는 그 어떤 뿌리나 기반이 없다고 지적했다. 서유럽의 것을 그대로 모방, 복사한 러시아 문화에는 창조성이 없고, 이에 대한 러시아인들의 의식도 피상적 수준에 머물고 있음을 꼬집은 것이다. 서유럽이 로마 가톨릭의 도덕성과 시민의식으로 물질주의를 극복한 것처럼, 러시아도 비잔틴에서 수용한 기독교에 뿌리를 둔 문화를 창조하면 미래에 신의 사명을 감당할 수 있다고 차아다예프가 주장한 것처럼, 불가코프 같은 『베히』 저자들도 기독교의 도덕과 윤리성을 러시아 문화 창조의 동력으로 보았다. 반면 차아다예프가 마치 백치처럼 아무것도 없는 러시아는 서구의 길로 갈 수밖에 없다고 외쳤다면, 『베히』는 러시아 인텔리겐치아가 고골, 도스토옙스키, 톨스토이, 솔로비요프가 울린 경종에 관심을 쏟고, 자기겸허, 인격의 조화, 정신적 가치 추구, 영적 부활을 통해 갱생해야 한다고 주장했다. 물론 차아다예프 시절과 다르게 『베히』의 시대는, 저자들의 진술처럼, 러시아가 고골, 도스토옙스키, 톨스토이, 솔로비요프를 간직했고, 문학, 회화, 음악, 발레, 과학 등의 분야에서 한창 꽃피우던 때였다. 따라서 지식인 대부분은 『베히』에 대해 혹독한 평가를 했다. 일례로 고리키는 지인들과의 서간에서 『베히』를 "러시아 문학사에서 가장 위선적·비양심적인 것으로서 읽기 싫은 불쾌한 책"으로 언급했다.[6]

『베히』와 인텔리겐치아

인텔리겐치아의 개념과 용어 사용에 대해 러시아는 합의된 견해를 도출하지 못했다. 작가이자 철학가였던 알렉산드르 라디셰프(Aleksandr Radishchev, 1749~1802), 문필가이자 계몽주의자였던 니콜라이 노비코프(Nikolai Novikov, 1744~1818), 차아다예프, 서구주의자, 슬라브주의자를 효시로 간주하거나, 서구화를 추진한 피터 대제를 최초의 인텔리겐치아로 본다. 1836년 시인 주콥스키가 서유럽의 지식인 같은 페테르부르크의 귀족들을 일컫는 용어로 썼고, 1860년대 소설가이자 평론가였던 표트르 보보리킨(Pyotr Boborykin, 1836~1921)이 '교육받은 진취적·문화적 사회계층'을 가리키기 위해 '지적인' '지성'이라는 뜻의 러시아어 '인텔리겐치아'를 사용했다. 즉 넓은 의미에서 인텔리겐치아는 지적 관심을 품은 의사, 교수, 관리, 엔지니어 등 전문가집단이나 예술창작 같이 지적 작업에 종사하는 이들을 일컫는 말로서 서구의 개념과 다를 바 없다. 이러한 인텔리겐치아는 19세기 말까지 러시아 인구의 2~3퍼센트에 불과했다.[7] 그러나 농노해방 이후 1860년대 들어 인민의 이익과 전제정치의 타도를 외치며 몰락 귀족, 하급관리, 성직자, 농민, 문필가, 대학생이 사회개혁 세력에 가담하면서 인텔리겐치아의 개념이 모호해졌다. 인민주의자들과 레닌을 비롯한 마르크스주의자들은 러시아의 자유와 해방을 위해 헌신하던 잡계급을 러시아 인텔리겐치아로 간주했다. 니콜라이 1세와 알렉산드르 2세의 반동과 개혁을 경험했던 잡계급에는 사회개혁에 대한 야망을 품은 자가 많았고, 대부분 정치적 목적과 이상을 성취하기 위해 과격한 성향을 드러냈다. 1860~70년대부터 공리주의적·무신론적·허무주의적 성격을 띤 인텔리겐치아들은 사회제도와 정치적 규범을 파괴하고 종교, 미학, 도덕을 경시하는 자들이라는 부정적 평판을 얻게 되었다. 해서 귀족, 전문가집단, 예술창작에 종사하는 인사들은 이들을 경멸하기도 했다. 당시 러시아 인텔리겐치아는 정교 등의 러시아 전통은 물론 어떠한 문화적 삶과도 거리를 둔 채 니힐리즘 같은 극단적인 양상을 드러냈다. 어느 시대, 어느 국가를 막론하고 사회에서 소외된 계층은 존재한다. 하지만 역사적으로 당시 러시아 인텔리겐치아만큼 국가와 사회에서 소외되었다고 느끼는 계층은 없었다. 블라디미르 코르메르(Vladimir Körner, 1939~86)는 이러한 인텔리겐치아의 특징을 "지식인의 이성, 감정과 집단적 소외감의 융합"으로 정의한다.[8] 동일한 맥락에서 벌린은 1860년대 이후의 러시아 인텔리겐치아를 넓은 의미의 지식인적 태도와 마치 수도사 같은 헌신적인 삶의 태도가 결합된 독특한 존재로 본다.[9]

『베히』가 1860년대 인민주의자들의 이념을 계승한 유물론자들과 급진적 인텔리겐치아를 비판한 것은 분명하지만, 사회혁명당이나 볼셰비키의 특정 인물과 사건을 언급하지 않은 채, 넓은 의미에서의 인텔리겐치아 각성을 촉구한 경우도 있다. 베르댜예프는 "러시아의 전제정치와 반동체제라는 외적 억압과 타성에 빠진 사고와 감정의 보수성이라는 내적 억압 속에서 폐쇄된 삶을 살아온 이들"을 '인텔리겐트시나'(intelligentshchina)로 구분하며, 좌우 인텔리겐치아 모두 객관적 합리성이 부족하다고 비판했다.[10] 불가코프 역시 러시아 인텔리겐치아를 긍정성과 부정성을 동시에 내포하는 이중적 대상으로 보았다. 스트루베는 1860년대 교육과 매체가 발달하면서 특수한 정신적 존재로 발돋움한 인텔리겐치아가 지식층에게서 분리되었는데, 이는 슬라브주의자, 서구주의자, 민족문학 작가들과는 다른 양상이었다고 분석했다. 급진적 인텔리겐치아들이 그들의 효시로 간주하는 게르첸과 벨

린스키조차 정치변혁의 환상을 일찍이 깨달았다는 것이다.[11] 이처럼
『베히』의 저자들은 넓은 의미의 인텔리겐치아와 급진적 인텔리겐치
아를 구분하지 않음으로써 역으로 러시아 인텔리겐치아의 현실적 실
체와 관념적 상을 혼동했다는 평가에 직면했다. 그리고 무엇보다도
『베히』 저자들 역시 인텔리겐치아들이었다.

　상징주의 시인이자 종교철학자였던 메레지콥스키의 글은『베히』논
쟁의 양상을 단적으로 보여준다. 메레지콥스키는『베히』와 인텔리겐
치아의 관계를 도스토옙스키 소설『죄와 벌』(*Prestuplenie i nakazanie*)
에서 라스콜니코프가 꾸었던 암말의 꿈에 비유한다. 국가의 운명이
라는 무거운 수레를 끌고 가는 노쇠한 암말인 러시아 인텔리겐치아를
죽을 때까지 때리는 농군이 바로『베히』저자들이다.

　'인민주의의 몽매', 베르댜예프가 채찍질을 시작한다. '분리주의 광신
도', 프랑크가 이어간다. '사회 히스테리', 불가코프가 계속한다. '준
법정신의 불구자', 키스탸콥스키. '끝이 없는 경솔함', 스트루베. '놀
란 무리…… 많은 환자', 게르셴존. '자위…… 일곱 살부터 성생활',
이즈고예프. '추악함, 거지, 무질서…… 완전한 폐허', 게르셴존.
해방을 위해 모든 것을 정화할 열정이 있다고 확신하는 노쇠한 말이
갑자기 걷어차자, 채찍이 아니라 수레의 채로 때리기 시작했다. 불가
코프가 영웅적인 위선을 외치자 프랑크가 불한당의 폭력을, 이즈고
예프가 살인, 절도, 도둑, 방탕, 선동을, 게르셴존이 인간을 닮은 괴
물을, 불가코프가 악령들을 연이어 외쳤다. 노쇠한 말은 아직 숨이
멎지 않았다. 끌기 위해 마지막 힘을 다한다. 마침내 쇠지레로 죽을
때까지 갈긴다. (…) 여윈 말은 주둥이를 내밀고 힘겹게 헐떡거리다
가 죽는다. (…)
갑자기 불가코프가 변했다. 어린 시절의 라스콜니코프처럼 비명을
지르며 군중을 뚫고서 암말에게 달려가 죽어가는 말의 얼굴을 붙들
고 눈, 귀에 입을 맞춘다. 죽은 말인 러시아 인텔리겐치아는 아름다

운 술람미 여인처럼 보였다.[12]

불가코프가 인텔리겐치아에게 연민을 느끼고 입 맞추는 장면은
『베히』에서 그가 인텔리겐치아를 '술람미 여인'(Shulamite)에 비유한
것에 대한 힐난이다. 불가코프는 열정적 사랑으로 인민을 찾아 헤매
는 인텔리겐치아의 형상을 「아가서」 제3장에서 솔로몬을 찾아 헤매
는 '술람미 여인'의 순수하고 열정적인 모습에 비유했다.

메레지콥스키가 도스토옙스키의 소설을 빗대어 『베히』 저자들을
힐난한 것은 『베히』가 공통적으로 고골, 톨스토이, 도스토옙스키를
인민을 숭상한 작가로, 솔로비요프 철학의 전일성(全一性)을 민족통
합의 정신으로, 슬라브주의를 러시아 고유의 철학적 전통으로 평가했
기 때문이다. 『베히』는 러시아 인텔리겐치아의 기질이, 고골의 『죽은
혼』(*Myortvye Dushi*) 속 치치코프(Chichikov)의 형상에 투영된 물질
만능과 비인간성, 도스토옙스키의 『악령』(*Besy*) 속 표트르의 형상에
투영된 허무주의와 무신론적 혁명가들의 비도덕적 범죄와 배신 그리
고 폭력, 『죄와 벌』 속 '신이 없으면 모든 것이 허용된다'라는 초인사
상과 영웅주의, 『카라마조프가의 형제들』 속 이반 카라마조프의 형상
에 투영된 실증주의의 전형과 같다고 간주했다. 극단적인 무정부주의
와 무기력하게 술과 도박으로 일상을 보내는 잉여인간적 군상의 행태
가 러시아 사회문화에 무질서와 무원칙을 생산했다고 본 것이다.

바실리 로자노프(Vasilii Rozanov, 1856~1919)는 메레지콥스키의
비판에 대해 『베히』는 인텔리겐치아를 죽을 때까지 갉기지 않았고,
거꾸로 『베히』가 『베히』를 공격하는 자들에게 죽었으나 소생했다고
반박한다. "도덕적 수치를 모르는 기만과 허풍" "자아도취의 구덩이
에 빠져 있는 냉혹한 혁명가들과 급진주의자들" 사이에서 숨죽이고
있던 평범한 러시아인들 앞에 『베히』가 나타남으로써 오히려 러시아
인텔리겐치아가 살아 있음을 보여주었다는 것이다.[13] 벨리와 함께
거의 유일하게 『베히』에 동조했던 트루베츠코이 역시 메레지콥스키

가 『베히』의 본질을 보지 않고, 마치 좌익인사처럼 『베히』를 반동으로 몰고 있으며, 메레지콥스키 자신이 "혁명의 파토스가 증오와 파괴를 통한 창조"라고 주장하는 자들과 같은 부류임을 스스로 보여주는 것에 지나지 않는다고 반박했다.[14] 이처럼 『베히』와 인텔리겐치아의 관계는 좌우의 진영논리를 벗어난 것이었다. 메레지콥스키 같은 이들은 내적 자유를 얻기 위해 외적 자유, 즉 정치, 경제, 사회제도의 개혁을 열정적으로 외치는 인텔리겐치아들을 대변하고 있는 데 반해 『베히』와 그에 동조하는 소수 인사는 급진적 인텔리겐치아들의 폭력과 비도덕성의 전형적 기질을 문제 삼았다.

하지만 1909~10년대 러시아 지식인들에게 『베히』는 러시아의 미학적·종교적 전통을 계승, 부활시키려는 관념론자들의 주장으로만 수용되었고, 게르셴존이 서문에서 밝힌 저자들의 진정성은 묻히고 말았다. 로자노프의 선견지명처럼 1917년 대혁명은 『베히』의 경고가 엄중한 것이었음을 반증했다. 1909년 『베히』를 혹독하게 비판했던 고리키 역시 대혁명 이후 볼셰비키의 폭력성과 잔인성을 강하게 비판했다. 그는 급진적인 혁명가와 프롤레타리아의 도덕성 부재와 냉혹한 무자비성을, "잔혹한 짐승" "야만적 본능" "사악한 노예의 피가 흐르는 민족" 등 『베히』 저자들의 표현을 상기시키는 언사로 신랄하게 공격했다.[15]

『베히』와 반동

러시아 사회의 외적 구조와 인간의 내적 가치의 조화를 주창했던 『베히』는 보수주의자들의 반동으로 치부되었고, 저자들의 대안이 서로 다르다는 점에서도 비판받았다. 『베히』의 근본적 취지에 공감했던 톨스토이마저 별다른 대안을 내놓지 못한 데는 실망을 드러냈다. "공동체 삶의 외적 형태의 변화가 인간의 삶을 향상시킬 수 있다는 미신이 이성적 삶과 선을 향해 나아가는 네 주요 상애물 중 하나라고 확신"한 톨스토이는 사회의 외적 형태에 천착한 인텔리겐치아를

『베히』. 러시아 사회의 외적 구조와
인간의 내적 가치의 조화를 주창했던 『베히』는
보수주의자들의 반동으로 치부되었고,
저자들의 대안이 서로 다르다는 점에서도 비판받았다.

비판하는 책이 출간되었다는 소식을 듣고서 기쁜 마음으로 『베히』를 구해 읽었다고 한다. 하지만 읽으면 읽을수록 인텔리겐치아의 특수한 부류를 겨냥한 부정적 비평에 지나지 않는다고 느껴 실망했음을 토로했다.[16]

『베히』가 반동으로 몰린 이유 가운데 하나는 인텔리겐치아의 심각한 도덕성 결함을 공통적으로 질타했다는 것이다. 『베히』는 미래의 희망을 또 다른 형식과 구조로의 대체가 아니라 러시아 인텔리겐치아의 본질적 변화에서 찾았다. 베르댜예프는 지식과 신앙, 진리와 선이 유기적으로 결합한 총체적 세계관을 대안으로 제시했다. 아무리 인민이 몽매하더라도 인텔리겐치아가 인민이 이어온 신앙과 계몽을 조화시켜야 했다고 보는 불가코프는 인텔리겐치아의 영혼을 치유하고 소생시킬 대안으로 기독교의 교훈을 제시한다. 비생산적이고 허무주의적 도덕주의를 벗어나 새로운 문화를 창조하기 위해 종교적 인간으로 거듭날 것을 촉구한 프랑크, 궁극적으로 진정한 정신적 전환을 요구한 스트루베 등 『베히』 저자들의 공통된 대안은 사적·공적 의무의 조화였고, 의식의 화음이었다.

그러나 윤리나 도덕은 역사와 상관이 없다는 마르크스주의자들은 『베히』가 제기한 도덕성문제를 괘념치 않았다. 레닌은 인텔리겐치아의 도덕적 결함과 피폐한 문화적 삶을 짚은 『베히』의 지적에 대해 "고통에 시달리는 대중이 없는 곳에 민주운동 또한 없다"라고 말함으로써 투쟁의 불가피성을 피력했다.[17] 벨리는 "혁명가들은 모든 일에 항상 자신들이 옳고 어떤 몰락도 겪지 않을 것이라는 최면에 걸려 있다"라고 언급하면서, 테러와 암살에 가담한 사회혁명당원 동지를 밀고한 이중첩자 예브노 아제프(Evno Azef, 1869~1918)를 예시로 든다.[18] 그가 연루된 일명 '아제프 사건'은 혁명가들이 그들의 목적을 달성하기 위해 사리사욕에 찬 어용 정치요원들과 긴밀한 관계를 맺은 사건으로 그들의 도덕 불감증을 보여주는 단적인 사례였다. 흥미로운 점은 메레지콥스키의 글에 반박하는 글을 썼던 로자노프가 4개월 뒤에 『베히』

가 '아제프 사건'을 언급하지 않았음을 질타했다는 것이다. 그는 '아제프 사건'이 『베히』가 주장하는 인텔리겐치아의 도덕성과 정신적 가치의 붕괴를 확실히 보여주는 것인데도 저자들은 단지 인간과 사회에 대한 추상적인 진술에만 집중했다고 비판했다.[19] 도덕과 미적 가치를 물질과 사회 외적 구조에 종속시켰던 당대 급진적 인텔리겐치아들이 여러 문제를 빈번히 일으켰는데도 『베히』는 반면교사의 성찰을 외치면서 현실의 구체적 사건이나 현상을 외면한 채 관념적인 논조만 펼쳤다고 공격한 것이다.

『베히』가 인텔리겐치아의 도덕성에 대해 관념적·추상적으로 진술할 수밖에 없었던 것은 러시아 인텔리겐치아가 자유와 권력, 개인과 사회 외적 구조 사이의 매개체로서 러시아 정치철학의 중심에 있었기 때문이었다. 『베히』 저자들을 포함한 러시아 인텔리겐치아 대부분이 자유수호 의지를 강하게 내세우고 국가와 사회구조 개혁의 필요성에 동조하던 때였다. 그 과정에서 방법론을 둘러싼 논쟁이 불거졌다. 급진적 인텔리겐치아들은 정치, 경제, 사회구조 개혁의 정당성 앞에 삶의 내적 가치가 희생당하는 것은 불가피하고 때로는 폭력이 수반될 수밖에 없다는, 즉 목적이 수단을 정당화한다는 태도였다. 반면 『베히』 저자들은 목적이 수단을 정당화할 수 없으며 개인의 내적 가치가 외적 구조의 토대이기에 혁명가들이 사회주의 이념을 실현하기 위해 순진한 인민을 의식화하거나 선동해서는 안 된다고 지적했다. 흥미로운 점은 개인과 사회의 도덕성문제는 종교계에서 선도적으로 제기해야 하는 문제인데도 『베히』 저자들이 앞장섰다는 것이다. 이와 관련해 안드레이 스톨랴로프(Andrei Stolyarov, 1950~)는 "대부분의 정교회 성직자가 교육받지 못하고 수입이 없는 낮은 사회계층으로 구성되었기 때문에 그들의 권위가 매우 낮았고, 따라서 도덕성문제는 『베히』 저자 같은 인텔리겐치아의 몫이었다"라고 설명한다.[20] 이러한 관점에서 『베히』가 정치적 진영과 형식을 넘어서 사회의 외적 구조와 개인의 정신적 삶의 조화라는 추상적 화두를 던진 것을 이해할 필요도 있다.

저자들이 내놓은 종교적 대안도 『베히』가 반동으로 공격받은 이유가 되었다. 그들은 전제정치 타도에 대한 인민들의 확고한 신념과 인텔리겐치아의 개혁의지가 융합하는 것을 역사적 필연으로 보았다. 1905년 혁명의 실패에도 전제정치에 대한 항거가 계속될 것이라고 믿었다. 동시에 『베히』 저자들은 인텔리겐치아의 선동으로 인민이 종교적 전통을 잃을 것을 염려했다. 인텔리겐치아의 개혁의지와 인민의 신념이 조화를 이루어야 사회개혁이 성공할 것으로 믿었기 때문이다. 그들은 인텔리겐치아의 무신론이 종교적 전통을 상실시킨다면, 결국 존재론적으로 신은 제거되고 어두운 악성만이 남아 인민이 괴물로 변할 수 있다고 보았다. 실제로도 1905년 혁명 이후 인민이 일으킨 폭력적 사태가 빈번하던 때였다. 따라서 『베히』 저자들은 급진적 인텔리겐치아들에게 '인민을 숭상만 할 것이 아니라 두려워하라'고 경고했다.

그러나 『베히』 저자들의 종교적 대안은 서로 각기 다른 차원에서 이루어졌다. 이에 대해 메레지콥스키는 『베히』의 대안을 무지개의 일곱 가지 색으로 비유하며, "불가코프와 베르댜예프는 기독교인이나 결국에는 정교도로 보이고, 스트루베는 어느 정도 기독교인이나 정교도는 아니며, 게르셴존, 프랑크, 이즈고예프는 신자인 것 같은데 기독교인은 아니고, 키스탸콥스키의 정체는 모르겠다"라고 힐난했다.[21] 그는 정교사상에 따르면 교회와 공동체 없이는 개인의 구원이 요원한데도, 『베히』가 공동체를 위해 헌신하는 인텔리겐치아를 부정하는 것은 모순이라고 보았다.

자유주의자로서 그들이 내놓은 대안은 개인의 영적인 정신세계와 속세의 삶의 조화를 강조하는 전통적 러시아식 해결책에 지나지 않았던 것이다. 인간은 삶의 주체로서 자신의 행위에 정당성을 부여하고 그 결과에 책임져야 한다고 강조하는 서구적 자유주의 개념에서 국가, 종교는 부차적 요소일 뿐이다. 급진적 인텔리겐치아가 극단의 논리로 자신들의 행위를 정당화한 것처럼 『베히』의 종교적 대안은 또 다른 극단의 주장이었다고 할 것이다. 개인의 고매한 인격과 도덕적 책임감이 사회개혁의 전망과 척도가 될 것이라는 『베히』의 주장은 원론적으로 옳은 것이다. 하지만 당시 "왼쪽의 인민주의와 오른쪽의 범슬라브주의 사이에서 개인의 권리와 인격의 중요성을 역설했던 러시아 자유주의자들은 서구의 자유주의의 가치를 따르기보다 러시아의 조건에 창의적으로 적용했다"라는 제임스 빌링턴(James Billington, 1929~)의 말은 『베히』 저자들에게도 예외가 아니었다.[22] 그들 역시 러시아 사회와 국민 의식에 뿌리박힌 공동체의식에서 벗어나지 못한 자유주의자들이었다.

인텔리겐치아와 문화

『베히』는 인텔리겐치아의 비도덕성과 무신론이 궁극적으로 러시아 문화 창조에 피해를 끼친다고 보았다. 또한 사회문제에만 천착해 개인과 가족, 이웃과의 삶을 뒷전으로 미룬 인텔리겐치아의 지나친 금욕주의를 비꼬았다. 게르셴존은 "집에 있는 것을 부끄러워하고 길거리로 나가 투쟁만을 외친 나머지 삶의 즐거움도 모른 채 빵 몇 조각에 만족하며 사는" 인텔리겐치아를 문화적 삶을 포기한 자들이라고 조롱했다.[23] 프랑크는 개인의 내적 가치와 사회의 외적 구조를 조화시키지 못한 인텔리겐치아의 기질이 문화를 창출할 개념의 부재, 즉 반문화적 태도에서 비롯한다고 보았다. 그는 "러시아에서 문화는 항상 어떤 유용한 것, 목적을 달성하기 위한 수단으로만 제시"되었다고 말한다.[24] 가난한 사람을 향한 인텔리겐치아의 사랑이 그들의 무의식적 층위에서 가난에 대한 사랑으로 변해 빈자들이 부유해지기를 바라나 동시에 부 자체는 두려워함으로써 유로디비 같은 단순하고 순진하며 금욕적인 삶의 태도를 지니게 됐다는 것이다. 따라서 프랑크는 개인적 측면에서는 금욕주의가, 사회적 측면에서는 공리주의가 러시아의 보편적인 도덕적 아우라를 형성했고, 이러한 양상이 "톨스토이에게는 의식적 태도로, 인텔리겐치아에게는 무의식적 행동"으로 드러났다고 보았다.[25]

이러한 『베히』의 진단에 대해 톨스토이는 『베히』가 무엇으로 인간의 내적 변화를 도모해야 하는지에 대해서는 언급하지 않고 단지 예수 같은 성인들의 교훈을 반복할 뿐이라고 비판한다. 동시에 베르댜예프의 총체적 세계관에는 동감하면서 "초개인적이고 총화적인 철학적 인식은 보편적이고 동시에 민족적 바탕"에서만 이루어질 수 있고, 이를 통해 러시아 문화의 부흥이 촉진될 것으로 보았다.[26] 이어서 그는 인민의 신앙과 이성을 접목시킨 진정한 교회적 인텔리겐치아의 출현을 기대하는 불가코프의 글을 자신에게 온 한 농부의 편지와 비교한다. 농부의 편지는 「마태복음」 제5장의 산상수훈을 떠오르게 한다.

> 악한이 아니라 인간이 되기 위해 공허한 공간이나 벽이 아닌 자기 자신을 위해 기도하고, 행복한 삶을 위해 서로를 사랑하고 (…) 자만을 사랑으로 대체하고, 자신이 원하지 않는 것을 남한테 시키지 말고 (…) 천국이 이 땅의 당신과 사람들 안에 있다. 전쟁터나 어디에서나 어떤 나라, 민족이든 그들의 영혼을 사랑하라.[27]

이때 주목할 것은 깨달음을 얻은 농민이 인텔리겐치아처럼 저명한 지식인이나 사상가의 책을 전혀 읽지 않은 문맹이었다는 점이다. 『안나 카레니나』(Anna Karenina)의 마지막 장에서 레빈(Levin)이 브론스키(Vronskii)에게 한 말을 떠오르게 한다. 권위나 지식의 오류를 인정하지 않으면 삶의 총화를 이룰 수 없다는, 즉 인생의 깨달음은 지식과 교육이 아니라 선과 사랑을 향한 내적 영혼의 추동을 통해서만 가능하다는 교훈 말이다. 톨스토이는 인텔리겐치아가 인민을 계몽할 수 없었던 원인을 러시아 국민의 정신성에서 찾았다. 진정한 삶은 외적 구조가 아니라 인간의 정신으로 완성되는데, 인텔리겐치아는 러시아 국민의 정신적·내적 삶을 무엇으로 구성할 것인지 찾지 못했다는 것이다. "교육받은 사람이라고 칭하는 우리는 모두 길을 잃어 헤매고 엉클어져서 위선의 길을 가고 있으며, 진실한 길을 찾기 위해 노력하고 있음을 인정해야 한다."[28] 이처럼 사회의 외적 구조가 오류에 기초했다고 본 톨스토이는 인간이 내적인 선의 의지를 통해 자신의 실존을 찾아야 한다고 여겼다.

톨스토이의 사회제도에 대한 무정부주의적 태도와 인간의 완전성에 대한 믿음은 러시아의 급진적 인텔리겐치아에게 영향을 미쳤다. 급진적 인텔리겐치아는 정의를 추구하는 것을 곧 진리를 추구하는 것으로 간주하기 시작했다. 청교도적 도덕성을 추구하고, 예술적 창조성을 거부하며, 농민 또는 자연과 하나 되려 한 톨스토이의 생각이 인텔리겐치아의 정서에 반영된 것이다. 하지만 이러한 사상은 인간의 내적 악성을 간과했다. 급진적 인텔리겐치아 역시 인민의 악성을 간과하고 선한 측면만을 믿었다. 이에 대해 베르댜예프는 톨스토이의 긍정적인 면과 부정적인 면을 동시에 언급했던 『베히』에서와 다르게 대혁명 이후 출간한 『심연에서』에서 그를 혹독하게 비판했다. 톨스토이가 인텔리겐치아의 반문화적 행위에 정당성을 제공했다는 것이다. 프랑크 역시 『심연에서』에서 톨스토이뿐 아니라 러시아 정교회가 민중의 삶을 문화에서 동떨어지게 했다고 보았다. 러시아 정교회는 삶을 창조하는 것이 아니라 고통을 '인내'하라고만 가르쳤기 때문에 "러시아의 모든 영적 힘이 수동적으로, 태만한 몽상으로 도피"했다는 것이다.[29] 러시아 인텔리겐치아는 내적 가치와 사회구조를 조화, 타협하는 능력의 부재로 문화를 창조하는 데 실패하고, 그들의 유토피아적 몽상이 1917년 대혁명의 재앙을 초래했다는 것이 『심연에서』에 참여한 『베히』 저자들의 공통된 견해다.

『베히』 이후

1917년 대혁명 이후 러시아 인텔리겐치아는 파괴되어 운명을 다했고 많은 이가 망명을 선택했다. 『베히』 저자들도 1920년과 1925년 각각 사망한 키스탸콥스키, 게르셴존을 제외하고 모두 망명했다. 노동자와 농민계급 출신의 새로운 인텔리겐치아가 그들의 자리를 대신

했다. 결과적으로 『베히』는 평등, 자유, 동포애의 슬로건에 묻혀 미래의 재앙을 막지 못했다. 스트루베는 민족의 파산과 세계적인 수치의 원인이 된 러시아인의 심리적 상태를 이해하고, 국가를 구하기 위한 생각과 열정을 드러내기 위해 『심연에서』를 썼다고 서문에서 밝혔다. 『심연에서』는 대혁명의 재앙과 조국의 위기를 일으킨 필연적 원인을 러시아 전 역사의 사회, 철학, 사상 속에서 성찰하고 있다.

『심연에서』는 『베히』보다 어둡고 허무주의적 경향이 강하다. 대혁명 직후의 혼돈과 곧 닥쳐올 내전의 어두운 그림자 속에서 어떻게 이러한 비극이 발생했는지 성찰하고 있으나, 어떻게 해야 될지에 대해서는 구체적 진술을 찾아보기 어렵다. 당시는 『베히』를 집필하던 때와는 너무나 다른 시기였다. 제1차 세계대전이 막바지로 치달으며 경제적 궁핍이 극심해졌고, 도처에서 테러가 벌어졌으며, 내전이 시작되고 있었다. 물론 당시 상황을 감안하더라도 베르댜예프의 미래관은 상당히 암울하다. 그는 "러시아인의 도덕적 인식의 병이 너무 깊고 심각해서 러시아 국민이 생물체적 죽음에 직면하는 끔찍한 위기 후에나 치료가 가능할 것"이라고 보았다.[30] 프랑크가 제안한 '심연에서'라는 책 제목은 이러한 저자들의 심경을 잘 드러내고 있다. 이 저작의 제명은 "여호와여, 내가 깊은 곳에서 주께 부르짖었나이다"라는 「시편」 130편 1절이다. 이 글에서는 '깊은 곳에서'를 '심연'으로 옮겼지만 '깊은 구렁 속에서'로도 해석할 수 있다. 이 글귀는 죽인 이를 위한 기도서에 넣거나 종교박해 등으로 희생된 신자를 위한 성례에서 읊던 구절이기도 하다. 한마디로 말해서 '깊은 구렁 속에서' 회개하는 저자들의 심정이 투영된 것이다. '심연에서'는 프랑크가 기고한 글의 제목이기도 하다. 혁명적 기질을 추구하다 보수주의적·범신론적 태도로 전환한 19세기 초 영국의 낭만주의 시인 새뮤얼 콜리지(Samuel Coleridge, 1772~1834)의 시 「고대선원의 시」(The Rime of the Ancient Mariner) 제6부의 한 구절인 "공기가 잘려나간나. 뒤로부터 닫힌다. 날아라, 형제여, 날아라! 더 높이! 아니면 우리가 늦을 것이다"를 제명으로 삼았다. 남극으로 항해하다 폭풍우에 길을 잃은 채 온갖 불가사의한 일을 경험하고 고국으로 돌아온 고대선원들의 일화에서 진리를 깨닫는다는 내용의 시다. 프랑크는 이 시를 읽으며 길을 잃고 헤매며 고난을 겪는 러시아가 다시 본래 자리로 돌아와 진리를 깨닫기를 염원했을 것이다.

프랑크는 도덕적 방종, 사악한 열정, 부정적 이성만을 헛되이 고집하는 어두운 무질서를 혁명의 원인으로 보았다. 철학자 세르게이 아스콜도프(Sergei Askoldov, 1871~1945)는 대혁명을 러시아 정신의 붕괴로, 실용적인 것을 위한 악마의 승리로 간주했고, 이즈고예프는 사회주의와 볼셰비즘의 정책이 실패한 원인을 인간, 정신세계, 물질적 동인에 대한 거짓된 교육으로 보았다.[31] 사회활동가, 군 장교, 외교관, 문필가, 신학자, 망명자 사이의 대화로 구성된 불가코프의 글은 혁명에 대한 국민, 인텔리겐치아, 군인, 교회의 역할을 둘러싼 논쟁을 다룬다. 이들의 견해 충돌은 러시아 국가와 민족의 부활을 위해 믿음 안에서 화해하는 것으로 끝맺는다. 스트루베는 대혁명이 국가를 운영하는 데 교양적·문화적 요소를 고려하지 않은 전제정치와 여기에 대항하는 인텔리겐치아의 근시안적 투쟁이라는 두 극단의 충돌로 보았다. 1905~1907년의 준엄한 경고에도 불구하고 이러한 투쟁을 신조로 삼은 인텔리겐치아는 하층계급이 국가와 전제정치에 대항하도록 선동했고, "1917년 2월 혁명 이후부터는 커다란 혁명의 흐름 속에서 볼셰비키조차도 대중의 선동적 시위를 통제하지 못했다"라고 진술한다.[32] 베르댜예프는 고골과 도스토옙스키가 예술적 형상으로 표현한 악마정신과 볼셰비키 혁명에 열광하는 악마정신을 비교하고, 혁명에 대한 톨스토이의 책임을 묻는다. 과거를 지향하고 미래를 예측하지 못한 톨스토이는 도덕가이자 종교적 교훈가로서 인생의 법칙을 탐구했지만, 좌익 인텔리겐치아는 그의 도덕을 자기들 방식대로 해석했고, 결과적으로 보아 "톨스토이의 도덕과 인텔리겐치아의 비도덕은 병적인 도덕의식"으로 수렴된다는 것이다.[33] 따라서 톨스토이 도덕의 고상함은 폭로되어야 할 커다란 사기이고, 톨스토이는 러시아의 창조적 문화의 발전을 저해한 '사악한 천재'에 불과하다. 이렇게 『심연에서』의 저자들은 공통적으로 1917년 대혁명을 재앙으로 간주하지만, 종교적 인식에 뿌리를 둔 러시아 국민과 그들의 공동체 삶에서 국가 재건에 대한 희망을 간헐적으로 드러내기도 했다. 그러나 그들의 희망과 다르게 정당하지 못한 사회에 대한 증오가 낳은 대혁명은 또 다른 정당하지 못한 세상을 만들었다.

소비에트 시대에 『베히』는 엄격한 금서였다. 1955년부터 『베히』와 저자들을 비난하는 잡지와 책이 늘어났다. 소비에트 시대 역사가들은 『베히』 현상을 민주적, 특히 프롤레타리아 운동이 발전하던 시기에 형성된 러시아 부르주아의 이데올로기적·정치적 운동으로 정의했다. 당시 『심연에서』는 언급조차 되지 않았는데 이에 대해 폴토라츠키는 당시 소비에트 역사가들이 『심연에서』를 아예 보지도 못했기 때문이라고 추정한다.[34] 1974년 솔제니친을 비롯한 몇몇 학자가 소비에트 시대의 정신적·내적 가치의 문제를 비평한 모음집 『돌덩어리 아래에서』(Iz pod glyb)를 출간했다. 이 모음집은 혁명가들이 주창했던 외적 구조의 자유가 러시아를 온전히 구원하지 못했고, 결국에는 외적 구조가 내적 자유라는 더 높은 가치를 성취하기 위한 수단이나 조건이었음이 증명되었다고 지적했다. 연장선에서 억압과 통제의 스탈린 시대 이후에도 "소비에트 인텔리겐치아들은 개인을 진정한 자유로 이끄는 내적 가치에 대해 관심이 없었다"라고 비판했다.[35] 『베히』의 연속선에 있는 모음집으로 평가받는 이 책에서 솔제니친은 『베히』가 제기했던 인텔리겐치아의 문제점을 직접적으로 다루었다.

솔제니친은 볼셰비키뿐 아니라 자유보수주의 진영조차 크게 비판했던 『베히』가 당시 독자들의 공감을 불러일으키지 못했고 러시아의 재앙을 막지 못했으며 소비에트 시대에 웃음거리로 전락했지만 오늘날에는 "미래에서 온 책"으로 증명되었다고 분석했다. 그는 비록 『베히』가 "인위적인 계급 분리" "인민의 물질적 축복에 대한 평등사상" "공상적 이상주의" "도덕 불감증" 등 유독 인텔리겐치아의 부정적 면만을 질타한 것도 사실이지만, 실제로도 소비에트 인텔리겐치아에게서는 "사회적 참회" "공동체를 위해서 개인의 이익 희생" "개인적 부와 유혹에 대한 증오" 등 혁명 전 인텔리겐치아의 긍정적인 면을 찾아볼 수 없었다고 한탄했다.[36] 혁명 전 인텔리겐치아에게 "국가의 박해에 단련된 영웅심"이나 "사회의 외적 제도를 파괴하는 것 외에 다른 길이 없다"라는 기질과 확신 등의 장점이 있었던 반면, 소비에트 시대에는 "살아남으려는 자들과 막연하게 미래를 기다리는 자들밖에 없었다"라는 것이다. 솔제니친은 소비에트 인텔리겐치아가 "역사적 인식 부족" "개인의 잘못과 책임을 사회 외부로 돌리는 자세" "종교적 자기 우상화" 등 혁명 전 인텔리겐치아의 단점만을 계승했다고 보았다.[37]

1990년대 초 역사는 반복되었다. 저주의 전제정치를 청산했던 공산주의가 1991년 종말을 고했다. 독재에서 혼돈의 시기로 변환된 것이다. 러시아식 자본주의로 회귀하던 1991년 역설적이게도 『베히』와 『심연에서』가 각각 5만 부씩 발행되었다.[38] 소비에트 정권을 무너뜨리는 데 일조한 소비에트 인텔리겐치아들은 대혁명세력들처럼 민주주의 슬로건으로 러시아를 새롭게 혁파하려고 했다. 하지만 새로운 혁명은 공산주의 관료집단인 노멘클라투라(nomenklatura)가 볼셰비키와 유사한 방법으로 그들의 정권을 치환한 것에 지나지 않았다.[39] 국가 소유였던 러시아의 근간산업과 자산은 극소수 러시아인의 사유재산이 되었다. 국가재산 분배가 사회적으로 불평등하게 이루어진 것이다. 러시아 지식인은 점진적으로 러시아를 변화시키기보다 충격요법(shock therapy)에 기대는 쪽을 택하고 말았다. 곧 시장경제가 모든 것을 해결할 것이라는, 자본과 자유에 대한 러시아 지식인과 국민의 극단적이고 순진한 믿음은 국가경제 파산이라는 재앙을 낳았다. 당시 사업에 종사한 일부 러시아 지식인이 막대한 재산을 형성하며 최상위계층으로 변신한 반면 교육, 의료, 기술 등에 종사한 지식인은 소비에트 시대보다도 못한 하층계층으로 전락했다. 그중 일부는 의료와 교육 등 소비에트 시대에 무상으로 제공되던 사회보장 서비스와 일자리를 그리워했고, 일부는 새로운 현실에 무관심으로 대응했다.[40] 1990년대 혼돈의 시기를 겪은 러시아는 21세기 초가 되자 일시적인 해빙을 맞이한 듯하다. 푸틴 정권은 차르 시대의 문장(紋章)과 소비에트 국가, 민주주의 깃발 따위로 상징되는 강력한 러시아를 주창하고 대다수 국민은 정교도적인 믿음으로 이를 지지하고 있다. 하지만 이 또한 민주주의 기치 아래 국가가 통제하는 이형의 러시아식 방법에 지나지 않는다. 석유, 가스, 석탄이 국가경제의 절반 이상을 차지하기 때문에 국가가 사적 경제활동을 부분적으로 통제할 수밖에 없다는 러시아식 민주주의인 것이다. 1990년대 올리가르히(oligarkhi)로 불리던 기업, 정치, 언론의 과두체제 인사들과 2000년대 이른바 실로비키(siloviki)를 구성한 경제인, 법조인, 연방보안국(FSB) 출신 인사들이 오늘날의 러시아 인텔리겐치아다. 그러나 그들이 선도하고 있는 러시아는 『베히』 저자들의 경고가 떠오를 정도로 개인, 사회, 국가의 모든 차원에서 뇌물과 부패의 먹구름으로 덮여 있다. 현재 러시아는 자유국가로 분류되지 않을 뿐 아니라 부패 정도도 최상위 단계다.

　『베히』 저자들은 러시아 인텔리겐치아가 권력을 악으로 간주하고 권력을 향해 나아가는 것을 쓴 잔으로 생각해 국가와 일정한 거리를 둔다고 보았다. 러시아 인텔리겐치아는 구체적 정당활동이나 사회활동의 이데올로그가 되는 것을 꺼려한다는 것이다.[41] 이러한 특성 때문인지 모르겠지만 위에서 언급한 국가 선도 인텔리겐치아를 제외하면 2000년대 러시아에서 개인과 공동체의 이익을 위해 헌신하는 인텔리겐치아를 찾아보기 힘들다. 소비에트 붕괴 후 옛 시대 인텔리겐치아를 대체하는 현대 러시아 인텔리겐치아 세력은 현실적으로 거의 볼 수 없다. 소비에트 시대의 과도한 사회변혁 추구에 대한 권태 때문인지 지금은 사회문제에 대한 냉담함이 러시아 지식인 사회에 어두운 기류를 형성하고 있다. "현대 러시아인들은 시장경제가 삶의 질을 떨어뜨렸고 안정성의 상실과 도덕성의 붕괴를 가져왔기 때문에 오히려 국가의 발전을 개인과 민족에게 적대적인 것으로 생각한다"라는 나우모바의 진단이 이러한 현상을 대변하는 듯하다.[42] 1905년 혁명의 실패로 러시아 인텔리겐치아가 느꼈던 사회에 대한 냉담과 권태가 오늘날 러시아 지식인에게서 반복되는 것 같다. 냉담과 권태의 사회에서 『베히』의 주장이 평등, 자유, 동포애에 묻혀 실질적 영향력을 발휘하지 못한 것처럼, 현대 러시아는 개인과 사회의 자유와 권리를 외치는 소수 지식인에게 여전히 러시아식 '인내'를 요구하고 있다. 경제와 자유, 도덕성의 문제, 즉 개성과 공동체, 주관성과 객관성을 어떻게 인식하고 구체화할 것인지에 대한 영속적인 물음이 러시아 사회에 또다시 놓인 것이다. 솔제니친의 말이 러시아뿐 아니라 한국의 지식인에게도 무겁게 다가오는 이유다. 혁명 전 러시아 인텔리겐치아는 도덕적인 면을 다소 경시했더라도 공동체를 위해 자신들의 재산뿐 아니라 생명까지도 헌신하고 희생했다. 그들은 거지같은 음식과 행색을 부끄러워하지 않았다. 오늘날 적당히 부유한 한국 지식인이 20세기 초 러시아 인텔리겐치아, 소비에트 시대 인텔리겐치아, 현대 러시아 인텔리겐치아의 어떠한 특성을 갖추고 있는지 반문하게 된다. 오늘날 지식인의 윤리적·도덕적 잣대가 개인 또는 공동체를 위한 것인지 성찰하는 데서 『베히』 논쟁의 함의를 찾을 수 있을 것이다.

21세기의 인텔리겐치아

『베히』는 20세기 초 러시아 사회에 제기된 자유와 평등에 대한 당위성 그리고 인간의 내적 가치에 대한 언표였다. 19세기 말 20세기 초 러시아의 급진적 인텔리겐치아가 주창한 인민을 위한 공동체정신은 숭고한 것이었지만, 그들은 공동체가 개인의 조합이고, 공동체의식은 개인의식에 뿌리를 두고 있다는 점을 간과했다. 정교와 농촌공동체사상에 대한 슬라브주의자들의 순진하고 이상적 사상이 급진적 인텔리겐치아에게서 종교적 색채를 없앤 공동체사상으로 변질되었다고 할 것이다. 이는 유토피아적 사회주의라는 러시아 특유의 사고 때문이다.

정부와 제도의 혁파가 자신들의 시대적 사명이자 운명이라는 공동체의식이 그들의 개인의식과 삶을 옥죄었다. 개성과 인격의 내적 가치를 훼손하는 공동체의식이 과연 누구와 무엇을 위한 것이냐는 반문이 등장할 수밖에 없었고, 이에 대한 반향이 『베히』 논쟁을 낳았다.

『베히』는 당시 러시아 인텔리겐치아의 유토피아적 경향과 특유의 전형적 기질에 생산적인 의문을 던졌다. 하지만 몇 명의 필자는 그들이 부정하는 듯했던 과거의 유산을 되가져왔다. 이처럼 『베히』의 대안이 슬라브주의나 서구주의를 떠올리게 하는 과거의 전통적 해법과 크게 다르지 않지만, 슬라브주의와는 다르게 존재론적으로 인간의 보편적 종교성을 강조한 데서 시대적 의의를 찾을 수 있다. 그들이 강조한 도덕성 역시 종교적 가치일 뿐 아니라 인류의 보편적 가치이기 때문이다. 『베히』가 러시아 역사와 사회의 굴레를 바꾸는 데 성공하지 못했지만 그들이 울린 경종은 현재와 미래의 인류에게 영속적인 것이다. 『베히』 논쟁이 격렬했던 근대사회뿐 아니라 물질문명이 고도로 발달한 현대사회에서도 인간의 본질에 대한 물음과 자아성찰, 나아가 사회와 문화현상에 대한 내면적 물음이 인간의 본연에 존재하기 때문이다.

비록 사회주의실험이 실패로 귀결되었지만, 대중에게 교육과 문화의 기회 제공, 1920년대 예술의 번영, 제2차 세계대전 승리, 1960년대 해빙, 스탈린의 잔재 청산, 개방 노력 등 소비에트 문학가, 예술인, 문화인의 업적 또한 무시할 수 없다. 현대사회에서는 앞에서 살펴본 협의와 광의의 인텔리겐치아가 더 이상 존재하지 않는다고 할 수 있다. 동시에 누구나 인텔리겐치아가 될 수 있는 기회와 정보를 제공한다. 글로벌 네트워크 시대에 『베히』는 더 이상 지식인에게만 적용되는 화두가 아니다. 20세기 내내 독재, 해빙, 혼돈의 시기를 겪은 러시아는 21세기 들어 러시아식 국가 자본주의와 민주주의를 실험하고 있다. 러시아 국민에게 대혁명 전후의 러시아 역사가 미래를 위한 교훈이 될지 아니면 똑같은 실수를 반복하는 과거의 굴레가 될지 지켜볼 일이다.

이득재 대구가톨릭대학교·러시아문학이론

프롤레트쿨트와 문화운동[1]

> 새로운 프롤레타리아 문화의 고안이 아니라
> 프롤레타리아독재의 시기에 마르크스주의적인 세계관과
> 프롤레타리아 투쟁의 조건이라는 관점에서
> 기존 문화의 가장 좋은 모델들의 발전
> ·레닌
>
> 우리 시대는
> 아직 새로운 문화의 시대가 아니라
> 그 서문에 불과하다
> ·트로츠키

프롤레타리아만을 위한 문화조직

20세기 초 서유럽에서는 몇몇 선진적인 활동가만이 혁명의식을 지니고 있었지만 소련에서는 많은 노동계급이 혁명의식을 지니고 있었다. 1905년 공장평의회 대표들은 최소한의 경제적 요구조차 투쟁하지 않고는 실현할 수 없다는 사실을 인식하고는 그들의 최우선 과제를 정치적인 총파업에 두었다. 노동자 수가 소련보다 세 배나 많던 독일의 연평균 파업 참가자 수가 8만 4,000명이었던데 비해 소련에서는 혁명 이전인 1905년에도 49만 3,000명이 파업에 참가했다. 당시 소련의 노동계급은 약 300만 명 정도였지만 단결 면에서 다른 나라를 압도했고 어느 나라에서도 보기 드문 전투력을 과시했다. 이는 '8시간 노동제와 총을!' 같은 슬로건에 잘 나타나 있다. 공업이 발달하자 차르 정부는 무차별적으로 모든 노동자 집단을 억압하고 그들이 분파적으로 조직화하는 것조차 금지했다. 1905년 2월 혁명이 보통선거를 통한 제헌의회 소집을 요구하자 차르 정부는 총으로 대응했다. 서유럽의 노동자는 이러한 일이 일어나지 않았다. 서유럽에서는 자본주의가 발전하면서 떨어진 떡고물이라도 주워 먹을 수 있었고 자본주의체제를 위협하지 않는 한 조직할 권리도 주어졌다. 그래서 개량주의적인 방법을 통해서도 사회주의를 이룰 수 있다고 믿었고 심지어 개량주의자와 노조 스스로 소비에트(노동자 평의회) 조직의 성장을 저지하고자 했다. 소련의 경우 1905년과 1917년에 노동조합과 작업장조직보다 소비에트가 먼저 만들어졌고 자연스럽게 노동계급은 소비에트에 충성을 바쳤다.[2]

독일에서는 당 내의 개량주의자와 수정주의자가 문화문제에 가장 관심을 품었다. 마이클 데이비드-폭스(Michael David-Fox, 1965~)에 따르면 독일의 경우 1860~70년대에 나타난 노동계급의 사회문화적 분위기가 1890년대 들어 노조에 스며들었고 그 후 당 안에서 문화문제는 점점 더 중요해지기 시작했다.[3] 이처럼 독일에서는 당이 나서서 대안문화를 촉진하는 쪽으로 정책을 추진했다면, 러시아에서는 사실상 한 줌밖에 되지 않는 이론가들이 '당 밖에서' 부르주아문화에 대립하는 프롤레타리아 문화를 창조해내려고 시도했다. 1905년 혁명이 실패로 끝난 후 1909년 이탈리아의 카프리섬에서 당시 창신론(創神論)[4]에 빠져 있던 고리키와 루나차르스키, 사학자 포크롭스키, 나중에 '프롤레트쿨트' 초대 의장직을 맡은 레베제프-폴랸스키가 보그다노프와 합류해 '전진'(Vpered)[5]을 만들었다. 1905년 혁명이 실패로 끝난 후 보그다노프를 위시한 이상의 '볼셰비키 좌파'는 소련에서 '당 내 볼셰비키'인 레닌, 플레하노프, 트로츠키와 대립하면서 자신들의 이론을 실천해나간다. 프롤레트쿨트라는 전국적인 문화조직은 '전진'을 모태로 태어나 1932년 '라프'의 마지막 공격으로 해체될 때까지, 즉 소련의 역사에서 혁명, 내전, 신경제정책, 제1차 5개년 계획과 때를 같이하면서 1905년 혁명 이후부터 1932년 소비에트사회주의공화국연방이 성립될 때까지 활동하며 소련의 문화운동 역사에 큰 족적을 남기게 된다. 이 글에서는 프롤레트쿨트가 1909년부터 1932년 사이에 벌인, 사회주의를 위한 문화적 실천의 내용을 '미학의 사회화'라는 관점에서 재평가해보고자 한다. 프롤레트쿨트의 실천적인 내용을 소비에트 문학으로 축소시켜 살핀 적은 종종 있었지만 사회적·미학적 문화운동의 관점에서 살핀 적은 없었다. 부르주아 국가권력에 직접적으로 도전하는 무장된 정치조직 소비에트, 19세기 러시아 역사에 계속해서 등장하는 협동조합(artel), 토지를 공유하는 미르(mir), 생산수단을 집단적으로 소유하는 옵시나(obshchina) 전통을 배경으로 생겨난 경제조직 코뮌(kommuna)에 이어 나타난 프롤레트쿨트는 프롤레타리아'만의' 문화를 만들어나가려고 했던 문화조직이었다.

프롤레트쿨트의 전사인 '전진'

앞에서 밝혔듯이 소련 노동계급의 전투성에 대한 유토피아적인 확신은 볼셰비키 좌파에게 문화와 예술에 대한 전투적인 태도를 취하게 했다. 레닌은 볼셰비키 좌파의 생각을 모험주의라고 비판했지만 볼셰비키 좌파는 문화와 이데올로기가 훨씬 더 창조적이고 중요한 역할을 할 수 있다고 믿었다. 이데올로기적인 상부구조가 사회의 경제적인 토대를 반영하는 것 이상의 역할을 할 수 있다고 생각했던 것이다. 이러한 생각을 실천하기 위해 볼셰비키 좌파는 1909년 여름 카프리섬에 있는 고리키의 별장에 노동자 간부들을 위한 망명학교를 연다. 보그다노프, 루나차르스키 등은 사회주의 운동사, 문학과 시각예술, 선동기법, 신문기사 작성법, 선전 같은 커리큘럼을 갖추고 학교사업을 벌여나간다. 하지만 이 첫 번째 실험은 성공을 거두지 못한다. 고리키는 루나차르스키, 보그다노프와 결별하고 학생 다섯 명은 '전진'을 탈퇴해 레닌과 합류해버린다. 레닌은 1909년 보그다노프를 볼셰비키에서 추방하고 프랑스 파리에 롱쥐모(Longjumeau) 당학교를 만들어 '전진'을 흡수하려고 했다.

'전진'을 주도한 보그다노프는 강령을 만들었는데 우선 당이 협소한 정치적이고 경제적인 이해를 넘어 이데올로기적으로 다가올 혁명을 준비해야 한다고 주장했다. 또한 문화에는 인간의 지각을 조직하고 세계 안에서 행위를 빚어내는 기능이 있는데 사회계급들이 존재하는 바람에 인간 지각에 대한 통일되고 공통적인 토대를 마련할 수 없게 되었으므로 프롤레타리아가 그 일을 맡아 프롤레타리아만의 이데올로기, 프롤레타리아만의 문화, 인간의 경험을 조직하는 프롤레타리아만의 방식을 창조해야 한다고 했다. 그렇지 않으면 프롤레타리아는 영원히 부르주아의 가치에 의존해야 하기 때문이다. 보그다노프의 생각은 문화혁명을 계급이데올로기로 보는 부하린의 생각과 일치하는 것이기도 하지만, 특이하게도 문화로 인간의 지각과 경험을 조직해 이데올로기적인 상부구조를 재구축할 수 있다고 믿었고 실제로 그것을 문화적인 실천을 통해 보여주었다. 그러나 이러한 생각은 「예술·문학 영역에서 당 정책」(1925)이라는 글에서 "이데올로기적인 상부구조 전체의 전투적인 재작업과 그 결과로 나타날 프롤레타리아의 문화적 헤게모니" 구축을 주장한 아베르바흐나, "문화혁명이란 이데올로기 영역에서의 계급투쟁 강화다"라는 스탈린의 유명한 말과 맥락이 일치한다. 따라서 비록 보그다노프가 레닌의 볼셰비키 당에 각을 세우긴 했지만 부르주아문화의 대당 개념인 '프롤레타리아 문화' 자체는 혁명적인 전투성을 상실하고 국가에 흡수될 수 있는 것이었다.

'전진'은 1910~11년 겨울 사회주의 도시 볼로냐(Bologna)에서 한 번 더 자신들의 실천을 실험해보지만 1911년 보그다노프가 '전진'을 탈퇴하면서 활동은 일단락되었다. 그러나 이것은 레닌의 볼셰비키 좌파 통제에 대한 보그다노프의 도전이 실패로 끝났다는 것이지 '프롤레타리아 문화'라는 개념 자체의 폐기를 뜻하지는 않는다. 실제로 보그다노프는 정치적인 실패 이후 이론적인 작업에 천착했고 루나차르스키도 1913년 파리에 프롤레타리아 문학서클을 만들어 예술과 이데올로기에 대한 작업을 꾸준하게 진행하면서 노동자 망명작가들인 가스테프, 페도르 칼리닌(Fedor Kalinin, 1882~1920), 미하일 게라시모프(Mikhail Gerasimov, 1907~70)를 훈련시켜 프롤레트쿨트 초기의 영향력 있는 작가들로 키워냈다. 제1차 세계대전이 발발하자 레베제프-폴랸스키는 스위스 제네바에 '전진'을 다시 꾸렸는데, 그는 유럽의 사회주의자들은 이데올로기적 생각이 허약했기 때문에 전쟁을 지지했다고 비판하며, 노동자의 부르주아에 대한 의존성을 끝장내기 위해서는 예전처럼 프롤레타리아 문화를 발전시켜야 한다고 주장했다. 1915년에는 루나차르스키와 레베제프-폴랸스키가 '전진'의 기관지인 『전진』을 다시 발행했다. 1917년 10월 혁명이 일어나기 일주일 전에는 루나차르스키를 비롯한 지식인과 '전진' 회원을 포함한 약 200명의 사람이 페트로그라드에서 '제1차 프롤레타리아 문화·교육조직 대회'를 열었다. 볼셰비키들은 무장봉기 차림으로 참석했다. 멘셰비키들은 『노동신문』 『신생활』 같은 매체를 통해 소식을 듣고 주목했다. 혁명이 임박한 때에 소집된 이 대회에서 조직위원회 서기장이었던 표트르 이그나토프(Pyotr Ignatov, 1894~1984)는 '프롤레타리아 문화·교육조직'을 줄여 '프롤레타리아 문화'라고 부르자고 제안했다. 그러나 이 대회에서 '프롤레타리아 문화'라는 개념이 이론적으로 정립된 것은 아니었다.

프롤레트쿨트의 조직과 이론

이러한 여세를 몰아 1918년 9월 15~20일에는 모스크바에서 '제1차 전 소비에트 프롤레타리아 문화·교육조직 대회'가 열렸다. 레닌 암살이 시도된 지 이주일밖에 지나지 않았고 반소비에트세력이 시베리아, 우크라이나 등을 장악한 절박한 시점에 열린 이 대회를 계기로 프롤레트쿨트가 정식으로 탄생했다. 보그다노프와 당학교를 운영한 적이 있던 레베제프-폴랸스키가 초대 의장으로 선출됐다. 레닌은 명예의장으로만 추대되어 대회에 참여할 수 없었다. 보그다노프는 중앙위원회 위원과 프롤레트쿨트의 기관지 『프롤레타리아 문화』 편집자 중 한 명으로 선발되었다. 이 대회에는 330명의 대표가 참석했는데 그중 170명은 볼셰비키였고 프롤레트쿨트 회원은 아니지만 공감을 표한 대표가 54명, 아무 분파에도 속하지 않는 대표가 65명, 사회혁명당, 멘셰비키, 무정부주의자 대표가 41명이었다. 대표들을 종류별로 나누면 공장위원회, 노조, 소비에트, 작가모임 등에서 왔음을 알 수 있다. 프롤레트쿨트에 막대한 보조금[6]을 지급한 인민계몽위원회 소속의 크룹스카야 그리고 과거 카프리섬의 당학교에서 일한 루나차르스키, 포크롭스키도 참가했다.

1918년 전 소련에는 프롤레트쿨트 조직이 147개가 있었고 1920년 말에 1,381개로 늘어났다. 그중 826개는 공장 안에 있었고 35개는 주에, 247개는 지역에 존재하고 있었다. 회원 수는 1920년 말 40만 내지 50만 명이었고 그중에는 스튜디오에서 적극적으로 운동하는 활동가들도 있었다. 1919년에는 프롤레트쿨트 발의로 모스크바에 프롤레타리아 대학교가 세워져 450명의 학생이 카프리섬과 볼로냐에 있던 당학교 프로그램대로 공부했다.[7]

프롤레트쿨트는 "프롤레타리아가 새로운 지식으로 무장하고 새로운 예술의 도움을 받아 자기 감정을 조직하며 자기 삶의 관계들을 새롭고 진실로 프롤레타리아적인, 즉 집단적인 정신으로 전환시킬 수 있도록, 프롤레타리아 문화는 혁명적인 사회주의의 성격에 상응해야 할 것"[8]을 강령으로 삼고 이를 실천하기 위해 옆의 표와 같은 조직을 만들었다.

프롤레트쿨트는 일반적으로 '스튜디오들의 네트워크'라고 불린다. 프롤레트쿨트는 문학, 드라마, 음악, 조형예술, 과학분과를 담당하는 스튜디오들을 중심으로 보그다노프의 말대로 사회적 경험을 조직하려고 했다. 프롤레트쿨트 중에서도 공장 안의 프롤레트쿨트와 노동자 클럽이 프롤레타리아 의식을 발전시키는 데 가장 큰 성과를 거두었고 스튜디오 활동 중에는 문학과 연극분과가 가장 큰 성공을 거두었다. 당시 노동자클럽은 페트로그라드에만 무려 150개가 있었고 회원은 10만 명이나 되었다. 지방의 소비에트나 노조와 달리 공장위원회에는 전진에서 온 문화활동가가 침여해 프롤레타리아 문화 네트워크를 조직하는 등 소기의 성과를 거두었다. 1917년 7월 전국노조대회에서

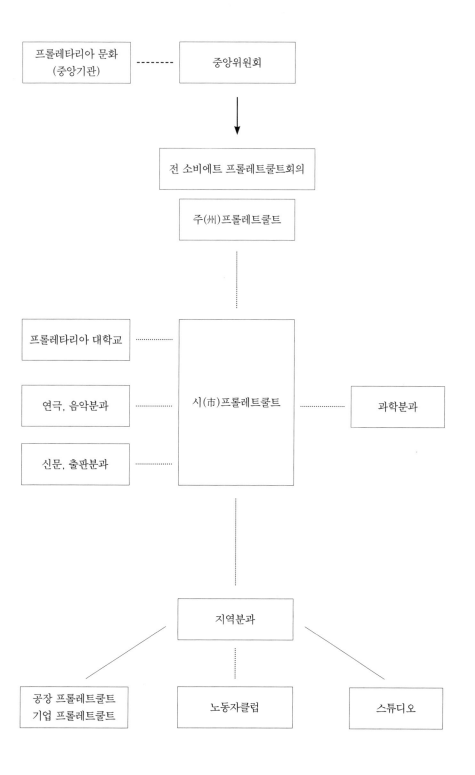

멘셰비키인 마이스키가 노조에 문화교육을 책임지라고 요구하고 "노동자운동은 문화운동이다"라고 주장했지만 단발성 호소에 그치고 말았다.[9] 소커는 프롤레트쿨트의 부의장인 칼리닌의 말을 인용해 노동자클럽에 대해 다음과 같이 설명했다. "클럽은 미적인 욕구를 만족시켜야 했다. 예술은 인간의 심리를 형성하는 데 영향을 미치고 인간을 편견에서 해방시키며 노동자들이 사회주의적인 이상을 위해 사회투쟁을 더 해나가도록 준비시킬 수 있는 가장 성공적인 수단일 수 있었다. 클럽은 사실상 새로운 삶의 양식을 발전시키기 위한 '살아 있는 실험실'로 불렸다."[10]

프롤레타리아만의 문화를 창조해내려는 프롤레트쿨트의 이론은 보그다노프의 『조직학』(*Tektology*, 1913)에 이론적 기반을 두었다.[11] 프롤레트쿨트는 감정의 조직, 사회적 경험의 조직, 심리의 형성이라는 말을 자주 구사했고 프롤레타리아적인 심리와 프롤레타리아적인 감정의 조직 같은 말도 사용했다. 보그다노프는 아무리 토대가 변해도 이전 시대에서 넘어온 이데올로기적인 잔존물들이 남아 있을 수밖에 없고 이러한 문화적인 지체가 사회개조라는 혁명의 목적을 좌초시킬 수 있다고 생각했다. 따라서 이러한 문화적이고 이데올로기적인 찌꺼기를 없애 상부구조 및 사회를 완벽하게 전환시키지 않으면 프롤레타리아적이고 사회주의적인 사회가 형성, 조직될 수 없다고 생각했다. 비슷한 맥락에서 1905년 혁명이 실패하자 소련의 지식인들은 사회문화운동의 일환으로 '민중의 집' '민중대학' '노동자회' 등을 만들었다. 19세기 러시아에서 일어난 '일요일학교 운동'을 이어받은 이러한 활동에 대해 프롤레트쿨트의 노동자-지식인들은 결국 부르주아적인 문화활동일 뿐이라고 평가했다. 가령 페트로그라드의 교육회인 '과학과 삶'은 볼셰비키가 장악한 단체로서 1914년 파업활동을 이끌기도 했지만 프롤레트쿨트가 주장하는 프롤레타리아'만의' 조직 그리고 프롤레타리아적인 문화, 심리, 감정의 구성과는 무관한 것이었다. 프롤레트쿨트는 이렇게 볼셰비키 좌파적이고 극단적인 사고를 추구하면서 문화·예술 활동을 통해 프롤레타리아'만의' 심리를 조직하는 것이 가능하다고 생각했다.

보그다노프는 문화·예술 활동을 '창조적인 활동'으로 정의하면서 프롤레타리아적인 창조의 길을 11개 테제로 정리했다. 보그다노프가 그중 한 테제로 "창조적인 활동은, 완성된 견본의 재생산이 아니라 뭔가 '새로운 것'이 산물로 나타나는 하나의 노동에 다름 아니다"[12]라고 말한바, 이는 '프롤레타리아적'인 것은 재료의 조합과 선별로 '새롭게' 나타나고 육체적인 노동의 요소와 정신적인 노동의 요소를 결합함으로써 가능하다는 뜻이다. 요소(활동)들로 이루어진 시스템을 주장하는 보그다노프의 『조직학』을 원용해 풀어보면, 프롤레타리아 문화라는 문화시스템은 그 자체로 창조활동인 프롤레타리아적인 노동과 이데올로기의 중요한 요소인 문화활동을 결합해 구성, 조직할 수 있다는 것이다. 프롤레트쿨트는 금속노동자, 섬유노동자, 건설노동자를 배우, 뮤지션 등 예술 전문가로 변형시키고자 했다. 프롤레타리아적인 노동은 문화활동과 같다고 생각했기 때문이다. 이와 마찬가지로 프롤레트쿨트는 스튜디오 회원들을 구별하지 않았는데, 가령 극작가가 비평가, 배우, 감독이 될 수 있도록 창조과정을 중요하게 생각했다. 이것은 지식의 분과화를 우려한 보그다노프의 생각과 일치하는 것이다. 다만 노동자를 문화·예술 전문가로 전환시켜 '프롤레타리아-예술가'를 만들어내는 과정에서 노동계급의 세계관이 상실되는 것 아니냐는 우려에 대해 프롤레트쿨트 진영 안에서 플라톤 케르젠체프(Platon Kerzhentsev, 1881~1940)와 루나차르스키는 서로 정반대의 의견을 내기도 했다.[13]

조직적인 측면에서 프롤레트쿨트는 볼셰비키 당과 의견충돌을 빚었고 이러한 갈등은 특히 보그다노프와 레닌 사이에서 첨예하게 나타났다. 조직 면에서 볼셰비키 당을 넘보는 프롤레트쿨트의 회원 수도 문제였지만 내전을 치르는 동안 프롤레트쿨트가 수행한 폭넓은 문화활동도 볼셰비키에게는 큰 정치적인 부담이었다. 일례로 인민계몽위원회 안에 '성인교육분과'가 설치되자 프롤레트쿨트의 활동이 이 분과의 활동과 중복된다는 비판이 나왔고 분과장 크룹스카야는 프롤레트쿨트가 국가재건이라는 중대한 사업에서 노동자들을 이탈시키는 것 아니냐는 우려를 드러냈다. 보그다노프와 함께 카프리섬에서 당학교 활동을 했고 인민계몽위원회 위원장직을 수행하던 루나차르스키도 프롤레트쿨트가 과연 프롤레타리아 문화를 창조하는 데 적합한 기구인지 회의를 표명했다. 임시정부 안에 '프롤레타리아 문화분과'가 설치되어 있고 프롤레트쿨트의 중요 이론가인 칼리닌이 그 분과장을 맡고 있는 상황을 고려하면 무의미한 의견들이 아니었다. 성인교육분과에 지급된 보조금 3,250만 루블보다 약 세 배나 많은 임시정부의 보조금도 문제였다. 노조는 노조대로 프롤레트쿨트 소속 노동자클럽의 활동이 여가보다는 교육에 맞춰져 있는 것을 비판하고 있었다.

이러한 상황에서 1920년 10월 5일 프롤레트쿨트 대회가 소집됐다. 대회에는 부하린과 루나차르스키가 참석해 프롤레트쿨트를 인민계몽위원회에 종속시키는 방안을 논의했다. 이 자리에서 루나차르스키는 프롤레트쿨트의 완벽한 자율성을 주장했지만 레닌은 10월 8일 「프롤레타리아 문화」라는 결의안을 만들고 정치국 논의를 거쳐 프롤레트쿨트를 인민계몽위원회에 종속시켜버린다. 레닌은 프롤레트쿨트가 '프롤레타리아 문화'라는 가면을 쓴 채 철학적으로는 마하주의(Machism), 문학적으로는 미래주의를 노동자에게 각인시켜왔다고 주장했다. 결국 레닌은 트로츠키, 부하린, 프롤레트쿨트의 의장직을 맡았던 발레리안 플레트네프(Valerian Pletnev, 1886~1942)의 반대를 무릅쓰고 야코프 야코블레프(Yakov Yakovlev, 1896~1938)를 시켜 1922년 10월 『프라브다』를 통해 「프롤레타리아 문화와 프롤레트쿨트에 관하여」라는 글을 발표하게 한다. 그 와중인 1920년에는 프롤레트쿨트의 프롤레타리아 대학교가 스베르들로프 공산주의자 대학교에 흡수당했고 1922년 초에는 인민계몽위원회가 프롤레트쿨트에 대한 보조금 지급을 중단한 터였다. 이리하여 혁명적이고 창조적인 스튜디오 회원, 자율적이고 독립적인 노동자-지식인, 프롤레타리아-예술가로 이루어진 풀뿌리 문화운동이었던 프롤레트쿨트는 1921년에 이르자 회원 수는 50만에서 5,000명으로, 조직 수는 300개에서 40~50개로 현저하게 축소되었다. 1924년에는 11개 프롤레트쿨트만 남았는데 가장 오랜 전통을 자랑하던 트비리 조직도 문을 닫게 된다.

문화운동으로서의 프롤레트쿨트와 그 한계

프롤레트쿨트는 한마디로 "하층계급을 위한 포괄적인 문화교육 프로그램"[14]이었다. 프롤레트쿨트가 제공하는 실천 프로그램을 통해 광범위한 노동대중이 19세기 러시아 지식인의 엘리트문화를 향유하고 세상에 대한 독자적인 비전을 조직할 수 있었다. 이론이 아니라 실천적인 측면에서 보자면 프롤레트쿨트는 과거의 이데올로기적인 찌꺼기를 청산하자는 보그다노프의 이론적인 주장과 달리 1905년 혁명이 실패한 후 러시아 지식인들이 운영한 '민중의 집' 등에서 다룬 러시아와 세계의 문화유산을 지역 단위에서 수용했다. 맬리는 이러한 점에서 프롤레트쿨트가 10월 혁명 전에 운영된 러시아 문화센터의 활동과 유사한 측면이 있다고 말한다.[15] 같은 프롤레트쿨트라고 하더라도 기금, 교사의 숙련도, 창작물의 격차 때문에 자원이 부족한 지역은 19세기 러시아와 세계의 문화·예술을 참조할 수밖에 없는 현실적인 문제도 있었다. 마야코프스키처럼 개인적으로 창작활동을 하는 예술가는 19세기 러시아 문학을 배 바깥으로 던져버리자고 주장했지만 현실적으로 스튜디오, 노동자클럽, 워크숍 등은 고전문학과 예술을 활용할 수밖에 없었다.

프롤레트쿨트에는 문학(LITO), 연극(TEO), 음악(MUZO), 조형예술 등 네 개 분과가 있었고 여기에 스튜디오, 클럽, 워크숍이 결합해 프로그램을 짠 후 이것을 노동계급과 공유하는 시스템이었다. 이렇게 만들어진 강의, 세미나, 전시회, 오케스트라 등을 통해서 노동계급의 미적 욕구를 충족시키고 창조해나갔다. 코스트로마에 있는 '사회주의자 제1클럽'은 노동자들에게 아파트, 가구, 음식까지 제공해 주었다. 칼리닌은 노동자클럽을 가리켜 '살아 있는 실험실'이라고 말했지만 지역 프롤레트쿨트 전부가 그 정도의 역할을 한 것은 아니다. 특히 내전이 벌어진 기간에는 종이 등 기본적인 물자가 부족해 힘겨운 나날을 보내야 했고, 예술스튜디오가 선동용 열차와 배를 치장하는 혁명사업에 차출되는 등 현실은 '새로운 삶의 양식 창조'나 '프롤레타리아적인 감정의 조직' 같은 이론적인 구호와 거리가 멀었다. 물론 그런 와중에도 루나차르스키에게서 배운 게라시모프 같은 작가는 자신의 창작물에서 '프롤레타리아적인 이미지'를 창조하는 데 성공을 거두었고,[16] 아르세니 아브라모프(Arsenii Avraamov, 1886~1944) 같은 실험적인 음악가는 17음계, 지휘자 없는 오케스트라 등 혁명적인 실험을 해나갔다. 이탈리아의 루이지 루솔로(Luigi Russolo, 1885~1947)가 주장한 '소음의 예술'을 받아들여 모터, 펌프, 피스톤, 레일이 내는 소리를 이용해 전진하는 혁명의 리듬을 창조하는 실험을 하기도 했다.

'프롤레타리아 문화' 개념을 정확히 규정하지는 않았지만 프롤레트쿨트는 전국적인 규모의 문화조직으로서 새로운 삶의 양식을 창조하는 데 적극적인 역할을 했다. 문화를 예술, 이데올로기, 일상의 조합으로 파악한 프롤레트쿨트가 부르주아 이데올로기에 저항하기 위해 내전 시기와 레닌의 신경제정책 시기에 벌였던 선동작업은 부하린이 강조하던 '계급이데올로기로서의 문화혁명'의 역할을 충분히 소화해낸 것이었다. 미래주의, 상징주의, 구축주의 등이 등장해 문화의 백가쟁명이 벌어졌던 소비에트 초창기에는 그 나름대로 주목할 만한 문화적인 창조성을 발휘하기도 했다. 문학, 연극, 음악, 조형분과마다 탄탄한 프로그램을 갖추고 지역마다 편차는 있지만 경제적으로 어려운 시기에도 노동자클럽, 스튜디오, 워크숍을 성공적으로 운영했다. 이처럼 프롤레트쿨트는 볼셰비키, 노동자, 농민, 아방가르드적이고 혁명적인 예술가와 함께 문화·예술의 혁명을 넘어 그리고 부분적으로 문화·예술의 힘을 빌려 일상의 혁명적인 변혁을 꾀하는 데 어느 정도 역할을 수행했다. 가령 1922년 칼리닌이 연 모스크바 프롤레트쿨트 중앙클럽은 12월 1일부터 1923년 5월 15일까지 이론적인 문제와 예술문제를 다루는 보고대회를 열었다. 이 대회에 참가한 이론가와 강의내용은 아래 표와 같다.[17]

이론	예술
부하린, 「문화의 문제설정」	렐레비치, 「타라소프-로디오노프의 단편 「초콜렛」과 리베진스키의 「일주일」에 대해」
부브노프, 「부르주아의 이데올로기 전선에 대한 공격」	코간, 「세라피온 형제」
루나차르스키, 「자본주의 시대 문화의 근본 특징」	스타치코, 「가로수 길 소설」
프레오브라젠스키, 「사회주의 사회의 문화의 물질적인 기초」	플레트네프, 「프롤레타리아 시작법의 길」
프리체, 「사회의 상이한 계급들을 이해하는 삶의 의미문제」	프리체, 「문학의 미래주의에 대해」
라이스너, 「사적 유물론에서 심리문제」	아르바토프, 「극장은 노동계급을 왜 필요로 하는가」
스투코프, 「청년 교육에 대하여」	아르바토프, 「예술과 생산」
팔크너쉬미트, 「노동하는 인류의 에너지 원천」	팔크너쉬미트, 「프롤레타리아의 신체문화에 대하여」

프롤레트쿨트의 이러한 위상은 1920년 적군이 전선에서 승리를 거둔 후 당과 함께 정치적이고 문화적인 계몽작업을 벌이면서 또 정부 조직 급의 인민계몽위원회에 경제적으로 의존하면서 몰락하게 된다. 이때 몰락 이후 그 결과가 구체적으로 도출되지 않았고, 문화·예술 중심적이었을 뿐 '새로운 사회주의 사회와 문화'에 대한 이행 프로그램이 없었다는 점은 비판받을 만하다. 프롤레트쿨트가 노동계급을 중심으로 노동자클럽, 스튜디오 등 소련사회의 문화적인 기반을 마련한 것은 어느 정도 사실이지만 레닌이 이끄는 볼셰비키 당, 특히 인민계

몽위원회를 통한 국가 주도의 문화 인프라 구축사업을 따라잡기에는 역부족이었다.[18] 인민계몽위원회의 '정치교육분과' 또한 소련인구의 80퍼센트나 되는 농민의 문맹문제를 해결함으로써 '프롤레타리아 이데올로기'를 이데올로기적으로 주입하는 것보다 더 실질적으로 농민들을 소비에트 체제로 편입시키는 데 성공했다.

이러한 평가를 무릅쓰고라도, 문화운동의 측면에서 주목할 만한 것이 있는데 바로 모스크바 프롤레트쿨트가 개발한 '생산예술'(production art)이라는 이론과 그 실천이다. 삶과 예술의 경계를 없애고 예술창조를 산업과 융합시키려는 생산예술의 시도는 공장 안의 노동 과정에서 프롤레타리아적인 창작물이 나오고 창작 과정이 곧 노동 과정이라고 한 보그다노프의 주장과 일치할 만한 것이었다. 실제로 프롤레트쿨트는 생산예술을 공식적인 미학적 강령으로 받아들였다. 생산예술은 무엇보다 문학 및 예술의 형식에 일대 혁신을 일으켰다. 회화, 조각, 포스터, 책 디자인, 가구 스타일, 옷, 극장, 음악, 춤, 건축, 시 등 문학과 예술의 전 영역이 기계, 기하학, 기능주의의 이미지를 따라 혁신되었다. 이러한 성과의 영향으로 보리스 아르바토프(Boris Arvatov, 1896~1940)를 위시한 생산예술가들이 비로소 '공공 영역'에 주목할 수 있었다. 이젤 예술을 부르주아적이고 개인주의적인 예술창조 방식으로 파악해 캔버스를 거리로 옮겨놓거나 1918년 페트로그라드에서 처음으로 '공장사이렌 콘서트'를 여는 등 프롤레트쿨트는 예술을 공공 영역으로 되돌려놓고자 했다. 물론 이것으로 예술의 공공성이 분명하게 드러난 것은 아니지만 사회 안에서 예술의 기능을 처음으로 고민했다는 점에서 생산예술의 역할을 과소평가할 수 없다. 일상생활을 기계, 시간, 노동의 이미지로 채우고 혁명적인 포스터와 플래카드로 뒤덮은 것을 두고 '미학적인 것의 사회화'라고 할 수는 없겠지만, 프롤레트쿨트의 국가 주도적인 또는 국가주의적인 미학이 당시 소비에트 체제의 긴급과제였던 산업화와 근대화의 필요성 때문에 생긴 것임을 감안한다면, 미적인 것을 새롭게 창조하고 그렇게 창조된 미학적 형식과 내용을 사회 전체에 파급시킨 일을 오늘날의 관점에서 비판하는 것도 무리일 듯싶다. 페트로그라드 전체를 공연장소로 삼아 벌인 '공장사이렌 콘서트'나 '소음심포니'가 청각에 불협화음의 느낌을 주었다고 해서 그것을 반미학적인 실천으로 폄하할 수는 없기 때문이다. 프롤레트쿨트의 문화적·예술적인 실천은 자본에서의 독립을 통한 예술의 공공성 확립과는 애초부터 무관했다. 레닌이 도입한 신경제정책 때문에 자본이 소비에트 예술의 창작 과정에 눈에 띄게 개입할 정도로 발전했다는 흔적은 찾을 수 없다. 레닌은 노동자에게 세 배 이상의 노동을 쥐어짜내는 단점이 있지만 노동생산성 면에서 막대한 결과를 가져올 테일러리즘을 도입하고자 했다. 하지만 신경제정책 기간에도 농민들만 도시로 직업을 찾아 몰려들었을 뿐 숙련된 노동력은 1917년 이전 수준에 머물렀다.[19]

또 한 가지 문화운동 측면에서 주목할 만한 것은 프롤레트쿨트가 문화·예술을 넘어 도시 건설문제에 관심을 기울였다는 사실이다. 프롤레트쿨트 이론가인 레베제프-폴랸스키는 새로운 예술이 프롤레타리아 창조력의 원천으로서 도시와 작업장에 초점을 맞춰야 한다고 주장했다. 모이세이 긴즈부르크(Moisei Ginzburg, 1892~1946)는 한 걸음 더 나아가 '녹색도시' 건설을 주장하고 연립주택을 이상적인 건축물로 제시했다. 그가 1929년 제시한 프로젝트를 보면, 주택의 앞부분과 뒷부분 보루가 측면과 만나고 녹색지대가 주변을 둘러싸고 있으며 집 양 쪽으로 이웃집들이 줄지어 있는 등 반사적이고 반공동체적인 생활을 할 수 있게 도시를 디자인했다. 연립주택 근처에는 독서정거장 역할을 하는 버스정거장, 주차장, 250명을 수용할 수 있는 카페테리아, 각종 스포츠와 문화를 즐길 수 있는 센터, 유치원과 세탁소 같은 공동이용 시설을 설계했다.[20]

초창기 '전진'에서 활동한 가스테프는 시인, 엔지니어로 활동하다가 레닌의 권고에 따라 코뮌 운동에 뛰어들었다. 1918년 500~600개

긴즈부르크가 제안한 '녹색도시'.
줄지은 연립주택들은 반사적이고
반공동체적인 생활을 할 수 있도록 설계됐다.

정도였던 코뮌은 1921년 3,000개 이상으로 늘어났고 1931년 7,600개가 되었다. 볼셰비키 당은 '토지위원회' 안에 '코뮌분과'를 설치해 코뮌 운동을 벌여나갔고 코뮌을 지역생산과 생활의 최고형태로 치켜세웠다.[21] 1921년 벤데로프는 푸리에의 팔랑스테르(phalanstère)[22] 모델을 따라 소비에트 팔랑스테르를 만들었고, 1922년 레오니트 베스닌(Leonid Vesnin, 1880~1933)은 모스크바에 클럽 등을 포함한 열두 개의 코뮌 빌딩을 만들었으며, '현대건축회'는 '하우스코뮌'을 만들었다. 1924년에는 페트로그라드 학생들이 '청년코뮌'을 만들었다. 1928년에는 노동자코뮌 중에서 가장 유명한 'AMO코뮌'(프롤레타리아지역 주거코뮌)이 만들어졌다. 이러한 분위기 속에서 가스테프는 '노동중앙연구소'를 차린 뒤 프롤레트쿨트의 프롤레타리아 문화운동을 생산문화운동으로 전환시켜나갔다. 레닌은 노동생산성과 경영문제를 해결하기 위해 'NOT(노동의 과학적인 조직) 운동'과 '시간동맹 운동'을 지지했는데 전자는 가스테프가 후자는 케르젠체프와 가스테프의 친구이자 연극이론가였던 메이에르홀트가 주축이 되어 1923년 만들었다. 전제정치 특유의 명령과 복종 체제에 익숙한 나머지 자발적으로 일하는 데 익숙하지 않았던 농민과 노동자의 노동생산성을 높이기 위해 레닌은 공장, 사무실, 적군 안에 소규모 단위로 NOT를 설치, 지원했고 노동자들이 시간에 맞춰 일하는 공장생활에 익숙해지도록 시간동맹을 지지했다.[23] 그러나 NOT는 영화나 연극을 집단으로 관람하게 하는 등 사적인 시간과 공간을 허용하지 않았고 '시간 탈론'(time talon)을 거실에 걸어놓고 스스로 엄격하게 시간을 지키게 했으며 속옷에 이르기까지 모든 개인 재산을 집단화했다. '공포의 지배'라고 불릴 만큼 억압적이었던 탓에 NOT는 1925년 시간동맹이 해체될 때 같이 사라졌다.

프롤레트쿨트는 문화를 예술, 이데올로기, 일상의 조합으로 파악했다. 프롤레트쿨트는 문화·예술 중심으로 노동자의 미적 감각에 초점을 맞추어 미학의 사회화를 꾀하긴 했지만 과도하게 이데올로기적으로 문화를 파악하기도 했다. 특히 프롤레트쿨트의 이론적 지주였던 보그다노프는 문화를 이데올로기와 동일한 것으로 파악했고,[24] 프롤레트쿨트는 보그다노프의 이론을 따라 '프롤레타리아 문화'라는 이데올로기를 확산시키는 일에 초점을 맞췄다. 아르바토프, 가스테프, 케르젠체프 등이 개인적으로 프롤레트쿨트의 이데올로기 중심 문화운동을 사회운동으로 전환시키려 노력했지만, 결국 프롤레트쿨트는 문화의 이데올로기 환원주의에서 벗어나지 못했다. 물론 이를 이유로 혁명적 낭만주의, 장식주의(Ornamentalism), 구축주의, 생산주의 등 '프롤레타리아 미학의 요소들'을 창조했다는 사실을 폄하할 수는 없다.

반쪽짜리가 된 프롤레타리아 문화

보그다노프는 당의 지도적인 이념을 거부하고 프롤레트쿨트를 기존 정치제도에 대한 대안으로 내세웠다. 잘 조직된 전위정당이 필요하긴 하지만 그것만으로는 충분하지 않기 때문에 프롤레트쿨트를 통해 노동계급의 의식 안에 침투한 물신주의, 개인주의 등을 불식시키고 사회주의로 이행하기 위한 새로운 태도, 새로운 문화를 만들어야 한다는 것이 보그다노프의 생각이었다. 프롤레트쿨트가 주장한 프롤레타리아 문화는 그러한 태도에서 나온 문화적 기획이었다. 그러나 프롤레트쿨트는 상부구조의 요소인 이데올로기 또는 문화에만 집착한 나머지 노조, 소비에트 등 국가를 구성하는 전체적인 요소들을 어떻게 배치하느냐는 문제를 배제해버렸다. 그 결과 농민을 배제한 채 산업 프롤레타리아만 상대하게 되었고 자연스럽게 산업 프롤레타리아 중심의 '프롤레타리아 문화'만 주장하게 되었다. 레닌은 노동자와 농민의 직접적인 접촉을 증대시키기 위해 아래부터의 '도농연대체'(smychka)[25]를 구상하는 동시에 당, 노조, 개인으로 구성되는 공장노동자들의 '어소시에이션'을 만들고 당을 중심으로 코뮌을 창조해나갔다. 그러나 보그다노프 및 프롤레트쿨트는 하위체계(연대체, 코뮌, 소비에트, 노조, 프롤레트쿨트 등)와 상위체계(당, 당 내 인민

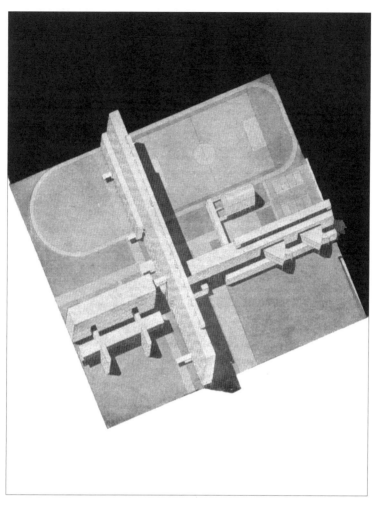

현대건축회가 설계한 '하우스코뮌'.
코뮌운동을 벌여나간 볼셰비키 당은
코뮌을 생산과 생활의 최고형태로 치켜세웠다.
이에 동조한 많은 건축가와 단체가
다양한 형태의 코뮌을 설계했다.

계몽위원회, 당 내 코뮌분과, 정치계몽분과 등)의 소통구조를 창출하려던 레닌의 볼셰비키 당과 달리 당을 프롤레트쿨트 조직으로 대체하는 등 모든 것을 프롤레트쿨트 중심으로 사고하는 한계에 갇혀, 전체구조 안의 다른 요소들과 소통하는 데 실패하고 말았다. 이러한 한계 때문에 프롤레트쿨트의 문화운동을 사회운동으로 확장시키려는 개별 이론가의 개인적인 노력도 큰 빛을 발휘하지 못했다.

김수환 한국외국어대학교·러시아문학이론

러시아 형식주의, 혁명적 문학이론의 기원

러시아 형식주의: 혁명적 이론

러시아 형식주의는 '혁명적'인가? 만일 우리가 혁명의 의미를 역사의 새 판을 짜는 획기적인 사건으로 이해한다면, 물론 그렇다고 답할 수 있다. 분명 형식주의는 문학을 보는 관점과 그것을 대하는 태도의 일대 혁신을 가져온 혁명적인 첫걸음이었다. 영국의 비평가 테리 이글턴(Terry Eagleton, 1943~)이 1983년 출간한 책『문학이론입문』의 서문은 이렇게 시작된다.

> 만일 누군가 금세기 문학이론에 불어닥친 변형의 출발점을 정하고자 한다면, 아마도 그는 젊은 형식주의자 시클롭스키가 선구적인 에세이「기법으로서의 예술」을 발표했던 1917년을 꼽는 게 좋을 것이다. 그때 이후로, 특히 지난 20년간 문학이론의 두드러진 확산이 진행되었다. '문학' '읽기' '비평'의 의미 자체가 심대한 변모를 겪었다. 하지만 이 이론적 혁명(theoretical revolution)의 상당 부분은 여전히 전문가와 애호가 집단 바깥으로 퍼져나가지 못하고 있다.[1]

여기서 이글턴이 '젊다'고 말한 시클롭스키는 1917년 당시 스물네 살이었다. 사실 시클롭스키뿐 아니라 모두가 그랬는데, 1894년생 티냐노프가 스물셋, 막내 야콥슨은 겨우 스물한 살이었다. 모두의 맏형이었던 에이헨바움만은 예외로 학파가 결성될 당시 이미 서른 살이었다. 젊고 활기찼던 그들, '우리 앞의 모든 행보는 잘못된 길이니 이제부터 우리는 다르게 가겠다'라고 당돌하게 선언할 수 있었던 그들은 분명 혁명가들이었다. 그들은 새 판을 짰고, 그 판의 영향력은 확고하게 지속되었다. 2012년 재간된 영문번역본 『러시아 형식주의 비평: 4편의 에세이』에 새로 붙인 서문에서 게리 솔 모슨(Gary Saul Morson, 1948~)은 이렇게 썼다.

> 러시아 형식주의가 출범한 지 100년이 지나고, 본 번역본이 미국독자들에게 소개된 지 50년이 지난 지금, 우리는 형식주의의 거대한 중요성을 평가할 수 있게 되었다. 지금까지의 문학이론은 형식주의에 대한 일련의 주석달기(series of footnotes)로 전개되어왔다고까지 말할 수 있다. ……심지어 공공연하게 형식주의를 거부하는 이론가들조차 무엇이 거부되어야만 하는지를 정의함에서 형식주의의 심대한 영향력을 드러냈다.[2]

구조주의, 포스트구조주의 등으로 불리던 20세기 인문사회과학의 여러 조류는 형식주의의 신조들을 직접적으로 또는 뒤집은 채로 발전시켰던바, 그것들을 형식주의가 개시했던 '혁명 이후'(post-revolutionary)의 흐름으로 간주해도 큰 무리가 되지는 않을 것이다.

그런데 만일 혁명의 의미를 (획기적인 단절과 전환의 사건 일반이 아니라) '1917년 러시아에서 발생한 특정한 역사적 사건'으로만 받아들인다면 어떨까? 이를테면, 볼셰비키 혁명의 동시대 현상으로서 러시아 형식주의는 혁명적인가? 이론사적 지평이 아니라 사회정치적 차원 위에 놓인 이 질문에 선뜻 답하기는 쉽지 않다. 분명 혁명과 '더

불어' 탄생했던 러시아 형식주의이지만 혁명의 전개 과정에서 결국 '반혁명'의 낙인이 찍히게 되었다는 사실을 알고 있기 때문이다. 한때 무엇보다 혁명적이었던 전위적 시도가 이른바 '성공한' 혁명에 거부당하는 역사적 아방가르드의 역설. 형식주의 또한 거쳐 갔던 이 행보는 흔히 자율과 억압, 탄압과 굴복 등 손쉬운 말로 요약되곤 하지만 사실 이 과정을 둘러싼 딜레마는 깊게 들어갈수록 점점 더 복잡하고 어려워지는 난제(aporia)에 더 가깝다.

은유적 의미에서가 아니라 100년 전에 발생했던 진짜 혁명의 구체적인 맥락 속에서 형식주의의 행보를 되짚어본다는 것은, 그래서 단지 한 문예학파의 역사를 기술하는 것 이상의 의미가 있다. 그것은 문학의 본질, 그것을 낳은 세계 그리고 무엇보다 그 둘의 관계에 관한 근원적인 재성찰을 요청한다. 그도 그럴 것이 혁명은 문학을 포함한 예술과 그에 관한 이런저런 담론이 스스로의 정체성과 한계를 가장 멀리까지, 가장 극단적으로 밀어붙일 수 있도록 하는 전례 없는 가능성의 크로노토프이기 때문이다. 혁명은 이 세계와 인간에게 그러하듯이, 예술에게도 스스로를 넘어 그 자신이 아닌 어떤 것이 될 수 있는 기회를 제공하는 극히 예외적인 실험대로 나타났다. 러시아 형식주의 이론의 '혁명성'은 혁명의 구체적인 시공간 속에서, 혁명의 관점을 통해 재조명할 필요가 있다.

따라서 이 글은 러시아 형식주의에 관한 일반적이고 표준적인 독해에서 다소 벗어나 있다. 다시 말해 새롭고 획기적인 이론적 사유로서 형식주의의 이론사적 의미를 고찰하는 것에 머물지 않는다. 그에 더해 100년 전에 발생한 러시아혁명이라는 구체적인 역사적 배경 위에서 짧지만 강렬했던 그들의 행보를 되짚어보는 데 목적이 있다. 그런데 이를 위해서는 더욱 넓고 깊은 시야가 필요하다. 전 세계 문학교과서에 등장하는 전형적인 형식주의의 개념들을 그것 '너머'와 '이후'의 관점에서 재조명할 수 있어야만 한다. 다시 말해 그 개념들을 배태한 사회정치적 맥락뿐 아니라 그것들이 역사의 무대에서 사라져가는 뒷모습, 나아가 먼 훗날 예기치 않은 방식으로 되살아나는 과정까지 바라볼 필요가 있다.

다른 한편으로, 이 작업은 정확히 무슨 일이 어떻게 일어났는지 정리하는 문헌학적 기록이 아니기에 이 글의 관심사는 이미 실현된 것 못지않게 실현되지 못한 것들에도 향해 있다. 100년이 지난 오늘날의 관점에서 형식주의가 실제로 걸어갔던 길만큼이나 흥미로운 것은 그것이 (갈 수도 있었으나) 가지 못했던 길, 저 '불발된 가능성들'의 노선이다. 한마디로 '혁명'이라는 키워드를 중심으로 형식주의를 다시 읽어보되 그것을 이미 종결된 사건의 아카이브로서가 아니라 가능성들의 최초 파종지, 끝없이 재발굴되어야만 할 '기원'의 자리로서 재조명해보고자 한다.

형식주의와 신비평

러시아 형식주의를, 흔히 그와 유사한 것으로 오해받곤 하는 영미 신비평(New Criticism)과 비교해보는 것은 전자의 고유한 특징을 드러내는 데 도움이 된다. 이른바 문학적인 것(the literary)을 강하게 지향하면서("문학의 자율성") 그에 의거한 내재적 분석을 주장("꼼꼼히 읽기"close reading)하는 등의 표면적인 유사성에도 불구하고 두 학파 사이에는 본질적인 차이가 존재한다. "잘 빚어진 항아리"[3]라는 표현이 보여주는 것처럼, 신비평의 핵심에는 문학텍스트(특히 시)를 하나의 유기적 전체(organic unity)로서 간주하는 관점이 자리한다. 완벽한 전체를 이루기 위해서는 구성요소의 유기적인 조화, 무엇보다 일관성과 통일이 중요하다.

반면, 러시아 형식주의가 생각했던 문학·예술의 가장 중요한 특징은 일탈(deviation)이었다. 조화가 아닌 돌출, 규범의 준수가 아니라 거기에서의 일탈이 문학을 문학으로 만드는 변별인자다. 시적 언어의 특수성은 일상적·지시적 언어를 더 완벽하고 유기적으로—가령 신비평에서 말하는 것처럼 언어적 도상(verbal icon)에 이를 정도로 매끄럽게—사용하는 데 있는 게 아니라 그것을 일반적이고 정상적인 용도에서 떼어내 '다르게' 사용하는 데 있다.

당연히 신비평과 형식주의의 이런 방법론적 차이 너머에는 그것을 지탱하는 세계관의 차이, 더 나아가 그 차이를 낳은 시대적 맥락의 상이함이 놓여 있다. 신비평 이론가인 테이트와 랜섬이 (엘리어트와 리비스의 이름으로) 외친 구호가 '전통'과 '규범'이었다면,[4] 형식주의자 시클롭스키와 야콥슨이 내건 구호는 바로 그런 전통과 규범을 깨부수는 '혁신'이었다. 전형적인 형식주의자의 형상은 아카데미의 벽 뒤에서 전문적 비평을 정련(精鍊)하는 고매한 휴머니스트가 아니라 권위에 대항하는 반항아, 낡은 제도와 전통을 거부하는 급진적인 보헤미안이다.[5]

당연히 러시아 형식주의의 이런 전투적 파토스 뒤에는 신비평과는 전혀 다른 지향이 존재한다. 이상적인 과거를 되살리는 게 아니라 와야 할 미래를 행해 돌진하려는 움직임, 혁명을 향한 지향이 바로 그것이다. 가령 이 혁명의 아이들이 말하는 문학의 진화과정이 어떤 모습인지를 보라.

> "본질"로서의 문학에 대한 "확고하고" "존재론적인" 정의를 세우면서 문학사가들은 역사적 변화의 현상을 평화로운 계승의 현상으로, 그러니까 이 "본질"이 평화롭고 계획성 있게 발전하는 과정으로 바라본다. ……단지 학파나 아류현상 따위에 관해서라면 계승을 말할 수도 있을 것이다. 하지만 문학적 진화의 현상에 관해서라면 그렇지 않다. 후자의 법칙은—투쟁과 교체이기 때문이다.[6]

혁명의 아이들에게 문학의 진화 과정은 결코 평화로운 계승의 모습으로 그려지지 않는다. 그것은 계획에 따른 발전이 아니라 도약이고 전치(轉置)여야만 한다. "투쟁과 교체", 이것은 혁명의 법칙일 뿐아니라 문학적 진화의 법칙이기도 하다. 그런데 알다시피 혁명은 혼

시클롭스키(왼쪽)와 야콥슨.
형식주의자였던 이 둘이 내건 구호는 전통과 규범을
깨부수는 '혁신'이었다. 그들은 권위에 대항하는
반항아이자 낡은 제도와 전통을 거부하는 급진적인
보헤미안이었다.

자 하는 것이 아니다. 미래를 향한 새로운 길 앞에서 형식주의자들은 혼자가 아니었다. 그들은 '함께 모여' 떠들어댔던바, 어떤 점에서 이런 집단적인 발화는 일방적 선언이라기보다 그에 앞서 발생한 예술적 '실천'에 대한 이론적 '응답'에 더 가까웠다. 혁명이 일어나기 5년 전인 1912년, 이제 갓 열아홉 또는 스무 살에 불과했던 청년 예술가 네 명(부를류크, 크루초니흐, 흘레브니코프, 마야콥스키)이 「대중의 취향에 따귀를 때려라」라는 공동선언문을 발표했다. 아무것도 무서울 게 없었던 이 '무서운 아이들'(enfant terrible)은 선언문의 첫 문단을 이렇게 시작했다.

> 과거는 답답한 것, 아카데미와 푸슈킨은 상형문자보다도 더 이해하기 어렵다.
> 푸슈킨, 도스토옙스키, 톨스토이 따위는 현대라는 이름의 기선에서 내던져버려라.[7]

러시아 미래주의 선언문이 발표된 지 2년 후인 1914년, 당시 열아홉 살이던 시클롭스키는 동시대 미래주의의 언어실험을 분석한 논문 「말의 부활」을 내놓았고, 이 글은 러시아 형식주의의 출발을 예고하는 서막이 되었다. 주로 대학을 중심으로 전개되었던 기존의 아카데미 문학연구 전체를 "한〔가한 잡〕담"(閒談)으로 규정한 이 당돌한 발걸음은, 결국 문예학의 전 역사를 새로운 단계로 끌어올리는 혁명적 변화를 불러오게 된다. 그러니까 혁명이 일어난 바로 그해 발표된 논문 「기법으로서의 예술」은 문예학의 형식적 방법이라는 자신들의 방법론적 프로그램을 천명한 것이었을 뿐 아니라 파격과 해체라는 동시대의 예술적 실천에 특별히 고안된 하나의 이론적 개념으로 응답함으로써 그것을 공식적으로 승인하는 절차이기도 했던 것이다.[8] 저 유명한 '낯설게하기'(ostranenie)가 바로 그 개념이다.

'낯설게하기'와 혁명 '이후'

알다시피, '낯설게하기'는 익숙한 것을 낯설게 만듦으로써 그것을 새롭게 지각하도록 하는 기법이다. 예술은 왜 존재하는가? 시클롭스키가 내놓은 저명한 답변에 따르자면,

> 삶의 감각을 회복시키기 위해, 사물들을 느끼기 위해, 돌을 돌로 만들기 위해 이른바 예술이라는 것이 존재한다. 예술의 목적은 대상을 단순히 인지(uznavanie)하는 것을 넘어 그것을 바라봄으로써 감각하는(videnie) 데 있다.[9]

요컨대 예술기법이란 낯설게 만드는 기법이고, 형식을 어렵게 해 그것을 지각하는 데 더 많은 시간과 노력을 쏟도록 만드는 기법이다(시어가 의도적으로 "지연되고 구부러진 말"이 되어야하는 것은 그 때문이다). 다른 한편으로 '낯설게하기'는 단순한 예술적 기법에 머물지 않는데, 이는 그것이 암묵적으로 내포하는 또 다른 전제 때문이다. 그 전제는 다음 질문과 관련된다. 삶이 예술을 통해 낯설어지지 못하고 완전히 익숙해져 버린다면, 그때는 무슨 일이 일어날 것인가? 시클롭스키에 따르면, 우리가 예술을 통해 주변 세계를 (재)발견하지 못할 때,

> 삶은 우리에게 아무것도 주지 못하고 사라져버린다. 자동화는 사물들, 옷, 가구, 아내 그리고 전쟁의 공포를 집어삼킨다.[10]

이 전제에 따르자면, 낯설어진 형태를 통해 삶이 생생하게 (재)지각되지 못할 때, 그것은 그저 사라져버린다. 따라서 우리네 삶은 반드시 '낯설게하기'라는 치료적(therapeutic) 절차에 노출되어야만 하는데, 왜냐하면 그러지 못할 경우 결국 아무것도 아닌 비존재의 상태로 퇴행해버리고 말 것이기 때문이다. 예술이 없는 삶, 그저 살아지는 삶이란 자동화된 것이다. 그것은 본질적으로 무의식적이며 확실히 비창

조적인 일상에 불과하다. 습관적인 일상을 사실상 살아지지 않은 삶과 동일시하는 이런 태도, 평범하고 반복적인 것들을 '충격'을 통해 깨워야 할 병적인 마취상태로 간주하는 이런 관점이야말로 아방가르드의 스탠스, 문화적 혁명가의 에토스에 해당한다.[11]

일종의 '현상학적 괄호치기'를 통해 기존의 맥락을 소거해버리는 이런 작업은 이른바 "혁명적 제스처"[12]의 기본기에 해당한다. 완전히 새롭게 시작하기 위해서는 말끔하게 청소된 '빈 서판'이 필수적이다. 동시대 미래주의가 그랬듯이, 형식주의자들은 무언가를 새롭게 쓰기 위해서는 우선 기존의 습관과 관례에서 온전히 해방될 필요가 있다고 생각했다. 하지만 문제는 단순히 혁명적 몸짓으로 요약해버리기에는 '낯설게하기' 개념의 딜레마가 생각만큼 간단치 않다는 데 있다.

우선, 현실과 관련된 문제가 있다. 예술이 삶(일상)과 달라야만 한다고 주장한다는 점에서 언뜻 '예술의 자율성'을 지향하는 것처럼 보이지만, '낯설게하기' 개념은 흔히 말하는 예술을 위한 예술과는 거리가 멀다. '낯설게하기'는 삶에 본래적 감각을 되돌려줌으로써 세계를 재창조하기 위해 필요하다. 텍스트 바깥을 괄호 쳐야 하는 이유는 예술에서 삶을 제거하기 위해서가 아니라 예술을 통해 삶을 혁신하기 위해서다. 예술을 통해 "태양을 더 태양답게, 돌을 더 돌답게" 만드는 과정, 이 메커니즘을 통해 "예술은 분명 삶을 위해 봉사한다. 이를테면 그것은 우리를 일깨우고 다시 활력을 주기 위해 디자인된 치료제다."[13] 한마디로 "이 '낯설게하기'는 결단코 세상에서부터의 소격(estrangement from)이 아니라, 세계를 새롭게 만들기 위한(for the sake of the world's renewal) 소격"[14]에 해당한다.

그런데 이와 관련해 짚고 넘어가야만 할 또 다른 지점이 있다. '낯설게하기' 개념에 전제된 부정(negation)의 논리가 그것이다. 『문예학의 형식적 방법』(1927)에서 파벨 메드베데프(Pavel Medvedev, 1892~1938)가 온당하게 지적했듯이, 본질상 형식주의는 예술에 대한 부정신학적(apophatic) 개념을 따르고 있다. 즉 그들의 믿음에 따르면, 예술 생산은 감산적(減算的, subtractive) 과정인바, 미학적 대상은 부정하는 행위의 산물이 된다. 문제는 예술작품이 일상적 발화의 일그러뜨림(distortion), 곧 습관적 지각의 '낯설게하기'로 정의되면서 부득이하게 "기생적"(parasitic) 성격을 띠게 된다는 점에 있다. 즉 형식주의의 미학적 메커니즘은 그것의 온전한 작동을 위해 반드시 기성적 몸체를 전제로 한다. "일상적 코드들과 커뮤니케이션 관례들의 뒤틀린 버전으로 인지되면서 미학적 대상은 무에서 창조된 결과가 아니게 된다."[15] 부정할 대상, 왜곡과 뒤틀림이라는 예술적 행위를 의미 있는 것으로 만들어줄 기존의 관례나 코드가 반드시 필요하기 때문이다.

그렇다면 여기서 이러한 질문을 던져보면 어떨까? 만일 기성적 몸체가 더 이상 존재하지 않는다면 어떻게 될까? 문자 그대로의 혁명적 상황, 가령 자동화된 습관적 지각을 깨우는 정도가 아니라 아예 현실 그 자체가 낯선 것이 되어버린 상황이라면? 전면적 해체와 파괴를 통해 지금껏 당연시되던 모든 관례와 코드가 통째로 무너지고, 바야흐로 그 '텅 빈 서판' 위에 무언가를 새로 써야만 하는 상황을 맞게 된다면?

쉽게 짐작할 수 있듯이, 위의 질문들이 겨냥하고 있는 것은 혁명상황 자체가 아니라 '혁명 이후'의 상황이다. 파격과 해체의 한바탕 소용돌이가 잦아든 이후 어쩔 수 없이 도래하는 구축과 건설에 관한 이야기. 또는 예술의 이름으로 행해지던 떠들썩한 '혁명적 실험' 이후에 비로소 찾아오기 마련인, 예술을 포함한 삶의 조건 전체의 총체적인 변화에 관한 이야기. 이런 새로운 이야기들의 무대 위에서 '낯설게하기'로 대변되는 형식주의는 어떻게 스스로를 지속시킬 수 있었을까? 이는 결국 '혁명 이후'의 변화된 시공간 속에서 형식주의의 미학적 기획이 어떻게 진화해갔느냐는 물음과 다르지 않다.

모든 진화는 진공 속에서 이루어지지 않는다. 형식주의의 탄생이 혁명의 소용돌이 속에서 이뤄졌다면, 그것의 변화와 최종적인 소멸

역시 혁명 이후의 역사적 맥락 속에서 진행되었다. 20세기 문학이론의 혁명이라 할 러시아 형식주의를 다룰 때 그것의 변화, 특히 '끝'에 관한 이야기를 피할 수 없다. 지금껏 그 끝의 풍경은 당돌하고 요란했던 시작의 풍경에 비해 너무 적거나 피상적인 조명만을 받아왔다. 문학연구의 혁명적인 한 페이지가 닫히는 순간, 저 황혼의 풍경은 과연 어떠했을까?

후기 형식주의: 티냐노프와 에이헨바움

잘 알려진 바대로, 러시아 형식주의는 문학을 미학, 사회학, 심리학, 역사학 등에서 독립적인 (과)학적 연구대상으로 엄밀히 규정짓고자 한 최초의 시도였다. 형식주의의 방법론에 관한 야콥슨의 유명한 언급에 따르면,

> 문학과학의 목적은 문학이 아니라 문학성, 즉 주어진 예술작품을 문학으로 만드는 것이다. 지금까지 문학사가들은 특정인물을 체포할 의도로 아파트에 들어간 사람 전부를, 심지어 그 앞을 지나간 사람들까지도 마구잡이로 잡아들이는 경찰처럼 행동해왔다. 문학사가들은 모든 것—인류학, 심리학, 정치학, 철학을 사용해왔다. 문학과학 대신 그들은 투박한 학제들의 잡탕을 만들어냈을 뿐이다.[16]

형식주의로서는 문학을 규정하려는 모든 바깥의 담론에서부터 문학(만)의 내부를 확보하는 것이 무엇보다 중요했다. 이런 점에서 문학을 문학이게끔 만드는 것, 즉 "문학성"의 발견은 문학 자체뿐 아니라 그들 자신의 이론적 기획을 위해 꼭 필요했던 가장 중요한 기법(device)이었다. 형식주의의 변화는 불변하는 초역사적 자질로서의 이런 문학성 개념에 대한 재고와 맞물려 있다. 대략 1920년대 중반 이후부터 형식주의자들은 사회문화적 격변의 참여자로서 더 이상 과거와 같은 문학성 개념에 머물러 있을 수 없다는 사실을 분명하게 자

각했다. "문학이란 무엇인가, 장르란 무엇인가"라는 논쟁적인 질문으로 시작되는 글 「문학적 사실」(1924)에서 티냐노프는 이렇게 쓴다.

> 문학에 대한 단호한 정의가 점점 더 어려워지는 반면, 어떤 동시대인이라도 무엇이 문학적 사실인지 당신에게 손가락으로 가리킬 수 있을 것이다. ……문학적 혁명을 겪은 나이 든 동시대인이라면 그의 시대에는 문학적 사실이 아니었던 어떤 현상이 지금은 문학적 사실이 되어 있는 것을 깨닫게 될 것이다. ……또 반대로 오늘날 문학적 사실인 것은 내일이면 단순한 일상적 삶(byt)이 되어 문학에서 사라져 간다.[17]

문학이 자족적이고 초월적인 실체가 아니라—러시아어 'быт'(byt)로 지칭되는—일상(적 삶)과의 끊임없는 상호가역적 과정을 통해 변모되는 "문학적 사실"일 뿐이라는 인식은, 자연스럽게 문학을 넘어서는 더 큰 '체계(들)'에 관한 문제의식을 동반하게 된다. 트로츠키는 1923년 출간된 『문학과 혁명』에서 형식분석에 대한 형식주의의 의의를 인정하면서도, 그것은 '어떻게'라는 물음에 답할 수 있을 뿐이지 '왜'라는 근본적인 물음 앞에선 무력하다고 비판한 바 있다. 그는 주어진 어느 한 시기에 예술의 특정 방향이 왜, 어디에서 발생했는지, 즉 누가 어째서 다른 예술형식이 아닌 바로 그런 형식에 대한 갈망을 표현했는지 설명해줄 수 있는 것은 오직 마르크스주의뿐이라고 주장했다. 이런 비판에 맞서 형식주의는 '왜'라는 질문, 곧 변화의 근거에 관한 질문에 대해 "체계(들)의 진화"라는 답을 내놓았다. 진화란 "체계를 이루고 있는 요소 사이의 상호관계의 변화, 즉 그것의 기능과 형식적 요소들의 변화"이며, 이런 점에서 문학적 진화란 곧 "체계의 교체"[18]에 다름 아니다. 그리고 바로 이 교체의 메커니즘을 대변하는 것이 티냐노프의 '중심-주변' 모델이다.

특정 장르가 쇠퇴하는 시기에 그것은 중심에서 주변으로 자리를 옮긴다. 그 대신 문학의 잡동사니들에서부터, 문학의 뒷마당과 밑바닥에서부터 새로운 현상들이 중심으로 밀려든다(바로 이것이 시클롭스키가 말한 '젊은 장르들의 정전화' 현상이다).[19]

티냐노프에 따르면, 특정 시기의 지배적 규범('중심')의 관점에서 볼 때 전적으로 문학 외적인 영역('주변')에 속한 것으로 간주되는 반미학적 현상들은 진화의 다음 단계에서 맹렬한 기세로 중심으로 파고들면서 문학적 사실로 변모된다. 이때 새로운 중심이 되고자 하는 더욱 '젊은' 구성원칙은 언제나 더 새롭고 신선한 현상들을 '인접한 일상적 삶'에서 찾게 된다. 쓸모없는 주변부(잡동사니, 뒷마당, 밑바닥)가 낡아버린 중심을 대체하기 위해 중앙부를 향해 밀고 들어오는 이와 같은 전복의 형상화(imagery)에서 격렬했던 지난 혁명의 풍경을 떠올릴 것인지,[20] 아니면 문화적 가치의 계속적이고 반복적인 교체와 자리바꿈이라는 생물학적 신진대사의 메커니즘을 떠올릴 것인지는 더 생각해볼 문제다.

하지만 그에 앞서 우선 주목할 것은 티냐노프가 상정하는 문화경제학이 새로운 것의 극치를 칭송하는 모더니티의 감각과 어긋난다는 사실이다. 티냐노프는 "완고하고 진정한 새로움(novelty)이나 발명은 없다는 것, 다만 존재하는 것이라고는 기성(ready-made) 자질들의 끊임없는 재배치 및 하나의 체계에서 다른 체계로 이동하는 기법들, 즉 주변부로 이동했던(자동화된) 요소들의 복귀와 재활용(recycling)뿐이라는 사실"[21]을 보여주고 있다. 문학이라는 대상의 자립적 특수성을 상대화할 뿐만 아니라 혁신의 의미를 '0도의 글쓰기'에서 '지배소의 교체'로 이동시킨 이런 관점은, 시클롭스키가 「기법으로서의 예술」을 발표했던 1917년 혁명 시절의 것과는 멀리 떨어져 있다. 여기서 들려오는 티냐노프의 목소리는 더 이상 "도스토옙스키와 톨스토이를 현대의 기선에서 내던져버리자"라고 외쳐대는 '무서운 아이들'

의 그것이 아니다. 티냐노프는 과거에는 문학적 사실이 아니었던 어떤 현상이 지금은 문학적 사실이 되어 있음을 깨닫는, 이미 "문학적 혁명을 겪은 나이 든 동시대인"의 처지에서 말하고 있다.

그렇다면, 후기 형식주의의 이러한 변모는 이론 내부의 진화에 따른 논리적 결과일까, 아니면 혁명 이후 달라진 사회정치적 상황이 강제한 타협(또는 굴복)의 산물일까? 대개 이 문제를 바라보는 일반적인 구도는 러시아 아방가르드를 포함한 1920~30년대 소비에트 예술사를 설명하는 전형적인 통념에서 크게 벗어나지 않는다. 언젠가 벅-모스가 "예술적 아방가르드"(artistic avant-garde)와 "정치적 뱅가드"(political vanguard) 사이의 불일치라고 부르기도 했던[22] 저 유명한 미학과 정치학의 갈등구도가 바로 그것이다. 이른바 진보적 예술의 숭고한 좌절을 서사화하는 통념적 구도의 결정적인 문제는 이런 식의 대립구도가 해당 예술가들의 이념적 지향을 탈색해버릴 뿐만 아니라 그들이 실제로 수행했던 구체적인 자기혁신과 갱신의 여러 시도를 상황 때문에 강제된 어쩔 수 없는 방어적 몸짓(타협이나 변절)으로 폄하해버린다는 데 있다. 흔히 '후기 형식주의'로 불리는 1920년대 중반 이후의 몇몇 시도는 이른바 '역사적 아방가르드'의 운명에 관한 상투적 신화에서 벗어나 적극적이고 주체적인 '탈정체화'의 시도로서 재고할 필요가 있다.

이러한 문제의식하에서 후기 형식주의를 바라볼 때, 오히려 새롭고 의미심장하게 다가오는 것은 비교적 잘 알려진 티냐노프의 '구조주의-기호학적' 노선[23]이 아니라 에이헨바움의 '문학사회학적' 노선이다. 언젠가 빅터 얼리치(Victor Erlich, 1914~2007)가 "내재적 문학사회학의 확립을 위한 시도"[24]라 부른바 있는 이 노선은, 그 관점의 놀라운 현대성뿐만 아니라 지극히 비(非)형식주의적인 접근법 때문에 놀라움을 안긴다. 에이헨바움은 1927년 발표한 글 「문학적 일상」에서 이렇게 적고 있다.

확신을 품고 말하건대, 오늘날 위기를 겪고 있는 것은 문학 자체가 아니라 그것의 사회적 존재성이다. 작가의 사회적 위치가 달라졌고, 작가와 독자 간의 관계가 변했으며, 문학적 작업의 친숙했던 조건과 형식들이 바뀌었다―문학적 일상 자체의 영역 내부에서 결정적인 변동이 발생했다.[25]

이른바 형식주의적 분석의 전형적 사례로 간주되는 「고골의 『외투』는 어떻게 만들어졌는가?」[26]를 쓴 장본인이었던 에이헨바움의 분석적 시선은 이전과는 확연히 다른 방향을 향해 있다. 그 방향은 "문학적 직업"의 사회적 문제들, 그의 표현을 빌리자면, "어떻게 쓸 것인가"가 아니라 "어떻게 작가가 되는가"와 관련된 문제들을 가리키고 있다.

작가들은 각자 나름대로 쓰고들 있는데, 문학적 그룹은 (만일 그런 게 있다면) 무언가 "문학 외적인" 자질들, 이를테면 문학-일상적이라 불릴 만한 자질들에 따라 구성되고 있다. 이와 더불어 테크닉의 문제는 다른 문제에 자리를 내주게 되었는데 그 중심에는 문학적 직업, 곧 문학 일 자체의 문제가 놓여 있다. "어떻게 쓸 것인가"의 문제는 "어떻게 작가가 되는가"의 문제로 바뀌었거나, 최소한 복잡화되었다. 다르게 말해 작가의 문제가 문학의 문제를 덮어버린 것이다.[27]

에이헨바움에 따르면, 이처럼 변화된 현실은 문학을 대하는 새로운 접근법을 요구하는바, 이를 통해 새롭게 조명돼야 할 것은 비단 동시대 문학만이 아니다. 예컨대, 그는 "푸시킨의 산문으로의 이동과 그에 따른 창작적 진화 과정은 1830년대 초 발생한 문학적 활동의 전반적인 직업화 및 문학적 사실로서 잡지가 지니게 된 새로운 의미 때문에 조건화된 것"[28]이라고 주장한다. 그러니까 러시아 문학사의 가장 결정적인 국면 중 하나라 할 1830년대 푸시킨의 장르 변화(시에서 소설로)를 푸시킨 창작의 내적 진화가 아니라 당대 문학제도상의 물리적 변화(문학잡지의 출현) 때문인 것으로 설명하고 있는 것이다.

주목할 것은 '현실'이라는 문학의 대(大)타자와 직면하는 과정에서 형식주의자들이 보여준 고도로 원칙주의적인 태도다. 문학의 특수성을 관념적·감정적·심리주의적 심미성으로 포장함으로써 자신들의 지난 투쟁의 성과를 무화시키길 원치 않았던 형식주의자들은, 차라리 더욱 급진적인 다른 노선들을 택했다. 티냐노프가 문학의 자립성을 박탈하는 대신 문학과 문학 아닌 것을 포괄하는 '일반 담론과학'의 길을 선택했다면, 에이헨바움은 문학을 둘러싼 일상의 영역을 문학연구의 전면적인 대상으로 끌어들임으로써 문학 자체와 더불어 그것의 생산, 소비, 유통의 일반법칙을 규명하고자 하는 강력한 '문학사회학'의 길을 추구했다.

이 시기 에이헨바움에게 작가의 '직업적 일상'이란, 의심할 여지없이, 오늘날 피에르 부르디외(Pierre Bourdieu, 1930~2002)와 함께 흔히 거론되곤 하는 문학창작의 제도적(institutional) 콘텍스트, 즉 문학이 그 속에서 살아나가는 사회적 장(field)을 의미한다. 실제로 이와 관련해 에이헨바움(과 그의 제자들)이 연구대상으로 상정해 다루었던 주제들은 오늘날의 관점에서 보더라도 깜짝 놀랄 만큼 다채롭고 대담한 것들이었다. 그들은 "작품의 제작, 출판, 유통, 광고 등을 위해 만들어진 모든 문학적 '제도들', 기관들, 조직들을 연구했으며, 나아가 출판사나 소모임, 살롱과 같은 작품의 사회-경제적 구현, 작품의 직업적 또는 애호가적 수단들, 정치적·이데올로기적 검열, 비평, 교육적·비평적 정전화와 전통의 전승문제 등을 연구했다."[29]

하지만 동시대의 소비에트 구축주의 미학이 그러했듯이, 후기 형식주의의 자기혁신은 탈정체화를 위한 적극적 행보로 간주되기보다는 형식주의적 방법론 자체의 한계, 즉 '위기'로 받아들여졌다. 당대의 대세였던 마르크스주의 미학자들은 그들 스스로 모종의 사회학적 시학을 구축하려 시도하고 있었는데도 후기 형식주의의 작업들을 진지한

티냐노프(왼쪽)와 에이헨바움.
'현실'이라는 문학의 대타자와 직면하는 과정에서
형식주의자들은 급진적인 노선을 택했다.
티냐노프는 '일반 담론과학'의 길을, 에이헨바움은
'문학사회학'의 길을 추구했다.

논쟁대상으로 인정하지 않았다. 그들은 형식주의의 변모를 허약함의 증거, 심지어는 과거의 죗값으로 간주해버렸다. 형식주의의 대표자들과 마르크스주의 문학론자들이 정면으로 맞붙었던 1927년 대토론회에서 에이헨바움이 '문학적 생산의 사회학'에 관한 연구, 그중에서도 특히 '인세'(印稅)의 역사에 관한 연구의 중요성을 언급했을 때, 마르크스주의 이론가 고르바초프는 형식주의자들이 반사회적 결벽주의에서 마침내 벗어나게 된 것은 아마도 틀림없이 '인세' 때문이었을 것이라고 비꼬았다.[30]

그렇다면 형식주의와 마르크스주의 사이의 생산적 논쟁은 전혀 이루어지지 못했던 것일까? 언제나 예기치 못한 우회로를 걷는 담론의 역사가 보여주듯이, 가장 귀중한 논쟁은 아무도 주목하지 않았던 변방에서 이루어졌다. 1920년대 후반, 훗날 '바흐친 서클'로 알려지게 될 볼로쉬노프, 메드베데프 등 일군의 젊은이가 문학어를 포함한 언어 자체 내에 이미 언제나 담겨 있는 사회적·이데올로기적 차원을 정당하게 부각시키면서 형식주의 이론의 가장 강력한 대안을 내놓았다. 하지만 그들의 목소리는 어떤 대가를 치러서라도 이념적 우위를 차지하고 말겠다는 마르크스주의 미학의 야심 아래 묻혀버렸고 결국 1930년대 이후 소비에트의 정치적 환경 속에서 형식주의와 별반 다르지 않은 역사적 운명을 겪어야만 했다. 그리고 다음과 같은 예언적인 당부의 말 또한 함께 묻혔다.

우리는 마르크스주의적 과학이 형식주의자들에게 감사해야만 한다고 생각한다. 형식주의자들의 이론이 심각한 비판을 받는 과정에서 마르크스주의적 문예학의 기초들이 해명되고 공고해진 것에 대해서 감사해야만 한다. 모든 신생 과학은—마르크스주의 문예학은 아직은 매우 젊다—별 볼 일 없는 동료보다는 훌륭한 적수를 더욱 높게 평가해야만 한다."[31]

이후 '성공한' 혁명국가 소비에트에서는 "별 볼 일 없는 동료"들(만)이 득세하는 시대가 열렸고, 1930년 시클롭스키는 마침내 유명한 항복 선언문 「학문적 오류의 기념비」를 발표했다.

시클롭스키 재방문(revisited): "멀리서 읽기"와 디지털 인문학

시클롭스키의 항복 선언문은 1930년 1월 『문학신문』 제41호에 게재되었다. 그해 4월 14일, 서른일곱 살의 혁명시인 마야콥스키가 모스크바 루뱐카 건물 주변 공동주택에서 권총으로 자살했다. 이 죽음에 얽힌 뒷얘기가 무엇이건 간에 그것은 한 시대의 끝을 알리는 상징적 사건으로 간주되기에 충분했다. 예술적 아방가르드와 정치적 뱅가드 사이의 불안하고 위태로운 잠정협정(modus vivendi)이 마침내 끝장났음을 알리는 신호탄. 건축과 미술 분야의 구축주의가 생산과 구축의 이름하에 얼마간 더 생존할 수 있었던 반면, 문학과 비평 분야의 모더니즘은 공공연한 적대와 공격 속에서 차례로 소멸해갔다. 당대 마르크스주의 미학의 강력한 경쟁상대로서, 모더니즘 예술실험과 혁신에 가장 확실한 근거를 제공해주었던 형식주의가 이 공격을 피해갈 수 없었음은 자명하다.

이런 상황에서 형식주의의 대표자들에게 남겨진 선택지는 두 가지뿐이었다. 깊은 침묵 속으로 빠져들거나, 아니면 지난 시절의 과오를 공식적으로 인정하거나. 1930년 이후 티냐노프와 에이헨바움은 첫 번째 길을 걸었다. 티냐노프는 문학연구에서 손을 떼고 영화 시나리오와 소설창작에 몰두하기 시작했고, 에이헨바움과 토마솁스키는 이론적·방법론적 문제에서 멀어져 러시아 고전들의 아카데믹 출판물의 서문과 주석을 작성하는 일에 전념했다(1920년대 중반 일찌감치 프라하로 떠났던 야콥슨은 전혀 다른 선택의 자유를 얻었고, 이후 덴마크를 거쳐 미국을 향하는 국제주의자의 길을 걷기 시작했다). 타고난 기질로도, 또 학문적 배경으로도, 도무지 아카데믹 학자와는 어울리지 않았던 시클롭스키, 역설적이게도 그 누구보다 늦게까지 살아남아 활동했던 시클롭스키[32]만이 두 번째 길을 선택했다.

이 선언문에 담긴 시클롭스키의 목소리를 과거 관점의 솔직한 철회로 볼 것인지, 아니면 특유의 평행비유(parallelism) 기법을 동원한 고도의 생존전략으로 볼 것인지의 문제는 간단치 않다.[33] 분명한 사실하나는 그가 티냐노프의 관점에 입각해 스스로의 과거 관점을 비판하고 있다는 점이다. 시클롭스키는 "모든 작품은 다른 작품을 배경으로해서만 존재할 수 있으며 오직 문학적 체계(literary system)의 일부분으로서만 이해될 수 있다는 사실"을 간과한 과오를 저질렀다고 고백하면서, "티냐노프가 도입한 문학적 기능(literary function) 개념[34]이 형식주의 방법론의 진화에 전환점이 되었다"라고 주장했다.

> 나의 접근은 상이한 민족적 맥락들을 지닌 서로 다른 세기의 문학들에서 서로 멀리 떨어진 사례들을 택해 그것들의 미학적 동등성을 주장하는 데 있다. 나는 이 작품들 각각을 일종의 닫힌 체계로서, 그러니까 그 체계가 문학적 체계 전체 그리고 일차적이며 문화-형성적인 경제적 층위와 맺는 관련성 바깥에서 연구했던 것이다. 문학적 현상들에 대한 탐구 과정에서 경험적으로 분명해진 것은 모든 작품은 다른 작품을 배경으로 해서만 존재할 수 있으며 오직 문학적 체계의 일부분으로서만 이해될 수 있다는 사실이었다. 나는 이 관찰을 내 연구에 통합시키려 했지만 거기에서 주된 결론을 끌어내는 데는 실패했다. 이것이 나의 잘못이다.[35]

여기서 시클롭스키는 그가 "형태론적"(morphological) 방법이라고 부르는 과거의 관점을 현재의 변화된 "기능론적"(functional) 관점과 구별하고 있는데, 물론 이것은 그와 같은 대조를 통해 역으로현재 관점의 정당성을 보장받으려는 수사적 전략으로 볼 수 있다. 하지만 다른 한편으로, 이것은 시클롭스키를 향한 트로츠키의 과거 비판을 고려한 '응답'으로도 읽히는데, 왜냐하면 그 비판의 핵심은 정확히 "상이한 민족적 맥락들을 지닌 서로 다른 세기의 문학들 사이의 미학적 동등성을 주장하는" 시클롭스키의 과거 관점을 향해 있기 때문이다. 트로츠키는 『문학과 혁명』의 한 대목에서, "만일 생산관계들이 예술에 영향을 미친다면, 슈제트[36]들이 그 관계에 상응하는 장소에 묶여 있어야 맞지 않겠는가? 하지만 진정 슈제트들은 고향이 없다"라는 시클롭스키의 말을 인용하면서, 사회정치적 맥락, 특히 경제적 관계를 떠난 보편법칙을 지향하는 형식주의의 오류를 비판한 바 있다. 트로츠키는 "서로 다른 민족과 그 민족의 상이한 계급이 동일한 슈제트를 사용한다는 사실은 단지 인간적 상상력의 한계와 예술적 창작을 포함한 모든 창작에서 힘을 절약하려는 인간의 노력을 반증하고 있을 뿐"[37]이라고 주장했다.

'슈제트들은 고향이 없다'라는 시클롭스키의 주장과 '경제적 관계를 떠난 예술은 없다'는 트로츠키의 주장 사이의 거리. 이 거리에서 드러나는 것은 물론 예술을 대하는 (초기) 형식주의와 마르크스주의 사이의 거리다. 보편적이고 초월적인 문학성의 존재를 가정하는 관점과 문학성은 예술·문학 또한 정치적·경제적 하부구조의 산물에 해당한다고 여기는 관점 사이의 거리. 어떻게 보면 구조주의에서 문화연구에 이르기까지, 20세기 문학(비평)이론의 다채로운 갈래는 모두 위와 같은 극단적인 두 관점 '사이에서' 펼쳐져왔다고 해도 과언이 아니다. 텍스트와 맥락의 비중을 달리하면서, 때로는 텍스트 내부의 구조적 요인들(기능, 대립, 해체)과 텍스트 외적 맥락의 주요 변수들(사회, 정치, 문화, 경제)을 바꿔가면서, 20세기 문학이론은 형식주의의 교리들을 그대로 또는 뒤집은 채로 발전시켜왔던 것이다.

1930년 이후 소비에트 내에서 사실상 역사적 삶을 마감할 수밖에 없었던 형식주의는, 잘 알려진 것처럼, 여러 차례 부활했다. 가령 1920년대 중반 프라하로 건너간 야콥슨이 얀 무카르조프스키(Jan Mukařovský, 1891~1975) 등과 함께 '프라그 구조주의학파'를 만든 이야기, 뉴욕에서 야콥슨을 만난 레비스트로스가 1950년대 프랑스에서 『구조인류학』을 출간하면서 이른바 '구조주의적 방법론'의 시대를 열게 된 이야기, 1960년대 중반 소비에트의 변방이었던 에스토니아에서 형식주의의 (금지된) 유산이 유리 로트만(Yurii Lotman, 1922~93)을 위시한 몇몇 학자가 결성한 '타르투 기호학파'(Tartu Semiotic School)를 통해 부활하게 된 이야기, 같은 시기 소련의 위성국이었던 불가리아에서 프랑스로 유학을 떠난 20대 중반의 두 젊은이 토도로프, 크리스테바가 러시아 형식주의와 바흐친의 유산을 서구 지식계에 전파하게 된 이야기 등등 20세기 지성사에 잘 알려진 전설적인 부활의 내러티브들은 형식주의를 정전의 위치에 올려놓는 동시에 그것을 역사화했다.

오늘날 형식주의의 이론적 유산은, 100년 전의 볼셰비키 혁명이 그런 것처럼, 직접적인 실효성(actuality)을 상실한 채로 단지 교과서 속에서(만) 살아 있는 것처럼 보인다. 구조주의, 기호학, 해체주의, 문화인류학, 신역사주의, 포스트식민주의 등 지난 세기를 장식했던 굵직한 이론들 거의 전부에 뚜렷한 자취를 남겨놓았던 형식주의는, 이제 더 이상 아무도 대문자 '혁명'을 이야기하지 않듯이, 그 모든 이론의 흥망성쇠와 더불어 이미 지나가버린 '과거'가 되어버린 것일까?

이 물음에 단언적인 답을 내리기는 쉽지 않다. 하지만 적어도, 최근의 실험적 행보 하나는 그렇지 않다는 사실을 보여주고 있다. 이른바 세계문학연구, 그중에서도 프랑코 모레티(Franco Moretti, 1950~)가 주도하고 있는 '양적(quantitative) 방법론'이 그것이다. 이탈리아 출신으로 마르크스주의 비평전통에서 출발한 모레티는 2000년대 이후 문학연구의 기존 패러다임을 뒤흔드는 도발적인 주장을 잇달아 내놓으면서, 21세기 인문학계의 가장 논쟁적인 인물로 부상한 바 있다. 모레티가 내놓은 주장의 극단성은 그가 지난 세기 내내 인문학을 지배하다시피 했던 보편적 모델인 '꼼꼼히 읽기'를 정반대의 모델로 교체할 것을 주장한다는 데 있다. 그가 "멀리서 읽기"(distant reading)라고 부르는 이 특별한 접근유형에서 '거리'는 장애물이 아

니라 모종의 "특별한 지식의 형태"로 나타나는바, 모레티는 그 특징
을 이렇게 요약한다.

> 거기서는 요소들의 숫자가 적어지는 대신 그것들의 전체적인 상호
> 결합이 훨씬 더 예리하게 감지된다. 모양, 관계, 구조들. 형태, 모
> 델들. 즉 텍스트에서 모델로. 이 모델들은 이제까지 문학연구와 관
> 계가 전혀 없었거나 거의 없었던 세 가지 학제에서 도출된다. 양적
> (quantitative) 역사학에서 사용되는 그래프(graphs), 지리학에서 쓰는
> 지도(maps) 그리고 진화이론에서 쓰는 수형도(trees)가 그것들이다.[38]

여기서 말하는 그래프, 지도, 수형도라는 새로운 지식의 형태들
은 작품 텍스트를 꼼꼼하고 심층적으로 '해석'하는 대신 개별 텍스트
를 포함한 방대한 양의 자료(data)를 '분석'해 그것을 '시각화'하기 위
한 방법론적 모델들이다. 쉽게 짐작할 수 있듯이, 이렇듯 방대한 데이
터—때로는 수 세기에 걸친 아카이브 자료들—을 분석하고 모델링
하기 위해서는 그것들을 처리할 수 있는 특별한 기술이 필요하다. 소
위 '디지털 인문학'과 '멀리서 읽기 모델'의 수렴(convergence)은 그렇
게 이루어지는바, 현재 모레티가 이끌고 있는 새로운 (세계)문학연구
방법론은 디지털 인문학의 미래방향과 관련된 가장 유효한 모델 중
하나로 평가받고 있다.[39] 디지털 문학연구 랩을 운영하고 있는 스탠
포드 대학교의 디지털 휴머니티 센터는 지난 2015년 3월 대규모 국제
학술대회를 개최했는데, 모레티가 개회사를 맡은 이 학술대회의 명칭
은 '러시아 형식주의와 디지털 인문학'이었다.[40]

그렇다면 모레티의 도발적인 새 모델은 어떤 점에서 형식주의의
복원으로 간주할 수 있을까? 모레티 본인이 "내 작업의 상수는 형식
주의와 문학사의 결합(conjunction)"[41]이라고 공공연히 밝히고 있듯
이 그의 작업과 형식주의 간의 연결고리는 대단히 많다. 소위 문학적
정전에 대한 부정적 태도에서 시작해, 문학사를 '인물'이 아닌 '체계'

모레티(위)와 '디지털 인문학 학술대회' 포스터.
모레티가 주장하는 '멀리서 읽기'는 텍스트를 '해석'하는
대신 '분석'해 '시각화'하는 방법론적 모델이다.
이 방법은 디지털 인문학의 가장 유효한 모델로
평가받고 있다.

를 중심으로 파악하려는 관점, 나아가 문학사의 변천과정을 다윈, 굴드 등의 생물학적·진화론적 시각을 통해 모델링하려는 지향성에 이르기까지, 흡사 그의 작업들은 21세기 디지털 데이터 처리기술을 장착한 새로운 버전의 형식주의로까지 보일 지경이다.[42] 그런데 여기서 특기할 만한 사실 하나는 이 부활이 형식주의의 여러 갈래 중 특히 시클롭스키의 부활처럼 보인다는 점이다. 어떤 시클롭스키인가? 트로츠키와 충돌했고 결국은 항복했던 시클롭스키, 한때 "슈제트는 진정 고향이 없다"라고 일갈했던 바로 그 시클롭스키다.

모레티가 탐정소설 '장르'의 대표적인 형식적 '기법'인 '실마리' (clue)가 장기지속(longue durée)의 과정 속에서 변천하는 패턴을 방대한 데이터를 동원해 모델링할 때, 이는 정확하게 시클롭스키의 가설적 욕망을 실현시키고 있는 것처럼 보인다. "슈제트는 고향이 없다." 즉 그것은 수 세기에 걸쳐 세계를 떠도는바, 근본적으로 변하지 않은 채로 되돌아오는 반복 가능한 형식적 요소들은 현재의 기술력을 통해 충분히 모델링할 수 있다. 이제 우리는 텍스트의 심층을 '읽어내는' 게 아니라 텍스트들의 계통적 진화 과정 전체와 그 특징을 시각화해 '볼 수' 있게 된 것이다.

이와 관련해 일반적으로 잘 언급되지 않는 또 하나의 흥미로운 사실을 지적할 필요가 있다. 그건 시클롭스키가 러시아어를 제외하고는 어떠한 외국어도 몰랐다는 사실이다. 그는 자신이 분석한 세르반테스, 스턴, 보카치오 등의 작품을 모조리 번역본으로만 접했다. 더욱 이상한 것은 시 언어의 고유성과 독자성에 그토록 민감했던 형식주의자들 (야콥슨은 시 텍스트는 원칙상 번역이 불가능하다고 단언한 바 있는데, 그의 시 비평이 주로 시어의 음성적 범주 및 리듬 조직들에 집중했던 것을 떠올린다면 이는 놀랍지 않다)이 소설분석에서는 번역본의 사용이 하등 문제가 되지 않는다고 생각했다는 점이다. 산문은 언어의 물질성이 작동하는 영역이 아니라 국적(nationality)과 무관한 형식적 기법들이 작동하는 영역이기에, 이를테면 소설의 경우 '번역의 배신'

에 구애받지 않고 자유롭게 다른 문화와 언어로 옮겨갈 수 있다는 것이다. 요컨대, 여기서 세계문학은 번역과 충돌하지 않는다.[43]

강조하건대, 이 지점은 이제껏 우리에게 비교적 잘 알려진 형식주의적 유산의 주요 거점들이 아닌 다른 곳을 가리키고 있다. 그것은 언어의 고유한 구조와 결에 주목하는 야콥슨의 꼼꼼한 읽기와도 다르고, 텍스트의 내적구조와 외적구조 사이의 역동적인 상호작용에 천착하는 티냐노프의 문학체계론과도 다르다. 외국어를 전혀 몰랐던 젊은 형식주의자 시클롭스키는 그 대신 고향을 떠나 '이주하는 (migrating) 슈제트'를 보았다. 시대와 지역을 불문하고 반복적으로 출현하는 일련의 동일한 패턴들, 그가 "파블라/슈제트" "평행기법" "계단식구성" "자리바꿈" 따위로 명명했던 서사적 기법들의 문제는 21세기의 새로운 정보처리 기술—데이터 마이닝(data mining) 및 매핑(mapping) 기술—과 만나 누구도 예측할 수 없었던 전혀 새로운 방향의 문을 열었다. 그 옛날 시클롭스키가 가지 못했던 길, 저 유명한 '항복 선언문'과 함께 중단돼버린 그 길이 무려 한 세기가 흐른 후에 다른 땅, 다른 무대 위에서, 다시 펼쳐지게 된 것이다.

러시아 형식주의: 혁명적 문학이론의 기원

형식주의자 시클롭스키의 생각을 '멀리서 읽기'로 대변되는 오늘날의 새로운 문학연구 경향, 넓게는 디지털 인문학의 원형으로 묘사하면서, 새삼 놀라게 되는 것은 형식주의 자체의 '기원적' 성격이다. '멀리서 읽기'뿐 아니라 그것이 반대하고 있는 '꼼꼼히 읽기'의 방법론역시 다름 아닌 형식주의에서 나왔다는 엄연한 사실. 이 사실은 형식주의야말로 문학에 관한 '근본적인 질문'의 자리였다는 것을 또다시 증명하고 있다. 이를테면, 다음과 같은 질문이 그러하다. 문학에 관한 사유는 언어 내부에서 이루어지는 사유인가, 아니면 그 너머, 즉 언어라는 지평선 너머에서 이루어지는 사유인가? 러시아 형식주의는 언어의 좌표를 따르는 저 극단적인 '분할'의 순간을 최초로 드러내 보여준 진정한 기원의 지점이었다.

혁명이라는 말은 대개 과거의 흐름이 갑작스럽게 중단되는 파국적 사건, 즉 기존의 모든 것이 소거되어 마침내 역사의 '영점'이 마련되는 순간으로 받아들여진다. 하지만 급격한 단절의 사태 자체가 아니라 오히려 그런 사태가 가능케 하는 새로운 조건의 급작스러운 개시에 주목해본다면 어떨까? 파국적 사건 자체가 아니라 예측 불가능한 사건들을 위한 어떤 가능성의 급작스러운 열림으로서의 혁명. '기원적 사건'으로서의 혁명이 바로 그것이다.

기원이란 무엇인가? 그것은 이후에 발현될 복수의 가능성이 한꺼번에 분출되는 '예외적인 열림'의 지점이다. 우리가 자꾸만 기원으로 되돌아가는 이유는, 그것이 최초의 씨앗이 뿌려진 파종지이기도 하지만 동시에 가 닿을 수도 있었을 다른 자리, 다른 미래를 상상하기 위한 가능성들의 공간이기 때문이다. 오늘날 우리에게 러시아 형식주의는 문학에 관한 '근본적인 질문들'이 제기된 최초의 자리, 혁명적 문학이론의 기원적 장소다. 정확히 100년 전에 발생했던 '러시아혁명'이 그런 것처럼.

김홍중 중앙대학교·러시아문학

혁명과 네오리얼리즘

잊혀진 1920년: 러시아 문학의 백가쟁명의 시대

　세계사적 대사건인 러시아혁명은 오랜 기간 사상적 관점에서 평가
되어왔다. 교육수준이 낮고 경제적 기반이 약했던 프롤레타리아라는
노동자집단(계급)이 사회의 주도세력이 되었다는 것은 분명 인류사를
통틀어 미증유의 사건이었고, 이는 러시아뿐만 아니라 20세기 전 세
계의 사회와 정치에 큰 영향을 미쳤다. 사상, 즉 이념으로 국가가 성립
되었다는 것은 세계관과 철학적 세계인식 방법의 전복을 통해 국가체
계가 세워졌다는 것을 의미한다. 단순한 계급 간 권력교체 이상의 의
미가 있는 것이다. 그래서 러시아혁명을 문화와 예술의 측면에서 이야
기할 때 가장 먼저 주목받았던 것은 혁명이 낳은 이념과 관련된 문화
·예술 사조들이었다. 특히 1932년 소비에트 작가동맹이 사회주의 사
실주의를 소련 문화·예술의 공식적 원칙으로 결정하면서 다른 문학적
관점들은 '이단'으로 취급받았고, 공산주의에 기반을 둔 일원론적 예
술론과 그 배타성은 소련이 붕괴될 때까지 지속되었다. 그래서 우리는
러시아혁명과 문학을 이야기할 때 가장 먼저 사회주의 사실주의 문학
을 떠올리게 된다. 그러나 러시아혁명 직후인 1920년대는 러시아 문

학에서 백가쟁명의 시대였다. 혁명기 러시아인들은 '볼셰비키 혁명'이 어떠한 의미인지 정확히 이해하지 못했다. 혁명 직후 새로운 세계건설에 찬성했던 사람은 수없이 많았지만, 그들은 모두 자기만의 방식으로 혁명의 시대를 이해했고 혁명 이후를 예측했다.

유사한 상황이 1920년대 러시아 문학계에서도 벌어졌다. 러시아 모더니즘 문학의 시대, 즉 19세기 말에서 20세기 초 러시아 상징주의를 필두로 형성된 러시아 은세기 문학의 자장과 19세기 러시아 사실주의 문학의 전통 그리고 혁명의 직접적 영향으로 새롭게 정립된 문학 사이에서 문학의 본질과 창작방법을 놓고 치열한 논쟁이 벌어졌다.

혁명기 이전의 문학논쟁은 1900~10년대에 상징주의와 아크메이즘과 미래주의 사이에서 발생했다. 아크메이즘과 미래주의는 세계묘사와 인식방법에서 충돌했지만 상징주의적 세계인식에는 똑같이 반대했다. 러시아혁명 직후 등장한 여러 문학운동 간 투쟁은 더욱더 복잡한 양상으로 전개되었다. 크게 프롤레타리아 진영과 비프롤레타리아 진영으로 나뉘어 진행된 투쟁에서 프롤레타리아 진영은 문학에서의 계급적 주도권의 문제, 공산당의 역할, 과거 문학전통에 대한 태도 등을 기준으로 복잡하게 분화한다. 대표적으로 프롤레타리아 문화·예술 계몽단체인 '프롤레트쿨트'가 '대장간'과 '10월'(Oktyabr')로 나뉘었다가 1934년 소비에트 작가동맹으로 통합되었다. 프롤레타리아 진영의 또 다른 축으로는 '레프'가 있었다. 레프는 아방가르드 문학운동인 미래주의에 참여했던 예술가들이 혁명예술 창조를 목표로 결성한 단체였다.

비프롤레타리아 진영 역시 반복되는 문학그룹의 해산과 생성 속에서 통일된 창작원칙을 내세우지 못했다. 다만 프롤레트쿨트에서 떨어져 나온 '고갯길'(또는 전환기)이란 의미의 '페레발'의 활동이 두드러졌다. 주로 동인지 『붉은 처녀지』(*Krasnaya Nov'*)에서 활동한 이들은 비프롤레타리아 진영에서 유일하게 자신들의 창작원칙을 주창했다. 한편 젊은 작가들의 모임인 세라피온 형제들은 특별한 창작원칙을 주창하지는 않았지만 문학은 정치에서 분리되어야 한다는 문학의 탈정치를 주장했다.

혁명 직후 프롤레타리아 진영은 매우 견고한 이념적·사상적 토대 위에서 새로운 문학의 개념을 건설하려 했지만, 비프롤레타리아 진영은 특별한 창작원칙을 도출하지 못했다. 하지만 러시아혁명이 일어난 지 100여년이 지난 지금 프롤레타리아 진영을 대표한 프롤레트쿨트는 이념적 수사만 남겼을 뿐이다. 우리 곁에 남아 있는 작가들은 바벨, 미하일 불가코프, 일리야 예렌부르크(Il'ya Erenburg, 1891~1967), 자먀틴, 조셴코, 파스테르나크, 플라토노프, 필냐크 같은 비프롤레타리아 진영의 작가들이다. 그렇다면 독창적으로 혁명의 시대를 묘사한 이들의 창작에는 공통점이 존재하지 않을까? 19세기 러시아 문학과는 분명히 다른 이들의 창작세계는 지금껏 작가별로만 연구되어왔지 어떤 사조나 경향성으로 설명된 바가 많지 않다. 이들의 창작성과를 1934년 소비에트 작가동맹의 사회주의 사실주의와 연결하려는 시도가 있었으나, 소비에트 작가동맹 출범 이후 이들의 작품발표가 현격하게 줄어들기 때문에, 이러한 시도는 견강부회에 불과하다. 소비에트 작가동맹 출범 이후 사회주의 사실주의에 맞서는 '문학적 이단'에 대한 탄압은 더욱 거세졌으며, 1937~38년의 대숙청 이후 비프롤레타리아 진영에 속했던 작가의 작품들은 공식적으로 언급이 금지되거나 금기시되었다. 이렇게 비프롤레타리아 문학의 풍부한 문학적 유산은 완성조차 되지 못한 채 독자와 연구자의 시야에서 사라졌다. 스탈린 사후 1950년대 중반부터 비프롤레타리아 진영에 속했던 작가들의 작품 일부가 출간되기 시작했지만 소련의 독자는 그 전모를 알 수 없었다.

1920년대 비프롤레타리아 문학운동과 '새로운' 사실주의 개념

1970년대에 이르러서야 비프롤레타리아 문학운동이 언급되기 시작히는데, 1975년 출판된 『20세기 초의 러시아 사실주의』의 저자 프세볼로트 켈디시(Vsevolod Keldysh, 1929~)는 20세기 초 러시아 문학계에는 사회주의 사실주의 외에도 비평적 사실주의, 모더니즘 사실주의가 존재했으며 이 세 흐름이 긴밀하게 상호작용을 했다고 기술한다. 모더니즘 사실주의의 인정은 19세기 러시아 사실주의(비평적 사실주의)와 사회주의 사실주의만을 인정하던 소련문학계의 기존 관점과는 다른 것이었다. 켈디시는 고리키가 주창한 사실주의 문학 동인이었던 '즈나니에'의 일부를 모더니즘 사실주의로 재정의하는데, 그는 즈나니에 프롤레타리아 사실주의와 모더니즘 사실주의 경향이 이미 내재되어 있었다고 보면서, 1910년대 모더니즘 진영에서 등장한 '네오리얼리즘'(Neorealism)이 모더니즘 사실주의에 반영되었다고 기술한다.[1] 안드레예프, 보리스 자이체프(Boris Zaitsev, 1881~1972), 레미조프 등이 네오리얼리즘적 특성을 갖춘 작가들인데, 이들은 사실주의적 묘사와 상징주의적 세계관(개인의 주관적 세계인식)을 통합(sintez)하면서 개인의 세계인식과 밀접한 어투(문체), 환상적 세계인식, 민속적 형상을 즐겨 사용한다. 비록 켈디시가 혁명 시기까지 논의를 확장하지는 않았지만, 모더니즘 문학에서 네오리얼리즘의 기원을 찾았다는 점에서 그의 연구는 의미가 있다.

혁명기 비프롤레타리아 문학을 하나의 흐름으로 파악하려는 본격적인 시도는 1980년이 지나서야 이루어졌다. 대표적인 것이 1989년 출간된 벨라야의 『20년대의 돈키호테들: '페레발'과 그 사상의 운명』과 2001년 출간된 미하일 골룹코프(Mikhail Golubkov, 1960~)의 『20세기 러시아 문학: 분열 이후』다.[2] 벨라야는 오랜 기간 러시아에서 잊힌 '페레발'이란 용어를 문학연구의 장으로 끌어냈는데, 이는 개별 작가에 대한 연구가 아니라 하나의 문학운동으로서 1920년대 비프롤레타리아 문학운동을 살펴보려는 첫 시도였다. 벨라야는 당시 비프롤레타리아 진영에서도 독자적인 창작원칙과 사조의 이론화가 진행되었고 보론스키나 이사이야 레즈뇨프(Isaiya Lezhnyov, 1891~1955) 같은 이론가들이 동인지 『페레발』과 『붉은 처녀지』를 통해 그것을 구현하려 했던 사실을 재조명했다. 반면 골룹코프는 독자적인 방법론을 통해 현대의 시각으로 1920년대 비프롤레타리아 문학운동을 '모더니즘'으로 정의하면서 표현주의(Expressionism)적·인상주의적 특징들을 기준으로 이 시기 산문을 분류했다.

즉 1920년대는 프롤레타리아 계열의 문학만 있었던 것이 아니라, 비록 지속적으로 확대, 발전하지는 못했지만 모더니즘 문학의 흐름을 이어가는 비프롤레타리아 진영의 문학운동도 활발했다. 프리시빈, 플라토노프 같은 작가들은 페레발에 직접 참여했고, 『페레발』이나 『붉은 처녀지』를 통해 문학활동을 했던 필냐크, 바벨, 조셴코, 프세볼로트 이바노프(Vsevolod Ivanov, 1895~1963) 같은 작가들은 페레발과 직간접적인 관련을 맺었다.

또 세라피온 형제들처럼 페레발이나 프롤레타리아 문학으로 설명할 수 없는 경우도 있었다. 페레발이 프롤레트쿨트에서 분리되어 나왔다면, 은세기 러시아 문학의 전통과 깊은 연관을 맺었던 세라피온 형제들은 처음부터 프롤레트쿨트와 거리를 두었다. 비록 페레발과 세라피온 형제들은 그 출발점이 달랐지만 '새로운 사실주의'(Novyi realizm), '네오리얼리즘' '신문학'(Novaya literatura) 등의 용어로 정의되면서 19세기 고전적·심리주의적·비평적 사실주의나 혁명 이후 계급성을 중심으로 한 사회주의 사실주의와 차별화되었다. 이들은 사회와 환경에 대한 묘사를 포기하지 않으면서도 주관적 인식, 환상, 다양한 사회주체로의 투사 등을 통해 자연주의적 실재를 묘사하는 문학이나 프롤레타리아 계급을 위한 목적문학과는 다른 사실주의 문학을 창조했다.

'새로운 사실주의'에 관한 논의는 혁명 이전 브류소프가 처음 시작했다.[3] 상징주의 이론가였던 브류소프는 상징주의의 주관적·인상주의적 세계인식을 극복하고 실재의 본질을 객관적으로 인식할 수 있는 방법을 모색했는데, 유명한 상징주의 이론가 벨리 역시 신사실주의란 용어를 사용하면서 상징주의의 한계를 극복하고 '삶의 진실성'을 선달할 수 있는 새로운 방식을 고민했다. '새로운 사실주의' 논쟁이 사실주의 내부에서가 아니라 상징주의에서 먼저 시작되었다는 것은 매우 흥미로운 사실이다. 벨리는 1920년 문학논문집 『페레발에서』(*Na perebale*)에서 상징주의를 신사실주의로 명하고는 상징주의의 구호들이 본질적으로는 사실적이라고 말한다. 여기서 벨리는 상징을 실재의 반영, 체험(느낌, 인상)으로 변형된 형상 그리고 내용과 뗄 수 없는 예술 형상으로 이해한다.[4] 페레발이란 용어를 이 논문집에서 가져왔는지는 확인할 수 없지만, 보론스키는 벨리를 높이 평가하고 그의 네오리얼리즘 개념을 상당 부분 수용했다.

또한 자먀틴 역시 1920년 페트로그라드의 '예술의 집'(Dom Iskusstv)[5]에서 젊은 작가들을 상대로 현대 러시아 문학을 강의하면서 네오리얼리즘을 정의하고 범위를 설정해보려 시도했는데, 바로 이 강의를 들었던 이들이 결성한 단체가 세라피온 형제들이다. 세라피온 형제들과 자먀틴, 필냐크, 불가코프, 파스테르나크 등은 신경제정책 시기 계급주의에서 벗어나 사회문제를 다루던 문학잡지 『러시아』에 작품을 발표하면서 프롤레타리아 문학과는 다른 문학적 방향성을 보여주었다.

프롤레타리아 진영에 속했던 레프와 프롤레트쿨트 그리고 라프의 문학적 원칙과 기원이 서로 달랐던 것처럼 '새로운 사실주의'의 기원도 상징주의, 사실주의, 심지어 낭만주의 등으로 다양했다. 더욱이 프롤레타리아 진영이 소비에트 작가동맹에 통합되면서 해당 진영의 단체들에 대한 연구 및 정리작업은 어느 정도 이루어진 반면, 비프롤레타리아 진영의 문학운동은 그 역사가 갑자기 단절되었다. 자먀틴은 더 이상 창작활동을 지속할 수 없었으며, 처음엔 혁명의 동반자, 즉 동반작가로서 인정받은 세라피온 형제들조차 1930년 이후부터 '동반자'가 반혁명세력을 지칭하게 되면서 전향을 강요받았다. 페레발의 상황은 더 심각했는데 트로츠키주의자, 수정주의자로 낙인찍히면서 스탈린 정권의 최우선 제거대상이 되고 만다. 이런 정치적 상황 속에서 비프롤레타리아 진영의 문학논쟁은 지속, 발전하지 못했다. 단지 1920년

페트로그라드의 '예술의 집' 전경.
자먀틴은 예술의 집에서 젊은 작가들을 대상으로
문학창작 수업을 진행했다. 이 작가들이 만든
문학그룹이 바로 세라피온 형제들이다.

대의 제한된 자료들에서만 그 흔적을 찾을 수 있는데, 바로 자먀틴의 문학비평 강좌와 보론스키가 페레발에서 제시한 네오리얼리즘 이론들이다. 이 두 흔적은 러시아 모더니즘 문학의 유산을 계승한다는 점에서, 비프롤레타리아 진영에 속했던 작가들의 작품을 통해서, 자먀틴과 보론스키의 네오리얼리즘 이론들 간 공통점을 통해서 같은 문학적 유전자를 지니고 있다는 것이 확인된다. 이로써 1920년대 비프롤레타리아 진영의 작가들을 하나의 문학운동으로 가늠하는 것이 가능하게 된다.

자먀틴의 네오리얼리즘과 통합주의(Synthetism) 미학

자먀틴과 보론스키는 비프롤레타리아 진영의 문학이론에 가장 큰 영향을 준 이들이다. 특히 자먀틴의 영향이 컸는데, 보론스키도 프롤레타리아 진영과 치열한 문학적·정치적 논쟁을 벌인 것은 사실이지만 그는 작가이기보다는 비평가로서 활동했다. 반면 자먀틴은 작가이자 문예이론가로서 비프롤레타리아 진영이 문학그룹을 형성하는 데 크게 이바지했다. 러시아 네오리얼리즘 이론이 형성되는 데 빼놓을 수 없는 역할을 했을 뿐 아니라 실제로 네오리얼리즘의 창작원칙들을 동시대 작가들에게 보급했다.

무엇보다 자먀틴은 1921년 창설된 세라피온 형제들의 주창자다. 그는 1920년부터 페트로그라드의 문학 스튜디오 '예술의 집'에서 젊은 작가들을 대상으로 문학창작 수업을 진행했다. 이때 자먀틴의 문학 수업을 들었던 레프 룬츠(Lev Lunts, 1901~24), 블라디미르 포즈네르(Vladimir Pozner, 1905~92), 조셴코, 베니아민 카베린(Veniamin Kaverin, 1902~89) 등이 세라피온 형제들이라는 문학그룹을 만들었다. 룬츠가 「왜 우리는 세라피온 형제들인가?」에서 밝혔듯이, 이들은 어떤 방향성을 공유하는 '동지'의 관계가 아니라 러시아 문학이라는 어머니에게서 나온 한 핏줄, 즉 '형제'의 관계로 맺어졌다.[6] 그 결과 지금까지 세라피온 형제들은 문학유파라기보다 뚜렷한 문학강령 없이 단지 '창작의 자유'라는 구호하에 모여든 젊은 문학인들의 모임으로 인식되어왔다. 이 젊은 러시아 작가들의 문학적 성향에서는 공통분모를 찾기 힘들었는데, 룬츠, 미하일 슬로님스키(Mikhail Slonimskii, 1897~1972)처럼 플롯을 강조하고 유럽적인 산문창작을 지향한 서구파뿐 아니라 이바노프나 조셴코처럼 혁명과 내전의 주제를 통해 러시아의 민족성을 탐구하고 세태묘사를 지향한 슬라브파도 있었다. 심지어 레프나 라프에 가담하면서 이들과 등을 돌리게 된 시클롭스키와 페딘도 원래는 세라피온 형제들의 구성원이었다. 이처럼 문학강령이 활개 치던 시대에서 꿋꿋이 다양성을 추구한 그룹이 바로 세라피온 형제들이었던 것이다.

세라피온 형제들에 구체적인 문학강령은 없었지만 대략적인 원칙은 있었다. 그들의 공통된 창작관은 '문학작품은 유기적이고 사실적이어야 하며, 자신만의 삶을 영위해야 한다'[7]라는 것이었다. 이는 상징주의의 초월적이고 신비주의적인 문학관과는 분명하게 다른 노선을 지향하는 것이자, '삶 자체가 되는 문학' '삶을 창조하는 문학'을 추구했던 당대의 프롤레타리아 문학의 계급성과 당파성에도 반발하는 것이다. 이들은 은세기 모더니즘도, 프롤레타리아 문학도 아닌 새로운 문학을 추구했다. 세라피온 형제들의 구성원을 모두 네오리얼리스트로 정의하기엔 무리가 있지만, 그 구성원 중 많은 이가 자먀틴의 네오리얼리즘 창작원칙들에 영향을 받았다.

1920년 '예술의 집'에서 연 문학강의에서 자먀틴은 네오리얼리즘의 전형적인 특징들을 다음과 같이 설명했다.

① 진정한 실재를 드러내는 사건과 피상적으로는 비현실적으로 보이는 등장인물들.

② 농촌이나 변경의 일상, 세태의 세부묘사를 통해 폭넓게 도출된 전형성들.

③ 대중적이고 토속적인 방언들.

④ 말하기가 아닌 보여주기.

⑤ 하나의 매우 특징적인 인상으로서 형상과 분위기 전달. 즉 인상주의기법.

⑥ 명료하고 날카로우며 종종 과장된 색채의 강렬함.

⑦ 언어의 간결성.

⑧ 언어 음악의 사용.[8]

자먀틴이 제시한 네오리얼리즘의 특징은 실재를 어떻게 묘사할 것이냐는 문제와 관련되어 있는데, 실재의 본질을 투사하기 위해 비자연주의적 방식을 과감히 사용하고 작가나 주인공의 주관적 현실인식을 존중하면서도 과장되거나 장식적인 표현주의적·인상주의적 묘사를 지향한다. 세라피온 형제들이 말한 '사실적이고 자족적인' 문학은 자먀틴이 강조한 '실재성'을 담보하는 문학과 맥락이 같다. 그는 전통적인 19세기 사실주의와 네오리얼리즘의 실재성을 분명히 구분하면서 사실주의의 그것을 피상적이고 의심 많은 '도마'의 세계인식이라고 보았다. 자먀틴에 따르면 실재는 피상적 실재와 진정한 실재로 나뉜다. "……사실주의자들은 평범한 눈으로 명백하게 볼 수 있는 실재만을 묘사했다. 네오리얼리스트들은 또 다른 진정한 실재를 묘사한다. 인간 피부의 진짜 구조가 육안으로 보이지 않는 것처럼 실재는 삶의 껍데기 뒤에 감추어져 있다."[9] 자먀틴의 이 실재관은 상징주의자 뱌체슬라프 이바노프가 선언한 '실재보다 더 실재적인'(a realibus ad realiora)과 매우 유사하다.[10]

하지만 세라피온 형제들과 자먀틴의 실재관은 상징주의자들의 그것과는 분명 다르다. 자먀틴은 사실주의자는 거울로만 세상을 보고, 상징주의자는 엑스레이로만 세상을 본다고 말하면서, 사실주의자의 실재는 지상에 존재할 수 있는 것들뿐이고, 상징주의자의 실재는 지상에 없는, 지상에 있을 수도 없는 것들뿐이라고 비판한다. 그에 따르면 상징주의 문학은 삶의 골격, 즉 삶의 상징과 죽음의 상징만 묘사했기에 사실주의자에게 있는 생생함과 해학이 부족하다.[11] 자먀틴에게 실재는 바로 사실주의와 상징주의 실재관의 '변증법적 통합(synthesis)'이었다. 새로운 실재는 당시 급격히 발달한 과학기술의 영향으로 확장된 인식에서 그치지 않는다. 새로운 자연과학적 발견은 인간의 눈에 보이지 않는 실재를 보여주었지만, 그 세계는 우리가 발딛고 있는 지상의 세계와는 동떨어진 곳이었다. 그래서 자먀틴은 통합적 방법을 통해 지상과 피안의 실재를 결합해야 우리의 삶을 온전히 나타낼 수 있다고 보고 '일상에서 삶으로' '물리학에서 철학으로' '분석에서 통합으로'를 주장했다.[12]

전형성을 도출한다는 점에서 자먀틴의 네오리얼리즘은 19세기 사실주의와도 닮아 있다. 묘사대상이 실재적이라는 차원 외에도, 러시아인의 민족적 정체성이 뿌리내린 토대이자 혁명과 내전으로 급변하는 시대적 상황에서 가장 큰 고난을 겪은 지방 소도시와 변방지역에 대한 자먀틴의 관심은 분명 현실적이다. 방언과 교육받지 못한 사람들의 일상어를 문학 텍스트에 그대로 사용하는 소위 '스카즈(skaz) 기법'의 사용은 시점의 문제나 자유간접화법 같은 서사학적 차원뿐 아니라 실제 언어의 사회적·역사적 반영이라는 시학 외적인 차원과도 관련되어 있다.[13]

자먀틴에게는 현실을 있는 그대로 묘사하는 것만이 '현실묘사'가 아니었다. 1920년 강의록에는 나와 있지 않지만 자먀틴은 '진실한 현실'을 묘사하기 위해서 '환상적 기법'까지 사용할 수 있다고 주장한다. "오늘날 삶 자체는 평면적인 실제도 아니고, 예전처럼 고정된 좌표에 투영되는 것도 아니며, 다만 아인슈타인적으로 혁명의 좌표에 투영된다. 이 새로운 투영 속에서 가장 익숙한 방식들과 사물들은 뒤틀리며, 환상적이고 낯설면서도 익숙한 것이 된다. 그래서 오늘날 문학에서 환상적인 플롯이나 실제와 환상의 결합경향은 논리적이다."[14] 자먀틴에게 환상은 현실과 무관한 환상이 아니다. 그는 환상을 현실의 '진실'을 드러내는 상징적 수단으로 사용했다. 그에게 기법으로서의 환상은 상징주의자들의 '상징'처럼 신화창작의 한 수단이 된다. 물론 자먀틴의 신화창작은 역사적·사회적·실존적 차원에서 현실의 숨겨진 '진실'을 드러내기 때문에 상징주의의 신화창작과 구별된다. 상징적이거나 환상적인 자먀틴의 서사법은 비사실적이지만, 작품의 주제는 지극히 실제적이고 현실적이다. 자먀틴의 『우리들』『동굴』, 불가코프의 『개의 심장』, 올레샤의 『질투』, 필냐크의 『일생』 등 1920년대 소련작가들의 환상소설로의 경도현상은 이런 배경으로 설명할 수 있다.

'환상' 외에도 자먀틴의 네오리얼리즘에는 '산문의 음악성' '과장' '압축' '요약'의 방법들이 현실의 '실재'를 드러내는 주요한 기법으로 사용된다. 물론 신화창작과 산문의 음악성은 상징주의 시학의 주된 창작방법에서 유래한 것이다. 구체적 서술이나 자연주의적 실재묘사와는 전혀 관련 없어 보이는 이러한 기법들은 자먀틴의 네오리얼리즘 시학이 갖춘 인상주의적이고 표현주의적 특성과 연관된다. '진실'은 실재를 있는 그대로 묘사함으로써 밝혀지는 것이 아니라, 주체의 머리에서 형성된 형상들과 인상들을 통해 드러난다. 그래서 자먀틴에게 문체의 문제는 '인상'(impression)의 생성 차원에서 제기된다. 즉 스카즈 기법의 적극적인 사용은 사회적·역사적 관점의 반영 외에도 언어적 형상의 창조에 이바지하고, 간결하고 압축적인 언어 사용, 산문 리듬을 통한 음악성의 강조 역시 언어적 형상을 통해 '인상'을 생성한다.[15] 이러한 언어 사용은 라리오노프나 쿠스토디예프, 마르크 샤갈(Marc Chagall, 1887~1985), 안넨코프 등 표현주의와 인상주의 화가들이 보여준 색과 선 사용법과 유사한데, 따라서 자먀틴이 안넨코프의 미술창작을 새로운 시대의 예술이라고 분석한 것은 단순한 비평이 아니라 문학과 미술의 공통된 창작원칙을 확인하는 과정이었던 것이다. '인상'이라는 주관적인 프리즘을 통해 진실과 삶을 투영한다는 자먀틴의 문학이론은 브류소프의 '진리는 실재를 인식하는 주체에 따라 달라진다'라는 명제에서 발전된 것이다.

안넨코프가 그린 쟈먀틴 초상.
쟈먀틴은 안넨코프의 미술창작을 새로운 시대의 예술
이라고 분석했는데, 이는 단순한 비평을 넘어서 문학과
미술의 공통된 창작원칙을 확인하는 과정이었다.

상징주의 역시 언어적 형상을 통해 '인상'을 생성하는 데 많은 관심을 기울였지만, 상징주의가 절대적 주관의 세계로 침잠했던 것과 달리 네오리얼리즘은 보편성을 추구한다. 자먀틴의 네오리얼리즘은 사실적 현실, 역사적 사건, 변하는 시대와 개인의 삶, 민족적 정체성 같은 현실의 주제들을 신화적으로 묘사함으로써 독자를 유기적인 상호작용의 과정으로 이끈다. "오늘날의 독자와 관객은 회화작품에 설명을 덧붙이고 문학작품에 빛깔을 입힐 수 있다. 그들이 마무리한 작품은 더욱 선명하게 새겨지고, 더 유기적으로 확장된다."[16] 사실주의나 상징주의가 작가의 세계인식을 일방적으로 전달한다면 네오리얼리즘은 독자와의 공동창작을 통해 '실재성'과 '객관성'을 얻는다. 바로 이것이 과장, 생략, 리듬화, 환상성 등 부자연스럽고 비실재적 요소들로 가득 찬 네오리얼리즘이 현실보다 더 실재적일 수 있는 이유다.

이러한 대화적 관계는 작가와 독자 사이에만 국한되는 것이 아니다. 마리나 하탸모바(Marina Khatyamova, 1961~)에 따르면 자먀틴의 '대화'는 이항대립을 형성함으로써 새로운 의미들을 산출해내는 다른 문화적 언어 간의 대화이기도 하다.[17] '구어 대 문어' '민중어 대 공식어' '민속어 대 교양어' '전통어 대 현대어' '대화 대 독백' '자신의 말 대 타자의 말' 등이 서로 대화적 관계를 맺고 있으며, 시각적 형상인 '보여주기'(pokaz)와 '구어체적 말하기'(청각적 형상) 간의 상호작용 역시 대화적 관계를 이룬다. 이러한 대화적 관계는 독백적 문학인 19세기 사실주의의 비역동성을 극복해 역동적으로 생성하는 문학을 창조한다.

자먀틴의 네오리얼리즘 이론은 그의 문학에만 반영된 것이 아니라, 불가코프, 예렌부르크, 필냐크, 카베린, 올레샤, 바벨 같은 작가들의 작품에도 반영되었다. 물론 이 이론을 온전히 자먀틴 혼자서만 제시했다고 할 수는 없다. 그의 네오리얼리즘이 러시아 사실주의와 상징주의의 전통을 변증법적으로 결합한 것이라는 점에서, 체호프나 도스토옙스키 또는 브류소프나 벨리, 레미조프 등의 작가들에게 이미 네오리얼리즘의 가능성이 잠재되어 있었기에 자먀틴이 1920년대 산문 창작에 그것을 통합해 적용하고 동시대 작가들에게 전파할 수 있었다고 보는 것이 타당하다. 연장선에서 자먀틴의 네오리얼리즘은 기존의 모든 문학을 부정하고 문학의 기능 자체를 목적주의 관점에서 재고한 프롤레타리아 문학과 대립하고 있음을 알 수 있다.

보론스키와 페레발

19세기 사실주의가 현실을 '올바로 재현'하려 하고 네오리얼리즘이 현실을 '올바로 인식'하려 했다면, 프롤레타리아 문학은 '올바른 현실 자체를 창조'하려 했다. 프롤레타리아 문학은 이상적인 노동자의 전형, 이상적인 국가의 전형을 창조하고 제시함으로써 프롤레타리아 세계를 구축할 수 있다고 생각했고, 현실을 재현하거나 인식하는 것은 폐기해야 할 구시대적 문학의 특성이라고 보았다. 이러한 프롤레타리아 문학의 목적성과 당파성을 정면으로 비판하면서 1923년 일군의 비평가와 작가가 프롤레트쿨트의 후신인 '10월'과 '청년 근위대'에서 탈퇴해 '페레발'을 만들었다. 처음에는 참여자가 적었으나 1927년 강령을 선언할 때는 참여자가 50여 명을 넘게 된다.

사실 페레발은 1921년 보론스키가 문학잡지 『붉은 처녀지』를 창간할 때부터 이미 준비되고 있었다. 페레발이란 명칭은 보론스키가 논문집 『페레발에서』에서 당대의 빈약한 문학을 버리고 곧 등장할 공산주의 문학으로 옮겨가야 한다고 주장한 데서 유래한다. 이 그룹은 1920년대 소련의 혼란한 정치상황 때문에 이합집산이 매우 복잡하게 전개되었는데, 실제로 페레발 성명 참가자 중 의미 있는 예술작품을 창작한 이가 많지 않다. 그중 문학적 가치를 인정받은 작가는 알렉산드르 말리시킨(Aleksandr Malyshkin, 1892~1938), 프리시빈, 플라토노프, 아르툠 베숄리(Artyom Vesyolyi, 1899~1939), 이반 카타예프(Ivan Kataev, 1902~37) 정도이고 나머지는 거의 알려지지 않았다. 페레발에는 시인들도 있었지만 이들도 전혀 두각을 나타내지 못했다.

보론스키가 페레발을 새로운 계급 출신의 젊은 작가들을 위한 모임으로 전제했기 때문에 아직 문학적으로 성숙하지 않은 그들이 성과를 거둘 시간적 여유가 애초부터 부족했다. 페레발은 프롤레타리아 문학의 목적성과 당파성을 비판했기 때문에 비록 혁명과 레닌주의에 충실했다 하더라도 신경제정책 시기가 끝나자 최우선 제거대상이 되었고 이후 소련문학사에서 언급되어서는 안 되는 존재가 되었다. 이런 이유로 페레발의 문학적 성과와 이론에 대한 연구는 오랫동안 제대로 이루어지지 못했다.

페레발은 혁명기 비프롤레타리아 작가들의 문학적 요람이었다. 성명에 참여한 작가들 외에도 세라피온 형제들과 자먀틴, 필냐크, 예렌부르크, 조셴코 같은 비프롤레타리아 작가들이 페레발 계열의 작품집 『크룩』(*Krug*)이나 동인지 『페레발』『붉은 처녀지』 등을 통해 혁명기 러시아 문학의 보고가 되는 작품들을 왕성하게 발표했다. 페레발은 예술가의 자유를 지지했고 문학의 하향평준화를 반대했으며 혁명에서 지식인의 필요성을 강조했기에 이와 뜻을 같이하는 모더니즘, 네오리얼리즘 계열의 비프롤레타리아 작가들이 페레발 계열의 출판물에서 자주 활동했던 것이다.

1927년 『붉은 처녀지』에 실린 페레발의 문학강령을 정리해보면 이렇다.

① 새로운 계급(노동자와 농민)의 문화혁명: 소련의 예술·문학으로서 노동자계층과 공산당이 부여한 사회적 요구 수행.

② 고양된 예술언어와 형식, 문체의 사용(위대한 내용은 가장 완벽하고 다양한 형식 속에서 표현되어야 한다): 러시아와 세계의 고전문학의 예술적 완성들과 연관성을 지녀야 함.

③ 예술적 형상에 감화하는 것을 저해하는 무미건조한 세태주의(bytovizm)와 조야한 경향성 거부.

④ 작가가 주제를 자유롭게 선택할 수 있도록 해 작가와 사회의 유기

ГЛЕБ ГЛИНКА

На Перевале

ИЗДАТЕЛЬСТВО ИМЕНИ ЧЕХОВА
1954

1954년 뉴욕에서 출판된 페레발 선집. 페레발은 혁명기
비프롤레타리아 작가들의 문학적 요람이었다. 페레발은
예술가의 자유를 지지했고 문학의 하향평준화를
반대했으며 혁명에서 지식인의 필요성을 강조했다.

적 관계 형성, 예술가의 개성 존중.

⑤ 혁명 이전의 예술을 고수하지 않고 끊임없이 발전하는 예술적 혁명사상에 모순되는 모든 새로운 문학을 거부.[18]

이러한 문학강령에는 보론스키의 견해가 상당 부분 반영된 것으로 보인다. 실제로 네오리얼리즘 계열 작가들의 창작물들은 페레발 문학강령의 예술적 구현이라 할 만하다. 보론스키는 페레발 관련 출판물과 문학비평문에서 프롤레타리아 문학이론을 비판적으로 수용하고 벨리와 자먀틴의 네오리얼리즘 이론을 혁명의 시대에 맞춰 적용하는 동시에, 그것의 구현체로서 필냐크, 바벨, 프세볼로트 이바노프, 자먀틴, 알렉세이 톨스토이 등 동시대 비프롤레타리아 진영 작가들의 작품을 면밀히 분석한다.

보론스키와 페레발은 프롤레타리아 진영 작가들과 대립하면서 치열한 문학논쟁을 벌였다. 페레발의 형성이 정치적·문학적 투쟁 속에서 점진적으로 이루어졌기 때문에 이들의 문학이론에는 몇 가지 특징이 있다. 우선 페레발은 1920년대 초 라프와 '10월'이 반혁명주의자로 낙인 찍은 세라피온 형제들 등 여러 동반작가와 협력했고 보론스키는 이들을 호의적으로 분석했다. 이들은 페레발의 주도세력이 아니었지만 페레발이 추구했던 전환기 문학에서 필요한 존재들이었다. 물론 페레발도 라프, 레프와 마찬가지로 마르크스-레닌주의나 궁극적인 공산주의 건설 같은 문학적 지향점을 주장한다. 하지만 그룹의 이름에서도 알 수 있듯이 이들은 혁명기를 공산주의나 프롤레타리아 문학이 완성되는 지점이 아니라 그 지점을 향해 나아가는 과도기적 '고개 넘기', 즉 전환기로 보았다. 레지뇨프, 보론스키 같은 페레발 비평가들은 라프와 '10월'의 문학이론에 토대를 제공했던 플레하노프의 '사회적 존재가 미학적 인식을 형성한다'라는 명제를 조건적으로 수용하지만, 동시에 동반작가나 혁명에 동참하지 못하는 지식인도 포용해야 한다는 문화적 다원성을 견지한다. 이런 정치적·예술적 절충주의 때문에 소련에서는 이들을 반혁명 문학그룹으로, 서구에서는 사회주의 사실주의의 전단계로 단순화했다.

전환기의 논리를 내세운 페레발의 관점은 시기별로, 이론가별로 많이 달라지지만 이들이 라프, 레프와 '실재'의 문제에 관해 사실주의 논쟁을 벌이면서 취한 기본적인 관점은 확고해 보인다. 주로 보론스키가 정립한 페레발의 '실재'는 네오리얼리즘과 통합주의로 귀결된다. 그는 혁명기 프롤레타리아 문학이 보여준 조야한 세태주의를 극복하기 위해 예술가는 선별된 재료를 지배할 필요가 있으며, 벨리와 자먀틴이 말한 네오리얼리즘과 통합주의가 해결방안이라고 보았다. "사실주의는 낭만주의와 상징주의가 결합한 것이다. 이것을 네오리얼리즘이라고 부를 수 있다. 네오리얼리즘에서 상징은 실제적 특성을 지니고, 사실주의는 상징적이고 낭만적으로 된다. 이런 과정을 통해 낭만주의와 세태주의의 유기적 결합이 이루어지고, 작가의 예술적 '철학'이 구현된다."[19]

벨리와 자먀틴의 네오리얼리즘 이론이 상징주의와 사실주의에 대한 반작용으로 정립된 반면 페레발의 네오리얼리즘 이론은 예술성과 '사실' 개념을 둘러싸고 프롤레타리아 문학 진영과 벌인 논쟁을 통해 도입되었다. 페레발의 네오리얼리즘 이론은 문학을 삶과 동일시하고 삶 창조의 수단으로 보았던 라프와 레프의 견해와 강하게 충돌한다. 그들이 현실과 예술을 동일시하면서 예술이 창조한 실재를 현실의 이상적 모델 또는 현실 그 자체라고 보았다면, 페레발은 현실의 실재와 예술의 실재를 분명히 구분하면서 문학은 예술성을 통해 현실을 인식하는 방법이라고 보았다. 보론스키는 문학이 20세기 초반의 관념적이고 추상적인 상징주의 문학에서 벗어나 '현실의 객관적인 실재'를 반영해야만 한다고 보았다. 그는 혁명으로 변화된 세계, 변화된 문학의 주체들을 인정하면서 기존 문학의 미학 편중성이나 사회 편중성을 모두 극복하려 했다. 문학에서 '내용'으로 대변되는 사회직 행위와 '형식'으로 대변되는 미학적 행위가 조화롭게 통합되어야 한다는 것이다.

또한 자먀틴이 '어떻게 문학을 통해 세계를 인식할 수 있는가'라는 질문에 몰두하며 인식의 길에 다가가는 다양한 문학적 기법을 체계화시켰다면, 페레발은 프롤레타리아 문학이 내세운 '삶건설'로서의 문학에 맞서 문학의 존재론적 의의를 '삶인식'(zhizneponimaniye)으로 정의했다. 내적 사실주의, 인식주체로서 작가적 자유, 창작의 자유 보장, 더욱 정확하고 진실한 삶을 인식하는 수단으로서 모더니즘 문학기법 사용 등의 논의는 모두 '삶의 정당한 인식'문제에서 출발하는 것이다. 보론스키는 자먀틴의 네오리얼리즘 이론에 '내적 사실주의'(vnutrennyi realizm) 개념을 추가한다. 내적 사실주의는 피상적인 외부세계를 기술하는 사실주의에 대립하는 것으로서 브론스키는 이를 통해 예술가가 주인공의 내적 세계에 침투할 수 있고, 또한 이것이 외재적 사실주의와 결합할 때 예술적 진실성이 구현된다고 보았다.[20] 이는 '피부 속의 조직'을 인식해야 한다는 자먀틴의 네오리얼리즘과 유사하지만, 보론스키는 여기에 프로이트식 심리주의와 플레하노프의 유물론적 사실주의 개념을 절충하면서 심리분석의 중요성을 강조한다.[21]

페레발은 러시아 문학에서 최초로 프로이트의 정신분석학을 문학적 방법으로 공식화한다. 레프와 라프는 인간의 무의식과 잠재의식을 인정하지 않았지만, 페레발은 인간의 잠재의식과 무의식도 실재의 영역으로 간주했다. 무의식과 잠재의식을 배재한 일상묘사만으로는 인간 내면과 현상 이면의 실재를 문학에서 구현할 수 없기 때문이다. 논리적 언어로 설명할 수 없는 인간 내면의 묘사는 '층위들의 결합' '개별 요소들의 결합'을 통해 구현되는데, 보론스키는 필냐크와 바벨의 작품에서 이런 내면묘사가 성공적으로 이루어졌다고 보았다. '층위들의 결합'은 다시 '형상들을 통한 세계인식'의 문제로 되돌아가면서 페레발의 인식론적 문학 패러다임을 확인시켜준다.

페레발 문학이론에서 객관적인 실재, 즉 진실은 피상적으로 보이는 것이 아니라 주체적 의지를 통해 '직관'으로 인지된다. 보론스키는 직관에 대해 이렇게 말한다. "우리는 의식적인 분석과 사고 너머에서 우리를 확신케 하는 견해나 진실, 개념들의 합 등을 직관, 영감, 창작, 감각이라고 부른다."[22] 그의 직관주의는 당대의 철학적 세계인식에 큰 영향을 미쳤던 앙리 베르그송(Henri Bergson, 1859~1941)의 직관주의에 직접적으로 영향 받은 듯하다. 즉 피상적 현실보다 진실한 '실재'를 인식하는 일은 논리적 사고가 아닌 직관을 통해 이루어진다는 것이다. 이러한 페레발의 세계인식은 잠재의식과 무의식, 형상을 통한 삶의 인식, 직관적 세계관조의 문제로 확장되면서, 논리를 통한 언어 그리고 그 언어를 통한 '삶건설'을 추구했던 레프와는 정반대의 길을 걷게 된다.

레프가 자신들의 문학적 유전자를 소비에트 작가동맹에 남겼던 것과 달리, 페레발에 속한 작가와 이론가는 1937년 대숙청의 시기에 제거되었고, 살아남았다 하더라도 공식적인 영역에서는 사라지게 된다. 이들이 보여준 문학적 관용성, 창작의 자유, 주관적인 인식의 진실성, 인간 내면의 강조를 통한 개성의 존중 그리고 고급예술로의 지향은 집단주의와 대중적 저속화의 길로 나아간 소련의 공식적 문학원칙과 너무나 차이가 났기 때문이다.

'삶건설' '삶창조'의 문학과 실재를 인식하는 수단으로서의 문학

혁명 이후 러시아 문학 지형도는 매우 급격하게 변화했다. 우선 1900~10년대를 풍미했던 러시아 상징주의가 혁명이라는 엄청난 시대변화 속에서 완전히 폐기되었다. 이런 상황에서 두각을 나타낸 것이 바로 급진적 아방가르드 문학을 추구한 레프와 1910년대 상징주의 극복 과정에서 탄생했고 1920년대 이론적으로 체계화된 네오리얼리즘 문학이었다. 이들은 모두 상징주의의 토대 위에서 그것을 극복하려는 움직임으로 생겨나 새로운 시대에 걸맞은 새로운 문학을 창조하려 했지만 전혀 상반된 문학적 노선을 택하게 된다.

실재의 재현이라는 19세기 사실주의를 계급적·당파적 이상을 구현하는 문학으로 대체한 라프는 조야한 세태주의 묘사에 집착하는 부작용을 낳았고, 혁명으로 맞이한 새로운 시대에 걸맞은 문학문법을 창조하려 했던 레프의 문학 엘리트주의는 과거의 모든 전통을 부정함으로써 동시대 대중의 세계인식과 상당히 괴리를 보였지만 이들은 모두 '문학의 기능은 공산주의적 새 세계건설에 이바지해야 한다'라는 새로운 문학의 존재론적 패러다임을 추구했다. 자연스럽게 19세기와 20세기 초반까지 이어졌던 러시아 낭만주의, 사실주의 그리고 상징주의의 전통은 단절되었다.

그러나 네오리얼리즘은 '변화된 세계를 어떻게 인식하는가'라는 인식론적 패러다임의 변화를 추구하면서 과거 문학유산들의 변증법적 종합을 시도했다. 라프와 레프가 혁명을 구체계의 완전한 전복으로 이해하고 모든 실재를 물질로 보았다면, 자먀틴과 페레발은 혁명을 새로운 르네상스로 인식하고 인간의 사회성과 '내적 세계'를 모두 아우르는 응축된 정신적 운동을 벌였다. 라프와 레프는 혁명으로 파괴된 현실을 완전히 새로운 시각에서 다시 건설하려 했지만, 네오리얼리즘은 혁명을 새로운 인식체계로 지각하려 했다. 전자는 기본적으로 일원론적인 세계관에 기반을 둔 문예이론이었고, 후자는 다원론적 세계관을 바탕으로 프롤레타리아 계급과 공산당이 주도하면서도 다양한 사회구성원이 모인 공동체를 꿈꾸었다. 하지만 현실 속에서 이 문학적 주장들은 좀처럼 합의점을 찾지 못했고 결국 폭력적인 방법을 통해 사회주의 사실주의 원칙으로 일원화된다.

1920년대 혁명기 러시아 문학에서의 문학논쟁은 예술의 의미에 관한 몇 가지 근본적인 질문으로 수렴된다. 프롤레타리아 문학이 추구했던 '삶건설' '세계건설'의 문학은 계급주의와 집단주의를 만들어내는 문학을 의미한다. 즉 작가가 쓴 소설의 내용 자체가 계급주의와 집단주의를 구축해야만 한다. 플라톤의 '신이 창조한 침대'처럼 작가가 이상적인 새로운 사회의 모델을 제시하면 프롤레타리아는 이를 건설하는 것이다. 이와 유사하게 미래주의에 기원을 둔 레프는 아방가르드 예술이 지녔던 미학주의 원칙을 버리고 '삶창조' '실제 삶의 묘사' '형상의 언어 대신 논리의 언어 추구' 같은 생활 속 예술을 주장했다. 레프가 영화, 다큐멘터리 등에서 허구적 구성이 아니라 실제 삶의 모습을 담으려고 한 것은 바로 반(反)미학주의와 삶의 예술원칙 때문이었다. 레프의 예술은 결국 광고, 프로파간다, 슬로건, 건축 등 실용예술로 이어지게 된다.

프롤레타리아 문학과 레프의 예술이론은 예전에 없던 새로운 예술 영역을 개척하면서 그 기능과 목적에 새로운 의미를 부여했다. 혁명으로 새로운 세상이 탄생했고 혁명의 문학과 예술이 그 세상을 만들어나간다는 시대적 요구에 부응하려 한 것이다. 반면 혁명 직후 등장한 새로운 예술의 조급하고 급격한 배타주의는 소련 사회 내부에서 강한 반발을 일으키는데, 그것이 바로 네오리얼리즘이다. 사실주의 문학과 상징주의 문학의 방법들을 통합한 네오리얼리즘은 문학은 예술이라는 미학주의 원칙을 고수하고, 미학적 방법들을 통해 세계의 진실한 모습을 인식한다는 예술관을 갖춘다.

1917년 혁명 직후부터 1937년 대숙청까지 20년 동안 러시아 문학계는 어느 시기, 어느 공간에서도 경험해보지 못한 다양한 미학적 원칙들을 논의했고, 실제적으로 구현하려 노력했다. 또 프롤레타리아 문학, 레프, 네오리얼리즘, 모더니즘 문학이 서로 배척만 한 것은 아니며, 혁명이라는 용광로 속에서 끊임없이 상호작용을 하면서 조형예술, 영화, 광고 등에 소중한 문화적·예술적 유산을 남겼다. 이 시기 창작된 러시아 네오리얼리즘 문학은 영국과 프랑스의 모더니즘과는 다른 독창적인 문학세계를 창조해냈다. 영국과 프랑스의 모더니즘이 상당 기간 주관주의와 심리주의에 몰입했던 반면 러시아 네오리얼리즘 문학은 새로운 보편적 인식의 가능성을 실험했다. 100여 년 전의 문학운동이었지만, 아직도 그 전모가 드러나지 않은 혁명기 네오리얼리즘 문학은 지금도 문학의 지평을 넓히면서 독자를 기다리고 있다.

오원교 경기대학교·러시아문학, 유라시아문화

사회주의 리얼리즘을 다시 생각하다[1]

미완의 문화적 기획으로서 사회주의 리얼리즘

널리 알려졌다시피 사회주의 리얼리즘은 소비에트 러시아 문예의 주요한 창작방법 또는 지배적 패러다임으로서 소비에트 러시아 문화를 구성하는 중요한 요소다. 또한 역사적 현상으로서 사회주의 리얼리즘은 소비에트 러시아에만 국한된 것이 아니라, 멀게는 20세기에 사회주의 체제를 경험했던 동유럽과 아시아 몇몇 국가, 가깝게는 북한과도 적지 않은 관련이 있다는 측면에서, 비록 다소 논란의 여지가 있지만, 20세기 인류 문화유산의 하나이며, 나아가 사회주의 체제 자체가 그렇듯이, (탈)근대를 위한 또 하나의 미완의 문화적 기획으로 규정될 수 있다.

역사적으로 사회주의 리얼리즘은 엄연한 하나의 미학체계로서 출현과 존재의 합법칙성을 지닌 일련의 복잡한 문화적 과정의 산물이다. 그것은 우선 당대의 새로운 미적 경험을 단일한 미적 개념으로 파악해야 한다는 이론적 필요와 실천적 요구에서 비롯되었고, 소비에트 사회의 발전국면과 예술체계의 내적 과정이 긴밀하게 상호작용하는 가운데 전개되었으며, 그 과정 속에서 나름의 고유한 역사, 즉 형성,

진화, 동요, 해체가 이뤄졌다.[2]

하지만 이처럼 명백한 문화사적 현상인 사회주의 리얼리즘은 지금까지 대부분 러시아에서는 회피, 망각, 청산의 대상으로, 그에 비해 서구에서는 경멸, 의혹, 조롱의 대상으로 여겨져왔다. 말하자면 사회주의 리얼리즘은 그것과 어떤 형태로 관계를 맺든 러시아인들에게는 정신적 트라우마의 근원으로, 반면 그것을 주로 이데올로기적으로 멀리했던 서구인들에게는 문화적 퇴락과 지적 자유에 대한 억압의 표본으로 간주되어온 것이다.

이러한 이유로 특히 소비에트 체제 붕괴 이후, 러시아 안팎에서 사회주의 리얼리즘은 진지한 학문적 성찰대상에서 멀어진 듯하다. 그런데도 우리가 사회주의 리얼리즘에 재차 주목해야 하는 이유는 적지 않다. 주지하다시피 여전히 역사적 전환의 와중에 있는 현대 러시아 문학은 과도기적 혼란에서 완전히 벗어나지 못하고 있으며 새로운 정체성 추구와 확립이 주요한 딜레마로 계속해서 작동하고 있다. 이에 무엇보다도 급박하고 절실한 요구는 지나간 역사에 대한 유희적 망각이나 근거 박약한 비난이 아니라 쓰라린 기억과 철저한 분석이다. 소비에트 문학에 대한 단순한 긍정이나 부정이 아닌 엄정한 역사주의적 독해에서 출발해 새로운 문학적 과제제기와 전망모색이 필수불가결하다.

돌이켜보건대 사회주의 리얼리즘을 비롯한 소비에트 문예를 둘러싼 그간의 논쟁들은 적잖이 복잡하고, 그 해결전망 또한 여전히 불투명해 보인다. 특히 그것의 역사적 기원과 본질적 성격의 규명—발생의 근원, 주요한 자질, 국가권력(당)의 압력, 정치적 통제, 지독한 검열 등—은 아직도 불충분한 것으로 드러났고, 더불어 역사적 현실은 친숙한 이념적 흑백논리보다 훨씬 더 다면적인 것으로 판명되고 있다. 하여 지금까지 확고한 진실로 여겨지던 전통적인 가정들에 대해 완전한 교체는 아닐지라도 최소한 재분석과 재평가가 절실히 요청되고 있다.

그 가운데 문학 과정의 전통적 주체들인 작가와 독자 그리고 소비에트적 특수성의 반영인 권력,[3] 이들의 상호관계 문제는 대표적인 논쟁거리다. 창작활동에서 작가에 대한 압력은 위로부터뿐만 아니라 아래로부터도 가해졌다. 물론, 권력의 핵심이자 전위인 당의 지시와 대부분 노동자·농민 출신인 독자대중의 기대 중에서 어느 것이 더 결정적이었는지는 한마디로 말하기 어렵다. 마찬가지로 사회주의 리얼리즘 문학에서, 물론 정치적 통제와 지독한 검열의 존재와 영향을 결코 부인할 수는 없지만, 차라리 통제와 검열이 필요 없는 새로운 유형의 작가도 문제적이라 할 수 있다.

또한 사회주의 리얼리즘에서는 문학활동의 보편적 주체인 작가와 독자보다는, 오히려 국가권력이라는 또 다른 제3의 주체가 결정적인 역할을 한 것으로 자주 평가되어온 것도 사실이다. 이러한 통념에 따르면, 사회주의 리얼리즘은 전체주의 권력의 창조물로서 권력이라는 능동적인 주체가 작가와 독자라는 수동적인 객체에게 명령하고 통제하는 이데올로기적 도구이자 수단에 지나지 않는다. 실제로 러시아 역사의 끝없는 부침 속에서도 창조적 인텔리겐치아로서 고유의 개성과 위상을 결코 잃지 않았던 작가들과는 달리, 독자들은 아무런 주체성과 독립성을 갖추지 못한 이름 없는 개체들로 간주되었다.

하지만 소비에트학의 최근 성과들[4]에서 드러나듯이, 특히 소비에트 체제에서 권력과 대중의 관계는 '억압과 복종'이라는 단순한 이원적 시각에서가 아니라, '강제-동의-저항'이라는 더욱 다원적인 시각에서 복잡한 상호작용의 역학을 구체적으로 규명할 때 객관적이고 심층적으로 이해할 수 있다.

이러한 차원에서 이 글은 소비에트 문예에서의 권력과 대중의 상호역학을 사회주의 리얼리즘의 주체에 대한 연구에서 지금까지 소홀히 취급되거나 부당하게 배제되어온 독자대중의 요구와 취향, 그것에 대한 권력집단의 대응과 반향 그리고 양자 사이의 만남과 결별이라는 역사적 맥락에서 시론적으로 살펴보고자 한다. 사회주의 리얼리즘의 역사 속에서 권력과 대중의 상호관계는 대단히 역동적으로 진화하였는바, 이 글에서는 그것이 가장 뚜렷한 형태를 띠는 스탈린 전후 시대에 우선적으로 관심을 집중하고자 한다. 이러한 분석은 서구문예의 '독자중심 시학' 또는 '수용미학'의 틀로는 포괄할 수 없는 소비에트 문학에서 독자가 차지하는 고유한 위상과 역할을 드러낼 것이며, 나아가 사회주의 리얼리즘의 또 다른 변별성은 물론이고 소비에트 문예 일반의 특성을 새롭게 식별하고 규명하는 데 이바지할 것이다.[5]

사회주의 리얼리즘에서 독자대중과 국가권력

소비에트 문학과 독자대중

러시아 역사에서 1917년 혁명은 중요한 정치적·경제적 전환점일 뿐 아니라 문화 영역에서도 새로운 시대가 열리는 중대한 출발점으로 기록된다. 지난 시대의 모든 낡은 것과 결별을 기도한 혁명은 새로운 규범과 가치에 근거한 새로운 인간 창조와 새로운 사회구축의 역사적 계기로 선언되고 실행되었다.

이 중 새로운 인간 창조는 무엇보다도 문화의 몫이자 과제였고, 그것의 수행은 이른바 소비에트적 '문화혁명'에 다름 아니었다. 산업화, 집단화와 마찬가지로 소위 '스탈린 혁명'이라 일컬어지는 문화혁명은 전체 근로계급을 교육시키고 새로운 소비에트 인텔리겐치아를 육성하는 매개체였다.[6]

전통적으로 러시아 사회에서 일종의 '삶의 교과서'로 절대적이고 특별한 소명과 위상을 차지해왔던 문학은 문화혁명의 과정에서도 다른 문화매체들이 겨룰 수 없는 중요한 역할과 기능을 요구받고 수행했다. 문학은 소비에트 사회의 모든 요구를 반영해야 했고, 이 때문에 새로운 사회의 지향, 가치, 정신 그리고 문화 이면에 존재하는 원칙들의 토대로서 간주되었다. 요컨대 문학은 혁명적 과정이 정치적 현상뿐 아니라 문화적 현상으로 규정되게 하는 핵심이었다. '소비에트적 인간(homosovieticus)의 창조'라는 단일한 정치적·미학적 기획에 복무해야 했던 문학에서는 작가뿐 아니라 독자도 핵심적인 구성요소였다. 특히 혁명 과정에서 형성되고 있던 독자대중은 문학의 단순한 수용자가 아니라, 문학을 통해 새롭게 태어나야 할 대상으로 평가되었다. 따라서 인간적 질료의 궁극적 재구성에 초점을 두었던 소비에트 문학은 자연스럽게 중심대상인 독자대중의 요구와 취향에 커다란 관심을 기울였다.

혁명과 내전 이후 상대적으로 안정된 시기였던 1920~30년대 중반에는 특히 독자대중에 대한 관심이 지대했다. 그것은 최소한 두 가지 배경, 즉 20세기 전환기를 맞은 러시아 역사와 1920년대 이후의 당대의 사회상황에서 비롯되었다.

우선 역사적으로 독자에 대한 관심은 1890~1900년대에 젬스트보(zemstvo, 지방자치기관), 교육사업, 도서관사업에 적극적으로 참여했고, 혁명 후에도 지속적인 활동으로 영향력을 발휘한 20세기 전환기의 인민주의적 인텔리겐치아에게서 시작되었다. 젬스트보의 자유주의자들과 일요학교의 교사들은 노동자와 농민을 미래의 동맹군으로 간주하고 학교, 도서관, 공개독서 등을 통해 그들을 계몽하는 데 앞장섰으며, 또 다른 일련의 지식인은 대중의 독서습관을 연구하고 개선하기 위해 노력했다.[7] 소비에트 시대에 도서관학을 창시하고, 1920~30년대 전반기에 도서관사업을 수행한 사람들이 바로 그들의 1세대 대표자들이다. 그들은 독자들의 주목을 끌고 함께 작업하는 방식을 개발해, 문화혁명의 역사적 토대를 쌓았다. 독자의 목소리에 귀 기울이는 독자에 대한 심층적 탐구는 새로운 독자층을 형성하는 데 적지 않게 이바지했고, 특히 독자에 대한 그들의 구상―'교육(계몽)의 대상'―은 후에 논란거리가 되었을지언정 소비에트 권력의 이해에 상당한 정도로 상응했다.[8]

또 다른 배경은 광범위하게 등장한 새로운 대중이 책과 독서에 익숙해지기 시작했다는 당대적 상황 그 자체다. 시대의 낯섦과 새로움은 사람들이 상대적으로 쉽게 접할 수 있는 정보공급원인 책에 의존하도록 했다. 더구나 갑작스럽게 닥친 역사적 격변—혁명과 전쟁 그리고 신생 소비에트 권력이 내놓은 새로운 정책들의 결과—은 사회적 파편화를 낳았고, 도시로의 대대적 인구이동과 주변화 그리고 도시문화에의 동화를 연이어 초래했다. 특히 1920년대 이후 소비에트 사회에서 문화적 삶을 둘러싸고 강렬하게 전개된 새로운 현상은 역시 새로운 독자, 관객, 청중의 등장이라는 맥락에서 이해할 수 있다. 실상 구시대의 도시 엘리트들은 새로운 문예를 멀리하거나 이해하지 못했으며, 경우에 따라서는 마지못해 문화적 삶의 새로운 형식들에 적응해야 했다. 오히려 독서 클럽과 도서관을 가득 메우고, 시 낭송회에 참석한 대다수 사람은 새로운 문화와 개조된 전통을 열정적으로 흡수하고자 하는 지식과 교양에 굶주린 젊고 새로운 독자대중이었다.[9]

이처럼 나름의 역사적 전통을 지닌 독자에 대한 관심은 무엇보다도 문화적 훈육을 통해 소비에트 이데올로기를 고취시킨다는 당대적 요청과 쇠락과 몽매에서 벗어나려는 주체적 욕망을 따라, 즉 '위와 외부로부터'뿐만 아니라 '아래와 내부로부터' 동시적으로 조건 지워졌다.

이러한 시대적 상황에서 독자대중은 당대의 거의 모든 문학단체가 유례없이 관심을 기울이는 중대한 문제가 되었다. 당시 독자에 관한 논쟁은 『출판과 혁명』(Pechat' i Revolyutsiya)과 『신세계』의 편집장이었던 뱌체슬라프 폴론스키(Vyacheslav Polonskii, 1886~1932)와 라프의 대립으로 정점에 이르렀다. 폴론스키는 부르주아 예술이 프롤레타리아 계급에 영향을 미칠 수 없다고 하면서, 자칭 '독자의 출신 계급에 따른 수용 이론'을 통해 부르주아 같은 낯선 계급의 작가가 쓴 작품도 출판해야 한다는 견해를 피력했다. 이에 대해 라프주의자들—루쥔, 아베르바흐, 예르밀로프 등—은 그의 이론을 '면역 이론'이라 칭하면서, 그것이 근로계급 독자들에 대한 타 계급 문학의 영향, 즉 프롤레타리아 계급도 낯선 이데올로기에 감염될 수 있다는 점을 간과하고 있으며, 실상 폴론스키는 출판의 자유를 호소하고 있다고 반박했다. 결과적으로 라프주의자들은 문학과 비평이 사회주의 이념으로 프롤레타리아 계급을 재교육해야 한다는 점을, 폴론스키는 문학과 비평이 계급투쟁 과정에서 스스로를 정립해가는 그들에게 배워야 한다는 점을, 한마디로 서로 상반된 견해를 주장했던 것이다.[10]

이처럼 1920~30년대 중반까지 소비에트 문학에서 독자에 대한 시각은 사회적·정치적 변화의 소용돌이를 겪던 당대적 상황과 긴밀하게 결합되어 있었다. 이때 소비에트 권력의 전반적인 태도는 '독자 따르기'와 '독자 이끌기'라는 양 극단 사이에서 복잡한 길항을 그리는데, 사회주의 리얼리즘이라는 단일한 문학 패러다임이 공식화되는 1930년대 중반을 기점으로 전자에서 후자로의 전환이 두드러진다. 그렇지만 제반 논쟁들에 대한 종합적 지양의 성격을 띠었던 사회주의 리얼리즘의 공리는 당대인들의 문화적 수준, 취향 그리고 경험 등이 예술의 객관적 필연성이며, 인민의 사회적·역사적 경험을 포괄하는 예술이해의 문화적 수준이 창조적 자유의 경계를 결정한다고 선언한다. 이처럼 작가와 독자, 자유와 필연을 하나의 매듭으로 묶어내고자 하는 지배권력의 사고는 소비에트 문학 일반을 거의 전 시기에 걸쳐 규정한 철학적 토대가 된다.[11]

독자대중의 요구와 취향

'사회주의 리얼리즘을 창조한 주체는 누구인가?'라는 물음에 대한 전통적인 대답은 권력 또는 대중 가운데 하나를 취하는 배타적 선택을 따른다. 전자는 사회주의 리얼리즘이라는 문화적 현상을 몇몇 이념적인 예술가 또는 종종 스탈린과 그의 측근들의 개인적 취향을 반영한 위로부터의 강요로 설명하고, 후자는 아래로부터의 대중적 취향의 이용으로 해석한다. 이러한 시각들은, 비록 근거가 전혀 없는 것은 아니지만, 충분한 설득력을 지닌다고 결코 단정할 수 없다.[12]

위에서 언급한 독자대중에 대한 대조적 인식에서 이미 예견되듯이, 사회주의 리얼리즘 문학은 권력만도, 대중만도 아닌, 창조의 단일한 과정에 공동으로 참여한 권력과 대중의 기묘한 결합의 산물이었다. 말하자면 위로부터의 힘과 아래로부터의 힘이 역동적으로 상호작용한 창조적 파괴가 새로운 성격의 예술을 낳았던 것이다. 사회주의 리얼리즘 미학은 대중의 미적 기대와 요구를 통해, 혁명문화에 고유한 내재성의 논리를 통해 그리고 대중의 취향을 유지하고, 새로운 예술을 공식화하며, 그것을 통해 권력구조를 강화, 유지하려는 국가의 이해를 통해 동시적이고 다차원적으로 동기 지워졌다. "대중의 살아 있는 창조성이 새로운 사회의 근본적인 요소"(zhivoe tvorchestvo mass – vot osnovnoi faktor novoi obshchestvennosti)라는 레닌의 널리 알려진 문구[13]는 소비에트 문예에서 구체적이고 보편적인 것이었다. 대중과 권력은 단일한 창조 과정에서 완전하지는 않지만 최대한의 권리를 누렸다. 대중은 권력 때문에 대중이 되었고, 권력이 대중을 필요로 했듯이 대중도 권력을 필요로 했다.

새로운 소비에트의 독자대중은 이른바 취향의 통속성과 감상성으로 간단히 특징지워지기보다는, 오히려 독특한 미적 요구들의 체계를 간직하고 있었고, 몇몇 요구의 외적 표현은 국가가 다양한 방식으로 고무하기도 했다.[14] 그렇다면, 1920~30년대 중반의 독자대중은 당대 문학에 무엇을 원했을까? 그들의 미적 기대지평은 어떠했을까? 그들은 어떠한 예술적 선호를 지니고 있었을까? 이러한 의문들에 대한 대답은 당시 여러 매체를 통해 직간접적으로 표현된 독자대중 자신들의 다양한 견해를 통해 미루어 짐작해볼 수 있다.[15]

첫째, 문학은 삶에 유용하고, 교훈적이어야 한다.

도움을 주는 책이다. 그것은 지난 시대에 농민들이 어떻게 살았는지를 가르쳐주었다.
·22세, 남성, 알 알타예프(Al Altaev, 1872~1959)의 『스텐카의 도적대』(Sten'kina Vol'nitsa)에 대해

쓸모 있다. 여성이 어떻게 올바르게 살아야 하는지 가르쳐준다.

·18세, 여성, 고리키의 『어머니』에 대해

이 책은 흥미롭다. 이것은 교훈으로 우리의 마음을 사로잡는다. 나는 이 책을 농민들에게 추천한다. 위기의 순간에 백군과 부농의 온갖 기만을 알아차렸을 때, 그들에게 걸려들지 않는 법을 배울 수 있다.
·노동자, 유리 리베딘스키(Yuri Libedinskii, 1898~1959)의 『한주일』(*Nedelya*)에 대해

둘째, 문학은 독자에게 쉽게 이해되어야 한다.

무엇보다 내가 싫어하는 책들은 반복해서 읽어도 여전히 요점을 잡을 수 없는 것들이다. 작가는 자신의 생각을 말하지 않는데, 요컨대 그런 행위는 순수하지 않다. 또한 그는 모든 것을 의심스럽게 말한다. 내 생각으론 책을 쓸 때, 속임수와 교묘함을 버리고 써야 하고, 모든 것을 마지막 세부까지 설명해야 한다. 그러면 당신의 생각이 이해될 수 있을 것이다. 그렇지 않다면 아무것도 쓰지 않는 것이 최상인데, 쓸데없이 사람들의 시간을 빼앗지 않을 것이기 때문이다.
·28세, 집단농장의 여성노동자

우리는 『시멘트』(*Tsement*) 같은 소설을 쓰는 법을 배우기 위해서 표도르 글라드코프(Fyodor Gladkov, 1883~1958)를 보아야 한다. 우리는 프롤레타리아가 완전해지기 위해 노력할 수 있도록 긍정적 인물들을 제시해야 한다.

작가는 우리 독자들에게 근로계급의 관점에서 우리의 사고를 분명한 이데올로기로 향하게 해주는 안내자다.

셋째, 문학은 진실하고 낙관적이며 영웅적이어야 한다.

나는 집단농장에서 우리의 삶에 대해 조금이라도 읽고 싶다. 우리의 미래를 발견할 수 있다면 더욱 흥미로울 것이다.

·집단농장 노동자

우리에게 너무나 지루하고 우울했던 과거는 필요 없다. 우리는 건강하고 아름다우며 도덕적인 삶을 지시해주는 문학이 필요하다.

·23세, 여성노동자, 글라드코프의 『시멘트』에 대해

나는 이 책을 좋아한다. 왜냐하면 이것은 간단하고 명료하게 혁명의 영웅들을 묘사하기 때문이다. 이 책을 읽으면서, 나는 스스로 영웅이 되고 싶었다.

·노동자, 알렉세예프의 『볼셰비키들』(Bol'sheviki)에 대해

넷째, 문학은 당과 조직들의 근로계급에 대한 지도적 역할과 영향을 사실적으로 보여주어야 한다.

이 책뿐 아니라 근로계급의 삶을 다룬 대부분 책의 전형적인 결점 하나를 지적하고 싶다. 공장위원회와 당 조직이 존재하지 않는다. 이 조직들은 물론 공장에서 커다란 중요성을 지닌다. 그들의 영향이 어디에서도 드러나지 않는 이유가 의심스럽다.

혁명의 토대들에 대한 언급이 전혀 없다. 그것의 핵심은 대중의 집단적 에너지, 투쟁태세, 경제적·사회적·정치적 활동에서의 승리에 대한 열정과 의지다.

·노동자, 니키포로프의 『가로등 옆에서』(U Fonarya)에 대해

당신은 반드시 지방, 지역, 마을 그리고 심지어 거리 이름까지 묘사해야만 합니다. 그렇지 않으면 아무도 그것을 믿지 않을 것입니다.

·농민, 실로프의 『불순한 세력』(*Nechistaya sila*)에 대해

다섯째, 소설은 발전된 플롯을 지닌 두꺼운 책이어야 한다.

우리 시대의 책들에는 체계가 없다. 그것들은 인간 삶의 작은 조각만을 보여준다. 주인공이 어디에서 왔고, 어디로 가는지 알 수 없다. 그것으로는 충분하지 않다. 책은 인간의 본질적 삶의 전부를 빠짐없이 보여주어야 한다.

이 책은 그 자체로는 훌륭하다. 그러나 어떤 이야기들은 전혀 이해되지 않으며, 거의 모든 장이 뒤섞여 있다. 이 때문에 독자는 책의 핵심을 이해할 수 없다.
·방직공, 바벨의 『기병대』(*Konarmiya*)에 대해

요람에서 무덤까지 한 인간의 삶을 묘사하는 두꺼운 책이어야 한다는 점이 가장 중요하다.

여섯째, 소설은 예술적으로 간결하게 서술되는 사건들로 충만해야 한다.

너무 단조롭게 진행된다. 두드러진 장면들이 없다.
·21세, 여성노동자, 글라드코프의 『시멘트』에 대해

이 책은 많은 고향사람이 전쟁에서 목숨을 잃은 후 살아남은 사람들의 슬픔만을 전해주기에 인상적이지 않다. 책 전체가 그런 식이다. 모든 것은 단조롭고, 다른 어떤 일도 일어나지 않는다.
·노동자, 프랑크의 『인간은 선하다』(*Chelovek dobr*)에 대해

거대하고 예술적으로 생생한 장면이다. ……오직 고리키만이 이처럼 쓸 수 있다, 간결하면서 너무나 자연스럽고 이해하기 쉬운, 다채로운 형상의 살아 있는 언어로 …….
·48세, 노동자

일곱째, 소설은 흥미진진하고, 특히 과학소설은 논리적이어야 한다.

내가 가장 좋아하는 책은 에텔 보이니치(Ethel Voynich, 1864~1960)의 『등에』(Ovod)다……. 그것은 사랑에 대한 이야기인데, 고상하고 영웅적인 사랑이다. 사랑은 오직 그런 식으로 다뤄져야 한다……. 그것은 당신을 고양시키는 사랑이다.

아주 재미있어 푹 빠져버렸다. 나는 그 책을 아이들에게도 읽어줬는데, 우리 모두는 배가 아플 정도로 웃었다.
·19세, 남성, 세묜 포디야체프(Semyon Pod'yachev, 1866~1934)의 『포르티안카티에서 생긴 일』(Sluchai s portiankati)

이것은 유토피아 소설이다. 어떤 미친 인간이 화성에서 보내온 필사본인데, 작품의 내용은 화성 사람들의 삶에 대한 것이 전부다. 완전한 엉터리다.
·노동자, 보그다노프의 『엔지니어 메니』(Inzhener Menni)에 대해

여덟째, 시는 난해한 형식실험에서 벗어나야 한다.

그들은 완전히, 너무도 완전히 새로운 방식으로 쓴다. 가끔 우리는 아무것도 이해할 수 없는 경우가 생긴다. 왜냐하면 우리는 러시아어로 말하고 읽는 것에 익숙한데, 몇몇 시인은 마야콥스키의 언어로 말하기 때문이다. 우리는 도대체 알 길이 없다.

나는 명확한 주제와 심오한 구성 그리고 너무 난해하지 않은 문체를 지닌 거대하고, 강력하며, 고전적인 시를 읽고 싶다. ……시를 공식처럼 분석해야 한다면, 그것은 현실성을 잃고 말 것이다.
·노동자

단어들이 파리처럼 윙윙거리며 귀 주위를 날고 있지만, 한 단어도 머릿속에 들어오지 않는다. ……이 시 때문에 책을 망쳤다. 시인이 말하고자 하는 바를 전혀 이해할 수 없다.
·노동자, 파스테르나크의 「스펙토르스키」에 대해

마지막으로, 문학은 외설적이어서는 안 된다.

소설, 『철의 흐름』(Zheleznyi potok)에는 처음부터 끝까지 너무나 몰염치하고 너무나 무절제한 가장 난폭한 형식의 상스러운 언어가 넘쳐난다. 이것은 소설의 부정적인 측면이다. 왜냐하면 이 소설을 읽는 젊은이들이 일상의 대화 속에서 이 소설에 나타난 언어를 완전히 정상적인 것으로 알고 받아들여 사용할 것이기 때문이다.

『개척되는 처녀지』에는 모든 것이 정확하게 묘사되어 있다. ……그러나 곳곳에 매우 나쁜 표현들이 있다. 그런 표현들의 사용은 스스로 방지해야 하지 않겠는가, 만사가 행복하되, 비속하지 않도록!

말하고 싶은 한 가지는 우리 프롤레타리아 작가들이 러시아 고전 작가들의 수준에 도달하기에는 아직 멀고 멀었다는 점이다. 주된 단점은 고전문학의 아름다움과 예술성이 없고, 심지어 도색성마저 발견된다는 것이다.

위와 같은 당대 문학에 대한 독자대중의 다채로운 요구와 취향—

유용성, 교훈성, 명료성, 간결성, 진실성, 총체성, 낙관성, 영웅성, 지도성, 도덕성, 흥미 등—은 대부분이 비평가다운 전문적인 안목에서가 아니라 즉자적인 반응에서 비롯된 것으로 일관적이고 체계적이기보다는 파편적이고 때로는 모순적으로까지 보인다. 하지만 그것들은 또한 삶과 문학에 대한 독자대중의 고유한 인식과 평가를 직간접적으로 반영하며, 따라서 대체로 하나의 독특한 미적 체계를 구성하는 일차적 토대로서 충분히 기능할 수 있었다.[16]

역사가 보여주었듯이, 새로운 미학체계는 고유한 잠재성뿐 아니라 실제로 많은 가능성을 지닌 것이었다. 왜냐하면 그것이 무엇보다도 당대 독자대중의 이른바 '사회적 요망'(sotsial'nyi zakaz)과 긴밀한 상호연관 속에서 구축되었기 때문이다.[17]

국가권력의 대응과 반향

그렇다면 이러한 독자대중의 사회적 요망에 대한 작가와 비평가 그리고 당국 등 권력집단의 대응과 반향은 구체적으로 어떠했을까?

우선 소비에트 작가들의 반향은 다양했다. 작가들은 공식적 전문 비평에 대해서는 대부분 부정적인 견해를 드러냈지만, 비공식적 독자대중의 목소리에 대해서는 여러 의견을 표명했다. 이바노프, 알렉세이 차피긴(Aleksei Chapygin, 1870~1937), 베숄리 등의 몇몇 작가는 독자들의 견해를 무시하거나, 듣기는 하지만 그다지 영향 받지 않는다고 말했다. 반면 글라드코프와 자먀틴은 독자들에게서 '실제적인 삶의 질료'를 발견한다고 말했으며, 뱌체슬라프 시시코프(Vyacheslav Shishkov, 1873~1945)와 레오니트 레오노프(Leonid Leonov, 1899~1994)도 이와 비슷한 견해를 나타냈다. 이들처럼 대부분 작가는 한목소리로 독자들과의 접촉 없이는 창작이 불가능하다고 말했다. 에이헨바움은 1920년대 후반 작가들의 상황에 대해 "우리 시대의 작가는 일반적으로 기괴한 인물이다. 그는 읽히기보다는 토론되는데, 왜냐하면 그는 대체로 올바른 길을 생각하지 않기 때문이다. 어떤 독자도 작가보다 거대하다. 독자는 시민으로서 일관되고 안정되며 정확한 이데올로기를 갖추고 있다고 인정되기 때문이다"라고 다소 역설적으로 표현했다. 이렇듯 전문적 비평에서 탈출한 작가들은 독자의 법정에서 기꺼이 굴복했다. 특히 프롤레타리아 작가들은 거의 예외 없이 일종의 '독자숭배'를 나타냈다. 미하일 카르포프(Mikhail Karpov, 1898~1937)는 "작가는 독자대중의 공적인 통제 아래 있게 된다. 그것은 작가에게 일반적인 지시를 제공할 것이다"라고 주장했으며, 세라피모비치도 "작가는 자신의 계급 외부에 존재할 수 없다. (…) 근로계급은 대중 가운데서 독자-비평가를 만들어낸다. (…) 그는 자신의 문학을 창조하고 살찌우며, 지시하고 수정할 권능을 지니고 있다. (…) 나는 독자를 느끼고, 이러한 관련을 감지했다. (…) 나는 내 작품에 대한 독자의 요구와 정정을 인식한다"라고 말했다.[18]

독자대중의 압력은 작가들이 문체를 변형하고, 작품을 더욱 이해하기 쉽게 쓰며, 심지어 선전과 선동에 관한 작품을 창작하게 했다. 혁신적 탐구를 수행한 구축주의 시인이었던 일리야 셀빈스키(Il'ya Sel'vinskii, 1899~1968)가 위기의 순간을 겪은 후 자신의 문학을 혁신하기 위해 공장으로 향한 것이 좋은 예다.[19]

대체적으로 1920년대에는 독자대중에 대한 과도한 숭배가 주로 프롤레타리아 작가들[20]에게서 두드러졌지만, 1930년대 이후에는 독자대중에 대한 일반적 찬양이 거의 대부분 작가에게서 발견된다. 그것은 당시 예술의 인민성과 보편성에 대한 작가적 인식의 확대를 보여준다.[21]

독자대중의 문학적 요구들에 대한 적극적인 고려는 소비에트 권력의 하부 기관이 작성한 공식문서에서도 발견된다. 이를테면 1927년 정치계몽본부(Glavopolitprosvet)의 도서국에서 발간한 소책자, 『농민에게 어떤 책이 필요한가』는 농민들을 위해 책을 쓰는 방법과 다뤄야 하는 주제에 대한 상세한 지침을 담고 있다. 이 책에서는 특히 문학과 관련해, 농민들은 책 속에서 뭔가 유용한 것을 끄집어내고, 어떤 가르침을 발견하며, 농민과 관련된 주제를 찾길 원한다고 적고 있다. 또한 문학에서 중요한 것은 진실성이고, 따라서 일상적 관점에서 그럴법하지 않은 플롯은 피해야 하며, 일탈은 주된 이야기를 혼란스럽게 하기 때문에 때로는 이해를 방해한다고 지적한다.[22]

사회주의 리얼리즘의 가장 강력한 근원 가운데 하나인 독자대중의 사회적 요망은 무엇보다도 1934년 8월 17일부터 31일까지 열린 '제1차 전 연방 소비에트 작가대회'에서 채택한 「소비에트 작가동맹 정관」에 공식화되어 있는 '사회주의 리얼리즘'의 정의에 뚜렷하게 각인되어 있다.[23]

> 소비에트의 예술·문학 및 문학비평의 주요 방법인 사회주의 리얼리즘은 예술가들에게 **혁명적으로 발전하는 현실을 진실하게 그리고 역사적으로 구체적이게 묘사**할 것을 요구한다. 이때 예술적 묘사의 진실성과 역사적 구체성은 사회주의적 정신 아래 근로대중을 이데올로기적으로 개조하고 교육하는 과제와 결합해야 한다. 사회주의 리얼리즘은 예술 창작에서 창조적 발의를 발전시키고 다양한 형식과 양식 그리고 장르를 선택할 수 있는 비상한 가능성을 보장한다(강조—글쓴이).[24]

이처럼 독자대중의 요구에 민감한 소비에트 권력의 태도는 소비에트 문학에서 새로운 미적 범주를 요구했고, 그것이 바로 사회주의 리얼리즘 미학의 주요한 원칙 가운데 하나인 '인민성'(narodnost')이다.

사전적 정의에 따르면, 사회주의 리얼리즘에서 인민성은 문학·예술이 인민의 감정·사상·의지를 결합, 촉진, 발전시켜야 한다는 개념이다. 인민성은 작품 속에서 작가와 예술가가 해당 시기의 인민생활에서 의미심장하고, 인민의 이해관계에 맞는 사회적·정치적 문제들을 작품에 반영하는 데서 일차적으로 표현된다. 또한 그러한 문제들을 인민의 선진적인 이상에 비추어 진실하게 묘사하는 데서도 표현된다. 따라서 작가와 예술가는 인민성의 원칙에 따라 인민을 형상화

사회주의 리얼리즘이 소비에트 문예와 비평의 주요한 방법으로
공식 선언된 제1차 전 연방 소비에트 작가대회의 모습(왼쪽)과
대회의 개막을 알리는 『문학신문』의 보도.

대회 개최를 환영하는 걸개그림.
"문학사업도 범프롤레타리아트 사업의 일부가 되어야 한다"라는
레닌의 말이 씌어 있다.

하고 인민이 쉽게 이해할 작품을 창작하며 인민의 이익과 요구에 복무함으로써 궁극적으로 문학·예술을 인민의 것으로 발전시켜야 한다는 것이다.[25]

인민성이라는 공리는 1930년대 중반기 소비에트 문예가 유토피아-혁명적 단계에서 전체주의적 단계로 이행하는 과정, 즉 일국사회주의로 소비에트연방이 방향을 전환하는 역사적 배경 위에서 계급성의 대체물로서 더욱 강조되었고, 특히 당파성과 결합되면서 사회주의 리얼리즘의 확고한 미학적 중심으로 자리 잡았다.

1930년대 중반 이후 독자대중의 요망에 대한 권력집단의 대응은 작가들의 창작에 대한 소비에트 비평의 공식적인 요구로 점차 규범화된다. 더구나 스탈린 시대에 그것은 대부분 독자대중의 이름으로 표현된다.

> 문학작품에서 진리에 대한 요구는 우리 시대의 소비에트 독자를 구별 짓는 중요한 특징이다. 그것은 소비에트 시민의 도덕, 세계관 그리고 세계인식과 관련된다. 이러한 요구는 소비에트 인간에게 고유하고, 모든 난관과 장애를 극복하게 해주는 역사적 낙관주의라는 건전한 감정과 조화를 구성한다. ……문학과 삶의 병치, 더욱 정확하게, 독자들 자신의 삶의 반영과 해석으로서 문학은 작가들에 대한 독자들의 견해를 관통하는 공통의 이해다.
>
> 독자들은 추상적인 논의보다는 형상적이고 생생한 재현의 문학을 요구한다. 그들은 삶을 살아 있는 구체적인 형상으로 제시해주길 기대한다. 어떠한 수사학도, 환상적 상투성도, 형식주의적 개입도 우리 독자들의 미적 취향에 어긋나며, 그들을 병들게 한다.
>
> 독자들은, 아주 올바르게, 인물들의 성격발전의 일관성, 인물들의 행위와 의도에 대한 절대적 신뢰성, 엄격한 정당성을 요구한다. 최소한 몇몇 에피소드에서 그러한 논리와 신뢰를 발견할 수 없다면, 그들은 항의하기 시작한다.

독자들은 두껍고 견고한 작품을 원한다. ……최고의 작품에서 인물들은 독자들이 그들의 운명에 열정적인 관심을 품을 수 있도록 마치 살아 있는 사람처럼 제시되어야 한다. 이런 이유로 독자는 책의 말미에서 새로운 과업과 승리의 문턱에 서 있는, 힘과 에너지가 충만한 주인공과 작별을 고해야 할 때 불만족을 느낀다.

독자들은 작품 속에서 충만함을 요구한다. 이것은 인물들과 그들 운명의 명확하고 완전한 재현에 대한 바람이다. 우리 독자들의 예술적 취향은 아주 분명하다. 그들은 예술에서 리얼리즘을 원한다. 신체적 세부에 대한 자연주의적 파헤치기도, 아방가르드적 난해한 실험도, 형식주의적 신비한 속임수도 없는, 행동하고 사고하는 살아 있는 인간의 형상화를 원한다.[26]

이처럼 사회주의 리얼리즘은 많은 측면에서 독자대중의 사회적 요망에서 비롯되었고, 그것에 기초해서 국가권력은 사회주의 리얼리즘을 이론적으로, 실천적으로 공식화했다. 사회주의 리얼리즘은 대중의 정서적 에너지의 동원을 지향했고, 현실의 목적론적 질서화를 위해 대중의 의식과 행위를 조직했다. 말하자면 사회주의 리얼리즘은 단순히 위로부터의 강요된 명령체계가 아니라, 대중의 경험과 권력의 담론이 만나는 문학적 공간을 통해 '대중의 다양한 바람을 코드화하는 유연한 기계'[27]였던 것이다.

독자대중과 국가권력의 만남과 결별

독자대중과 국가권력의 상호작용은 요구와 대응이라는 간접적인 방식에만 머물지 않았다. 자기실현 또는 자기완성이라는 대중적 차원의 욕구와 사회개조 또는 신질서구축이라는 권력적 차원의 기획은 단일한 역사적 당면과제의 양 측면으로서 동시적 해결이 필요한 것으로 이해되었다. 따라서 혁명 이후 소비에트 권력은 다양한 수단과 방법을 통해 소비에트 대중과 원활하게 소통하기 위한 직접적인 방식들을 제도화했다.

특히 문화혁명의 핵심과제인 대중교육을 효과적으로 시행하기 위한 가장 중요한 영역으로 간주되었던 문학과 관련해서는 사회의 다양한 단위—코무날카(kommunalka), 직장, 학교, 클럽, 기관, 단체 등—에서 다양한 제도—독서감상회, 독후감발표회, 독서토론회, 공개독서, 작가와의 대화, 독자회의(chitatel'skaya konferentsiya) 등—가 조직되었다.[28]

그러한 제도들은 무엇보다도 독자대중의 요구와 국가권력의 대응이 마주치는 공간이자, 경쟁과 화합이 공존하는 역동적인 이데올로기적 장치였다. 그것을 통해서 독자대중은 국가권력이 제시하는 이상적 모델인 '소비에트적 인간'과 반복적이고 지속적으로 만나게 되고, 그 와중에 독자대중의 '자연발생성'은 국가권력의 '의식성'의 세례를 받는다. 즉 전통적인 '독자개인'은 '독자대중'을 넘어 바야흐로 '독자인민'으로 다시 태어나는 것이다.[29]

문학 속에서 권력과 대중의 만남은 당대 러시아 독자들의 기호를 정리한 통계자료를 통해서 확인할 수 있다. 예를 들어 관계 당국의 지휘하에 1948년 모스크바 지역의 직업학교와 공장훈련소의 청년노동자와 학생 총 780명에게 '가장 좋아하는 소비에트 문학작품'을 물었는데, 중복응답을 허용한 이 조사에서 390명은 파데예프의 『젊은 근위대』(Molodaya gvardiya), 170명은 니콜라이 오스트롭스키 (Nikolai Ostrovskii, 1904~36)의 『강철은 어떻게 단련되었는가』(Kak zakalyalas' stal'), 108명은 보리스 폴레보이(Boris Polevoi, 1908~81)의 『참된 인간의 이야기』(Povest' o nastoyashchem cheloveke), 77명은 카베린의 『두 명의 대위』(Dva kapitana), 38명은 표트르 베르시고라(Pyotr Vershigora, 1905~63)의 『깨끗한 양심을 지닌 사람들』(Lyudi s chistoi sovest'yu), 34명은 보리스 고르바토프(Boris Gorbatov, 1908~54)의 『불굴의 사람들』(Nepokorennye), 23명은 알렉산드르 스테파노프(Aleksandr Stepanov, 1892~1965)의 『아르투르 항』(Port-Artur),

18명은 드미트리 푸르마노프(Dmitrii Furmanov, 1891~1926)의 『차파예프』(*Chapaev*), 15명은 마르가리타 알리게르(Margarita Aliger, 1915~92)의 『조야』(*Zoya*), 13명은 알렉세이 톨스토이의 『표트르 1세』(*Petr Pervyi*), 12명은 베라 파노바(Vera Panova, 1905~1973)의 『동반자들』(*Sputniki*), 12명은 알렉산드르 트바르돕스키(Aleksandr Tvardovskii, 1910~71)의 『바실리 툐르킨』(*Vasilii Terkin*), 12명은 톨스토이의 『고뇌 속을 가다』(*Hozhdenie po mukam*)를 각각 꼽았다. 또한 이 작품 대부분은 '가장 읽고 싶은 소비에트 문학작품'으로도 뽑혔다.[30]

독서가 도시지역에서보다 훨씬 커다란 문화적 의미를 지니는 농촌지역에서도 거의 비슷한 상황을 목도할 수 있다. 비록 문학작품을 접할 수 있는 환경이 도시에 비해 턱없이 열악했지만, 이동도서관 같은 제도의 도움으로, 농촌지역의 사람들도 적지 않은 수의 책을 읽었다. 1946년 볼로그다(Vologda) 지역의 프리셱스닌스키(Prisheksninskii) 구역에 있는 도서관 이용자들에 대한 연구에 따르면, 해당 농촌지역의 독자들은 오스트롭스키의 『폭풍의 자식들』(*Rozhdennye Burei*)과 『강철은 어떻게 단련되었는가』, 파데예프의 『젊은 근위대』, 고르바토프의 『불굴의 사람들』, 숄로호프의 『개척되는 처녀지』, 반다 바실렙스카야(Vanda Vasilevskaya, 1905~64)의 『무지개』(*Raduga*), 바실리 그로스만(Vasilii Grossman, 1905~64)의 『불멸의 인민』(*Narod bessmerten*), 스테파노프의 『아르투르 항』, 발렌틴 카타예프(Valentin Kataev, 1897~1986)의 『연대의 아들』(*Syn polka*), 비류코프의 『갈매기』(*Chaika*), 알렉산드르 베크(Aleksandr Bek, 1902~72)의 『최전방의 판필로프들』(*Panfilovtsy na pervom rubezhe*), 이그나토프의 『빨치산의 기록들』(*Zapiski partizana*) 등을 즐겨 읽었다.[31]

이처럼 독자대중이 선호하고 즐겨 읽은 작품들은 사회적 상황과 개인적 취향에 따라 복합적으로 결정되기에 시대에 따라 차이를 보이지만, 위의 조사에서 드러나듯, 대중의 독서경향에는 시공간을 넘어서는 보편성 또한 존재한다. 1940년대 중후반 소비에트의 도시와 농촌의 독자대중이 선택한 작품들은 소비에트 고전문학의 공식적 판테온, 즉 당시 중고등학교의 교과편람이나 도서안내 책자에서 소개하는 도서들과 거의 완전히 일치했다.[32]

이러한 맥락에서 사회주의 리얼리즘이 독자대중 사이에서 심화 또는 그 속으로 폭넓게 침투했다고 할 수 있는데, 그것의 절정은 바로 독자인민의 실제적 전형인 '이상적 독자'와 '소비에트적 인간'의 문학적 전형인 '긍정적 주인공'의 합일이다. 긍정적 주인공의 대표적 형상의 하나인 오스트롭스키의 『강철은 어떻게 단련되었는가』의 주인공 코르차긴의 인기는 독자대중 사이에서 '제2차 세계대전 이전에도, 와중에도 그리고 이후 몇 년 동안에도 개인숭배'[33]에 가까울 정도로 높았다. 소비에트 문학의 영웅신화가 된 코르차긴 신화는 너무나 강력하고 지속적이어서 독자 사이에서는 '코르차긴의 기적'으로 불렸으며, 코르차긴은 모방할 모델이자 삶의 본보기로 간주되곤 했다. 이러한 현상은 '코르차긴의 행복'(schast'e Korchagina)으로 불리기도 했는데, 독자들은 이 작품을 삶의 부적으로 또는 삶의 교과서로 간주했다. 심지어 병사들은 자신들의 편지나 일기에서, 그들 자신을 코르차긴과 비교하면서, 그에게 도움을 요청하고 그에 대한 아주 개인적 감상을 쓰고 그에게 직접 감사를 표하기까지 했다.[34] 이와 같이 독자대중, 특히 젊은 세대들은 사회주의 리얼리즘이 제시한 긍정적 주인공의 형상 속에서 자신의 발전과 성장에 보탬이 되는 품성과 덕목을 발견하곤 했다. 바로 이러한 이상적 독자들이 문화혁명을 거치면서 독자대중 속에서 길러져 소비에트의 새로운 인텔리겐치아의 중심이 되었다.

그러나 국가권력이 주선한 '이상적 독자'와 '소비에트적 인간'의 극적인 만남 이면에서는 결별의 징후들이 서서히 드러나기 시작했다. 그것의 가장 중요한 계기는 소위 '지다노비즘'(Zhdanovizm)에서 절정에 이르는 사회주의 리얼리즘의 스탈린주의적 왜곡과 변질이다.

실상 1930년대 중반의 방법개념으로서 사회주의 리얼리즘에 대한 이론적 규정은 문학과 예술을 단순한 이데올로기적 현상으로 간주하는 1920년대의 속류적 인식에서 벗어나, 현실을 인식하고 반영하는 특수한 매개방식으로 파악했다. 하지만 "삶에서 배우라"는 당대 독자 대중의 요구에 대한 기계적 대응의 하나인, 현실에 대한 객관적 반영의 일의적 강조는 궁극적으로 소위 '인식론주의'로 경도되고 만다. 인식론주의는 단지 사회적 현실의 재현이라는 차원에서 예술의 인식적 계기만 강조하고, 대상과 인간의 관계라는 가치평가적 계기는 경시한다. 즉 현실의 반영일 뿐 아니라 실재의 변형이라는, 과학적 인식과 변별되는 예술적 인식의 창조적 고유성이 해명되지 못했던 것이다.[35]

문학창작에서 작가의 능동적 실천계기나 다양한 형상화의 가능성을 배제한 것은 문학 외적인 정치적 간섭과 관료주의적 통제라는 부정적 가능성을 열어놓았고, 이는 스탈린 개인숭배 시대에 사회주의적 당파성과 혁명적 낭만주의 그리고 긍정적 주인공 등에 대한 속악한 해석의 결과물인 이른바 '무갈등이론(현실윤색이론)'으로 대표되는 지다노비즘을 낳았다. 지다노비즘은 '사회주의 완성'이라는 현실에 대한 주관주의적 해석과 그것의 무비판적인 문학적 수용의 결합체로서, 현실의 예술적 전유가 아니라 이데올로기의 도식적 재현으로서의 규범문학, 즉 문학적 스탈린주의의 본격화를 의미했다.[36]

문학적 스탈린주의는 예술의 교육적 기능을 정치에 대한 직접적 봉사와 동일시했고, 그것이 낳은 분위기는 현실적 갈등에 대한 탐구를 가로막았으며, 낙관적이고 인간주의적인 접근법은 갈등 자체를 해결했다는 환상을 낳았다. 올바른 관점에 대한 요구는 사물의 실제 모습의 왜곡으로, 긍정적 주인공에 대한 요구는 인간 성격의 단순화로 귀결됐다. 총체성에 대한 요구는 외연적 총체성에 대한 요구에만 국한됐고, 전형성이란 범주는 강요된 낙관주의에 대한 이론적 변명 또는 산술적인 평균과 혼동됐다. 한마디로 "미는 삶이다"(Prekrasnoe est' zhizn')[37]라는 체르니솁스키의 이념은 스탈린주의적 사회주의 리얼리즘에서 "미는 **우리의** 삶이다"(Prekrasnoe-eto nasha zhizn',[38] 강조—글쓴이)라는 주관주의적 신화로 간단히 대체되었다.

이때 작가는 더 이상 현실을 고유한 방식으로 포착해 형상화하는 현실의 탐구자가 아니라 당의 규약이나 결정, 스탈린의 테제와 조치를 문학적으로 예증하는 도해가로 전락했다.[39] 이제 행정적·명령적 통제도구로서 문학의 주된 임무는 선전과 선동이 되었고, 문학이 정치에 복속되는 것은 필연적인 귀결이었다.

스탈린 시대의 문학에서 두드러지는 세계와 인간에 대한 이상화·낭만화는 불가피하게 실제적 삶과 문학의 괴리를 낳았고, 이는 '삶의 구체적이고 진실한 묘사'라는 독자대중의 기본적인 요구에도 어긋나는 것이었다.[40] 따라서 독자개인에서 독자대중을, 나아가 독자인민을, 특히 이상적인 독자를 육성하고, 긍정적인 주인공을 통해 소비에트적 인간 형상을 창조해, 궁극적으로 양자 사이의 완전한 만남을 성사시키려는 국가권력의 '문학적' 시도는 바로 삶 그 자체라는 '현실적' 장벽에 부딪히고, 여기에서 결별의 역사가 이미 시작된다.[41]

1953년 3월 스탈린이 사망하고 1956년 제20차 전당대회에서 흐루쇼프가 스탈린 개인숭배와 교조주의를 비판한 것을 계기로 해빙과 결빙의 반복적 교차 속에서 진행된 사회주의 리얼리즘의 쇄신과 지평확대를 위한 시도들—예컨대 문학적 스탈린주의의 거부, 당파성의 재평가, 인식론주의의 극복과 가치론의 등장, 문학적 방법개념의 재정립, 양식과 예술적 기법의 다양성 등—은 본질적으로 사회주의 리얼리즘의 동요를 의미했다. 문학적 스탈린주의에서 벗어나 사회주의 리얼리즘의 개념과 원칙을 휴머니즘적 의미로 채우려는 1950년대의 노력들—대표적으로 1954년 '제2차 전 연방 소비에트 작가대회'에서 파데예프의 '방법의 통일성과 양식의 다양성'에 대한 발언—은 여전히 규범미학의 편협성과 도그마를 보여주었으며, 1960년대의 비판들—대표적으로 소비에트 문학방법의 다원주의 또는 사회주의 리얼리즘의 유형학 등—은 문학의 과제를 '진실을 쓰는 것'으로 환원함으로써 한계를 나타냈는데, 결국 편협하게 이해된 예술의 진실과 광대

사회주의 리얼리즘의 역사적 운명을 좌우했던
스탈린(왼쪽)과 고리키.
1931년 붉은 광장의 소공원에서 담소를 나누고 있다.

하고 심오한 삶의 진실 사이에는 커다란 심연이 가로놓이게 되었다.

1970~80년대 초의 사회주의 리얼리즘에 대한 논의는 무엇보다도 열린 미학체계로서 사회주의 리얼리즘의 방법에 대한 개념 자체를 확대하려 노력했으나, 소위 '폭과 다양성'이라는 선언적인 차원에만 머물렀고 다소 절충적 성격을 띠어 문학의 실질적인 법칙이나 합법칙성을 해명해내지는 못했다. 사회주의 리얼리즘의 경계확장—이른바 '경계 없는 사회주의 리얼리즘'—이라는 문제제기는 단지 그것을 보장하는 동력으로서 '사회주의 이데올로기'라는 규범성을 재인식하는 것으로 귀결되고 말았다. 즉 사회주의 리얼리즘의 미적 본질 또는 변별성이 무엇이냐는 문제는 끝내 해명되지 못한 채로 남았다. 결국 페레스트로이카가 촉발한 소비에트연방 해체로 사회주의 리얼리즘, 더 정확하게는 그것의 규범과 교조는 최종적인 역사적 종말을 맞이하게 된다.

1950년대 중반 이후 예술적 다원주의 경향의 도래와 함께 사회주의 리얼리즘은 작가와 독자의 의식 속에 남아 있었지만, 더 이상 문학을 지각하는 배경이기를 그쳤다. 문학적 스탈린주의에 대한 비판적 대안으로 등장한 사회주의 리얼리즘의 새로운 공식들은 문학적 실천을 앞서갈 수 없었으며, 마찬가지로 일체의 규정성을 점차 상실하게 되었다.[42] 따라서 바로 사회주의 리얼리즘의 동요와 해체 과정은 독자대중과 국가권력의 새로운 만남의 역사가 아니라 양자의 궁극적 결별의 역사였던 것이다.

상실된 상호성의 운명으로서 사회주의 리얼리즘

지금까지 살펴보았듯이, 소비에트 문예의 지배적 패러다임이자 중요한 구성요소로서 사회주의 리얼리즘은 출현과 존재의 합법칙성을 지닌 엄연한 미학체계로서, 소비에트 체제의 복잡한 역사적 과정이 낳은 문화적 산물이다. 사회주의 리얼리즘의 역사는 작가, 독자 그리고 권력이 역동적으로 상호작용한 과정이다. 특히 국가권력과 독자대중이라는 문제틀 속에서 독자대중의 위상과 역할은 사회주의 리얼리즘이라는 문학적 현상의 존립을 위한 충분하지는 않지만, 필요한 조건이었다.

특히 1920~30년대 중반까지의 사회주의 리얼리즘 형성기에서 독자대중의 사회적 요망은 국가권력의 커다란 관심대상이었고, '독자 따르기'라는 대응과 반향은 사회주의 리얼리즘으로, 즉 더욱 구체적으로는, 사회주의 리얼리즘의 정의, '인민성'의 범주, 소비에트 공식비평의 요구 등에서 공식적으로 수렴되었다. 이와 함께 독자대중에서 독자인민의 양육, 이상적 독자와 소비에트적 인간의 만남이라는 '독자 이끌기'가 제도적으로 본격화되었다.

그러나 사회주의 리얼리즘에서 이른바 '코르차긴의 행복'은 1930년대 중반 이후 문학적 스탈린주의의 등장과 1940년대 중반 이후 도식적 규범문학의 절정인 소위 '지다노비즘'의 등장으로 위기를 맞게 된다. '실현된 유토피아'라는 세계와 인간에 대한 주관적 낭만화는 문학과 삶의 괴리를 낳았고, 그것은 권력과 대중의 결별을 예고하는 신호탄이었다.

국가권력과 독자대중의 상호관계라는 차원에서 사회주의 리얼리즘의 역사는 양자의 상호적 만남의 시기(1917~34), 일방적 위기의 시기(1934~53), 점차적 결별의 시기(1954~91)로 규정할 수 있다. 말하자면 사회주의 리얼리즘은 양자의 역동적 관계의 산물이지만, 그 관계의 성격은 상호성에서 일방성으로 변질되었고, 어떤 의미에서 그것은 사회주의 리얼리즘의 궁극적 운명을 또한 좌우했다.

사회주의 리얼리즘이라는 전대미문의 미학적 기획은 새로운 삶을 건설하려는 강력하고 활기찬 혁명적 열정에서 태동했다. 그리고 그것은 삶 속으로 끝없이 진격하고자 한 문학적 규범이었다. 실제로 사회주의 리얼리즘은 1930년 중반까지 소비에트 문예의 구체적이고 역사적인 주요한 방법이었다. 하지만 스탈린 시대 이후 점차 유일하게 올바른 방법으로 성화되면서 일종의 문예적 '프로크루스테스의 침대'로 변질되었다. 이런 맥락에서 결국 문학 속에서의 삶창조에 대립한 유일한 것은 현실 속에서의 창조적 삶 자체였음을 부인할 수 없다. 더구나 지금 여기의 삶이 유일하게 더할 나위 없이 완전하고 아름답다고 장담하는 문예가 과연 역사적으로 지속 가능할 것인가…….

3

예술로 불멸하는 혁명유산

"나의 새로운 그림은 지구에만 속해 있는 것이 아니다.
지구는 흰개미가 들끓는 집처럼 버려졌다.
사실 인간에게는, 그의 의식에는 우주를 향한 지향이
내재한다.
이 지상에서 날아오르고자 하는 충동 말이다."
• 카지미르 말레비치

신혜조 성균관대학교·문화학

소비에트 혁명발레, 그 유산의 재조명

정치와 발레

춤의 정치적 기능을 주장했던 수전 매닝(Susan Maning, 1953~2013)의 지적처럼,[1] 발레와 정치는 그 의미상 표면적으로는 현저한 거리가 있는데도 발레 역사에서 둘 사이의 밀접한 관계를 보여주는 예를 발견하는 일은 그리 어렵지 않다. 유럽 권력의 상징이었던 이탈리아 황실에서 발레가 탄생했고, 프랑스 절대왕정의 정점에 서 있던 루이 14세가 봉건체제 유지의 정당성을 확보하기 위해 발레를 장려했으며, 히틀러가 루돌프 폰 라반(Rudolf von Laban, 1879~1958), 요스 같은 안무가들을 정치적인 이유로 박해했다는 사실은 유럽 역사 속에서 무용예술이 어떤 형태로든 정치에 관여하고 있었음을 증명한다. 러시아의 경우에도 표도르 로푸호프(Fyodor Lopukhov, 1886~1973)는 정치와 발레의 통합을 평생의 과제로 삼았고, 발레의 순수예술성을 강조했던 레오니트 먀신(Leonid Myasin, 1896~1979)조차도 「강철의 걸음걸이」(The Steel Step, 1927)를 통해 자신의 정치색을 드러내며 간접적으로나마 정치활동에 참여했다. 심지어 1917년 레닌이 혁명의 승리를 선언한 역사적 장소 또한 역설적이게도 니콜라이

2세의 첫사랑이자 정부였던 발레리나 마틸다 크셰신스카야(Matil'da Kshesinskaya, 1872~1971)의 집 발코니였다.[2] 우연이든 필연이든 간에 황실의 몰락을 선포하기 위한 장소로 황제의 사생활이 비밀스럽게 펼쳐진 현장이 선택되었고, 이곳은 현대에 이르기까지 기성질서와 체제의 전복을 상징하는 역사적 장소로 큰 의미를 부여받고 있다. 정치와 발레의 이러한 역사적 관계를 보면, 인간의 몸을 통해 사상과 감정을 직접적으로 형상화하는 발레를―새로운 권력기반의 형성과 체제 유지·발전의 필수조건인―대중의 자발적인 희생과 헌신, 복종과 협동을 호소하는 데 적합한 장르로 보았던 소비에트 발레마스터들의 시각은 일정 부분 타당하다고 생각된다.

러시아에서 혁명발레[3]는 1927년부터 1934년까지 집중적으로 창작되는데, 이는 1917년 볼셰비키 혁명과 밀접하게 연관된다. 이 시기는 발레 뤼스(Ballets Russes)[4]의 중심축 역할을 담당했던 댜길레프가 사망하고 많은 무용수가 유럽으로 빠져나가면서 발레 뤼스가 그 동력을 상실했던 시기였다. 새로이 수립된 소비에트 정부는 정치참여적 발레를 강하게 요구했고, 그 이전까지 정치와 무관하게 발전했던 유미주의 발레는 혁명발레로 변환되어 대중을 위한 봉사라는 최우선적 과제를 실천하기 위해 또 다른 러시아만의 고유한 창작세계를 형성하게 된다. 그러나 발레에 반영된 이념적 색채는 오늘날 소비에트 발레가 '예술성을 상실한 예술'로 평가받는 데 주된 원인으로 작용했다. 소비에트 사회의 긍정적 전망을 작품 안에 담아내는 미학적 원리, 즉 '당성'(黨性)이 발레 창작의 핵심원리로 적용되면서 발레의 주제와 양식은 획일화되었고, 러시아 발레는 "국내 소비용"[5]으로 전락했다는 외부의 평가를 받게 된 것이다. 이렇듯 볼셰비키 혁명 이후 러시아 발레가 다양성을 상실했다고 보는 서유럽 중심의 해석과 평가는 소비에트 발레의 예술성이 온전하게 이해될 기회를 박탈하는 결과를 낳았다. 이를 증명하듯이, 일부 초기 소비에트 발레작품은 해석의 기회를 얻지 못한 채 아직까지도 대부분의 연구서에서 소개조차 되고 있지 않으며, 이에 대한 자료들 또한 온전히 보존되지 못했다.

소비에트 발레 연구가 다분히 제한적이고 편향적이라는 문제의식에서 출발한 이 글은 일차적으로, 1917년 러시아혁명에 초점을 맞추어 정치혁명과 발레예술의 상호작용 속에서 러시아 발레가 실천했던 혁명적 시도들을 살펴볼 것이다. 구체적으로는 1930년을 전후한 시기, 즉 1920년대 말부터 1930년대 중반까지 발레계에 나타난 새로운 시도와 변화양상을 혁명이념과의 연관성 속에서 살펴볼 것이며, 이와 함께 글 끝에서는 혁명기 발레의 영향하에 형성된 볼쇼이 발레단의 창작경향을 조명함으로써, 초기 소비에트 발레의 현대적 의의를 모색할 것이다. 이러한 소비에트 발레 미학의 고찰은 초기 소비에트 발레 해석의 다양성을 확보할 뿐만 아니라, 오늘날에 이르기까지 세계 발레의 중심축 역할을 담당하는 볼쇼이 발레의 심미성을 더욱 깊이 이해하는 데 도움이 될 것이다.

발레 혁명에서 혁명발레로

1905년 이후 문학을 비롯한 예술이 프롤레타리아를 위해 봉사해야 한다는 볼셰비키의 호소는 러시아 문화·예술계 전반에 걸쳐 수용되었다. 당시 러시아 예술가들에게 혁명-해방운동은 최고의 관심사가 되었으며, 이 중 다수는 차리즘의 전복과 투쟁을 그리는 예술 창작활동에 참여했다. 이미 1900년대 초부터 고리키는 『어머니』를 창작하면서 새로운 시대의 문학적 기초를 다졌고, 1910년대에 활동했던 급진적 예술가들은 과거의 문학전통을 부정하면서 혁명문학을 주도하고 있었다.

반면 발레 분야에서는 제1차 혁명이 일어났던 1905년 포킨이 「빈사의 백조」(The Dying Swan)를 통해 정치, 사회 분야뿐만 아니라 예술 분야에도 새로운 시대가 도래했음을 암시한 이후, 새로운 심미적 패러다임의 작품들을 탄생시키며 문화적 아방가르드 그룹에 합류했다.[6] 하지만 정치적·사회적 이데올로기를 반영하는 혁명적 발레는 다른 예술장르에 비해 비교적 뒤늦게 탄생한다. 러시아 발레의 본격적인 변화는 1920년대 중후반에 이르러서야 비로소 시작되었고, 이는 러시아 발레계가 혁명의 움직임에 쉽게 동요되지 않았음을 보여준다.

정치참여적 발레가 뒤늦게 첫발을 내디딘 이유는 발레가 태생적으로 민중과 격리된 부르주아 예술이었다는 데서 찾을 수 있을 것이다. 17세기 중엽, 발레가 러시아에 유입된 이래로 황실 발레는 차르 정부와의 긴밀한 유착관계 속에서 끊임없이 정부의 행정적·재정적 지원을 받으며 존속되어왔다. 물론 혁명의 급격한 기류변화 속에서 예술개혁의 전방에 있었던 포킨, 파블로바, 세르게이 레가트(Sergei Legat, 1875~1905), 이오시프 크셰신스키(Iosif Kshesinskii, 1868~1942) 같은 젊은 무용수들은 기존의 체제에 반기를 들며 자발적으로 반지도부 그룹을 조직하기도 했다.[7] 그렇지만 그들은 자신들의 정치적 생각을 적극적으로 해명할 수 없는 처지에 놓여 있었는데, 그들이 황실의 보호와 지원 속에서 전문교육을 받고 성장했으며, 그들의 공연을 정기적으로 관람했던 관객들 역시 귀족이나 관료계급 같은 특권지배층이 주류를 이루었기 때문이다. 이렇듯 발레가 전체주의의 관습적 문화구성물이자 부르주아 계층의 전유물로 인식되고 있다는 비판이 일자 마린스키 극장은 '발레의 수요일'을 지정하는 등 발레 대중화를 위한 개방정책을 도입했지만,[8] 극장은 상류 사교계의 생활상을 모방하려는 대중의 집합소로 기능했을 뿐 진정한 의미의 대중화를 이루지는 못했다. 이렇듯 1917년 혁명이 성공하기 전까지 발레는 단 한 번도 참된 민중예술로서 존재하지 못했고, 발레작품에서 새 시대의 정신을 함의하는 혁명적 실천은 찾아보기 힘들었다. 오히려 혁명의 열기가 고조될수록 황실발레단은 반혁명집단으로 간주되었고, 사회주의 건설이라는 궁극의 목적을 실현하기 위해 최우선적으로 폐지되어야할 집단으로 치부되었다. 대중은 발레를 새로운 시대에 불필요한 부르주아적 향락주의로 규정했고, 급기야 발레 폐기를 요구하는 목소리가 점차 커져갔다. 당장 극심한 식량난과 빈곤을 해결하기 위해 대중에게 필요한 것은 발레가 아니라 기초시설과 새로운 일자리였기 때문이다.

발레의 존폐논란과 관련해, 문화유산적 가치로서 발레예술의 존재를 긍정한 인물은 인민계몽위원회 초대 의장 루나차르스키였다. 그는 "말 그대로, 페트로그라드의 모든 노동대중은 노동자가 만든 마린스키 극장을 소중히 여겨야 한다. 그것의 폐쇄는 대중에게 강한 타격이 될 것이다"[9]라고 하면서 노동대중을 위한 예술 개화정책을 전개했고, 비로소 발레는 '대중에게 쓸모 있는 것'으로서 프롤레타리아 예술로 수용, 장려되었다. 이 시기에 발레마스터들은 새로운 국가건설을 위해 실천해야만 할 중요한 과제들을 부여받았다. 구체적으로 이들에게 요구된 과제는 모더니즘 발레의 낯선 형식에서 탈피해 다시금 발레의 고전적 전통을 회복시키는 것,[10] 대규모 망명사태로 축소된 발레단의 인원을 확충하는 것, 침체된 분위기와 맞물려 현저히 줄어든 발레 공연 횟수를 늘리는 것 그리고 무엇보다 새로운 관객층의 수준과 취향에 부합하는, 전적으로 새로운 작품을 창작하는 것이었다. 그러나 발레 뤼스의 전위적 시도들에 이미 길들여진 페테르부르크의 주요 발레마스터들은 '고전발레로의 회귀'라는 난해한 지침에 창작방향성을 상실했고, 결국 페티파의 고전발레를 개작하려고 시도한다. 그러나 이러한 소재의 작품들에는 여전히 부르주아적 색채가 농후했고, 비평가 중 다수는 고전발레가 새로운 대중에게 적합하지 않다는 회의적 태도를 취했다.

발레계 내부의 주요 인사들은 사장될 위기에 처한 발레를 다시금 부활시키고자 이전에 없던 전혀 새로운 발레 양식을 모색하는 데 전념했다. 이 가운데 순수 발레를 지향했던 진영과 새로운 혁명발레 창작을 적극적으로 찬성했던 진영 간의 대립구도가 형성되었다. 이들 사이에서 혁명발레 창작방법론에 대한 논쟁이 벌어졌는데, 이는 향후 소비에트 발레가 나아가야 할 방향성을 제시하는 결정적인 변곡점이 되었다. 이 논쟁에서 주요 논제는 '창작방향성'의 문제와 '창작대상'의 문제였으며, 이는 혁명적 '이성과 감성' '예술성과 현실성'

에 대한 논의로 구체화되었다. 당시 혁명발레를 주도했던 로스티슬라프 자하로프(Rostislav Zakharov, 1907~84), 레오니트 라브롭스키(Leonid Lavrovskii, 1905~67), 로푸호프 같은 발레마스터들은 혁명발레를 창작하기 위해서는 러시아 사회 전체를 조망해야 하며, 이는 개별적으로 발생하는 사회현상들을 관찰하는 데서 출발한다고 강조했다. 그들은 이렇게 관찰한 대상들, 즉 사회현상의 실재적 측면이나 대중-노동자가 살아가는 현실적 삶과 정서를 있는 그대로 묘사하는 것을 혁명발레의 창작원칙으로 규정했다.[11] 또한 이들은 예술가 역시 현실을 살아가고 현실에 지배받는 노동자임을 강조했다. 따라서 노동자로서 발레마스터들은 민중 발레를 지향해야 하며, 이때 민중 발레란 노동대중의 접근과 이해를 방해하는 현란한 기교를 강조하는 발레가 아니라, 그들의 현실적 삶을 사실적으로 반영하는 것을 의미했다. 따라서 그들에게는 발레작품을 구성하는 부르주아적 예술장치들을 철저히 제거하는 일과 동시대의 현실을 반영하는 안무와 무대의상, 사회적 의식을 내포하는 주제의 창작이 무엇보다 중요한 과제였다.

이와 반대로 먀신, 브로니슬라바 니진스카야(Bronislava Nizhinskaya, 1891~1972), 타마라 투마노바(Tamara Tumanova, 1919~96) 같은 발레 뤼스의 창작경향을 계승했던 발레마스터들은 발레의 예술적 측면을 강조하는데, 그들은 사회적인 현상을 일차적으로 검토하고, 여기에서 대중이 취하는 행동과 정서를 '예술적으로' 형상화하는 것이 더욱 중요하다고 생각했다. 이는 대중이 현실에서 체험하는 정서를 반영하더라도 발레 고유의 예술성이 결여된 발레작품은 더 이상 발레일 수 없으며 마임에 불과하다는 관점으로,[12] 즉 발레의 가치는 발레의 고유한 예술적 원칙들을 통해 드러나기 때문에 그 원칙들을 반드시 보호해야 한다는 것이다. 이러한 주장은 모든 원칙을 파괴한, 현실세계의 풍경과 전적으로 일치하는 사실주의 발레에 기부의사를 표현한 것이라고 볼 수 있다. 그런데 여기에서 주목해야 할 점은 창작방법론에 대한 이견에도 불구하고 양 진영의 발레마스터 모두 창작의 대상이 대중이어야 한다는 점을 인식하고 있었다는 점이다. 러시아 사회를 구성하는 새로운 주체로 부상한 노동대중은 이처럼 혁명발레를 둘러싼 논쟁 속에서도 더 이상 주변이 아닌 중심으로 진입했고, 1920년대 중반 이후에는 프롤레타리아가 발레계의 핵심적 개념으로 전방에 서게 되었다.[13]

이러한 논쟁의 결과 소비에트 발레의 창작방향은 크게 두 갈래로 나뉜다. 한편에서는 알렉산드르 고르스키(Aleksandr Gorskii, 1871~1924)의 창작경향을 이어받아 고전발레를 개작해 무대 위에 선보였고,[14] 다른 한편에서는 이전과는 전혀 다른 주제, 안무, 형식의 혁명발레를 창작하기에 이른다. 실제로 이 시기에는 「지젤」(Giselle), 「백조의 호수」(Swan Lake) 같은 19세기 발레가 다수 개작되기도 했고, 「붉은 양귀비」(The Red Poppy), 「파리의 불꽃」(The Flames of Paris), 「빛나는 개울」(The Bright Stream)[15] 같은 정치성, 사실성, 민중성을 반영하는 창작 발레들이 등장하기도 했다. 이와 같은 발레마스터들의 노력과 정부의 적극적인 정책으로 발레는 점차 침체기에서 벗어나게 되었다. 관람료를 대폭 인하해 관객의 수요를 자극했고, 발레 상연을 노동대중에게 개방해 민중교화에 활용했을 뿐 아니라, 국빈들을 위한 공연도 상연해 외교활동의 통로로 활용했다. 또한 레닌그라드의 발레마스터들과 무용수들이 모스크바로 자신들의 주 활동무대를 옮김에 따라 모스크바가 러시아 발레의 중심지가 되었고, 이와중에 볼쇼이 발레가 소비에트를 대표하는 최고의 발레단으로 부상하게 되었다.

혁명기 발레의 심미적 특수성
디베르티스망의 부활과 발레의 대중화: 「붉은 양귀비」

발레 연구서 대부분은 1927년 초연된 레프 라시칠린(Lev Lashchilin, 1888~1955)과 바실리 티호미로프(Vasilii Tikhomirov, 1876~1956)의

「붉은 양귀비」를 최초의 소비에트 발레작품으로 소개하고 있다. 그러나 더욱 정확히 말하자면, 이는 혁명적 이데올로기를 담아낸 최초의 작품이라기보다 흥행에 성공한 최초의 혁명발레라고 볼 수 있다. 카시얀 골레이좁스키(Kas'yan Goleizovskii, 1892~1970)와 로푸호프는 이보다 이른 시기에 이미 혁명을 주제로 한 작품을 몇 차례 제작한 바 있으며,[16] 이 작품들은 1930년대 출현한 다수의 발레작품에서 나타나는 양식적 특징들을 이미 충분히 선취하고 있었다. 그러나 당시 관객들에게 낯선 주제와 안무, 예컨대 황실의 파멸이나 노동자와 농민의 삶을 공중무예 형식의 아크로바틱 안무로 형상화한 이 작품들은 초연되었을 당시부터 하나같이 예술성에 대한 논란, 즉 작품의 주제와 안무적 양식이 발레 예술의 고유한 원칙들에 부합하는지에 대한 논쟁을 불러일으켰고, 당시 꾸준히 상연되고 있던 고전발레의 그늘에 가리어 대중의 시선도 사로잡지 못했다. 오늘날에는 이들의 작품이 소비에트 발레 양식을 구체화하는 데 주요 기반이 되었음을 그 누구도 부정하지 않지만, 동시대인들의 시각에서는 대중성과 예술성을 모두 잡지 못한, 처참히 실패한 작품들일 뿐이었다.

이러한 실패의 원인은 발레 예술의 장르적 특수성을 규정짓는 동시에 흥행을 담보했던 요소들의 부재에서 찾을 수 있다. 당시 발레라면 마땅히 갖춰야 한다고 간주되었던 첫 번째 요소는 '환상성'이다. 바딤 가옙스키(Vadim Gaevskii, 1928~)가 발레의 환상성을 "현실에서의 해방감과 정신적·심리적 풍요를 제공"[17]하는 요소라고 언급했듯이, 고전발레 속에 등장하는 공주 오로라나 유령 윌리 같은 초월적 존재, 백조나 불새 같은 의인화된 상징적 피조물들이 만드는 환상적 무대는 대중의 경직된 현실 삶에 위안을 주는 아름다운 휴식처이자 즐거움을 선사하는 쾌락의 요소였다. 20세기에 들어 포킨이 주도한 발레 개혁 이후에도 고전발레의 동화적 환상성은 신화적 환상성으로 그 외형만 변모되었을 뿐, 발레 역사상 환상이라는 소재기 전적으로 배제된 적은 결코 없었다. 다의적 해석의 가능성을 내포하는 환상

「붉은 양귀비」의 한 장면. 3막짜리 발레 「붉은 양귀비」는
1927년 6월, 모스크바 볼쇼이 극장에서 초연되었다.
인부들의 저항운동과 파업 등의 사건이 전개되는
이 작품은 티호미로프와 라시칠린이 공동제작한 작품으로
흥행에 성공한 최초의 혁명발레 작품이다.

성은 극복하기 힘든 소통장벽, 즉 발레 동작의 난해한 의미와 어려운 스토리에도 불구하고 발레가 대중성을 확보하는 데 핵심적인 역할을 했다. 그러나 혁명 직후, 신비로운 환상의 발레는 혼란스러운 현실의 발레로, 요정의 발레는 노동자의 발레로 급격히 이행되었으며, 환상적 피조물들의 부재는 발레의 고유한 장르적 정체성을 상실케 했다.

또한 이 시기의 작품들은 대부분 발레 뤼스가 확립한 형식적 토대를 바탕으로 창작되었는데, 이 역시 흥행실패의 한 요인으로 작용했다. 널리 알려진 바와 같이, 고전발레는 장막극의 형식을 취하고 있는 데다가 군무파트와 솔리스트파트를 상당 부분 삽입해 상연시간이 두 시간을 초과했다. 이는 19세기 발레를 화려함과 웅장함으로 특징 짓는 중심요소였으나, 포킨은 예술적 표현성을 배가시키기 위해 인위성을 제거해야 한다고 주장하면서 '스토리와 안무의 간결성'을 새로운 발레의 첫 번째 원칙으로 삼았다.[18] 그는 주제의 연속적 전개를 위해 주제와 상응하는 안무만을 사용했고, 고전발레에서 무용수의 기교를 보여주는 디베르티스망(divertissement)[19]과 군무를 불필요한 것으로 간주해 전적으로 배제했다. 그 결과 작품들의 총 분량은 상당히 축소되었고, 「세헤라자데」(Scheherazade), 「불새」(The Firebird) 같은 그의 대표작품들은 상연시간이 30분을 채 넘기지 않게 되었다. 이러한 파격적인 작품들은 유럽에서 대대적인 성공을 거두었지만, 정작 러시아 내부에서는 일반 대중에게 감상할 기회가 충분히 제공되지 못했던 탓에 여전히 낯설기만 한 것이었다.[20] 결과적으로 이 시기의 혁명발레들은 '환상성이 배제'된 '단막 발레'가 되었고, 이렇게 발레에 대한 근본적 개념 자체를 부정하면서 만들어진 새로운 발레 양식은 대중의 외면을 불러온 직접적 요소로 작용했다.

이에 1920년대 모스크바 발레가 지녔던 일차적인 목적은 '발레의 대중화'였다. 이를 위해 발레마스터들은 비록 스토리 전개상 불필요한 부분일지라도 관객들에게 다양한 볼거리를 제공하는 차원에서 디베르티스망과 그랑 파드되를 부활시켰고, 이국적 색채와 꿈이라는 소재를 통해 간접적으로 발레의 환상성을 드러냈다. 즉 형식적 측면에서 소비에트 발레는 포킨이 20세기 초 표준화한 모더니즘 형식에서 이탈하게 되었고, 다시금 고전주의적 양식으로 일정 부분 되돌아갔다고 볼 수 있다.

1927년 6월 14일, 볼쇼이 극장에서는 티호미로프와 라시칠린의 「붉은 양귀비」가 상연되었다.[21] 중국 공산주의자들과 제국주의자들의 대립을 그린 이 작품은 3막 발레로 중국 대도시 항구의 정박장을 배경으로 인부들의 저항운동과 파업 등의 사건들이 전개된다. 작품의 중간중간에는 인부들의 '영웅 춤', 해군들의 '야볼로치코(Yablochko) 춤' 같은 고전발레의 디베르티스망과 유사한 형태의 군무가 나오고, 극 중 여주인공 타오 호아(Tao Xoa)는 직업무용수로 등장해 화려한 기교를 뽐내는 오인무 '황금 손가락(Zolotye pal'tsy) 춤'을 선보이기도 한다. 또한 「붉은 양귀비」는 지극히 현실적 공간과 일상을 그리면서도 타오 호아의 꿈을 이용해 환상적 무대를 연출한다. 작품 끝에 아편을 피운 여주인공이 꿈속에서 꽃과 나비 떼를 거느리고 이상세계로 나아가며 춤추는 자신과 마주하는 장면이 나오는데, 이러한 이국적이면서도 환상적인 무대는 고전발레의 동화적 환상성을 대체하는 요소로 기능한다.[22] 이전의 혁명발레 작품에서 볼 수 없었던 디베르티스망적 경쾌함과 익살스러움, 환상적 모티프들은 시종일관 진중하고 무거운 흐름을 한층 유쾌한 분위기로 변화시키면서 관객들의 고조된 긴장감을 웃음으로 해소시킨다.

비평계에서는 이 작품에 대한 긍정과 부정의 견해가 첨예하게 대립했다. 발레 뤼스를 지지했던 예술가들에게 고전발레 양식의 부활은 당대의 예술경향에 부합하지 않는, 오히려 표현성과 다양성의 확보라는 자신들의 애초 취지와 무관하거나 역행하는 결과일 뿐이었다. 상당수의 발레마스터와 러시아 프롤레타리아 음악가협회 소속 예술가들은 「붉은 양귀비」 작품제작에 참여했던 쿠릴코, 글리에르, 겔체르, 티호미로프를 "지난 시대의 예술가"들이라고 폄하하며 그들의 작품을 "반동적 보수주의" "고루한 것" "예술의 파멸"로 규정했다.[23] 그러나 이와 반대로 정부는 「붉은 양귀비」에 전폭적인 지지를 보냈고, 노동조합과 언론의 적극적인 요구로 이 작품은 1929년 페테르부르크 무대에서도 상연됐다. 첨예한 비평계의 논쟁과는 별개로 흥행성적은 대성공이었다. 1927년 12월 「붉은 양귀비」는 고전발레를 포함한 모든 다른 작품을 제치고 60회 이상 상연되었고, 두 시즌 동안 200회 이상 공연하는 기록적 성과를 거두었다. 그뿐만 아니라, 시중에서는 붉은 양귀비 향수나 비누 같은 기념품들이 판매되었고 붉은 양귀비 카페가 등장하기도 했다.[24] 「붉은 양귀비」의 형식은 이후 창작되는 작품들의 모델이 되면서 소비에트 발레의 기폭제 역할을 했고, 향후 「볼트」(The Bolt), 「황금시대」(The Golden Age)를 비롯한 여러 작품이 막간극 형식의 선동공연(agiikontsert)을 선보이게 되는 계기가 된다.

춤과 체육의 경계 : 「황금시대」와 「축구선수」

1929년 초, 『페테르부르크 신문』이 레닌그라드 오페라 발레 극장에서 소비에트 발레 리브레토 공모전을 개최한다는 소식을 전했다. 「붉은 양귀비」의 대대적인 성공 이후 시민의 참여를 통해 소비에트 발레의 영역을 확장하고 그 독자적 양식을 확립하기 위한 하나의 수단으로 시나리오 공개모집이라는 방법을 채택한 것이다. 당연히 경연에 참여할 시나리오에 대한 세부지침과 요구사항들이 마련되었고, 심사에도 엄격한 기준이 적용되었다. 공모전 참가자들에게 제시된 과제는 "테마가 현대적이어야 하고, 사회주의 건설을 그 주제로 삼아야 하며, 작품 안에는 반드시 군중, 시위행진, 전투, 거리운동 같은 대중의 움직임을 포함해야 한다"[25]는 것이었다. 치열한 경쟁 끝에 이 경연에서 최종적으로 선발된 작품은 총 두 작품이었다. 블라디미르 쿠르듀모프(Vladimir Kurdyumov, 1895~1970)의 「축구선수」(Footballer)와 「황금시대」라는 제목으로 세상에 공개된 알렉산드르 이바놉스키(Aleksandr Ivanovskii, 1881~1968)의 「디나미아다」(Dinamiada)[26]로,

이 두 작품은 당선 직후 곧 상연을 위한 작업에 들어갔고, 완성작은 그 이듬해 세상에 공개되었다. 여기에서 눈여겨보아야 할 점은 이 두 작품에 공통적으로 스포츠 경기라는 소재가 등장했고, 아크로바틱 안무가 본격적으로 도입되었다는 점이다.

먼저 작품의 구성적 측면에서 보면, 이 두 작품 모두 체조와 권투, 축구 같은 운동경기가 진행되면서 내용이 전개된다. 운동경기에 임하고 응원하는 시민들의 모습을 사실적으로 묘사함으로써 당시 관객들에게 큰 관심을 끈 것이다. 사실 '체육에 대한 강조'는 초기 소비에트 발레에서 두드러지게 나타나는 현상인데, 이러한 작품들을 선호했던 것은 당시 정부가 추진했던 '스포츠 대중화' 전략을 선전하기 위함이었다. 실제로 새로운 정부의 주요 과제 중 하나는 바닥난 국가의 경제를 되살리고 자본을 축적해 생산에 투자하는 것이었다. 이러한 목적을 실현하기 위해서는 무력한 국민에게 강한 신체와 의지력의 중요성을 강조하고 그들의 사기를 고취시키는 일이 무엇보다 중요했다. 연장선에서 근검절약과 자기희생적 금욕주의라는 생산과 노동에 관한 국민의 도덕관념이 절실히 필요해졌고, 이는 이전 제정시대에는 부재했던 집단적·조직적 삶을 위한 내적 통제와 사회적 규율의 강조로 이어졌다. 혁명사상과 지식, 건강한 체력은 모든 사회주의적 인간이 갖추어야 할 조건이었으며, 스포츠 교육은 올바른 사회주의적 인간상을 구현하고 국민의 정치적 사상을 강화하기 위한 담보로 기능했다. 실제로 공모전을 주최한 마린스키 극장은 이 두 작품의 초연과 관련해, "소비에트의 현실성을 표현하는 새로운 양식의 발견이 이 두 작품을 통해 획득한 가장 큰 성과이며, 이는 구체적으로 운동경기를 소재로 하고 있다는 점, 생활체육에 임하는 대중의 행위를 묘사하고 있다는 점"[27]이라고 밝히면서, 이 두 작품을 상연한 주된 목적이 국민의 체육이념을 고취시키는 것이었음을 암시했다. 그리고 이를 확인시켜주듯이, 얼마 후 정부는 소비에트 전 지역의 스포츠 활동을 장려, 관리하는 최초의 행정기관, 소비에트연방 중앙집행위원회 부속 체육회의

「황금시대」의 한 장면.
1930년 10월 초연된 「황금시대」는
운동경기를 소재로 하는 작품으로 당시 정부가 추진하고
있던 스포츠 대중화 전략을 선전하기 위해 제작되었다.
고난도 안무들을 통해 소비에트인의 강인한 신체를
강조하고 있으며, 부르주아 계급과 대비되는 사회주의
인간상을 구현하고 있다.

(Sportkomitet SSSR)를 설립했다.[28]

다른 한편으로, 이 두 작품은 이분화된 사회의 갈등과 투쟁을 그린다는 공통점도 있다. 「황금시대」에서는 '부르주아 대 소비에트 인간'이, 「축구선수」에서는 '자본주의 대 사회주의 이념'이라는 이분법적 구도가 설정된다. 이러한 주제를 구체화할 때 소비에트를 대표하는 인물들은 공중무예식의 현란한 테크닉을 구사하고, 부르주아들은 고전적 테크닉에 입각한 사교춤을 춤으로써 두 계급 간의 안무는 극적으로 대비된다. 즉 두 작품에는 고전적 안무와 아크로바틱 안무가 혼재되어 있다는 것이다. 이에 대해 「황금시대」의 연출자는 프롤레타리아의 내면세계는 건강, 힘, 용기, 기쁨으로, 부르주아의 의식은 폭스트롯, 블랙 바텀, 투스텝 같은 경쾌하지만 절제된 동작으로 묘사했다는 점을 언급한 바 있다.[29] 달리 말해 강인한 신체를 묘사하기 위해, 즉 부르주아 계급과 대비되는 사회주의 인간상을 구현하기 위해 바가노가식 아크로바틱 동작을 활용했다는 것이다. 흔히 아크로바틱이라 일컬어지는 무용동작들은 단순한 묘기 수준의 기계적 동작이 아니라, 등과 팔의 유연성을 속도감 있는 강한 동작과 결합해 섬세한 표현을 증폭시키도록 만들어진 고급기술들이다. 이 두 작품의 안무는 비교적 고난이도의 회전이나 점프 같은 균형성과 민첩성을 동시에 요하는 동작들로 구성되어 있는데, 이러한 동작들이 바로 후기 소비에트 안무체계를 완성시키는 토대가 되었다. 또한 아크로바틱 안무의 도입은 단순히 기술적 기량을 드러내기 위한 방법으로 사용된 것이 아니라, 강인한 소비에트인의 정신을 가시화하려는 의도를 담고 있었다는 점에서 이전의 안무경향과 차별성을 띤다.

프롤레타리아 발레와 공동체의식: 「볼트」

혁명발레의 보편적 특징 중 가장 두드러지는 점은 집단적 노동의식과 사회 중심의 인간관을 고스란히 적용했다는 점이다. 따라서 발레작품의 주체는 개인에서 집단으로 변화되고, 작품 속에서는 무엇보다 집단적 노동의 중요성이 강조되고 있다. 대도시의 항구를 배경으로 정박장에서 노동하는 선원들의 생활을 그리는 「붉은 양귀비」를 비롯해 공장인부들의 생활상을 묘사하는 「볼트」, 집단농장에서 농사짓는 일꾼들의 모습을 형상화하는 「빛나는 개울」 등 1920~30년대 발레 작품들의 테마는 대부분 노동자의 삶이다. 이 작품들은 현실의 일상적 공간을 배경으로 노동대중의 삶을 집중 조명하고 있으며, 개인적인 감정을 극히 제한적으로 다루는 대신 집단의식을 형상화하는 데 초점을 맞추고 있다.

예컨대 1931년 페테르부르크에서 초연된 3막 7장의 발레 「볼트」[30]의 원작은 나태한 노동자가 자신이 근무했던 공장에서 벌인 코믹한 사건을 그리고 있다. 정교회 성직자를 비롯한 반동세력과 친분이 있던 공장노동자 룐카 굴바(Lyonka Gulba)는 근무시간에 술을 마시는 등 태만한 업무태도를 이유로 해고당하기에 이른다. 굴바는 동료들과 한 카페—성직자들이 드나드는—에서 부당해고에 대한 복수를 모의하는데, 그는 공장의 주요 시설에 볼트를 집어넣어 생산을 망치자고 제안한다. 그러나 무리 중 얀(Yan)이라는 인물의 폭로로 결국 굴바의 모든 계획은 실패하고 만다.[31]

이처럼 공장과 술집이 주 무대가 되는 만큼 이 작품은 공장노동자들의 삶과 생활공간을 섬세하게 묘사한다. 예를 들어 갓 출근한 노동자들이 탈의실에 모여 체조하는 모습, 체조를 마치고 서둘러 작업장으로 들어가는 모습, 작업장에서 조업개시를 준비하는 모습 등이 매우 사실적으로 형상화되고 있으며, 이는 당시 공장노동자들의 일상적 삶의 모습일 것이라 추측된다. 이를 구현하기 위해 무대에는 거대한 규모의 공장 세트가 마련되었고, 공장에서 사용하는 대형기계 모형이 설치되기도 했다. 의상 또한 주목할 만한 부분인데, 1923년 스테파노바가 운동복과 유니폼을 포함한 현대의상은 '실용적 노동복'이라고 언급했듯이,[32] 대부분 등장인물이 상하의 노동복을 착용하고 있으며, 여성노동자의 의상 역시 남성의 것과 유사하다.

주제와 관련해 더욱 흥미로운 점은 작품 속에 선과 악의 대립구도가 선명하게 드러난다는 것이다. 빅토르 스미르노프(Victor Smirnov, 1934~2013)가 리브레토에서 비판받아야 할 대상으로 "해충들(vrediteli), 결근자, 알코올중독자 등 작업을 방해하는 모든 이"[33]를 꼽았듯이, 인간 내면의 선과 악을 구분 짓는 중심적 가치는 윤리적 차원의 도덕성이나 덕을 실천하려는 인간 의지가 아니라 성실과 태만이라는 노동태도다. 예컨대 「볼트」에서 술, 카페, 교회는 반혁명적 요소로 등장한다. 술은 굴바의 근무태만을 유도하는 악의 상징으로, 카페는 타락한 성직자의 행태를 보여주는 퇴폐적 공간으로 묘사된다. 성직자가 동네 여성들을 축복하며 나온 그 카페 안에서 굴바와 그의 동료들은 음모를 꾸민다. 등장인물들의 이러한 행위는 작품 중간중간 배치된 청년동맹원들의 집단군무를 통해 타락으로 규정되고 있다. 이 막간극은 바로 굴바 일행이 사회주의 건설을 방해하는 '해충들'에 다름 아님을 드러내는 요소인 것이다. 이 작품에서 '선한' 사회주의 인간의 전형으로 등장하는 인물은 작품 끝에서 굴바의 복수극을 폭로하는 얀이다. 그는 여성, 부랑자와 함께 등장해 참된 화합의 모습을 연출한다. 얀은 붉은 군대의 갑작스러운 등장에 당황하는 부랑자를 군인들 틈에 밀어 넣는데, 곧 부랑자는 군인들과 함께 어울려 춤을 춘다. 이는 소비에트 군대가 지금까지 억압의 대상이었던 소외된 계급까지 다가올 미래를 함께할 사회공동체의 일원으로 수용하는 모습을 보여주는 것으로, 이는 자본주의 시스템 속에서 주변부로 밀려난 자들의 해방을 지향하는 사회주의적 이상의 표현이다.

다른 한편으로 노동과 집단의식의 중요성을 부각하는 프롤레타리아 발레에서 개인적인 감정의 표현은 부재하거나 극히 제한적으로만 나타난다. 종래의 발레가 개인의 삶 속에서 경험하게 되는 주관적 감정의 변화를 통해 당대 사회의 제도와 관습을 우회적으로 보여주었다면, 혁명발레에서 주관적 감정과 정서는 계급적 질서가 무너지고 평등한 사회로 나아가는 길을 봉쇄하는 하나의 부정적 요소로 간주되었다.

특히나 계급사회의 혁파를 추구하는 사회주의적 관점에서 볼 때 이성에 대한 사랑의 감정은 인간의 의지를 약화시키는, 혁명적 투쟁과 양립할 수 없는 것이었다. 따라서 프롤레타리아 발레는 「볼트」의 얀처럼 전투의식으로 무장한 채 사적 감정과 개인생활을 희생하면서 혁명투쟁에 헌신하는 인물들을 주인공으로 내세웠다. 예컨대, "계급 간의 평화로운 결합"[34]을 그린 「황금시대」에서는 소비에트 축구팀 대표가 디바(Diva)에게 호감을 품지만, 막상 그녀가 사적 공간에서 함께 춤을 추자고 하자 혁명적 투쟁에 전념하기 위해 그녀의 제안을 단번에 거절한다. 「붉은 양귀비」에서는 타오 호아와 반 리첸(Ban Lichen)이라는 연인이 주인공으로 등장하지만, 타오 호아는 혁명을 준비하는 반 리첸의 조력자로서의 역할에만 충실히 임한다. 작품 전반에서 둘의 개인적인 감정묘사는 제한적으로 이루어짐으로써 연인이라기보다는 새로운 유토피아적 세상을 함께 꿈꾸는 동료로서의 동지애만 집중 조명되고 있다. 이처럼 혁명발레의 주인공들에게 주어진 사랑은 남녀라는 성별의 차원을 초월해 계급의식의 실천적 투쟁으로 그려지며, 노동자들의 연애는 주관적 감정이 대체로 배제된 객관적 논리를 토대로 한다.

지금까지 살펴본 바와 같이, 혁명기 발레는 사회주의 실현의 주체로서 노동자의 삶을 찬미함과 동시에 반혁명세력에 대한 부정적 시각을 노골적으로 노출하고 있다. 실제 삶에서 익숙한 공간들에 특정 성격을 부여함으로써 이를 선과 악, 옳음과 그름, 성실함과 나태함으로 이분화하고 있으며, 결국 주인공이 속한 공간이 혁명정신의 유무와 강약을 가르는 준거가 되고 있다. 즉 이 작품들은 소비에트 인간이 준수해야 할 '사회적 윤리의식'과 사적 감정을 제한하는 '집단주의적 가치관'을 반영하고 있으며, 관객들에게 사회구성원으로서의 동참과 단결, 국가와 사회에 대한 절대적 충성을 촉구하는 정치적 선동 메시지를 담고 있다고 볼 수 있다.

혁명기 발레의 유산으로서 볼쇼이 발레: 「스파르타쿠스」

앞서 살펴본 혁명기 발레의 모든 특징은 1934년 소비에트 리얼리즘이 공표된 이후 더욱 심화되는데,[35] 결국 획일적으로 양식화된 소비에트 발레는 침체기에 접어들게 된다. 유럽과 미국을 비롯한 외국의 비평가들은 소비에트 발레를 줄곧 예술성을 상실한 정치적 이데올로기의 선전도구로 인식해왔다. 러시아 내에서도 소비에트 발레는 비평대상조차 되지 못했고, 1960년대까지는 다시금 페티파의 고전발레가 각광받았다. 이러한 분위기에서 소비에트 발레의 부활 가능성을 제기한 단체가 바로 모스크바의 볼쇼이 발레단이다. 주지하다시피, 볼쇼이 발레는 러시아 발레의 메카로 군림했던 페테르부르크 발레의 명성을 소비에트 시대에 이어받으면서 점차 러시아 발레의 창조적 중심지로 부각되었다. 나아가 1956년 런던 공연과 뒤이은 미국 공연에서 모두 대성공을 거두었고, 이 시기부터 세계 발레사는 볼쇼이를 중심으로 전개되기 시작했다. 당시에는 라브롭스키가 무대감독을 맡아 활약하고 있었지만 1964년도에 퇴임했고, 그의 뒤를 이어 그리고로비치가 발레마스터로 임명되었다. 이후 무려 33년간 볼쇼이 발레단의 수장을 맡았던 그리고로비치의 창작경향은 그가 스스로 로푸호프를 최고의 스승으로 여긴 데서 알 수 있듯이[36] 초기 혁명발레와 상당 부분 맥을 같이한다. 그가 소비에트 발레의 예술적 변화를 위해 시도한 다양한 실험적 구상은 1960년대 이후 볼쇼이 발레단이 세계 최고의 발레단으로 발돋움하는 데 원동력이 되었다.

특히 볼쇼이 발레단에서 활동하기 이전 작품인 「석화」(The Stone Flower)[37]에 담아낸 그리고로비치의 창작성은 그가 라브롭스키를 대신해 볼쇼이 발레단의 예술감독으로 임명되는 데 크게 이바지했고, 이 작품은 이후 볼쇼이 발레의 창작경향을 예견한 중요한 작품으로 평가받게 된다. 「석화」는 그리고로비치가 아직 키로프에서 활동하던 시기인 1957년 라브롭스키와 프로코피예프 원작을 수정해 선보인 2막 8장의 발레다. 이 작품의 주인공 다닐라(Danila)는 절대적 아름다움과 진리를 찾기 위해 험난한 여정을 마다하지 않는 '선한' 석조 예술가다. 여느 소비에트 발레가 그렇듯이, 극 중 돌을 다듬고 조각하는 이 예술가의 행위는 춤이라기보다 노동의 형태로 묘사되면서 예술과 노동의 상호등가적 관계를 보여준다. 즉 선한 다닐라의 삶에서 예술은 즐거운 노동이고, 그의 석공예 작품은 즐거운 노동의 결과물인 것이다. 그런데 생동의 미를 추구하는 성실한 노동자 다닐라는 실제 꽃과 꼭 닮은 돌꽃을 만들기 위해 산으로 떠난다. 그는 여행 중에 마주친 악한 존재들의 위협과 유혹, 음모 등 온갖 시련을 극복하고 결국 노동-예술적 성취를 거둔다.[38] 이처럼 러시아 우랄 지방의 민요를 테마로 한 이 작품은 예술가이자 석공노동자인 주인공을 통해 시종일관 즐거운 노동이 진정한 예술작품을 탄생시킨다는 내용을 전하는데, 이는 소비에트 발레마스터들의 주제적 전통을 계승한 프롤레타리아 발레로 평가받는다. 이 작품에서 그리고로비치는 작은 러시아 마을에서 살아가는 노동대중의 일상적 삶과 여흥을 조명하는 등 소비에트 발레의 주제적 틀에서 이탈하지 않지만, 작품의 안무와 무대구성에서는 초기양식과 일련의 차이를 보인다. 비교적 단순하고 기계적이었던 체육주의 군무는 무용수 각각의 존재를 부각시키는 개성적 움직임이 결합된 역동적 군무로 변화했으며, 극의 주인공들은 더욱 고난이도의 동작을 소화해야 했다. 이러한 안무양식, 즉 통일성의 해체는 무대의 에너지를 한층 강화시켰으며, 극 전체의 역동성과 표현성을 심화시키는 요소로 작용했다. 따라서 그리고로비치는 고고한 세련미와 서정적 분위기보다 색다른 구성과 화려한 테크닉에서 비롯되는 강렬한 인상을 표현하기 위해 울라노바 같은 유능한 발레리나 대신 오히려 현란한 테크닉을 구현하는 이리나 콜파코바(Irina Kolpakova, 1933~)와 알라 오시펜코(Alla Osipenko, 1932~)를 각각 카테리나와 청동산의 여왕 역으로 캐스팅했다. 비평계에서는 그리고로비치가 소비에트 발레 양식을 취하면서도 몰개성적 보편주의와 진부성을 극복했다는 점을 높게 평가했고, 그의 「석화」는 라브롭스키 버전과는 대조적으로 큰 성공을 거두었다.

그리고로비치의 「석화」는 현재 볼쇼이 발레를 상징하는 대표작품인 3막 발레 「스파르타쿠스」(Spartacus)[39]의 탄생을 암시하는 작품이기도 하다. 「석화」가 보여준 안무의 역동성은 「스파르타쿠스」에 이르러 더욱 증폭되어 나타난다. 로마의 폭군 크라수스에 대항해 로마 보병대를 지휘하는 노예 검투사 스파르타쿠스의 영웅성을 형상화하는 이 작품은 막이 오름과 동시에 남성 코르드발레(corps de ballet)가 펼쳐지며 관객들의 시선을 압도한다. 「스파르타쿠스」에 내재된 그리고로비치의 창작경향은 「볼트」에서 통일된 안무동작을 선보였던 남성 노동자들의 단체체조나 군인들의 집단 움직임을 연상시킨다. 물론 「스파르타쿠스」의 남성 군무는 로푸호프의 것보다 더욱 공격적이며, 안무 전체가 매우 통제적이고 엄격하게 구성되어 있다. 갑옷을 착용하고 방패를 두른 다수의 남성무용수는 무대에서 발을 힘차게 구르거나 무릎을 굽혔다가 공중으로 몸을 던지는 공격적인 도약들을 선보이는데, 이러한 안무들은 관객들에게 매우 강렬한 인상을 남긴다. 스파르타쿠스와 크라수스의 대립에서 표출되는 역동적 에너지 그리고 사슬에 휘감긴 양팔을 들어 올리며 고된 독무를 연기하는 스파르타쿠스의 춤에서 드러나는 남성적 강인함은 그리고로비치의 창작경향을 특징짓는 주된 요인이다. 호먼스는 이러한 스파르타쿠스의 자기희생적 투쟁이 장엄한 집단무와 교차되면서 시민적 자부심을 극단적으로 가시화하고 있으며, 이는 또 다른 볼쇼이 방식의 '체육주의'(athleticism) 발레라고 규정한다.[40]

그렇다면 현시대 최고의 안무가로 인정받고 있는 그리고로비치의 발레 스타일은 어떤 심미적 특수성을 지니는가? 그것은 유럽 전통의 형식과 모티프를 총체적으로 흡수했던 페테르부르크 발레와는 전혀 다른 '강렬함'[41]이다. 대다수의 비평가가 그리고로비치의 작품을 마린스키의 우아함과 세련미, 서정적 하모니에 대한 저항이자 마린스키가 지향했던 유럽적 경향에 대한 거부라고 지적하듯이, 그리고로비치는

「스파르타쿠스」의 한 장면. 볼쇼이 발레단의 대표작 중
하나인 「스파르타쿠스」는 로마의 폭군 크라수스에 대항해
보병대를 지휘하는 노예 검투사 스파르타쿠스의 영웅성을
형상화하는 작품이다. 스파르타쿠스와 크라수스의
대립에서 표출되는 역동적 에너지와 남성적 강인함은
볼쇼이 발레단의 창작경향을 특징짓는 주된 요인이다.

초기 소비에트 발레의 전통을 차용, 변형함으로써 유럽이나 페테르부르크 등 외부의 영향에서 탈피한 볼쇼이 발레만의 독자적 예술경향을 확립하고자 했다. 물론 이와 관련해, 서구의 비평가 중에는 그리고로비치의 볼쇼이 발레가 초기 소비에트 발레의 탈예술적 경향, 즉 "체육주의" "반항적 슬라브 예술형식"을 계승했다며 비판적 견해를 드러내는 이도 있다.[42] 소비에트 발레 「볼트」에서 처음 등장한 남성 코르드발레를 체계화시켰다거나, 관객들의 이목을 집중시키기 위해 서커스를 연상시키는 고난이도의 아크로바틱 안무들을 창작했다거나, 투쟁하는 인물들을 내세워 영웅주의 의식을 일관되게 드러내는 부분을 비판하는 것이다.

그러나 또 다른 관점에서 보면, 그리고로비치가 실천한 소비에트 발레의 계승은 오늘날 볼쇼이 발레가 세계 최고의 자리를 점하는 데 가장 큰 동력으로 작용했다고 볼 수 있다. 소비에트 발레 유산에 대한 그의 긍정적 태도는 일련의 틀에 얽매이지 않는 다양한 소재의 포착, 엄격하게 통일된 군무와 화려한 디베르티스망의 삽입, 갈등과 긴장감 속에서 연출되는 극적 전개를 가능케 한 주된 요인이었다. 비예술적 요소로 간주되었던 초기 소비에트 발레 양식의 특수성이 그리고로비치의 작품세계 속에서 재해석, 재예술화되어 혁신의 요소로 작용했고, 볼쇼이 발레만의 고유한 스타일로 확립된 것이다. 즉 혁명발레는 긍정과 부정의 상이한 비평적 견해에도 불구하고 그리고로비치를 통해 새로이 예술성을 획득했고, 혁명발레의 심미성은 그의 다양한 작품 속에 투영되어 오늘날 세계 발레를 선두하는 볼쇼이 발레의 특색과 개성으로 여겨지고 있다.

혁명기 발레의 현대적 의의

지금까지 20세기 초반 정치혁명과 발레예술 사이에 발생했던 상호작용 속에서 러시아 발레가 실천했던 혁명적 시도들을 살펴보고, 이 시기에 형성된 소비에트 발레 미학의 특징들을 조명해보았다. 또한 소비에트 발레를 초기와 후기로 구분하여 이를 비교적 관점에서 해석함으로써 초기 소비에트 발레의 현대적 의의를 모색하고자 시도했다.

혁명기에 '전체주의 문화적 구성물' 또는 '부르주아적 향락주의'로 규정되면서 철폐위기를 맞게 된 러시아 발레는 티호미로프, 라시칠린, 골레이좁스키, 로푸호프 같은 발레마스터들이 새로운 독자적 양식을 모색하면서 이전과 전혀 다른 방향으로 나아간다. 새로운 소비에트 발레 양식이 적용된 작품들은 1930년을 전후한 시기에 집중적으로 창작되었다. 이 시기에 발레마스터들과 무용수들은 환상적 발레라는 허구적 세계에서 현실의 세계 속으로 들어가 발레의 근본적 변혁을 위한 행동에 참여했다. 대중성과 이념성을 모두 인정받기 위해 이들이 했던 고민과 시도들은 유럽식 부르주아 발레에서 소비에트식 프롤레타리아 발레로의 이행을 위한 발걸음이었으며, 이는 향후 소비에트 발레의 발전방향을 제시하는 데 중요한 역할을 담당했다.

이들이 확립한 소비에트 발레의 특징은 우선적으로 발레 양식적 측면에서 나타난다. 바로 20세기 초반 발레 뤼스가 철저히 배제했던 고전적 형식들을 다시금 차용했던 것이다. 소비에트 발레가 지녔던 일차적인 목적은 발레의 대중화였으며, 이를 위한 실천적 방법으로 발레마스터들은 고전발레를 특징짓는 요소들을 부활시켰다. 달리 말해 소비에트 발레는 20세기 초 포킨이 양식화한 다양한 모더니즘적 형식들에서 이탈해 고전주의적 양식으로 일정 부분 되돌아간 것이다.

두 번째 특징은 소비에트 시대에 발레마스터들이 '아크로바틱적 안무'를 본격적으로 도입해 체계화시켰다는 점이다. 소비에트 사회에서는 혁명사상과 지식뿐 아니라 건강한 체력 역시 모든 사회주의적 인간이 갖추어야 할 필수조건이었다. 따라서 '체육화된 발레'를 통한 스포츠 이념의 교육은 올바른 사회주의적 인간상을 국민들에게 교육시키기 위한 방법으로 활용되었다.

또한 주제와 관련해서는, 집단적 노동의식과 사회 중심의 인간관이 발레 분야에도 적용되어, 작품의 주체가 개인에서 집단으로 대체되었다. 이 시기의 발레작품들은 대체적으로 소비에트 인간이 준수해야 할 사회적 책임을 형상화하면서 모든 구성원의 동참과 단결을 강조하는 메시지를 담고 있었다.

이러한 소비에트 발레의 모든 특징적 요소는 발레마스터들이 사회주의 건설에 절실히 요구되는 사회주의적 삶의 지침을 발레 용어로 표현하고자 노력했다는 사실을 보여주며, 이는 소비에트 발레의 존재목적과 이유를 설명해준다. 즉 사회주의 이데올로기에 입각한 혁명발레는 예술을 통해 민중의 정치적·문화적 계몽을 촉진시키려는 정부의 의도가 반영된 결과물이었던 것이다. 이와 관련해, 비평계에서는 그 창작의도와 존재목적에 주목하면서 초기 소비에트 발레를 '예술성이 부재한 예술'로 간주했고, 소비에트 발레는 오랜 시간 페티파의 고전발레와 댜길레프의 모던발레의 그늘에 가려 조명받지 못했다. 실제로 페티파의 작품들이 아직까지 세계 3대 걸작으로 평가되고 있다는 사실과 1927년 자취를 감춘 발레 뤼스의 업적이 현대 발레의 모태가 되고 있다는 점을 상기해보면, 오늘날 초기 소비에트 발레의 위치는 참혹하기까지 하다. 그러나 소재의 다양성, 군무의 통일성, 극적 긴장성 등 현재 볼쇼이 발레단의 작품세계를 특징짓는 중심요소들은 당시 비평계에서 실패로 여겼던 혁명발레의 유산이라는 점에서 초기 소비에트 발레가 세계 발레 역사에 미친 영향이 결코 적다고는 볼 수 없을 것이다. 초기 소비에트 발레의 심미성은 1960년대에 이르러 세계 최고의 자리에 오른 볼쇼이 발레의 토대가 되었으며, 이는 러시아 발레가 또 다른 고유한 세계로 나아갈 수 있는 창조적 동력이 되었다는 점에서 그 의미가 매우 크다.

이지연 한국외국어대학교·러시아문학

혁명과 죽음[1]

국가는 송장 더미 위에서만 새롭게 태어날 수 있다.
Une nation ne se régénère que sur des monceaux de cadavres.
·생-쥐스트

혁명이란 무엇인가?

혁명의 엔텔레케이아(*entelecheia*)는 아마도 그 자신마저 부정하는 완전한 무(無)일 것이다. 또는 그 궁극(*telos*)을 향해가는 멈추지 않는 움직임 그 자체일 것이다.[2] 적어도 혁명의 미술이라는 주제를 말레비치를 비롯한 러시아 아방가르드 예술가들에게 온전히 바치는 것이 정당화되려면, 이때의 혁명이란 1917년 10월 볼셰비키가 집권한 이후 새로운 국가를 세우려 했던 구축의 과정이 아닌 기존 질서의 완전한 부정을 향한 에너지의 폭발이어야 한다.

그러나 우리는 대개 혁명이라는 말로 완전히 다르면서도 늘 함께였던 두 가지 개념, 즉 세계의 파괴와 새로운 체제의 구축을 동시에 가리킨다. 상반된 두 힘을 '혁명'이라는 과정으로 포괄하면서 그 안에서의 문화적 단절, 심지어 정치적 변절의 지점을 문제 삼는다. 미학의 정치화에서 정치의 미학화로 또는 레닌 시기의 다원화된 문화에서 스탈린 시대의 수직적인 문화로의 이행을 말하는 그로이스나 블라디미르 파페르니(Vladimir Papernyi, 1944~)의 명제들은 사실 러시아 혁명의 고유성에 대한 설명이 되지는 못한다. 러시아혁명의 전사들이 마주했던 비극적 운명은 러시아적 특수성이라기보다 오히려 혁명의 고유성이었다. 대개의 혁명은 폐허 위에서 완성되며 동시에 새로운 시작을 맞는다. 폭력과 테러에서 혁명의 정수를 읽어내고 죽음의 대천사라는 별명까지 얻은 생-쥐스트 역시 로베스피에르와 함께 단두대의 이슬로 사라지지 않았던가.

이 글은 말레비치의 '검은 사각형'이라는 미학적 사건을 중심으로 러시아 아방가르드의 혁명성을 고찰한다. 혁명과 관련된 직접적인 정치행위에 거의 가담하지 않았는데도 혁명의 예술가로 칭송받았던 말레비치의 혁명성을 논의하는 것이 어렴풋하게나마 혁명이란 무엇인가라는 여전히 문제적인 질문에 대한 답이 되어주지 않을까 하는 기대에서다. 시간적 연속성 속에서 사유되는 파괴와 구축으로서의 혁명이 아닌, 부정 그 자체로 창조의 행위가 되는 충만한 종교적 경험으로서의 혁명을 가늠해보려는 것이다.

사사키 아타루(佐々木 中, 1973~)는 자신의 책『잘라라, 기도하는 그 손을』을 전적으로 혁명에 바치고 있다. 그런데 이 책은 엄밀히 말하면 책읽기, 더 정확히는 책쓰기를 주제로 한다. 책을 계속해서 읽고 또 읽는 것, 그 끝에서 낯섦을 느끼고 결국 책을 새롭게 쓰는 것이야말로 그가 생각하는 혁명이기 때문이다. 가령 그는 루터의 종교개혁에 대해, 기독교 역사뿐 아니라 전 유럽의 역사에 엄청난 결과를 가져온 이 사건이 그저 수도사였던 루터가 성서를 읽는 일에서 시작되었을 뿐이라 지적한다. 루터는 성서를 읽고 또 읽었고 결국 그것이 세계를 설명하는 경전이 되지 못한다는 점을 깨닫게 되었다. 그가 한 일이라고는 성서를 읽고 성서의 주해를 쓴 것뿐이지만, 이는 결국 성서에 대한 기존의 해석을 전복하기에 이른다.

그것은 결국 세계-텍스트에 대한 문제제기였다. 혁명의 본질이 파괴라 할 때 그것이 유혈사태를 불러오는 테러와 폭력만을 의미하는 것은 아니다. 이 경우 파괴는 오히려 텍스트를 향한다. '책을 새롭게 고쳐 쓰는 것', 그것은 더할 나위 없는 혁명 그 자체가 된다. 당대의 시대적 담론의 최전선에서 그것을 절대주의의 회화적 선언을 통해 구상화하고 있는 말레비치의 수사적(rhetoric) 행위는 아타루가 말한 세계-텍스트를 새롭게 쓰는 시도와 다르지 않다. 이때 읽고 또 읽는 회귀의 과정은 파괴와 새로운 창조를 동시적으로 경험하는 경계의 사건으로 기능한다.

검은 사각형의 역설

말레비치의 절대주의 사각형이 처음 그 모습을 예고한 것은 잘 알려져 있듯 오페라 「태양에 대한 승리」(1913)의 무대 위에서였다. 온전한 사각형이 아니라 사각형을 대각선으로 이등분한 뒤 반절을 검게 칠한 형태였지만 이는 기존의 낡은 질서를 부정하고 새로운 '미래인들'의 도래를 선언하는 오페라의 내용을 함축적으로 보여주는 상징적 장치가 되었다.[3] 미하일 마튜신(Mikhail Matyushin, 1861~1934)의 불협화음과 무조음악, 크루초니흐의 '자움'(zaum, transrational language)으로 된 리브레토가 말레비치가 그린 기하학적인 도형들과 신기한 기계장치들을 배경으로 펼쳐졌다. 무대 위의 사물들은 마치 태초의 빛처럼 무대를 비추는 강렬한 프로젝터의 조명에 의해 비로소 하나 둘 살아나고 기괴한 의상을 입은 등장인물들은 성격을 지닌 인간이라기보다 그저 일종의 기하학적인 도형 또는 조각난 신체나 기계처럼 바삐 움직였다.

당시 베네딕트 립시츠(Benedikt Livshits, 1886~1938)는 이 공연에 대해 무의미하게 그저 목청껏 소리치는 것처럼 들리는 극의 대사나 귀에 거슬리는 첨단의 무조음악이 청각적인 작용을 하기 보다는 말레비치가 창조한 새로운 형상 가운데서 시각적인 것으로 수렴되었다고 회상한다. 그는 입체성을 상실해 2차원적 평면으로 보이는 무대 위 사물과 등장인물, 무대장식이 현란한 빛의 작용으로 시간성과 결합된 다른 종류의 3차원을 만들어내고 있는 것 같았다고 시적한다. 오페라의 제1막을 이루는 네 개의 장이 사물의 파편들이 설명할 수 없는 심연처럼 뒤섞여 있는 평면의 그림들로 각각 장식되어 있다면, 제2막의 첫 번째 장인 제5장에 이르러 제1막에 등장하는 무대배경보다 한층 추상화되고 진화된 궁극의 형태, 즉 대각선으로 분절된 사각형을 검은색과 흰색이 나누어 채우고 있는 말레비치의 검은 사각형의 전신이 나타나게 된다. 1913년 페테르부르크에서 처음 공연을 보았던 립시츠는 이를 회화적 자음이라 칭하면서 그것에서 절대주의의 도래를 예견한다.[4] 실제로 말레비치는 1915년 절대주의를 선언하면서 「태양에 대한 승리」의 공연에서 막연히 느꼈던 것이 드디어 그 실체를 분명히 드러내었다고 밝혔다.[5]

> 마튜신의 음악은 옛 음악과 단어의 소리에서 박수 소리가 덕지덕지 처발라져 있는 껍질을 벗겨내었다. 크루초니흐의 분절된 문자음들은 단어라는 것을 조각내버렸다. 빗장이 부서졌고, 동시에 낡은 뇌의 의식으로부터 비명이 터져 나왔다. 군중의 눈앞에는 땅을 향해, 또 하늘을 향해 난 길들이 펼쳐졌다.

말레비치가 「태양에 대한 승리」에 대해 말하고 있는 위 인용문에서 모든 동사는 해체와 분열의 의미가 있는 러시아어 접두사 'раз'(raz)와 결합되어 있다. 그러나 이러한 해체의 동사들은 결국 하늘과 땅을 향해 열리는 새로운 길이라는 초월의 이미지로 귀결된다.

「태양에 대한 승리」의 각 장에서 무대배경으로 사용된 소묘를 보면 모두 검은 사각형 안에 그려진 또 다른 사각형의 형태가 전제되어 있음을 알 수 있다. 큰 사각형이 무대 벽면의 물리적 경계를 가리키는 것이라면 그 안의 작은 사각형은 무대 벽면에 걸린 그림이거나 혹은 무대 속의 무대처럼 보인다. 제1막에서 이 두 사각형은 그 경계를 흐리는 해체된 사물들의 파편들 때문에 잘 구분되지 않지만 제2막에 이르면 두 사각형을 잇고 있는 대각선의 각도에 의해 공간감을 얻게 된다. 「태양에 대한 승리」의 무대배경은 오페라의 진행에 따라 그 작은 사각형이 큰 사각형, 곧 무대-세계와의 관계 속에서 점차 모습을 드러내는 과정을 보여주고 있다. 그러한 의미에서 그것은 이 오페라에 대한 말레비치 고유의 해석으로, 일종의 미학적 해제로 읽힌다.

태양의 체포라는 사건이 벌어지는 제1막은 평면적이고 해체적인 무대배경으로 이루어져 있고, 열 번째 나라가 도래하는 제2막 제5장에서 비로소 절대주의의 전신인 흑백의 사각형이 등장하며, 마침내 제6장의 무대장식에 축측 평행 투사기법(axonometric projection)의 입체적 구조물이 그려질 수 있었던 것도 이와 무관하지 않아 보인다. 특히 제6장에서는 작은 사각형의 평면 위에 통로의 환상이 만들어지는데, 이는 극도로 추상화된 형태가 등장하는 제5장의 무대장치에 대한 설명, 즉 '마치 관처럼 이어진 많은 창문과 그러한 창이 난 불규칙하게 이어진 집들'의 형태를 연상시키며 동시에 위 인용문에 말레비치가 언급한 하늘과 땅을 향해 열린 '길'을 형상화하는 것으로도 이해된다. 리시츠키의 '붉은 쐐기'를 예고하는 듯 삼각형으로 그려진 뾰족한 형태들은 바로 이처럼 평면을 뚫을 것처럼 돌진하는 빛의 움직임이자 그 너머를 향한 시선의 지향이다. 제2막에서 도래하는 새로운 나라는 무대 너머의 세계와 소통할 수 있는 특수한 공간이 되고 무대배경 또한 더 이상 공간을 분할하고 막고 있는 벽이 아닌 세계를 향해 나아가게 하는 창과 같은 것으로 변화하게 된다.

그러나 앞서 지적했듯 이러한 4차원 공간의 현존을 가리키는 무대는 역설적으로 마분지 옷을 입은 기계-인간들의 분절적 움직임을 보여주는 해체적인 시도에 의해 오히려 더 평면적으로 지각된다. 이는 말레비치가 무대 위에 구현하고자 했던 세계, 즉 '이' 세계의 해체를 통해 도래할 '다른' 세계란 결국 3차원 세계 고유의 시각적 원칙을 부정함으로써만 표상할 수 있다고 말하는 것처럼 보일 정도다. 또는 그것이 단지 설명되고 지시될 수 있을 뿐 그것을 재현하는 것은 불가능함을 암시하고 있는 것은 아닌지 의심하게 한다.

「태양에 대한 승리」의 무대는 검은 사각형을 예고하는 말레비치

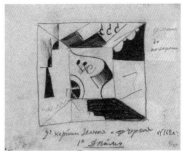

왼쪽부터 시계방향으로 「태양에
대한 승리」의 제1막 제1~3장의
무대장치 소묘.

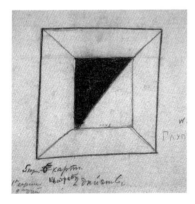

왼쪽부터 「태양에 대한 승리」의 제2막 제5~6장의
무대장치 소묘.
제5장의 소묘는 절대주의 사각형을 예고하고 있으며
제6장에서는 제1막의 평면적이었던 무대가
입체적인 형상을 띠게 된다.

의 소묘가 그러했던 것처럼 의도적으로 공간성을 부정하는 동시에 4차원이라는 또 다른 절대적 세계를 향해 도약하는 경계적 공간이자 이 모든 것이 일어나는 장소로 기능한다. 말레비치의 무대장식이 보여주는 기이한 일그러짐이나 이해할 수 없는 형태는 다른 차원의 세계가 이 세계에 동시적으로 투영되어 발생한 독특한 미학적 경험으로 해석할 수 있을 것이다. 이처럼 「태양에 대한 승리」는 이후 말레비치를 비롯한 러시아 아방가르드 예술가들이 본격적으로 개진하게 되는 절대주의 예술의 존재론을 여러 측면에서 선취하고 있다.

실재(*The Real*): 절대주의와 죽음충동

말레비치는 1915년 여름 어느 날 갑자기 자신의 화폭에 그려져 있는 형태들을 검은 사각형으로 덮어버렸다.[6] 그는 이를 일생일대의 순간이라 생각했으며 그 후 일주일간 먹지도 마시지도 잠들지도 않는 흥분상태에 있었다고 전해진다.[7] 말레비치의 절대주의 사각형을 보며 색과 형태를 부정하는 '검은색'에서 강한 파괴의 에너지를 감지하는 것은 어렵지 않다. 그것은 재현의 기호를 지우는 힘이며 명백한 '죽음충동'(death drive)이다.[8] 화폭 위에 응당 그려져 있어야 할 회화 예술의 기표들은 제거되고 표상된 회화적 '사물'은 검은 사각형의 덧씌워짐으로 사라진다. '상징계'의 언어에 대한 해체, 즉 자음에 상응하는 회화적 장치로서 검은 사각형은 부정을 통해 예술적 관습뿐 아니라 재현의 물성 그 자체마저 파괴한다.

샤츠키흐에 따르면 처음 말레비치가 절대주의라는 말을 생각해냈을 때 그는 무엇보다 색채의 에너지를 표현하고자 했다고 한다.[9] 즉 그것은 일차적으로 모든 색채의 우위에 있는(*suprem*') 검정의 절대적 힘에 대한 선언이었다.[10] 그의 사각형이 이후 빨간색(1915)으로, 노란색(1918)으로, 흰색(1918)으로 반복되는 것은 아마 이와 무관하지 않을 것이다. 마튜신과 함께 작업하면서 20세기 초 러시아 지성을 사로잡았던 베르그송의 철학에 탐닉하고 이를 바탕으로 예술작품에서 유기체의 생명력을 보았던 말레비치에게 검은 사각형은 질료의 간접성을 극복하게 해주는 에너지 그 자체였으며 과정과 생성으로서의 창작행위를 의미하는 것이었다.[11] 그러나 신지학에서 출발한 그의 절대주의는 '절대', 즉 'suprem'이자 'prevoskhodstvo'라는 어원이 암시하듯이 애초부터 초월적 차원을 내포하고 있었다.

언어체계의 부정을 방법론으로 하는 자움이 동시에 절대적 우주의 언어를 향한 지향을 내포하고 있었던 것처럼 말레비치의 검은 사각형 또한 지금까지의 회화의 한계를 넘어 진정한 실재에 이르려는 의지를 드러낸다. 「흰 바탕 위의 흰 사각형」과 함께 그의 절대주의론이 거의 완성에 이르게 되는 1918년부터 비텝스크에서 철학적 논고 『절대주의. 무대상성으로서의 세계 또는 영원한 안식』을 탈고하는 1922년 2월까지 그의 절대주의는 회화적 인식론으로, 나아가 초월적 존재론으로 발전해간다.[12] 회화적 재현의 한계에 대한 자각과 창작을 통한 새로운 힘의 직관을 목적으로 했던 검은 사각형은, 이제 최소한으로 남겨졌던 검은색을 비롯한 세계의 모든 가시적 실재가 소멸에 이른 것으로서의 회화의 죽음과 그러한 죽음에서 새로운 빛의 엑스터시로의 이행을 동시에 그리는 백색의 연작들(1917, 1918)에 이르러 재의미화된다. 색채의 힘에 대한 신비주의적인 열광에서 시작된 검은 사각형은 완전한 파괴와 부정을 그리는 종말론적 선언으로, 또한 끝이 동시에 시작이 되는 두 세계의 접점 위에서 실현되는 초월성의 현전으로 진화해간다.

말레비치는 물론 1918년 이후에도 수차례 검은 사각형을 그렸다. 1923년, 1929년, 1930년 작 검은 사각형이 지금까지 남아 있으며 다른 형태와 결합되거나 변형된 검은 사각형을 포함하고 있는 작품도 많다. 마치 프로이트가 '포르트다(Fort-Da) 놀이'에 탐닉하는 어린아이들에게서 관찰한 부재를 향한 끊임없는 회귀와도 같이 말레비치는 검은 사각형을 반복해서 그렸다. 이는 대상의 현전과 부재를 오가는 움직임, 라캉의 용어로 말하자면 상징계에서 벗어나려는 자기파괴적

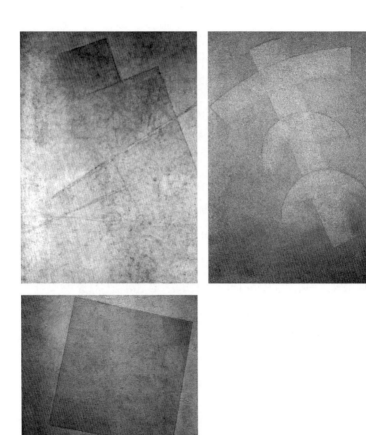

왼쪽 위부터 시계방향으로 「사라지는 흰 표면」(1917),
「절대주의」(1918), 「흰 바탕 위의 흰 사각형」(1918).

충동이자 그것을 통해 비로소 가능한 새로운 창조행위에 대한 탐닉이었다.[13]

1920년 말레비치는 "절대주의 회화에 대해서는 그 어떤 말도 불가능하며 회화는 이미 오래전 그 명을 다했다. 예술가 자신 또한 과거의 선입관일 뿐이다"[14]라고 말했다. 그러나 회화예술을 완전히 뒤로 하고 예술가의 존재마저 부정하는 이러한 선언은 오히려 "말할 수 없고 눈으로 볼 수 없는 것, 즉 재현될 수 없는 것을 응시하게 하는 직관과 인식의 장으로서 회화를 전면화하는 능동적 부정의 기획"으로서의 절대주의를 설명해준다. 1922년 출간한 논고의 제목에 포함된 '영원한 안식'이라는 구절은 물론 죽음을 가리키지만, 그것은 이미 검은 사각형의 떠들썩한 힘이나 의지가 아닌 대상에 대한 완전한 직관이나 진정한 실재의 감각, 심지어 정적이고 관조적인 법열의 고요에 가깝다. 이는 완전한 비가시성이야말로 절대적 존재가 스스로를 드러내는 방식이라 말하듯 마지막 남은 검은색마저 지워버리는 철저한 무의 세계, 곧 그의 절대주의의 완성인「흰 바탕 위의 흰 사각형」을 연상시킨다.

이러한 부정성은 이어 리시츠키의 선언적 작품인「붉은 쐐기로 흰 원을 부숴라」와 프로운(proun) 연작에서, 필로노프 작품의 원자 단위로 해체된 듯 보이는 대상들 가운데에서 또한 반복된다. 20세기 초 러시아 아방가르드 예술가들은 공통적으로 '진정한 실재'에 대한 탐구에 사로잡혀 있었다. 상대성원리가 시공간의 절대성에 대한 믿음을 파괴하고 무의식이라는 무형의 실체가 인간의 의식을 지배하는 숨겨진 동인으로 등장하면서 기존의 세계상은 균열을 맞이한다. 미래주의자 흘레브니코프를 비롯한 문학가들과 철학자들에게서 비유클리드 기하학과 허수의 이성 같은 수학 개념이 반복적으로 등장하는 것 역시 눈에 보이는 실재 너머의 또 다른 실재, 더 진정한 세계의 원리가 존재한다는 믿음 때문이었다. 다만 진정한 실재를 현실과 분리된 이상적이고 완전한 대상으로 설정하고 예술창조를 신화화하며 창조행위를 통해 실재(*realiora*)를 가시화하거나 체험할 수 있다고 믿었던 상징주의자들과 달리, 러시아 아방가르드 예술가들은 진정한 실재란 우리의 기호체계로 표상할 수 없으며 그것에 이르는 유일한 방법은 기존의 상징적 체계를 파괴하는 것뿐이라 확신했다.

미래주의 시인들의 자움, 마튜신의 색채음악, 칸딘스키의 추상, 다닐 하름스(Daniil Kharms, 1905~42)의 ○의 기획, 알렉산드르 베덴스키(Aleksandr Vvedenskii, 1904~41)의 죽음의 재현, 야코프 드루스킨(Yakov Druskin, 1901~80)의 순수시간의 인식 등 1920~30년대 러시아 지식인들의 전위적 시도들은 모두 진정한 실재를 향한 탐구라는 이상을 공유하고 있었다.[15] 이들이 자신의 예술과 철학을 통해 보여주려 했던 것은 하나같이 상징계의 언어로 표상할 수 없는, 가시화할 수 없는 대상이었다. 그것은 신이나 무한처럼 그 절대성으로 인해 표상될 수 없는 것이었을 뿐 아니라, 조형성의 정지된 순간을 빠져나오려 애쓰는 회화적 표면을 흐르는 시간, 음악의 공감각적 색채, 언어기호 그 자체가 지닌 부피와 공간성, 발화된 말의 순수음향 또는 서사 외부의 사건이거나 언어의 한계를 절감하게 하는 시적 정념 같은 것들로서, 이미 굳어진 상징적 기호체계에서 배제된 것들이기도 했다. 때로 그것들은 상징계의 언어가 발화되는 순간 그 모습을 감추는, 마치 점멸하는 듯 손에 잡히지 않는 대상이었다. 사물이 고유한 기호형식으로 명명되는 순간 사라지고 마는 명명 이전의 무구한 어떤 것이야말로 러시아 전위예술가들이 지향한 실재였다. 이는 명명이란 곧 사물의 파괴행위로서 사물은 명명을 통해 상징적 평면으로 축소된다는 자각이었으며 이처럼 일종의 상징적 살해를 겪어 기호가 된 '부재의 현전'으로서의 대상들을 그 이전의 온전한 전체로 복원하려는 의지이기도 했다.[16]

그러나 이러한 실재란 무엇인가? 그것은 상징계의 언어로 재현할 수 없지만 그러한 상징계의 언어 외부에 존재할 수도 없는 것이다. 오히려 그것은 상징계의 언어가 탄생하는 순간 동시에 배태되는 결핍과 관련된다. 이처럼 이들 러시아 전위예술가가 꿈꾸었던 진정한 실재는 분명 라캉이 말한 실재계(*The Real*)의 형상을 닮아 있다.[17] 그것은 균열 없는 충만한 세계이자 안과 밖의 구분도 대상과 주체의 구분도 없는 이상적이고 신화적인 세계일 터이지만, 그 모습을 드러낸 적도 기호화된 적도 없는 비-대상이다. 오직 상징계의 기호에 대한 부정과 파괴를 통해서만 그 존재를 암시할 수 있을 뿐이다. 실재계는 상징계의 질서를 비집고 언뜻언뜻 그 존재를 드러내지만, 상징계의 기표를 통해 표상된 그것은 기껏해야 흔적이거나 왜상(歪象)일 뿐이다. 그것은 한스 홀바인(Hans Holbein, 1497~1543)의 그림 「대사들」 속 완결된 이미지의 세계를 비집고 나온 해골의 형상처럼 스쳐 지나가는 순간, 즉 본격적인 응시를 멈추고 눈을 돌렸을 때 그 모습을 드러내는, 마치 나의 뒤에서 나를 응시하고 있는 듯한 초월적 타자의 시선이 남긴 얼룩같은 것이기도 하다.[18] 이때 이러한 타자의 시선은 나의 시선을 통해 현상하지만 동시에 절대적 응시의 주체로서의 나를 무화한다. 「대사들」의 바닥에 그려진 왜상은 그림에 재현된 완결된 상징계를 침범하면서 그 세계 너머의 존재를 슬쩍 가리키고 있다. 그것이 완전히 화면을 잠식하게 될 때 그림에서 나의 시선이 응시하는 것은 오직 상징계의 사라짐일 것이며, 나의 시선은 응시하는 전능한 주체의 위치를 잃게 될 것이다.

검은 사각형은 그 검은색을 통해 바로 이러한 상징계의 파괴를 표상한다. 더 정확히는 그것을 선언한다. 완전한 암흑 위에 응시의 대상이라 할 만한 것은 어떤 것도 존재하지 않는다. 그렇다고 지금까지 보지 못했던 재현될 수 없는 절대적 실재가 그려져 있는 것도 아니다. 앞서 말했듯 그것은 상징계의 기호를 통하지 않고서는 가시화될 수 없다. 재현적 회화의 요소들은 검은 사각형 위에서 그저 '마멸되어'(*oblitération*) 판독불능의 상태에 이르게 될 뿐이다.[19] '나'는 이러한 지워짐을, '나'의 볼 수 없음을 응시하면서 회화적 재현의 익숙한 완결성을 중단시킨다. 그 위에서 시점은 사라지거나 무한해지며

홀바인, 「대사들」, 1533.
바닥에 그려진 해골 형상은 그림에 재현된 완결된
상징계를 침범하면서 그 세계 너머의 존재를
슬쩍 가리키고 있다.

화면 안에 가두어졌던 정지된 시간은 흐르기 시작한다. 이렇게 조형성이 최소화된 검은 평면 위로 재현될 수 없었던 비조형적 대상, 비-대상이 그 존재를 드러낸다. 이는 화면을 포화된 검은색으로 채우며 대상으로부터, 또 그 대상이라는 회화적 사물을 가능하게 하는 시점으로부터 완전한 자유를 얻음으로써 절대주의의 이콘을 현시하는 행위와 같다. 신성의 현현으로서 이콘은 '보이는 것'에서 생겨나지 않는다. 그것은 오히려 '보이도록 이끄는' 어떤 것이다.

경계라는 평면: 우상에서 이콘으로

말레비치는 1915년 12월 19일 페트로그라드에서 열린 '마지막 미래주의 회화전 0,10'에서 아무도 예상하지 못했던 자신의 절대주의를 선포하면서 전통적으로 이콘을 걸어두는 자리인 '아름다운 모서리'에 검은 사각형을 걸었다. 모든 대상을 부정하는 완전한 암흑에 대한 응시로부터 태어나는 "새로운 예술의 얼굴", 절대주의 이콘의 탄생을 공표한 것이다. 말레비치는 조형예술을 회화예술 전통의 '기호의 포화상태'에서 해방시키고자 했으며, 자신의 절대주의 회화의 공간이 형태의 0도에서 더 나아가 그 어떤 기호적 성격도 지니지 않는 경계 너머의 세계를 응시하는 종교적인 체험의 장이 되도록 했다.

사실 성서에서 신은 대개 목소리로 나타났다. 신약의 대표적인 성서기자였던 사도 바울이 평생 안질환에 시달렸다는 사실은 신의 비가시성이야말로 신성의 필요조건임을 다시 한번 확인하게 하는 알레고리로 기능한다. 완전한 비가시성 속에서만 신의 편재성이 공언되기 때문이다. 신을 재현할 수 있는 유일한 방법은 신의 응시를 말하는 것이다. 즉 신은 편재적인 응시 속에서만 존재하는 상상적 비존재자다. 우리와 신 사이의 이러한 시선의 비대칭적 상황이 신의 절대성을 창조한다.[20]

사도 바울은 「골로새서」 제1장 15절에서 그리스도를 '보이지 않는 신의 형상'(*eikōn tou theou tou aoratou*)이라 정의한다. 이때 '형상'

에 해당하는 단어가 바로 *eikōn*, 즉 이콘이다.[21] 그러나 보이지 않는 신의 형상이란 말은 그 자체로 역설이다. 이는 달리 말하자면 그려진 이콘이 어떤 형상이든 간에 신은 결국 보이지 않는 존재로 남아 있을 수밖에 없음을 의미한다. 또한 그러하기에 신을 그린다는 것은 그 자체로 이미 어느 정도 신성모독이 될 수밖에 없으며 이는 뿌리 깊은 성상파괴논쟁의 근거가 된다. 장-뤽 마리옹(Jean-Luc Marion, 1946~)이 지적하듯 이콘은 "가시적인 것을 비가시적인 것 자체가 되게" 해야 하며 이로써 "가시적인 것이 그 자신이 아닌 다른 것(비가시적인 것)을 계속 지시하게끔" 해야 한다.[22] 성상파괴주의자들이 모든 이콘을 우상으로 이해했을 때 그들이 '본' 것은 화폭에 고정된 '재현된 신'이라는 '대상'이었을 것이다. 우상은 이처럼 인간의 재현물 안에 신이라는 초월적 대상을 고정시켜버리는 것이며 결국 신을 "인간의 시선 차원으로 떠넘기는 것"이다. 신이 인간의 사고체계 안에서 사유될 수 있는 대상이 아니라 그것을 초월하는 절대적인 존재자임을 보이면서 마리옹은 우상이라는 개념을 통해 인간의 시선을 고정시키는 재현의 메커니즘을 드러내고 있다.[23] 화폭에 재현된 대상이 우리의 시선을 이끌고 우리를 그 대상 안에 고정시킬 뿐 아니라 대상 또한 우리의 시선 안에 고정됨으로써 우상이 탄생한다고 설명하는 그의 논의는 근대회화의 원근법적 주체의 자리와 그 역설적 소멸에 대해 생각하게 한다.

　원근법의 발명은 신의 시선을 경유해 세계를 바라보던 인간이 드디어 자신의 시각을 정립하는 사건이었다. 광학적 중개물, 가령 알브레히트 뒤러(Albrecht Dürer, 1471~1528)가 고안한 쪽문 같은 장치를 통해 세계를 점으로 기호화하는 공식을 발명하고 그것을 회화적 평면 위에 펼쳐놓으면서 인간은 그 안에 그려진 세계의 주인으로서 자신의 위치를 만들어내었다. 하지만 실상 그 위치란 재현된 세계를 초월해 존재하는 것이 아니라 결국 그려진 세계 안에 소망점이라 불리는 하나의 좌표로 환원되어 내재할 뿐이다.[24] 이 경우 그림을 보는 것은

"내가 보는 것을 보는 것"에 불과하며 신에게서 탈취한 원근법적 주체로서 나의 조망점은 회화적 평면 위에 재현된 사물 가운데 존재하는 소실점으로 기꺼이 사라지고 만다.[25] 따라서 이러한 원근법적 주체에 대한 전복은 나와 세계라는 개념에 대한 도전인 동시에 나를 초과하는 절대적 타자에 대한 긍정이 된다. 그것은 시선 안에 고정된 대상을 "선취할 수 없고 개념화할 수 없으며 단지 끝없는 해석만을 불러일으키는 사건"으로 전환하는 것이다.[26] 이는 당혹감을 불러일으키며 우리를 "낯설게 한다." 마리옹은 이러한 낯섦을 '포화된 현상'이라 칭한다. 즉 그것은 "현상이 개념으로 이행하지 못하고 개념을 결여하거나 거부하는" 일탈이자 우리에게 주어진 어떤 대상이 직관을 갑작스럽게 초과해버리는 인식론적 '사건'이다.

마리옹은 이콘을 이러한 포화된 사건으로 이해한다. 이콘에 그려진 대상을 우리는 재현의 세계관 안에서 이해하지 않는다. 이콘에 그려진 형상은 그 대상과의 동일성을 담보로 하지 않는다. '보이는' 신의 이미지는 보이지 않는 신에게로 우리를 이끌어주는 것, 시선의 방향을 바꿔 '역-지향'을 가능하게 하는 전환의 장치와 같다. 그러한 의미에서 이콘은 그리고 그것을 닮은 절대주의 회화는 '형상'(figure)이 아닌 '담론'(discourse)에 가까워진다.[27] 재현적 회화는 주체의 시관(視觀)을 화면 위에 고정시키며 따라서 원근법을 따라 그려진 화면은 주체의 제한된 시선을 반영하는 거울이 되고 그 안에서 나는 "나를 바라보는 또 다른 나"라는 타자성으로의 분열을 겪을 수밖에 없다고 한다면, 그러한 개념을 초과하는 포화된 현상으로서의 이콘은 고유한 역-원근법적 전환을 통해 재현적 세계의 주인인 '나'의 시선을 절대적 타자의 응시에 내어준다. 불투명한 화면은 그 화면 너머에서 이 세계를 향해 난 창으로 변하고 절대자의 응시는 빛처럼 화면을 초과해 넘쳐나게 된다.[28]

이때 다른 세계로부터 이 세계를 향해 열리는 창처럼 초월적 절대와의 소통을 가능하게 하는 공간으로 이콘을 설명하는 것은 다시 한

번 「태양에 대한 승리」 제2막 제6장의 평행 투시적 무대배경에 그려진 원형의 관들을, 리시츠키가 끊임없이 반복했던 프로운 회화의 탈원근법적 기하학 실험들을 상기시킨다. 그것이 향하는 초월적 세계의 구체적 형상이 아닌 초월 그 자체를 가리키는 인덱스적 기호로서 이들의 고유한 투시는 이 세계와의 관계 속에서만 다른 세계를 가리키는 직시적인(deitic) 대명사와 같다. 이콘의 역-원근법 공간은 재현적 주체가 신의 세계를 관조하고 초월적 신성과 소통할 수 있게 하는 대안적인 시각장치이지만, 기존의 개념화된 세계의 경계를 초과해버리는 이콘의 사건성을 소환하는 것은 이미 그 자체로 혁명적이다. 그것이 신성이건 또는 다른 어떤 비-대상이건 간에 '보이는 것'을 따라 구조화된 재현의 질서를 '보이지 않는 것'의 현전으로 전환해 사유하는 '사건'은 그 안에 "기존의 감각의 질서를 새롭게 정초하려는" 적극적인 의지를 내포하고 있다.

우리의 시선을 가득 채우고 넘치는 말레비치의 검은 에너지는 초월적 비-대상을 응시하게 하며 그 비가시성은 우리를 그 너머로 이끈다. 그러나 흥미로운 것은 세계 너머를 가리키는 마리옹의 역-지향도 파벨 플로렌스키(Pavel Florenskii, 1882~1937)의 역-원근법도 결국 이 세계와 그 너머의 접점이 되는 "회화적 평면"을 문제 삼고 있다는 것이다. 즉 이들은 모두 이 세계 너머와의 지향과 소통을 이야기하지만 그러한 소통이라는 사건은 다름 아닌 이 세계와의 경계에서 발생한다. 마지막 미래주의 전시회이자 절대주의의 출발점이 되는 '0,10' 전시회의 카탈로그에 포함된 선언문에서 말레비치는 "지평선이 이루는 원형의 고리를 파괴하고 모든 형태, 심지어 예술가 자신이 도달하게 되는 마지막 지점인 사물들의 완결된 세계에서 떨어져 나오려는" 적극적인 의지를 표명한다.[29] 이때 전시회 제목의 '0,10'은 파괴와 동시에 경계지점 위의 현존을 가리키며, 이때 말레비치가 경계, 즉 '형태의 0도'로 삼고 있는 것은 다름 아닌 검은 사각형의 회화적 평면, 그것의 팍투라(faktura)다.[30] 즉 말레비치의 세계는 이 세계와 저 세계가 이루는 이원 구조에 경계라는 제3의 지대를 포함시킨다. 경계는 형태의 0도이지만 동시에 우상을 이콘으로 화하게 하는 전환의 순간이자 이러한 모든 것을 가능하게 하는 절대주의라는 사건이다. 결국 말레비치의 절대주의 미학은 이러한 경계의 존재론과 다르지 않다.

말레비치는 자신의 짧은 논고 「절대주의의 거울」에서 모든 대상을 0으로 수렴시키는 동시에 0을 통해 "모든 것"을 가리킨다.[31] 이 논고에 따르면 신의 세계, 절대성의 세계는 곧 0의 세계. 부정의 사건으로서의 0은 곧 검은 사각형이라는 사건과 동일하다. 결국 다른 세계를 향한 노정 위에 버티고 있는 장막처럼 보이는 검은 평면은 경계인 동시에 경계 너머가 된다. 다시 말해 경계 너머의 세계가 검은 평면이라는 경계 위에 내재하게 되는 것이다. 이 세계의 무덤이자 다른 세계를 향해 열린 검은 문과도 같아 보이는 말레비치의 검은 사각형은 두 세계가 마치 표면의 앞뒤처럼 마주하는 검은 장막에 불과하지만 동시에 이 세계에서 볼 수 없는 비가시성의 모든 영역이 그 안에 공존하는 완전한 세계다. 부재와 현전을 오가는 전환의 평면으로서 검은 사각형은 부재이자 현전을, 이들의 전환을 가로막고 있으며 또 가능하게 하는 경계를 동시에 표상한다.

말레비치의 영향을 직접적으로 드러내고 있는 하름스는 1930년대 중반 경계에 대한 사색에 바쳐진 논고 「존재에 대하여, 시간에 대하여, 공간에 대하여」를 썼다. 「이것과 저것」(1933)이라는 드루스킨의 논고에서 출발하고 있는 이 글에서 하름스는 드루스킨의 이항구조에 경계를 의미하는 요소인 '방해물'을 더해 존재의 삼위일체를 창조해낸다. 논고에서 최초의 비존재는 경계라는 매개를 통해 "무엇인가"(something)라는 존재자로 변화한다. 존재의 삼위일체는 존재자 속에서, 비존재 속에서 그리고 시간과 공간이라는 존재의 요소들 속에서 끊임없는 매개 과정을 통해 존재자를 형성해내며, 이 과정은 결국 이 글의 마지막 문장, "나는 존재한다"라는 단언을 조건 짓는다. 시간과 공간과 질료가 교차하는 '우주의 매듭'은 하름스에게 텍스트 행위의

장이 되며, 그러한 경계적 공간은 텍스트의 세계, 글쓰기의 공간이자 '나'의 존재를 위한 "지금, 여기"라는 절대적 현재로서 존재의 무대가 된다.[32] 그것은 하름스가 개진하고 있는, 이 세계 안에 구현된 무한이라는 "시스피니툼"(*cisfinitum*)의 기획과도 일맥상통한다. 표상할 수 없는 무한대를 대신해 무한히 0에 가까워지는 절대적인 무한소를 가시화하는 방법은 이 세계(+)와 저 세계(−)의 전환 지점이자 무(無)에 무한히 가까워지는 경계를 사유하는 것뿐이다.

말레비치의 검은 사각형의 세계는 하름스가 상정하고 있는 경계와 같다. 선취할 수 없고 미리 개념화할 수 없는 것으로서의 절대는 이를 모두 부정함으로써 그 너머를 가리키는 검은 사각형을 응시하는 사건을 통해 경험될 수밖에 없다. 말레비치의 절대는 검은 사각형을 응시하는 낯선 경험으로 포화되는 순간, 경계의 이쪽을 응시함으로써 그 너머를 동시적으로 체험하는 기적과 직관(seeing)의 사건 안에 존재한다. 따라서 신성의 자리는 경계 그 자체인 "회화적 평면 그 위"가 된다. 앞서 언급했듯 이콘은 신의 형상이 아니며 신의 형상일 수도 없다. 이콘에 그려진 이미지는 바로 그 평면 위에서 우리의 시선을 보이지 않는 신을 향해 전환시키는 것이다.

이콘의 역-원근법 기능이 시선의 역전이라 한다면 말레비치의 검은 사각형은 그 기능을 다른 어떤 이콘보다 훌륭하게 수행하고 있다. 낯선 감각의 포화 그 자체가 종교적 경험이 된다. 이는 인간의 유한성을 통해 재구성된 절대의 개념을 넘어서는 것이며 신의 존재방식을 그대로 예술의 존재방식으로 승화시키는 것이기도 하다. 절대주의 사각형 이후 말레비치의 구성에서 반복적으로 등장하는 상승의 움직임은 이러한 영혼의 고양과 해방에 닿아 있다. 말레비치의 회화적 평면은 차안(此岸)을 대칭적으로 반복하는 피안으로 우리를 인도하지 않는다. 오히려 그 평면 위에 다른 차원의 시공간이 공존하게 하는 낯선 사건으로 현전한다.

회화에서 건축으로: 절대주의의 4차원과 평면의 깊이

말레비치는 절대주의의 이론, 검은 사각형에 "4차원의 자식"이라는 또 하나의 이름을 붙였다.[33] 19세기 후반 들어 로바첵스키의 비유클리드 기하학, 헤르만 민코프스키(Hermann Minkowski, 1864~1909)의 4차원 개념 등 여러 수학적 개념이 등장했고 이는 러시아 지식인들에게 많은 영향을 미쳤다. 말레비치 역시 이러한 영향에서 자유롭지 못했다. 말레비치의 다른 차원에 대한 관심은 4차원뿐 아니라, 2차원이나 4차원을 넘어서는 다차원의 표상으로까지 이어졌다. 말레비치의 4차원 개념은 러시아의 대표적인 신지학자로서 『4차원』(*The fourth dimension*, 1909)과 『제3 오르가논』(*Tertium Organum*, 1911)을 발표한 표트르 우스펜스키(Pyotr Uspenskii, 1878~1947)의 영향을 받은 것으로 보인다. 말레비치가 그의 저작을 직접 읽었는지는 확인되지 않았지만 우스펜스키가 자신의 저작을 통해 개진하고 있는 4차원과 인간의 영혼해방, 정신적 고양, 종교적 엑스터시 같은 개념들은 모두 어렵지 않게 말레비치의 작품과 예술론에서 찾아볼 수 있다. 이뿐만 아니라 말레비치와 함께 활동한 마튜신은 1912~13년 엘레나 구로(Elena Guro, 1877~1913)와 함께 우스펜스키에게 화답하는 「4차원의 감각」이라는 글을 썼으며 같은 시기 큐비즘에 대한 논문에서 우스펜스키를 상당 부분 인용했다. 그는 새로운 차원을 볼 수 있도록 눈을 단련시켜야 한다고 주장했다. 4차원에 대한 크루초니흐와 니콜라이 쿨빈(Nikolai Kul'bin, 1868~1917)의 언급을 보아도 당시 이들의 4차원 개념이 우스펜스키의 하이퍼스페이스 철학의 영향을 받았음을 짐작할 수 있다.[34] 물론 우스펜스키는 동시대 러시아 예술가들의 4차원 이해가 잘못된 방향으로 나아가고 있다고 비판했고 이러한 이유로 1916년 이후 우스펜스키에 대한 말레비치와 마튜신의 열광은 한풀 꺾이지만 이들에게 세계를 보는 새로운 시점으로서 4차원 개념은 여전히 중요했음을 부정할 수 없다.

마튜신이 인용한 우스펜스키의 명제들은 세계에 대한 새로운 지각의 요구와 그러한 새로운 세계를 응시하는 자로서 예술가의 사명을 내용으로 한다. 이때 흥미로운 점은 우스펜스키가 3차원을 4차원의 한 조각이 모습을 드러낸 것일 뿐이자 환영에 불과한 것으로 간주했다는 사실이다. 4차원이란 3차원의 환영을 떨쳐내고 세계의 진정한 모습을 지각할 때 그 모습을 드러낸다. 3차원 세계는 4차원이 투사된 것이며 예술가들은 그러한 3차원 세계의 형상을 기괴하게 여기고 그 너머의 세계를 볼 수 있는 고양된 의식을 갖춘 자들이다. 따라서 4차원을 드러낸다는 것은 인간 영혼의 해방과도 같은 것이었다.[35]

이는 물론 신지학에 몰두했던 신비주의 철학자 우스펜스키의 신플라톤주의적 성향을 드러내는 것이지만 동시에 그가 영향받은 것으로 알려진 에드윈 애벗(Edwin Abbott, 1838~1926)의 『플랫랜드』(*Flatland: A Romance of Many Dimensions*, 1884)를 상기시킨다.[36] 영국 빅토리아 시대의 신학자이자 교육자였던 애벗은 이 독특한 수학소설이자 SF소설에서 2차원 세계의 기하학 개념을 다루는 동시에 당대의 계급제도를 풍자했다. 아이작 아시모프(Issac Asimov, 1920~92)는 이 작품을 "공간의 여러 차원을 인식하는 방법에 대해서 가장 잘 소개한 작품"이라고 평가했다.

이 작품의 주인공이 처음 속한 세계는 2차원의 평면세계다. 작품의 주인공으로 명백히 상징적인 이름을 한 사각형(A Square) 씨는 환상을 통해 1차원 세계인 라인랜드(Lineland)를 경험하고 3차원의 스페이스랜드(Spaceland)와 0차원의 포인트랜드(Pointland)를 지각하게 된다. 이 과정에서 그는 자신이 속한 차원과 다른 차원을 어떻게 경험할 수 있는지 상세히 소개하고 있는데, 이러한 발상은 우스펜스키의 저작 『제3 오르가논』에서도 반복된다. 그는 선이 점의 법칙을 인지하는 것은 불가능하며, 마찬가지로 선이 평면을, 평면이 입체를 상상할 수 없다고 지적한다.[37] 계속해서 그는 선의 부분이 점으로, 면의 부분이 선으로, 3차원적 입체의 부분이 면으로 표상되는 과정을 설명하면서 4차원은 결국 면과 선, 점 등을 통해 3차원 세계에서 지각할 수 있다고 주장한다. 그러나 『플랫랜드』의 많은 예를 통해 알 수 있듯이 하위 차원에서 상위 차원의 형상을 온전히 지각하는 것은 불가능하다.

말레비치가 자신의 절대주의를 선포한 '0,10' 전시회에 걸려 있던 그의 작품들에는 2차원, 4차원 등을 직접 언급하는 제목이 붙어 있었다.[38] 반면 현실이야말로 완전한 인식을 가로막고 있는 것이라는 믿음 때문인지 3차원을 제목으로 하는 작품은 존재하지 않았다. 이때 2차원과 4차원을 제목으로 하는 작품들에서 2차원으로 명명된 작품들이 보다 정적이라면, 4차원을 형상화하는 작품들은 곡선의 방향을 따른 운동감이 더 크게 느껴진다.[39] 말레비치가 붉은 사각형의 평면적 구성에 처음으로 '2차원으로 표현된 여자 농부의 회화적 리얼리즘'이라는 제목을 붙인 것에서 유추할 수 있듯 검은 사각형은 3차원을 무화하고 2차원적 평면으로 돌려놓는 시도임이 분명하지만 그의 이러한 절대주의 회화는 4차원적 형상들의 조각을 담고 있는 또 다른 평면이기도 한다. 즉 말레비치에게 부재하는 3차원은 2차원에서 3차원으로 이행하는 경계와 4차원에서 3차원으로 이행하는 경계가 마치 동전의 앞뒷면처럼 공존하고 있는, "부재하지만 현존하는" 상상의 공간이 된다. 이처럼 2차원과 4차원은 무화된 3차원, 즉 검은 사각형의 평면을 통해서만 존재할 수 있는바, 말레비치의 회화적 평면은 부정과 파괴가 초월과 고양의 지점과 만나는 경계이자 세계의 표상 그 자체라 할 것이다.[40]

하름스의 미완의 작품 「말토니우스 올브렌」에서 자신의 앞을 가로막고 있는 책장 위에 걸려 있어 볼 수 없는 그림을 보려 했던 사람의 이야기 역시 검은 사각형의 구상을 그대로 반복하고 있다.[41] 주인공이 검은 사각형처럼 자신의 앞을 가로막고 있는 죽음의 표상이자 관을 닮은 거대한 책장을 계속해서 응시한 끝에 그 책장 너머에 걸려 있는 낯설고 새로운 형상을 보게 된다는 내용은 지상이라는 3차원으로 제한된 존재론적 한계 속에서 볼 수 없는 것을 관조하는 것에 관한 우화로 읽힌다. 이는 하름스와 말레비치를 포함해 많은 아방가르드 예술가의

위부터 「2차원의 자화상」(1915),
「축구선수의 회화적 리얼리즘 — 4차원의 색 덩어리」(1915).
2차원으로 명명된 작품이 정적이라면 4차원을 형상화한
작품들은 곡선의 방향을 따른 운동감이 크게 느껴진다.

문학적 과업이 되었던 '직관'의 문제를 다룬다. 이때 흥미로운 점은 당시 아방가르드 예술가들에게 또한 이러한 직관을 가능하게 하는 것은 다름 아닌 하늘을 나는 부조리하지만 초월적인 상황으로 묘사된다는 것이다. '날고 있는 몸의 형상'은 지상에서 볼 수 없는 것을 볼 수 있게 하는 이 세계로부터의 초월이라는 다분히 신지학적인 상황을 가리키고 있다.[42]

20세기 초반 유럽인들은 항공열병에 사로잡혀 있었다. 블라디미르 타틀린(Vladimir Tatlin, 1885~1953)의 비행기계 레타틀린(Letatlin)이나 게오르기 크루티코프(Georgii Krutikov, 1889~1958)의 날아다니는 도시 프로젝트 같은 극단적인 실험들이 행해졌을 뿐 아니라 기구와 비행기를 타고 날아올라 공중에서 지상의 세계를 바라보는 경이로운 경험에 대한 동경 또한 매우 강했다. 러시아에서 이러한 항공열병은 19세기 후반부터 본격적으로 발전하기 시작한 러시아 우주론 철학이나 신지학, 신비주의 등과 결합해 독특한 형태를 띠게 되었다. 샤갈의 그림을 비롯한 당대 회화에서 쉽게 볼 수 있는 하늘을 날아다니는 인간을 단순히 영적인 자유에 대한 은유라거나 부조리하고 극단적인 표현방식에 불과한 것이라 하기는 어렵다. 타틀린이 레타틀린을 신봉했고 그것의 실현 가능성을 믿었다는 사실은 잘 알려져 있다. 하늘을 나는 인간이란 새로운 시대의 기술발전을 통해 인간의 한계를 초월하는 것이기에 이는 곧 기계문명에 대한 찬양으로 이어졌고 자연히 새로운 기계의 세계를 향한 묵시록적 사유로, 나아가 자연스럽게 혁명으로 수렴될 수 있었다.

이때 하늘에 올라 지상을 바라보는 새로운 시선의 문제는 아방가르드 예술가들을 지지했던 시클롭스키나 야콥슨 등의 형식주의자들이 말한 '낯설게하기'로서의 예술적 경험과도 유사하다. 형식주의자들에게 예술은 기존의 관습과 절연하고 새로운 지각을 가능하게 하는 것이어야 했으며, 하늘에서 새롭게 바라본 지상의 형상이란 바로 이처럼 기존에 존재하던 대상을 새로운 관점에서 낯선 형태로 지각하는 새로운 인식의 훌륭한 예가 될 수 있었다.

우스펜스키가 세계를 다르게 지각할 수 있는 고도의 직관력을 갖춘 선택받은 이들에 대해 말하면서 이러한 정신상태를 비행의 모티프와 결합해 설명하고 있다는 점 또한 동일한 관점에서 이해할 수 있다. 그는 지상에서 떨어져 나가 상승함으로써 지상의 대상들을 한꺼번에 볼 수 있음을 지적한다. 시간과 공간을 연동하는 하나의 결합체로 생각한 우스펜스키에게 분절된 공간들을 동시에 보는 것은 시간을 한눈에 조망하는 것과 같은 것이었다. 이때 시공간 전체에 대한 조망은 진정한 실재에 한 걸음 다가갈 수 있는 가능성을 의미했다.

말레비치가 직접 비행했던 적은 없지만 당시 라이트 형제의 비행에 관한 신문기사나 논평은 1908년 이후 러시아에서도 자주 접할 수 있었고 제1차 세계대전을 거치면서 특히 자주 소개되었다. 공중에서 바라본 지상의 모습, 거의 보이지 않는 점으로 환원된 지상의 평면적 형상은 말레비치에게 세계를 향한 새로운 시선을 열어주었다. "그것은 현실에서 나온 것이며 동시에 지상 위의 인간들이 경험하는 현실과는 동떨어진 것이다. 그러면서도 그것은 현실보다 더 현실적인 어떤 것이다."[43] 항공사진을 보며 말레비치는 이콘의 종교적 고양과도 유사한 경험을 하게 된다.

> 절대주의의 열쇠들이 나로 하여금 지금까지 실현된 적 없던 것들을 발견하게 했다. 나의 새로운 그림은 지구에만 속해 있는 것이 아니다. 지구는 흰개미가 들끓는 집처럼 버려졌다. 사실 인간에게는, 그의 의식에는 우주를 향한 지향이 내재한다. 이 지상에서 날아오르고자 하는 충동 말이다.
>
> ·마튜신에게 쓴 편지, 1916[44]

말레비치는 자신의 절대주의 시기를 세 단계로 구분한다. 첫 번째가 '검은 기하학적 도형' 단계라면 두 번째는 '붉은 사각형' 단계, 세 번째는 '흰 사각형' 단계다. 이때 첫 번째 단계인 검은 기하학적 도형 시기의 형상들은 검은 사각형에서 검은 십자가로, 검은 원으로 전개되었다. 말레비치는 1916년 60편의 그림을 전시하면서 작품에 직접 번호를 붙였다. 다음 세 그림은 당시 전시된 제1~3번 작품이다. 그가 절대주의를 선포하며 내건 검은 사각형이 "형태의 0도"를 의미한다면 검은 십자가는 완전한 형상의 무에서 태동하는 다른 형상을 지시한다. 마지막 원은 검은 사각형이 중심축 주위를 움직임으로써 만들어지는 것으로 팽팽하게 긴장된 정적이고 기념비적인 검은 사각형이 동적인 형상으로 변해가고 있음을 보여준다. 원은 사각형 바탕의 위쪽 구석으로 치우쳐 마치 프레임을 벗어나려는 것처럼 보이는데 이는 평면 위에 구현된 움직임과 그 역동적 에너지를 잘 드러낸다.

이처럼 말레비치 회화의 2차원적 평면에는 움직임과 속도의 요소가 더해졌다. 이후 그의 절대주의 연작은 자주 대각선 방향으로 상승하는 힘을 그리는 절대주의 구성작품들로 발전해간다. 그의 절대주의 구성은 자주 오른쪽 아래에서 왼쪽 위를 향해 뻗어 나가는 기하학적 도형의 움직임을 보여주었고, 이러한 대각선 방향으로의 상승은 전형적인 구도 중 하나가 되었다. 천상을 향해 비상하는 고양된 영혼의 상태를 그리면서 이들 그림은 때로 복잡하게 겹쳐진 많은 기하학적 도형을 펼쳐놓는다. 이는 3차원 속에서 지각된 4차원을 평면 위에 동시적으로 열거하는 것으로도 보인다. 그렇다면 상승의 대각선을 따라 그려진 기하학적 도형들은 4차원의 공간에 흩어져 있는 대상들을 화면 위에 집약해놓은 것인 동시에, 3차원에서는 표상할 수 없는 시공간이 "지금, 여기"라는 회화적 평면의 특수한 공간 안에 동시적으로 현전하는 것이 된다.

검은 사각형이 지상에 대한 부정과 혁명적 파괴의 시작을 선언하고 있다면 흰 사각형은 우주를 향한 비상의 완성을 표상한다. 절대성의 경계이자 절대 그 자체가 되는 회화적 평면 위에서 새로운 생성은 도약과 비상을 통해, 이 세계의 모습이 완전히 부정되는 절대적인 세계

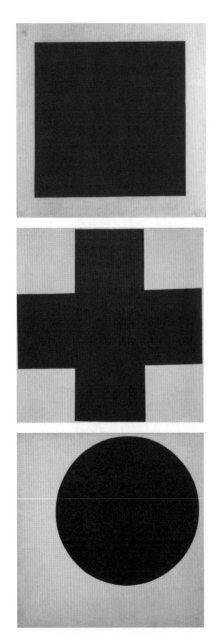

말레비치의 전시회 '0,10'에 전시된 작품 중
위부터 제1~3번 작품.
말레비치는 자신의 절대주의 시기를 세 단계로 구분하는데,
첫 번째 단계에서 도형의 형상은 검은 사각형에서
검은 십자가로, 다시 검은 원으로 전개되었다.

로의 사라짐이라는 사건을 통해 지시된다. 그러나 평면의 앞뒷면처럼 마주하고 있는 두 사각형의 사이에는 지상으로부터 하늘의 가장 높은 곳에 이르는 무한한 공간과 영원한 시간이 함축되어 있다.

1920년대 중반 이후 말레비치가 몰두한 건축적 구성, 즉 건축의 절대주의라 할 만한 '부피 그 자체'에 대한 실험은 분명 무한한 깊이를 지닌 회화적 평면이라는 불가능한 이상 위에 구축된 것일 터이다.[45] 수직과 수평의 형태(architecton)로, 때로는 비행하는 물체의 형태로 구축된 그의 3차원적 구조물들은 엄밀한 의미에서 3차원의 것이라 하기 어렵다. 그것은 오히려 2차원에서 4차원으로의 움직임을 수직과 수평으로 쌓아놓은 시공간의 덩어리에 가깝다. 그가 자신의 건축적 구조물인 플래니트를 흰 바탕에 그린 흰 사각형 위에 배치하고 여기에 '미래 지구인들의 거주지인 비행하는 집'이라는 뜻의 제목을 붙였다는 점, 이때 마치 어딘가로 이행해가는 통로를 형상화하듯 플래니트를 축측 평행투시로 그렸다는 점은 이러한 건축적 구성이 일반적인 3차원 건축과는 다름을 드러낸다.

마찬가지로 그가 절대주의 회화의 기하학적 도형과 그 움직임을 그대로 반복하는 듯한 건축적 구성을 「그래픽적 디나모플래니트」 (graphic dinamo-planet, 1923)라 칭하고 이러한 역동적인 움직임을 보여주는 비행체를 일반적인 마천루의 풍경과 결합하면서 「절대주의 마천루」(1925)라는 제목을 붙인 것에서도 그에게 3차원 구조물이 어떤 의미를 지니는 것인지 추측하게 한다. 말레비치의 절대주의적 마천루는 원근법적 조망으로 촬영된 사진 속의 일반적인 고층 빌딩 사이에서 매우 이질적으로 보인다. 원근법에 따라 배치된 건축물 가운데서 축측 평행투시법으로 전면화된 이 기괴한 입체는 「대사들」의 바닥 가운데 그려져 있던 왜상처럼 3차원 공간이라는 환상을 창조하고 있는 2차원 평면 너머의 다른 차원을 암시하며 이로써 정지된 회화의 평면에 4차원 공간으로 연결되는 통로를 만들어낸다. 「대사들」의 해골 왜상이 죽음을 가리키는 동시에, 이 세계 안에 존재하는 다른 차원을 보여주고 있는 것과 마찬가지다.

말레비치의 건축적 구조물들은 그의 절대주의 회화와 다르지 않다. 오히려 그것은 그가 창조한 회화적 평면의 깊이와 역동성에 대한 증거로 기능한다. 그가 자신의 아키텍톤 구조물에 기꺼이 검은 사각형을 비롯한 자신의 절대주의 회화의 대표작들을 그려 넣었다는 사실은 그의 회화와 건축의 이러한 연속성을 말해주고 있다.

움직임과 건축은 이율배반적 개념이다. 마치 혁명과 건축이 그러하듯이. 건축만이 계급혁명을 막을 수 있다는 르 코르뷔지에(Le Corbusier, 1887~1965)의 신념은 역설적이게도 혁명에 부여된 파괴와 폐허의 숙명을 다시 한번 확언할 뿐이다. 말레비치의 건축 개념이 문제적인 것은 아마도 그것이 "파괴적인 건축"이라는 모순을 체화하고 있기 때문일 것이다. 말레비치의 건축은 가령 리시츠키의 붉은 쐐기 같은 혁명의 기호를 건축적 기념비로 반복하려 했던 구축주의자들의 시도와는 완전히 다르다. 붉은 쐐기가 흰 원을 뚫고 들어가는 순간의 역동성을 그리는 리시츠키의 회화적 사건은 이미 그러한 소비에트 건축물들에 이르면 기억되어야 하고 기술되어야 하는 역사적 텍스트로, 즉 혁명이라는 완결된 사건과 그 결과 탄생한 새로운 '아름다운' 세계를 신화적이고 도상적으로 재현하는 팩토그래피(factography)의 대상으로 작동하게 된다. 그러나 말레비치의 건축이 표상하는 것은 완전히 구축된 대상으로서의 건축이 아니다. 오히려 그것은 에너지의 흐름을, 만개하는 세계의 움직임을, 해체와 생성을 동시에 그리려 했던 필로노프의 그림처럼 파괴와 부정의 사건 가운데서 여전히 구상화되지 못한 그 너머에의 예감을 말하는 '경계라는 사건'이다. 말레비치의 건축 프로젝트는 건축이라기보다 혁명이었다.

경계라는 유토피아

물론 말레비치의 검은 사각형이 부정 그 자체로서 절대성을 이야기한다는 사실은 니힐리즘이라는 비난을 피할 수 없게 한다. 무대상성

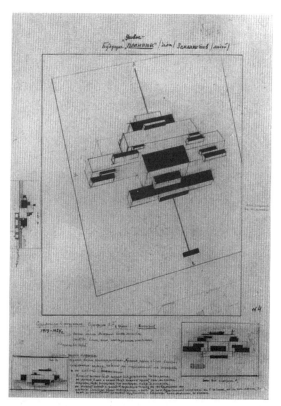

위부터 「지구인들(사람들)의 미래의
플래니트(집)」(1924)과 「절대주의의 마천루」(1925).
말레비치의 건축이 표상하는 것은 완전히 구축된
대상으로서의 건축이 아니다. 여전히 구상화되지 못한
그 너머에의 예감을 말하는 '경계라는 사건'이다.
말레비치의 건축은 혁명이었다.

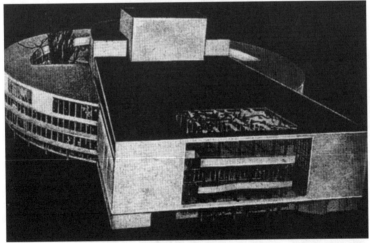

위부터 리시츠키의 「붉은 쐐기로 흰 원을 부숴라」(1918~19)와
긴즈부르크의 「네미로비치-단첸코 극장 건축 프로젝트
공모작」(1933).
말레비치와 리시츠키를 비롯하여 러시아 아방가르드
예술가들이 추구했던 3차원을 넘어서는 세계의 형상을 재현하는
것은 불가능하다. 상징계의 언어로 제시될 수 없는 미학적
유토피아의 모습을 러시아 아방가르드는 단지 지움과 움직임을
통해 '가리킨다.'

을 향한 파괴적인 죽음충동은 이 세계를 기술하는 기표들로는 설명할 수 없는 절대적인 세계로서의 실재계[46]를 검은 사각형의 표면 위에 선언했다. 그의 3차원 구조물들은 건축으로서의 기능을 하지 못하며 결국 스케치나 청사진, 모형으로 남아 있을 수밖에 없었다. 그러나 검은 사각형은 그 어떤 실재계의 형상도 제시할 수 없는데도 파괴의 사건을 통해 우리의 시선을 이 세계 너머로 인도하는 적극적인 기능을 스스로에게 부여했다. 리시츠키의 프로운 회화가 취하는 축측투상 역시 마찬가지였다. 절대주의의 죽음충동은 그 자체로 다른 세계에 대한 지향을, 유토피아에 대한 종교적인 믿음을 내포할 수밖에 없다. 말레비치와 리시츠키를 비롯해 러시아 아방가르드 예술가들이 추구했던 3차원을 넘어서는 세계의 형상, 더 정확히는 이 세계 안에 구현된 다른 차원의 형상은 바로 그들의 종교적 유토피아주의의 결과물이다. 그 형상을 재현하는 것은 불가능하다. 상징계의 언어로 제시될 수 없는 미학적 유토피아의 모습을 러시아 아방가르드는 단지 지움과 움직임을 통해 '가리킨다.' 그러한 의미에서 절대주의의 검은 사각형은 도상성을 지향하지만 영원히 인덱스적 기호가 될 수밖에 없는 이콘의 본질을 정확히 반복하고 있다.

절대주의를 위시한 러시아 아방가르드 미술은 '혁명적'이었다. 말레비치는 혁명 이전의 사회에 대한 비판적 시각을 분명히 밝힌 적도 없었고 러시아혁명에 대한 직접적인 열광을 피력하지도 않았지만, 심지어 후기에는 절대주의에 대한 논고를 통해 혁명 이후 도래한 공산주의 사회에 대한 비판을 숨기지 않았지만, 그런데도 우리는 그의 작품을 혁명적이라 부른다. 이때 '혁명적'이라는 단어가 단순히 전유된 넓은 의미의 혁명성, 즉 '아방가르드'라는 미학적 태도와 동일한 어떤 것만을 의미하지는 않는다. 혁명은 정치적인 사건이지만 우리는 거기에 정치성을 넘어서는 보다 본질적인 변화에 대한 기대를 담는다. 혁명과 무관했고 혁명을 위해 그 어떤 봉사도 할 수 없었던 1910년대 러시아 아방가르드의 형식적 실험이 혁명적으로 평가받을 수 있었던 것은 이와 무관하지 않을 것이다.

그렇다면 러시아 아방가르드의 혁명성은 어디에 있는가? 다시 말해 형식의 혁명, 예술의 혁명은 과연 정치적인 혁명과 어떤 관계를 맺고 있는가? 우리가 흔히 상징주의에서 러시아 아방가르드에 이르는 문학작품들을 읽으면서 이들의 미학적 강령을 가리켜 하는 말, 다름 아닌 "예술창조를 통한 삶의 창조"란 얼마나 모호하고 불분명한가? 그런데도 이들을 혁명의 예술가라 부를 수 있다면 그것은 이들의 예술이 정치적이어서가 아니라 오히려 혁명이라는 사건이 포괄하고 있는 미학적 차원 때문, 더 정확히는 정치적인 것과 미학적인 것의 경계를 모호하게 하는 그 경계라는 사건성, 즉 다른 차원의 혁명성이 존재하기 때문은 아닐까?

혁명은 묵시록적이다. 혁명의 정수는 이미 세워진 기념비를 부수고 적극적으로 폐허를 창조하는 무자비한 힘, 일종의 죽음충동에 있다. 그 의미는 파괴와 부정의 순간 최고조에 이른다. 완결된 혁명이란 완전한 죽음에 대한 선언일 수밖에 없다. 세르게이 예이젠시테인(Sergei Eizenshtein, 1898~1948)의 영화 「10월」은 군중이 치켜 든 낫과 머리가 잘려나가는 차르 알렉산드르 3세의 동상이 병치되는 영화의 첫 장면에서 이미 완성된다. 새롭게 구축된 혁명 이후의 현실은 사실 더 이상 혁명이 아니다. 러시아 아방가르드는 이러한 혁명의 운명을 함께한다. 그 가운데서 폭발하는 힘과 포효하는 외침을, 변화의 순간을, 생성을 향한 비명을 그린다.

아방가르드를 '절대'라는 예술적 유토피아를 구현하는 방법의 하나로 칭할 수는 없다. 그것은 오히려 절대를 직접적으로 도발한다. 그속에서 순응의 형식은 단절(폭로)로 또는 반역사적 의미를 지니는 일종의 역사적 사건으로 대체된다. 아방가르드와 혁명이 만나는 지점이 있다면, 그래서 러시아 아방가르드를 혁명의 예술이라 칭할 수 있다면 그것은 이들이 모두 구현과 구축이 아닌 단절과 파괴를 본질로 하고 있기 때문일 것이다. 그러한 의미에서 러시아 아방가르드는 예술

창조를 통한 삶의 창조라기보다 삶의 형식에 기대어 있던 기존의 예술형식에 대한 파괴의 지점에서 새로운 삶을, 그것의 진정한 혁명성을 얻는다. 결국 니힐리즘으로 수렴될 수밖에 없다고 비판받는 이들의 부정과 해체의 방법론은 그 자체로 어떤 정치적 행위보다 강한 유토피아주의를 내포한다. 절대주의 이콘의 평면 위에서 형상은 완전한 부정을 겪지만 역설적이게도 그것이 비로소 혁명이라는 새로운 담론을, 완전히 자족적인 혁명 그 자체를 낳는다.

> 파열이란 새로운 담론전략에 붙여진 이름이며 유토피아는 그러한 파열이 필연적으로 취하는 형식이다. (…) 아무런 대안도 가능하지 않다는, 체제에 대한 아무런 대안도 없다는 이데올로기적 확신에 대해 유토피아적 형식 그 자체가 응답이 된다. 그러나 그것은 단절 이후의 세계에 대한 전통적인 상을 제시함으로써가 아니라 우리에게 단절 그 자체를 사유하도록 강제함으로써 이를 주장한다.[47]

유토피아적 사유의 불가능이라는 시대적 징후를 고찰하는 제임슨은 유토피아라는 그 형식 자체에서 희망을 발견한다. 유토피아의 비현실성이란 비단 오늘날만의 문제는 아니다. 그것은 늘 현재의 상징계적 질서의 연장선에서 합리적으로 이해될 수 있는 것이 아니었으며, 따라서 세계 안에 구축될 수 없었다. 오히려 그것은 스스로를 상상할 수 없도록 하는 힘이며, 그러한 힘으로 이 세계를 경계 너머로 파열하도록 하는 강한 충동이다. 경계는 그것을 넘는 순간 비로소 그 모습을 드러낸다. 혁명의 본질은 그것이 추구한 유토피아의 내용에 있지 않다. 그것은 스스로마저 부정하는 모든 형식의 0도, 완전한 폐허 위에서 어렴풋이 그 모습을 드러내는 희미한 경계, 즉 흰 바탕 위의 흰 사각형과 같다. 러시아 아방가르드의 혁명성은 다름 아닌 이러한 경계에 대한 치열한 사유 가운데에, 그것을 향한 새로운 시선에 있다.

채혜연 경상대학교·피아노

다양성을 꽃피운 프롤레타리아 음악[1]

현대음악과 프롤레타리아 음악의 공존

20세기 초의 사회적·문화적·정치적 격동기를 보내며 서구사회에서는 신고전주의(Neoclassicism), 무조성(Atonality)과 표현주의, 음렬주의(Serialism)[2] 음악 등이 공존했다. 비슷한 시기 러시아혁명, 내전, 신경제정책 등 사회주의 신생국가로서 역시 격동기를 보낸 소련에서는 정치적·사회적 급변에 영향을 받은 소련음악이 등장해 창조성, 실험성, 대중성 등에서 격렬한 논쟁을 일으켰다. 에릭 홉스봄(Eric Hobsbawm, 1917~2012)이 언급했듯이 소련사회는 농경사회에서 지식인사회로[3] 그리고 농민과 프롤레타리아가 문화와 예술을 향유할 수 있는 사회로 바뀌게 된다.

레닌은 1917년 11월 7일 러시아가 사회주의 국가를 건설하기 시작할 것이라고 선언했다. 볼셰비키는 인간의 본성이란 역사발전의 산물로서 혁명으로 이를 변화시킬 수 있다고 생각했고 실제로 혁명 이후 러시아에서 새로운 유형의 인간을 창조하려고 했다.[4] 이에 동조한 작곡가들은 혁명적인 민요들을 차용하고 가사와 음악에 시민전쟁의 정신을 반영하면서 '매스 송'(mass song)을 작곡했다. 특히 정부는 이러한 노래들의 정치적 이용을 인정하고 '혁명'음악을 작곡하고 출판하는 데 보조금을 지급했다.[5] 그러나 한편으로는 볼셰비키 혁명에 동조하지 않거나 지정받은 직업에 회의를 느끼거나 프롤레타리아 계급을 인정하지 않는 등의 이유로 러시아의 수많은 예술가가 러시아를 떠나 외국으로 이주하기도 했다.[6]

1926년 음악원 졸업작품 「교향곡 제1번 F단조 Op.10」으로 세계적 명성을 얻게 된 쇼스타코비치를 비롯해 20세기 초 활약했던 라흐마니노프, 프로코피예프, 스트라빈스키 등 러시아 출신의 세계적인 작곡가들은 어째서 고국을 등졌는가? 이 사건은 어떻게 일어날 수 있었고 또 어떻게 일어났는가?

이 글은 세계 음악역사상 유례 없이 현대음악과 프롤레타리아 음악이 공존을 이룬 1920년대, 즉 신경제정책 시기의 음악을 조명하고자 한다.

프롤레트쿨트의 해체와 그 정치사회적 배경

러시아혁명 이후 벌어진 내전은 점점 장기화되고[7] 격렬해졌다. 소련 정부는 배급이 점점 곤란하게 되자 1918년 6월 11일 마을의 '빈농위원회'에 관한 포고령을 공포하고 쿨라크(kulak, 부농)의 잉여곡물을 모두 거둬들였다. 그리하여 식량의 의무공출이 체계화되었다. 그러나 농민은 식량징발에 크게 분개해, 수많은 폭동을 일으켰다.[8] 루블의 가치가 폭락하자 1919년 1월 정부는 '전시공산주의' 체제를 채택했다. 즉 농민의 일반공출의무 부여, 기업의 국유화와 중앙집권적 관리, 계급기준과 평등원칙에 기초한 배급과 소비물자 무료분배, 화폐경제 해체와 현물경제 도입, 일반노동의무 부여가 이뤄진 것이었다. 이러한 과정을 통해 볼셰비키 러시아는 어느 정도 경제성장을 이루게 된다.[9]

이 당시 소련의 문화적 상황은 '프롤레트쿨트'의 활동을 통해 이해할 수 있다. 노동자가 주축이 된 문화와 연극, 미술동호회의 통합체였던 프롤레트쿨트는 1917년 9월 창설되었다. 프롤레트쿨트는 프롤레타리아 문화사상을 형성한 러시아 최초의 마르크스주의자였던 보그다노프의 사상에 기반을 두었다.[10] 보그다노프는 오직 프롤레타리아 계급만이 자신의 노동형식이 지닌 특수한 성격을 토대로 프롤레타리아 예술을 창조할 수 있다고 생각했다. 그는 정치적 변혁이나 경제적 변혁보다는 문화혁명에 우선성을 부여했다.[11] 한편 레닌과 트로츠키 등은 '프롤레타리아 문화'를 보급해 교육 발전, 읽고 쓰기 능력 향상, 문화수준의 전반적인 상승을 이룰 수 있다고 생각했다.[12] 레닌은 예술이 대중에게 이해되어야 하고 사랑받아야 한다고 주장했고, 이에 대중은 오페라하우스와 콘서트홀로 가서 음악을 감상했으며 수많은 관현악단과 현악4중주단이 공장과 군대를 방문해 연주회를 열었다.[13]

프롤레트쿨트는 공장 클럽과 극장, 예술가 작업장과 창조적 작가단체, 취주악단과 합창단에서 40만 명이 넘는 회원을 확보했고 300개의 지부가 소비에트 전역에 조직되었다.[14] 제럴드 에이브러햄(Gerald Abraham, 1904~88)이 지적했듯이 '프롤레트쿨트'는 현대성을 갖췄으며 노동자와 농부를 현대예술로 인도했다.[15]

보그다노프는 프롤레타리아가 해방되기 위해서는 경제적 투쟁을 위한 노동조합, 정치적 투쟁을 위한 정당뿐 아니라 자주적 문화건설을 위한 기관이 필요한데, 이 역할을 맡은 프롤레트쿨트 만큼은, 다른 모든 사업 영역은 당의 정치적 통제 아래 두더라도, 프롤레타리아의 독립적 기관이 되어야 한다고 주장했다.[16] 프롤레트쿨트의 가장 헌신적인 구성원들은 역사적·민족적 요소들을 완전히 일소해버린 순수한 소비에트 문명의 이상을 진정으로 신봉했으며 '소비에트 문화'는 국제적이고 집단적이며 프롤레타리아적인 문화가 되어야 한다고 믿었다.[17] 그러나 레닌, 트로츠키, 부하린, 루나차르스키 등은 프롤레트쿨트에 대해 보그다노프와 다른 견해를 피력했다. 레닌을 비롯한 볼셰비키가 보기에 이것은 당 규율과 마찰을 빚는 지식인들을 위한 피난처이자 잠재적 반대파를 끌어모으는 집단에 지나지 않았다.[18] 결국 레닌은 내전이 끝난 1920년 가을 프롤레트쿨트의 해산을 결정했다. 프롤레트쿨트의 지도부는 전원 교체되었으며, 프롤레트쿨트의 산하 단체는 인민계몽위원회에 완전히 흡수된다.[19]

소련사회는 다시 부침(浮沈)을 겪게 된다. 1920년 도시민이 급속히 감소하면서 노동자가 120만 명으로 주는 등 경제 분야를 비롯한 사회 전 영역에 혼란이 닥쳤다. '전시공산주의'에 대한 반발은 다음 해 2월 말, 크론슈타트 요새의 봉기로 절정에 이르렀고 결국 3월 15일 '신경 제정책'이 채택되었다.[20] 레닌이 이를 '국가자본주의'라고 불렀듯이 소련은 엄격한 통제 아래 자본주의적 요소를 부분적으로 도입했다. 식량의 강제수매가 폐지됨으로써 농민은 자신이 생산한 작물의 일부 만 정부에 납부하고, 나머지는 시장에 내다 팔 수 있었다. 결과적으로 소련의 공업생산과 농업생산은 전쟁 이전 수준으로 회복되게 된다.

특히 1924년과 1925년은 '신경제정책의 절정'으로 흔히 묘사되는 데 이런 경제의 '절정기'를 맞은 정부는 '문화우선정책'을 펴서 문화 에 대한 투자를 강화했다.[21] 레닌의 볼셰비키 정권은 이미 1918년 4월 4일 농민과 프롤레타리아가 경제적으로 어려운 상황에 처해 있을 때 에도 페테르부르크 음악원에 22만 5,000루블을 아낌없이 지원한[22] 바 있었다. 이로 미뤄볼 때 경제상황이 좋아진 신경제정책 시기에는 음악 분야에 재정적 지원이 더욱 활발히 이루어지리라는 것은 충분히 예측할 수 있는 일이었다.

이렇게 좋은 분위기 속에서 1923년이 되자 서로 다른 두 경향 의 작곡가들이 음악협회를 조직하게 되었다. 바로 '현대음악협회' (Association for Contemporary Music, 이하 '현대음협')와 '러시아 프롤레타리아 음악가협회'(The Russian Association of Proletarian Musicians, 이하 '러프로음협')다.[23]

현대음악협회와 현대음악

소련음악사에서 가장 중요한 위치를 차지하는 '현대음협'은

1923년 모스크바에서 창립되었다. 니콜라이 먀스콥스키(Nikolai Myaskovskii, 1881~1950), 빅토르 벨랴예프(Victor Belyaev, 1888~1968), 레오니트 사바네예프(Leonid Sabaneev, 1881~1968) 그리고 파벨 람(Pavel Lamm, 1882~1951)이 현대음협에 참가했다. 모스크바 분과는 잡지 『현대음악』(*Contemporary music*)을 창간했다.[24] 현대음협 작곡가들은 혁명을 겪은 새로운 음악은 새로운 표현형식을 필요로 한다고 주장했다.

현대음협의 정체성은 『음악문화』(*Musical culture*)의 편집자였던 니콜라이 로슬라베츠(Nikolai Roslavets, 1881~1944)의 주장[25]을 통해 이해할 수 있다. 그는 '변증법'(dialectius)이란 필명으로 발표한 글에서 "모더니즘은 마르크스주의 이론을 통해 역사적으로 그리고 연속적으로 정의된다. 마르크스에 따르면, 역사는 결정된 과정을 따라가는 것이며, 인간은 단지 근원적인 법칙을 발견하고 그에 따라서 행동할 뿐이다. 프롤레타리아혁명은 우리를 계급 없는 사회뿐 아니라 새로운 의식으로 인도할 것이며, 음악은 그러한 발전을 따라야 하고 새로운 의식을 표현할 수 있어야 한다. (…) 제국주의가 화학전쟁을 발명했기 때문에 화학을 추방하자는 것이 의미가 없는 것처럼 그들이 부르주아 문화의 일부분이라는 이유로 새로운 예술적인 업적을 모두 무시하는 것은 의미가 없다"라고 역설했다.

한편 1926년 1월 1일 레닌그라드 음악가들은 현대음협의 모스크바 지부로 '레닌그라드 현대음악협회'(Leningrad Association for Contemporary Music, 이하 '레닌그라드 현대음협')을 조직했다. '레닌그라드 현대음협' 멤버는 진보와 보수를 망라했다. 음악원의 원로 교수 막시밀리안 시테인베르크(Maksimilian Shteinberg, 1883~1946), 레오니트 니콜라예프(Leonid Nikolayev, 1904~34), 알렉산드르 오솝스키(Aleksandr Ossovsky, 1871~1957) 같은 보수적인 작곡가와 진보적인 젊은 작곡가 율리야 베이스베르크(Yuliya Beisberg, 1880~1942), 안드레이 파셴코(Andrei Pashchenko, 1885~1972),

유리 카를로비치(Yurii Karlovich, 1884~1941), 보리스 아사피예프(Boris Asaf'ev, 1884~1949), 블라디미르 셰르바초프(Vladimir Shcherbachyov, 1889~1952), 뱌체슬라프 카라티긴(Vyacheslav Karatygin, 1875~1925) 등이 구성원이었다.[26]

그러나 진보적인 작곡가와 보수적인 작곡가의 만남은 레닌그라드 현대음협을 분열로 이끈다. 니콜라이 림스키-코르사코프(Nikolai Rimskii-Korsakov, 1844~1908)의 전통에 충성하는 보수적인 작곡가와 음악원 교수들 때문에 진보적인 아사피예프와 셰르바초프는 위원회에 사임을 표하고, 현대적이고 진보적인 새로운 조직을 만든다.[27] 뒤를 이어 쇼스타코비치, 알렉산드르 카멘스키(Aleksandr Kamenskii, 1900~52), 블라디미르 데셰보프(Vladimir Deshevov, 1889~1955), 미하일 드루스킨(Mikhail Druskin, 1905~91) 등이 레닌그라드 현대음협에서 탈퇴해 '새로운 음악서클'(Circle of New Music, 이하 '서클')로 이동하는데, 쇼스타코비치가 볼레슬라프 야보르스키(Boleslav Yavorskii, 1877~1942)에게 보낸 편지에서 잘 드러나듯이, 그곳에 우수한 음악가들이 모두 모여 있었기 때문이다.[28] 이는 레닌그라드 현대음협의 최대 수혜자였던 쇼스타코비치가 '서클'의 임원이 된다는 데서도 잘 드러난다.

그들의 서클[29]은 1921년 예술사연구소에서 아사피예프가 조직했던 개인 서클을 확장한 것이었다. 서클은 1926년 '중앙음악기술학교'(Central Music Technicum)로 확장되었고 이곳에서 셰르바초프, 아사피예프 그리고 다른 임원들이 학생들을 가르쳤다. 중앙음악기술학교는 교육뿐 아니라 작곡에서도 진보적인 단체로 명성을 얻게 되었다. 1926년을 기준으로 두 단체는 각각 독립성을 유지하고 있었다. 레닌그라드 현대음협은 5월 12일 니콜라이 말코(Nikolai Mal'ko, 1883~1961)가 지휘한 쇼스타코비치의 「교향곡 제1번 F단조 Op.10」 초연과 실내악 연주 등 음악회 일곱 개를 후원했다. 하지만 쇼스타코비치는 레닌그라드 현대음협을 떠났고, 자연스럽게 레닌그라드 현대음협과 서클의 라이벌 관계도 끝났지만 1927년 2월 6일 유리 샤포린(Yurii Shaporin, 1887~1966)이 레닌그라드 현대음협의 대표자가 되면서 아사피예프와 셰르바초프는 변방에 머물 수밖에 없었다. 그러나 그들의 영향으로 필하모니와 극장의 레퍼토리 선정위원회는 20세기 음악을 선택했다.

비슷한 시기 해외에서 거주하며 작곡활동을 했던 스트라빈스키와 프로코피예프는 세계적인 현대음악제에서 작품을 발표하며 현대음악 작곡가로서 이름을 떨치고 있었다. 러시아 민족주의적 전통과 이색적인 동양풍을 살린 풍부하고 감각적인 관현악법 등으로 러시아 발레를 위한 「불새」「페트루시카」「봄의 제전」을 작곡해 이미 세계적 명성을 얻었던[30] 스트라빈스키는 1920년대 시대정신에 부응하고자 '신고전주의' 양식을 따라 「피아노와 관악기의 협주곡」(1924), 「오이디푸스 왕」(1927), 「뮤즈를 인도하는 아폴론」(1928), 「요정의 입맞춤」(1928) 등을 작곡했다. 1923년 파리에 정착해 당시 모더니즘 풍조에 아랑곳하지 않고 신고전주의적 경향의 작품들을 발표했던 프로코피예프는 1927년 소련에 초대되어 모스크바, 레닌그라드, 오데사에서 피아노 연주회를 열었다.[31] 특히 1927년 1월 '페르짐판스'(PERSIMFANS)[32]와 함께 연주했다. 그는 여기에서 「피아노 협주곡」「어릿광대의 관현악 조곡들」「세 개의 오렌지에 대한 사랑」을 연주했다.[33]

스트라빈스키와 프로코피예프를 포함해 많은 현대음악 작곡가가 모스크바와 레닌그라드를 방문했는데, 1925년부터 1927년까지 국립 오페라 극장에서 리하르트 슈트라우스(Richard Strauss, 1864~1949)의 「살로메」, 베르크의 「보체크」, 에른스트 크레네크(Ernst Krenek, 1900~91)의 「죠니는 연주한다」(Jonny spielt auf), 프란츠 슈레커(Franz Schreker, 1878~1934)의 「아득한 울림」(Der ferne Klang) 등이 공연되었다.[34] 특히 1927년 베르크가 자신의 오페라 「보체크」의 공연을 보기 위해 레닌그라드를 방문했다가 소련의 '뛰어난' 음악적 준비, 벨칸토(bel canto) 기법 활용, 현대적인 무대 세트에 감동받은[35] 사실은 당시 소련의 세계적 위상을 말해준다.

외국 예술가의 방문 등으로 음악에 대한 아이디어가 유입되었고 정부의 지원으로 음악가, 작곡가, 지휘자, 음악학자, 연주자는 국내는 물론 국외에서도 새로운 음악, 즉 현대음악을 실험할 수 있었다.[36] 몇몇 작곡가는 새로운 음조체계를 미분음(microtone)[37] 영역으로 확장시켰다. 게오르기 림스키-코르사코프(Georgii Rimskii-Korsakov, 1901~65)는 1923년 사분음(quater-tone)[38]을 위한 협회를 창립했고, 이를 주제로 이론적인 논문과 몇 곡의 작품을 남겼다. 1925년부터 1932년까지 레닌그라드에서 음악회도 개최했다. 레온 테레민(Léon Theremin)으로 더 잘 알려진 레프 테르멘(Lev Termen, 1896~1993)은 전자적인 것을 음악에 적용하는 게 가능한지에 대해 연구했다. 그는 레닌그라드에 '전자음악연구소'를 설립했고, 초기형태의 전자악기인 '테르멘보스'(Termenvos)를 만들었다.

현대음협은 국제적 감각으로 '현대적'인 것을 대표했고 '국제현대음악협회'와도 교류했다.[39] 소련에 거주하던 현대음협 작곡가들은 신경제정책 시기의 자유로운 분위기에서 자신의 음악작품을 외국의 국제음악제에 발표했다. 1925년 9월 4일 베니스에서 개최되었던 제3회 국제현대음악협회의 페스티벌에서 사무일 페인베르크(Samuil Feinberg, 1890~1962)는 스크랴빈 양식의 「피아노 소나타」를 발표했고, 1926년 6월 23일 취리히에서 개최되었던 제4회 페스티벌에서 먀스콥스키는 「피아노 소나타 제4번 C 단조」를 발표했으며, 1927년 6월 30일 프랑크푸르트에서 개최되었던 제5회 페스티벌에서 알렉산드르 모솔로프(Aleksandr Mosolov, 1900~73)는 「현악 4중주」를 발표했다.[40] 이 외에도 외국에서 소련작곡가의 작품이 많이 발표되었다. 1928년 7월 15일 모솔로프의 1막 풍자 오페라인 「영웅」은 바덴바덴에서 초연되었고, 1929년 1월 8일 니콜라이 로파트니코프(Nikolai Lopatnikov, 1903~76)가 신고전주의적인 선율과 현대적인 음악으로 작곡한 「교향곡 제1번」이 카를스루에(Karlsruhe)에서 연주되었으며, 같은 해 11월 28일 조지프 실린저(Joseph Schillinger, 1895~1943)의 전자악기인 '테레미노폭스'(Thereminovox)와 관현악을 위한 「첫 번째 에어로포닉 모음곡」(The First Airphonic Suite)이 클리블랜드에서 연주되었다.[41]

1920년대 모스크바와 레닌그라드에서 발표되었던 소련 출신 작곡가들의 현대음악 작품들은 소련음악사에서 중요한 위치를 차지했다. 특히 먀스콥스키, 셰르바초프, 가브릴 포포프(Gavriil Popov, 1904~72), 쇼스타코비치는 현대음협에서도 진보진영에 속한 작곡가들이었다. 에이브러햄이 지적했듯이, 1920년대 내내 관현악음악은 오페라보다 더 '현대적'인 노선을 견지했는데[42] 그들의 교향곡에서 그 시대 현대음악의 특징이 잘 드러난다.

교향곡을 다작한 먀스콥스키[43]는 이 시기 중요한 교향곡들을 작곡했다.[44] 혁명정신을 표현하려한 「교향곡 제6번」(1922~23)에서는 유명한 프랑스혁명의 노래들을 차용했다. 이 교향곡은 프랑스혁명가의 밝고 경쾌한 장조로 시작해 '신의 분노'(Dies Irae)를 주제로 한 미사음악의 전형적인 어두운 단조로 이어지다가 급기야 낮은 성부의 합창으로 러시아 구교도 의식에서 불리는 장송곡을 읊조리며 피날레를 맞이한다. 먀스콥스키는 이를 통해 내전으로 분열된 러시아 민중의 비극을 애도한다. 그의 음악은 자주 반음계(chromatic scale)적이고[45] 주관적이며 또한 감정적이다. 그러나 그가 점차 소련대중과 직접적으로 대화하려고 노력하면서 그의 음악양식은 단순화되고 객관화된다. 「교향곡 제7번」부터 「교향곡 제12번」까지 이러한 흔적이 나타난다. 「교향곡 제7번 B단조」는 1922년 작곡되어 1925년 2월 8일 모스크바에서 연주되었는데 여기서는 민요의 주제에 더욱더 관심을 집중했던 흔적을 찾을 수 있다. 몇 개의 교향곡은 표제음악적인 특징을 지녔는데, 예를 들면 볼가 지역의 러시아 민요를 사용한 「교향곡 제8번 A장조」는 러시아의 민족영웅 스텐카 라진(Sten'ka Lazin, 1630~71)의 이야기에 기초했다. 이 교향곡은 1925년 완성되어 1926년 5월 모스크바에서 연주되었다. 푸슈킨의 시「청동의 기사」에서 영감을 받아 작곡한「교향곡 제10번 F단조」는 1928년 12월 완성되어 1928년 4월 7일 모스크바에서 초연되었다.

셰르바초프는[46] 레닌그라드 음악원에서 활동하는 개혁적인 작곡가이자 교수였다. 그의 합창, 독창, 오케스트라를 위한「교향곡 제2번」(1925)—소위 '블로크 교향곡'—은 상징주의 색채를 드러내는 작품이다. 블로크가 기초를 설계한 이 곡은 알리기에리 단테(Alighieri Dante, 1265~1321)를 안내자로 삼아 인생의 비밀을 영적으로 탐구하는 내용을 담고 있다. 데이비드 하스(David Haas, 1957~)는 셰르바초프의「교향곡 제2번」을 레닌그라드 현대음악의 대표적 작품이라고 평가한다. 실제로 이 곡은 기념비적인 작품이다. 셰르바초프의 또 다른 현대음악 작품「9중주곡」은 반음계 선율, 뒤틀린 비온음계 선율, 반음으로 가득 채워진 온음계(diatonic scale)[47] 선율, 복조의 온음계 선율로 채워져 있다.

1920년대 현대음악가로 명성을 얻은 포포프는「7중주곡 Op.2」(1926~27)[48]를 셰르바초프에게 헌정했고 그는 '셰르바초프 악파'의 상징이 되었다. 셰르바초프의 작곡 아이디어와 아사피예프의 음악형식에서 영향받은 이 곡은 매우 현대적인데, 현대 서유럽의 재즈, 팝, 푸가, 캐논이 반영되었다.[49]

쇼스타코비치는 모스크바와 레닌그라드의 스트라빈스키, 힌데미트, 크레네크, 쇤베르크, 다리우스 미요(Darius Milhaud, 1892~1974) 등 서구 전위음악가의 작품연주회와 말러의 교향곡 연주[50]에서 커다란 영향을 받았다. 그는 1923년부터 1929년까지 모더니스트로서 작품을 썼다. 그는 1925년 19세의 나이로 자신의 이름을 세상에 알린「교향곡 제1번 F단조 Op.10」을 작곡했다.[51] 이 곡은 4악장으로 점점 동기를 발전시켜나가는 구성인데 모방(imitation)형[52]을 사용했다. 이는 역시 곡에 사용된 새로운 음감, 간결하고 투명한 기법 등과 함께 당시로서는 혁신적인 기법이었다. 이 곡은 표트르 차이콥스키(Pyotr Chaikovskii, 1840~93)의 영향을 받아 '서정성'(iyricism)과 '무성'(舞性, dancing nature)이 나타나며 특히 프로코피예프가 1914년 작곡한 '스키타이 모음곡'의 영향이 두드러지게 나타난다.

쇼스타코비치는 러프로음협의 영향으로 선전성과 대중성을 겸비한 현대음악 작품들을 다소 창작했다. 가령 「교향곡 제2번 B장조 Op.14: 10월 혁명에 바침」은 10월 혁명 10주년을 맞아 헌정한 곡으로서 1927년 작곡되었다. 초연은 1927년 11월 6일 레닌그라드에서 이루어졌는데, 이때 로슬라베츠의 「칸타타 10월」과 모솔로프의 「공장」이 함께 연주되었다.[53] 「교향곡 제2번」은 러시아 민족의 암울한 역사, 예속과 혼돈의 상황을 10월 혁명의 저항과 투쟁으로 떨쳐내고 마침내 승리의 찬가를 울리는 구성이다.[54] 공장의 호루라기나 경적 등이 사용된 이 곡에서 쇼스타코비치는 공장의 작업 과정을 장엄하게 표현하기 위해 혁명시를 차용하고 소련 국가와 국민을 칭송하며 밝은 미래를 이야기한다. 마지막에 이르면 "우리의 국기! 우리의 주장! 10월! 코뮌! 레닌!"이라고 소리치는 합창과 가장 짧은 코다(coda)로 곡을 끝낸다. 프란시스 마스(Francis Maes, 1963~)가 이 곡에 대해 그 당시 러프로음협이 묘사한 선전음악적인 성격을 다 포함한다고 평했듯이, 프롤레타리아 투쟁에서의 레닌의 역할을 폭발적이고 극적인 형식으로 찬미한 곡이다.[55]

쇼스타코비치는 10월 혁명 10주년을 기념해 오페라 「코(HOC) Op.15」(1927~28)도 작곡했다.[56] 이미 콘서트 형식으로 1929년 6월 16일 한 차례 공연했지만, 정식 초연은 1930년 1월 18일 레닌그라드의 말리 극장에서 사무일 사모수트(Samuil Samosud, 1884~1964)의 지휘로 이루어졌다. 이 곡은 극단적 실험성과 철저한 풍자가 어우러진 곡으로 1925년 이후 말리 극장의 수석지휘자였던 사모수트가 내건 방침, 즉 '주제와 형식의 쇄신을 통한 레퍼토리의 소련화'에 따라 창작되었다. 쇼스타코비치는 이 작품에서 고골이 『페테르부르크 이야기』에서 풍부하게 표현했던 니콜라이 1세 시대의 세상을 신랄하게 풍자했다. 『페테르부르크 이야기』의 명쾌한 텍스트와 줄거리의 극적 성격, 절묘하게 이어지는 각 장의 연속성, 환상성과 부조리성에 강하게 끌려 곡을 만든 쇼스타코비치는 음악과 텍스트를 완전히 동등하게 중요시했으며, 둘의 통합을 목표로 삼았다. 연장선에서 그는 현대적이면서도 리얼리즘 음악원리의 실험적인 기법을 따라, 마치 '레치타티보'(Recitativo)처럼 말의 억양을 사용했다.[57] 또한 거친 불협화음 화성, 확실한 몰이와 생명력 있는 뾰족한 리듬을 사용했고 또한 오케스트라를 기괴하게 사용했다.[58] 쇼스타코비치는 노동자와 농민 청중을 위해 작곡했고, 그들의 관심을 끌고자 했다. 실제로 전통적 오페라를 전혀 모르는 노동자도 그의 창작의도를 바르게 이해했다고 한다.[59]

쇼스타코비치의 「교향곡 제3번 Eb장조 Op.20 : 메이데이」는 1929년 작곡되었고 1930년 1월 21일 레닌그라드의 고리키 문화궁전에서 초연되었다. 「교향곡 제2번」이 투쟁의 관점을 표현하고 있다면 「교향곡 제3번」은 평화로운 건설 현장의 축제 같은 분위기를 표현하고 있다.[60] 이 곡은 「교향곡 제2번」처럼 단악장이고 합창이 나오는데, 특히 청중에게 강하게 호소하기 위해 종결부에서 세묜 키르사노프(Semyon Kirsanov, 1906~72)의 시를 합창으로 부른다. 쇼스타코비치는 동시대를 살아가는 사람들의 경험을 묘사하고 싶다는 의지가 강했으며, 두 교향곡이 이러한 의도를 반영하고 있음을 인정했다. 그러나 「교향곡 제3번」은 「교향곡 제2번」보다 더 정교하고 선적인 음악이며 환상적인 아이디어와 효과로 가득 차 있어 쇼스타코비치의 교향곡 중에서 가장 낙천적인 교향곡이라 할 만하다.[61] 동기와 주제의 전개, 재현에서 전통적 기법을 사용하지 않았지만,[62] 러시아의 민족적 특성을 보여주는 선율과 강한 음향으로 짜인 합창을 넣은 이 곡은 혁명 직후의 열기와 젊은 쇼스타코비치의 혁신성을 잘 보여주고 있다.[63] 세로프는 이 곡에 대해 "음에 프롤레타리아의 흔적이 있다"라고 평했지

만 눈부신 관현악법과 즐거운 주제, 유머와 위트로 듣는 이를 즐겁게
해 실제로 사회의 모든 계급이 감상할 수 있었다.[64]

러프로음협과 프롤레타리아 음악

러프로음협은 1923년 국가의 선전·선동 분야의 음악분과에 고용
된 레프 슐긴(Lev Shul'gin, 1890~1968), 다비트 체르노모르디코프
(David Chernomordikov, 1869~1947), 알렉세이 세르게예프(Aleksei
Sergeev, 1889~1958)가 설립했다.[65] 러프로음협은 1920년 모스크바
에서 설립된 라프와 강령이 같다. 그 강령은 첫째, 전통적인 주지주의
지도자들과 '비프롤레타리아'적 요소들을 강력하게 개혁하고, 둘째,
외래적인 예술형식에 반대하며, 셋째, 문학활동은 소련사회의 전체이
익에 종속되어야 한다는 내용이었다.[66] 이처럼 러프로음협의 목적은
정부에 조언하고, 조직적인 선전·선동을 통해 정부의 활동을 알리며,
음악 부문에서 프롤레타리아의 주도권을 굳게 지키는 것이었다. 러프
로음협은 부르주아 이데올로기의 산물인 모더니즘을 비난하는 동시
에 혁명은 노동계급을 위한 표현을 지향해야 하고 모든 문화는 프롤
레타리아에게 이익이 되어야 하며 그들에게 이해되어야 한다고 주장
했다.[67]

러프로음협[68]은 프롤레트쿨트보다 더욱 격렬하게 엘리트주의를 거
부했는데, 특히 '개인주의'를 강조한 현대음협과 그 일원인 로슬라베
츠의 엘리트를 위한 예술활동에 반대했다. 국가적인 요소는 프롤레타
리아 문화의 초석으로 간주되었고 음악에서 민요가 다시 한번 가장
중요한 역할을 맡았다. 즉 "내용에서는 프롤레타리아적이며, 형식에
서는 인민적"인 것을 새로운 슬로건으로 내세웠다.

모스크바 음악원의 젊은 공산당원을 주축으로 한 학생그룹이 처음
조직한 러프로음협은 슐긴과 세르게예프 그리고 알렉산드르 카스탈
스키(Aleksandr Kastal'skii, 1856~1926)가 전문적인 작곡가로 참여했
으나 대부분 비전문가인 교사와 저널리스트였다. 1926년 카스탈스키

가 사망하자 레프 레베딘스키(Lev Lebedinskii, 1904~92)가 러프로음협의 주도권을 잡았다.[69] 이후 러프로음협은 1929년까지 활발한 활동을 하지 못했다.

현대음협 작곡가와 다른 음악적 노선을 택했던 '프롤레타리아 음악가'들로는 러프로음협의 카스탈스키와 원래 '프롤레타리아 음악 집단 제작 진흥협회'(Society for Promotion of Proletarian music, Production Collective, 이하 '프로콜'PROKOLL)[70]에서 활동하다 나중에 러프로음협으로 이동한 다비덴코 그리고 '혁명적 작곡가와 음악활동가협회'(The Association of Revolutionary Composers and Musical Activists, 이하 '오르킴트'ORKiMD)의 작곡가 크라세프, 클리멘티 코르치마료프(Klimentii Korchmaryov, 1899~1958) 등이 있다.

카스탈스키는 중산계급 출신으로 사제의 아들이었다. 그는 아마추어 합창단과 오케스트라를 감독했고 1881년 코즐로프에서 철도노동자 합창단과 교향악단을 조직했다. 이후 모스크바로 돌아가서 종교음악학교(나중에 인민합창 아카데미로 바뀜)에서 계속 일하다가 1906년 인민음악원의 창립 멤버가 되었다.[71] 1919년부터 1923년까지 모스크바와 페트로그라드의 인민합창 아카데미를 감독했고 1922년 모스크바 음악원의 교수가 되었다. 1920년대 초 그는 혁명을 주제로 한 노래와 합창곡 부문에서 최고의 작곡가로 부상했다.[72] 우선 러프로음협의 주요 작곡가로서 선전음악의 '첫 번째 소련 교향곡'이라고 평가받는 「전원교향곡」을 작곡했다. 시골에서 행해지는 사회주의 노동의 미덕을 찬양하며 새로운 통치체제하의 시골생활을 표현한 이 곡은 합창, 두 명의 독창자, 민속현악기 4중주가 포함된 규모가 큰 4악장 교향곡이었다.[73] 특히 러시아와 우크라이나의 민요들과 춤곡들을 기초로 작곡되었다.[74]

다비덴코는 글리에르와 카스탈스키의 제자로서 1925년부터 1929년까지 모스크바 음악원의 '프로콜'[75]에서 주도적인 역할을 했다. 그는 혁명을 주제로 합창곡을 작곡했으며[76] 특히 '매스 송'을 크게 발전시켰다. 다비덴코는 「레닌에 대하여」를 작곡했는데 이 곡은 프로콜 창립을 맞아 개최되었던 콩쿠르에서 수상했다. 그는 이 곡에서 '반주 없이' 표시를 최초로 표기했을 뿐만 아니라 가수가 청중에게 말하듯이 무대 가장자리를 걷도록 했다.[77] 그가 1925년 작곡한 「부존니의 기병대」(Budenny's Cavalry)[78]는 독창하는 도입부와 합창하는 후렴으로 이루어졌는데, 특히 후렴에서 강렬함, 힘, 공동체의 연대감을 표현하기 위해 모든 성부가 동일한 선율로 부르는 제창형식을 취했다. 이전의 혁명가(革命歌)들이 독창 없이 오직 제창으로 이뤄진 합창이었던 것과 달리 그의 '매스 송'은 이처럼 독창과 제창의 두 부분으로 구성되어 있었다.

크라세프는 모스크바-카잔 철도노동자 동호회의 음악감독으로서, 특히 의료와 위생 노동조합의 모스크바 분과가 조직한 합창 동아리들을 지도했다.[79] 또한 그는 '오르킴트'의 작곡가로 큰 규모의 선전음악을 작곡했는데, 학교, 공장 또는 노동자클럽에서 공연할 수 있는 어린이와 어른들을 위한 음악드라마를 쓰는 데 특출한 재능을 발휘했다. 그중에서도 「페트루시카」가 가장 큰 관심을 받았다. 이 곡은 선전적인 메시지를 강화하기 위해 말, 트랙터, 손풍금(barrel organ)으로 이미지를 표현했고 매우 분명하고 성공적인 라이트모티프들을 사용했다. 이 외에도 크라세프는 1926년 어린이를 위한 피아노 듀엣 작품으로 「마을의 선구자들」「캠프의 선구자들」을 작곡했다.[80]

코르치마료프는 오르킴트의 작곡가로서 1924년 피아노 독주곡 「혁명제전」(Revolutionary Carnival)을 작곡했다. 이 곡은 프랑스혁명가 「카르마뇰」(La Carmagnole)의 선율에 기반을 둔 변주곡들로 이루어졌다.[81] 1926년에는 큰 규모의 발레곡 「농노 발레리나」를 작곡했다. 푸카초프 봉기를 찬미한 이 곡은 민요를 본 딴 아름다운 곡으로서 대중의 사랑을 받았다. 1927년 작곡한 오페라 「군인 이반」은 익살스러운 노래로 이루어진 풍자적인 작품이었다.[82] 이러한 곡들은 정치적 주제가 명백했지만 일차적으로 전문가들을 위한 작품이었고 다만 프

롤레타리아 또는 농부 연주자의 연주수준을 발전시키는 데는 이바지
했다.[83]

스탈린과 러프로음협의 세력화

일반적으로 1924년부터 1925년까지를 '신경제정책의 절정기'라고
표현하지만 실상은 달랐다. 타티야나 티모시나(Tat'yana Timoshina,
1940~)의 주장처럼 1920년대 중반이 되면 공업과 농업 부문 사이의
균형이 무너지기 시작해 '전시공산주의' 시기의 비상조치들을 부활시
킬 수밖에 없었다.[84] 1927년 말에는 '잉여'곡물 몰수, 농가창고에 대
한 불법적인 수색, 시장으로 곡물반입을 막기 위한 초소 설치 등에 착
수했다. 1928년 가을까지 도처에서 부농뿐 아니라 중농에게도 비상
조치들이 적용되기 시작했다. 결국 1929년 12월 스탈린은 신경제정
책의 종말과 부농억제정책에서 '계급으로서의 부농축출'정책으로의
전환을 선포하게 된다.[85]

이러한 정치적 상황변화는 음악계에도 그대로 반영되었다.[86]
1920년 중반 모스크바와 레닌그라드 음악계는 '모더니즘 대 프롤레
타리아티즘' 논쟁을 벌였다. 이 때문에 음악원의 분위기 역시 격렬해
졌다. 이 같은 논쟁은 교수와 학생 사이에서 불화를 일으켰을 뿐 아니
라, 교수와 학생의 경쟁을 유발하기도 했다. 대표적인 예가 나중에 루
나차르스키가 중재해야 했던 모스크바 음악원의 콤소몰이었다. 사회
적 환경이 변하자 학생들의 호전성도 커졌고, 결국 시간이 지나면서
러프로음협의 활동은 더욱 활발해졌다. 그들은 아카데미 표준모형을
만들려고 노력하면서 모든 음악강의에 간섭했다. 앞에서 언급했듯이
모스크바 음악원 학생 중에는 개인적인 재능을 비난하면서 '집단적'
(Collective)인 작업을 지향한 '좌파' 성향의 학생들이 있었는데 그들
의 활동은 프로콜 조직으로 나타났다.

러프로음협은 1926년 카스탈스키가 사망한 후 1929년 프로콜
로 보강되었다.[87] 이때 다비덴코, 셰흐테르, 벨리, 드미트리 카발렙

스키(Dmitrii Kabalevskii, 1904~87),[88] 마리안 코발(Marian Kovar', 1907~71)이 참여했다. 이들은 자연스럽게 현대음협 작곡가보다 효과적으로 대중에게 호소하기 시작했고 곧 전문적인 권위를 인정받게 되었다. 프로콜은 오직 대중노래가 사용된 오페라와 오라토리오만 만들었다.[89] 이렇게 신경제정책 시기 말기에 러프로음협의 작곡가들은 모스크바에서 강한 영향력을 행사했다.[90] 따라서 아마추어 당원의 작품은 아마추어 합창단에서 연주될 수밖에 없었다. 러프로음협은 레닌그라드, 키예프, 오데사 등 여러 도시에 지부를 설립했다. 1929년 스탈린정권이 들어선 이후 러프로음협은 음악에 대한 독점권을 실질적으로 획득했고, 드루스킨이 언급했듯이, 1928년 레닌그라드 현대음협은 러프로음협이나 다른 단체의 방해가 아닌 자체적인 무력증에서 비롯된 분열을 겪고 있었다.[91] 1931년 먀스콥스키와 비사리온 셰발린(Vissarion Shebalin, 1902~63)이 탈퇴하자 현대음협은 곧 붕괴 수순을 밟았다.[92]

소련음악의 다양성

셰르바초프, 포포프, 쇼스타코비치 등 현대음협의 작곡가들은 다양한 음악기법을 시도했다. 러프로음협 작곡가들의 작품에도 다양성은 존재했다. 그들은 민요와 혁명가를 사용해 대중을 위한 단순한 음악을 작곡했고, 코르치마료프 같은 경우는 대중적이면서도 현대적 기법을 사용해 다양성을 보여주었다.

러프로음협, 프로콜, 오르킴트의 작품은 대중성이 두드러졌는데, 카스탈스키, 다비덴코, 코르치마료프 등이 좋은 예다. 엘리트를 위한 음악이라고 불렸던 현대음협의 작곡가들조차 먀스콥스키와 쇼스타코비치처럼 대중과 소통하기 위해 농민과 프롤레타리아도 이해할 수 있는 작품을 창작했다.

창조성 역시 두드러지게 드러난다. 현대적이며 창조적이었던 모솔로프, 실린저, 림스키-코르사코프, 테레민뿐 아니라 코르치마료프,

셰르바초프, 포포프의 음악도 그러하다. 최고의 작곡가였던 쇼스타코비치의 음악에는 대중성, 다양성, 현대성이 두루 나타난다.

러시아혁명을 통해 형성된 인민을 위한 예술적 분위기는 1920년대 소련음악에 다양성을 부여했고, 대중에게 호소할 수 있는 창조적인 작품을 만들어내도록 했다. 이렇게 성격이 매우 다른 현대음악과 프롤레타리아 음악이 하나의 시공간에 존재할 수 있었다는 사실은 세계 음악사상 최초의 일이었고 확실히 큰 의미가 있었다.

그러나 어느 정도 자유로웠던 소련의 창작분위기는 곧 바뀌게 된다. 지배권을 장악한 스탈린이 1928년 신경제정책을 중단하고 제1차 5개년 계획에 따른 공업화를 추진하면서 러프로음협이 1929년부터 소비에트 작곡가동맹이 창립되는 1932년까지 소련음악계에 군림하게 된다.

조규연 중앙대학교·러시아문학

혁명과 신고전주의 건축

혁명기의 건축, 혁명적 건축

일반적으로 러시아의 '혁명적' 예술은 미래주의를 포함한 아방가르드의 초기 경향과 혁명 이후 이를 이데올로기적으로 계승한 소비에트 아방가르드를 지칭한다. 1910년대 미래주의를 시작으로 절대주의를 거쳐 1920년대 구축주의에 이르는 아방가르드의 발전은 러시아혁명을 기점으로 예술이 '평면적 추상'에서 '3차원적 구상'으로 전환되고 '거부'와 '파괴'라는 예술가의 사명이 '창조'와 '건설'로 전이되는 과정을 명시적으로 보여준다.[1] 혁명 이후 새로운 '일상의 창조'와 '삶의 건설'이라는 유토피아적 기획과 맞물려 가장 주목받게 된 예술 장르는 바로 '건축'이었다.

종래의 가치를 전복하고 새로움을 지향하던 입체파와 미래주의의 예술기획은 그 본질상 '정치적' 혁명과 결합할 수밖에 없었다. 말레비치 역시 입체파와 미래주의는 "1917년의 정치적·경제적인 삶에서 혁명을 예고하는, 예술의 혁명적인 움직임"[2]이라 규정한 바 있다. 흔히 '혁명적' 예술로 규정되는 이 경향들은 혁명 초기 국가의 지원 속에서 다양한 논쟁과 협업을 통해 가장 창조적이며 생산적인 시기를 보냈다. 그러나 혁명기 또는 혁명 이후 러시아의 건축을 실질적으로 이끌었던 경향은 혁신적 차원의 '혁명적' 예술이 아닌 '고전'이었다. 20세기 초반 정치적 혁명을 경험한 국가들을 중심으로 형성된 신고전주의 경향은 국가의 이데올로기에 당위성을 부여하고 혁명 자체를 합리화하는 주요 수단으로 향유되었다.[3]

아방가르드 건축연구가인 한-마고메도프는 1920년대 새로움에 대한 본격적인 실험에 앞서 아방가르드 건축가를 포함한 거의 모든 건축가가 체험했던 신고전주의는 소비에트 건축가들의 창작에서 드러나는 수많은 특징을 이해하는 데 필수적인 요소라고 지적한 바 있다.[4] 이 글에서는 이반 졸톱스키(Ivan Zholtovskii, 1867~1959), 이반 포민(Ivan Fomin, 1872~1936) 등으로 대표되는 혁명기 러시아의 신고전주의 경향의 형성배경과 발전 과정을 이전 시기에 유행했던 절충주의와 모던과의 연관성 속에서 조망하고, 신고전주의 건축의 주제와 미적 특징이 혁명이라는 정치적 사건 그리고 혁명 이후의 시대정신을 어떻게 반영하는지 살펴볼 것이다.

'모던'의 출현과 신고전주의로의 이행

절충주의에서 모던으로: 범주의 확장과 양식화

19세기 유럽건축을 주도했던 경향은 절충주의였다. 각 시기와 지역의 양식들을 포괄했던 절충주의는 그 특성상 단일하고 일관된 법칙은 지니지 못했으나, 수 세기 동안 지속되었던 고정관념을 거부함으로써 미적 감각의 범위와 건축형식의 지평을 확장하는 데 이바지했다. 절충주의적 특성은 근대화 이래 러시아 건축의 발전 과정에서도 극명하게 드러난다. 한-마고메도프는 표트르 대제의 서구화 시기부터 19세기 말까지 이르는 절충주의 경향의 역사적 과정을 이렇게 정리한다.

표트르의 개혁은 서구와의 문화적 교류를 강화시켰다. 유럽의 건축형식들은 러시아 건축으로 이입되면서 18세기 초반의 독특한 절충적 혼합을 만들어냈다. 이후 한 세기를 거치는 동안 고전 주범양식(Order)에 기반을 둔 프란체스코 라스트렐리(Francesco Rastrelli, 1700~71)풍의 바로크와 고전주의 그리고 앙피르 양식 등이 서로 교체되었다. 수십 년간 표트르 시기 이전의 러시아 건축양식은 창조적 유산 밖에 있었고, 그것을 대하는 데는 오랫동안 '반발효과'가 영향을 발휘했다. (…) 19세기 중반에 이르자 상황이 바뀌었다. 표트르 시기 이전의 건축은 '반발'의 시간대에서 벗어났고, 이 '반발효과'는 주범양식을 지향하는 모든 그룹과의 관계에서 영향을 발휘하게 되었다. 우선 콘스탄틴 톤(Konstantin Ton, 1794~1881)으로 대표되는 고대 러시아 건축의 비잔틴적 기원을 지향했고 그 후 이반 로페트(Ivan Ropet, 1845~1908)의 민속건축과 16~17세기의 건축유산을 체득하기 시작했다. 19세기 말에는 민족적이면서도 낭만주의적인 모색이 시작되었다.[5]

이처럼 표트르 시기부터 시작된 유럽 건축의 혼합적(절충적) 경향은 19세기 중반 이후 표트르 시기 이전의 건축양식과 결합하며 다양한 '러시아적' 양식의 모색으로 이어졌다. 그러나 20세기로 이행하는 길목에서 출현한 '모던'은 러시아의 건축상황을 더욱 복잡한 양상으로 이끈다. 러시아의 젊은 건축가들은 과거의 건축경향들, 즉 절충주의적인 혼합양식이나 고대 러시아 양식들에서의 탈출을 기대하며 유럽의 낯선 양식을 적극적으로 받아들였다. 1903년 '예술-건축단체'의 창립식에서 포민이 한 발언은 당시 '새로움'에 대한 지향으로서 모던에 대한 건축가들의 열광적 분위기를 그대로 반영하고 있다.

옛것을 보고 감탄하지만, 반복해서는 안 됩니다! 모방해서도 안 됩니다! 새로운 방향과 새로운 길, 자신만의 길을 모색해야 합니다. 우리는 젊고 강합니다. 우리는 자신만의 것을 창조해야 합니다. (…) 진정 모두에게 모든 예술세계를 사로잡았던 '새로움의 물결'이 아직 보이지 않는 것입니까? (…) 나는 이 새로운 양식이 유행이나 한순간의 관심이 아닌 거대한 새로운 흐름, 예술사에서 새로운 시대의 시작이 라는 점을 말하고 싶을 뿐입니다.[6]

이러한 분위기를 반영이라도 하듯, 1902~1903년 사이 모스크 바에서는 '건축과 예술산업 박람회'가, 페테르부르크에서는 '자유 예술 박람회'가 개최되어 포민과 표도르 셰흐텔(Fyodor Shekhtel', 1859~1926)의 창작물을 비롯한 모던 양식의 건축안들이 본격적으로 전시되기 시작했다. 이는 기존 양식의 거부를 통한 미적 이상과 관념 들의 급진적인 교체가 건축 분야에서 본격적으로 시작되었음을 의미 하는 것이었다.

주지하다시피 '모던'은 과거와 대립되는 시간으로서 '현재'나 '새로 움'을 의미한다. 그러나 그것은 단순히 과거와 대척점에 있는 개념이 라기보다는, 장 보드리야르(Jean Baudrillard, 1929~2007)의 분석처 럼 불확실하고 비가시적인 '영원성'에 반대되는 '일시적인 것'으로서 의 함의를 동시에 지닌다. 즉 자율적인 메커니즘으로서 "순수하고 단 순하게 유행과 부합하는"[7] 모던은 그 자체로 '끝'을 내포하고 있는 것 이다. 실제로 건축을 포함한 조형예술 전반에 상당 부분 영향을 미친 모던 양식은 "거대한 새로운 흐름, 예술사에서 새로운 시대의 시작" 을 예견했던 포민의 의도와 달리 일관된 양식을 지닌 단일한 유파를 형성하지 못했고, 가구나 인테리어 등의 장식예술 분야에 한정되어 단기간 존재했을 뿐이다.

다양한 양식의 혼합으로 존재했던 모던은 예술적 수준에서 절충주 의가 지닐 수밖에 없는 근본적인 한계에 부딪히게 된다. 즉 현대성에 대한 주관적 반응으로서 모던 예술은 산업화 및 기술의 비약적인 발 전을 동반한 사회적·경제적 측면을 적절히 반영할 수 없었고,[8] 이는 또한 사회적 맥락과 떨어져 존재할 수 없는 예술로서의 건축이 지닌 근본적인 딜레마이기도 했다.

19세기 말의 야로슬랍스키 역(위)과 셰흐텔이
디자인(1902~1904)한 야로슬랍스키 역.
20세기로 이행하는 길목에서 출현한 '모던'은
러시아의 건축상황을 더욱 복잡한 양상으로 이끈다.
당시 건축가들은 '새로움'에 대한 지향으로서 모던을
적극적으로 받아들였다. 이러한 분위기를 반영하듯
모스크바와 페테르부르크에서는 포민과 셰흐텔의
창작물을 비롯한 모던 양식의 건축안들이 본격적으로
전시되기 시작했다.

신고전 또는 '생동적 고전': 통일된 양식으로서의 건축'예술'

1910년대 절충주의와 모던의 한계를 인식한 러시아 건축은 예술수준의 향상을 위한 '양식의 통합'에 본격적으로 착수한다. 그러면서 모던을 열렬히 환영했던 이 중 상당수가 절충주의의 다양성을 거부하기 시작했고, "일정 단계에 이르면 원칙적으로 용인될 수 없는 양식의 창작경향"[9]이 되어버린 모던 역시 더욱 부정적으로 인식했다. 이러한 생각을 표명했던 대표적인 건축가는 다름 아닌 포민이었다. 모던의 열렬한 지지자였던 그는 1904년 모더니즘 계열의 문예월간지 『예술세계』(Mir iskusstva)에 이런 글을 썼다.

> 과거의 시여! 늙은 거장들의 영감에 찬 순간의 반향이여! 과거의 미에 대한 슬픔의 예민한 감정을 모두가 이해하는 것은 아니다. 그러한 감정은 강력한 힘을 고귀하고 실로 귀족적인 형식의 섬세함과 결합시켰던, 거대하고 이집트적인 힘을 지닌 건축 기념비들 앞에서 때로 뜻밖의 황홀경으로 대체된다. 예카테리나 2세와 알렉산더 1세의 시기에 만들어진 이 놀랄 만한 건축물들은 왜소해지는 인간 종족과 서툰 예술가들이 만들어낸 어떤 이상한 양식의 다층집들로 이미 대체되고 있다. 그것들은 이제 많이 남지 않았다. 그것들은 더더욱 가치가 있으며 더더욱 사랑스럽다.[10]

이는 고전양식의 건물들이 절충주의와 모던 양식의 건축으로 대체되는 당대 건축현실을 비판한 것으로, 불과 1년 전 밝힌 고전주의에 대한 포민 자신의 태도와 전적으로 상반된다. 이처럼 신선하고 때 묻지 않은 경향으로서 고전경향은 모던에 대항할 만한 건축적 가능성으로 인식되었고 그에 대한 동경은 건축가 사이에서 점차 확산되어 갔다.

1900년대에는 모던 양식의 영향에서 전적으로 자유로울 수 없었던 신고전주의가 1910년대 이르면 모던에 대한 완전한 우위를 점하게 된다. 앞서 인용했듯 19세기 절충주의가 러시아 고전주의에 대한 '반발효과'를 통해 자신의 독자성을 확립할 수 있었다면, 20세기 건축에서 고전은 모던에 대한 '반발효과'를 통해 그 지위를 공고히 하게 된 것이다. 실제로 다수의 건축가가 단일한 양식의 부재가 초래한 전반적인 예술수준의 저하를 극복하고 고도의 예술성과 심오한 내적 전문성을 실현하기 위한 통일된 양식을 바로 고전에서 구하고자 했다.

물론 고전주의의 양식화는 과거에도 널리 향유된 바 있었다. 특히 주범양식에서 고전은 여러 경향의 혼합을 통한 양식화의 대상 중 하나였는데, 이는 외적 특징의 차원에서 이뤄지는 양식들의 '능숙한' 변형일 뿐이었다. 반면에 1910년대 건축가들은 이러한 양식화기법들을 기계적으로 학습하는 데 그치지 않고 고전형식이 조성되는 법칙을 습득해 그 법칙의 틀 안에서 독자적인 것을 창조하고 발전시키려 했다. 이렇듯 1910년대에 이르면 고전적 유산에 대한 학습의 첫 단계를 거쳐 내적 형식과 양식을 형성하게 되고, 양적인 것에서부터 질적인 차원으로의 전화(轉化)를 통해 더욱 심오한 형식, 이른바 '생동적 고전'(zhivaya klassika)이 등장하게 된다. 절충주의와 전적으로 차별화된 "가장 높은 수준의 전문적인 혁신이자 고전 주범양식 건축의 예술구성 방식과 기법을 형식적으로 재현해내는 고차원적 단계"[11]를 의미하는 생동적 고전의 등장은 러시아 건축의 방향이 무미건조한 아카데미즘적 고전에서 그것이 실제적으로 활성화된 현실건축양식인 신고전주의로 전환하고 있음을 보여준다.

이러한 변화에 민감하게 반응했던 이들은 당시 러시아 조형예술 분야에서 주도적인 역할을 담당했던 '모스크바 회화·조각·건축학교'의 젊은 학생들이었다. 당시 아카데미즘적인 교육으로 일관했던 이 기관의 학생들은 예외 없이 17~18세기 바로크와 19세기 앙피르(Empire) 등의 양식을 학습하고, 고대 그리스·로마와 고딕, 이탈리아 르네상스와 루이 14세 시기의 건축을 모방해 거대하고 고답적인 양식화로 일관한 기획안을 양산해오던 터였다. 그러나 그들의 지향점은 예술교육의 심화, 즉 양식화라는 틀에 박힌 학습이 아닌 실질적인 예술창작 능력을 습득하고 개발하는 데 있었다.

　새로운 요구에 상응해 전통적인 교육 시스템 역시 변화하게 된다. 단일한 프로그램에 따라 수많은 양식을 가르치고 진급시키는 획일화된 교육체계는 복잡다단한 양상을 띠는 현실건축과는 전적으로 모순되는 것이었다. 건축과 현실의 합일을 원했던 학생들은 기존의 '학급 단위' 시스템을 '개인작업실' 시스템으로 전환해 건축현장에서 활동하는 '거장들'에게 직접 지도받기를 요구했고, 이는 1917년 혁명의 분위기 속에서 더욱 고조되었다.[12] 학교 측은 학생들의 요구를 수용해 새로운 교수초빙에 관한 문제를 논의했고, 그 결과 대다수 학생에게 "이탈리아 문예부흥에 정통한, 팔라디아니즘(Palladianism)[13]의 걸출한 계승자"[14]로 인정받고 있었던 졸톱스키가 열렬한 환영을 받으며 교수로 부임하게 된다. 수많은 재학생 및 졸업생은 그의 문하에서 수학하기를 원했으며, 1920년대 소비에트 아방가르드의 대표적 건축가로 자리매김하게 되는 니콜라이 라돕스키(Nikolai Ladovskii, 1881~1941), 콘스탄틴 멜니코프(Konstantin Mel'nikov, 1890~1974) 등이 이 시기 졸톱스키의 문하에서 이탈리아 르네상스의 기념비적 건축을 연구했다.

　이렇듯 혁명 전 10여 년 동안 고전에 대한 지향은 점차 고조되어 젊은 건축학도들을 포함한 수많은 건축가가 단일한 고전주의의 기치 아래 모였다. 향후 좌익예술과 관련된 혁신적 건축경향을 지지하게 될 건축가들 역시 고전건축의 조화로운 법칙과 기법을 습득하며 10월 혁명을 맞이했다. 균형, 안정, 조화라는 이 시기 고전 패러다임은 18세기 혁명의 분위기하에서 시민계급의 스토아주의를 표방하는 양식[15]으로 활용되었던 프랑스의 신고전주의와는 또 다른 것이었다.

혁명 이후의 신고전주의 건축의 발전양상

현실건축의 대안으로서의 소형식

혁명을 계기로 건축가들이 처한 상황은 크게 달라졌다. 레닌이 주창한 '4월 테제'에 따라 혁명 이후 부르주아 지주의 토지와 주택은 몰수되고 국유화되었다. 부동산에 대한 사적소유권이 폐지되자 건축가에 대한 사적인 주문과 거래가 사라지고, 예술·문화의 통제권력인 국가만이 예술과 건축의 소비주체가 될 수 있었다. 토지와 건물의 국유화는 국가라는 새로운 주문자-수요자를 낳았고, 소비의 대상이자 이윤을 내기 위한 수단이었던 건물에 대한 새로운 사회적 관계가 형성되면서 현실건축을 위한 특이한 조건이 마련되었다. 개인을 위한 건축이 아닌 국가적 차원의 도시건설 기획이 활발해지게 된 것이다.

1918년 페트로그라드[16] 자유예술학교(SVOMAS) 개교 연설에서 인민계몽위원회의 의장 루나차르스키는 혁명 이후 사회주의 조건에 상응하는 건축과 도시건설 방향 그리고 전망에 대해 이렇게 밝혔다.

> 가능한 한 서둘러 이 도시들의 외형을 바꾸고 예술작품 속에서 새로운 감각을 표현하며 민중의 감정을 모욕하는 무리를 타파하고 기념비적인 건물과 웅장한 기념비들의 형식 속에서 새로움을 창조할 필요성이 대두되었다. 이러한 요구는 거대하다. 지금 우리는 모스크바와 페트로그라드 그리고 다른 도시에서 건립 중이며 수십 개로 건립될 예정인 임시적인 기념비의 형식으로서만 이것을 실행할 수 있을 뿐이다.[17]

혁명 이후의 급격한 변화 속에서도 실제 도시의 모습은 크게 변하지 않았다. 귀족의 저택이나 궁전은 노동자를 위한 노동자회관, 노동자클럽, 휴양소 등으로 그 용도가 변경되었지만 건물의 외관은 과거의 모습 그대로였다.[18] 혁명 이후 강화된 사회변혁의 요구에도 불구하고 이 시기 사회적·정치적·경제적 측면에서 발생한 변화들을 건축설비에 즉각적으로 반영할 수 없는 것이 현실이었다.

이러한 상황에서 새로운 삶의 내용과 기존 건축물의 외적 형식 사이의 첨예한 모순을 부분적으로나마 해소시킨 대안이 루나차르스키가 제시한 "임시 기념비 형식"의 선동예술이었다. 혁명기 러시아의 미래주의 시인 마야콥스키가 "거리는 우리의 붓, 광장은 우리의 팔레트"[19]라 규정했듯 예술은 도시 자체를 노동자들의 실제 삶의 내용과 결합시키며 거리로 뿜어져 나왔고, 이에 현수막과 광고 등이 건물과 도시의 외관을 장식했다. 소비에트 정권 초기 중요한 역할을 담당했던 선전·선동예술이 단순히 회화적 측면에 국한된 것은 아니었다. 기초설비가 부족했던 혁명 이후의 건축상황하에서 건축은 선전·선동과 관련된 '소규모형식'에 집중했다. 1919년 인민계몽위원회 조형예술분과 산하 예술노동부는 신문잡지와 선동문학을 판매하는 가판대와 연단, 진열대 등 임시 선동장치 설치를 독려하며 이렇게 밝혔다.

> 분과는 지방도시들이 연사들을 위한 연단제작에 관해 수차례 요구한 바, 상기 기획을 위한 경연-주문을 서둘러 실시한다. 수요의 절박함과 급박함을 고려해 분과는 주문 시스템을 사용하기로 결정했다. 건축 분야에서도, 회화조각 분야에서도 다소 진전된 힘이 나타나고 있다.[20]

특징적인 것은 말레비치, 리시츠키, 로드첸코, 구스타브 클루치스(Gustav Klutsis, 1895~1938) 등 소형식 건축기획에 적극적으로 참여했던 대부분 건축가가 1920년대 소비에트 아방가르드의 형성과 발전에 직접적으로 관여했던 이들이었다는 사실이다. 고전경향이 주를 이루는 상황에서 국가의 요구에 응답한 주된 예술은 고전주의가 아닌 그와 대립되는 미래주의와 절대주의 그리고 구축주의로 대표되는 아방가르드였던 셈이다.

장엄함과 웅장함을 모티프로 삼는 고전주의 경향에 본질적으로 반하는 '소형식'은 최소규모의 건축에 집중할 수밖에 없었던 당대의 건축상황을 단적으로 보여준다. 혁명 이후 국가주도의 건축기획에서 좌익예술가들의 '소형식'이 주가 될 수 있었던 것은 고전건축의 실현이 현실적으로 불가능한 상황에서 선전·선동 효과를 극대화하고 정치적

로드첸코가 1919년 디자인한 키오스크(위)와 리시츠키가
1924년 디자인한 레닌의 연단.
말레비치, 리시츠키, 로드첸코, 클루치스 등 소형식
건축기획에 적극적으로 참여했던 대부분 건축가는
1920년대 소비에트 아방가르드의 형성과 발전에
직접적으로 관여했다.

의도를 가장 빠르고 명징하게 제시할 수 있는 대안이었기 때문이다.

조화와 균형으로서의 고전

혁명 이후 예술 분야에 대한 통제권은 당시 유일한 문화 관련 기관이었던 인민계몽위원회가 행사하고 있었다. 흥미로운 사실은 이 시기 인민계몽위원회의 의장이 고전적 전통을 옹호해왔던 루나차르스키였던 반면, 위원회 산하 조형예술분과를 주도한 이들은 극단적인 좌익경향의 예술가들이었다는 점이다. 미래주의 성향의 화가 다비트 시테렌베르크(David Shterenberg, 1881~1948)가 분과를 이끌었고, 이후 나탄 알트만(Natan Al'tman, 1889~1970), 푸닌, 브리크, 마야콥스키 등 미래주의나 향후 구축주의에 영향을 미칠 예술가들이 분과 내에서 주도적 역할을 담당했다. 고전경향의 건축가들에 대한 좌익예술가들의 생각은 전적으로 부정적이었으며,[21] 두 그룹 간의 갈등은 1919년 독립적인 건축전문분과가 만들어지기 전까지 첨예하게 지속되었다.

루나차르스키는 1919년 좌익경향이 주를 이루고 있던 조형예술분과에서 건축분과를 분리하고 졸톱스키를 수장으로 하는 독자적인 '건축·예술분과'를 창설하면서 아방가르드에 대한 생각을 이렇게 표명했다.

> 대담한 모색을 주로 하는 건축은 참을 수 없다. 건축과 관련해 가능한 한 서둘러 정상적으로 이해될 만한 고전적 전통에 의지하는 것이 우리에겐 더욱 중요하다. 나는 공산주의 건설이 가능해질 때 필시 인민계몽위원회가 위대한 공산주의 건설의 토대를 완성하고 그것을 예술적으로 관리할 만한 권위 있는 예술본부가 되어야한다고 여긴다. 러시아의 건축가 중 자신의 분야에 정통하고 상당한 권위와 거장으로서 유럽적 명성을 지닌 졸톱스키 동지가 있다. 예술의 영역에서 이러한 인물과 함께 '절망적인' 아방가르드의 의심스러운 비호 아래 있는 여타 건축가들을 보는 것은 고통스러운 일이었다.[22]

이후 졸톱스키는 모스크바 소비에트(Mossovet)와 고등예술·기술학교 그리고 러시아예술아카데미의 건축분과 수장이자 국가건축중앙위원회(Glavkomgossor)의 책임자 등 건축 분야의 요직을 두루 거치면서 조형예술분과와는 별개로 건축 분야에서 우익의 '독재'를 실현했다.

이렇듯 졸톱스키는 혁명 이후 초기 몇 년간 러시아 건축에서 중추적인 역할을 담당한다. 그가 강조했던 건축의 주된 원칙은 이론적 신념과 예술적 구성기법 간의 '균형'으로 수렴된다. 타고난 교육자였던 그는 자신의 창작원칙을 효과적으로 보급하기 위해 일방적인 강의가 아닌 공개토론 방식으로 학생들을 가르쳤고, 이 과정에서 외적인 측면에서의 절충주의나 양식화의 차원을 넘어 예술적 심층을 더욱 강조할 수 있었다. 다시 말해 절충주의나 수공업적인 양식화와의 거리두기를 통해 건축을 '위대한 예술'로 인식하는 일을 강조하고자 했던 것이다. 이를 효과적으로 실현하기 위한 그의 이론적 전제 중 첫 번째는 건축형상을 시각적으로 정확히 지각할 수 있는 능력, 즉 '눈의 소양'(glazomer)이다. 이를 통해 건축과 자연의 상호관계를 인식하는 것이 두 번째 전제다. 졸톱스키에 따르면 이러한 상호관계하에서 자연과 건축물의 조화를 실현할 수 있을 뿐 아니라 자연에서 건축의 구성법칙과 기법을 습득할 수 있게 된다. 세 번째 전제로 그는 건축 유기체의 예술적 통일성 그리고 전체와 부분들의 동시적인 종속성과 완성도를 강조했다.

완전한 건축적 유기체의 창조를 지향하는 졸톱스키의 이론에서 '고전'이라는 개념은 단순한 양식사적 규정이 아닌 예술적인 가치 그 자체였다. 유기체의 건설을 위한 두 가지 본질적인 근원, 즉 '그리스적인' 것과 '로마적인' 것 중 그가 높이 평가했던 고전은 '그리스적인' 것이었다.[23] 좌익예술가들을 중심으로 건축의 새로운 경향이 태동하던 혁명 이후의 시기에 졸톱스키는 이러한 고전적 신념을 바탕으로 한 '예술적 기교'를 건축가의 중요한 자질로 제시한다. 그는 당시 자신이

볼쇼이 카멘니 교량의 스케치. 기술공학형식에 맞서
신고전주의의 영향력을 증명한 졸톱스키의 볼쇼이
카멘니 교량 기획안은 이후 1920년대 중후반 고전건축과
구축주의 건축의 첨예한 논쟁을 예견하는 것이었다.

위부터 그리고리 크리보셰인
(Grigorii Krivoshein, 1868~1940)이
1911년 디자인한 볼셰오흐틴스키
대교(Bol'sheokhtinskii Most)와
블라디미르 슈호프(Vladimir Shukhov,
1853~1939)가 1914년 디자인한 급수탑.
혁명 전 러시아에서는 건축양식이나
예술적 지향과는 별개로 고전건축양식과
공존하던 경향이 있었는데, 바로
'기계의 시대'의 건축 패러다임인
'기술공학설비'였다.
당시 가교, 급수탑, 등대, 관제탑 등
금속과 철근을 자재로 하는 다양한
공학적 설비가 지어졌으며, 나선 모양의
격자형식은 도시의 경관을 구성하는
새로운 요소가 되었다.

누렸던 사회적 지위와 권위를 발판삼아 건축의 예술적 측면을 관할하는 일종의 감독관 역할을 자처해 고전을 전통적 주범양식으로서 러시아의 보편적인 미적 가치로 만들고자 했던 것이다.

졸톱스키의 고전에 대한 관심은 1920~21년 교량(橋梁) 경연에 출품된 '볼쇼이 카멘니 교량 기획안'에서 명확하게 드러난다.[24] 이 기획안의 특징은 당시 교량건설에 자주 사용하던 금속이나 철근 같은 현대적 자재들 대신 벽돌을 이용해 설계했다는 점이다. 그는 아크식의 넓은 경간구조를 여러 개로 분리, 축소하여 벽돌을 균형적으로 배치했으며, 다리의 정중앙에는 강으로 연결되는 계단이 배치된 로지아(Loggia)식[25] 고전적 (교회)건물형식을 제안했다.

기술공학적 성격을 지닌 현대적 건축이 아닌 구(舊) 카멘니 교량의 복원을 염두에 둔 이 경연의 의도로 볼 때 1920년대에 들어서도 고전적 기조는 정책적인 측면에서 지속되었음을 알 수 있다. 졸톱스키의 기획안을 포함한 여덟 점의 출품작은 크렘린 건축양식과의 외적인 부합성과 기존 건축물(구 카멘니 교량)과의 계승성을 둘러싼 여러 이견으로 채택되지는 못했으나 역사적 복원의 필요성과 그 실현 가능성을 제시하는 계기로 작용했다.

혁명 전 러시아에서는 건축양식이나 예술적 지향과는 별개로 고전 건축양식과 공존하던 경향이 있었는데, 바로 '기계의 시대'의 건축 패러다임인 '기술공학설비'였다. 당시 가교, 급수탑, 등대, 관제탑 등 금속과 철근을 자재로 하는 다양한 공학적 설비가 지어졌으며, 나선 모양의 격자형식은 도시의 경관을 구성하는 새로운 요소가 되었다.[26]

이러한 상황에서 혁명 이후 기념비적인 고전주의 경향이 발전했고 자연스럽게 '건설'(stroitel'stvo)과 '건축'(arkhitektura) 간의 대립이 시작되었다. 기술공학설비(건설)를 옹호하는 관점에서 볼 때 고전 경향은 현대의 기능설비에 전적으로 모순되는 시대착오적인 것이었다.[27] 반대로 고전주의자들(건축)에게 기술공학적 경향은 예술의 질적 수준을 저하시키고 설비기능을 건축의 수준으로 격상시키려는 미

숙함으로 인식될 뿐이었다.[28]

결국 신고전주의 건축의 강력한 영향하에서 혁명 이후 기술공학형 식은 건축 외적인 사물이나 소형식 건축에만 활용되었으나 1920년대 들어 구축주의 건축 기획에 커다란 자극이 된다. 기술공학형식에 맞서 신고전주의의 영향력을 증명한 졸톱스키의 '볼쇼이 카멘니 교량 기획안'은 이후 1920년대 중후반 고전건축과 구축주의 건축의 첨예한 논쟁을 예견하는 것이었다.

1922년 졸톱스키는 이듬해 개최될 '모스크바 전 러시아 농업 및 소산업 전시회'를 기획하고 니콜라이 콜리(Nikolai Kolli, 1894~1966), 빅토르 코코린(Viktor Kokorin, 1886~1959), 미하일 파루스니코프(Mikhail Parusnikov, 1893~1968), 이그나티 니빈스키(Ignatii Nivinskii, 1881~1933) 등 이른바 '졸톱스키 학파'에 속한 제자들과 함께 전시관 건설에 착수한다. 육각형의 구성과 아치 모양의 입구를 통해 신고전적 입체-공간적 구성의 균형과 조화를 유지하면서도 전시장 정문이 항상 열려 있게 설계한 것은 주목할 만한 부분이었다. 물론 몇몇 실험적인 측면을 제외하고는[29] 고전양식 특유의 '균형'이 두드러졌으며 전체 구성에서도 개별 건축물의 육각형 배치를 통해 안정성과 조화의 측면이 강조되었다. 이런 맥락에서 졸톱스키 그룹이 시도했던 일종의 창작적 '일탈'은 조화와 균형의 단일한 체계하에서 주범양식이라는 고전적 언어를 새롭게 번역한 것에 다름 아니었다.

혁명적 고전

러시아 신고전건축의 대표자로 모스크바에 졸톱스키가 있었다면 페트로그라드에는 포민이 있었다. 혁명 전 '모던'에서 '고전'으로 전향했던 포민은 혁명 이후 1918~20년 사이 페트로그라드 소비에트 산하 건축작업실의 수장이자 페트로그라드 예술아카데미와 페트로그라드 공업대학교의 교수로 재직하며 18~19세기 고전 주범양식의 '현대화'를 계속해서 실험한다.

졸톱스키가 1923년 디자인한 '모스크바 전 러시아 농업 및
소산업 전시회'의 '기계제작 전시장'(위)과 정문.
육각형의 구성과 아치 모양의 입구를 통해 신고전적 입체-
공간적 구성의 균형과 조화를 유지하면서도 전시장 정문이
항상 열려 있게 설계한 부분이 눈에 띈다.

졸툽스키와 마찬가지로 절충주의와 모던 양식을 극복한 포민 역시 고전 주범양식을 건축의 모델로 삼았다. 졸툽스키가 주범양식을 통해 건축을 자연과의 조화와 전체로서의 유기체로 인식했던 반면 포민은 개별 요소의 균형보다는 주범양식에 내재한 건축언어 자체에 주의를 기울였다.

혁명 이후 건축의 사회적 활성화에 이바지한 중심통로는 '경연'이었고, 그 주된 대상과 주제는 혁명 이후 새로운 체계의 상징이자 혁명의 기념비로 인식되었던 '궁전'이었다. 이는 규모의 측면에서 과거의 기념비적 건축물에 결코 뒤지지 않는 건축물을 기획함으로써 노동자에게 밝은 미래를 제시하고 새로운 사회시스템을 실현하고자 하는 의도가 반영된 것이었다. 또한 '궁전'은 형식과 내용에서 혁명적 장엄함을 표현하고 혁명의 역사적 합법성을 정당화하기에 적합한 소재이기도 했다.

기존의 러시아 전통에서 정부와 권력의 징표로 간주되던 궁전의 이미지는 혁명 이후 프롤레타리아 독재와 관련된 새로운 의미로 재탄생한다. 예컨대 1919년 페트로그라드 푸틸로프 공장의 노동자들이 주도한 '노동자궁전 경연'은 '프롤레타리아 궁전'의 기능적 구조에 초점이 맞춰졌다. 페테르고프(Petergof) 지역 소비에트 계몽위원회가 기획한 이 프로그램에서 궁전은 니콜라이 2세 치하의 인민회관이나 부르주아 클럽과는 차별되는 새로운 형태로서 학문과 예술, 휴식과 스포츠 그리고 사회적 삶을 아우르는 문화의 중심으로 제시되었다.[30]

포민이 이 프로그램에 제출한 기획은 고전주의 예술언어를 지향하는 '혁명적 낭만주의'의 전형으로 평가된다. 새로운 형태의 건축 구상은 당시 '노동자'와 '궁전'의 결합상을 더욱 명징하게 드러내는 일종의 메타포였다. 즉 '궁전'의 일반적 특징들을 모두 포괄하면서도 조화와 균형의 기법들로 새로운(혁명적) 의미를 창출해야만 했던 것이다.

포민의 기획안에 제시된 광장과 그 안쪽에 기둥으로 둘러싸인 웅장한 돔 형식의 건물 그리고 양 날개처럼 대칭적으로 배치된 건물 등은 고전적인 '궁전'의 형식과 일치하는 것이었다. 그는 이러한 고전주범양식의 건축언어를 고수하면서 동시에 혁명 이후의 시대정신과 새로운 건축 수요자로서 노동계급의 요구에 상응하는 전통적 언어를 취하는데, 바로 '도리아식 주범'(Doric order)이었다. 이 양식은 혁명 전에 자주 자용되었던 우아하고 화려한 형식의 '이오니아식 주범' (Ionic order)이나 '코린트식 주범'(Corinthian order)과는 달리 혁명적 장중함과 위엄을 형상화하기에 가장 적합한 양식이었다.[31]

특히 포민은 받침과 장식을 배제한 단순한 형식의 기둥 두 쌍이 주로 사용된 '붉은 도리아 양식'을 제시하는데, 이는 프롤레타리아적인 소박함과 간결함을 상징함과 동시에 혁명을 의미하는 '붉은'이라는 수식어를 통해 '혁명과 고전'이라는 두 주제와 형식을 동시에 아우르는 것이었다. 이렇듯 포민은 현대적 맥락에서의 주범양식에 대한 실험을 통해 '프롤레타리아적 고전'이라는 관념을 표명했으며, 이러한 작업은 이후 10여 년간 지속된다.

고전적 비장함과 거대함의 양식은 이 시기 포민이 이어온 페트로그라드 건축학파의 일반적인 특징이었다. 이러한 고전양식은 1920년 경연에서도 지속되는데, 당시 경연의 소재는 '구역 공중목욕탕'으로 평범했다. 하지만 포민이 제시한 기획은 '고대 로마식 공중목욕탕'이었고, 그 규모 또한 실제 로마제국의 설비에 버금갈 정도였다고 한다.

혁명 직후 도시 건축에서 강조됐던 또 하나의 특징은 '영웅화'의 측면이었다. 대표적인 예로는 1919년 모스크바와 페트로그라드에서 개최된 '화장터 기획 경연'이 있는데, 포민의 기획안은 혁명 이후의 문화적 인식과 사회적 변화를 결합해 '영웅화'라는 고전적 패러다임을 반영했다. '하늘로'라는 구호와 함께 제시한 화장터 기획에서 포민은 "타버린 영혼이 탑을 통해 하늘로 고양될 것"이라는 기획 의도를 밝히면서[32] '붉은 도리아'식 곁채로 둘러싸인 마당 위에 높은 층탑을 건설하자고 제안했다.

혁명 이후 급속한 변혁의 분위기 속에서 삶의 재건설에 대한 극단적인 사회적 요구는 새로운 예술적 형상을 추구하는 낭만주의와 맞물리게 된다. 상상을 초월하는 '거대함'은 사회의 재건설 기획의 장엄함을 전달하기 위한 필수적인 수단이었으며, 이러한 낭만주의적 건축환상을 통해 사회 유토피아의 요구에 답하려는 시도들이 주를 이루었다. 물론 그 이면에는 정치적 측면, 즉 대중에게 혁명의 유토피아적 환상을 부여하고자 과장된 '마술적 힘'[33]을 보여주려는 의도가 숨어 있었다. 건축가들의 유일한 파트너가 인민위원이나 국가기관을 가장한 국가 자체였던 까닭에 그들의 창작은 혁명 이후 프롤레타리아를 위한 진정한 '사회적 주문'의 결과물은 될 수 없었다.

신고전주의 이후: 구축주의의 발전과 신고전주의의 부활

회귀적 성격의 신고전주의 경향은 비록 '혁명적' 예술은 아니었지만 혁명이라는 역사적 사건에 큰 의미를 부여하고 혁명 이후의 시대정신을 최대한 반영하고자 했던 '혁명기의' 주된 예술경향이었다.

1922년 조직된 '러시아 예술아카데미'의 건축분과를 중심으로 고전적 원칙을 고수했던 소비에트 건축은 1923년 졸톱스키가 이탈리아로 떠난 이후 새로운 국면을 맞이한다. 건축분과의 구성은 베스닌(Vesnin) 형제, 긴즈부르크, 멜니코프 등 혁신적 건축가들로 대체되고, 1920년대 초부터 좌익예술가들을 중심으로 한 인민계몽위원회 조형예술분과, 고등예술·기술학교, 예술·문화연구소, 현대건축가동맹(OSA), 신건축가동맹(ASNOVA) 등을 통해 건축적 잠재력을 축적해 오던 구축주의가 본격적으로 대두되어 합리주의(Rationalism) 경향과의 경쟁을 통해 1920년대 후반까지 소비에트 건축을 주도하게 된다.

혁명 이전 신고전주의와 좌파 조형예술이라는 양극단은 공히 모던의 양식을 극복하는 건축(예술)형식으로 발전했다. 혁명 이전 조형예술에서의 혁신과 전통, '극단적 새로움'과 '검증된 전통'이라는 모순적인 양극단은 독자적이고 평행적인 발전을 이어오면서 1920년대 건축의 괄목할 만한 성과인 구축주의를 준비하고 있었다. 한-마고메도프

포민이 1919년 디자인한 노동자궁전의 전경.
포민의 노동자궁전은 고전주의 예술언어를 지향하는
'혁명적 낭만주의'의 전형으로 평가된다.
그는 고전 주범양식의 건축언어를 고수하면서
동시에 혁명 이후의 시대정신과 새로운 건축 수요자로서
노동계급의 요구에 상응하는 전통적 언어를 취하는데,
바로 '도리아식 주범'이었다.

포민이 1919년 디자인한 화장터(위)와 1930년 디자인한
'붉은 도리아 양식'의 이바노보 국립화학기술대학교.
포민은 받침과 장식을 배제한 단순한 형식의 기둥
두 쌍이 주로 사용된 '붉은 도리아 양식'을 제시하는데,
이는 '혁명과 고전'이라는 두 주제와 형식을 동시에
아우르는 것이었다.

는 두 경향이 발전하는 과정에서 "한편으로는 이 개념 중 많은 것을 불태우고 다른 한편으로는 형식형성에 관한 새로운 개념을 낳았으며", 그 과정의 가장 유의미한 결과가 바로 소비에트 건축 아방가르드라고 지적한 바 있다.[34]

1929년 구축주의의 연합에 반대한 '전 소련 프롤레타리아 건축가 연합'(VOPRA, 이하 '보프라')의 창설을 계기로 소비에트 건축에 또 한 번 중대한 판도변화가 일어난다. 구축주의를 소비에트 민중에게 낯선 서구문물을 이식하는 경향으로 인식했던 '보프라'는 영웅적 사실주의라는 슬로건과 함께 '프롤레타리아 건축'을 통한 대중의 해방과 적극적인 사회주의 건설 참여를 주장했던 정치적 집단이었다.[35] 1932년 기존의 모든 그룹은 '소비에트 예술가동맹'으로 통합되었으며 고전주의 건축가 졸톱스키를 비롯해 라돕스키, 베스닌 등 기존의 혁신적인 건축가들이 그룹의 수뇌부로 선출되었다.

결국 1930년대 스탈린 시기에 이르러 '영원한 가치'로의 회귀적 유토피아, 즉 '역사주의적 신고전주의'라는 또 다른 형태의 고전주의가 다시금 도래한다. 그러나 그것이 지닌 체계성과 단일함에 대한 정향은 스탈린 전체주의의 유지와 이상적인 반영을 위한 노골적인 수단이 되고 만다. 기념비성, 균형과 조화, 주범양식과 고딕적 수직성 등 모든 고전주의 양식이 종합적으로 반영된 '소비에트 궁전 경연'에서부터 제2차 세계대전을 거쳐 1953년에 이르는 스탈린 시기의 고전주의 건축경향에 대한 총체적인 논의는 차후의 과제로 남겨두기로 한다.

이승억 경북대학교·러시아문학

연극으로 펼쳐진 혁명의 시작과 끝

연극의 불모지에서 연극의 나라로!: 혁명 전후의 러시아 연극

1672년 10월 17일은 러시아에서 최초의 근대적 연극이 상연된 날로 작품은 성경의 「에스더」를 모티브로 한 희곡 「아하수에로 왕」이었다. 이 공연의 주체는 러시아 극단이 아닌 독일인 목사 그레고리가 이끄는 독일극단이었다. 이때까지 러시아에는 극단이나 배우는 물론, 공연을 할 수 있는 극장과 러시아어로 쓰인 극작품조차 없었다. 그래서 이날 공연은 당시 황제였던 알렉세이의 영지에 마련된 임시 무대에서 상연되었다.

비슷한 시기 서유럽은 연극의 황금기였다. 1601년 영국에서는 셰익스피어의 「햄릿」, 1669년 프랑스에서는 몰리에르의 「타르튀프」가 상연되는 등 극작가, 배우가 왕성히 활동하고 있었고, 극장 역시 중요한 문화적 공간으로 자리 잡고 있었다. 그러나 이 시기 러시아는 연극의 불모지였다. 정확히 말하자면 서유럽이 연극의 전성기를 맞이하고 있을 때, 러시아는 연극이라는 장르조차 생소한 나라였다. '극장' '드라마' '희곡'이라는 용어조차 표트르 대제의 근대화 이후인 18세기에 들어와서야 비로소 통용되기 시작할 정도였다.

물론 이러한 현상이 연극 장르에만 국한된 것은 아니다. 러시아는 여러 역사적 상황과 지리적 특수성으로 정치, 경제, 군사, 문화 등 모든 면에서 서유럽에 현저히 뒤쳐져 있었다. 그러나 러시아는 문학과 예술의 발전속도와 성취 면에서 매우 특이한 나라다. 18세기 이후 표트르 대제가 본격적으로 서유럽 문물을 들여온 이후, 19세기 중후반에 이르면 짧게는 수백 년, 길게는 수천 년의 시간적 격차를 단번에 극복해 문학과 예술 분야에서 놀라운 성취를 이룬다. 그중에서 가장 놀라운 장르는 단연코 연극이다.

　연극사의 관점에서 러시아는 매우 독특하다. 근대 러시아 연극은 18세기 중엽부터 시작되는데, 출발점은 표트르 대제의 딸 옐리자베타 페트로브나(Elizaveta Petrovna, 1709~62; 통치 1742~62)다. 부친의 영향으로 일찍이 유럽 문물, 특히 프랑스 문물에 지대한 관심을 보였던 옐리자베타는 당시 프랑스에서 유행했던 무도회, 살롱 등의 문화를 직접 수입하고 확산을 장려한다. 특히 귀족들의 여흥거리로서 연극에 큰 관심을 품어 1756년 8월 30일 칙령을 내려 러시아 각처에 극장을 건립하라고 명령하고, 1756년 9월 30일 당시 제정 러시아의 수도였던 페테르부르크에 일반의 출입을 허용한 최초의 황실극장을 건립한다. 오늘날 알렉산드린스키 극장으로 불리는 이곳에서 러시아 연극의 선구자인 알렉산드르 수마로코프(Aleksandr Sumarokov, 1717~77)와 표도르 볼코프(Fyodor Volkov, 1729~63)가 활동하면서 근대 러시아 연극이 본격적으로 태동하게 된다. 이후 1824년 모스크바에 말리 극장이 개장하면서 연극은 귀족들의 여흥거리로서 19세기 전반 급속도로 성장한다.

　19세기 초 러시아는 푸시킨의 등장으로 문학의 황금기를 맞는다. 그런데 희곡은 시나 소설에 비해 발전 속도가 미미했다. 더욱이 연극 발전의 가장 중요한 요소 중 하나가 극작가인데도 19세기 전반까지 희곡만을 전문적으로 창작하는 순수한 극작가가 드물었다. 물론 푸시킨, 고골리, 레르몬토프, 투르게네프 등 19세기 전반 러시아 작가들도 대부분 희곡작품을 창작했지만, 그들의 주된 관심은 시와 소설 장르였고, 연극과 극장의 전문가로 칭하기에는 다소 부족한 점들이 있었다. 따라서 당대 극장들의 연극 레퍼토리는 여전히 서유럽 희곡이 주를 이루었고, 러시아 대중의 삶을 다룬 작품들은 매우 드문 실정이었다.

이런 면에서 19세기 중후반 러시아 극문학의 아버지로 불린 알렉산드르 오스트롭스키(Aleksandr Ostrovskii, 1823~86)의 등장은 러시아 연극의 새로운 지평을 열었다고 볼 수 있다. 오스트롭스키는 이전 작가들과는 달리 총 48편의 희곡작품만을 창작했고, 내용 역시 러시아 민중의 삶을 주로 다뤄 '가장 러시아적인 작가'로 불렸다. 또한 그는 자신의 모든 작품을 말리 극장에서 상연하고 연출·제작에 직접 관여해 '말리 극장의 아버지'라는 별칭을 얻었다. 특히 오스트롭스키가 활동한 19세기 중후반은 이른바 '귀족의 시대'가 저물고 중인과 상인 계층이 중심이 된 '잡계급의 시대'가 막 도래한 때였다. 따라서 연극은 귀족들의 전유물에서 벗어나 일반 대중에게도 새로운 여흥거리가 되었다.

연극에 대한 일반 대중의 욕구와 수요는 19세기 말 극작가 체호프와 연출가 스타니슬랍스키가 등장하고 모스크바 예술극장이 건립되면서 한층 더 증가하게 된다. 특히 모스크바 예술극장은 새로운 시대의 새로운 연극에 대한 일반 대중의 욕구를 가장 충실히 반영한 극장이라는 점에서 그 의미가 매우 크다고 볼 수 있다. 1898년 문을 연 모스크바 예술극장의 최초 명칭이 '일반에게 허용된 모스크바 예술극장'인 것은 우연이 아니다.

연출가 스타니슬랍스키와 블라디미르 네미로비치-단첸코(Vladimir Nemirovich-Danchenko, 1858~1943)의 모스크바 예술극장 건립은 19세기 말에서 20세기 초 러시아 문화·예술계의 가장 중요한 사건 중 하나다. 체호프의 4대 희곡 「갈매기」「바냐 아저씨」「세 자매」「벚나무 동산」을 공연하면서 세계적인 명성을 얻게 된 모스크바 예술극장은 '스타니슬랍스키 시스템'을 통하여 이전의 연기·연출법에서 완전히 벗어나 혁신적이고 새로운 연극지평을 열게 된다. 이전의 연극들이 한두 명의 배우에게 의존하는 '스타 시스템'이라면, 스타니슬랍스키의 연극은 여러 명의 배우가 조화를 이루는 '앙상블 시스템'으로 배우들의 내면과 심리묘사에 초점을 맞추는 무대 사실주의를 지향한다. 체호프와 연출가 스타니슬랍스키 그리고 모스크바 예술극장으로 러시아는 단기간에 큰 반향을 일으킨다.

그러나 체호프가 1904년 사망하고, 1917년 혁명이 일어나자 혁명을 수용치 못한 스타니슬랍스키가 그의 극단을 데리고 유럽과 미국으로 떠나버려 러시아 연극계는 일면 큰 위기에 봉착하게 된다. 그런데 놀랍게도 러시아 연극은 혁명 이후, 특히 혁명 이후 10여 년간 세계 연극사에서 그 유례를 찾아 볼 수 없을 만큼 양과 질적인 면에서 폭발적으로 성장한다.

흔히 '연극의 3대 황금기'로 기원전 5세기 무렵 그리스의 아이스킬로스, 에우리피데스, 소포클레스의 비극시대, 16세기 영국의 셰익스피어 시대, 17세기 프랑스의 라신, 코르네이유, 몰리에르의 고전주의 시대를 꼽는다. 이제 여기에 1917년 혁명 후의 러시아 연극을 '제4의 황금기'이자 '르네상스 시기'로 추가할 수 있을 것이다.[1]

도대체 왜 혁명 후 러시아 연극은 폭발적으로 성장한 것인가? 혁명과 연극은 어떠한 관계인가? 그것은 혁명 이후 100여 년이 지난 오늘날 혁명의 의미를 재조명하는 하나의 원동력이자, 20세기 내내 비약적인 발전을 거듭하며 오늘날까지도 전 세계 연극의 흐름을 주도하는 '연극의 나라' 러시아의 비밀을 푸는 열쇠가 될 것이다.

혁명의, 혁명에 의한, 혁명을 위한 연극

러시아에서 연극이 전문적인 극단과 극작가가 중심이 되어 하나의 예술 장르로 정착한 것은 19세기 말 체호프와 스타니슬랍스키 그리고 모스크바 예술극장이 등장하면서부터였다. 이후 러시아 연극은 꾸준히 성장해 1913년 러시아 전역의 전문적 연극극장 수는 약 143개까지 늘어났다. 하지만 본격적인 성장은 혁명 후의 일이었다. 통계자료에 따르면 혁명 후 10여 년이 지난 1928년 러시아 전역의 극장 수는 579개로 증가했고, 모스크바의 연극관람객 수는 약 100만 명을 기록했다. 1920년대 활동한 극작가 수는 약 1,000명이었고, 해마다 적게는 100편에서 많게는 400편의 희곡이 발표되었다.[2]

불과 20여 년이 채 되지 않은 시간 동안 러시아 연극은 비약적인 성장을 이룩했고, 그 중심에는 1917년 사회주의 혁명이 있었다. 도대체 연극과 혁명은 어떤 관계였을까?

혁명 후 러시아 연극이 비약적으로 성장한 가장 큰 원인은 매우 단순하고 직접적인 것이었다. 그것은 바로 혁명의 이상과 정부의 정책을 선전, 선동할 수 있는 가장 강력한 무기로 '연극'에 주목한 혁명정부의 전폭적인 지원 때문이었다. 혁명 직후 혁명정부의 가장 큰 과제 중 하나는 일반 민중에게 혁명의 당위성과 이념을 선전하고 교육하는 일이었다. 당시 러시아의 문맹률이 70퍼센트에 이르는 상황에서 연극을 통한 대(對)인민 선전·선동 교육은 가장 효과적인 수단이었다. 따라서 혁명정부는 여러 정책을 통해 연극활동을 조직적이고 체계적으로 지원했고, 이것은 연극이 비약적으로 성장하는 가장 큰 원인이 되었다.

우선 혁명 직후인 1918년 1월 소련정부는 교육인민위원부 산하에 연극분과를 조직해 연극업무를 전 국가적인 규모로 총괄하도록 했다. 이후 1919년 4월 레닌은 '연극무대 노동자 등록에 관하여'라는 법령을 통해 "'모든 소비에트사회주의공화국연방'의 시민은 남녀노소 구분 없이 연극과 무대노동자로 소속되어야 하고, 붉은 군대의 전후방에서 그 역할을 감당해야 한다"[3]라고 규정했다. 이를 통해 거의 모든 러시아 인민은 직간접적으로 연극과 관련을 맺게 되었다. 1919년 8월에는 '연극과업의 연합에 관하여'라는 법령을 채택했는데, 이 법령에 따라 소련의 모든 극장을 통제하는 '중앙연극위원회'가 설립되었고,

극장의 모든 소유물이 국유화되었으며, 극장은 국가에서 교부금을 받게 되었다.

이러한 혁명정부의 전폭적인 지원에 따라 당시 연극계는 혁명의 당위성과 이념을 선전하는 연극 장르를 무더기로 생산해내기 시작했는데, 특히 혁명 직후인 1918~20년 소련연극을 주도한 것은 '집단대중극'이었다. 당시는 혁명과 내전으로 극장시설 대부분이 많이 파괴된 상태였다. 따라서 집단대중극은 시설이 잘 갖추어진 극장이 아닌 주로 광장이나 공장의 강당 등에서 공연되어 단기간에 많은 대중에게 즉각적인 파급효과를 불러일으켰다.

초기 집단대중극 중 하나인 「전제의 타도」가 1919년 3월 페트로그라드의 인민의 집 '철 강당'에서 상연되자 대중은 폭발적인 반응을 보였다. 수백 명의 배우가 등장한 「전제의 타도」는 전제정치에 신음하는 러시아 민중이 봉기해 승리를 거둔다는 매우 단순하고 직선적인 내용의 에피소드 여덟 개로 이루어졌는데, 여태껏 문화적 혜택을 누리지 못한 노동자와 농민을 포함한 대중의 관심과 호응도는 가히 폭발적이었다. 「전제의 타도」는 1919년 말까지 250여 회 상연해 수십만 명의 관중을 동원했고, 이러한 성공에 힘입어 「겨울궁전 점령」「노동해방 미스테리야」「러시아 봉쇄」「세계혁명의 팬터마임」「세계 코뮌에게」「프로메테우스의 불」 등이 차례로 상연되어 큰 인기를 얻었다.

이러한 대중극들의 내용은 거의 대부분 전제정치의 압제를 민중이 뒤엎는다는 거칠고 직선적인 도식을 따랐다. 이러한 한계에도 불구하구 대중선동극은 인민대중에게 혁명의 당위성과 이념을 적절히 선전해주었고, 연극에 대한 호기심과 관심을 증폭시켜주었다.

당시 활약한 가장 중요한 인물로는 연출가 프세볼로트 메이예르홀트(Vsevolod Meierkhol'd, 1874~1940)를 들 수 있다. 메이예르홀트는 1920년 11월 이른바 '연극의 시월'을 주창하며 대대적인 선동·선전 연극활동에 앞장섰다. 스타니슬랍스키의 제자이자 경쟁자였던 메이예르홀트는 스승의 연출법과는 정반대로 무대 사실주의의 환상을 깨뜨리는 전위적이고 실험적인 연출법을 선보였는데, 그의 이러한 연출법은 혁명사상을 대중에게 쉽고 명확하게 전파했다.

메이예르홀트의 대표적인 작품으로는 혁명시인이자 극작가인 마야콥스키의 희곡 「미스테리야-부프」 연출이 있다. 혁명 1주년을 기념하기 위해 1918년 11월 7일 페트로그라드 음악극장에서 상연된 이 작품은 혁명 초기 소련연극의 기념비적 공연으로 평가받는다. 바로 이 작품을 통해 극작가 마야콥스키, 연출가 메이예르홀트가 소련연극을 주도하게 된다.

마야콥스키의 희곡은 천편일률적이고 획일화된 집단선동극의 새로운 장을 열어주는 계기가 된다. '미스테리야-부프', 즉 '신비극(미스테리야)-광대극(부프)'이라는 제목이 보여주듯 이 작품은 극단적인 양면성을 드러낸다. 마야콥스키의 희곡에는 고상한 것과 저급한 것, 성스러운 것과 속된 것, 전 세계사적인 것과 평범한 것, 불멸하는 영원한 것과 죽을 운명에 처한 일시적인 것, 지극히 심각한 것과 광대적이고 익살스러운 것이 뒤섞여 있다. 천상적인 것과 지상적인 것, 영웅성과 풍자가 한데 어우러져 10월 혁명의 역사적 필연성과 노동계급의 승리, 사회주의 건설의 세계사적 의미를 각인시키는 강력한 낙관주의가 드러난 이 작품은 이념적 편향성을 차치하더라도 소련 초기의 특별한 연극미학을 잘 보여준다.

1920년대 중반이 되면 집단대중극의 한계성을 일정 부분 극복한 '영웅-혁명 드라마'가 대량 양산되어 소련연극 활성화에 앞장선다. 내전이 끝나고 사회가 안정되면서 사회주의 건설에 필요한 이른바 '새로운 인간'의 필요성이 대두되는데, 이것이 고스란히 연극에 반영된 것이다. 즉 집단대중극에 등장하는 영웅적 파토스로만 가득 찬 현실과 동떨어진 인물이 아니라 현 세태 속에서 네프만, 구세대 인텔리, 과거의 향수에 젖은 사람들과 투쟁하며 사회주의 건설을 이끌 새로운 영웅적인 인간이 필요했고, 이러한 형상은 영웅-혁명 드라마

집단대중극「겨울궁전 점령」의 한 장면.
초기 집단대중극 중 하나인「전제의 타도」가 1919년 3월
페트로그라드의 인민의 집에서 상연되자 대중의 반응은
폭발적이었다. 이러한 성공에 힘입어「겨울궁전 점령」
등이 상연되었다.

「미스테리야-부프」의 무대장치.
이 작품은 메이예르홀트의 대표적인 작품으로
혁명시인이자 극작가인 마야콥스키의 원작을 연출한
것이다. 혁명 1주년을 기념해 1918년 11월 7일
페트로그라드 음악극장에서 상연되었다.

라는 장르에서 구현된다.

특히 집단대중극은 현 세태보다는 이전의 얘기에 치중했으므로 관객들은 동시대의 얘기를 굉장히 원했다. 당대의 연극활동가와 관객, 비평가는 혁명적 현실이 숨 쉬며 살아 있는 연극을 보고자 했고, 그것의 구체적인 결과가 바로 영웅-혁명 드라마였다. 집단보다 개인을 강조하고 리얼리즘과 동시대성을 담으면서 이후 등장할 사회주의 리얼리즘의 전초적인 역할을 수행한 당대 대표적인 영웅-혁명 드라마로는 블라디미르 빌-벨로체르콥스키(Vladimir Bill-Belotserkovskii, 1885~1970)의 「폭풍우」(1925), 콘스탄틴 트레뇨프(Konstantin Trenyov, 1876~1945)의 「류보피 야로바야」(1926), 이바노프의 「장갑열차 14-69」(1927), 보리스 라브레뇨프(Boris Lavrenyov, 1891~1959)의 「파괴」(1927) 등이 있다. 이 작품들은 혁명이 야기한 혁명적 현실, 민중의 투쟁, 민중영웅의 극적인 재현, 동시대성 등을 전면적이고 대규모로 무대화하려는 열망을 품고 있었다. 이 장르의 탄생 배후에는 혁명과 시민전쟁 시기의 인민대중과 공산당원들의 투쟁을 영웅적으로 형상화함으로써 신경제정책 시기의 또 다른 계급투쟁을 고취하고, 혁명의 필연성을 확고히 하려는 목적이 자리하고 있었던 것으로 보인다.

그런데 영웅-혁명 드라마는 1920년대 중반의 두세 시즌 공연 이후 급속히 쇠퇴하다가 1930년대 이후에는 명맥이 거의 끊어진다. 영웅-혁명 드라마에 대한 당대 비평계와 연극계의 열광적인 환호에도 불구하고 이 장르의 수명이 오래 가지 못한 데는 이유가 있다. 신경제정책의 종결과 더불어 시작된 사회주의 5개년 계획은 부농의 철폐와 강제적인 농업집산화 같은 새로운 사회적 조건을 형성하고, 이에 따라서 시민전쟁 시기와 유사한 계급투쟁이 전개된다. 그리고 거의 같은 시기 발생한 대공황은 서구의 몰락을 초래한 것이 아니라, 파시즘의 토대를 마련해주고, 이에 소련은 '일국 사회주의' 체제를 강화해나가게 된다.

즉 스탈린 독재체제 강화 이후 소련의 극문학은 심리주의에 입각한 사실주의적인 작품 대신 직접적이고도 노골적인 선전·선동형식을 다시 선호하게 된 것이다.

소련연극의 또 다른 축: 극작가 불가코프

혁명 이후 소련연극은 정부의 전폭적인 지원으로 비약적인 성장을 이루었다. 앞서 여러 번 언급했듯이 연극을 통한 대인민 선전과 계몽이 가장 큰 목적이었다. 따라서 혁명 이후 대부분 소련연극은 당의 이념과 강령을 선전하는 선전극이 주를 이루었다. 그런데 혁명의 이념에 반(反)하는 연극도 적지 않게 창작되고 공연되어 큰 반향을 불러일으켰다. 주로 1920년대 중후반 두드러지게 나타난 소비에트 연극의 이러한 이중적 창작경향은 혁명 초기 연극의 예술적 스펙트럼을 넓게 해주었을 뿐 아니라, 혁명에 대한 다양한 시선을 부여해준다는 측면에서 의미가 크다. 천편일률적인 혁명연극만 양산되었다면, 연극에 대한 수요와 창작이 아무리 많다고 하더라고 예술적인 의미가 적잖게 퇴색되었을 것이다. 그러나 이 시기에는 놀라운 정도로 다양한 연극적 실험과 경향이 쏟아져 나와 '기이하고 비밀스러운 연극의 르네상스'[4]를 이루었다.

이처럼 다양한 경향의 등장은 1917년 혁명 이후 10여 년간 형성된 소련사회의 복잡하고 복합적인 사회구조에서 기인한다. 러시아는 혁명을 통해 수 세기 동안 이어져온 제정 러시아 귀족사회를 무너뜨리고 새로운 시대를 열었다. 그러나 혁명정부는 귀족과 황실군대로 이루어진 반혁명세력의 저항에 부딪혀 1918년부터 1922년까지 전쟁을 치른다. 백군과 적군으로 갈라져 싸운 이른바 '시민전쟁'은 1914년부터 계속된 제1차 세계대전이 채 끝나기도 전에 러시아 전역을 전쟁의 소용돌이로 몰아넣었다. 이 내전은 혁명정부가 주도하는 적군의 승리로 끝났지만 거듭된 전쟁으로 러시아 경제는 완전히 피폐해졌고 혁명정부는 심각한 위기에 봉착했다. 이러한 위기를 타계하기 위해 레닌은 1922년 자본주의와 사유재산제를 부분적으로 인정하는 이른바 신경제정책을 시행하게 되는데, 1927년까지 이어진 신경제정책으로 국내경제는 활성화되었지만 소비에트 사회는 정체성에 큰 혼란을 겪게되었다. 즉 1920년대 소비에트 사회는 정치적으로는 사회주의, 경제적으로는 자본주의이면서 일반 민중 대부분은 정신적으로 제정 러시아 시대를 그리워하는 기묘한 공간이었던 것이다. 이 기묘한 신경제정책 시기의 유화된 사회분위기에 힘입어 문학과 예술은 어느 정도 암묵적인 다양성을 보장받으며 세계문학사에서 유례를 찾아보기 힘들 정도로 단기간에 풍성한 예술적 성취를 이루게 된다. 이 시기에는 수많은 문학단체, 문학경향, 출판사, 잡지사 그리고 작가와 작품이 쏟아져 나왔고, 작품의 내용도 천편일률적인 선전·선동경향에서 벗어나 혁명과 내전 그리고 당대 소비에트의 삶을 다양한 시각에서 수준 높게 조망했다. 특히 연극의 발전히 매우 두드러졌다.

　오늘날까지 수많은 학자가 다양한 관점과 방법론으로 이 시기가 남긴 드라마 유산을 체계화, 분류화하고 있다. 그 결과 우리는 당대 드라마 장르를 대중선동극, 세태극, 낭만적 영웅 드라마, 풍자 드라마, 클럽 연극, 역사 드라마, 영웅-혁명 드라마, 낙관적 비극, 전쟁 드라마, 사회-심리 드라마, 서정적 희극, 영웅적 희극 등으로 다양하면서도 복잡하게 구분하고 있다. 이러한 분류는 주로 페레스트로이카 이전의 소련학자들이 규정한 것으로 여러 이유로 출판되지 못하거나, 검열로 심하게 수정된 수많은 희곡을 간과했다는 한계가 있다.[5]

　검열의 중심에는 알려진 대로 1923년 2월 9일 발족된 레퍼토리 선정위원회가 있었다. 1923년에는 83편의 희곡 중 12퍼센트인 10편이 검열로 상연되지 못했고, 1924년에는 192편의 희곡 중 15퍼센트인 28편이 검열당했다. 1920년대 말 스탈린 독재체제가 강화되면서 검열도 더욱 강화되었는데 1928년에는 356편의 희곡 중 43퍼센트에 해당하는 159편이 검열로 상연되지 못했다.[6]

　그러나 자본주의를 일정 부분 인정하고 도입한 신경제정책으로 사회분위기가 유화된 1920년대에는 영웅-혁명 드라마 외에도 당대 소비에트 사회를 풍자하고 비판한 풍자 드라마, 세태극 등이 적잖게 등장해 큰 반향을 불러일으켰다. 이러한 작품들은 뛰어난 연출가였던 타이로프가 주로 작품을 올린 '카메르니 극장'과 모스크바 예술극장의 제3스튜디오였던 '바흐탄코프 극장' 등에서 상연되어 소비에트 연극을 더욱 풍성하게 발전시켰다.

1920년대 소비에트 연극에서 불가코프와 모스크바 예술극장은 매우 중요한 의미를 지닌다. 당시 소비에트 연극의 중심에 '연극의 시월'로 대변되는 연출가 메이예르홀트와 극작가 마야콥스키의 급진적이고 혁신적인 좌파연극이 자리 잡고 있었음은 부정할 수 없는 사실이다. 그러면서도 중심추가 한쪽으로만 기울어지지 않았던 것은 전통과 보수를 대변하는 불가코프의 드라마투르기(dramaturgy, 극작법)와 스타니슬랍스키의 모스크바 예술극장이 균형을 맞추었기 때문으로, 이것이 1920년대 소비에트 연극의 다양성과 풍성함의 근간이다.

소설 『거장과 마르가리타』와 『백위군』 등으로 잘 알려진 불가코프 예술세계의 본질은 '골수까지 연극적인' '연극의 인간'이라고 평가받는 그의 드라마투르기에 있다. 1926년 10월 6일 모스크바 예술극장에서 스타니슬랍스키의 지휘 아래 수다코프의 연출로 초연된 불가코프의 첫 번째 드라마 「투르빈네의 나날들」은 혁명 후 소비에트 연극계에 커다란 반향을 불러일으켰으며, 이어 1926년 10월 28일 바흐탄고프 극장에서 상연된 「조야의 아파트」와 1928년 12월 11일 카메르느이 극장에서 상연된 「자줏빛 섬」의 거듭된 성공으로 불가코프는 1920년대 소비에트 연극계에서 가장 인기 있는 극작가가 되었다.

불가코프에게 적대적이었던 좌파비평가 체르노야로프의 평가를 보면 당시 불가코프가 소비에트 연극계에서 어떠한 위치를 차지하고 있었는지 명확하게 알 수 있다.

어쨌든 불가코프는 러시아 극장의 희망이다. 그의 희곡을 상연하고 싶어 하지 않는 극장은 없다. 예술극장에서부터 카메르니 극장을 거쳐 제3스튜디오까지 이 극작가의 승리의 길이 펼쳐져 있다. 그의 희곡을 받지 못한 극장들은 마치 사탕을 받지 못한 아이들처럼 자신이 벌을 받고 있다고 느끼고 있다.

· 『새로운 관객』, 제32호, 1926[7]

그러나 작가의 창작적 여정은 순탄치 않았다. 몰락한 백군과 구세대에 대한 아련한 향수와 동정, 소비에트 사회의 부정적인 현상에 대한 풍자가 주를 이루고 있는 불가코프의 작품들은 혁명 이후 새로운 사회건설을 위한 가장 강력한 선전·선동수단으로 문학과 예술을 활용하려는 소련정부의 방침과 상충되었기 때문이었다. 1920년대 중반 신경제정책으로 유화된 사회분위기는 1929년 스탈린 독재체제의 강화 이후 경직된 분위기로 전환되었고 이것은 작가의 운명에 결정적인 영향을 끼쳤다.

패망한 백군과 망명자들의 삶을 그린 불가코프의 네 번째 작품 「질주」의 상연허가를 둘러싸고 좌우가 논쟁을 벌이자 스탈린이 직접 '반소비에트적인 현상'[8]으로 규정한 것이 계기가 되어 1929년 레퍼토리 선정위원회는 불가코프가 쓴 모든 작품의 상연과 출판을 금지한다. 불가코프는 이러한 상황을 17세기 절대왕정 시기 몰리에르가 겪은 일에 빗대어 「위선자들의 카발라」(「몰리에르」, 1929)를 창작하지만 이 역시 상연금지 처분을 받게 되고 이후 불가코프의 작품들은 그가 죽을 때까지 단 한 차례도 공연되지 못한다.

셰익스피어, 몰리에르처럼 극작가이자 연출가, 배우로도 활동한 불가코프는 그가 존경한 위대한 선배 극작가들이 국가와 권력의 적지 않은 지원과 비호 아래 창작활동을 이어간 것과 달리 소비에트의 탄압과 감시 속에서 힘든 여정을 겪어야만 했으며, 이는 그의 예술세계에서 라이프모티프로 다시금 환원된다.

당대 최고권력자 스탈린과 불가코프의 관계는 흥미로운 점이 많다. 이른바 '반소비에트'적인 작가들을 무자비하게 숙청한 스탈린은 「투르빈네의 나날들」을 열 번 이상 보았으며, 외국망명을 끊임없이 요구한 불가코프의 제안을 거부하고 1930년 그를 모스크바 예술극장의 조연출로 일하게 한다. 한편 불가코프는 1938년 모스크바 예술극장의 주문을 받아 스탈린의 60번째 생일을 기리는 작품 「바툼」을 쓴다. 하지만 젊은 스탈린의 혁명활동을 그린 이 작품 역시 스탈린의 반대로 상연되지 못하고 불가코프는 이듬해 비극적인 생을 마감한다.

혁명을 향한 이중적 시선: 유토피아인가 반유토피아인가

러시아혁명의 첫 번째 목표는 누가 뭐래도 오랜 시간 전제정치에 억압당한 러시아 민중을 해방시키고 완벽한 '유토피아' 사회를 건설하는 것이었다. 그러나 종종 유토피아적 이상향은 누군가에는 더할 나위 없이 좋은 유토피아지만, 누군가에는 악몽 같은 반유토피아, 즉 '안티유토피아'로 다가오곤 한다. 이런 관점에서 1920~30년대 소련연극의 거대한 장르로 자리 잡은 이른바 '안티유토피아 드라마'를 고찰해보는 것은 혁명 직후 소련연극을 이해하는 또 하나의 중요한 밑거름이 될 것이다.

1917년 혁명은 이데아로서의 유토피아를 실재적으로 실현시킨 반면, 이 유토피아를 실현시키는 과정과 결과에서 안티유토피아라는 현상을 동시에 탄생시킨 양면성을 지닌다. 용어 자체에서 이미 감지할 수 있듯이 유토피아에 대한 반향으로 탄생한 안티유토피아는 20세기 초반 러시아 문학에서 가장 주목받은 장르 중 하나이며, 1920년대는 안티유토피아가 문학 장르로서 탄생한 시기다. 혁명과 내전, 새로운 이상사회와 그 배면에 드리운 부작용으로 점철된 20세기 초반 러시아의 복잡한 현실을 반영하고 재단하기 위해 일군의 작가는 새로운 예술적 형태와 장르를 추구한다. 그 가운데 안티유토피아 장르는 당대의 시대상을 포착하는 가장 적합하면서도 중요한 코드로 자리매김한다.

인간의 절대적이며 완벽한 행복을 추구하는 유토피아는 과거 삶의

1926년 모스크바 예술극장에서 상연된 「투르빈네의
나날들」의 한 장면.
'반소비에트'적인 작가들의 무자비한 숙청을
단행한 스탈린은 '반소비에트'적으로
낙인찍힌 불가코프의 드라마 「투르빈네의 나날들」을
열 번 이상 관람했다.

완전한 부정 위에서 건설된다. 예전의 방식으로는 완벽한 행복을 추구할 수 없다고 판단하기 때문인데, 유토피스트들은 급진적이며 근본적인 변화와 변혁만이 유토피아 사회건설의 출발점이라고 여긴다. 따라서 이전 삶의 방식을 일시에 전복시키는 전쟁과 혁명은 유토피아 사회건설의 필수적인 동인으로 작용하며, 이러한 전쟁과 혁명이 지배한 20세기 초반의 러시아 사회는 그 자체로 유토피아 사회탄생의 필요충분한 토대를 갖추고 있다고 볼 수 있다.

그러나 "유토피아는 그것이 실현됨으로써 무서워진다"라는 베르댜예프의 지적처럼, 소비에트 유토피아 사회는 새로운 질서와 제도를 실현시키고 유지시키기 위해 국가가 개인에 대한 통제·강압·획일화·집단화를 실행하면서 필연적으로 안티유토피아 사회의 그림자를 드리우게 된다.

첫 번째 안티유토피아는 첫 번째 유토피아의 탄생과 동시에 나타난다는 율리야 라티니나(Yuliya Latynina, 1966~)의 지적은 매우 의미심장하다.[9] 따라서 소비에트 사회는 한편으로는 유토피아적 이상향을, 다른 한편으로는 안티유토피아를 동시에 품고 있는 자웅동체(雌雄同體)처럼 기묘한 형태라고 보는 것이 가장 적절한 이해가 될 수도 있을 것이다.

20세기 초에 기원을 두고 있는 안티유토피아 장르는 앞서 언급했듯이 시대와 밀접한 연관 속에서 탄생했다. 당시 등장한 전체주의와 과학기술 발전에 대한 문명적 차원의 우려와 경고가 그 근원을 이룬다. 따라서 안티유토피아에 흐르는 기본적인 두 축은 전체주의와 개인의 갈등, 인문주의와 과학기술의 갈등으로 압축된다. 대개의 안티유토피아 장르들은 이 두 요소를 동시에 내재하고 있지만 주로 전자에 무게중심을 두는 것이 일반적이다. 그리고 이 두 축은 독특한 개별적인 현상을 나타내는데, 전체주의와 개인의 갈등에서는 공포, 집단화, 획일화, 정체성, 통제, 강압이, 인문주의와 과학기술의 갈등에서는 인간의 감정과 예술의 부재나 무시 등이 드러난다.

앞서 여러 번 언급했듯이, 혁명 직후 소련연극은 다양한 장르의 드라마들을 대량으로 양산한다. 그중에서도 1920년대 중반 무렵, 일련의 작가가 독특한 시공간을 배경(주로 미래의 가상도시)으로 사회주의 소련의 미래를 그린 공상적 드라마들을 창작한다. 보는 관점에 따라 이 드라마들은 사회주의 소련을 찬양하는 '유토피아'적 드라마로도 또는 체제의 모순을 비판하는 '안티유토피아'적 드라마로도 규정된다.

체제를 비판하는 대표적인 안티유토피아 드라마로는 룬츠의 「진실의 도시」(1924)와 불가코프의 희곡 「극락」(1934)이 있다. 문학그룹 '세라피온 형제들'의 일원으로 알려진 룬츠의 문학세계, 특히 드라마 세계에 대해서는 그의 탁월한 천재성과 예술적 성취에도 불구하고 많이 알려져 있지 않다. 자먀틴이 가장 총애한 젊은 천재 룬츠의 「진실의 도시」는 자먀틴의 소설 『우리들』의 드라마적 바리안트(variant, 변형)이자 러시아 최초의 안티유토피아 드라마로 간주된다. 「진실의 도시」가 창작된 1924년은 빌-벨로체르콥스키의 「폭풍우」를 기점으로 영웅-혁명 드라마가 태동하던 시기이기에 안티유토피아 드라마 역시 이 시기에 태동했다는 것은 매우 흥미로운 사실이다.

「진실의 도시」의 중심사건은 모든 사람이 행복하고 평등한 사회가 존재한다는 것을 믿고 그것을 찾으려 하는 위원장과 그런 사회는 존재하지 않는다고 믿는 일행 사이의 갈등이다. 위원장과 일행은 결국 '평등의 도시'에 도착한다. 그곳의 사람들은 모두 비슷비슷하게 생겼고, 똑같은 옷을 입고, 똑같은 걸음걸이로 걷고, 똑같은 톤으로 얘기한다. 그들은 마치 한 사람처럼 똑같이 말하고, 똑같이 생각하고, 똑같이 일한다. 그래서 그들에게는 '나의' '너의'라는 단어가 존재하지 않고 단지 '우리' '우리의'라는 단어만 존재한다. 이것은 수백만의 사람이 정확히 같은 시간에 일어나 밥을 먹고, 일하고, 잠을 자는, 자먀틴의 『우리들』에 나오는 단일제국 번호들의 삶을 연상시킨다. 따라서 일행들은 다시금 러시아로 돌아가려고 하지만 자신의 유토피아를 찾으려는 위원장은 그들을 통제하고 심지어 자신의 의견에 반대하는 자들은 총살시키며 강압을 행사한다.

『우리들』과 연결되는 작품이 바로 「극락」이다. 「극락」은 안티유토피어니즘이 강하게 발현된 작품으로 이 작품의 첫 번째 판본은 '쟈먀틴의 소설 『우리들』의 숨겨진 인용'[10] 이라고 할 만큼 유사한 점이 많다. 불가코프의 예술세계에서 안티유토피어니즘은 대단히 중요한 위치를 차지한다. 현실을 환상적으로 모사하면서 시대를 자의식하는 안티유토피아 장르의 근본적인 특징은, 어떤 의미에서 본다면, 현실과 환상성을 조합하고, 소비에트 권력과 사회의 끊임없는 긴장관계를 드러내는 불가코프의 예술세계와 가장 잘 부합한다.

「극락」은 타임머신을 발명한 20세기 소비에트의 기술자 레인과 그 일행이 기계의 오작동으로 우연히 '극락'이라고 불리는 23세기 모스크바에 도착하면서 생기는 일을 그린 작품이다. 300년 후의 소비에트 사회는 기계문명이 극도로 발전해 말 그대로 '지극한 행복'을 누리는 유토피아 사회이며, '단일제국'처럼 획일적·집단적·통제적 삶을 사는 곳이 아니라 일반적인 사회의 모습을 하고 있는 곳이다. 그러나 외면상 지극한 행복을 누리는 것처럼 보이는 이 사회는 '조화연구소'라는 권력기관이 개인의 삶을 교묘히 통제하는 안티유토피아 사회이다. 『우리들』의 단일제국을 지배하는 '보안국'을 연상시키는 '조화연구소'는 개인의 삶을 통제하고 우생학 사회를 지향하는 안티유토피아 사회의 근본적인 특징을 보여주고 있다.

트레티야코프의 희곡 「나는 아이를 원해요」(1926)와 마야콥스키의 희곡 「빈대」(1928) 역시 대표적인 안티유토피아 드라마다. 트레티야코프와 마야콥스키는 혁명 초기 좌파예술·문학의 선두에 서서 선전·선동극을 주도한 작가다. 이들 작가의 두 작품은 일반적으로 소비에트 유토피아를 그린 작품으로 평가받는데, 과학기술이 발전한 소비에트 미래사회를 배경으로 혁명이상의 발전과 진화로 사회주의 유토피아에서 살고 있는 미래 인류를 그리고 있다. 그런데 이 작품들이 그

마야콥스키의 희곡 「빈대」의 무대장치.
1929년 테이엠에서 초연된 「빈대」는 소비에트 관료주의를
풍자해 당대에 큰 논쟁을 불러일으켰다.

리는 미래사회는 한편으로는 인류가 당면한 여러 문제를 해결한 절대 적이고 완전한 사회처럼 보이지만, 다른 한편으로는 매우 우스꽝스럽 고 부자연스럽다.

「나는 아이를 원해요」의 여주인공 밀다는 사랑 없이 프롤레타리아 출신의 건강한 남성의 씨를 받아 완벽하고 순수한 아이를 낳길 원한 다. 그녀가 꿈꾸는 유토피아 사회는 사랑과 결혼제도를 부정하는 사 회다. 이 사회에서 모든 여성의 목표는 단지 건강하고 혈통 좋은 남 성의 씨로 아이를 낳아 건강하고 온전한 프롤레타리아 사회를 만드 는 것이다. 따라서 그녀에게 병약하고 순수하지 못한 아이는 '아이가 아니라, 쓰레기'다. 트레티야코프 자신은 여성이 가정과 가사에서 해 방된 유토피아 사회를 지향했을지 모르나 이 작품은 결국 공연금지를 당한다. 안티유토피아에서 중요하게 다루는 개인에 대한 국가통제의 절정이라 할 수 있는 '우생학'의 테마가 이 작품의 중심에 놓여 있다 는 점이 흥미롭다.

관료주의와 속물성을 소비에트 사회의 가장 큰 적이라 여긴 마야 콥스키가 이것이 제거된 유토피아 사회를 희망하며 쓴 「빈대」 역시 이러한 맥락에서 본다면 흥미로운 작품이다. 작품은 기술유토피아로 인간의 감정·예술·문학·정신세계가 부재한 미래사회의 모습을 풍자 적으로 그리고 있다. 1920년대의 속물적 소시민 프리시프킨은 1970 년대 소비에트 유토피아 사회에 도착하지만 혁명적 이상으로 건설된 소련사회의 어두운 면만을 발견할 뿐이다.

전체주의 사회의 특징이 개성을 말살하는 것이라면, 기술주의 사 회에서는 인간성을 말살하는 것이 주된 특징이다. 따라서 기술주의 안티유토피아는 인간적 감정이 부재하고 예술을 금지해 지루함과 따 분함만이 연출되는 영혼 없는 죽은 사회다. 안티유토피아 사회의 문 학과 예술경시는 안티유토피아 장르의 기원적인 특징일 뿐 아니라, 1920년대 말 소비에트 사회의 문화·예술정책과도 긴밀한 관계를 맺 고 있다. 문학과 예술에서 이른바 '공식적인 이데올로기'가 강화된

1920년대 말의 소비에트 사회는 작가의 독창적인 정신이나 개인적인 창작을 허용하지 않았다. 결국 '예술가는 필요한 물품을 주문에 맞춰 생산하는 단순한 수행자의 수준으로까지 격하'되었고, 따라서 안티유토피아 장르의 예술과 문학경시는 이러한 시대상에 대한 풍자로도 볼 수 있다.

『우리들』에서처럼 안티유토피아 사회는 기계적 이성으로 정확히 계산되어 수학적으로 오류가 없는 완전한 행복을 추구하는 사회다. 따라서 측량할 수도, 예측할 수도 없는 인간의 감정은 대단히 위험한 요소이자 이상하고 병적이며 우스꽝스러운 것이 된다. 특히 이성적으로 설명할 수 없는 인간 감정의 극한인 '영혼'에 대해 안티유토피아 드라마투르기는 비슷한 태도를 취하고 있다.

> 그들은 알려지지 않은 발작의 한 형태인 '영감'에 의지해 창조했답니다. (…) 영혼? 이것은 이상하고, 고대적이며, 오래전에 잊힌 단어입니다.[11]

> **보피트키스** 영혼? 인간의 마음 중에 가장 부드럽고 은밀한 것이죠.
> **밀다** 생물학자로서 그런 말을 하다니, 부끄럽지도 않으세요? 그것은 장밋빛 쓰레기 같은 것이에요.[12]

심지어 가장 복잡한 인간적 감정의 발현인 '사랑'조차 『우리들』에서는 "극복해야 하고 조직화되어야 하며 계산되어져야 하는 것"[13]으로, 「빈대」에서는 "고대의 병적 현상이며 다리를 건설하거나 아이를 놓을 때만 필요한 것"[14]으로 치부된다. 그래서 「빈대」의 프리시프킨은 미래사회에서 질식당하지 않기 위해 가슴과 영혼을 위한 책을 달라고 절망적으로 소리친다.

안티유토피아 사회에서는 인간 감정을 실질적으로 표현하는 형태인 문학과 예술 역시 부재하거나 경시된다. "인간이 음악을 만드는 것이 아니라, 음악기계가 한 시간에 세 개의 소나타를 만들어내는"
『우리들』의 단일제국에서 시인은 자신의 영감으로 창작하지 않는다.
왜냐면 "영감은 알려지지 않은 발작의 한 형태"이고, "영혼은 이상하
고, 고대적이며, 오래전에 잊힌 단어"이기 때문이다.[15] 그래서 단일제
국의 사람들은 고대관(館)에 있는 푸시킨의 흉상을 보며 고대인들이
이 시인을 칭송하고 경배한 것은 노예적 근성 때문이라고 비웃는다.
또한 「빈대」에서 미래의 인간들은 고대의 로맨스를 들으면 정신이 나
가버리고 고대의 병인 '연모'라는 발작을 일으킨다.

이념적으로 기술적으로 완벽해 보이는 이 사회들은 인간의 기본적
인 감정을 무시하고 경시하며 집단적이고 획일화된 규범과 가치만을
인정한다. 따라서 이런 사회에서 필연적으로 등장하는 문제는 '권태'
다. '권태'는 필연적인 동시에 이 사회를 부정하며 깨뜨리는 촉매제
역할을 한다. 「진실의 도시」에서 '평등의 도시'에 도착한 의사는 도시
의 본질을 권태로 파악한다.

> **의사** 위원장, 당신은 진실을 추구했죠? 이게 바로 여기 있소……. 진
> 실이 무엇이오? 바로 권태요! 평등이란 무엇이오? 권태요……. 시간
> 이 지나면 더 잘 알게 되겠죠. 권태, 권태, 권태![16]

「극락」에서도 이러한 현상은 반복된다. 조화와 통제, 이성과 합리
성 속에 사는 '극락'의 주민 가운데 여주인공 아브로라는 예외적 인
물이다. 첫 번째 판본에서는 고대언어 전공자로, 최종본에서는 역사
전공자로 나오는 아브로라는 '극락'의 삶에 회의를 느껴 체재를 부정
하고 반항한다. 이런 그녀의 모습에서 『우리들』의 여주인공 I-330을
어렵지 않게 읽어낼 수 있다. 아브로라는 '극락'의 삶에 권태를 느끼
며 '지루하다'는 말을 자주 내뱉는다. 그러나 그녀의 아버지 라다마
노프는 사비치의 이론에 근거해 권태를 병적인 현상으로 규정한다.
"권태는 병적인 현상이야. 인간은 권태를 느낄 수 없어."[17] 그러나

아브로라에게 퀸태는 '극락'에 대항하고 이곳을 떠나는 결정적인 이유로 작용한다.

> **아브로라** 나는 이 원주들이 지겨워요. 사비치도 지겨워요. 극락도도 지겨워요! 나는 결코 위험을 맛보지 못했어요. 나는 그것이 어떤 것인지도 몰라요. 함께 떠나요![18]

혁명의 종말: 소비에트 연극 암흑기의 시작

1917년 혁명 후 맞이하게 된 1920년대는 러시아 연극사에서 가장 예술적 성취가 뛰어난 시기였다. 혁명, 내전, 신경제정책으로 이어지는 복잡한 상황 속에서 사회주의 체재가 아직 견고히 정착되지 못한 탓에 다양한 경향의 연극들이 미묘한 긴장감을 띠며 경쟁하듯 활동했다. 그러나 1920년대 말, 정확히는 신경제정책이 끝나고 제1차 5개년 경제개발 체제가 시작된 1928년에 접어들면서 소련사회는 급변하기 시작했다. 1924년 레닌의 급작스러운 죽음으로 정권을 잡은 스탈린은 이후 수년간 자신의 정치권력을 착실히 확장하면서 독재를 준비했다. 그는 1926년 트로츠키와 지노비예프를 정치국에서 축출하고, 1927년 12월 제15차 전당대회에서 트로츠키파 75명을 제명했다. 이어서 신경제정책의 종말을 선언하고는 1928년 제1차 경제개발 계획을 채택해 사회주의 체재를 견고히 했다. 1929년에는 트로츠키를 국외로 추방하고 대대적인 숙청을 감행해 독재체제를 견고히 했다.

경직된 정치적 분위기는 문화·예술계에도 그대로 전달되었고, 연극 역시 이러한 영향을 직접적으로 받게 되면서 1930년대부터 소비에트 연극의 암흑기가 시작된다. 특히 1930년 혁명을 열렬히 지지한 혁명시인 마야콥스키가 자살하고, 혁명연극의 수장이었던 메이예르홀트는 모든 작품활동을 금지 당한다.

특히 1932년 당은 '문학·예술단체의 재구성'이라는 강령을 내려 그 동안 다양하게 존재했던 모든 문학·예술단체를 일시에 해산하고 하나로 통합한다. 결국 1934년 모든 단체는 소비에트 작가동맹으로 통합되고 모든 창작은 이른바 '사회주의 리얼리즘'을 준수하게 된다.

연극 역시 예외가 될 수 없었다. 아니 가장 강력하게 이 규범을 준수했다. 특히 1933년 제2차 소비에트 작가동맹 총회에서 루나차르스키가 드라마는 사회주의 건설과 항상 밀접한 관계를 유지해야 하며, 그 창작은 고리키의 드라마를 전범으로 삼으라고 지시한 것이 결정적이었다.

이 시기 드라마의 가장 중요한 원칙은 반드시 새로운 세계를 건설하는 이른바 '긍정적 형상의 주인공'이 존재해야 한다는 것이었다. 그러한 드라마의 전범으로는 고리키의 「예고르 불르이초프와 그 밖의 사람들」과 「도스티가예프와 그 밖의 사람들」이 있었다.

프세볼로트 비시넵스키(Vsevolod Vishnevskii, 1900~51)의 「낙관적 비극」이란 드라마를 보면 당시 분위기를 잘 알 수 있다. 낙관적 비극이란 역설적인 표현은 주인공이 새로운 사회나 세계를 건설하기 위해 헌신하다가 죽음을 맞게 되기에 한편으로는 비극적이기도 하지만 그의 헌신으로 사회는 더 발전하기에 다른 한편으로는 낙관적이기도 하다는 뜻이다. 1934년 열린 드라마 경연대회에 희곡 1,200편이 이러한 유형의 드라마 작법으로 출품되었다.

소비에트 연극의 암흑기는 '해빙기'를 맞을 때까지 계속되는데, 제2차 세계대전의 영향을 받은 1940~50년대 소비에트 연극은 크게 두 가지 경향으로 나뉜다. 우선 1940년대 전반은 애국심을 고취하기 위한 이른바 '전쟁 드라마'가 주류를 이룬다. 1942년 발표된 알렉산드르 코르네이추크(Aleksandr Korneichuk, 1905~72)의 「전선」, 콘스탄틴 시모노프(Konstantin Simonov, 1915~79)의 「러시아 사람들」, 레오노프의의 「침입」은 대(大)조국전쟁 시기에 발표된 가장 유명한 희곡이지만 애국·영웅주의 작품의 한계를 벗어나지 못한다.

전쟁이 끝난 1940년대 후반 소비에트 연극계는 전쟁의 비극성과 잔혹성에서 벗어나 편안한 휴식과 유쾌한 웃음을 원하는 관객들의 요구에 부응해 보드빌과 경쾌한 희극에 집중하기 시작한다. 그러나 더욱 분명한 정치적·이념적 노선을 강화하기 위해 1946년 채택된 '드라마 극장들과 연극방법의 개선을 위한 레퍼토리에 대하여'라는 강령에 따라 이른바 '무갈등이론'으로 점철된 드라마가 주류를 이루게 된다.

1953년 스탈린이 사망하고 1956년 제20차 당대회에서 흐루시초프가 스탈린을 비판하면서 본격화된 해빙기는 오랫동안 얼어붙어 있었던 소비에트 사회에 자유와 민주화의 미풍이 불게 했고, 그 기운은 고스란히 문학·예술계로 옮겨갔다. 소비에트 창립 초기, 혁명과 내전으로 경직화된 사회가 네프를 통해 유화국면으로 접어들게 됨으로써 1920년대의 러시아 문학계가 다양한 실험과 창작방법을 시도할 수 있었던 것처럼, 1950년대의 해빙기 역시 1940년대의 도식적인 드라마투르기에 벗어나 다양한 창작적 실험과 경향을 잉태하는 자극제로 작용하게 된 것이다.

연극을 통해 혁명 100주년을 기념하며

해빙기는 그리 오래가지 않았다. 곧바로 결빙기가 찾아왔고 이후 고르바초프의 페레스트로이카 정책으로 소련사회는 약 70년간의 사회주의 체제를 마감하게 된다. 2017년은 사회주의 혁명 100주년이 되는 해다. 러시아, 아니 자본주의 러시아에서 이제 사회주의의 흔적을 찾아보기란 매우 어려운 일이다. 연극의 경우도 마찬가지다. 모스크바와 상트페테르부르크를 비롯한 러시아 전역의 수많은 극장에서 매 시즌마다 수천 편의 연극이 공연된다. 연극의 레퍼토리는 셰익스피어를 비롯한 서양고전에서부터 현대물까지, 폰비진, 그리보예도프, 오스트롭스키, 체호프 등의 러시아 고전에서부터 러시아 현대작가들까지 매우 다양하다. 그러나 1920년대 해마다 수천 번씩 상연되었던 마야콥스키, 트레티야코프, 벨로체르콥스키 등의 선동극과 영웅-혁명 드라마를 공연하는 극장을 찾아보기란 매우 어려운 일이다.

누가 뭐래도 러시아는 '연극의 나라'다. 정확한 통계자료를 제시하지 못하는 아쉬움이 있지만, 한 해 상연되는 공연과 관객 수에서 러시아는 세계 어느 나라보다 월등한 수치를 자랑하고 있으며, 연극에 대한 국민들의 관심과 사랑 또한 특별하다. 러시아에서 연극이 왜 이리 사랑받는지는 여전히 큰 과제다. 그러나 분명한 사실은, 1917년 혁명과 사회주의 체제가 없었더라면 러시아 연극이 오늘날의 지위를 누리지 못했으리라는 것이다.

주註

혁명의 패러다임, 경계 또는 그 너머: 막심 고리키

1 산문시 「바다제비의 노래」(Pesnya o burevestnike, 1901)에서 고리키는 가장 높이 날아 폭풍우를 경고하는 바다제비(burevestnik)의 용기를 찬양한 바 있다. 이후 '혁명의 바다제비'는 팸플릿 등에서 혁명과 혁명가를 상징하는 말로 자주 사용됨으로써 고리키를 가리키는 하나의 신화적 기표가 된다.

2 D. Bykov, *Byl li Gor'kii*, ASTREL, 2008, p.347.

3 D. Bykov, *Ibid.*, p.348.

4 『클림 삼긴의 생애』에는 주인공 삼긴의 어린 시절 맞수인 보리스가 얼음구 덩이에 빠져 익사하는 장면이 나온다. 삼긴은 분명히 소년의 죽음을 목격 했는데 뒤이어 달려온 누군가가 "아니 소년이 있기는 있었어? 없었던 것 아냐?"라고 묻는다. 이에 삼긴은 "있었어!" 하고 대답하려 하지만 의식을 잃고 만다. 이 모티프는 존재에 대한 알리바이를 묻는 것으로 소설에 지속 적으로 등장한다.

5 오늘날 고리키의 전기가 새롭게 집필되는 것은 주목할 만한 현상이다. 이 를테면 V. Baranov, *Gor'kii bez grima*, AGRAF, 2011 ; V. Barakhov, *Drama Maksima Gor'kogo*, IMLI, 2004 ; P. Basinskii, *Gor'kii*, Molodaya gvardiya, 2005 ; D. Bykov, *Byl li Gor'kii*, ASTREL, 2008 ; V. Petelin, *Zhizn' Maksima Gor'kogo*, Tchentrpoligraf, 2007 등은 새로운 자료와 시각에 입각해 고리키

의 삶과 문학을 전혀 새롭게 조망하고 있다. 그 외에 더욱 전문적인 연구주제를 다룬 저서와 논문도 수십여 종에 이르는 등 고리키의 현대적 의미를 묻는 노력이 최근 매우 활성화되고 있다.

6 고리키 문학에 대한 이러한 구분이 일반적이라고 말하기는 어렵다. 고리키 연구자들에게는 혁명 전후 또는 초기와 중기, 후기 같은 시기구분이 일반적이다. 물론 고리키 문학세계의 시기구분은 엄밀하게 정립되어 있지 않고, 또 그렇게 중요한 방법론적 문제도 아니다. 다만 고리키 문학세계의 형성과 그에 대한 문학계의 반응과 평가, 특히 혁명적 실천과의 관계 등이 차별화돼 네 시기에 걸쳐 나타난다는 점에서 이 글에서는 잠정적으로 이러한 구분법을 사용하고자 한다.

7 '맨발로 떠도는 자들'이라는 의미의 보샤키는 고리키가 초기에 즐겨 다룬 인물유형이다. 1890년 전후로 러시아 자연주의로 불리는 일군의 작가가 하층민들의 삶을 있는 그대로 묘사하기 시작했는데, 이들 또한 보샤키 문학으로 불린다.

8 고리키의 본명은 알렉세이 막시모비치 페시코프(Aleksei Maksimovich Peshkov)다. 그는 첫 작품을 발표할 때, 이름은 부친을 따라 '막심'을 쓰고 성은 '쓰라린' '고통스러운'을 뜻하는 형용사 '고리키'를 사용한다. '최대로 고통스러운 자'로 들리는 이 이름은 마치 러시아 민중의 현실적 상황을 가리키는 것처럼 받아들여지기도 했다. 이 이름 또한 고리키 신화를 구축하는 일종의 신화소로 기능한다.

9 1903년 두 권으로 된 단편집이 10만 부 이상 판매되고, 신작 희곡들도 출판되는 대로 약 10만 부씩 판매되는데 당시로서는 톨스토이와 체호프의 작품 판매량을 훨씬 상회하는 것이었다.

10 니코노바는 이러한 정신적 경향을 '새로운 세계'와 '새로운 인간'의 신화화로 이해한다. 그는 이러한 담론이 변혁기 러시아 문학을 지배하고 변화해가는 양상을 분석한다(T.A. Nikonova, *Mifologiya novogo mira i tendentsii razvitiya russkoi literatury pervoi treti XX veka*, RGB, 2004, pp.22~32).

11 V. Posse, "Pevets protestuyushchei toski," *Maksim Gor'kii: pro et conta. Lichnost' i tvorchestvo Maksima Gor'kogo v otsenke russkikh myslitelei i issledovatelei 1890-1910. Antologiya*, Russkii Khristiyanskii Institut, 1997, p.226. 이하 *Pro et contra*로 표기한다.

12 V. Posse, 같은 곳.

13 A.M. Skabichevskii, "Gor'kii. Ocherki i rasskazy, dva toma," *Pro et contra*,

p.270.

14 L. Severov, "Obektivizm v iskusstve i kritike," *Nauchnoe obozrenie* No.1, 1901, p.49.

15 『이스크라』, 1902년 1월 15일.

16 이에 대해서는 이강은, 「막심 고리키 초기 단편의 '당당한 인간' 재고」, 『러시아어문학연구논집』 제44권, 2013, 215~218쪽 참조할 것.

17 초기 고리키 문학에 대한 비평계의 반응은 다양했다. 특히 당시 러시아에 널리 유행했던 니체의 초인주의와 고리키 문학을 연결하려는 시도가 매우 설득력 있게 제시되기도 했다. 이러한 시도는 1990년 이후 고리키에 대한 재평가가 이뤄질 때 다시금 주목받는다. 물론 소련 시절에는 니체와 연결하는 것이 전혀 근거 없는 이론으로 취급받았다. 이러한 경향을 이어받아 최근에는 더욱 활발하게 고리키와 니체를 연결하는 연구가 이루어지고 있다.

18 K. Chukovskii, *Dve dushi M. Gor'kogo*, Russkii put', 2010.

19 M. Gor'kii, *Polnoe sobranie sochinenii. Khudozhestvennye proizvedeniya v 25 t.* No.16, Nauka, 1968~76, p.221. 이후 이 전집 인용은 본문의 인용문 뒤에 권수와 쪽수만 표기한다.

20 죄르지 루카치, 조정환 옮김, 『변혁기 러시아 리얼리즘 문학』, 동녘, 1986, 287쪽.

21 건신주의 또는 구신주의는 1905년 혁명의 실패 이후 러시아의 진보적 지식인 사이에서 널리 유포된 경향으로 사회주의 이념을 민중의 종교적 이상과 결합하고자 한다.

22 고리키의 건신주의는 그의 대표적인 예술적 산문으로 꼽히는 자전적 삼부작과 『오쿠로프시』 연작 등 이 시기를 대표하는 작품들에서뿐 아니라 후기 작품들에서도 지속적으로 발견된다.

23 M. Gershenzon, "Tvorcheskoe samosaznanie," *Literaturnoe obozrenie* No.9, 1990, p.61.

24 K. Chukovskii, *Ibid.*, p.70.

25 K. Chukovskii, *Ibid.*, p.17.

26 이에 대해서는 이강은, 『혁명의 문학 문학의 혁명: 막심 고리끼』, 경북대학교출판부, 2004, 102~107쪽을 참조할 것.

27 이에 대해서는 이강은, 「막심 고리키의 「두 영혼」의 모순성과 합리적 이해」, 『러시아어문학연구논집』, 2011을 참조할 것.

28 슬라보예 지젝 외, 이현우 외 옮김, 『레닌재장전: 진리의 정치를 향하여』, 도서출판 마티, 2010, 336~337쪽.

29 M. Gor'kii, *Revolyutsiya i kul'tura. Stat'i za 1917 god.*, Berlin, 1918 ; M. Gor'kii, *Nesvoevremennye mysli. Zametki o revolyutsii i kul'ture*, Prosvetitel'skoe obshchestvo 'Kul'tura i svoboda', 1918.

30 고리키 문헌 연구자인 이오시프 웨인베르크(Iosif Weinverg, 1920~88)가 이 판본을 발굴하고 출판했다. 그는 고리키의 글들을 상세하게 분석하고 해제를 달아 *Nesvoevremennye mysli*(Sovetskii pisatel', 1990)를 출판함으로 써 비로소 이 시기 고리키 연구의 객관적 기초를 구축했다.

31 I. Weinverg, *Ibid.*, p.149.

32 I. Weinverg, *Ibid.*, p.136.

33 I. Weinverg, *Ibid.*, p.151.

34 I. Weinverg, *Ibid.*, p.258.

35 *Perepiska M. Gor'kogo v 2 t.* T.2, M., 1986, p.114.

36 레닌은 고리키의 『어머니』에 대해 '매우 시의적절한 작품'이라는 유명한 평가를 남겼는데, 이 칼럼의 제목이 그에 대한 반박이라고 하는 것은 분명 과도한 해석일 수 있으나, 전혀 무관하다고 단정하는 것도 반드시 옳다고는 할 수 없다.

37 I. Weinverg, *Ibid.*, p.136.

38 V.F. Khodasevich, "Gor'kii," *Pro et contra*, p.128.

39 G. Kheicho, *Maksim Gor'kii: Sud'ba pisatelya*, Nasledie, 1997, p.198.

40 *M. Gor'kii i sovetskaya pechat'. Arkhiv M. Gor'kogo v 10 t.* Vol.2, Nauka, 1965, p.351.

41 이 작품집은 국내에 『대답 없는 사랑』(이강은 옮김, 문학동네, 2009)으로 완역되었다. 여기 실린 작품들에 대한 국내 연구로는 이강은, 「고리끼의 『1922-1924년 단편들』에 나타난 존재와 의식의 미완결성의 시학 연구」, 『러시아어문학연구논집』, 1999. 2 ;「소설언어의 가치적 일원성과 다원성 2: 막심 고리끼의 「푸르른 삶」」, 『러시아어문학연구논집』, 2007. 10 ;「소통의 경계와 새로운 서사의 모색: M. 고리끼의 『어떤 소설』」, 『러시아연구』, 2007. 12 ;「이념적 소통의 단절과 그 극복을 향한 성찰: M. 고리키의 혁명 후 단편을 중심으로」, 『러시아어문학연구논집』, 2008. 10 등을 참조할 것.

러시아의 영혼에서 영원한 현재로: 이반 부닌

1 이 글은 『러시아어문학연구논집』 제52권(2016)에 실렸던 것이다.

2 I. Bunin, "Konets," *Sobranie sochinenii v 9 t.* T.5, Khudozhestvennaya literatura, 1965~67, p.67. 이하 작품 인용은 본문의 인용문 뒤에 권수와 쪽수만 표기한다.

3 『문학유산』(*Literaturnoe nasledstvo*) 시리즈의 제110호는 미출간된 부닌 의 작품 및 편지와 일기를 수록한 부닌판으로 꾸며질 예정이다. 총 3권으 로 발간될 부닌판에는 미출판된 초기 시들(1885~86), 중편소설 『매혹』 (*Uvlechenie*, 1886~87)과 미완성 또는 완성된 후기작품들 그리고 파격적 표현 때문에 『어두운 가로수 길』에 수록되지 않았던 작품들이 게재될 예정 이다. 무엇보다 부닌 연구자들이 특히 기대할 『아르세니예프의 생애』 제 2권 초고가 포함될 예정이다. 그 첫 권이 2017년에 출판된다고 하니 부닌 연구에 새로운 활력을 불어넣을 수 있을 것으로 기대된다(E. Ponomarev, "Krug 《Tyomnykh allei》: Neopublikovannyi Bunin," *Voprosy literatury* No.5, 2015. http://magazines.russ.ru/voplit/2015/5/17p.html).

4 1917년 10월 혁명 이후 소비에트 러시아의 경계 너머에서 발생한 러시아 문학의 한 흐름을 말한다. 제2차 세계대전이 발발하기 전까지 소비에트 러 시아를 탈출한 1세대 망명자는 약 200만 명에 달했다. 그중에는 혁명에 동 조하지 않은 과학자, 의학자, 철학자, 작가, 화가 등 상당수의 인텔리겐치 아가 포함되어 있었다. 이들은 베를린, 파리, 하얼빈 등에 모여 러시아 망 명공동체를 형성하면서 신문과 잡지를 발행하고 학교를 열고 러시아정교 회 활동을 했다. 베르댜예프, 불가코프, 니콜라이 로스키(Nikolai Losskii, 1870~1965), 레프 셰스토프(Lev Shestov, 1866~1938) 등의 철학자, 표 도르 샬랴핀(Fyodor Shalyapin, 1873~1938) 등의 가수, 일리야 레핀(Il'ya Repin, 1844~1930), 콘스탄틴 코로빈(Konstantin Korovin, 1861~1939) 등의 화가, 미하일 체호프(Mikhail Chekhov, 1891~1955), 이반 모주힌 (Ivan Mozzhukhin, 1889~1939) 등의 배우, 안나 파블로바(Anna Pavlova, 1881~1931), 바츨라프 니진스키(Vatslav Nizhinskii, 1889~1950) 등의 무 용가, 세르게이 라흐마니노프(Sergei Rakhmaninov, 1873~1943), 이고르 스트라빈스키(Igor Stravinskii, 1882~1971) 등의 작곡가가 1세대 망명사 회를 이끌었다. 여기에 부닌, 이반 시멜료프(Ivan Shmelyov, 1873~1950), 콘스탄틴 발몬트(Konstantin Bal'mont, 1867~1942), 지나이다 기피우스 (Zinaida Gippius, 1869~1945), 알렉산드르 쿠프린(Aleksandr Kuprin,

1870~1938), 마리나 츠베타예바(Marina Tsvetaeva, 1892~1941), 게오르기 이바노프(Georgii Ivanov, 1894~1958) 등의 많은 작가가 망명문학계를 이끌며 소비에트 문학과는 다른 차원에서 20세기 러시아 문학을 비옥하게 만들었다.

5 빠르게 해결되는 단 하나의 첨예한 갈등이 부재하고 묘사적 특성이 매우 강한 장르를 말한다. 다큐적 특징과 허구적 특징이 섞인 장르로 주로 실제 사건과 실제 인물을 묘사한다.

6 S. Sheshunova, "Bunin protiv kriticheskogo realizma," *Voprosy literatury* No.4, 1993, pp.340~347. 부닌의 모노그래프를 쓴 라브로프는 "부닌은 비판적 리얼리즘에 따라 노동대중에 공감하고 민중과는 관련이 없는 정치적 경향을 비판했다"라고도 주장했다(V.V. Lavrova, *Holodnaya osen'. Ivan Bunin v emigratsii(1920-1953)*, M., 1989).

7 "러시아의 바스커빌" "넘치는 경향성" "러시아와 러시아 민중에 대한 폭로" "차아다예프의 고전적 비판도 부닌의 이러한 비판 옆에서는 민족에 대한 찬양으로 보인다"(O. Mramornov, "Ivan Bunin pered zagadkoi russkoi dushi," *Novyi Mir* No.9, 1995. http://magazines.russ.ru/novyi_mi/1995/9/bookrev03.html에서 재인용). 『마을』을 둘러싼 좌우파의 비판은 N.G. Mel'nikov, *Klassik bez retushi: Literaturnyi mir o tvorchestve I.A.Bunina. Kriticheskie otzyvy, esse, parodii(1890-e-1950-e gody) Antologiya*, Pod obshchei redaktsiei N.G. Mel'nikova, Knizhnits. Russkii put', 2010, pp.123~146 참조할 것.

8 "농민을 이상화하면서 말해야 했던 시대는 이미 지났다"(T.G. Marullo, 《*Esli ty vstretish' Buddu...*》*Zametki o proze I.Bunina*, Izdatel'stvo Ural'skogo universiteta, 2000, p.56).

9 Yu. Mal'tsev, *Ivan Bunin 1870-1953*, Frankfurt-na-Maine, Posev, 1994, pp.62~63.

10 부닌은 정규교육 과정을 마치지 못하고 어려운 집안형편으로 이른 나이에 직업전선에 뛰어든 것이 상처였다고 고백하기도 했다(I. Bunin, *I.A.Bunin: Novye materialy* Vyp.1, Russkii put', 2004, p.417).

11 이런 의미에서 부닌의 세계관은 자신이 존경했던 톨스토이보다 비난했던 도스토옙스키의 세계관과 비교될 수 있다. 로트만은 부닌과 도스토옙스키를 비교하며 "부닌이 비이성적인 욕망, 사랑과 증오, 열정이 표출하는 논리를 넘어서는 비극성 같은 문제들을 자신의 것으로 생각"했으며 "도스토

엡스키를 자신의 땅에 서 있는 타인의 집"으로 생각했다고 지적한다(Yu. M. Lotman, *Izbrannye stat'i v 3 t.* T.3, Tallinn, 1993, p.172).

12 I. Bunin, *Okayannye dni*, Sovetskii pisatel', 1990, p.71. 이하 작품 인용은 본문의 인용문 뒤에 제목의 약자(*OD*)와 쪽수만 표기한다.

13 S.V. Yarov, *Istochnik dlya izucheniya obshchestvennykh nastroenii i kul'tury Rossii 20 veka*, Nestor-Istoriya, 2009, p.270.

14 라도네지스키는 중세 러시아의 정신적 지도자이자 러시아의 성인으로 시성된 인물이다. 푸가초프는 돈 지방의 카자크로 18세기 후반 농민봉기를 일으킨 인물이다.

15 A.V. Bakuntsev, "Rech' I.A.Bunina. Missiya russkoi emigratsii v obshchestvennom soznanii epokhi (po materialam emigratskoi i sovetskoi periodiki 1910-X gg.)," *Ezhegodnik Doma russkogo zarubezh'ya imeni A.Solzhenitsyna 2013* T.4, Dom russkogo zarubezh'ya imeni A.Solzhenitsyna, M., 2014, pp.268~269 참조할 것. 바쿤체프는 망명사회에서 부닌의 정치적 태도를 둘러싼 논란을 집중적으로 조명하며 좌파(멘셰비키, 사회혁명당원, 밀류코프주의자, 극좌파)의 부닌 비판이 1920년대 초부터 꾸준히 지속되어온 것은 사실이지만 우파(왕정복고주의자)도 부닌의 정치적 시각을 우파적이라고 인정하지 않았다고 지적한다.

16 G. Struve, *Russkaya literatura v izgnanii*, YMCA-PRESS, 1984, p.82.

17 1927~29년 제1부에서 제4부까지 출판되었고 1930년 단행본(부제 '삶의 근원')으로 발행되었다. 1932~33년 제5부 중 일부가 출판되었고, 1939년 제5부의 최종본(『아르세니예프의 생애. 소설. II. 리카』)이 출판되었다. 그리고 제5부를 포함한 완성본이 작가가 죽기 1년 전인 1952년 『아르세니예프의 생애. 청년시절』이라는 제목으로 출판되었다. 부닌이 소설의 최초 구상을 현실화하기 시작한 것은 1921년 「이름 없는 수기」 「내 삶의 책」이며 같은 주제를 다룬 작품으로는 그보다 훨씬 전인 혁명 이전에 쓴 「먼 옛날」 「삶의 근원」이 있다. 부닌은 뒤의 두 작품을 1937년과 1929년 각각 다시 출판하면서 '아르세니예프의 생애, 초안' '아르세니예프의 생애의 오래전 스케치' 같은 부제를 달아주었다.

18 부닌은 당시 세간에 화제가 되었던 프루스트의 작품을 일부러 읽지 않았다고 했다. 하지만 최근 출판된 자료에 따르면 『아르세니예프의 생애』를 집필 중이던 1929년 7월 프루스트의 『잃어버린 시간들』을 읽었음이 밝혀졌다. 당시 프랑스의 그라스에서 부닌 부부와 함께 살던 갈리나 쿠즈

네초바(Galina Kuznetsova, 1900~76)가 레오니트 주로프(Leonid Zurov, 1902~71)에게 보낸 편지 참조할 것(I. Bunin, *I.A.Bunin: Novye materialy* Vyp.1, p.267).

19 노벨문학상 수상과 관련해 최근 공개된 자료에 따르면 부닌은 노벨문학상을 받은 1933년까지 다섯 번에 걸쳐 노벨문학상 후보에 올랐다. 부닌 외에도 톨스토이, 고리키, 발몬트, 메레지콥스키, 시멜료프 등이 후보에 올랐으나 결국 최다 후보에 올랐던 부닌이 수상하게 되었다(A. Sidorchik, "Ot Tolstogo do Brodskogo. Russkaya istoriya Nobelevskoi premii po literature," *Argumenty i fakty*, 10 sentyab., 2014. http://www.aif.ru/culture/book/1355760).

20 I. Bunin, "Rech' Ivana Bunina po sluchayu vrucheniya emu Nobelevskoi premii," *Slovo\Word* No.56, 2007. http://magazines.russ.ru/slovo/2007/56/bu26.html

21 물론 부닌의 노벨문학상 수상에 대한 소비에트 내의 반응은 차가웠다. "어느 누구도, 단 한 번도 고리키를 노벨문학상 후보로 추천하지 않았다. 부르주아적 조건에서 그를 추천할 수도 없었던 백위군의 노벨상위원회는 반혁명의 늑대 부닌을 어떻게든 수상자로 지명하고자 했다. 부닌의 작품, 특히 최근작은 죽음, 몰락, 재앙적인 세계위기에서 피할 수 없는 숙명의 모티프로 점철되어 있어 이것이 스웨덴 한림원의 노인네들에게 전염된 것이다" (D. Peredel'skii, "Khrustal'naya yakhta Ivana Bunina," *Literaturnaya gazeta*, 10 oktyab., 2010. http://www.rg.ru/2013/10/10/reg-cfo/bunin.html에서 재인용).

22 N.G. Melnikov, *Ibid.*, p.432.

23 이런 점에서 부닌의 작품 속에 등장하는 사랑은 19세기 러시아 문학에서 표현되는 사랑과 구분된다. 부닌은 성에 대해 지극히 제한적이었던 고전적 방식을 거부하고 저급하게 취급되었던 성적 표현들을 분명히 드러내는 길을 택한다. 이에 대해서는 졸고 「이반 부닌의 창작에서 사랑의 테마」, 『러시아어문학연구논집』 제14권, 2003, 249~279쪽 참조할 것.

24 M. Kreps, "Elementy modernizma v rasskazakh Bunina o lyubvi," *Novyi zhurnal* No.137, New-York, 1979, p.59.

25 이러한 효과를 만들어내는 서사구조에 대한 분석으로는 고전이 된 비고츠키의 논문 L.S. Vygotskii, *Psikhologiya isskustva*, Pedagogika, 1987 참조할 것.

26 Z. Shakhovskaya, *V poiskakh Nabokova. Otrazheniya*, Kniga, 1991,

pp.228~229.

27 N.G. Mel'nikov, *Ibid.*, pp.10~11.

혁명의 예술, 예술의 혁명: 블라디미르 마야콥스키

1 후고 후퍼트, 김희숙 옮김, 『나의 혁명 나의 노래』, 역사비평사, 1993, 114쪽.

2 V. Mayakovskii, *Polnoe sobranie sochinenii v 13 t.* T.1, Khudozhestvennaya litetatura, 1955, p.16. 이하『마야콥스키 전집』인용은 본문의 인용문 뒤에 권수와 쪽수만 표기한다.

3 *Literaturnye manifesty: Ot simvolizma do Oktyabrya, Agraf,* 2001, p.129.

4 A. Krusanov, *Russkii avangard: 1907–1932 (Istoricheskii obzor) v 3 t.* T.1. Boevoe desyatiletie. Kn.2, NLO, 2010, p.375.

5 미래주의 시인들의 일상에서 펼친 퍼포먼스는 마야콥스키가 출현한 두 편의 영화「미래주의자들의 카바레에서의 13번 드라마」와「나는 미래주의자가 되고 싶어」에서 잘 드러난다. 1914년 마야콥스키를 비롯한 미래주의 시인과 예술가들이 제작한 무성영화「미래주의자들의 카바레에서의 13번 드라마」에서 마야콥스키는 비단모자를 쓰고 지팡이를 든 악마적인 인물로 등장하고, 같은 해 제작한 코미디 영화「나는 미래주의자가 되고 싶어」에서 그는 비탈리 라자렌코(Vitalii Lazarenko, 1890~1939)와 함께 주인공 역할을 맡는다. 미래주의를 대표하는 시인 마야콥스키와 당대 최고의 광대이자 곡예사인 라자렌코가 함께 출현한 이 영화는 미래주의에 서커스적인 의미를 부여하고 광대의 분장, 즉 퍼포먼스에서의 얼굴분장이 새로운 예술 프로그램을 위한 요소라는 점을 강조한다(O. Burenina-Petrova, *Tsirk v prostranstve kul'tury.* https://culture.wikireading.ru/74131 ; R. Goldberg, *Iskusstvo performansa. Ot futurizma do nashikh dnei,* M., 2015, p.40 참조할 것).

6 A. Krusanov, *Ibid.*, p.393.

7 R. Goldberg, *Ibid.*, p.39.

8 A. Kruchyonykh and V. Khlebnikov, "Slovo kak takovoe," *Manifesty i programmy russkikh futuristov,* München, 1967, p.57.

9 L. Lisitskii, "Kniga s tochki zreniya zritel'nogo vospriyatiya—vizual'naya kniga," *Iskusstvo knigi* Vyp.3, Iskusstvo, 1962, p.166.

10 A. Kruchyonykh, *Nash vykhod: K istorii russkogo futurizm,* RA, 1996, p.63.

11 마야콥스키의 희곡은 1913년 12월 2일에서 5일까지 당시 신예술경향을 이

끌었던 대표적인 예술단체 '청년동맹'의 주도로 크루초니흐의 오페라 「태양에 대한 승리」와 동시에 상연된다.

12 이 작품의 원래 제목은 '사물들의 반란'이었으나 상연 전 검열 때문에 '블라디미르 마야콥스키. 비극'으로 변경되었다.

13 마야콥스키의 전기작가이자 형식주의 이론가인 시클롭스키는 '사물의 죽음'으로 삶과 유리된 채 경직되어버린 예술을 비판한다. 그에 따르면 미래주의 시인이야말로 사물을 부활시키고 새로운 삶을 반영함으로써 새로운 예술형식을 창조하는 긍정적인 예술가다. 시클롭스키는 자동화된 인식체계를 타파하고 사물을 새롭게 인식하는 '낯설게 하기'를 예술의 본질로 인식하는데, 이는 단어를 '일그러뜨리며' 살아 있는 형식과 단어를 다루는 미래주의 시인들의 방식과 연관된다(V. Shklovskii, "Voskreshenie slova," Texte der Russischen Formalisten 2: *Texte zur Theorie des Verses und der poetischen Sprache*, München, 1972, pp.12~14 참조할 것).

14 N. Romanov, "Mayakovskii kak futuristicheskii proekt," *Tsitata: klassiki glazami nashikh sovremennikov*, M., 2007, p.50.

15 K. Chukovskii, "Futuristy," *Sobranie sochinenii v 6 t.* T.6, M., 1969, p.228.

16 '소 울음처럼 단순한 것'은 1916년 페트로그라드에서 출판된 마야콥스키 시집의 제목으로 「블라디미르 마야콥스키. 비극」과 「바지를 입은 구름」을 비롯해 1912~15년에 쓰어진 마야콥스키 초기 시 대부분이 수록되어 있다.

17 전쟁 초기 미래주의자들의 활동에 대해서는 V. Markov, *Russian Futurism: A History*, Berkeley & Los Angeles, 1968, pp.277~288 참조할 것.

18 '시인들의 카페' 시기 마야콥스키의 활동은 시 창작과 강연에만 머물지 않는다. 이 시기 마야콥스키는 새로운 예술매체로서 영화에 관심을 품기 시작한다. 그는 「돈 때문에 태어나지 않은 자」「미녀와 건달」이라는 영화의 주연을 맡고, 「영화의 포로」의 시나리오를 쓰며, 자신의 연인이었던 릴랴 브리크(Lilya Brik, 1891~1978)와 함께 출연하기도 한다. 특히 「영화의 포로」는 마야콥스키 시에 주로 사용된 비극적 사랑과 예술에 대한 테마를 중심으로 미래주의 시적 실험이 시각화된 대표적인 영화다.

19 http://a-pesni.org/zona/avangard/manifesty.php

20 B. Jangfeldt, *Majakovskii and Futurism: 1917-1921*, Almqvist and Wiksell, 1976, p.26 참조할 것.

21 앤 차터스·새뮤얼 차터스, 신동란 옮김, 『마야코프스키: 사랑과 죽음의 시인』, 까치글방, 1981, 111쪽.

22 조규연, 「문학의 계승과 소비에트적 변형 : 혁명 이후 러시아 미래주의와 '레프」, 『외국학연구』 제40권, 2017, 235쪽.

23 정치적인 신념을 공유했기 때문에 볼셰비키와 좌익예술가들이 연합한 것은 아니었다. 좌익예술가들에게는 자신의 급진적인 예술을 지속하기 위한 정치적 배경이 필요했고, 볼셰비키에게는 좌익예술가들이 자신들의 정치적 슬로건을 선전하기 위한 효과적인 수단이었다. 이에 대해서는 같은 글, 235~236쪽 참조할 것.

24 혁명기 마야콥스키의 시에서 혁명은 '노아의 대홍수' 이미지로 제시된다. 「미스테리야-부프」 외에도 「혁명 : 시-연대기」에서 2월 혁명은 "노동자들의 홍수의 첫날"로, 「우리들의 행진」에서 10월 혁명은 "세계의 도시들을 썻어내는 제2의 대홍수"로 표현된다.

25 B. Jangfeldt, *Stavka-zhizn'. Vladimir Mayakovskii i ego krug*, KoLibri, 2009, p.156 참조할 것.

26 V. Lenin, *Polnoe sobranie sochinenii v 55 t.* T.38, M., 1969, p.330.

27 B. Jangfeldt, *Ibid.*, 2009, p.157.

28 L. Trotskii, *Literatura i revolyutsiya*, Politizdat, 1991, pp.118~119.

29 E. Naumov, "Lenin o Mayakovskom. (Novye materialy)," *Novoe o Mayakovskom*, Izd-vo AN SSSR, 1958, pp.210~212 참조할 것.

30 이장욱, 『혁명과 모더니즘-러시아의 시와 미학』, 랜덤하우스중앙, 2005, 44쪽.

31 http://www.tsvetayeva.com/prose/pr_poet_i_vremya

혁명과 자유를 노래한 시인: 알렉산드르 블로크

1 이 글은 『알렉산드르 블로크 : 노을과 눈보라의 시, 타오르는 어둠의 사랑 노래』(열린책들, 2017)를 간추린 것이다.

2 A. Akhmatova, *Stikhotvoreniya i poemy*, Sovetskii pisatel', 1976, p.259.

3 A. Blok, *Sobranie sochinenii v 8 t.* T.6, Khudozhestvennaya literatura, 1960~65, p.12.

4 D.S. Likhachyov, *Zametki o russkom*, Sovetskaya rossiya, 1984, p.10.

5 I.V. Kondakov, *Vvedenie v istoriyu russkoi kul'tury*, Aspekt press, 1997, p.53.

6 A. Blok, *Ibid.*, T.6, p.368.

7 A. Blok, *Ibid.*, T.6, p.115.

8 A. Blok, *Ibid.*, T.6, p.364.

9 김용규, 『철학카페에서 문학 읽기』, 웅진지식하우스, 2006, 45~46쪽.

10 홍순길, 「헤세와 니체: 운명애를 중심으로」, 『헤세 연구』 제13호, 2005, 78쪽.

11 V.M. Zhirmunskii, *Voprosy teorii literatury*, Academia, 1928, p.211.

12 V.A. Zorgenfrei, "Aleksandr Aleksandrovich Blok," *Aleksandr Blok v vospominaniyakh sovremennikov*, Khudozhestvennaya literatura, 1980, p.32.

13 A. Blok, *Ibid.*, T.8, pp.265~266.

14 K. Mochul'skii, *Krizis voobrazheniya*, Volodei, 1999, pp.31~32.

15 A. Blok, *Ibid.*, T.5, p.257.

16 A. Blok, *Ibid.*, T.5, pp.246~247.

17 N.A. Berdyaev, "Russkaya ideya. Osnovnye problemy russkoi mysli XIX v. i nachala XX vekov," *O Rossii i russkoi filosofskoi kul'ture*, Nauka, 1990, p.48~49.

18 A. Blok, *Ibid.*, T.8, p.252.

19 A. Blok, *Ibid.*, T.5, p.323.

20 A. Blok, *Ibid.*, T.5, p.324.

21 A.A. Blok, *Literaturnoe nasledstvo*. T.92 Kn.2. *Aleksandr Blok. Novye materialy i issledovaniya*, Nauka, 1981, p.254.

22 A. Blok, *Ibid.*, T.7, p.326.

23 단적인 예가 오늘날의 블로크 권위자들이 두루 참여한 지면상의 토론 「2000년의 시각으로 본 「열둘」의 결말」("Final "Dvenadtsati"-vzglyad iz 2000 goda")이다(*Znamya* 11, 2000, pp.190~206).

24 V. Mayakovskii, *Polnoe sobranie sochinenii v 13 t*. T.12, Khudozhestvennaya literatura, 1959, pp.21~22.

25 V.M. Zhirmunskii, *Ibid.*, p.217.

26 D.A. Semenovskii, *M. Gork'ii. Pis'ma i vstrechi*, Sovetskii pisatel', 1983, p.87.

27 V. Zaitsev, "V rusle poeticheskoi traditsii (O tsikle Aleksandra Galicha "Chitaya Bloka")," *Voprosy literatury* No.6, 2001, p.6.

28 A. Blok, *Ibid.*, T.6, p.167.

달리 생각하는 자의 혁명 살아내기: 안나 아흐마토바

1 오비디우스의 『사랑의 비가』(*Amores*) 제3권 11번 시편에서 취한 시구로, 아흐마토바가 혁명 후 출간한 첫 시집 『서기』(*Anno Domini*, 1922; 1923) 제

2부 「1921」의 제사(題詞)로 삼은 바 있다. 이 시구는 혁명 후 러시아를 바라보는 시인의 양가적 심경과 딜레마적 상황을 가장 명확하게 보여주는 것이기에 이 글 전체의 제사로 삼고자 한다.

2 O.E. Mandel'shtam, *Sochineniya v 2 t.* T.2, Khudozhestvennaya literatura, 1990, p.310.

3 이 단어는 통상 '이단자' '반체제주의자' 등으로 번역되지만, 이 글에서는 혁명과 혁명 후 소비에트 체제의 획일화에 동조하지 못하고 그 전체적인 흐름에서 비켜나 다른 식의 생각을 품었던 아흐마토바의 상황을 더욱 폭넓게 전하기 위해 축자적으로 번역했다.

4 러시아 상징주의자 가운데 그 누구보다 '음악혼'에 경도되었던 블로크는 음악을 통해 혁명의 힘을 감지하기도 했는데, 이는 1918년 거의 동시에 쓰인 에세이 「인텔리겐치아와 혁명」(1918. 1. 9)과 서사시 「열둘」에 반영되어 있다. 블로크가 에세이에서 "혼은 음악입니다. (…) 온몸으로, 온 마음으로, 온 의식으로 혁명을 들으시오"라며 '혁명의 음악'을 듣도록 직접적으로 호소했다면, 10월 혁명에 대한 시인의 예술적 해석이라고 할 서사시 「열둘」에서는 '혁명의 음악'을 리듬과 소리 등을 이용해 간접적으로 전해주고 있다(A. Blok, *Sobranie sochinenii v 8 t.* T.6, Gosudarstvennoe izdatel'stvo khudozhestvennoi literatury, 1960~63, p.20).

5 A.I. Pavlovskii, *Anna Akhmatova*, Lenizdat, 1982, pp.33~34를 참조할 것.

6 1921년 1월, 모스크바와 페트로그라드에서 진행되었던 추콥스키의 강연 '두 러시아. 아흐마토바와 마야콥스키'는 굉장한 관심을 불러일으켰다. 강연 끝에 추콥스키가 이 두 시인에 대해 내린 평가는 지나치게 일반적이라고 느껴질 수 있으나 발언 시점이 혁명 이후라는 것을 염두에 둔다면 꽤 공정한 것이었다고 볼 수 있다. "제게 아흐마토바인가 마야콥스키인가라는 질문은 존재하지 않습니다. 아흐마토바가 체현해낸 문화적이고 고요한 오랜 루시도, 마야콥스키가 체현해낸 조잡하고 사나우며 광장(廣場)적이고 북소리를 내는 요란한 루시도 제게는 모두 소중하지요"(S. Kovalenko (sost.), *Anna Akhmatova. Pro et Contra* T.1, RKhGI, 2001, p.235). 한편, 혁명에 대한 반응은 '상징주의와 미래주의 대 아크메이즘(akmeizm)'의 구도로 추구된 시학적 지향점에서 이미 상반성을 배태하고 있었다고 할 수 있다. '이세계 지향성'(posyustoronnost')을 시학적 모토로 삼았던 아크메이즘은, 구체적인 표현방식에서 차이가 나는 것은 물론이고 궁극적으로도 유토피어니즘적 '저세계지향성'(potustoronnost')을 주창했던 상징주의(그중에서도 1905년

혁명 즈음 관념적인 것에서 탈피해 현실적인 것으로의 접근을 꾀했던 제2기 상징주의)나 미래주의와는 생래적으로 화합할 수 없었다.

7 '내부망명자'(vnutrennii emigrant)라는 용어는 트로츠키가 『문학과 혁명』(1923)에서 러시아에 남아 있으면서도 망명작가들과 관심사를 공유하는 작가들을 묘사하기 위해 사용한 용어다.

8 본론에 들어가기에 앞서 현재까지 출판된 아흐마토바 관련 전기자료들의 전반적인 경향을 일별해보기로 한다. 아흐마토바는 데뷔와 동시에 끊임없이 세간의 관심을 받으면서 20세기의 신화적 인물로 확고한 자리를 점해왔다. '아흐마토바 현상'이라고까지 부를 수 있을 이러한 경향은 1912년 데뷔 이후 '은세기'를 거쳐 소비에트기에 이르는 동안 평단과 대중이 자발적으로 구축한 것이었다. 이 시기 나온 대부분 회상록이 아흐마토바를 '은세기의 여왕' '스탈린 시대의 수난자'로 묘사했다. 하지만 1950~60년대 러시아 망명잡지에 실린 사실과 유언비어 등이 뒤섞인 회상록들과 아흐마토바 사후부터 탄생 100주기 즈음까지 쏟아져나온 회상기들(그중에서도 추콥스카야, 나이만, 나데지다 만델시탐Nadezhda Mandel'shtam, 1899~1980 등 최측근 지인들이 집필해 시인의 내밀한 사생활이 담긴 회상기들)은 여태껏 신화화된 이미지와는 다른 점을 노출시킴으로써 반(反)아흐마토바적 성향의 연구자들에게 아흐마토바 탈신화화의 빌미를 제공하기도 했다. 1990년대 중반 졸콥스키를 필두로 시작된 아흐마토바 탈신화화 작업은 무명의 저널리스트 카타예바가 쓴 두 편의 전기(『안티아흐마토바 1~2』, 2007~2011) 출간으로 절정에 다다르게 된다. 그러나 탈신화화라는 명백한 목적으로 집필된 이런 전기물들은 주로 창작 외적인 면들에만 치중하고 있을뿐더러 문맥을 고려하지 않고 발췌해 본말이 전도되는 경우가 많았다. 이런 전기물들은 친(親)아흐마토바적 성향의 연구자들을 자극해(일례로 사르노프의 1997년 논문 「엎질러진 성수반」) 오히려 재신화화를 구축하는 계기로 작용하기도 했다. 이에 관한 자세한 내용은 Park Sunyung, "O protsesse konstruktsii i dekonstruktsii akhmatovskogo mifa," 『노어노문학』 제4권, 2014, pp.349~375 참조할 것.

9 A. Akhmatova, *Sobranie sochinenii v 2 t*. T.1, Pravda, 1990, p.63. 이하 작품 인용은 본문의 인용문 뒤에 권수와 쪽수만 표기한다.

10 V. Musatov, *Lirika Anny Akhmatovoi*, Slovari.ru, 2007, p.174.

11 K. Mochul'skii, *Krizis voobrazheniya. Stat'i. Esse. Portrety*, Vodolei, 1999, p.171.

12 로크샤와 코즐롭스카야는 전쟁기 및 혁명기의 아흐마토바 창작에 나타
난 예술공간 구조를 분석해 아흐마토바에게 모든 전쟁은 아포칼립스
이며 공간 역시 아포칼립스적 특성을 지닌다고 주장한다(A.V. Loksha
and S.E. Kozlovskaya, "Struktura khudozhestvennogo prostranstva v
tvorchestve Anny Akhmatovoi epokhi voiny i revolyutsii (1914-1921),"
*Anna Akhmatova: epokha, sud'ba, tvorchestvo: Krymskii Akhmatovskii nauchnyi
sbornik* Vyp.9, Krymskii arkhiv, 2011, p.60).

13 A. Akhmatova, *Sobranie sochinenii v 6 t.* T.5, Ellis Lak, 1998~2002, p.176.

14 V.A. Chernykh (sost.), *Letopis' zhizni i tvorchestva Anny Akhmatovoi 1889-
1966.* Azbukovnik, 2016, p.115.

15 한편, 타마르첸코는 망명의 테마가 1917년부터 1965년까지 거의 45년
간 아흐마토바를 사로잡았던 주요 테마 중 하나였다고 주장한다(A.
Tamarchenko, ""Tak ne zrya my vmeste bedovali⋯" (Tema emigratsii
v poezii Anny Akhmatovoi)," *"Tsarstvennoe slovo". Akhmatovskie chteniya*
Vyp.1, Nasledie, 1992, p.71).

16 K.I. Chukovskii, *Sovremenniki*, Molodaya gvardiya, 1963, p.479(V.
Chernykh, *Ibid.*, pp.168~169에서 재인용).

17 런던 내셔널갤러리의 모자이크 벽화장식에 아흐마토바의 형상을 새겨넣기
도 했던 안레프는 시인이 이미 사망한 이후에 쓴 「추도」(1969)라는 서사
시에서 자신을 변절자로 몰아세웠던 시인에게 답을 주었다. "조국 없이 그
대는 살 수가 없지. 안녕히⋯⋯. 내가 변절자란 걸 알고 있소"(B. Anrep,
Akhmatovskii sbornik T.1, Institut slavyanovedeniya, 1989, p.183; D.
Bobyshev, "Akhmatova i emigratsiya," *Zvezda* No.2, 1991, p.180에서 재인
용).

18 이러한 주장의 선봉에는 마야콥스키가 있었다. 1922년 1월 19일 모스크바
공학박물관에서 열린 '현대시 숙청하기' 첫 회합에서 마야콥스키는 "아흐
마토바의 규방(閨房)의 내밀함, 뱌체슬라프 이바노프(Vyacheslav Ivanov,
1886~1949)의 신비주의적 시와 고대 그리스·로마의 모티프들이 엄혹하
고 철과 같은 우리 시대에 무슨 의미를 지닐 수 있겠습니까? (⋯) 우리에
게, 우리 시대에 이것은 무익하고 시시하며 우스운 시대착오에 지나지 않
습니다"라고 주장했다(V.V. Mayakovskii, *Sobranie sochinenii v 13 t.* T.2,
Khudozhestvennaya literatura, p.39; V. Chernykh, *Ibid.*, p.184에서 재인
용). 혁명주의자들이 혁명 이후 신세계를 구축하기 위해 구세계 '숙청'을

최우선과제로 삼았음은 의심의 여지가 없다. 레닌은 1922년 7월 스탈린에게 보낸 서신에서 자신들과 뜻을 같이하지 않은 문인들을 숙청하라고 지시하기도 했다. "'문학인의 집'과 피테르의 '사상'의 모든 저자를…… 조속히 숙청해야 하오"(B. Sarnov, *Stalin i pisateli*, Kn.2, Eksmo, 2011, p.614).

19 '황제마을'이라는 뜻을 가진 페테르부르크 근교의 지명으로, 18세기 초부터 조성되기 시작한 황실가의 여름궁전을 가리킨다. 예카테리나 여제를 기념해 이름 붙여진 '예카테리나궁전' 옆에는 푸슈킨이 다녔던 귀족기숙학교 리체이가 있다. 혁명 이후 잠시 '데츠코예 셀로'(아동마을)로 불렸으나 1937년 푸슈킨 사망 100주년을 기념해 '푸슈킨시(市)'로 개칭했다.

20 차르스코예 셀로의 백조는 데르자빈, 바실리 주콥스키(Vasilii Zhukovskii, 1783~1852), 푸시킨의 작품 속에서 반복되어온 이미지로, '차르스코예 셀로 김나지움'을 다니기도 했던 아흐마토바에게는 19세기 시문화 전통의 계승자라는 자부심을 주는 특별한 이미지였다.

21 N.Yu. Gryakalova, "Fol'klornye traditsii v poezii Anny Akhmatovoi," *Russkaya literatura*, 1982: 1, p.53.

22 종말에 대한 관점 차이는 이 두 인물의 운명에도 큰 영향을 미치게 된다. 혁명에 온몸과 온 마음을 바쳤던 마야콥스키가 자신이 꿈꾸던 이상과 현실의 엄청난 괴리를 결국 극복해내지 못하고 스스로 목숨을 끊을 수밖에 없었다면, 새로운 세계에 대해 어떤 희망도 품지 않은 채 비극적인 미래를 예감하고 있던 아흐마토바는 오히려 자신에게 닥친 힘겨운 현실을 견뎌낼 수 있었다.

23 N. Osinskii, "Pobegi travy," *Pravda*, 1922, p.146(A. Akhmatova, *Ibid.*, T.1, p.392에서 재인용).

24 한편, 모스크바 시인 츠베타예바에게 아흐마토바는 페테르부르크 그 자체로 받아들여지기도 했다. 1921년 8월 31일 자 편지에서 츠베타예바는 "(당신 없는) 이 사흘 동안 제게 페테르부르크는 이미 존재하지 않았습니다"라고 썼다(M. Tsvetaeva, *Sobranie sochinenii v 7 t.* T.6, Ellis Lak, 1994~95, p.201).

25 아흐마토바에게 8월은 대체로 비극적인 사건들과 연관되어 있었다. 1921년 8월에는 블로크와 구밀료프가 사망했고, 1946년 8월에는 쥬다노프의 "잡지 『별』과 『레닌그라드』에 관한 결정"이 내려졌으며, 츠베타예바와 니콜라이 푸닌(Nikolai Punin, 1888~1953)도 각각 1941년 8월과 1953년 8월에 사망했던 것이다. 아흐마토바는 1958년 8월 말에 쓴 시편 「8월」에서 "8월

은 그 어느 달보다 무시무시하다"라고 표현했다.

26 이러한 소문은 아흐마토바에게 보낸 츠베타예바의 1921년 8월 31일 자 편지에 잘 드러나고 있다. "요즘 당신에 대한 참담한 소문이 돌았으며 시간이 갈수록 점점 더 굳어지고 부정할 수 없는 것이 되어갔습니다"(M. Tsvetaeva, *Ibid.*, pp.201~203). 더욱 놀라운 것은 그해 10월 28일 심페로폴에서는 아흐마토바를 추모하는 행사까지 열렸다는 사실이다(V. Chernykh, *Ibid.*, p.179).

27 볼셰비키 혁명 직후 레닌의 지시에 따라 결성된 비밀정보기관이다.

28 V.Yu. Chernyaev, "Delo Petrogradskoi boevoi organizatsii V.N. Tagantseva," V.P. Orlov (gl. red.), *Repressirovannye geologi*, MPR RF, 1999, pp.391~395.

29 V. Vilenkin and V. Chernykh (sost.), *Vospominaniya ob Anne Akhmatovoi*, Sovetskii pisatel', 1991, p.92.

30 G. Ivanov, *Sobranie sochinenii v 3 t.* T.3, Soglasie, 1994, p.55.

31 이에 대해서는 전(前) 체카 요원이자 KGB 소장이었던 올레크 칼루긴(Oleg Kalugin, 1934~)이 「KGB의 안나 아흐마토바 사건」이라는 제목의 글을 통해 증언한 바 있다. 그에 따르면 "반혁명주의 시인 구밀료프의 전 부인 아흐마토바는 1920년대부터 이미 체카 요원들의 감시 아래 있었다"(E.V. Shukshin and T.V. Gromov (rev. ed.), *Gosbezopasnost' i literatura na opyte Rossii i Germanii (SSSR i GDR)*, Rudomino, 1994, p.75).

32 아흐마토바의 작품에는 '곡하는 여인'의 형상이 자주 등장하는데, 흥미로운 점은 아흐마토바가 전 민중적인 비극적 사건(예를 들어 블로크의 죽음이라든지 내전, 제2차 세계대전 등)을 겪을 때마다 스스로 '곡하는 여인'의 형상에 기대어 민중 전체를 대표해 제의를 치르는 듯한 인상을 남겼다는 것이다. 이에 관해 더욱 자세한 내용은 Park Sunyung, "Zhiznetvorcheskie maski Anny Akhmatovoi (k strategiyam avtomifologizatsii)," *Russkaya literatura* No.3, 2015, p.223 참조할 것.

33 1946년 8월 14일 쥬다노프는 "잡지 『별』과 『레닌그라드』에 관한 결정"에서 아흐마토바가 "우리 인민에게 낯선 공허한 무사상적 시의 전형적인 대표자"이자 "절반쯤 수녀요 절반쯤 창녀"라며 원색적으로 비난했다. 이후 9월 4일 아흐마토바는 미하일 조센코(Mikhail Zoshchenko, 1894~1958)와 함께 소비에트 작가동맹에서 제명당하게 된다. 당시 소비에트 작가동맹 제명은 식량배급권을 박탈당해 물리적 곤궁에 처하게 된다는 것과 동시에 주변

사람들에게 투명인간 취급을 당해 정신적 곤궁에 처하게 된다는 것을 의미했다. 한편, 일설에 따르면, 아흐마토바가 이런 조치를 당한 데는 다른 이유도 있었다고 한다. 1946년 4월 초, 모스크바에서 레닌그라드 시인들의 문학의 밤 행사가 열렸는데, 아흐마토바가 무대로 들어서자 청중들이 기립박수를 보냈다고 한다. 당시 기립박수를 받을 수 있는 유일한 인물은 스탈린이었는데, 이후 스탈린은 "누가 기립하게 했소?"라고 물었고 바로 이러한 반응이 쥬다노프의 결정으로 이어졌다는 것이다. 하지만 반아흐마토바적 성향의 연구자 졸콥스키는 이것 또한 아흐마토바 자신이 만든 신화 중 하나라고 지적한다(A. Zholkovskii, "Kto organizoval vstavanie?," *Znamya* No.10, 2015, pp.198~205).

34 레프는 자신의 네 차례 체포에 대해 첫 번째(1933)와 두 번째(1935)는 자신 때문에, 세 번째(1939)는 아버지 때문에, 네 번째(1949)는 어머니 때문에 벌어진 일이라고 말했다.

35 "아니다, 타국의 하늘 아래서도 아니고, / 타인의 날개 비호 아래서도 아니었다 / 그때 나는 내 민족과 함께 / 불행하게도, 내 민족이 있었던 그곳에 있었다"(제1권, 196쪽; 244쪽).

아름다운 병, 이단, 두려움: 예브게니 자먀틴

1 E. Zamyatin, "Avtobiograficheskaya zametka," *Literaturnaya Rossiya, Sbornik sobremennoi russkoi prosy* T.1, Nobye vekhi, 1924, p.69.

2 *Kniga o Leonide Andreeve*, Izd. Grzhebina, Pb., 1922, p.123.

3 *Sovremennaya literatura*, Izd. Mysl', L., 1925, pp.103~104.

4 E. Zamyatin, *Izbrannoe*, Pravda, 1989. http://az.lib.ru/z/zamjatin_e_i/text_0260.shtml

5 http://az.lib.ru/z/zamjatin_e_i/text_0260.shtml

6 "자먀틴은 문하의 후배들을 키워주고 제자들을 보살피며 학파를 형성하는 기량을 지닌 예술가였다"(Konstin Fedin, *Gor'kii sredi nas. Kartiny literaturnoi zhizni*, M., 1967, p.77).

7 http://az.lib.ru/z/zamjatin_e_i/text_0260.shtm

8 1924년 영어로 처음 출판되었고(Dutton, 1924), 러시아어로는 언어학자 로만 야콥슨(Roman Yakobson, 1896~1982)의 중재 덕분에 축약본으로 체코에서 처음 출판되었다(Volya Rossii, *Praga* No.2~4, 1927). 최초의 완전한 러시아어판 역시 조국이 아닌 미국에서 출판되었다(E. Zamyatin, *My*,

Izd. imeni Chekhova, 1952). 러시아에서는 1988년 처음으로 출판되었다 (*Znamya* No.4~5, 1988).

9 *Russkii sovremennik* No.1, 1924, pp.297~298.

10 예브게니 자먀틴, 석영중 옮김, 『우리들』, 중앙일보사, 1990. 이하 작품 인용은 본문의 인용문 뒤에 쪽수만 표기한다.

11 A. Bogdanov, "Proletariat i iskusstvo," *Literaturnye manifesty*, Chasti 3, Poznan, 1977, p.15.

12 A. Mazaev, *Konteptsiya proizvodstvennogo iskusstva 20-x godov*, M., 1975, p.37.

13 A. Mazaev, *Ibid.*, p.259.

14 E. Zamyatin, "Rai'," *Sobranie sochinenii v 4-X t.* T.4, München, 1988, p.524.

15 A. Gastev, *Proletarskaya kul'tura* No.9~10, M., 1919, pp.43~44.

16 A. Gastev, *Ibid.*, p.45.

17 L. Dolgopolov, Zamyatin i V. Mayakovskii (K istorii sozdaniya romana *My*), *Russkaya literatura* No.4, L., 1988, p.183.

18 A. Gastev, *Ibid.*, p.4.

19 A. Men'shutin and A. Sinyavskii, *Poeziya pervykh let revolyutsii*, M., 1964, p.151.

20 A. Mazaev, *Iskusstvo i bol'shevizm 1920-1930*, M., 2004, p.54.

21 E. Zamyatin, *Povesti. Rasskazy*, Voronezh, 1986, p.106.

22 E. Zamyatin, *Izbrannye proizvedeniya*, M., 1990, p.402.

23 E. Zamyatin, *Ibid.*, p.403.

24 고리키가 그루즈제프에게 보낸 편지(M. Gor'kii, *Sobranie sochinenii v 30 t.* T.30, M., 1952, pp.122~126), 보론스키가 자먀틴에게 보낸 편지(*Iz istorii sovetskoi literatury 1920-30-x godov*, M., 1983, pp.571~572) 등 참조할 것.

25 *Izvestiya*, 14 avgusta, 1922.

26 *Pechat' i revolyutsiya*, 1921, Kn.1, p.57.

27 *Russkaya mysl'* No.4141, 19~25 sentyabrya, 1996, p.10.

28 E. Zamyatin, *Sochineniya*, M., 1998, p.564.

29 E. Zamyatin, *Ya boyus': Literaturnaya kritika, publitsistika, vospominaniya*, M., 1999, p.256.

30 E. Zamyatin, "Novaya russkaya proza," *Izbrannye proizvedeniya*, M., 1990,

p.429.

31 G. Orwell, *1984 i esse raznykh let*, M., 1989, p.308.

32 http://zamyatin.lit-info.ru/zamyatin/proza/my/kommentarii.html

소설 속에서 울려 퍼지는 혁명교향곡: 보리스 필냐크

1 B.A. Pil'nyak, *Sobranie sochinenii v 6 t.* T.1, Terra-nizhnyi klub, 2003, p.35. 이하 작품 인용은 본문의 인용문 뒤에 권수와 쪽수만 표기한다.

2 러시아 문학에서 산문의 '편성법'(instrumentovka) 개념은 벨리에게서 처음 등장한다. 하지만 이 개념은 '음향편성법'(zvukobaya instrumentovka)으로서 필냐크뿐 아니라, 자먀틴, 레미조프 같이 장식산문체를 즐겨 사용한 작가들에게서 발견되는 음소효과와 관련된 법칙이다. 필냐크가 여기서 이야기하는 '편성법'은 '음향편성법'과는 다른 개념이다. 이 '편성법'은 비슈제트적 산문의 전일성을 부여하는 구성원칙으로서 고전음악의 소나타 구조처럼 교향악의 각 동기를 서로 연결시키는 구성으로서의 편성법이다. 『헐벗은 해』의 구성원칙으로서 '편성법'을 처음 지적한 비평가는 고프만이다 (V. Gofman, "Mesto Pil'nyaka," *Boris Pil'nyak: Stat'i i materialy*, Academia, 1928, p.37).

3 B.A. Pil'nyak, "Pis'ma B. Pil'nyaka k M. Gor'komu," *Russkaya literatura* No.1, 1991, p.184.

4 키타이고로드는 모스크바의 문화상업 중심지로 크렘린 옆에 자리한 지역이다. '고로드'는 도시, 요새 등을 의미하는 것이 분명한데, '키타이'의 유래는 다양하게 제기된다. 목책을 의미하는 고어 '키타'에서 유래했다는 설과 중국산 포목을 팔던 시장이 있어 키타이(러시아어로 중국)라고 불렸다는 설이 대표적이다. 『헐벗은 해』에서는 중국, 아시아, 상업지역의 형상들이 복합적으로 부여되어 있다.

5 필냐크는 이를 '바랴그인의 시대'(Varyazhskie vremena)라고 작품 속에서 언급한다(151쪽). 바랴그인들은 바이킹족으로 북해지역에서 드네프르강을 따라 흑해로 내려오다 고대 러시아 왕국인 '키예프 루씨'를 건국한 세력이다.

6 『밥풀꽃』의 영화적 구성법에 대해서는 얀센이 처음 언급했다. 그는 필냐크가 이 작품에서 영화의 몽타주 기법을 문학적으로 사용했다고 강조했다 (P.A. Jensen, *Nature as Code: The Achievement of Boris Pilnjak 1915-1924*, Rosenkilde and Bagger, 1979, p.183).

7 G. Alekseev, "Zagranitsa (Vospominaniya G.V. Alekseeva i ocherk B.A. Pil'nyaka)," *Vstrechi s proshlym* Vyp.7, Sovetskaya Rossiya, 1990, p.183.

한 반혁명가의 도덕률: 미하일 불가코프

1 M. Bulgakov, *Dnevnik. Pis'ma. 1914-1940*, Sovremennyi pisatel', 1997, p.10.

2 L. Parshin, *Chertovshchina v Amerikanskom posol'stve v Moskve, ili 13 zagadok Mikhaila Bulgakova*, Knizhnaya palata, 1991, pp.48~52. 참고로 1917년 후반 뱌지마에서 불가코프가 쓰기 시작한 소설 『병』(*Nedug*)이 1927년 발표한 단편소설 「모르핀」(Morfii)의 초고가 되었음을 지적하기도 한다.

3 내전 시기 키예프를 포함한 우크라이나 지역에서는 '볼셰비키는 곧 유대인'이라는 인식 때문에 유대인 학살이 다른 어떤 지역보다도 잔혹하고 광범위하게 벌어졌고, 그에 상응하는 볼셰비키들의 잔인한 보복 테러도 자행됐다. 에드워드 카, 이지원 옮김, 『볼셰비키 혁명사』, 화다, 1985, 318~339쪽 참조할 것.

4 국가보안국의 불가코프 가택수색은 소환심문보다 5개월여 앞선 1926년 5월 이루어졌다(M. Bulgakov, *Ibid.*, pp.140~144, 151~153 참조할 것).

5 L. Parshin, *Ibid.*, p.81.

6 1920년 불가코프가 블라디캅카스 인민계몽국 문학분과장으로서 주로 한 일은 문학이론과 문학사강좌를 조직하는 일이었다. 불가코프가 '반혁명분자'라는 비판을 처음으로 받게 한 블라디캅카스에서의 문학논쟁에 관해서는 E.C. Haber, *Mikhail Bulgakov. The Early Years*, Harvard University Press, 1998, pp.28~33 참조할 것.

7 M. Bulgakov, "Bogema," *Sobranie sochinenii v 5 t.* T.1, Khudozhestvennaya literatura, 1989, p.470.

8 M. Bulgakov, *Ibid.*, 1997, p.27.

9 M. Bulgakov, *Ibid.*, 1997, p.602.

10 『백위군』은 잡지 『러시아』 제4호와 제5호(1925)에 제13장까지 연재되다가 잡지사의 폐간으로 중단되었고, 불가코프가 살아 있는 동안 러시아에서 완간되지 못했다.

11 M. Bulgakov, "Belaya gvardiya," *Sobranie sochinenii v 5 t.* T.1, Khudozhestvennaya literatura, 1989, p.179. 이후 『백위군』 인용은 이 책을 직접 번역해 인용한 것으로, 본문의 인용문 뒤에 쪽수만 표기한다.

12 A. Smelyanskii, *Mikhail Bulgakov v Khudozhestvennom teatre*, Iskusstvo,

1989, p.93. 참고로 콘스탄틴 스타니슬랍스키(Konstantin Stanislavskii, 1863~1938)가 제안한 제목은 불가코프의 반대로 선택되지 않았고, 1926년 10월 모스크바 예술극장은 불가코프의 동의하에 주인공들의 이름을 딴 「투르빈네의 나날들」로 제목을 바꿔서 무대에 올렸다.

13 이 표현은『전쟁과 평화』제3권 제1편 제1장 서두에서 1812년 전쟁을 다루며 나온 표현으로, 불가코프는 1932년 레닌그라드 볼쇼이 드라마 극장을 위해『전쟁과 평화』를 각색하면서 해당 문단을 '낭독자' 역의 대사로 썼다.

14 K. Clark, *The Soviet Novel: History as Ritual*, Chicago, 1981, p.167.

15 사회민주당 출신의 우크라이나 분리주의 활동가다. 페틀류라는 10월 혁명 직후인 1917년 11월 우크라이나 인민공화국(라다) 군사부장관으로 임명된 바 있으며, 1918년 독일군에게 체포되었다가 풀려난 이후 두 차례 키예프를 장악했지만, 두 차례 모두 볼셰비키와 백위군의 공격을 받아 물러났다. 내전 당시 페틀류라와 우크라이나 분리주의 운동에 대한 자세한 내용은 에드워드 카, 앞의 책, 322~335쪽 참조할 것.

16『백위군』은 3부작으로 구상된 장편소설로, 불가코프는 1925년 그 제1부에 해당하는 제19장(페틀류라 사건)까지 써놓은 후 뒷이야기를 더 쓰지 못하다가 1928년 제19장을 수정하고 제20장을 덧붙여 소설을 끝맺었다.

17『백위군』속 종교적 모티프와 묵시의 테마에 대해서는 김혜란,「『거장과 마르가리타』의 전편으로서『백위군』읽기: 묵시의 테마를 중심으로」,『러시아어문학연구논집』제50권, 2015, 58~62쪽 참조할 것.

18 블라드미르 레닌, 이길주 옮김,「청년연맹의 임무」,『레닌의 문학예술론』, 논장, 1988, 196~201쪽 참조할 것.

19 블라지미르 마야꼬프스끼, 김규종 옮김,『미스쩨리야 부프』, 열린책들, 1993, 148쪽.

20 김혜란,「『거장과 마르가리타』의 전편으로서『백위군』읽기」,『러시아어문학연구논집』제50권, 2015, 71쪽에서 재인용.

21 A. Sinyavsky, "The New man," *Soviet Civilization. A Cultural History*, Arcade publishing, 1990, pp.122, 137. 시냡스키는 자신들이 지닌 명분의 절대적 합법성에 대한 레닌과 볼셰비키의 확신을 사회혁명당원 빅토르 체르노프(Viktor Chernov, 1873~1952), 작가 블라디미르 코롤렌코(Vladimir Korolenko, 1853~1921) 등 이전 세대 러시아 혁명가들이 품은 도덕적 회의와 비교하며 볼셰비키 혁명이 승리한 이유 중 하나로 든다.

22 A. Sinyavsky, *Ibid.*, pp.123~125, 135~137 참조할 것.

23 M. Bulgakov, *Ibid.*, 1997, p.55.

24 L. Parshin, *Ibid.*, pp.69~70, 158~162.

25 M. Bulgakov, *Ibid.*, 1997, p.144.

26 A.A. Lunacharskii, "Pervye novinki sezona," *Sobranie sochinenii v 8 t.* T.3, Khudozhestvennaya literatura, 1964, pp.327~328.

27 미하일 불가코프, 김혜란 옮김, 『거장과 마르가리타』, 문학과 지성사, 2008, 424쪽.

28 단편소설 「붉은 관」과 희곡 「질주」, 장편소설 『거장과 마르가리타』의 주인공과 테마의 연관성에 대한 좀더 자세한 내용은 김혜란, 「비겁함의 죄와 그 죄인들-불가꼬프의 내전 작품들에 나타난 '비겁함'의 모티프 연구」, 『러시아어문학연구논집』 제14권, 2003, 61~85쪽 참조할 것.

29 M. Bulgakov, *P'esy 20-x godov*, Iskusstvo, 1989. p.442. 참고로 자신을 잡아당기는 것은 양심이었다고 말하는 마지막 문장은 1937년 판본에서 삭제되었다.

30 M. Bulgakov, *Ibid.*, 1997, pp.191~195.

31 M. Bulgakov, *Ibid.*, 1997, p.223.

32 M. Bulgakov, *Ibid.*, 1997, p.60.

33 M. Bulgakov, *Ibid.*, 1997, p.60.

34 미하일 불가코프, 김혜란 옮김, 『조야의 아파트·질주』, 책세상, 2005, 315쪽.

35 원제는 「위선자들의 밀교」(Kabala svyatosh)로 프랑스 극작가 몰리에르의 창작과 생애를 다룬 작품이다. 반불가코프 캠페인이 절정에 달했던 1929년 말 집필되었으나 공연허가를 받지 못하다가 1931년 고리키의 조언을 얻어 제목과 내용을 일부 수정해 공연허가를 받아냈다.

36 M. Bulgakov, *Ibid.*, 1997, p.261.

37 A. Zerkalov, *Evangelie Mikhaila Bulgakova*, Tekst, 2003, p.7.

38 『거장과 마르가리타』에서 예수, 예루살렘, 골고다 등의 고유명사들은 성서의 일반적인 표기방식과 달리 예슈아, 예르샬라임, 민둥산 등으로 표기되어 있다.

39 미하일 불가코프, 앞의 책, 17쪽.

40 미하일 불가코프, 같은 책, 592쪽.

프롤레타리아 작가의 낯선 목소리: 안드레이 플라토노프

1 '재건' '재편'을 의미하는 러시아어로, 1985년 3월 소련 공산당 서기장으로 취임한 고르바초프가 실시한 개혁정책을 의미한다.

2 M. Gor'kii, *Polnoe sobranie sochinenii. Khudozhestvennye proizvedeniya v 25 t.* T.7, M., 1970, pp.660~661.

3 A. Blok, "Revolyutsiya i intelligentsiya," Znamya truda, 1918. 19 Yanvar', *Sobranie sochinenii v 8 t.* T.6, M., 1962, pp.9~20.

4 안드레이 플라토노프, 윤영순 옮김, 『체벤구르』, 을유문화사, 2012, 108쪽. 이하 작품 인용은 본문의 인용문 뒤에 제목과 쪽수만 표기한다.

5 '열린 심장' 또는 '텅 빈 심장'이라는 표현은 『체벤구르』에서 주인공 드바노프의 양아버지 파블로비치가 처음으로 사용한 말이다. 소설의 제2장 소제목이 「열린 심장으로 떠나는 여행」이라는 점도 흥미롭다.

6 『저장용으로』를 읽은 작가 파데예프는 이 작품이 빈농이 아니라 부농의 연대기이며 '새로운 인간에 대한 저주이자 사회주의 개혁에 대한 저주, 당의 보편적 노선에 대한 저주'라고 거칠게 비난했다. 이와 같은 신랄한 비판은 이 소설을 읽은 스탈린이 진노했다는 것과도 연관이 있다. 이 작품을 읽은 스탈린이 "재능 있는 작가지만, 나쁜 놈!"이라고 일갈했다는 일화는 유명하다. 여기에 대해서는 A. Platonov, *Andrei Platonov. Ya prozhil zhizn'. Pis'ma (1920-1950)*, M., 2014, pp.287~290 참조할 것.

7 안드레이 플라토노프, 김철균 옮김, 『코틀로반』, 문학동네, 171쪽.

8 스탈린에게 보낸 두 편의 편지와 아베르바흐에게 보낸 편지는 A. Platonov, *Ibid.*, pp.282~287, 327~329 참조할 것.

9 '이중적인' '반어적인' '해로운'이라는 표현은 스탈린에게 보낸 자아비판적인 편지에서 작가가 자기 작품을 스스로 규정한 말이기도 하다(A. Platonov, *Ibid.*, p.285).

10 1937년 스탈린의 대숙청 시기를 전후로 플라토노프가 프롤레타리아 문학의 전범으로 소환되던 푸시킨에 대한 평론 「푸시킨은 우리의 동지」를 자진해서 발표한 점, 사회주의 리얼리즘 창작법칙에 상응한다고 믿은 『포투단 강』과 『프로』를 비롯한 여러 작품을 쓴 점은 문학현장으로 돌아가려는 작가의 노력을 보여준다.

11 1919년 쓴 「시작하는 프롤레타리아 시인과 작가들에게」라는 글에서 작가는 프롤레트쿨트의 강령에 동의하면서 보그다노프나 루나차르스키의 예술론에 공감을 표하고, 그들의 말을 더욱 급진적으로 전달하고 있다.

12 A. Platonov, "K nachinayushim proletarskim poetam i pisatelyam. 1919," *Andrei Platonov Sochineniya 1-2*, M., 2004, pp.8~12.

13 실제로 러시아 남부지역과 시베리아에 많이 존재했던 농민 종교공동체들이 공산주의 혁명을 기독교의 최후심판 또는 세상의 종말과 동일시했음은 잘 알려진 사실이다. 지상 유토피아를 추구했던 이들 공동체가 공산주의의 등장으로 사라진 것은 역사의 아이러니라 할 수 있다.

14 이와 같은 선언에도 불구하고 플라토노프의 초기작품들은 그가 당대의 여러 실험적 경향에서 자유롭지 못했다는 것을 보여준다. 초기 플라토노프의 창작은 프롤레트쿨트, 오베리우, 페레발(Pereval), 대장간(Kuznitsa) 등의 문학그룹 외에도 베르나드스키, 표도로프, 치올콥스키 등 다양한 분야의 사상가 및 과학자에게서 직간접적으로 영향받았음을 알 수 있다.

15 V. Rasputin, "Svet pechal'nyi i dobryi," *Strana filosofov Andreya Platonova. 4,* Moscoe, 2000, pp.7~9.

16 L. Gumilevskii, "Sud'ba i zhizn'," *Andrei Platonov Vospomimaniya sovremennikov. Materialy k biografii*, M., 1994.

17 I. Brodsky, "Andrei Platonov," *Mir Tvorchestva*, M., 1994, pp.154~156.

18 A. Platonov, "Dusha cheloveka-neprilichnoe zhivotnoe," *Gazeta Ogni,* Voronesh No.1, 4 Iyul', 1921.

19 예를 들어 『체벤구르』를 "위대한 농민 유토피아"로 규정한 프레드릭 제임슨(Fredric Jameson, 1934~)을 비롯해, 소련 또는 혁명의 심층을 밝히려는 시도로 플라토노프의 창작을 고찰한 역사학자 박노자, 개체와 공동체 사이의 유기적 움직임으로 플라토노프적 공산주의를 고찰한 철학자 아르테미 마군(Artemii Magun, 1974~), "영혼의 환관"이라는 플라토노프의 개념을 존재론의 관점에서 확장한 발레리 포도로가(Valerii Podoroga, 1946~) 등 국가와 학문의 경계를 넘어 다양한 방식의 플라토노프 읽기가 시도되고 있다.

혁명의 이상과 왜곡: 보리스 파스테르나크

1 이 글은 『러시아어문학연구논집』 제56권(2017)에 실렸던 것이다.

2 임혜영, 「푸쉬낀의 전통에 비추어 본 파스테르나크의 《스펙토르스끼》」, 『노어노문학』 제17호, 2005: 3, 340~344쪽.

3 임혜영, 「빠스쩨르나끄의 근본적인 철학적, 미학적 견해로 비춰본 "계열체 시학"」, 『러시아어문학연구논집』 제9권, 2001, 266~267쪽.

4 1920년대 중반, 마야콥스키에게 혁명은 "지속되는 현실"이었으나 파스테
르나크에게는 완전히 지나간 것이었고, 1923년은 혁명이 종결된 해였다
(D. Bykov, *Boris Pasternak*, M., 2007, pp.203, 263).

5 『제2의 탄생』(1930~31)에서처럼 1930년대에는 혁명완수 후의 사회주
의 국가건설 및 스탈린주의가 중심 테마로 등장하고(A. Zholkovskii, "On
Pasternaka perepasternachit (…)," *Zvezda* No.2, 2015, pp.253~260; D.
Bykov, *Ibid.*, 2007, p.394; 박소연, 「Boris Pasternak의《Vtoroe Rozhdenie》
의 해석시도」, 서울대학교 석사논문, 1993, 45~46쪽, 82~86쪽; 임혜
영, 「파스테르나크와 그루지야」, 『러시아어문학연구논집』 제54권, 2016,
168~169쪽), 1930년대 후반에서 1940년대 초까지는 『새벽 열차를 타고』
(1943)처럼 민중의 이미지, 특히 "당성이나 혁명성"의 뉘앙스가 제거된 채
자연 속에서 표현되는 조국의 이미지와 테마가 등장한다(S. Kormilov (rev.
ed.), "B.L. Pasternak," *Istoriya russkoi literatury 20 veka (20-90-e)*, MGU,
1998, p.173; "Pasternak, B.," *Elektronnaya evreiskaya entsiklopediya (KEE)*
T.6, 2005; 임혜영, 같은 글, 166~168쪽).

6 A. Zaitseva, "Religiozno-eticheskii Istorizm B. Pasternak," *Rossiisk.
gumanitarnyi zhurnal* T.2 No.5, 2013, p.496.

7 C. Barnes, "B. Pasternak i Revolyutsiya 1917 goda," *B. Pasternak. 1890-
1960*, Colloque de cerisy-La-Salle, 1979, pp.318~319.

8 B. Pasternak, *PSS. v 11 t.* T.2, M., 2004, p.223 참조할 것. 이하 작품 인용
은 본문의 인용문 뒤에 제목의 약자(*PSS*)와 권수, 쪽수만 표기한다.

9 작가에게 "주범주로 남는 건 삶의 내적 단일성과 삶의 견고한 도덕적 (…)
기반, 영원하고 분리될 수 없는 삶의 기적이다"(L. Spesivtseva, "Obraz
avtora v liricheskoi poeme B. Pasternaka "Vysokaya bolezn'"," *Gumanitarn.
issledovaniya* No.4 (36), 2010, p.262). 10월 혁명 후에서는 러시아혁
명의 성격에 대한 규정이 "순전히 심리적·윤리적 범주"에서 이뤄진다"
(L. Fleishman, "Pasternak i Lenin," *Ot Pushkina k Pasternaku*, Nauchnaya
biblioteka Vyp.LVIII. M., 2006, p.637).

10 더 많은 수병이 살해당한 것으로 알려졌지만 작가는 양 측의 대등함과 긴밀
함을 강조코자 "둘"로 표현한 듯하다.

11 "(…) 타박상. / 그러나 그것으로써 "세계가 긴밀해진 게" 아니라면, / 왜
그들[두 의원]을 살도록 하셨습니까?"

12 이는 6개월 후 창작된 한 시에서 뚜렷이 나타난다. "영감에 찬 당신의 초원

의 노란 새벽빛은 / 붉은 것 뒤에서 잊히기 시작했습니다. / 당신은 어디에 계십니까? (…) 누구의 천상으로 옮겨갔습니까? / (…) 여기 러시아의 천상 위엔 안 계십니다"(D. Bykov, *Ibid.*, p.166에서 재인용).

13 "마르크스에 대한 조롱이다. 오, 바보 멍청이들! / 자신 만의 옷을 입고 나오시오. / (…) 좀 취해봅시다! / 무엇으로라고? 피로? 우리는 마시지 않소."

14 혁명으로 노동과 인간적 삶이 보호된다는 관념은 자주 언급됐다. "민중 출신자들은 (…) 생각할 수 있는 유일한 가치 있는 삶을 어떻게 구축할지 대화했다"(B. Pasternak, *SS. v 5 t.* T.4, M., 1991, p.790. 이하 작품 인용은 본문의 인용문 뒤에 제목의 약자(*SS*)와 권수, 쪽수만 표기했다). 1910년 대 말에 쓴 한 편지에서는 볼셰비키 혁명 직후 "노동하는 자가 먹지 못한다"라고 한탄하며 그 혁명을 삶에 대한 "폭력"이라고 피력했고, 다른 편지에서는 이렇게 썼다. "혁명성취의 여부를 계급에서, 농민들에게서 확인할 필요는 없어요. (…) 선사시대 모습을 한 1916년 가을과 암울한 혁명 후 곧 도래할 미래, 이 두 기간 사이의 중단된 삶에서 확인할 수 있으니"(D. Bykov, *Ibid.*, p.171). 산문 「대화」(1917)에서는 혁명이 노동이 중시되는 삶을 성취할 것으로 묘사됐다(C. Barnes, *Ibid.*, pp.323~324 참조할 것).

15 "'모든 걸 개조하는 것이다.' (…) 속박해온 (…) 둑들을 완전히 부순 채, (…) 이는 혁명이라 불린다. (…) 혁명은 (…) 가치 있는 걸 쉽사리 망가뜨린다. 쓸모없는 자들을 종종 육지로 무사히 실어낸다. (…) 이건 혁명의 하찮은 것들이다." "엘리트층은 "우린 민중에게 환멸을 느꼈다"라고 말한다. (…) 무례와 잔혹성 외엔 아무것도 보지 못하는 것이다"(A. Blok, "Intelligentsiya i revolyutsiya," 1918. 1. 19. http://az.lib.ru/b/blok_a_a/text_1918_intelligentzia_i_revolutzia.shtml).

16 "뭐가 더 무시무시한지 난 모르겠다. 한 진영의 붉은 수탉과 린치인지, 딴 진영의 이 압제적인 비음악성인지"(A. Blok, *Ibid.*). 혁명적 "대중이 행하는 모든 더럽고 기괴한 린치, 징벌, 조롱과 공격에 대한" 블로크의 견해는, 지식층과 귀족층이 민중 앞에 지은 큰 죄의 결과이므로 이는 죽음으로만 처벌할 수 있다는 것이다(A. Vozlyadovskaya, "Krushenie Aleksandra Bloka," 2012. http://dugward.ru/publ/s78.html).

17 자기 논문들의 근본사상을 시로 구현한(A. Vozlyadovskaya, *Ibid.*) 서사시 「열둘」에서 드러나듯 블로크는 "반정교회적 의식"을 지녔는바, 무신론적 관점에서 혁명을 세상에 대한 "징벌"과 반역의 상징으로 봤고, 그리스도를 반란을 일으킨 민중의 우두머리이자 "무신론적 징후"의 이미지로 그렸다

(이명현, 「A. 블로크의 서사시 「열둘」에 구현된 서정성과 서사성의 융합에 관하여」, 『러시아학』 제12호, 2016, 81~84쪽; A. Vozlyadovskaya, *Ibid*.).

18 "크렘린궁전들, (…) 책들의 파괴를 두려워 마시오." ""상민"과 "귀족" "교양 있는 자"와 "교양 없는 자들", 지식층과 민중 간 오래된 반목이 그리 "피 흘림 없이" (…) 무너지리라 생각하는가?"(A. Blok, *Ibid*.)

19 여기에는 귀족인 시인 자신의 아버지 세대가 저지른 죄에 대한 죄의식도 한몫했다(D. Bykov, *Ibid*., pp.316, 327~341; 임혜영, 「파스테르나크의 《안전 통행증》에 구현된 리얼리즘 시학」, 『노어노문학』 제26호, 2014: 4, 236~237쪽). 시인은 1917년 혁명 전의 러시아를 악이 지배하는 세계로 묘사해 자신과 동시대인들의 퇴폐와 타락을 형상화했으며 참회를 위한 징벌의 필연성을 제시했다(이명현, 「러시아 모더니즘의 문화신화와 서정적 주인공」, 『외국학연구』 제16호, 2011, 18~25쪽).

20 A. Vozlyadovskaya, *Ibid*., 참조할 것. 「열둘」에서도 10월 혁명은 낭만적으로 추상화된 현상으로 지각된다(A. Mikeshin, "Dvenadtsat' A. Bloka kak romanticheskaya poema," *Vologda*, 1990, pp.106~107; 이명현, 앞의 글, 2016, 68쪽에서 재인용).

21 "혁명에 대한 그[블로크]의 찬미는 죽음을 통한 찬미요, 숙명적인 인물이 하는 안부인사다. (…) 파스테르나크의 자기감지는 블로크의 것과 유사하다. (…) 허나 블로크와는 달리 이 순간들을 (…) 기독교인의 큰 기쁨으로 맞이한다"(D. Bykov, *Ibid*., pp.168~169, 208). 파스테르나크가 쓴 한 편지 (1959. 5. 2)에 따르면 러시아정교는 일찍이 그의 사유의 중심에 있었고 고유한 창작의 기반이 됐다(Gibian, G., "Doctor Zhivago, Russia, and Leonid Pasternak's Rembrandt," *The Russian Novel From Pushkin to Pasternak*, John Garrard (Ed.), Yale University Press, 1983, p.207 참조할 것).

22 임혜영, 「파스테르나크의 『삶은 나의 누이』에 나타난 레르몬토프 전통」, 『노어노문학』 제22호, 2010: 4, 358~359쪽.

23 "블로크에게 혁명 과정에서 살해됨은 (…) 필요하고 바람직한 반면, 파스테르나크에게는 어떤 죽음도 비극이자 폭력이며 인간 내부에 간직된 신성성의 모욕이다"(D. Bykov, *Ibid*., p.167). 블로크가 1918년의 정치인 살해사건을 모티프로 쓴 시에서 피살자는 도리어 신성성을 부여받고 그럼으로써 모든 것에 대해 정당성을 부여받는다(D. Bykov, 같은 곳 참조할 것).

24 E. Pasternak, *B. Pasternak*, M., 1997.

25 블로크 역시 '혁명의 시대를 그리스도의 출현 및 신약시대'와 동일시했다

(이명현, 앞의 글, 2016, 84쪽). 혁명 모티프를 자연으로의 회귀라 한 블로크의 루소주의와 "슬라브주의"는 파스테르나크의 혁명 테마와 상응하는바(임혜영, 앞의 글, 359쪽), 자세한 상응에 대해서는 D. Bykov, *Ibid.*, pp.155, 207~208 참조할 것.

26 주 18) 참조할 것.

27 "(…) 혁명엔 / 크렘린궁전도(…), 이곳 마당에서 사람들이 (…) 차를 마신다는 것도 소중하다"(제4연).

28 이는 볼셰비키 혁명 또는 운문 「드라마 절편」(Dramaticheskie otryvki, 1917)에 묘사된 자코뱅파의 혁명(1794)과 대립된다. 민중의 자연력으로 성취된 2월 혁명과 달리 이 두 "당"의 혁명은 이성의 힘에 의존한(C. Barnes, *Ibid.*, p.325) 인위적인 것이기 때문이다. 반면 작가는 초기 프랑스 혁명을 2월 혁명과 상통한 것으로 본다. "저는 모든 혁명의 영원히 고정되는 첫날에 대해 (…) 이야기할 수 없었을 겁니다. 저는 데물랭 같은 자들이 (…) 대기를 위해 축배를 들자 하며 행인들 마음에 불을 지피는 때인 그 날들의 목격자였죠"(『안전 통행증』1930의 미간행 「후기」, 1931, pp.4, 787).

29 「대화」가 제시하는 새 사회의 모습(*PSS*. 제1권, 604쪽)인 "사회적 유토피아"(D. Bykov, *Ibid.*, p.167)에서 그리스도 사회주의의 모습을 엿볼 수 있는바, 그것은 돈과 상업이 폐지되고 상품이 분배되는 사회, 노동을 통해 사후에 유익한 결실을 남기는 것을 중시하는 사회다. 공동소유와 공동체생활을 지향하는 이 관념은 푸리에와 프루동과도, 이탈리아 및 러시아의 무정부주의자들인 에리코 말라테스타(Errico Malatesta, 1853~1932)와 표트르 크로폿킨(Pyotr Kropotkin, 1842~1921)의 견해와도 가까우며, 도덕적 법칙에 기반을 둔 이상적인 사회주의 이론을 전개한 헤르만 코헨(Hermann Cohen, 1912~18)의 견해와도 상응한다. 작가는 국가와 정의 문제를 다룬 코헨의 세미나에 참석했으나, 레닌은 코헨을 "과학적 사회주의"의 적이자 반혁명가로 비판했다(*SS*. 제4권, 865쪽; *PSS*. 제1권, 604쪽 참조할 것).

30 『누이』의 시 「봄비」와 비교해보라. "연설하는 수상의 양손은 / 군중의 입과 대동맥을 한 데로 모았네 (…) / 이것은 절망적이던 지난날이 카타콤에서 / (…) 나온 것이라네! / (…) 유럽의 밤이 붕괴하는 것이라네"(파스테르나크, 임혜영 옮김, 『삶은 나의 누이』, 지만지, 2010).

31 "신성한 루시 향해 일제히 총을 쏩시다!" "(…) 십자가 없이" "전 세계적인 불을 지르리 / (…) / 하느님, 축복하소서"(이명현, 앞의 글, 2016, 80쪽에서 재인용).

32 "맘대로 하라! (…) / 우린 조국에 들어왔다. (…) 그 흔적이 사라질 것이다! / (…) 사람들로 레일을 만들어라! // (…) 뭉개라! / (…) 우리의 국토가 여기에 있다. / (…) 모든 게 아주 익숙하다"(*PSS*. 제2권. 225쪽).

33 4월 테제가 완성된 건 기차 안이었으며, 서구정신의 도입자로서 묘사된 레닌의 모습은 「하늘 길」에서도 그려진다. 국제 노동운동가인 칼 리프크네히트(Karl Liebknecht, 1871~1919)와 룩셈부르크의 파멸 직후 제3인터내셔널을 개최(1919. 3)해 "유럽의 단일한 사회적 사상"의 계보를 잇는다는 묘사가 그러하다(*PSS*. 제1권, 548~549쪽). 레닌이 4월 테제를 싣고 왔듯 '하늘 길'은 "리프크네히트나, 레닌이나" "다른 지성인들의" 서구"사상들"(파스테르나크, 안정효 옮김, 『어느 시인의 죽음』, 까치, 1977, 211쪽)이 전달되는 통로다.

34 "이 시에서 놀라운 건 서구적인 혁명 이념과 레닌의 증오를 일으킨 순수 슬라브주의적 이미지의 러시아 이념이 노골적으로 대비됐다는 점이다"(E. Pasternak, *Ibid.*). "모든 것은 서구에서 (…) 전해진 것이오, (…) 우리 동양은 (…) 그렇게 근본까지 뒤엎은 경우는 결코 없었소"(페딘에게 쓴 편지, 1928. 10. 6; *PSS*. 제1권, 548쪽).

35 이강은, 「막심 고리키와 혁명」, 『러시아어문학연구논집』 제52권, 2016, 21~25쪽 참조할 것.

36 "올해, 그곳 우랄 사람들은 더 행복해졌소? 여기 모스크바에선 반대로 모두 야수처럼 날뛰었소. (…) 인간적인 전반의 것을 말하는 거요"(사회혁명당원의 아내에게 쓴 편지, 1917. 12; D. Bykov, *Ibid.*, p.170에서 재인용).

37 D. Bykov, *Ibid.*, pp.169~170 참조할 것.

38 집필날짜가 1917년 여름으로 돼 있어 2월 혁명의 영향하에 썼다고 추정되기도 했으나(C. Barnes, *Ibid.*; E. Pasternak, *Ibid.*) 혁명에 대해 밝은 전망을 제시하지 못한 것으로 볼 때, 실제 집필날짜는 비코프의 지적(D. Bykov, *Ibid.*, p.171)처럼 암울한 10월 혁명 직후로 봐도 무방할 것이다.

39 C. Barnes, *Ibid.*, p.325.

40 트로츠키나 마르토프의 대척자로서 레닌은 혁명적 보헤미안과 거리를 두었고 질서와 규율을 좋아하는 금욕주의자의 모습, 무정부주의를 경멸하는 모습 등을 보였다. 민족적 유형의 혁명가들과 달랐던 그의 두드러진 성격적 특징은 의지였고 모든 것을 그의 지성이 쫓아갈 수 있는 범위에 두었다. 절친한 독일 혁명가에게 "자제와 자기규율은 야만적인 것이 아니"라고 강조키도 했다(S. Dudakov, *Lenin kak messiya, Ierusalim-Moskva*, 2007. http://

www.belousenko.com/books/dudakov/dudakov_lenin.htm; 토니 클리프,
최일붕 옮김, 『레닌 평전 1』, 책갈피, 2010, 108~111쪽).

41 케렌스키의 예언적 발언을 참조해보라. "레닌 동지는 (…) 1792년 프랑스
혁명의 길을 밟도록 가르치고 있다. 그 혁명은 (…) 독재로 끝났다. (…) 우
리 임정을 파괴한다면, 그대는 진정한 독재자를 위해 문을 열어주는 격이
될 것이다"(김학준, 『러시아사』, 미래엔, 2000, 191쪽).

42 M. Gasparov, "Rifma i zhanr v stikhakh B. Pasternaka," *Ego zhe, Russkaya
rech'*, 1990: 1, p.21; N. Fateeva, *Poet i proza*, M., 2003; L. Spesivtseva,
"Obraz avtora v liricheskoi poeme B. Pasternaka "Vysokaya bolezn'","
Gumanitarn. issledovaniya No.4 (36), 2010, p.263에서 재인용.

43 L. Spesivtseva, *Ibid*., p.261.

44 L. Spesivtseva, *Ibid*., p.263.

45 모호성의 원인은 크게 세 가지로—작가의 서정시 문체가 투입되어서, 작가
가 역사–사회적 사건에 대한 평가를 감추어서, 1923년 당시 역사를 평가
할 단계에 이르지 못해서—제시됐다(S. Kormilov (rev. ed.), *Ibid*., p.89; L.
Spesivtseva, *Ibid*., pp.262~263; D. Bykov, *Ibid*., p.217; A. Sergeeva–K.,
""Svoi sredi chuzhikh, chuzhoi sredi svoikh"," *Voprosy literatury* No.5,
2012).

46 L. Spesivtseva, *Ibid*., p.263; D. Shturman, "Deti utopii.," *Novyi Mir*,
1994(http://www. nm1925.ru/Archive/Journal6_1994_10/Content/
Publication6_5989/Default.aspx); D. Bykov, *Ibid*., p.209 참조할 것.

47 편집자 아브라도비치에게는 「10월 혁명 기념일에 즈음해」를 보내며 "10월
혁명에서" "대기의 화학적 특수성"과 "역사적인 날의 자연력과 요소를 보
는 데 익숙해졌다"라고 썼고(*PSS*. 제1권, 514쪽), 고리키에게는 10월 혁
명은 하나의 자연현상에 불과하며 역사를 형성하는 것은 평범한 일상 삶이
라고 썼다(*SS*. 제5권, 212쪽, 227~228쪽; 임혜영, 앞의 글, 2001, 267쪽).
이 글 서두에서 얘기한 세 서사시에서도 드러나듯 혁명의 상황은 혁명의
역사에 동참한다는 의미에서 자연의 이미지 및 세상의 디테일들을 통해 구
현된다(임혜영, 앞의 글, 2005, 340~342쪽).

48 이명현, 앞의 글, 2016, 65~90쪽.

49 A. Sergeeva–K., *Ibid*.; Yu.N. Tynyanov, "Promezhutok," Ego zhe., *Poetika.
Istoriya literatury. Kino*, Nauka, 1977, p.195.

50 L. Spesivtseva, *Ibid*., p.263.

51 L. Anninskii, *Krasnyi vek v 2 kn.* Kn.1, B. PASTERNAK. http://coollib. com/b/212252/read#t10

52 "하얀 눈이 / (⋯) 죽음과 열의를 경쟁하고 있는 뒤쪽 (⋯) / 그곳에선 역이 오르간처럼 / 얼어붙은 수면에 비쳐 (⋯) / (⋯) 겨우 살고 있었으며 (⋯) / (⋯) 티푸스가 / 우리의 무릎을 감싸고 / (⋯) 먼지처럼 쌓여 있었다"(*PSS*. 제1권, 255쪽).

53 『안전 통행증』에서의 혁명 묘사와 비교해보라. "공간이 (⋯) 괴저를 앓고는 (⋯) 이 괴멸 부위 때문에 구멍이 생기기 시작한 때였다. (⋯) 영혼은 (⋯) 국가적 재앙의 빗줄기로 덮인 때였다"(파스테르나크, 임혜영 옮김, 『안전 통행증·사람들과 상황』, 을유문화사, 2015, 92쪽).

54 "나는 그가 선동에 열의를 쏟는 모습, 대중의 의식에 억지로 자신과 동료들의 존재를 주입하는 행동 (⋯) 등을 이해할 수 없었다"(파스테르나크, 같은 책, 232쪽).

55 이런 민중관은 고리키의 생각과 상통한다(A. Sergeeva-K. and O. Lekmanov, "Agitprofsozheskii lubok," *Novyi Mir* No.6, 2010. http://www. nm1925.ru/Archive/Journal6_2010_6/Content/Publication6_37/Default. aspx; 이강은, 앞의 글, 23쪽 참조할 것). 1923년 판본의 제7연에서 시골 민중의 야만성을 비판적으로 바라본 고리키를 묘사했다는("이후에 그 자작나무들, 동자 꽃들을 / 고리키는 단도직입적으로 바라보았다") 것과 표트르 코간(Pyotr Kogan, 1872~1932) 교수에게 쓴 농민에 대한 편지(1923. 11) 등이 이를 확증한다.

56 D. Bykov, *Ibid*., p.209.

57 이강은, 앞의 글, 23쪽.

58 볼셰비즘의 "이중성"은 1923년 제1판의 제9연 끝에서 제시됐다. "드라마 위로 붉은 깃발이 펄럭였다. / 그것은 모든 역할을 했다. / 시골의 친구이자 적, / 시골의 종복(從僕)이자 변절자로"(D. Bykov, *Ibid*., p.206에서 재인용).

59 임혜영, 앞의 글, 2005, 336쪽.

60 C. Barnes, *Ibid*., p.325; A. Sergeeva-K., *Ibid*., 2012.

61 A. Sergeeva-K., *Ibid*., 2010 참조할 것.

62 "레프 집단에서 번성하고 있던 건 예술방침을 시류에 따라 변경하다 망친, (⋯) 기능공의 예술(⋯)이었다. (⋯) 무의미의 극치이자 (⋯) 인위적으로 서술된 (⋯) 것들이다"(파스테르나크, 앞의 책, 232~233쪽).

63 "이 모든 것은 (…) 침묵의 귀에 거슬린다 / 파괴의 시절에 사람들은 얼마나 / 이 귀가 긴장되어 있는지 알았다"(*PSS*. 제1권, 252쪽).

64 L. Spesivtseva, *Ibid*., p.266.

65 A. Sergeeva-K., *Ibid*.

66 1933년에는 서사시의 제명으로 연작시 「페테르부르크」(1915)의 일부를 인용하는데(*PSS*. 제1권, 516~517쪽 참조할 것), 연작시에는 이성과 "철"의 의지를 가진 표트르가 과학적인 도시를 설계하는 모습이 그려져 있다(임혜영, 「러시아 문학과 여성신화」, 『슬라브학보』 제26권, 2011 : 3, 100~102쪽).

67 "한 태양은 토스노에서 떠오르고 있었고, / 다른 태양은 드노(황제는 드노로 돌아가 하야에 서명했고 레닌은 토스노에서 페트로그라드로 접근함—글쓴이)에서 지고 있었다"(*PSS*. 제1권, 259쪽).

68 장례식 참가와 레닌에 관한 외국문헌 시리즈의 수집작업에 합류했다(E. Pasternak, *Ibid*.; D. Bykov, *Ibid*., p.216; 파스테르나크, 임혜영 옮김, 『스펙토르스키/이야기』, 지만지, 2013, 7~8쪽 참조할 것).

69 고리키, 마야콥스키, 예세닌, 알렉산드르 솔제니친(Aleksandr Solzhenitsyn, 1918~2008) 등의 러시아 문학가는 이런 "살아 있는" 레닌 초상화를 그리지 않았다(D. Bykov, *Ibid*., pp.214~215; S. Dudakov, *Ibid*., 참조할 것).

70 "우리는 전몰자들의 / 기념비를 기억하고 추도한다. / 그러나 나는 일시적인 현상에 관해 말하고 있는 것이다. 그 현상의 / 무엇이 (…) 그 한 사람과 연계되었던 걸까?"(*PSS*. 제1권, 259~260쪽)

71 "국경선에서 그의 갑작스런 등장(…). (…) 성급하고 비타협적인 그의 모습은 (…) 환희마저 불러일으켰다"(「나의 누이, 삶」; *SS*. 제4권, 789쪽).

72 「역사」 「나의 누이, 삶」 등과 비교해보라. "한 세기에 한두 번 / (…) 남벌자〔전제군주〕들이 호송된다"(*PSS*. 제2권, 245쪽). "혁명들은 (…) 하나의 공통점이 있다. (…) 극단적인 파괴적 힘들을 요구한 (…) 역사적 예외 또는 비상적인 현상이라는 점이다"(*SS*. 제4권, 789쪽).

73 레닌의 말투에 대해선 이재화, 『레닌』, 백산서당, 1986, 128~130쪽 참조할 것.

74 L. Anninskii, *Ibid*.

75 「나의 누이, 삶」과 비교해보라. "레닌은 (…) 폭풍우의 (…) 비범한 얼굴이자 목소리였다. (…) 민중에게 (…) 호소하는 것을, 그들이 가장 비밀스레 마음 깊이 간직해온 염원을 일깨우는 일을 두려워하지 않았다"(*SS*. 제4권,

789쪽).

76 "그는 실화의 음성적 발현이었다. / 그는 자신이 사실들을 언급했을 때, / 역사가 그의 음성의 추출물로 / 사실들의 입안을 헹구고는 (…) / 고함치고 있다는 걸 알았다"(*PSS*. 제1권, 260쪽).

77 토니 클리프, 앞의 책, 339~353쪽.

78 "아주 기묘한 (…) / 9월 저녁들의 부류가 있었다. / 그것들은 이전보다 훨씬 광범위하게 / 전권을 요구했다"(「10월 혁명 기념일에 즈음해」; *PSS*. 제 1권, 244쪽).

79 "오보론자들(제국주의의 지속을 찬성한 멘셰비키―글쓴이)의 논쟁을 대신해 등장한 / (…) 인민위원 소비에트 (…) // (…) 모욕적인 교부의 비참한 순환 (…) // (…) 붉은 기병대들을 위한 삶(…)"(「10월 혁명 기념일에 즈음해」; *PSS*. 제1권, 247쪽). "국가에 봉사하는 무서운 몸인 / 산림관(…)이 / 모습을 드러내기 시작한다. // (…) // 고함을 질러대야 한다면 우린 즐겁지 않다, / (…) / 불구자는 (…) / (…) 장식 등불처럼 (…) 불빛을 비춘다"(「역사」; *PSS*. 제2권, 246쪽).

80 "고대의 배체에서처럼 (…) 여름 광장에서 밤낮 토론한 군중들의 목소리 (…). (…) 일깨워진 대다수 영혼은 (…) 한 무리의 물결을 이루었고 (…) "한" 목소리를 내며 생각했다. (…) 지상으로 내려와 모든 장소에 두드러진 영원성에 대한 이런 감각(…)"(「나의 누이, 삶」; *SS*. 제4권, 790쪽).

81 "저는 (…) 계시 때처럼 자연스럽고 선사시대의 모습을 한, 지상의 여름을 보았던 것입니다"(『안전 통행증』의 「후기」; *SS*. 제4권, 787쪽).

카자크 작가인가, 소비에트 작가인가: 미하일 숄로호프

1 이 글은 『러시아어문학연구논집』 제53권(2016)에 실렸던 것이다.

2 1937년부터 소비에트연방 최고회의 위원, 1939년부터 전 소련 공산당대회 대의원, 1961년부터 당 중앙위원회 의원, 1966년부터 1981년까지 제23~26차 공산당대회 간부회의 임원을 역임했고, 사회주의 노동영웅상(1967, 1980), 스탈린과 레닌 문학상(1941, 1960), 노벨문학상(1965)을 받았다. 1939년부터 소련 과학아카데미 회원으로도 활동했다. 숄로호프 연구자인 예르몰라예프는 숄로호프의 이러한 경력은 소련의 어떤 작가도 넘어서지 못한 것이라고 평한다(G.S. Ermolaev, *Mikhail Sholokhov i ego tvorchestvo*, Akademicheskii proekt, 2000, p.17).

3 S.M. Ponamarev, "Otkryvaya Sholokhov," *M.A. Sholokhov i sovremennost'.*

Materialy mezhvuzovskoi nauchno-prakticheskoi konferentsii, Sterlitamak, 2004, p.29.

4 S.M. Ponamarev, *Ibid.*, p.29.

5 체르니코바는 카자크 출신의 쿠즈네초프와 법적으로 혼인관계를 유지한 채 알렉산드르 숄로호프를 만나 아들 미하일을 출산했고, 따라서 미하일 은 쿠즈네초프의 신분에 따라 카자크로 등록되었다. 1913년 쿠즈네초프가 사망하자 체르니코바와 알렉산드르 숄로코프는 정식으로 결혼했으며, 그 결과 미하일은 카자크라는 신분을 잃고 대신 숄로호프라는 성을 얻게 되었다.

6 M.A. Sholokhov, "Pis'mo Sholokhova M. A. k Grinevoi (Kuznetsovoi) M. I. 28 dekabrya 1933," *Gosudarstvennaya ordena Lenina biblioteka SSSR imeni V. I. Lenina. Zapiski otdela rukopisei* T.29, M., 1967, p.264.

7 내전 당시 숄로호프는 플레샤코프 마을에서 살았는데, 당시 이 장소는 전투 지였으며, 특히 1919년 돈강 상류 카자크들의 반볼셰비키 봉기가 일어났 던 지역과 멀지 않았다(G.S. Ermolaev, *Ibid.*, p.19).

8 『하늘색 초원』이라는 번역에 대해서는 논쟁의 여지가 있다. 숄로호프가 사 용하고 있는 'lazorevyi'라는 단어를 러시아어 'lazurevyi'(하늘색)와 같은 단어로 간주해『하늘색 초원』으로 번역하고 있지만 lazorevyi는 카자크어 로 붉은색을 의미하기 때문에『붉은색 초원』으로 번역해야 한다는 주장도 있다.

9 세라피모비치는 숄로호프 이전의 대표적인 카자크 출신 작가다. 혁명 전 비 판적 사실주의 작가였던 그는 1919년 볼셰비키 정당에 가입했고, 1924년 『강철급류』를 발표한 후 소비에트에서 가장 유명한 작가 중 한 사람이 되 었다. 카자크 출신 작가로서 세라피모비치는 다른 누구보다도 더 정확하 게 숄로호프의 작품을 평가할 수 있었고, 실제로 그는 숄로호프 단편소설 들의 탁월성을 알아보았다. 그는 또한 카자크들의 풍부하고 살아 있는 언 어 전달을 높게 평가했다. 숄로호프의 첫 단편집인『돈 지방 이야기』는 그 가 열광에 찬 서문을 써 준 덕분에 빠르게 문학적으로 인정을 받을 수 있었 다(G.S. Ermolaev, *Ibid.*, pp.23, 25).

10 A. Selivanovskii, "Mikhail Sholokhov (vmesto predisloviya)," Mikhail Sholokhov, *Donskie rasskazy*, M., 1929, p.3.

11 A. Revyakin, "Retsenziya na 《Donskie rasskazy》," *Oktyabr'* No.5, 1926, p.148.

12 예르몰라예프는 숄로호프의 초기 단편소설들과 『고요한 돈강』을 유기적으로 연결시켜주는 네 가지 자질로 "서사시성, 연극성, 희극성, 서정성"을 제시하면서 앞의 세 요소가 이미 단편소설들 속에서 드러나고 있다고 분석한다(G.S. Ermolaev, *Ibid.*, p.25).

13 M.A. Sholokhov, *Rasskazy. Sobranie sochinenii v 8 t.* T.1, Pravda, 1962, p.154. 이하 작품 인용은 본문의 인용문 뒤에 권수와 쪽수만 표기한다.

14 G.S. Ermolaev, *Ibid.*, p.23.

15 V.P. Lugovoi, *M. A. Sholokhov i vosstanovlenie edinstva kazachestva s narodom*, Rostizdat, 2003, p.15.

16 V.P. Lugovoi, *Ibid.*, p.16.

17 V.P. Lugovoi, *Ibid.*, p.17.

18 제1권에서 제3권까지는 1925년부터 1932년까지 씌어 『10월』에 연재되었고(1928~32), 제4권은 1937년부터 『신세계』(*Novyi mir*)에 연재되다가 1940년에 완성되었다.

19 당시 항간에는 숄로호프가 한 백군 장교의 초고를 손에 넣은 뒤 자신의 이름으로 출간했다는 소문이 상당히 진지하게 퍼져 있었으며, 후에 솔제니친까지 이 논쟁에 가담하면서 위작설에 더욱 무게가 실리기도 했다. 이렇게 시작된 『고요한 돈강』의 위작논쟁은 지금까지도 분명하게 결론을 내리지 못한 채 현재진행형으로 계속되고 있다. 이 글에서는 작품의 위작논쟁이 주제가 아니기에 직접적으로 다루는 대신 최근의 다양한 자료를 분석해 위작설을 설득력 있게 제기하고 있는 연구자 안드레이 체르노프(Andrei Chernov, 1953~)의 사이트를 소개한다. http://chernov-trezin.narod.ru/TitulSholohov.htm

20 M.A. Sholokhov, "Beseda Mikh. Sholokhova," *Na pod'eme* No.6, 1930, p.172.

21 M.A. Sholokhov, *Ibid.*, p.171.

22 V.O. Osipov, "Byl li M. Sholokhov stalinistom?," N.I. Glushkov (Ed.), *Problemy izucheniya tvorchestva M. A. Sholokhova, Rostov-na-Donu*, 1997, p.168에서 재인용.

23 이러한 탈이념성의 이유로는 시대적·공간적 상황의 변화를 들 수 있다. 첫 세 권이 집필되던 시기는 신경제정책 시대로서, 당시 소비에트 정부는 카자크처럼 보수적인 성향의 사람들이 공산주의 이념을 버리기를 기대했을 수도 있다. 숄로호프 연구자들은 이처럼 완화된 분위기 속에서 소비에트

체제에 대한 그의 충성심 역시 약화되었을 것으로 보고 있으며, 이것이 『고요한 돈강』에서 객관적으로 시대를 평가하는 데 상당 부분 이바지했을 것이라고 추측한다(I. Lezhnev, *Put' Sholokhova*, M., 1958, p.33).

24 V. Ermilov, "O tvorcheskom litse proletarskoi literatury," L. Avarbakh (Ed.), *Tvorcheskie puti proletarskoi literatury: Vtoroi sbornik stat'ei*, M., 1929, p.184.

25 예르몰라예프는 제3권의 출판이 정치적인 이유로 중단된 것이 그 이유라고 추측한다(G.S. Ermolaev, *Ibid.*, p.37).

26 A. Selivanovskii, "Tikhii Don," *Na literaturnom postu* No.10, 1929, pp.55~56.

27 G.S. Ermolaev, *Ibid.*, p.37.

28 S. Dinamov, "《Tikhii Don》 Mikh. Sholokhova," *Krasnaya nov'* No.8, 1929, p.219.

29 1929년 7월 9일 콘에게 보내는 편지(http://www.redov.ru/istorija/stalin_i_pisateli_kniga_tretja/p1.php)에서 재인용.

30 R. Medvedev, "The Riddles Grow: A Propos Two Review Articles," *Slavic and East European Journal Spring* Vol.21, 1997, 1: p.111.

31 러시아에서는 『고요한 돈강』이 1940년 단행본으로 출간되었고, 그다음 해인 1941년 숄로호프는 스탈린상 수상자로 선정되었다.

32 V.P. Lugovoi, *Ibid.*, pp.11~12.

33 죄르지 루카치, 조정환 옮김, 『변혁기 러시아의 리얼리즘 문학』, 동녘, 1986, 293쪽.

34 죄르지 루카치, 같은 책, 303쪽.

35 죄르지 루카치, 같은 책, 313쪽.

36 죄르지 루카치, 같은 책, 320쪽.

37 V.P. Lugovoi, *Ibid.*, p.109.

38 V.P. Lugovoi, *Ibid.*, p.110.

혁명과 아방가르드

1 이 글은 『러시아연구』 제23권(2013)과 『크리티카』 제6호(2013)에 실렸던 것이다.

2 페터 뷔르거, 최성만 옮김, 『아방가르드의 이론』, 지만지, 2009.

3 페터 뷔르거, 같은 책, 23쪽. 그렇기 때문에 옮긴이도 지적하고 있듯이 'Institution Kunst'는 예술제도라기보다 제도예술 또는 제도화된 예술에 가

깝다. 영역본에서도 제도문학/예술(Institution literature/art) 또는 제도로 서의 예술(art as an institution)로 옮기고 있다.

4 아방가르드라는 용어가 러시아에 정착되고 사용된 과정에 대해서는 다음 사이트를 참조할 것. http://rusavangard.ru/online/history/avangard/ 군사 적 전위라는 뜻의 아방가르드라는 용어가 예술과 결합하게 되는 과정에 대 해서는 마테이 칼리니스쿠, 이영욱 외 옮김, 『모더니티의 다섯 얼굴』, 시각 과 언어, 1993, 125~186쪽을 참조할 것.

5 Lef, "Kogo predosteregaet Lef," *Lef* No.1, 1923g, pp.10~11.

6 핼 포스터, 이영욱 외 옮김, 『실재의 귀환』, 경성대학교 출판부, 2003, 48쪽.

7 Kh. Gyunter, "LEF i sovetskaya kul'tura," *Sotsrealisticheskii kanon*, Akademicheskii proekt, 2000, p.242.

8 Kh. Gyunter, *Ibid*. p.244.

9 G. Belaya, *Don Kikhoty revolyutsii-opyt pobed i porazhenii*, PGGU, 2004, p.318.

10 G. Pospelov, "Eshchyo raz o russkom avangarde," *O kartinakh i risunkakh*, NLO, 2013, p.413.

11 G. Pospelov, *Ibid*., p.415.

12 G. Belaya, *Ibid*., p.319. '역사적 아방가르드'라는 개념이 원래 뷔르거의 것 이라는 사실을 지적해둘 필요가 있다. 기실 뷔르거는 '진정한' 아방가르드 를 1960~70년대의 '가짜' '네오 아방가르드'와 구별하기 위해 '역사적 아 방가르드' 개념을 만들었는데, 그는 이 '역사적 아방가르드'에 벨라야가 '제2차 미래주의'로 배제하고자 하는 러시아의 '구축주의' '생산주의' 등을 포함시킨다.

13 E. Dobrenko and G. Tikhanova (pod ikh redatsiei), *Istoriya russkoi literaturnoi kritiki: sovetskaya i postsovetskaya epokhi*, Novoe literaturnoe obozrenie, 2011. Angliiskaya versiya, E.A. Dobrenko and G. Tikhanov, *A History of Russian Literary Theory and Criticism: the Soviet age and beyond*, University of Pittsburgh Press, 2011.

14 S. Gardzonio and M. Zalambani, "Literaturnaya kritika i politicheskaya differentsiatsiya epokhi revolyutsii i grazhdanskoi voiny: 1917-1921," *Tam zhe*, pp.46~47.

15 S. Gardzonio and M. Zalambani, *Ibid*., p.47.

16 S. Gardzonio and M. Zalambani, *Ibid*., p.50.

17 *Chto delat'*, *Zh. Pans'er*, "Bzryvy nepredskazuemy," http://vcsi.ru/files/
ransier.pdf '무엇을 할 것인가'는 모스크바와 페테르부르크를 중심으로 활
동하는 젊은 예술가·예술평론가들의 자율적인 공동체다('무엇을 할 것인
가'라는 이름은 니콜라이 체르니셉스키(Nikolai Chernyshevskii, 1828~89)
의 소설 제목 그리고 그 제목을 빌린 레닌의 유명한 팸플릿에서 유래한
다). 이 공동체에 대한 기본적인 정보는 이들의 홈페이지 http://www.
chtodelat.org/ 참조할 것. 우리나라에는 '폭발을 기대해선 안 돼요'라는
제목으로 소개되었다(이에 대해서는 http://esthetiquepolitique.blogspot.
kr/2009/08/chto-delat.html 참조할 것. 여기서 대담의 영역본도 볼 수 있
다. 인용 쪽수는 홈페이지에 링크된 pdf파일의 쪽수다).

18 *Ibid.*, p.1.

19 *Ibid.*, p.2.

20 N. Chuzhak, "Pod znakom zhiznestroeniya," *Lef* No.1, 1923, p.12.

21 N. Chuzhak, "Literatura zhiznestroeniya," *Literatura fakta*, Federatsiya,
1929; Zakharov, 2000, p.61.

22 N. Chuzhak, *Ibid.*, 1923, p.34.

23 *Chto delat'*, *Zh. Pans'er*, p.4.

24 *Ibid.*, p.4.

25 같은 곳.

26 이에 대해서는 변현태, 「아방가르드와 정치」, 94~100쪽 참조할 것.

27 러시아 상징주의에서 아방가르드로 이어지는 이 맥락은 아방가르드를 다룬
고전적인 저작 『아방가르드의 이론』의 중요한 논점과 관련해서 주목할 만
하다. 저자 뷔르거에 따르면 아방가르드 운동은 넓게는 근대 부르주아 예
술 이후의 모든 예술을 극복하려는 시도이자, 좁게는 부르주아 예술의 핵
심인 '예술의 자율성'이 자신의 표현으로 획득하는 유미주의에 대한 직접
적인 반작용이다. 그에 따르면 "예술이라는 현상이 완전히 독립적으로 분
화되어 나온 것은 시민사회에서는 유미주의(Äschetizimus)라는 단계에 이
르러서다. 그리고 이 유미주의에 대한 대답으로 등장한 것이 역사적 아방
가르드 운동이다." 요컨대 아방가르드가 '예술의 자율성'을 파괴하기 위해
서는 일단 '예술의 자율성'이 완성된 형태로 의식되어 있어야 하며, 그 단
계가 바로 유미주의 단계인 것이다. 러시아의 경우 이 유미주의에 해당하
는 것이 러시아 상징주의가 될 것인데, 문제는 유럽 유미주의의 몇몇 구호,
즉 '예술을 위한 예술'이나 '순수예술' 같은 문제의식이 러시아 상징주의에

서는 희박하다는 점이다. 더 나아가 상징주의 예술관은 말레비치나 바실리 칸딘스키(Vasilii Kandinskii, 1866~1944) 같은 러시아의 1세대 아방가르드 운동에 직접적인 영향을 미치기도 했다. 유미주의-아방가르드에 대한 뷔르거의 주장은 근본적으로 재검토될 필요가 있다.

28 B. Grois, "Gesamtkunstwerk Stalin," *Iskusstvo utopii*, Khudozhestvennyi zhurnal, 2003, p.49.

29 Kh. Gyunter, "Zhiznestroenie," *Russian Literature* XX, p.46.

30 Kh. Gyunter, *Ibid.*, p.42.

31 Kh. Gyunter, *Ibid.*, p.43.

32 Vyach. Ivanov, *Borozdy i mezhi*, Musaget, 1916m, p.139; Kh. Gyunter, *Ibid.*, p.43에서 재인용.

33 V. Solov'yov, *Sobranie sochinenii v 2 t.* T.2, Mysl', 1988, p.351.

34 V. Solov'yov, *Ibid.*, p.351.

35 V. Solov'yov, *Ibid.*, p.359.

36 V. Solov'yov, *Ibid.*, p.358.

37 N. Chuzhak, "Pod znakom zhiznestroeniya," p.39.

38 S. Tret'yakov, "Novyi Lev Tolstoi," *Literatura faka*, p.31.

39 V. Solov'yov, *Ibid.*, p.394.

40 V. Solov'yov, *Ibid.*, p.404.

41 페터 뷔르거, 앞의 책, 114쪽.

42 B.D. Buchloh, "From Faktura to Factograghy," *October* Vol.30, Autumn 1984, pp.82~119 참조할 것. 부흐로는 혁명 전후 아방가르드의 진화를 팍투라 패러다임에서 팍토그라피야 패러다임으로의 전화로 기술한다. 이 논문은 아방가르드의 전화를 소비에트 권력의 개입으로 변질된 것이 아닌 아방가르디스트들의 자체적인 기획에 따른 것으로 설명하는 선구적인 논문인데, 이후 귄터 등의 아카데믹한 접근법에 토대를 놓았다.

43 '대중'에 대한 마야콥스키의 태도전환도 기억해둘 필요가 있다. 사실 시에서 마야콥스키는 '시'에 대한 '신문의 사실'의 우위에 단서를 붙이는데, "만일 / 그렇게 / 그것[신문의 사실]에 / 야로슬라블이 박수를 친다면"이 그것이다. 이처럼 대중의 태도를 중시하는 '현재의' 마야콥스키는 「대중의 취향에 따귀를 때려라」라는 선언문으로 유명한 러시아 미래주의의 대표적인 시인이다. 부르주아적 현실에 대한 일체의 부정으로서의 미래주의에서 새로운 사회주의 현실의 건설자, 즉 레프로 전환하는 데는 대중에 대한 태도전

환이 각인되어 있다.

44 진실유사성을 영어로 옮기면 'Verisimilitude' 정도가 될 것이다. 한글로는 대개 '핍진성'으로 옮긴다.

45 N. Chuzhak, "Literatura zhiznestroeniya," p.61.

46 B. Shklovskii, *O teorii prozy*, Krug, 1925, pp.102~105.

47 N. Chuzhak, "Pisatel'skaya pamyatka," *Literatura fakta*, p.22. 강조는 추자크. 여기서 추자크의 슈제트 개념은 파불라 대 슈제트에 대한 형식주의적 구성의 관점을 넘어선다. 이는 슈제트를 구성적인 범주가 아니라 의미론적이고 가치론적인 범주로 파악하는 로트만의 슈제트 개념에 가깝다. 로트만에 따르면 슈제트는 일상에 균열을 가하는 어떤 사건의 탄생에 상응한다. 다시 말해 추자크에게서 그리고 로트만에게서 슈제트는 이야기의 조직이나 구성이 아니라, 그 이야기를 어떤 의미 있고 가치 있는 '사건'으로 전화시키는 장치다.

48 N. Chuzhak, "Literatura zhiznestroeniya," p.37.

49 발터 벤야민, 반성완 옮김, 『발터 벤야민의 문예이론』, 민음사, 1983, 261쪽. 번역의 일부는 러시아어본과 대조해 수정했다. 「생산자로서의 작가」의 러시아어 판본은 http://intelros.ru/pdf/logos/04_2011/07.pdf 참조할 것.

50 발터 벤야민, 같은 책, 256쪽. 'operierend/operiruyushchii'의 번역과 관련해 반성완은 이를 '기술실천적' 또는 '기술적인'으로 옮겼다. 김수환은 이를 '작전적 작가' '야전작가' 등으로 번역할 것을 제안한다(김수환, 「「생산자로서의 작가」: 벤야민이 읽은 소비에트 팩토그래피」). 이 글에서는 동사 형태까지 고려해 '활동하다/활동적인'으로 옮긴다.

51 발터 벤야민, 같은 책, 256~257쪽.

52 발터 벤야민, 같은 책, 257쪽. 러시아어본에 달린 주석의 내용을 부가한다. "『야전의 지휘관들』이라는 러시아어 책은 없다. 독일어본은 대부분 트레티야코프의 『부름, 콜호즈의 수기들』(1930)과 부분적으로 『시골에서의 한 달. 1930년 6-7월. 활동의 수기들』(*operativnye ocherki*, 1931)의 내용과 관련된 것이다." 위의 pdf, p.125.

53 발터 벤야민, 앞의 책, 257쪽.

54 발터 벤야민, 같은 책, 258쪽. 소비에트 신문에서의 문학 회복은 이후 '삶의 조건들의 문학화'로 정식화된다.

「베히」 논쟁과 러시아의 길

1 S. Bulgakov, "Geroizm i podvizhnichestvo," *Vekhi: sbornik statei o russkoi intelligentsii*, Grifon, 2007, pp.62~80.

2 제임스 이디 외 엮음, 『러시아 철학 Ⅰ』, 고려원, 1992, 143쪽.

3 M. Gershenzon, "Tvorcheskoe samosoznanie," *Vekhi: sbornik statei o russkoi intelligentsii*, Grifon, 2007, p.121.

4 B. Kistyakovskii, "V zashchitu prava," *Vekhi: sbornik statei o russkoi intelligentsii*, Grifon, 2007, p.174.

5 N. Berdyaev, "Filosofskaya istina i intelligentskaya pravda," *Vekhi: sbornik statei o russkoi intelligentsii*, Grifon, 2007, p.39.

6 M. Gor'kii, "O 《Vekhah》," *Vekhi: pro et contra*, Russkii put', 1998, p.116.

7 D. Bakun, "Kniga, polnaya geroizma i samootrecheniya," *Vekhi. Intelligentsiya v Rossii 1909-2009*, Grifon, 2007, p.20.

8 V. Kormer, *Dvoinoe coznanie intelligentsii i psevdokul'tura*, Traditsiya, 1997, p.216.

9 이사야 벌린, 조준래 옮김, 『러시아 사상사』, 생각의 나무, 2008, 201쪽.

10 N. Berdyaev, *Ibid.*, p.33.

11 P. Struve, "Intelligentsiya i revolyutsiya," *Vekhi: sbornik statei o russkoi intelligentsii*, Grifon, 2007, p.211.

12 D. Merezhkovskii, "Sem' smirennykh," *Vekhi: pro et contra*, Russkii put', 1998, pp.95~96.

13 V. Rozanov, "Merezhkovskii protiv 《vekh》," *Vekhi: pro et contra*, Russkii put', 1998, p.108.

14 E. Trubetskoi, "《Vekhi》 i ikh kritiki," *Vekhi: pro et contra*, Russkii put', 1998, p.319.

15 이강은, 「막심 고리키와 혁명」, 『러시아어문학연구논집』 제52권, 2016: 22.

16 L. Tolstoi, "O 《Vekhakh》," *Vekhi: pro et contra*, Russkii put', 1998, p.210.

17 V. Lenin, "O 《Vekhakh》," *Vekhi: pro et contra*, Russkii put', 1998, p.501.

18 A. Belyi, "Pravda o russkoi intelligentsii. Po povodu sbornika 《Vekhi》," *Vekhi: pro et contra*, Russkii put', 1998, p.254.

19 V. Rozanov, "Mezhdu Azefom i 《Vekhami》," *Vekhi: pro et contra*, Russkii put', 1998, p.404.

20 A. Stolyarov, "Do sveta 《Vekhi》 kak prorochestvo," *Vekhi-2009 k 100-letiyu*

sbornika, IFRAN, 2011, p.62.

21 D. Merezhkovskii, *Ibid.*, p.97.

22 D. Billington, *Ikona i topor*, Rudomino, 2001, p.531.

23 M. Gershenzon, *Ibid.*, p.120.

24 S. Frank, "Etika nigilizma," *Vekhi: sbornik statei o russkoi intelligentsii*, Grifon, 2007, p.238.

25 S. Frank, *Ibid.*, pp.254~259.

26 S. Frank, *Ibid.*, p.211.

27 S. Frank, *Ibid.*, pp.212~213.

28 S. Frank, *Ibid.*, p.214.

29 S. Frank, "De profundis," *Vekhi iz glubiny*, Pravda, 1991, p.496.

30 N. Berdyaev, "Dukhi russkoi revolyutsii," *Vekhi iz glubiny*, Pravda, 1991, p.287.

31 A. Izgoev, "Sotsializm, kul'tura i bol'shevizm," *Vekhi iz glubiny*, Pravda, 1991, pp.370~372.

32 P. Struve, "Istoricheskii smysl russkoi revolyutsii i natsional'nye zadachi," *Vekhi iz glubiny*, Pravda, 1991, p.467.

33 N. Berdyaev, "Dukhi russkoi revolyutsii," *Ibid.*, pp.277~278.

34 N. Poltoratskii, "Sbornik 《Iz glubiny》 i ego znachenie," *Manifesty russkogo idealizma*, Astrel', 2009, p.15.

35 M. Agursii, "Sovremennye obshchestvenno-ekonomicheskie sistemy i ikh perspektivy," *Iz pod glyb; sbornik statei*, 1992, p.88.

36 A. Solzhenitsyn, "Obrazovanshchina," *Iz pod glyb; sbornik statei*, 1992, pp.187~190.

37 A. Solzhenitsjn, *Ibid.*, pp.187~190.

38 V. Mishin, "Vekhovtsy zhivy i deistvuyut," *Vekhi-2009 k 100-letiyu sbornika*, IFRAN, 2011, p.100.

39 A. Kazin, "Vekhi vcherashnie i segodnyashnie," *Vekhi-2009 k 100-letiyu sbornika*, IFRAN, 2011, p.50.

40 T. Naumova, "Dva lika intelligentsii," *Vekhi-2009 k 100-letiyu sbornika*, IFRAN, 2011, p.153.

41 T. Naumova, *Ibid.*, p.156.

42 T. Naumova, *Ibid.*, p.157.

프롤레트쿨트와 문화운동

1 이 글은 『문화과학』 제53호(2008)에 실렸던 것이다.

2 사회실천연구소, 『실천』, 2007, 9: 53~59쪽.

3 F.D. Michael, "What is Cultural Revolution?," *Russian Review*, Vol.58 No.2, April, 1999, p.189.

4 사회주의가 종교적 힘을 가져다줄 수 있고 개인은 자신을 넘어 더 높은 선을 추구하거나 모든 인류의 운명을 포괄하려는 시도를 지양해야 한다고 믿는 이론이다.

5 카프리섬의 당학교(黨學校)가 문을 닫자 보그다노프, 루나차르스키 등의 강사와 학생들이 새 모임을 만들고 '전진'이라는 이름을 붙였다. 볼셰비키 당은 전진을 '문학그룹'으로만 인정했지만, 정작 그룹 안의 활동가들은 볼셰비키 당의 조직문제, 프롤레타리아의 문화문제 등을 모두 다루었다.

6 당시 인민계몽위원회가 대학에 지급한 보조금은 1,660만 5,700루블이었고 프롤레트쿨트에 지급한 보조금은 928만 5,700루블이었다.

7 Z.A. Sochor, *Revolution and Culture The Bogdanov-Lenin Controversy*, Cornell University Press, 1988, pp.127~129.

8 P. Gorsen and E. Knodler-Bunte, *Proletkult 1*, Friedrich Frommann, 1974, p.61.

9 L. Mally, *Culture of the Future: The Proletkult Movement in Revolutionary Russia*, California University Press, 1990, p.24.

10 Z.A. Sochor, *Ibid.*, p.131.

11 그리스어 tektology는 구성, 구축(consrtruct)을 의미한다.

12 P. Gorsen and E. Knodler-Bunte, *Proletkult 2*, Friedrich Frommann, 1974, p.47.

13 후자는, 프롤레타리아독재 시기에는 생활 전체가 프롤레타리아 이데올로기에 물들어 있으므로 공장을 떠난다고 해서 노동자 이데올로기 및 노동자 심리와 갑작스럽게 단절하는 것은 아니라고 생각한다.

14 L. Mally, *Ibid.*, p.152.

15 L. Mally, *Ibid.*, p.132.

16 게라시모프는 시 「녹색 꽃」에서 부드러운 자연에 몰입하는 부르주아 예술과 다른, 프롤레타리아적인 미에 대한 이미지로서 '강철꽃'을 창조하는 데 성공했다.

17 P. Gorsen and E. Knodler-Bunte, *Ibid.*, pp.88~92.

18 노동자클럽, 지역독서실, 도서관 등 문화·교육조직의 숫자는 1917년 1만 6,000개에서 1920년 9만 5,000개로 늘어났고 신문, 라디오, 박물관, 도서관, 극장 또한 증가했다. 지역독서실만 해도 1923년 1만 1,357개에서 1925년 2만 4,924개로 늘어났다. 또한 제13차 당대회에서 채택한 '시골에 눈을 돌려라'라는 캠페인에 힘입어 콤소몰 회원 수가 1925년 말 90만 명을 넘어 2년 전보다 세 배 이상 증가했다.

19 1917년에는 노동자 수가 300만 명이었고 1920~21년에는 150만 명으로 줄었으며 1924~25년에는 220만 명으로 약간 늘었다가 1928년에 이르자 1917년 수준으로 되돌아갔다.

20 R. Stites, *Revolutionary Dreams; Utopian Vision and Experimental Life in the Russian Revolution*, Oxford University Press, 1989, p.195.

21 R. Stites, *Ibid.*, pp.208~209.

22 프랑스 사회주의자 푸리에가 주창한 사회주의적 공동생활체를 말한다.

23 Z.A. Sochor, *Ibid.*, p.116.

24 Z.A. Sochor, *Ibid.*, p.68.

25 1925년 100만 명이 넘는 사람이 이 연대체에 가입했다.

러시아 형식주의, 혁명적 문학이론의 기원

1 T. Eagleton, *Literary Theory: An Introduction* (2nd ed.), The University of Minnesota Press, 1996.

2 G.S., Morson, *Russian formalist criticism: four essays* (2nd ed.), N. Lemon Lee and J. Reis. Marion (trans.), The University of Nebraska Press, 2012.

3 잘 빚어진 항아리는 대표적인 신비평가 중 한 사람이었던 브룩스의 저서 제목이기도 하다(C. Brooks, *The Well Wrought Urn*, London, 1949; 브룩스 클리언스, 이경수 옮김, 『잘 빚어진 항아리』, 문예출판사, 1997).

4 시에는 완벽한 조화가 있으며 시의 각 부분이 순응한다는 무(無)모순 개념은 곧 대립 없는 사회(conflict-free society)에 관한 기능론적 이데올로기의 대응물에 해당한다. 신비평의 저 유명한 항아리, 조화로운 '유기적 전체성'의 개념 뒤에는 바야흐로 파편화되어가는 20세기 산업자본주의의 대안으로 상정된 17세기 영국의 유기체적 공동체를 향한 향수가 어른거린다. 랜섬을 비롯한 대부분의 신비평 이론가들은 보수적인 남부 출신의 농경주의자(agrarian)들이었다. 산업화를 주도한 북부의 속물들을 혐오하면서 문학이 정치의 소용돌이에 빠지는 것을 경계했던 그들에게 텍스트 자체로서의

시는 일종의 새로운 종교이자 산업자본주의의 소외에서 벗어날 수 있는 향수어린 천국이었던 것이다.

5 에이헨바움은 형식주의가 등장할 무렵의 '아카데믹 학문계'를 이렇게 표현했다. "그들과는 거의 싸울 필요가 없었다. 문을 쳐부술 필요가 없었는데 아예 문이랄 게 없었기 때문이다. 성벽 대신 우리가 보았던 건 뻥 뚫린 통로였다. ……권위와 영향력은 점차 아카데믹 학문에서 이른바 저널 학문으로, 즉 상징주의 비평가와 이론가들의 작업으로 넘어가고 있었다. 실제로 1907년에서 1912년 사이 지대한 영향력을 미쳤던 것은 대학교수들의 연구물이나 학위논문이 아니라 이바노프, 브류소프, 벨리, 메레지콥스키, 추콥스키 등의 책과 에세이들이었다"(B.M. Eikhenbaum, "Teoriya Formal'nogo metoda," *O literature*, M., 1987, p.378). 러시아 형식주의학파 구성원들의 정체성과 관련해 염두에 두어야 할 두 가지 사실이 있다. 첫째는, 형식주의 학파의 내적 이질성, 특히 페테르부르크를 거점으로 한 문학연구진영(오포야즈)과 모스크바를 거점으로 한 언어학연구진영(언어연구회) 사이의 이질성이다. 문학연구진영의 명백한 반아카데미즘적 경향과 달리 언어학연구진영은 혁명 전 문헌학 전통과 밀접한 관계를 유지했다. 대부분 글을 학술지가 아닌 잡지에 게재했던 문학연구진영과 달리 언어학연구진영은 문헌학적 엄격성을 고수했다. 둘째는, 기존 아카데믹 학문과 관련한 형식주의학파의 주변성이다. 선배 상징주의가 그랬던 것처럼, 형식주의는 전방위적인 영향력을 과시하던 전성기에조차 결코 아카데믹 학문의 위상을 얻지 못했다. 1927년 시클롭스키에게 보낸 편지에서 티냐노프는 "우리가 쓴 글들은 인용되지 않습니다. 다만 우리에게서 용어들을 훔쳐갈 뿐이지요"라고 푸념했다(Yu.N. Tynyanov, *Poetika. Istoriya literatury. Kino*, M., 1977, p.515). 그들의 교리가 마침내 정전(正傳)이 되어 전 세계의 문학교과서에 자리 잡게 된 것은 먼 훗날, 전혀 다른 경로를 통해서였다.

6 Yu.N. Tynyanov, "Literaturnyi fakt," *Poetika. Istoriya literatury. Kino*, M., 1977, p.25.

7 마야코프스키 블라디미르, 김성일 옮김, 『대중의 취향에 따귀를 때려라』, 책세상, 2005, 245쪽. 미래주의 선언문을 통해 러시아 미래주의의 특징과 경향에 대해서는 김수환, "아방가르드의 기원적 풍경: 러시아 미래주의 선언문 읽기," 『인문예술잡지F』 제2호, 이음, 2012 참조할 것.

8 동시대 아방가르드 예술·문학은 형식주의의 맥락이 되었던 동시에 탐구의 대상이기도 했다. 이렇게 볼 때, 역사적 현상으로서의 러시아 형식주의는

신비평의 경우처럼 순수한 비평적인 움직임보다는 오히려 창조적인 예술 운동으로 보는 편이 더 적절할지도 모른다. 가령 이에 비견될 수 있는 것은 창작과의 상호작용이 강력한 생명력과 추진력을 부여했던 독일 낭만주의 나 프랑스 초현실주의의 사례다.

9 V. Shklovskii, "Iskusstvo kak priyom," *O teorii prozy*, M., 1983, p.15.

10 V. Shklovskii, 같은 곳.

11 당연한 말이지만 일상, 더 넓게는 반복과 관례 일반을 바라보는 이런 식의 관점과 태도는 일면적이다. 가령 모슨과 에머슨이 형식주의 시학(poetics) 과 대별해 산문학(prosaics)이라는 신조어로 부른 바 있는 작품들을 남긴 바흐친의 관점에서 볼 때, 일상(어)에 대한 형식주의의 이해는 생성 속에 서 가장 열정적인 삶을 살고 있는 언어-사건의 지대한 잠재력을 한꺼번 에 무로 돌려버리는 모욕적인 판정에 불과하다. 그에 따르면, 일상은 진부 하고 틀에 박힌 반복적 과정이기는커녕 지속적인 행위의 영역, 모든 사회 적 변화와 개인적 창조성의 원천에 해당한다. 일상을 바라보는 형식주의 와 바흐친의 상이한 관점을 둘러싼 여러 문제에 관해서는 김수환, "러시아 적 일상과 두 이론: 형식주의 vs 바흐친," 『슬라브연구』 제32권 1호, 2016, 85~113쪽 참조할 것.

12 Yu. Tsiv'yan, "Zhest revolyutsii, ili Shklovskii kak putanik," *Novoe literaturnoe obozrenie* No.92, M., 2008, pp.10~23.

13 E. Caryl, "Literary Theory in the 1920s. Four Options and a Practicum," E. Dobrenko and G. Tihanov (Eds.), *A History of Russian Literary Theory and Criticism: The Soviet Age and Beyond*, University of Pittsburgh Press, 2011, p.68.

14 S. Boym, "Poetics and Politics of Estrangement: Victor Shklovsky and Hannah Arendt," *Poetics Today* 26(4), 2005, p.19.

15 D. Fore, "Formalism," P.M. Logan (Ed.), *The Encyclopedia of the Novel*, Blackwell Publishing, 2011, p.317.

16 B.M. Eikhenbaum, *Ibid.*, p.380 재인용.

17 Yu. Tsiv'yan, 같은 곳.

18 Yu.N. Tynyanov, "O literaturnoi evolyutsii," *Poetika. Istoriya literatury. Kino*, M., 1997, p.281.

19 Yu.N. Tynyanov, "Literaturnyi fakt," *Ibid.*, pp.257~258.

20 가령 에이헨바움은 이 과정을 혁명에 비유한 바 있다. "도스토옙스키와 더

불어 저속한 대중소설이, 체호프와 더불어 싸구려 잡지 스타일이, 블로크
와 함께 집시 로망스 테마가 문학의 중심으로 파고들었다. 모든 새로운 문
학적 학파는 무언가 새로운 계급의 출현과도 같은 혁명이다. 물론 이는 비
유일 뿐이다"(B.M. Eikhenbaum, *Ibid.*, p.404).

21 D. Fore, *Ibid.*, p.319.

22 S. Buck-Morss, *Dreamworld and Catastrophe: The Passing of Mass Utopia in East and West*, MIT Press, 2000, pp.60~62.

23 주지하듯이 '체계들의 체계'라는 개념, 특히 문학작품을 이루는 세 가지 기
능(구성적·문학적·언어적 기능)을 구별하는 티냐노프의 접근법은 이미 하
나의 텍스트를 넘어서 텍스트와 텍스트의 관계 그리고 텍스트와 코드화된
삶의 구조 사이의 관계를 다룬다는 점에서 '구조주의의 문턱' 너머를 향하
고 있다. 문학과 현실의 상호관계를 대하는 티냐노프의 관점에는 훗날 '언
어학적 전회'(linguistic turn)라는 말로 불리게 될 모종의 인식론적 전환이
(비록 맹아적인 형태로나마) 분명하게 확인된다. 그것이 예시하는 길은 문
학의 특별한 위치를 박탈하는 대신 새롭게 얻어질 담론의 헤게모니, 즉 텍
스트적 우주의 기호학적 모델이다.

24 V. Erlikh, *Russkii formalizm: istoriya i teoriya*, SPb., 1996, p.125.

25 B.M. Eikhenbaum, *Ibid.*, M., 1987, p.430.

26 잘 알려져 있듯이, 여기서 '쓰다'(write)라는 동사 대신 사용된 '만들다'
(sdelati)라는 동사(영어로는 make)가 그의 접근법을 명시적으로 집약
해준다. 그에 따르면, 작가는 형이상학적 진리나 고매한 가치에 관해 쓰
는 사람이라기보다는 그냥 텍스트라는 물건을 아주 잘 만들 줄 아는 기
술자(technician)에 더 가깝다. 예술은 영감(inspiration)이 아니라 제작
(fabrication)에 관련된 일인바, 시클롭스키의 말을 빌리자면 작가는 "방직
물과 그것을 짜는 방법"을 마스터한 장인과 다르지 않다.

27 B. Eikhenbaum, 같은 곳.

28 B. Eikhenbaum, *Ibid.*, p.434.

29 A. Hansen-Löve, "《Bytologiya》 mezhdu faktami i funktsiyami," *Revue des étues slaves* T.57, Paris, 1985, p.93.

30 형식주의의 입지를 결정적으로 약화시키게 된 이 대토론회와 관련된 일
련의 사실들에 관해서는 G. Tikhanov, "Zametki o dispute formalistov
i marksistov 1927 goda," *Novoe literaturnoe obozrenie* No.50, M., 2001,
pp.279~286 참조할 것.

31 P. Medvedev, *Formal'nyi metod v literaturovedenii (kriticheskoe vvedenie v sotsiologicheskuyu poetiku) Tetralogiya*, M., 1998, p.296.

32 시클롭스키는 1914년 제1차 세계대전에 스스로 참전했고, 1917년 2월 혁명에 적극적으로 관여했으며 전투에서 부상을 입어 훈장을 받기도 한 인물이다. 10월 혁명 직후 사회혁명당 산하 반볼셰비키 조직에 가담한 전력 때문에 베를린으로 유형 아닌 유형을 가기도 했지만 그는 정치적으로 뿐만 아니라 문학적으로도 자신의 '혁명성'을 증명하는 싸움에서 언제나 최전선에 섰던 인물이었다. 가장 전투적인 형식주의자로 정평이 났던 그에게 '침묵'은 어울리는 선택지가 아니었다. 그런가 하면 문헌학적 기초나 외국어 능력 등에서 처음부터 형식주의학파의 여타 대표자들과 달랐던 시클롭스키는 (문헌학적으로) 부정확하거나 자의적인 해석을 하는 경우가 다반사였다. 그는 언제나 남의 글과 사상을 서둘러 자기식대로 읽은 후 자유롭게 써먹었던바, 이는 독일 문헌학 전통의 전문가로 번역까지 했던 지르문스키나 어려서부터 다국어에 능했던 야콥슨 등에게서는 찾아볼 수 없는 특징이었다. 하지만 바로 이런 특징이 그를 형식주의 그룹 중 가장 흥미롭고 창조적인 인물로 만들었다는 점 역시 부정하기 어렵다. 형식주의 멤버 가운데 가장 명석했으며 누구보다 유연했던 티냐노프는 1943년 모스크바에서 마흔아홉의 나이로 사망했다. 나이로 가장 선배였던 에이헨바움은 1959년 레닌그라드에서 일흔셋의 나이로 생을 마쳤으며, 야콥슨은 잘 알려진 것처럼 반평생 이상 미국에서 교수로 재직하다 1982년 여든여섯의 나이로 사망했다. 삶과 창작 모두에서 가장 특이한 형식주의자였던 시클롭스키는 놀랍게도 50년이 넘는 세월 동안 소련에서 수많은 직책을 전전하며 글을 쓰다가 1984년 아흔하나의 나이로 죽었다.

33 얼리치가 이 글을 '겁먹은'(lose his nerve) 반응으로 묘사한 이래로 여러 이견이 제기된 바 있다. 그 이견들에 따르면, 시클롭스키의 '기념비' 글은 단순한 포기선언문이라기보다 항복의 수사법(rhetoric)을 일종의 형식적 기법(device)으로 사용하고 있는 고도로 복잡하게 꼬인 텍스트에 해당한다. 이에 관해서는 R. Sheldon, "Victor Shklovsky and the Device of Ostensible Surrender," *Slavic Review* 34(1), 1975, pp.86~108과 S. Boym, *Another Freedom: The Alternative History of an Idea*, The University of Chicago Press, 2010, pp.216~224 참조할 것. 이런 해석은 1920년대 시클롭스키가 쓴 세 편의 반(半)자전적 텍스트—『감상적 여행』(1923), 『동물원, 사랑이 아닌 것에 관한 편지들』(1923), 『제3공장』(1926)—의 연장선에서 기념비 글

을 바라볼 때 더욱 큰 설득력을 얻는다. 이 텍스트들은 당시 시클롭스키가 처해 있던 사회정치적 맥락과 그에 따른 작가의 실존적 상황이 낯설게하기, 평행비유법을 비롯한 각종 문학적 기법들과 복잡하고 교묘하게 뒤엉킨 기묘한 소설들이다. 전기적 삶을 텍스트(이론)의 구성요소로서 적극적으로 끌어들이는, 이른바 형식주의적 버전의 '삶의 텍스트' 문제는 최근 들어 연구자들의 커다란 관심과 주목을 받고 있다. 이 문제를 집중 조명한 단행본 연구서로 Ya. Levchenko, *Drugaya nauka: Russkie formalisty v poiskakh biografii*, M., 2012 참조할 것.

34 문학적 요소들이 서로 다른 시대에서는 의미가 상이하다는 개념이다.

35 V. Shklovskii, "Pamyatnik nauchnoi oshibke," *Literaturnaya gazeta*, 1930, p.1. 영문 번역본은 http://www.davidbordwell.net/essays/shklovsky.php

36 문학작품에서 등장인물 사이의 관계나 사건전개의 일정한 체계를 말한다.

37 L.D. Trotskii, *Literatura i revolyutsiya*, M., 1991, p.139.

38 F. Moretti, *Graphs, Maps, Trees: Abstract Models for Literary History*, Verso, 2005, p.1.

39 디지털 인문학의 새로운 읽기 모델의 현황과 다양한 함의에 관한 전반적 개요를 잘 보여주는 글로는 N.K., Hayles "How We Read: Close, Hyper, Machine," *ADE Bulletin* 150, 2010, pp.62~79 참조할 것. 모레티의 "멀리서 읽기" 모델의 주요 내용과 그것을 둘러싼 논쟁적 반응을 정리한 글로는 R. Serlen, "The Distant Future? Reading Franco Moretti," *Literature Compass* 7(3), 2010, pp.214~224 참조할 것.

40 스탠포드 대학교 디지털 인문학 센터의 주요 프로젝트 및 학술대회의 발표문 요약본은 https://digitalhumanities.stanford.edu/russian-formalism digital-humanities-abstracts 참조할 것.

41 F. Moretti, "The Slaughterhouse of Literature," *MLQ* 61(1), 2000, pp.225~227. "여기서 형식이 들어온다. 형식이란 정확히 문학의 반복 가능한 요소이기 때문이다. 그것은 여러 경우에서 그리고 여러 해에 걸쳐서 근본적으로 변하지 않은 채 되돌아오는 것들이다. 그렇다면 바로 이것이 형식주의가 문학사를 위해 할 수 있는 것이다. ……문학장의 규칙성을 인지하도록…… 가르치는 일. 그것의 패턴, 그것의 느림. 형식주의와 문학사. 또는 문학이 자신을 반복하기."

42 주지하듯이 러시아 형식주의자들은 소위 "장군들"만으로 이루어진 문학사에 반대하면서 지금껏 온전한 평가를 받지 못했던 주변부의 "2류

급"작가들과 수많은 "망각된 이름"을 수면 위로 끄집어 올릴 것을 주장했던 문학사의 민주주의자들이었다. 모레티는 그가 말하는 문학(사)의 "도살장"(Slaughterhouse)을 구석구석 누비면서 묻혀버린 역사를 재구획(remapping)하는데, 여기서 수형도(tree)의 모델과 더불어 돌연변이(mutation)나 선택진화(exaptation) 같은 진화론적 시각과 개념들이 적극적으로 동원된다. F. Moretti, Distant Reading, Verso, 2013. 특히 "문학의 도살장"(The Slaughterhouse of Literature)에 관한 pp.63~90 참조할 것.

43 소설 속에서 파블라와 슈제트의 대립이 어떻게 기능하고 있는지 우리는 번역본을 통해서 얼마든지 파악할 수 있다. 특정한 (민족)언어 '너머'에서 작동하는 이러한 번역 가능성의 문제는 당연히 세계문학 담론에 많은 것을 시사한다. 즉 여기에는 소위 세계문학을 바라보는 두 가지 관점, 이를테면 반드시 원본을 통해서 접근해야만 한다는 전통적인 "비교문학" 학제의 관점과 번역본을 통한 접근이 전혀 문제될 게 없다고 보는 (주로 영미권 영문학과를 중심으로 시도되는) 새로운 "세계문학" 담론 간의 차이가 놓여 있다. 스탠포드 대학교의 모레티와 함께 하버드 대학교의 데이비드 댐로시(David Damrosch, 1953~) 역시 후자의 관점에 입각해 있다고 볼 수 있다.

혁명과 네오리얼리즘

1 V. Keldysh, *Russkii realizm nachala* XX *v.*, Nauka, 1975, p.210.

2 G. Belaya, *Don Kikhoty 20-x godov: "Pereval" i sud'ba ego idei*, Sovetskii pisatel', 1989; M. Golubkov, *Russkaya literatura 20 v.: posle raskola*, Aspekt Press, 2001.

3 V. Bryusov, "Svyashchennaya zhertva," *Vesy* No.1, 1905.

4 A. Belyi, "Na perevale," *Kritika. Estetika. Teoriya simvolizma* T.2, M., 1994, pp.221~224.

5 Dom Iskusstv는 '러시아 예술노동자연합'의 다른 이름인데 줄여서 '디스크'(DISK)라고 불린다. 혁명 이후 정부가 문화활동을 지원하기 위해 설립했다. 1919~23년에는 페트로그라드의 모이카 59번가에 있었다. 아흐마토바, 안넨코프, 아킴 볼린스키(Akim Volynskii, 1863~1926), 므스티슬라프 도부진스키(Mstislav Dobuzhinskii, 1875~1957), 자먀틴, 쿠지마 페트로프-보드킨(Kuz'ma Petrov-Vodkin, 1878~1939), 블라디미르 슈코(Vladimir Schuko, 1878~1939) 등으로 위원회가 구성되었으며, 문학의 밤, 전시회, 콘서트 등의 개최를 목적으로 삼았다. 1921년에는 Dom Iskusstv란 제목으

로 두 권짜리 문집을 출간했다.

6 L. Lunts, *Pochemu my Serapionovy brat'ya.* http://az.lib.ru/l/lunc_l_n/ text_0070.shtml

7 L. Lunts, *Ibid.*

8 E. Zamyatin, "Lektsii po tekhnike prozy," *Vestnik* No.141, 1984, p.161. 여기서는 자먀틴이 말한 내용의 배열을 다소 변경했다.

9 E. Zamyatin, "Sovremennaya russkaya literatura," *Literaturnaya uchyoba*, 1988, Kn.5, p.133.

10 Vyach. Ivanov, "Dve stikhii v sovremennom simvolizme," *Sobranie sochinenii v 4 t.* T.2, Bryussel', 1974, p.562.

11 E. Zamyatin, *Ibid.*, 1984, pp.151~152.

12 E. Zamyatin, "O literature, revolyutsii, entropii i prochem," *Ya boyus'*, M., 1999, p.99.

13 블라디미르 스코벨레프(Vladimir Skobelev, 1930~2004)에 따르면 19세기 말~20세기 초 러시아 산문은 민중의 삶을 내적·외적 실재 속에서 구현하려고 한 움직임을 통해 민중의 핵심에 다가섰고, 그 핵심은 러시아의 시골과 벽지를 주제로 다루는 데서 고찰되었다. 이러한 역사적·사회적 배경 속에서 민중의 언어로 서술하는 양식화(stylization)는 20세기 초반 러시아 산문의 두드러진 특징이 된다(*Poetika skaza.* Pod (rev. ed.). E.G. Mushchenko, Voronezh, 1978, pp.117~119)

14 E. Zamyatin, "Novaya russkaya literatura," *Ya boyus'*, M., 1999, p.94.

15 자먀틴의 이러한 시학은 형식주의 시학이론과 놀라울 정도로 유사한 점이 많지만, 그가 시학을 형상을 만들어내는 수단으로서 사용한 반면, 형식주의는 시학 자체에 목적을 두었다는 점에서 차이가 있다. 단 형식주의 시학이론의 목적론적 설정에 관해서 에이헨바움과 지르문스키는 티냐노프나 시클롭스키와 다른 태도를 취하며 네오리얼리즘 산문을 높이 평가한다.

16 E. Zamyatin, *Ibid.*, 1999, p.80; E. Zamyatin, *Ibid.*, 1984, p.159.

17 M. Khatyamova, "Kontseptsiya sintetizma E.I. Zamyatina," *Vestnik* Vyp.6 (50), TGPU, 2005, Seriya: gumanitarnye nauki (filologiya), p.39.

18 "Deklaratsiya vsesoyuznogo ob'edineniya raboche-krest'yanskikh pisatelei "Pereval"," *Krasnaya nov'* No.2, 1927, pp.233~236.

19 G. Belaya, *Ibid.*, p.36.

20 G. Belaya, *Ibid.*, p.206.

21 A. Voronskii, "Freidizm i iskusstvo," *Izbrannye stat'i o literature*, M., 1982, p.367.

22 A. Voronskii, "Iskusstvo videt' mir (O novom realizme)," *Izbrannye stat'i o literature*, M., 1982, p.421.

사회주의 리얼리즘을 다시 생각하다

1 이 글은 『러시아어문학연구논집』 제31권(2009)에 실렸던 것이다.

2 사회주의 리얼리즘의 역사를 시기별로 개괄해보면, 형성기(1917~34)는 1920년대의 준비기와 1930년대 초의 성립기를 아우르는 시기로서, 당의 정책보다는 문학집단 간의 다원적인 논쟁이 활발한 시기인데, 이를테면, 프롤레타리아 문학의 헤게모니, 문화유산, 동반자문학, 계급환원주의, 속류사회학주의 등에 관한 당대의 논의들은 사회주의 리얼리즘의 확립에 일정한 기초가 된다. 진화기(1934~53)는 사회주의 리얼리즘의 공식화·교조화(규범화) 시기로서, 문학의 양식과 방법개념, 세계관과 창작방법 등과 관련된 생산적인 논의들이 이뤄졌으나, 결국 사회주의 리얼리즘은 혁명적 낭만주의, 무갈등이론 등으로 대표되는 규범문학(지다노비즘)으로 변질된다. 동요기(1953~85)는 흐루쇼프의 스탈린주의 비판으로 시작된 해빙기와 그 후 브레즈네프의 결빙기에 해당된다. 이 시기의 특징으로는 문학적 스탈린주의에 대한 비판, 가치론의 등장, 문학방법 개념의 재정립 등이 있는데, 문예정책상의 이데올로기적 통제와 교조적 사고가 여전히 지배적인 상황에서 사회주의 리얼리즘의 공식들은 문학적 실천에 뒤처지기 시작하고, 결국 점차 규정성을 상실한다. 해체기(1985~91)는 개혁·개방으로 상징되는 시기로서, 사회주의 리얼리즘의 존재근거와 위상을 둘러싼 찬반논쟁이 본격화된다. 이념적 성격을 띠었던 논쟁은 소비에트 체제의 붕괴 이후 보수파의 몰락, 중도파의 침체, 개혁파의 득세를 거치며 점차 청산주의적 파고가 가라앉는다. 그 후 체제전환의 과정을 거치면서 사회주의 리얼리즘은 공포, 혐오, 망각의 대상으로 전락하고 10월 혁명 100주년을 맞은 오늘날까지도 사회주의 리얼리즘에 대한 객관적 인식과 정당한 평가는 여전히 미완의 과제로 남아 있다.

3 소비에트 문예 일반 또는 사회주의 리얼리즘의 권력에는 혁명 초기부터 문예정책 수립과 집행에서 절대적인 영향력을 행사한 당의 지도자들과 기관(중앙위원회)으로 대표되는 정치권력은 물론이고, 1934년 이후 창작과 비평 모두에서 소비에트 문학의 향방을 실질적으로 결정지은 '소비에트 작가

동맹'을 위시한 문학권력까지 포함된다.

4 이러한 성과의 대표적 예는, 러시아사 연구에서 '제3의 거대한 전환'으로 평가받는 포스트-수정주의론에 기반을 둔 스탈린 시대에 대한 '새로운 문화사'적 접근이다. 이를 포함한 스탈린 시대에 관한 연구시각의 역사적 개괄은 황동하, 「소련 역사 속의 '스탈린 시대': 이를 바라보는 몇 가지 시각들」, 『서양사학연구』 제7집, 2002, 89~122쪽 참조할 것.

5 앞서 지적했듯이 일종의 역사적 문예현상의 하나로서 사회주의 리얼리즘의 실체적 전모에 대한 총체적 인식과 객관적 평가는 결코 간단치 않은 과제다. 이러한 연유에서 이 글은 복잡하고 난해한 문제의 일부분에 대한 시론적 접근을 하나의 소임으로 감당해보고자 한다.

6 S. Fitzpatrick, *The Cultural Front: Power and Culture in Revolutionary Russia*, Cornell University Press, 1992, p.118.

7 당시 이에 참여했던 활동가들은 자신들이 '문화사업'(kul'turnaya rabota)을 벌이고 있다고 믿었으며, 스스로를 '문화활동가'(kul'turnik)로 칭했다. 그들은 대중이 인간적 위엄과 존경을 받으려면 지적이고 도덕적인 자질을 함양해야 한다는 점, 한마디로 '계몽'의 필요성을 강조했다. 이에 대해 자세한 것은 V.V. Volkov, "Kontseptsiya kul'turnosti, 1935-1938 gody: Sovetskaya tsivilizatsiya i povsednevnost' stalinskogo vremeni," *Sotsiologicheskii zhurnal* No.1/2, M., 1996. pp.205~206 참조할 것.

8 인민주의적 전통에 뿌리박은 이러한 태도는 일정한 정도로 새로운 독자대중의 형성에 이바지했지만, 독자대중을 타자적 위치에 고정시키는 차별적 대상화라는 태생적 한계를 지니고 있었다. 사회주의 리얼리즘에서도 이러한 전통은 소위 '독자의 이끌기'를 통해 지속된다.

9 당시 새로운 독자대중은 향후 소비에트 문학장(文學場)에서 근대적 독자층을 형성할 일종의 예비군이었는데, 출신상으로는 농민이고, 직업상으로는 노동자인 급격하게 증가한 도시(이주)민들이 중심이었다. 통계에 따르면, 1926~39년 사이에 도시인구는 대략 3,000만 명이 늘어났는데, 특히 제1차 5개년 계획 기간에는 매년 300만 명의 인구를 흡수하면서, 도시인구는 44퍼센트가 늘었다(M. Lewin, "Society, State and Ideology during the First Five-Year Plan," S. Fitzpatrick (Ed.), *Cultural Revolution in Russia, 1928-1931*, Indiana University Press, 1979, p.52).

10 E. Dobrenko, *The Making of the State Reader*, Stanford University Press, 1997b, pp.30~31.

11 앞서 이미 지적했듯이 소비에트 시대의 문학 과정은 작가, 독자, 권력의 독특한 삼각구도로 편제되어 있었고, 이들의 상호관계는 복잡하고 역동적이었다. 소비에트 문학 일반이 아니라 사회주의 리얼리즘이라는 틀 속에서 보면 작가와 독자의 능동성이 상대적으로 두드러졌던 성립기를 제외하면 권력의 역할이 단연 압도적이었다. 작가와 독자를 쌍방적으로 단일한 매듭으로 엮어 매고자 한 소비에트 권력의 일방적 주도는 시간이 지날수록 삼자 사이의 간극만을 더욱 벌여놓았고 관계의 궁극적인 해체와 붕괴를 낳게 된다.

12 실상 후자의 견해는 전자의 견해와 본질적으로 다르지 않은데, 양자 모두 권력-대중의 관계에서 권력의 선차성 또는 주도성을 전제하기 때문이다. 두 견해 모두에서 대중은 주체가 아니라 타자의 지위에 궁극적으로 머물고 있음은 물론이다.

13 V.I. Lenin, *Polnoe sobranie sochinenii v 55 t.* T.35, Politizdat, 1975, p.57.

14 예컨대 『젊은 근위대』에는 "자신이 읽은 책의 서평을 쓰는 것은 모든 콤소몰 독자의 의무다. ……콤소몰 독자는 이런저런 책에 무관심할 수 없다. 콤소몰 독자는 콤소몰 작가와 콤소몰 출판가에게 자신의 견해를 고려해줄 것을 요청할 의무가 있다"라는 요구가 실렸다(E. Dobrenko, "The Disaster of Middlebrow Taste, or, Who "Invented" Socialist Realism?," T. Lahusen and E. Dobrenko (Eds.), *Socialist realism without shores*, Duke University Press, 1997a, p.143에서 재인용).

15 이하의 독자대중의 취향과 요구들에 대한 구체적인 예들은 당시의 각종 신문, 잡지, 도서관보―이를테면, 『청년 농민과 책』(*Krest'yanskaya molodyozh' i kniga*), 『문학의 초소에서』(*Na literaturnom postu*), 『신세계』『붉은 사서』(*Krasnyi bibliotekar'*), 『집단농장 독자』(*Kolkhoznyi chitatel'*), 『저널리스트』(*Zhurnalist*), 『노동자 독자의 심판 앞에 작가』(*Pisatel' pered sudom rabochego chitatelya*), 『무엇을 읽는가』(*Chto chitayut*), 『농민에게 어떤 책이 필요한가』(*Kakaya kniga nuzhna krest'yaninu*), 『젊은 근위대』『노동자 독자』(*Rabochii chitatel'*), 『노동자 독자의 목소리』(*Golos rabochego chitatelya*), 『비판적인 것』(*Kriticheskoe*), 『독자 의견의 처리방법에 관한 질문에 대하여』(*K voprosu o metodike obrabotki chitatel'skikh otzyvov*), 『문학 현대인』(*Literaturnyi sovremennik*), 『작가들에 관한 농민들』(*Krest'yane o pisatelyah*) 등―에 실린 것으로서, E. Dobrenko, *Ibid.*, pp.144~154에서 발췌, 재구성한 것이다.

16 물론 당대의 거의 모든 신문과 잡지가 점차 국가권력의 통제 아래 놓이게

된다는 점에서 이러한 독자들의 요구와 취향의 진정성에 의문을 품을 수도 있다. 하지만 특히 사회주의 리얼리즘의 형성기인 1920~30년대 초반의 경우 문학대중과 집단들의 활동이 상대적으로 자유롭고 적극적이라는 측면에서 그것의 토대적 역할을 마땅히 수긍할 수 있다.

17 새로운 인간과 사회질서 건설을 향한 대중의 열정과 욕망은 혁명과 내전 이후의 열악한 환경 속에서도 자발적으로 조직한 문화 클럽에서 기꺼이 "공연을 하고, 시를 쓰며, 그림을 그리고, 공예품을 만들며, 토론에 참가하고, 심지어 알파벳을 배웠던" 평범한 노동자들의 광범위한 노력 속에서도 잘 드러난다. 이에 대해서는 G. Gorzka, "Workers' clubs, 1917-1921," J.W. Strong (Ed.), *Essays on Revolutionary Culture and Stalinism*, Slavica Publishers, Inc., 1990, pp.29~55 참조할 것.

18 E. Dobrenko, *Ibid.*, pp.300~301에서 재인용.

19 이에 대해 더욱 자세한 것은 R. Robin, *Socialist Realism: An Impossible Aesthetic*, Stanford University Press, 1992, pp.188~189 참조할 것.

20 이 글의 주제를 넘어서지만, 1920~30년대의 대중적인 문학운동(실천)에도 주목할 필요가 있다. 프롤레트쿨트의 작업장, 라프가 조직한 노동자와 농민 통신원들, 문학서클의 회원들, 문학의 돌격노동자들 그리고 작가 부대에서 광범위하게 펼쳐졌던 창작운동은 비록 혁명 시대의 종말과 스탈린 시대의 도래와 함께 점차 자취를 감추고, 초보 작가들 역시 숙련 작가들에게 자리를 내주지만, 이러한 대중적 활동이 사회주의 리얼리즘 문학의 또 하나의 근간임은 부인할 수 없다. 실상 숄로호프, 세몬 바바옙스키(Semyon Babaevskii, 1909~2000), 아나톨리 소프로노프(Anatolii Sofronov, 1911~90) 등을 비롯해 '소비에트 작가동맹'에서 활약한 많은 작가가 이 운동의 역사적 산물이다.

21 비록 학계에서 상대적으로 많이 주목받아왔지만 사회주의 리얼리즘에서 '작가와 권력' '작가와 독자'의 문제는 또 다른 천착을 요한다. 이런 맥락에서 "소비에트 작가들은 '인간 영혼의 엔지니어'가 되어야 했지만, 실상 그들 자신 또한 '사회적 엔진의 산물'이었다"는 지적은 주목할 만하다. 이에 대해서는 E. Dobrenko, *The Making of the State Writer*, Stanford University Press, 2001, pp.17~21 참조할 것.

22 E. Dobrenko, *Ibid.*, p.155.

23 '사회주의 리얼리즘'이라는 용어는 1932년 5월 17일 자 『문학신문』에서 이반 그론스키(Ivan Gronskii, 1894~1985)가 최초로 언급("대중은 예술가에

게 프롤레타리아혁명의 형상화에서 혁명적인 사회주의 리얼리즘의 정직성과 진리성을 고대한다")했고, 이후 1932년 10월 고리키의 거처에서 열린 모임에서 스탈린이 사회주의 문학·예술의 주된 경향을 '사회주의 리얼리즘'으로 지칭했으며, 1933년 10월 29일 고리키를 명예위원장으로 해 결성된 소비에트 작가동맹 조직위원회에서 인준되었다. 새로운 문학적 방법을 규정하기 위해서 수많은 논의와 다양한 제안—예컨대, 사회적 리얼리즘(루나차르스키), 프롤레타리아 리얼리즘(글라드코프), 경향적 리얼리즘(마야콥스키), 기념비적 리얼리즘(레프 톨스토이) 등—이 있었던바, 용어 선택과 관련된 스탈린의 개입을 강조하면서 사회주의 리얼리즘 자체를 '위로부터의 강제'로 단순하게 해석하는 것은 역사적 사실에 부합하지 않는다.

24 슈미트 슈람 엮음, 문학예술연구회 미학분과 옮김, 『사회주의 현실주의 구상』, 태백, 1989, 427쪽.

25 L. Timofeev and S. Turaev (rev. ed.), *Slovar' literaturovedcheskikh terminov*, Prosveshenie, 1974, pp.233~234.

26 G. Lenobl', "Sovetskii chitatel' i khudozhestvennaya literatura," *Novyi mir* No.6, 1950, pp.209~224.

27 E. Nadtochii, "Drug, tovarishch i Bart," *Daugava* No.8, Riga, 1989, p.115.

28 이와 관련해 사회의 제 단위에서 "도서업무는 중요한 국가적 중요성을 획득했고, 당의 이데올로기 사업의 기본 고리 가운데 하나가 되었다. 사서들은 중대한 사명을 지닌 소비에트 인텔리겐치아로서 마르크스-레닌주의의 적극적 선전·선동가이자 대중적 독서의 조직가가 되었다." 이에 대해서는 K.I. Abramov, *Istoriya bibliotechnogo dela v SSSR*, Kniga, 1980, pp.257~258 참조할 것.

29 여기에서 미리 염두에 둬야 할 것은 '독자대중'과 '독자인민'의 출현 그리고 전자에서 후자로의 전환은 완전히 역사적으로 계기 지워졌으며, 특히 전환의 과정은 결코 단선적이지도 무모순적이지도 않았다는 사실이다. 상대적으로 '자연발생성'에 침윤되어 있는 '독자대중'에 비해, '독자인민'은 '의식성'을 통해 구성되었으며, 그들은 국가권력이 호명한 '이상적 독자'(Soviet Reader)였다. 또한 '독자인민'의 중심에는 스탈린 시대를 거치면서 소비에트 사회의 주역으로 등장한 돌격노동자, 스타하노프주의자, 붉은 전문가 그리고 여성활동가 등을 포함한 새롭게 선택된 이들이거나 엘리트 독자대중이었다. 말하자면 독자대중은 역사적으로 분화되고 차별화되었던 것이다.

30 E. Dobrenko, *Ibid.*, pp.284~285.

31 E. Dobrenko, *Ibid.*, p.286.

32 물론 당대에는 소비에트 고전문학뿐 아니라, 러시아 고전문학, 외국의 번역 문학 등도 독자들의 관심을 끌었다. 하지만 단연 대중적인 선호의 대상은 소비에트 고전문학이었다.

33 M. Slonim, *Soviet Russian Literature: Writers and Problems 1917-1967*, Oxford University Press, 1967, p.187.

34 S. Tregub and I. Bachelis, "Schast'e Korchagina," *Znamya* No.4, 1944, p.122. 이에 대해 자세한 것은 E. Dobrenko, *Metafora vlasti: Literatura stalinskoi epokhi v istoricheskom osveshchenii*, Otto Sagner, 1993, pp.294~297 참조할 것.

35 1930년대 초반에 진행된 '세계관과 창작방법 논쟁'의 이론적 귀결의 한 측면으로서 인식론주의는 '삶을 그 자체의 형식으로 묘사'할 것을 요구하는 바, 이러한 편향은 예술사에 대한 인식에서 리얼리즘과 비(非)리얼리즘이라는 이원론적 시각을 낳고, 전통적 기법에 대한 고집과 전위예술에 대한 거부라는 편협한 태도로 표현된다. 이에 대해 더욱 자세한 것은 홀거 지이겔, 정재경 옮김, 『소비에트 문학이론(1917-1940)』, 연구사, 1988, 183~228쪽 참조할 것.

36 문학적 스탈린주의의 자연주의적 경향을 '사회주의적 자연주의'로 비판했던 루카치는 혁명적 낭만주의를 스탈린의 '경제적 주관주의의 미학적 등가물'로 간주하면서, '국가 공인적 낙관주의'라고 불렀다. 이에 대해 더욱 자세한 것은 김경식, 『게오르그 루카치: 과거와 미래를 잇는 다리』, 한울 아카데미, 2000, 146~177쪽 참조할 것.

37 N.G. Chernyshevskii, *Polnoe sobranie sochinenii v 16 t.* T.2, GIHL, 1947, p.90.

38 V. Ermilov, "Za boevuyu teoriyu literatury," *Literaturnaya gazeta*, 25 Yanvarya, 1947. 예르밀로프는 "작금의 시대는 이미 유토피아 이후의 시대, 즉 유토피아가 실현된 시대, 유토피아가 더 이상 유토피아가 아닌 시대이고, 우리의 삶은 고양되거나 시화될 필요 없이 그자체로 이미 시적이고 아름답다"라고 공공연히 주장했다.

39 이러한 의미에서 "그 결과 예술에서 모방적인 서술대상은 외적 현실이 아니라 예술가의 내적 삶의 내적 현실이 되었으며, 그의 능력은 당과 스탈린의 의지와 내면적으로 융합되었고 이러한 내적인 융합에서 하나의 그림, 즉 당과 스탈린의 의지가 겨냥한 현실의 모델을 창조해내었던 것이다"라

는 그로이스의 주장은 타당하다. 보리스 그로이스, 최문규 옮김, 『아방가르드와 현대성: 러시아의 분열된 문화』, 문예마당, 1995, 96쪽.

40 이렇게 현실과 동떨어진 "무(無)갈등과 무활동 속에 얼어붙은 소비에트 문화는 대중의 반향을 점차 상실하게" 된다. 이에 대해서는 T. Lahusen, "Kak zhizn' chitaet knigu : massovaya kul'tura i diskurs chitatelya v pozdnem sotsrealizme," E. Dobrenko and H. Gyunter (Eds.), *Socialisticheskii kanon*, Akademicheskii proekt, 2000, pp.610~612 참조할 것.

41 "스스로를 지배자이자 1920년대 러시아 현실의 역사적 주인이라고 느꼈던 대중의 지위는 1930년대 중반 무렵 바뀌게 된다. 대중이 역사와 문화에 대해 마치 가지고 있기라도 한 것처럼 여긴 가상의 권력은 당에 집중되었고, 그 후엔 당의 지도자인 스탈린에게 집중되었다. 스탈린은 소비에트 시대의 중요한 '예술가'가 되고 '문화2'의 범위 안에서 창조되는 '기념비적 문체'의 유일한 저자가 된다." 미하일 골룹꼬프, 이규환·서상범 옮김, 『러시아현대문학: 분열 이후 새로운 모색』, 역락, 2006, 198쪽.

42 이런 차원에서 사회주의 리얼리즘에 대한 연구에서는 문예적 현상으로서의 사회주의 리얼리즘과 이론적 공식규범(교조)으로서의 사회주의 리얼리즘을 원칙적(방법론적)으로 구별할 필요가 있다. 우선 양자는 동일하거나 일치하지 않는데, 시간적 차원에서 후자(규범)는 전자(현상)에 비해 늦게 발생해서 더 오랫동안 존재했으며(효력에 상관없이), 본질적 차원에서 후자는 전자를 완전히 진정하게 포괄할 수도 없었다. 통상 사회주의 리얼리즘을 1934년 '제1차 전 연방 소비에트 작가대회'에서 마치 마른하늘에서 날벼락 치듯 한순간에 채택된, 순전히 위로부터 지시되고 강제된 정치적 명령-통제체계로 간주하거나, 그것의 고전적 전형을 '무갈등이론'이나 '긍정적 주인공'의 도해인 스탈린 후반기의 현실윤색적 문학작품들에서 구하는 비평적 태도들은 이러한 특수성을 간과하는 것이다.

소비에트 혁명발레, 그 유산의 재조명

1 춤의 기능 중 한 측면을 정치적 이념성의 반영이라고 보았던 매닝은 『죽음의 춤: 히틀러 이전의 독일』에서 마리 비그만(Mary Wigman, 1886~1973)의 총체무 「토텐말」(Totenmal), 쿠르트 요스(Kurt Joose, 1901~79)의 「녹색 테이블」(The Green Table)을 정치적 맥락과의 연관성 속에서 비교, 고찰한다. 저자는 춤의 종합성이 안무가의 가치관이나 정치적 이념을 반영하는 무의식적·의식적 장치가 될 수 있다고 보았으며, 안무가는 삶과 죽음,

남성과 여성, 정지와 동작, 신과 악마 같은 대립적 충동의 중재자로서 작품에 동시대 사회상을 반영하거나 사회와의 타협을 시도하고 자신의 정치적 이념을 표출한다고 주장한다. 이에 대해서는, 수전 매닝, 김태원 편역, 「죽음의 춤: 히틀러 이전의 독일」, 『현대무용의 미학과 비평』 제1권, 현대미학사, 2003, 183~190쪽 참조할 것.

2 A.M. Kulegin, "Matilda Kshesinskaya protiv Vladimira Lenina," *Vestnik akademii russkogo baleta im. A.Y. Vaganovoi* No.6 (41), 2015, pp.112~113, 115~116 참조할 것.

3 이 글에서 말하는 혁명발레란 1920년대 이후 혁명의 이념을 토대로 형성된 초기 소비에트 발레작품들로서, 혁명을 직접적으로 다루거나 관객들의 혁명의식을 고취시키기 위한 의도로 창작된 작품들을 의미한다. 이러한 정치참여적 혁명발레를 긍정적으로 바라보는 비평가들은 이를 '현대성으로의 이행'을 촉진한 진보적 경향으로 보지만, 일부 비평가들은 오로지 혁명을 기념(revolyutsionnye prazdnestva)하기 위해 탄생된 작품들이라며 부정적 견해를 밝히기도 한다(Yu. Slonimskii, *Sovetskii balet*, Iskusstvo, 1950, pp.54~55 참조할 것).

4 발레 뤼스는 1909년 '픽위키언즈'의 일원으로서 새로운 예술양식을 지향하던 세르게이 댜길레프(Sergei Dyagilev, 1872~1929)가 안무가 미하일 포킨(Mikhail Fokin, 1880~1942)과 함께 프랑스 파리에서 창립한 새로운 이념의 발레단체다. 예술적 표현보다는 여성적 아름다움과 기량에 중점을 두었던 마리우스 페티파(Marius Petipa, 1818~1910) 시대의 발레와 달리 댜길레프의 발레 뤼스는 정형화된 형식적 틀에서 벗어나 춤의 자유로움을 추구한다.

5 J. Homans, *Apollo's Angels: A History of Ballet*, Random House Trade Paperbacks, 2010, p.391.

6 이 글의 제목으로 쓰인 '혁명발레'는 20세기 초, 발레 뤼스가 이룬 다양한 전위적 시도들을 의미한다. 이전 시대에 대한 반성과 심미적 자율성의 지향이 '미적 근대성'이라면, 20세기 초 러시아 모더니즘 시대에는 기존 예술양식의 전통과 대립하는 '반전통'의 움직임이 다양한 영역에서 각기 다른 양상으로 나타났다. 그중 무용예술 분야에서는 발레 뤼스의 출현으로 '완성된 미'를 추구하는 규범적 발레미학에 대한 예술가들의 부정적 인식이 표면화되었고, 근대적 의식과 자유로운 개성을 표현하려는 시도가 끊임없이 시도되었다. 이를 주도한 대표적 인물로는 발레 뤼스를 창립한 댜길레

프와 발레 뤼스의 1세대 발레마스터 포킨이 있다. 댜길레프는 모든 완성된 형태의 예술이 하나의 작품 속에서 조화될 때 진정한 예술로서의 의미와 가치를 획득한다는 바그너식 '종합예술적 경향'을 강조하면서 러시아 발레를 종합적 극장예술로 발전시켰고, 포킨은 페티파가 확립한 19세기 고전적 전통에서 탈피하고자 '새로운 발레'(novyi balet)의 원칙들을 제시하면서 발레 개혁을 추진했다. 포킨이 주장한 새로운 발레는 '5가지 원칙'으로 구체화된다. ① 주제와 일치하는 새로운 동작구성과 형식을 창조해야 한다. ② 춤과 마임은 주제를 표현하는 방법으로 일관성 있게 사용해야 한다. ③ 무용수의 움직임은 온몸으로 표현되어야 하며, 통상적인 손동작과 마임은 발레의 양식상 필요할 때만 제한적으로 사용한다. ④ 군무는 무대의 장식이 아니라 작품의 구성요소로서 줄거리(plot)를 표현해야 한다. ⑤ 무용에 이바지하는 타 예술과의 동등한 공동작업으로 하나의 통일된 결합을 이뤄야 하며, 특히 음악은 작품주제와 일치하게 구성해야 한다. 결과적으로, 댜길레프와 포킨이 주도한 발레 혁명은 19세기 발레의 주제와 형식에서 전적으로 탈피된 독특한 양식의 발레작품들을 탄생시켰고, 발레 뤼스의 창작원칙들은 1917년 볼셰비키 혁명 이후 혁명발레가 대두되기 이전까지 러시아 발레의 심미적 성격을 규정짓는 미학적 근거가 되었다(신혜조, 「니진스키 발레의 미적 근대성과 전위성: 『유희』를 중심으로」, 『노어노문학』 26(4), 2014, 406~408쪽 참조할 것).

7 이에 가담했던 무용수들은 이후 발레단 생활에서 상당한 불이익을 받았다. 유능한 안무가였던 크셰신스키는 퇴직을 강요받았고, 간판 스타급 발레리나였던 발레리야 키셀료바(Valeriya Kiselyova, 1880~1931)는 지도부의 압박으로 심리적 충격을 받아 정신착란 증세를 일으켜 발레단을 떠났으며, 레가트는 발레 지도부에 대한 실망과 배신감으로 자살을 선택했다. 이 그룹을 주도했던 포킨은, 당시 마린스키 극장의 수석무용수로서 능력을 인정받고 있었다는 이유로 퇴출은 면했으나, 관리부에게 강도 높은 질책과 비난을 받았으며, 일정 기간 발레마스터의 지위를 박탈당하기도 했다(Yu. Bakhrushin, *Istoriya russkogo baleta*, Sovetskaya Rossiya, 1965, p.199).

8 V.E. Rafalovich and Y.M. Kuznetsov (rev. ed.), *Istoriya sovetskogo teatra* T.1, GIKhL., 1933, p.296.

9 루나차르스키가 레닌에게 보낸 서한 중 A.Z. Yufit, *Revolyutsiya i teatr*, Iskusstvo, 1977, p.138에서 재인용.

10 소비에트 발레연구가 유리 바흐루신(Yurii Vakhrushin, 1896~1973)은 고

전주의 발레 양식을 소비에트 발레의 성장을 촉진한 주된 요소이자 소비에트의 미적 진리를 구체적으로 형상화하는 데 적합한 창작방법론으로 보았다. 그는 인민예술가 예카테리나 겔체르(Ekaterina Gel'tser, 1876~1962)를 기념하는 행사에서 "우리에게 구식 발레가 필요한 이유는 그 자체가 가치 있고 심미적이기 때문만이 아니라, 이 불씨가 새로운 불씨를 생성시키기 때문"이라고 주장한 루나차르스키의 연설을 인용하면서, 소비에트 발레 미학을 고전발레의 재평가(pereosmyslenie)와 그에 대한 계승(preemstvennost')으로 규정했다(Y. Bakhrushin, *Ibid.*, p.3).

11 V.L. Kuranov, *Vospominaniya o tantse*, Kanon-plyus, 2006, pp.25~28.

12 V.L. Kuranov, *Ibid.*, pp.27~28, 30 참조할 것.

13 그러나 아르카디 소콜로프-카민스키(Arkadii Sokolov-Kaminskii, 1937~)는 프롤레타리아 발레의 창작주체 문제와 관련해, 이 시기 발레계가 노동자대중의 출현을 인식했는데도 발레라는 특정한 형식을 논의하는 과정에 정작 대중은 주변화되었음을 지적한다. 이 담론의 주도권은 당시 발레계를 이끌었던 소수가 쥐고 있었으며, 대중은 수행주체로서의 역할에서 배제되어 있었다는 것이다. 그는 혁명발레의 출발이 늦은 이유를 이렇게 설명하며 혁명발레 창작의 필요성을 호소했고 이를 위해 단결해야 할 주체는 황실발레극장 출신 발레마스터들이 아닌 프롤레타리아 계급이라고 주장했다(A. Sokolov-Kaminskii, *Sovetskaya baletnaya shkola*, Znanie, 1983, pp.19~20).

14 1902년에서 1924년까지 볼쇼이 극장의 발레마스터로 활동했던 고르스키는 1910년대부터 고전발레를 개작해 발레 대중화를 추진했다. 그는 일반 대중이 어려워 한 고전주의 작품을 사실주의적 관점에서 재해석해 '이해할 수 있는 발레'로의 변형을 시도했다. 예컨대 「돈키호테」나 「백조의 호수」(1912; 1914; 1920)의 제1막은 귀족들의 연회를 그리는데, 고르스키는 발레 의상을 해당 시대와 문화에 상응하는 양식으로 디자인했고, 무대는 실제 유럽식 연회장과 매우 유사하게 묘사했다. 또한 「지젤」 제1막에서는 무용수들이 발레슈즈가 아닌 일반 신발을 신고 등장했으며, 제2막에서는 유령이 된 윌리들이 백색 튀튀가 아닌 나이트가운을 무대의상으로 착용하기도 했다. 그가 이렇게 개작한 고전발레들로는 「해적」(Le Corsaire, 1912), 「백조의 호수」「라 바야데르」(La Bayadere, 1917), 「레이몬다」(Raymonda, 1918) 등이 있다. 이처럼 원작에 대한 과도한 변형은 당시 비평계에서 조롱의 대상이 되기도 했으나, 이후 발레 창작에서 테크닉보다 극의 완결성

에 주목해 '드라마 발레'를 체계화시킨 인물로 인정받았다(이송, 「19세기 리얼리즘과 춤 연구」, 『우리 춤 연구』8 : 76, 2009 ; E. Surits and E. Belova (sost.), *Baletmeister A.A. Gorskii*, Dmitrii Bulanin, 2000, pp.13~18).

15 북부 카프카즈 쿠반(Kuban') 지역의 집단농장을 배경으로 풍요로운 노동자들의 삶을 그리고 있는 「빛나는 개울」은 원작 공연에 대한 정보가 보존되지 못한 까닭에 이 글에서는 주요 분석대상에서 제외했다. 그러나 이 작품은 여타 발레 연구서에서 소비에트 사회상을 잘 반영하고 있는 대표적 혁명기 작품으로 언급되고 있으며, 현대에 이르기까지 공연되고 있는 극소수의 혁명기 발레작품 중 하나이기도 하다. 「빛나는 개울」은 총 세 가지 버전이 존재한다. 초연은 로푸호프의 연출로 1935년 4월 레닌그라드의 말리 극장에서 상연되었으며, 지나이다 바실리예바(Zinaida Vasil'eva, 1913~99), 표토르 구세프(Pyotr Gusev, 1904~87), 페야 발라비나(Feya Balabina, 1910~82) 등이 주역을 맡아 주목받았다. 또 다른 버전은 동년 11월에 탄생되는데, 발레마스터 이고리 모이세예프(Igor' Moiseev, 1906~2007)가 로푸호프의 버전을 수정, 각색해 모스크바 볼쇼이 극장에서 선보였다. 그러나 당시 비평계는 이 작품에 대해 비판적 공격을 가했다. 이러한 분위기를 주도한 대표적인 글로는 1936년 2월 6일 『프라브다』에 실린 「발레의 위선」(Baletnaya fal'sh')을 들 수 있다. 이 글의 저자는 혁명 발레가 혁명 이전까지의 발레와 마찬가지로 민중 삶에 대한 위선적 태도로 일관하고 있다고 밝히면서, 「빛나는 개울」이 현실의 공간을 배경으로 삼고 있는데도 실제 농민들의 삶이 아닌 농민들로 '분장한 인형들의 삶'을 그리고 있음을 지적한다. 이러한 강도 높은 비판은 볼쇼이 극장 측이 「빛나는 개울」의 상연을 중지하게 되는 직접적인 원인이 되었다. 이 작품의 마지막 버전은 2003년 알렉세이 라트만스키(Aleksei Ratmanskii, 1968~)가 선보인 버전이다. 그는 볼쇼이 극장 무대를 통해 『빛나는 개울』을 다시금 부활시키지만 로푸호프의 버전이 온전히 보존되지 못했기 때문에 전적으로 새로운 안무로 구성해 선보이게 된다. 따라서 현재 볼쇼이 극장에서 드물게나마 상연되고 있는 『빛나는 개울』은 로푸호프의 원작이 아닌 라트만스키의 버전이다(V. Svin'in and K. Oseev (sost.), "Baletnaya fal'sh'. O balete 《Svetlyi ruchei》," *Stalinskie premii. Dve storony odnoi medali: Sb. dokumentov i khudozhestvenno-publitsisticheskikh materialov*, Svin'in i synov'ya, 2007, pp.53~55 참조할 것).

16 혁명 이후 창작된 최초의 혁명발레는 골레이좁스키의 작품이다. 그는

1919년 흑사병의 위기 속에서 국민을 외면하고 도피한 왕과 귀족들의 파멸을 그리는 에드거 앨런 포(Edgar Allan Poe, 1809~49)의 단편소설 「붉은 죽음의 가면」(The Masque of the Red Death)을 개작해 발레로 선보였으나, 초연 이후 볼쇼이 극장의 상연목록에서 바로 제외되었다. 1923년에는 로푸호프가 베토벤 음악에서 영감을 얻어 쓴 『세계의 위력』(The Greatness of the Universe) 개작에 착수해 완성에 이르지만 마린스키 극장의 거부로 대중에게 소개조차 되지 못했다. 2년 후, 그는 또다시 혁명을 위한 해병, 노동자, 농민들의 격렬한 투쟁을 그린 「붉은 격동」(The Red Whirlwind)을 창작하고 가까스로 상연하지만 흥행성적이 매우 저조해 이후 오랜 시간동안 무대 위에서 자취를 감추었다.

17 V. Gaevskii, *Divertisment*, Iskusstvo, 1981, p.83.

18 앞서 언급한 바 있는 포킨의 새로운 발레원칙 중 발레형식과 관련해 주목해야 할 부분은, 그가 무엇보다 스토리에 상응하는 안무표현에 초점을 맞추고 있다는 것이다. 스토리와 안무의 '간결성'이라는 원칙은 디베르티스망뿐 아니라, 작품의 피날레를 장식하는 그랑 파드되(grand pas de deux) 역시 배제시키는 결과를 낳았다. 이는 '아다지오(adagio)→바리아시옹(variation)→코다(coda)'로 이어지는 그랑 파드되의 전형적인 형식을 파괴함으로써 인위적 기교보다 예술적 표현성을 중시하려는 의도라고 볼 수 있다. 신혜조, 앞의 글, 406~407쪽 참조할 것.

19 '기분전환'이라는 뜻을 갖는 프랑스어 디베르티스망은 주역이 아닌 무용수들의 기량을 선보이기 위해 삽입된 부분을 지칭하는 용어다. 이는 대체적으로 발레화된 민속춤이나 캐릭터댄스의 형태로 작품에 삽입되며, 대중에게 널리 알려진 디베르티스망으로는 「호두까기 인형」의 중국 춤, 인도 춤, 스페인 춤, 러시아 춤, 「백조의 호수」의 공주들과 시녀들의 춤, 「지젤」의 사냥꾼 춤 등이 있다. 정통 발레안무와는 또 다른 독특한 색채를 자아내는 디베르티스망은 작품 전체 분위기에 활기를 불어넣을 뿐 아니라, 관객들의 몰입을 유도하고 시선을 사로잡는다는 점에서 작품의 흥행과도 밀접하게 연관된 요소이지만, 작품주제의 명료성과 간결성을 주장했던 포킨은 디베르티스망이 극의 스토리와 무관한 여흥거리라는 것에 주목하면서 구시대적 발레경향으로 간주하고 배제한다.

20 당시 발레 뤼스의 상연 횟수가 고전발레 상연 횟수보다 현저히 낮았다는 점은 이를 증명하는 주요 자료라고 볼 수 있다. 1917년부터 1927년까지 분야별 인기작품 상연 횟수를 비교해보면, 고전발레 「백조의 호수」가 85회, 「잠

자는 미녀」가 89회, 「에스메랄다」(La Esmeralda)가 44회를 기록한 반면 발
레 뤼스의 작품들은 「불새」가 25회, 「풀치넬라」(Pulcinella)가 14회, 「페트
루시카」(Petrushka)가 43회로 현저한 차이를 보인다(Yu. Slonimskii, *Ibid.*,
p.60).

21 1920년대 중반 볼쇼이극장 관리부는 혁명발레 제작을 위해 극장 소속 직원
들을 대상으로 리브레토 경연을 실시했다. 당시 무대조형 분야를 담당하고
있었던 미하일 쿠릴코(Mikhail Kurilko, 1880~1969)는 『프라브다』에 실
린 선행사건을 모티프로 리브레토 작업에 착수했다. 그 내용은 당시 중국
과 러시아를 오가며 운항하던 '레닌호'가 중국의 한 항구에서 굶주린 사람
들에게 식량을 나눠준다는 것이었다. 쿠릴코의 리브레토는 관리부에서 바
로 승인받았고, 라인홀트 글리에르(Reingold Glier, 1875~1956)가 음악
을, 티호미로프와 라시칠린이 안무작업을 담당해 작품제작에 들어갔다. 그
리고 이듬해 '붉은 양귀비'라는 제목으로 볼쇼이 무대에서 초연되었다(S.
Dubkova, *Zhar-ptitsa: baletnye skazki i legendy*, Belyi gorod, 2009, p.244).

22 Yu. Rozanova and S. Razumova (sost.), *Baletnye libretto*, Muzyka, 2002,
pp.54~57 참조할 것.

23 Yu. Slonimskii, *Ibid.*, pp.77~78.

24 J. Homans, *Ibid.*, p.349.

25 Yu. Slonimskii, *Ibid.*, p.87.

26 영화감독 이바놉스키의 「디나미아다」는 드미트리 쇼스타코비치(Dmitrii
Shostakovich, 1906~75)의 음악, 호다세비치의 무대디자인과 결합되
어 '황금시대'라는 제목으로 초연되었다. 그리고 무대 전체 구성은 발레
마스터 바실리 바이노넨(Vasilii Vainonen, 1901~64)과 레오니트 야콥
손(Leonid Yakobson, 1904~75), 체스나코프가 공동으로 연출했다. 초
연 당시 최고의 발레리나로 명성을 떨치고 있던 갈리나 울라노바(Galina
Ulanova, 1910~98)가 여자주인공을 맡아 큰 이슈가 되었으나, 몇 년 후 볼
쇼이 극장의 상연목록에서 제외되었다. 이후 1982년 볼쇼이 극장의 무대
감독 유리 그리고로비치(Yurii Grigorovich, 1927~)와 이사크 글리크만
(Isaak Glikman, 1911~2003)이 공동으로 개작해 새로이 공개했다. 새 버
전의 「황금시대」는 1982년 11월을 시작으로 1989년 1월까지 총 49회 공
연되었으며, 현재는 매우 드물게 볼쇼이 극장 무대에서 상연되고 있다(S.
Dubkova, *Ibid.*, p.300).

27 Yu. Slonimskii, *Ibid.*, p.88.

28 모리카와 사다오 외, 임태성·손환 옮김, 『스포츠의 정치학』, 홍경, 2004, 21쪽.

29 http://worldartdalia.blogspot.kr/2012/07/blog-post_5114.html

30 「볼트」는 두 가지 버전이 존재한다. 하나는 이 글에서 다루고 있는 로푸호프의 버전이고, 다른 하나는 라트만스키가 개작해 선보인 버전이다. 2005년 2월 볼쇼이 극장에서 상연된 라트만스키의 「볼트」 역시 원작과 마찬가지로 불성실한 노동자의 음모와 실패를 주제로 삼고 있지만, 주인공이 음모를 계획하게 된 직접적인 동기가 부당해고에 대한 분노가 아니라 약혼녀의 배신이라는 점에서 차이가 있다. 작품의 형식에서도 로푸호프의 원작은 3막 7장이었던 반면, 라트만스키의 버전은 2막 4장으로 구성되었다(A. Galaida, "Bol'shoi zakrutit Bol't")

31 Yu. Rozanova and S. Razumova, *Ibid*., pp.181~182.

32 우주형, 「러시아 구성주의 연극의상에 관한 연구」, 『한국의류산업학회지』 6, 2004, 159쪽.

33 Yu. Rozanova and S. Razumova, *Ibid*., p.181.

34 Yu. Rozanova and S. Razumova, *Ibid*., p.180.

35 1934년 총 26일간 진행되었던 제1차 전 연방 소비에트 작가대회의 자료를 검토해보면, 발레 분야는 연극 분야와 달리 논의대상에서 제외되었다. 그렇지만 발레는 연극과 그 맥을 같이하면서 사회주의 리얼리즘의 예술 원칙에 부합하는 방법론에 따라 창작되었다(M. Gor'kii (rev. ed.), *Pervyi vsesoyuznyi s"ezd sovetskikh pisatelei 1934*, Sovetskii pisatel', 1990, pp.3~6 참조할 것).

36 V. Vanslov, *Iskusstv prekrasnyi mir*, Pamyatniki istoricheskoi mysli, 2011, p.354.

37 러시아 우랄 지방의 민요를 주제로 한 「석화」는 음악가 세르게이 프로코피예프(Sergei Prokof'ev, 1891~1953)가 창작한 리브레토다. 소비에트 민속학자이자 작가였던 파벨 바조프(Pavel Bazhov, 1879~1950)의 『말라카이트의 상자』(*The Malachite Box*)를 읽고 영감을 받은 프로코피예프는 그의 작품들에서 다양한 모티프를 차용해 「석화」 「산속의 장인」(The Mountain master) 같은 작품을 완성하는데, 리브레토 작업에는 그의 아내 미라 멘델손-프로코피예바(Mira Mendel'son-Prokof'eva, 1914~68)와 라브롭스키도 참여했다. 프로코피예프는 「석화」의 음악을 1949년 완성했지만, 초연은 프로코피예프가 사망한 이후인 1954년 2월 12일 모스크바 볼쇼이 극장

에서 이루어졌다. 라브롭스키의 안무로 완성된 볼쇼이 버전은 흥행에 실패했고, 3년 후인 1957년 4월 22일 당시 키로프 발레단에서 활동하고 있었던 그리고로비치가 알라 셀레스트(Alla Shelest, 1919~98)와 함께 개작해 페테르부르크 키로프 극장에서 새로이 선보였다. 키로프 버전의 「석화」는 흥행에 대대적으로 성공했으며, 곧 그리고로비치는 볼쇼이 발레단의 발레마스터로, 셀레스트는 키로프 발레단의 발레마스터로 각각 임명되면서 러시아 소비에트 발레를 이끄는 주역들로 활약하게 된다(S. Dubkova, *Ibid.*, p.278 참조할 것).

38 V. Vanslov, *Ibid.*, p.357.

39 현재 볼쇼이 발레단을 대표하는 작품 「스파르타쿠스」역시 몇 개의 버전이 존재한다. 야콥슨의 안무와 호다세비치의 무대조형으로 구성된 원작은 1956년 12월 레닌그라드 오페라 발레극장에서 초연되었고, 이후 1958년 4월 모이세예프가 안무, 알렉산드르 콘스탄티놉스키(Aleksandr Konstantinovskii, 1906~58)가 무대조형을 맡아 개작한 버전은 모스크바 볼쇼이 극장에서 초연되었다. 모스크바 버전은 당대 최고의 발레스타로 세계적인 명성을 떨치고 있던 마이야 플리세츠카야(Maiya Plisetskaya, 1925~2015)가 에기나(Aegina) 역할을 연기하면서 큰 화제가 되기도 했다. 그러나 「스파르타쿠스」가 그 예술성과 대중성을 획득한 것은 훗날 새롭게 창작된 그리고로비치의 버전부터다. 그는 1968년 4월 10년간 대중에게 잊혔던 「스파르타쿠스」를 개작해 다시금 선보였고, 이 작업에 무대미술가 시몬 비르살라제(Simon Virsaladze, 1909~89)가 합류하여 장엄한 무대 분위기를 연출하는 데 힘을 보탰다. 또한 주역 무용수로는 스파르타쿠스 역의 블라디미르 바실리예프(Vladimir Vasil'ev, 1940~)와 크라수스 역의 마리스 리예파(Maris Liepa, 1936~89)가 열연했고, 프리세츠카야의 뒤를 이어 '러시아 발레의 전설'로 발레 역사에 이름을 남긴 예카테리나 막시모바(Ekaterina Maksimova, 1939~2009)가 프리기야 역을 맡아 연기했다. S. Dubkova, *Ibid.*, p.286 참조할 것.

40 J. Homans, *Ibid.*, p.388.

41 V. Vanslov, *Ibid.*, p.357.

42 J. Homans, *Ibid.*, p.393.

혁명과 죽음

1 이 글은 『슬라브학보』 제32권(2017)에 실렸던 것이다.

2 아리스토텔레스는 플라톤의 고정된 에이도스(eidos)의 현시라는 결정론적 사건과는 다른 '목적을 향해 가는 질료의 변화와 생성'을 지칭하기 위해 '엔텔레케이아'라는 단어를 사용한다. 그에 따르면 잠재태(dunamis)는 실현태(energeia)로 '화(化)하며' 실현태의 궁극에 완전실현태, 즉 엔텔레케이아가 존재한다. '엔텔레케이아'가 '목적'을 의미하는 단어 텔로스(telos)를 내포하고 있음은 이를 잘 보여준다. 그러나 잠재적인 어떤 것이 실현태로 이행하는 그러한 '되기'의 모든 과정은 사실 그 자체로 각각 일종의 완전실현태라 할 것이다. 변화의 매 순간을 변화 자체의 완전한 실현으로 생각해야 하기 때문이다. 실제로 아리스토텔레스가 많은 경우 에네르게이아와 엔텔레케이아를 혼용해 사용했다는 사실은 그가 생각한 세계의 근원적 원리로서의 움직임이 어떤 것이었는지 다시 한번 생각하게 한다. 아리스토텔레스 스스로 밝히고 있듯이 그가 엔텔레케이아라는 개념을 통해 말하는 궁극적인 운동의 종료란 가령 '집으로 지어짐'이라는 행위의 완성이지 그 결과물로서의 '집' 그 자체가 아니다.

3 1913년 12월 2일부터 5일까지 페테르부르크 루나파르크에서는 "세계 최초의 미래주의 공연"이 열렸다. 짝수 날에는 비극 「블라디미르 마야콥스키」를, 홀수 날에는 오페라 「태양에 대한 승리」를 공연했다.

4 B. Livshits, *Polutoraglazyi strelets: Stikhotvoreniya, perevody, vospominaniya*, Sovetskii pisatel', 1989, pp.449~450.

5 K. Malevich, "Pis'ma k M.B. Matyushinu (Pis'mo K.S. Malevicha k M.B. Matyushinu iz Moskvy v Petrograd ot 27 maya 1915 goda," *Ezhegodnik rukopisnogo otdela Pushkinskogo doma na 1974 god,* Nauka, 1976, pp.185~186.

6 그의 검은 사각형을 엑스레이로 투시해보면 그 아래 여러 색으로 된 절대주의적 구성을 발견할 수 있다.

7 A.S. Shatskikh, "Malevich posle zhivopisi," K. Malevich, *Suprematizm. Mir kak bespredmetnost' ili Bechnyi pokoi. Sobranie sochinenii v 5 t.* T.3, Gileya, 2000, p.6.

8 포르트다(Fort-Da) 놀이에 대한 프로이트의 설명, 프로이트의 논의에서 나아가 언어(랑가주)의 탄생 메커니즘을 드러내고 이로써 주체의 해체와 상징계의 자기파괴적 반복을 이야기하는 라캉의 논의, 긍정적 리비도를 통한 재현체계의 극복을 이야기하는 리오타르의 숭고론 등을 참고하라(프로이트, 『쾌락원칙을 넘어서』, 열린책들, 1998, 16~24쪽; J. Lacan, *The*

four fundamental concepts of psychoanalysis, Jacques-Alain Miller (Ed.), A. Sheridan (trans.), London, 1978; Jean-François Lyotard, *Discourse, Figure*, A. Hudek and M. Lydon (trans.), University of Minnesota Press, 2011).

9 A.S. Shatskikh, *Ibid.*, p.7.

10 A.S. Shatskikh, *Ibid.*, pp.7~8.

11 말레비치는 유기시학과 베르그송의 영향을 드러내며 예술(iskusstvo)과 구별되는 창작행위(tvorchestvo)를 강조함으로써 새로운 예술을 선언한다. 이에 대해서는 E. Bobrinskaya, *Russkii avangard: istoki i metamorfozy*, Pyataya strana, 2003, pp.280~281 참조할 것.

12 A.S. Shatskikh, *Ibid.*.

13 그러나 1915년 최초의 검은 사각형이 발표된 이후 그려진 일련의 검은 사각형들은 순수한 죽음충동이라기보다 1920년대 초 이미 완성된 말레비치의 절대주의를 계속해서 선언하고 환기하는 일종의 메타기호가 되기도 했다. 다시 재현의 패러다임으로 회귀하는 듯 보이는 1930년대 그림에서 반복되는 지워진 얼굴들 또한 '절대주의적'이라기보다는 '절대주의에 대한' 기호로 이해된다.

14 K. Malevich, *Suprematizm. 34 risunka*, Unovis, 1920. p.4.

15 이지연, 「부조리에 대한 변론: 오베리우 미학과 '진정한 실재'의 탐구」, 『노어노문학』 제23권, 2001; 1, 289~315쪽 참조할 것.

16 사사키 아타루, 안천 옮김, 『야전과 영원: 푸코, 라캉, 르장드르』, 자음과 모음, 2015, 72~90쪽 참조할 것.

17 L. Chiesa, *Subjectivity and Otherness: A Philosophical Reading of Lacan*, The MIT Press, 2007, p.143.

18 라캉의 저작 『정신분석세미나 11: 정신분석의 네 가지 근본개념』의 표지에는 바로 이 홀바인의 그림이 그려져 있다. 홀바인의 그림을 통해 라캉이 개진한 타자의 응시와 왜상의 역학을 비롯해 그림과 광학, 욕망의 문제에 대해서는 라캉, 맹정현·이수련 옮김, 『정신분석세미나 11: 정신분석의 네 가지 근본개념』, 새물결, 2008, 125~184쪽 참조할 것.

19 Emmanuel Levinas, *De l'oblitération*, Éditions de La Différence, 1990.

20 미란 보조비치, 이성민 옮김, 『암흑지점: 초기 근대 철학에서의 응시와 신체』, 도서출판b, 2000, 178~181쪽.

21 Jean-Luc Marion, *God Without Being*, A. Thomas (trans.), University of Chicago Press, 1991, p.17에서 재인용.

22 Jean-Luc Marion, *Ibid.*, p.18.

23 이콘과 우상의 문제에 대해서는 김동규, 「부정을 통해 신비로: 장-뤽 마리옹에게서 '존재와 다른' 신의 이름에 관한 물음」, 『가톨릭철학』 제21호, 2013, 44~45쪽 참조할 것.

24 라캉, 앞의 책, 134~137쪽.

25 라캉, 같은 책, 128쪽.

26 김동규, 앞의 글, 47~48쪽.

27 Jean-François Lyotard, *Ibid.*, 2011 참조할 것. 료타르는 또한 이 책에서 직접 리시츠키의 「붉은 쐐기로 흰 원을 쳐라」를 언급하고 있기도 하다(Jean-François Lyotard, *Ibid.*, pp.476~477).

28 러시아 이콘의 역-원근법에 대해서는 P.A. Florenskii, "Obratnaya perspektiva," *Sochinenie v 4 t.* T.3(1), Mysl', 1999. pp.46~98 참조할 것.

29 S.O. Khan-Magomedov, *Suprematizm i arkhitektura (problemy formoobrazovaniya)*, M., 2007, p.99.

30 D. Kozlov, "Klinom krasnym bei belykh," *Geometricheskaya simvolika v iskusstve avangarda*, p.41. 또한 H.D. Buchloh Benjamin, "From Faktura to Factography," *October* Vol.30, Autumn, 1984, pp.82~119 참조할 것.

31 K. Malevich, *Chyornyi kvadrat*, SPb., 2003, p.82.

32 D. Kharms, *Sochneniya v 2 t.* T. 2, Biktoriya, 1994, pp.187~188. 이에 대한 논의는 이지연, 「부조리에 대한 변론: 오베리우 미학과 '진정한 실재'의 탐구」, 『노어노문학』 제23권, 2011; 1, 307쪽 참조할 것.

33 D. Kozlov, *Ibid.*, p.39.

34 C. Lodder, "Transfiguring Realty: Suprematism anc the areal view," *Seeing from Above: The Aerial View in Visual. Culture*, M. Dorrian and F. Pousin (Eds.), I.B. Tauris, 2013, pp.106~108.

35 P.D. Ouspensky, *Tertium Organum: The Third Canon of Thought: A Key to the Enigmas of the World*, London, 1934, p.52.

36 한국어로는 『플랫랜드』 『이상한 나라의 사각형』이라는 두 가지 제목으로 번역, 출판되었다.

37 P.D. Ouspensky, *Tertium Organum: The Third Canon of Thought: A Key to the Enigmas of the World*, London, p.34.

38 'Zhivopisnyi realizm futbolista-Krasochnye massy v chetvyortom izmerenii' 'Zhivopisnyi realizm krest'yanki v 2-x izmereniyakh'(이후 'Krasnyi

kvadrat'로 명명), 'Avtoportret v 2-x izmereniyakh' 'Dama. Krasochnye massy v 4-m i 2-m izmerenii' 'Zhivopisnyi realizm krasochnykh mass v 2-x izmereniyakh' 등이 그것이다.

39 제목에서 4차원이 언급된 작품들에서 느껴지는 곡선의 움직임은 우주를 형상화하고 있는 그의 소묘작품에서 표상된 선의 움직임과 함께 로바쳅스키 기하학의 영향을 드러내고 있는 것이 아닌지 의심하게 한다.

40 「태양에 대한 승리」에서 무대장치의 변화는 바로 이러한 부정에서 초월로의 이행을, 제6장의 축측 평편행투시는 사각형 속의 사각형이 겹쳐진 다차원의 겹침을 형상화하고 있는 것이 아닌가?

41 D. Kharms, *O yavleniyakh i sushchestvovaniyakh*, SPb., 2004, pp.281~282.

42 O. Burenina, "《Reyushchee》 telo : Absurd i vizual'naya reprezentatsiya polyota v russkoi kul'ture 1900-1930-x gg.," *Absurd i vokrug: sb. statei*, Yazyki slavyanskoi kul'tury, 2004, pp.197~198.

43 C. Lodder, *Ibid.*, pp.99~100.

44 C. Lodder, *Ibid.*, p.116에서 재인용.

45 말레비치의 건축적 절대주의에 대해서는 천호강, 「아방가르드와 말레비치의 건축적 통찰」, 『러시아어문학연구논집』 제54권, 2016, 337~371쪽 참조할 것.

46 라캉적인 의미에서 기호로 재현될 수 없는 일종의 신화적 이상을 의미한다.

47 F. Jameson, *Archeologies of the Future: The Desire Called Utopia and Other Science Fictions*, Verso, 2005, p.232.

다양성을 꽃피운 프롤레타리아 음악

1 이 글은 『노어노문학』 제20권(2008)에 실렸던 것이다.

2 신고전주의는 스트라빈스키, 힌데미트, 프로코피예프 등이 시도한 것으로 옛음악의 기법, 특히 바로크 시대의 대위법과 고전시대의 분명한 형식적 개념 등에 크게 영향을 받았다. 무조성이란 조성적 중심, 즉 으뜸음을 중심으로 다른 음들이 서로 다른 역할을 하는 체계를 완전히 벗어나려는 시도였고, 표현주의는 내적 경험을 표현하려는 시도였다. 표현주의 예술은 무모할 정도의 격렬함과 혁명적인 방식이라는 두 가지 특징을 지닌다. 표현주의 음악의 중요한 대표자는 쇤베르크와 알반 베르크(Alban Berg, 1885~1935)다. 음렬주의는 쇤베르크를 중심으로 제2비엔나 악파가 시도한 것으로 반음계의 12음을 똑같이 중요하게 다루며, 어느 한 음도 특별한

역할을 하지 않는 완전한 무조의 음악이다. 작품의 토대가 되는 것은 작곡가가 선택한 특정한 질서로 배열된 12음 또는 피치 클래스들로 구성되는 열(row) 또는 음렬(series)이다. 기본음렬과 전위, 역행, 역행전위를 쓸 수 있다. 새로운 음렬을 사용하기 전에 음렬의 모든 음을 다 사용한다(세광음악출판사 사전편찬위원회 엮음, 『음악대사전』, 세광음악출판사, 1993 참조할 것).

3 홉스봄은 1954년 소련을 방문하고 이렇게 썼다. "한 세대 전만 하더라도 유구한 역사를 가진 농경사회였던 소련에서 어느새 지식인사회가 만들어졌다. ……글을 못 읽는 사람이 태반인 가난한 농촌마을에서 태어난 아이들이 불과 한 세대 만에 박식한 지식인으로 바뀌었다"(에릭 홉스봄, 이희재 옮김, 『미완의 시대』, 민음사, 2007, 329쪽).

4 올랜드 파이지스, 채계병 옮김, 『러시아 문화사: 나타샤댄스』, 이카루스 미디어, 2005, 641쪽.

5 B. Schwarz, *Music and Musical Life in Soviet Russia (1917-1970)*, London, 1972, p.33.

6 B. Schwarz, *Ibid.*, p.19.

7 내전에 관한 것은 리하르트 로렌쯔, 윤근식 외 옮김, 『소련 사회사 Ⅰ』, 성균관대학교 출판부, 1987, 81쪽 참조할 것.

8 부르주아는 노동자들이 받을 수 있는 소량의 배급품마저 종종 받지 못해 자신들의 물건을 헐값에 팔아 암시장에서 식량을 사야만 했다. 내전과 내전으로 비롯된 변화는 알렉 노브, 김남섭 옮김, 『소련 경제사』, 창작과 비평사, 1998, 65~70쪽 참조할 것.

9 리하르트 로렌쯔, 앞의 책, 89~96쪽. 페인스틴 등은 볼셰비키 혁명 이후 1920년 초까지의 내전이 세계경제에 영향을 미쳤다고 주장한다. 소련이 옛 차르 시대의 대외채무지불을 거절하고 자급자족 경제로 전환했기 때문이다(찰스 페인스틴·피터 테민·지아니 토니올로, 양동휴 외 옮김, 『대공황 전후 유럽경제』, 동서문화사, 2000, 55쪽).

10 슐긴·꼬쉬만·제지나, 김정훈 외 옮김, 『러시아 문화사』, 후마니타스, 2002, 276~277쪽.

11 홀거 지이겔, 정재경 옮김, 『소비에트 문학이론』, 연구사, 1990, 58~59쪽.

12 이강수 엮음, 『대중문화와 문화산업론』, 나남출판, 191~192쪽.

13 M. Cooper (Ed.), *The Modern Age 1890-1960*, Oxford University Press, 1974, p.640.

14 올랜도 파이지스, 앞의 책, 644쪽.

15 M. Cooper (Ed.), *Ibid.*, p.641.

16 슐긴 외, 앞의 책, 277쪽.

17 올랜도 파이지스, 앞의 책, 645쪽.

18 제프 일리, 유강은 옮김, 『The Left 1848-2000. 미완의 기획, 유럽좌파의 역사』, 뿌리와 이파리, 385쪽.

19 슐긴 외, 앞의 책, 278쪽.

20 '신경제정책'에 관한 기술은 리하르트 로렌쯔, 앞의 책, 101~116쪽 참조할 것.

21 예를 들면 1924년 '전 러시아 문화통합단체'가 결성되었고, 1924년부터 정상적인 라디오 방송이 시작되었다. 그리고 1920년대에는 박물관도 급격히 증가해, 역사·혁명 박물관, 문화·예술 박물관이 문을 열었다(슐긴 외, 앞의 책, 293~294쪽).

22 D. Haas, *Leningrad's Modernists: (Studies in Composition and Musical Thought. 1917-1932)*, Peterlang, 1998, p.2.

23 '현대음협'은 전쟁 이전 스크랴빈을 필두로 확립한 음악의 현대적 경향들을 지속적으로 추구하고 스트라빈스키, 쇤베르크, 힌데미트 등의 연주를 소련에 소개해 소련이 서구의 음악을 활발히 접하고 새로운 자극을 경험하게 하는 것을 목적으로 삼았다. 한편 러프로음협은 '현대음협'의 그러한 음악을 엘리트주의로 간주했고 서구의 전위적 음악실험에 대비되는 '조성' 음악, 특히 사회주의적 이데올로기를 담고 있는 가사에 맞추어 만들어진 '대중적 노래들'을 권장했다(P. Burkholder and D. Grout and C. Palisca, *A History of Music Western Music* (7th ed.), W.W. Norton & Company, 2006, p.876).

24 F. Maes, *A History of Russian Music, from kamarinskaya to Babi Yar*, A. Pomerans and E. Pomerans (trans.), University of California Press, Berkeley, 2002, p.245.

25 로슬라베츠의 주장에 대한 기술은 F. Maes, *Ibid.*, pp.248~249 참조할 것.

26 D. Haas, *Ibid.*, p.16.

27 D. Haas, *Ibid.*, p.17.

28 R. Bartlet (Ed.), *Shostakovich in Context*, Oxford University Press, 2000, p.54.

29 '서클'에 대한 기술은 D. Haas, *Ibid.*, pp.17~18 참조할 것.

30 W. Austin, *Music in the 20th century*, J.M. Dent & Sons Ltd., 1966(W.W. Norton & Company Inc., 1966), p.252.

31 음악지우사 엮음, 음악세계 옮김, 『프로코피예프』, 음악세계, 2002, 63쪽.

32 PERSIMFANS는 First Symphonic Ensemble의 약어로 1922년에서 1932년까지 모스크바에서 활동하고 세계적인 명성을 얻었다(B. Schwarz, *Ibid.*, p.41).

33 B. Schwarz, *Ibid.*, p.46.

34 D. Haas, *Ibid.*, p.18.

35 W. Reich, *The Life and Work of Alban Berg*, C. Cardew (trans.), London, 1965, p.69.

36 새로운 음악에 대한 기술은 F. Maes, *Ibid.*, p.249 참조할 것.

37 반음보다 좁은 음정을 총칭해 미분음정이라 하며 그 음을 미분음이라 한다.

38 반음정의 2분의 1 음정을 사분음이라 하며 이때 옥타브는 24로 나뉜다.

39 M. Cooper, *Ibid.*, p.641.

40 N. Slonimsky, *Music since 1900* (5th ed.), Schirmer Books, 1994, pp.264, 275, 288.

41 N. Slonimsky, *Ibid.*, pp.299, 307, 315.

42 M. Cooper, *Ibid.*, p.651.

43 먀스콥스키는 비록 음악에서는 혁명적이지 않았지만 혁명의 지지자였다. 그는 스크랴빈에게 영향을 받아 자신의 음악을 후기낭만주의로 표현했다. 1920년 초연한 「교향곡 제5번」은 밝고 전원적이어서 '소련 교향곡의 시작'으로 알려졌다(M. Cooper, *Ibid.*, p.648).

44 먀스콥스키의 교향곡에 대한 기술은 F. Maes, *Ibid.*, p.247; N. Slonimsky, *Ibid.*, p.296 참조할 것.

45 반음계는 12의 반음으로 이루어진 음계를 말한다. 이 음계는 선율의 기초가 되는 일이 없으며, 또 조바꿈에도 관계없이 경과적으로 쓰일 뿐이다(세광음악출판사 사전편찬위원회 엮음, 앞의 책, 670쪽).

46 셰르바초프에 대한 기술은 F. Maes, 같은 곳; D. Haas, *Ibid.*, pp.50~51 참조할 것.

47 온음계는 옥타브 속에 다섯 개의 온음과 두 개의 반음을 가진 음계를 말한다. 정확하게 온음계적 음계라고 한다. 온음계는 반음의 위치에 따라 장음계와 단음계로 나뉜다(세광음악출판사 사전편찬위원회 엮음, 앞의 책, 1192쪽).

48 E. Wilson, *Shostakovich, A Life Remembered*, Princeton, 1994, p.496.

49 D. Haas, *Ibid.*, p.197.

50 F. Maes, *Ibid.*, p.245.

51 쇼스타코비치의 「교향곡 제1번 F단조 Op.10」에 대한 기술은 R. Blokker and R. Dearling, *The Music of Dmitri Shostakovich, The Symphonies*, The Tantivy Press, 1979, p.42 참조할 것.

52 모방은 어떤 악구에 대해, 적절한 과정을 거친 뒤 그것을 다른 성부로 재현하는 현상을 말한다. 음악기법에서 이 모방정신은 카논이란 독자적인 형태로 완성되어 대위기법의 귀중한 요소로 쓰인다(세광음악출판사 사전출판위원회 엮음, 앞의 책, 521쪽).

53 N. Slonimsky, *Ibid.*, p.291.

54 쇼스타코비치의 「교향곡 제2번」에 대한 기술은 R. Blokker and R. Dearling, *Ibid.*, pp.47~50 참조할 것.

55 F. Maes, *Ibid.*, p.261.

56 쇼스타코비치의 오페라 「코 Op.15」에 대한 기술은 음악지우사 엮음, 음악세계 옮김, 『쇼스타코비치』, 음악세계, 2001, 267~268쪽 참조할 것.

57 이는 알렉산드르 다르고미시스키(Aleksandr Dargomyzhskii, 1813~69)가 1860년대 푸슈킨의 『석상의 손님』을 오페라로 꾸미며 처음 사용한 이래 러시아 오페라에서 많이 사용한 기법이다. 특히 모데스트 무소르그스키(Modest Musorgskii, 1839~81)가 즐겨 사용했다(C. Norris (Ed.), *Shostakovich: the Man and his Music*, Lawrence and Wishart, 1982, p.111).

58 C. Norris (Ed.), *Ibid.*, pp.111~112.

59 음악지우사 엮음, 앞의 책, 270쪽.

60 쇼스타코비치의 「교향곡 제3번 Eb장조 Op.20: 메이데이」에 대한 기술은 음악지우사 엮음, 같은 책, 35쪽 참조할 것.

61 R. Blokker and R. Dearling, *Ibid.*, p.51.

62 음악지우사 엮음, 같은 책, 37쪽.

63 음악지우사 엮음, 같은 책, 41쪽.

64 R. Blokker and R. Dearling, *Ibid.*, p.51.

65 F. Maes, *Ibid.*, p.252.

66 K. Clark, "Little Heroes and Big Deeds" in S. Fitzpatrick (Ed.), *Cultural Revolution in Russia. 1928-1931*, Bloomington & London, 1978, p.194.

67 D. Haas, *Ibid.*, pp.27~28 참조할 것.

68 러프로음협에 대한 기술은 F. Maes, *Ibid*., pp.250~251 참조할 것.

69 F. Maes, *Ibid*., p.252.

70 1925년 4월 1일 알렉산드르 다비덴코(Aleksandr Davidenko, 1899~1934), 보리스 셰흐테르(Boris Shekhter, 1900~61), 빅토르 벨리(Viktor Belyi, 1904~83)가 프로콜을 만들었다. N. Slonimsky, *Ibid*., p.260.

71 카스탈스키에 대한 기술은 N. Edmunds (Ed.), *Soviet Music and Society under Lenin and Stalin*, The baton and Sickle, Routledge Curzon, pp.116~117 참조할 것.

72 A.N. Myachin i dr., *Mir russkoi kul'tury*, Veche, 2004, p.377.

73 N. Edmuds (Ed.), *Ibid*., p.114.

74 N. Edmuds (Ed.), *Ibid*., p.115.

75 원래 프로콜은 '현대음협'의 복잡한 모더니즘과 러프로음협의 단순한 실용주의(utilitarianism)를 피하고 '선동적인' 음악과 '예술적인' 음악 사이의 간격을 메우려는 목적으로 진지하고 천부적인 작곡가들이 1925년에 구성한 조직이었다(B. Schwarz, *Ibid*., p.56).

76 A.N. Myachin i dr., *Ibid*., p.371.

77 N. Edmuds (Ed.), *Ibid*., p.109.

78 다비덴코의 「부존니의 기병대」에 대한 기술은 N. Edmuds (Ed.), *Ibid*., pp.110~111 참조할 것.

79 크라세프에 대한 기술은 N. Edmuds (Ed.), *Ibid*., p.118 참조할 것.

80 N. Edmuds (Ed.), *Ibid*., p.112.

81 N. Edmuds (Ed.), *Ibid*., pp.111~112.

82 M. Cooper, *Ibid*., pp.645~648 참조할 것.

83 N. Edmuds (Ed.), *Ibid*., p.112.

84 경제적 상황변화에 대한 기술은 따찌야나 미하일로브나 찌모쉬나, 이재영 옮김, 『러시아 경제사』, 한길사, 2006, 304~307쪽 참조할 것.

85 따찌야나 미하일로브나 찌모쉬나, 같은 책, 316쪽.

86 음악계의 상황변화에 대한 기술은 B. Schwarz, *Ibid*., pp.96~101 참조할 것.

87 M. Cooper, *Ibid*., p.642.

88 카발렙스키는 1925년부터 1929년까지 모스크바 음악원에서 수학했고 1939년 모스크바 음악원 작곡과 교수가 되었다. 그는 작곡가, 교육가, 음악학자, 지휘자, 피아니스트로 활동했다(A.N. Myachin i dr., *Ibid*., p.376).

89 F. Maes, *Ibid*., pp.253~254.

90 D. Haas, *Ibid.*, pp.27~28.

91 R. Bartlett (Ed.), *Ibid.*, pp.55~56.

92 M. Cooper, *Ibid.*, p.642.

혁명과 신고전주의 건축

1 조규연, 「소비에트 도시건설 기획과 마야코프스키의 도시텍스트」, 『러시아 어문학연구논집』 제43권, 2013, 207쪽 참조할 것.

2 K. Malevich, "O novykh sistemakh v iskusstve," *Chyornyi kvadrat*, Azbuka klassika, 2003, p.115.

3 박영기·이금열, 「신고전주의건축의 발생적 의미분석에 관한 연구: 건축 사상의 부정성을 중심으로」, 『대한건축학회 학술발표대회 논문집』 9-1, 1989, 149쪽.

4 S. Khan-Magomedov, *Arkhitektura sovetskogo avangarda v 2 kn*. Kn.1. *Problemy formoobrazovaniya. Master i techeniya*, Stroiizdat, 1996, p.64.

5 S. Khan-Magomedov, *Ibid.*, p.24.

6 S. Khan-Magomedov, *Ibid.*, p.25에서 재인용.

7 하이넨 힐데, 이경창·이동현 옮김, 『건축과 모더니티』, 시공문화사, 2013, 21쪽에서 재인용.

8 모더니티의 사회적 측면과 미적 측면, 즉 현대화와 모더니즘의 대립양상에 대해 칼리니스쿠는 이렇게 지적한다. "19세기 전반기 한 시점에서 서구문 명사의 한 단계에 속하는 모더니티—과학과 기술의 진보, 산업혁명 그리 고 자본주의로 야기된 광범위한 사회경제적 변화의 산물인—와 미적 개념 으로서의 현대성 사이에 돌이킬 수 없는 균열이 생겨났다는 사실이다. 물 론 상대방을 파괴하려는 격정 속에서 상호 간에 다양한 영향을 주고받도록 허용하거나 심지어 고무하는 일이 없지는 않았지만 그 이후 이 두 현대성 사이의 관계는 돌이킬 수 없을 정도로 적대적이 되고 말았다(마테이 칼리 니스쿠, 이영욱 옮김, 『모더니티의 다섯 얼굴』, 시각과 언어, 1993, 53쪽).

9 S. Khan-Magomedov, *Ibid.*, p.28.

10 I. Fomin, "Moskovskii klassitsizm. Arkhitektura v Moskve vo vremena Ekateriny II i Aleksandra I," http://aldusku.livejournal.com/18382.html

11 http://niitiag.ru/publications/biblio/70-italyanskiy-renessans-ivana zholtovskogo.html

12 자신들의 요구를 관철시키기 위해 각종 집회뿐 아니라 모든 학과의 대표들

로 구성된 학생소비에트를 조직하고 학생선언을 통해 교육 시스템의 재편을 요구하는 등 1917년 '모스크바 회화·조각·건축학교' 학생들의 활동은 조직적이고 적극적인 성격을 띠었다(S. Khan-Magomedov, *Ibid.*, p.40).

13 르네상스 고전건축을 보편화한 16세기 이탈리아 건축가 안드레아 팔라디오 (Andrea Palladio, 1508~80)의 건축양식에서 유래한 신고전주의 경향으로 18세기 산업혁명과 맞물려 영국에서 성행했다. 김정수, 『용어해설을 중심으로 한 서양건축사』, 구미서관, 2008, 483쪽 참조할 것.

14 S. Khan-Magomedov, *Ibid.*, p.38에서 재인용.

15 김진모·정영철·이해성, 「신고전주의와 MODERN CLASSICISM의 고전 인용에 관한 비교 연구」, 『대한건축학회 학술발표대회 논문집』 9-2, 1989, 258쪽.

16 페트로그라드는 1914년부터 레닌이 사망한 1924년까지 사용된 페테르부르크의 명칭이다. 1924년 레닌그라드로 변경되어 소비에트가 붕괴한 해인 1991년까지 사용되었다. 이 글에서는 1914~24년 사용되었던 '페트로그라드'라는 명칭을 그대로 표기한다.

17 A. Lunacharskii, *Ob iskusstve v 2 t.* T.2, Iskusstvo, 1982, p.193.

18 S. Khan-Magomedov, *Ibid.*, p.11 참조할 것.

19 V. Mayakovskii, *Polnoe sobranie sochinenii v 13 t.* T.2, Khudozhestvennaya literatura, 1956, p.14.

20 S. Khan-Magomedov, *Ibid.*, p.155에서 재인용.

21 1918년 말레비치는 고전경향에 대해 이렇게 표명한다. "외과 의사들은 우리의 육체에서 그리스 잔재의 파편을 제거해야 한다. 그리스와 로마를 버리고 강력하고 새로운 재능으로 건축의 새로운 언어를 말하는 이들이야말로 우리의 새로운 건축가다"(I. Kazus', *Sovetskaya arkhitektura 1920-x godov: organizatsiya proektirovaniya*, Progress-Traditsiya, 2009, p.64에서 재인용).

22 S. Khan-Magomedov, *Ibid.*, p.80.

23 '그리스적인' 사유가 젊은 유기체의 발전을 용이하게 하는 것이라면 '로마적인(바로크적인)' 사유는 무거운 꽃이나 열매를 맺어 중력의 힘을 견뎌내는 듯한 식물의 형상에 비유되는 것으로 졸톱스키에게 이 둘은 대립되는 가치다. S. Khan-Magomedov, *Ibid.*, p.67 참조할 것.

24 교량 경연에 출품된 여덟 점의 기획안은 크렘린과의 인접성 때문에 웅장하고 기념비적인 교량 축조를 제안했다. 이 기획안들은 졸톱스키의 고전

적 양식을 포함해 중세건축물의 모방형식이나 크렘린 벽 등과 유사한 형태를 제시했으며, 교량의 양 끝부분에 나선구조의 탑 또는 연속적 아케이드식 난간의 설치를 제안하기도 했다(V. Khazanova, *Sovetskaya arkhitektura pervykh let Oktyabrya. 1917-1925 gg*, Nauka, 1970, p.89 참조할 것).

25 이탈리아 르네상스 건축의 전형으로 기둥만 있고 한 면 이상 벽이 없는 복도형식의 홀을 의미한다. 지중해 연안지역에서 발달했고 햇빛을 적절히 차단하면서 트인 공간은 보통 광장과 연결된다. 대표적인 건축물로는 피렌체의 로지아 데이 란치(Loggia dei Lanzi, 1376~82)가 있다.

26 S. Khan-Magomedov, *Sto shedevrov sovetskogo arkhitekturnogo avangarda*, URSS, 2005, p.16.

27 "우리는 실무적인 기술-기계의 시대를 살고 있고 토가를 걸치지도 않으며 우리가 타고 다니는 것은 횃불이 달린 고대마차가 아니라 노면전차와 자동차인데 대체 왜 우리는 고대 그리스나 그와 유사한 집에 살아야 한단 말인가?"(S. Khan-Magomedov, *Ibid.*, 1996, p.42에서 재인용)

28 당시 공존하면서 서로 대립했던 두 경향, 즉 기술자들과 건축-예술가들은 일련의 교류를 통해 건축의 발전에 이바지하기도 했다. 예컨대 내실 있는 기업의 소유자인 숙련된 기술자가 평면도를 제작하기 위해 신진 건축-예술가를 고용하는 경우가 그것이었다(A. Strigalev, "Ne arkhitektory v arkhitekture," *Velikaya utopiya. Russkii i sovetskii avangard 1915-1931*, GALART, 1993, p.265).

29 졸톱스키의 열린 설계는 구축주의와의 연관성으로 해석되기도 했다. 1918년부터 1923년까지 졸톱스키와 '신(新)모스크바' 건설 기획을 주도했던 알렉세이 슈세프(Aleksei Shchusev, 1873~1949)는 그의 전시관 건축에 대해 이렇게 평가한다. "우리의 전시회는 본질적으로 농업 전시일 뿐 아니라 건축 전시이기도 하다. 현 세대의 건축가들은 그것에서 배우게 될 것이다. 그 안에 내재된 구축주의와 진정한 형식미에 대한 관념은 그 자체로 과거의 순수한 유미주의의 죽은 형식들을 내던지고 있는 현대성과의 살아 있는 관계를 반영한다"(S. Khan-Magomedov, *Ibid.*, 1996, p.72에서 재인용).

30 A. Ikonnikov, *Utopicheskoe myshlenie i arkhitektura*, Arkhitektura-S, 2004, p.300.

31 고대 그리스 주범양식을 대표하는 도리아식, 이오니아식, 코린트식 기둥은 각기 다른 의미를 지닌다. 도리아식은 주초(base)가 없으며 기둥은 다른 양식에 비해 짧고 기둥머리에는 평평한 사각형의 받침(abacus)이, 바로 아래

에는 기둥으로 연결되는 원반(echinus)이 있다. 절제미와 장중함이 돋보이는 도리아식과 달리 이오니아식은 기둥이 가늘고 길며 기둥머리에는 회오리형의 볼류트(volute)가 장식되어 있는 것이 특징이다. 이런 측면에서 도리아식이 남성적이라면 이오니아식은 여성적이라 할 수 있다. 코린트식은 아칸투스 잎이 새겨진 기둥머리가 특징이며 다른 양식에 비해 매우 화려하고 장식적이다.

32 http://funeralportal.ru/library/1080/31121.html

33 D. Khmel'nitskii, *Arkhitektura Stalina. Psikhologiya i stil'*, Progess-Traditsiya, 2007, p.27.

34 S. Khan-Magomedov, *Ibid.*, 1996, pp.31~32.

35 A. Ikonnikov, *Ibid.*, pp.379~380 참조할 것.

연극으로 펼쳐진 혁명의 시작과 끝

1 I. Kanunnikova, *Russkaya dramaturgiya 20 veka*, 2003, p.40.

2 A. Glebov, "Teatr za god," *Na literaturnom postu* No.6, 1928, p.64.

3 *Ocherki istorii russkogo sovetskogo dramaticheskogo teatra v 3 t.* T.1(1917~34), Nauka, 1954, p.25.

4 I. Kanunnikova, 같은 곳.

5 1920~30년대 드라마 유형 분류에 대해서는 다음의 책을 참조할 것. *Ocherki istorii russkogo sovetskogo dramaticheskogo teatra v 3 t.* T.1, M., 1954; *Ocherki istorii russkoi sovetskoi dramaturgii v 3 t.* T.1~2(1963), M., 1966; I. Kanunnikova, *Ibid.* 한편 소비에트 드라마투르기에 대한 연구, 특히 1920~30년대 드라마투르기에 대한 연구는 소비에트 연극학계의 큰 관심이었고 그 결과 매우 방대하고 체계적인 연구서들이 편찬되었다. 그러나 이러한 책들은 일정한 연구결과물을 산출했는데도 이데올로기 편향적이라는 한계성을 지니고 있다. 페레스트로이카 이후 출판된 책들은 사장된 극작가들을 포함해 이 시기 드라마투르기를 새로운 시선으로 조망하고 있으나 총체적인 연구는 아직 미미한 편이다. 페레스트로이카 이후의 연구서적에 관해서는 다음을 참조할 것. *Paradoks o drame: Perechityvaya p'esy 20-30-x godov*, M., 1993; N. Gus'kov, *Ot karnavala k kanonu: Russkaya sovetskaya komediya 1920-x godov*, SPb, 2003; B. Gudkova, *Rozhdenie sovetskikh syuzhetov: tipologiya otechestvennoi dramy 1920-30-xx gg*, M., 2008.

6 N. Afanas'ev, "Tsenzura novogo tipa," *Paradoks o drame: Perechityvaya p'esy*

20-30-x godov, M., 1993, p.56.

7 B. Tsernoyarov, "Sbornaya komanda," *Novyi zritel'* No.32(B. Gudkova, *Vremya i teatr Mikhaila Bulgakova*, M., 1988, p.8에서 재인용).

8 I. Stalin, *Sochineniya v 13 t.* T.11, Gip.l, 1951, p.63. 스탈린은 불가코프에 적대적인 좌파극작가 벨로체르콥스키의 편지에 대해 이렇게 답장했다. "「질주」는 반소비에트적 이주자들에 대한 연민이 아니라면, 동정을 불러일으키는 요소가 있소. 아마도 이것은 백군의 행위를 정당화하거나, 변명하려는 시도로 생각되오. 이런 의미에서 「질주」는 반소비에트적 현상이오." 그러나 평소 불가코프의 작품에 호의적이었던 스탈린은 이러한 말도 덧붙였다. "그러나 나는 만일 불가코프가 자신의 꿈 여덟 개에 한두 개를 덧붙인다면 공연에 대해 반대할 생각은 없소."

9 Yu. Latynina, "V ozhidanii Zolotogo Beka-ot skazki k antiutopii," *Oktyabr'* No.6, 1989, p.180.

10 E.A. Kukhta, "P'esa 《Blazhenstvo》. Kommentarii," *Bulgakov M.A. P'esy 1930-godov*, Iskusstvo-SPb, 1994, p.595.

11 E.I. Zamyatin, "My," *Izbr. sochinenii*, Sovetskaya Possiya, 1990, p.25, 67.

12 S. Tret'yakov, "Khochu rebyonka," *Sovremennaya dramaturgiya* No.2, 1988, p.213.

13 E.I. Zamyatin, *Ibid.*, p.28.

14 B. Mayakovskii, "Klop," *Polnoe sobranie sochinenii v 13 t.* T.11, Khudozhestvennaya literatura, 1958, p.251.

15 E.I. Zamyatin, *Ibid.*, p.25.

16 L. Lunts, "Gorod Pravdy," *P'esy, rasskazy, stat'i*, Kompozitor, 2003, p.228.

17 M.A. Bulgakov, *P'esy 1930-godov*, Iskusstvo-SPb, 1994, p.351.

18 M.A. Bulgakov, *Sobranie sochinenii v 5 t.* T.3, Khudozhestvennaya literatura, 1990, p.417.

참고문헌

혁명의 패러다임, 경계 또는 그 너머: 막심 고리키

막심 고리키, 이강은 옮김, 『대답 없는 사랑』, 문학동네, 2009.

이강은, 「고리끼의 『1922~1924년 단편들』에 나타난 존재와 의식의 미완결성의 시학 연구」, 『러시아어문학연구논집』, 1999. 2.

_____, 「막심 고리키 초기 단편의 '당당한 인간' 재고」, 『러시아어문학연구논집』 제44권, 2013.

_____, 「막심 고리키의 「두 영혼」의 모순성과 합리적 이해」, 『러시아어문학연구논집』, 2011.

_____, 「소설언어의 가치적 일원성과 다원성 2: 막심 고리끼의 「푸르른 삶」」, 『러시아어문학연구논집』, 2007. 10.

_____, 「소통의 경계와 새로운 서사의 모색: M. 고리끼의 『어떤 소설』」, 『러시아연구』, 2007. 12.

_____, 「이념적 소통의 단절과 그 극복을 향한 성찰: M. 고리키의 혁명 후 단편을 중심으로」, 『러시아어문학연구논집』, 2008. 10.

_____, 『혁명의 문학 문학의 혁명: 막심 고리끼』, 경북대학교출판부, 2004.

M. Gor'kii i sovetskaya pechat' Arkhiv M. Gor'kogo v 10 t. Vol.2, Nauka, 1965.

Bykov, D., *Byl li Gor'kii*, ASTREL, 2008.

Chukovskii, K., *Dve dushi M. Gor'kogo*, Russkii put', 2010.

Gershenzon, M., "Tvorcheskoe samosaznanie," *Literaturnoe obozrenie* No.9, 1990.

Gor'kii, M., *Nesvoevremennye mysli. Zametki o revolyutsii i kul'ture*, Prosvetitel'skoe obshchestvo 'Kul'tura i svoboda', 1918.

_____, *Polnoe sobranie sochnenii. Khudozhestvennye proizvedeniya v 25 t.* No.16, Nauka, 1968~76.

_____, *Revolyutsiya i kul'tura. Stat'i za 1917 god.*, Berlin, 1918.

Kheicho, G., *Maksim Gor'kii: Sud'ba pisatelya*, Nasledie, 1997.

Khodasevich, V.F., "Gor'kii," *Pro et contra*.

Nikonova, T.A., *Mifologiya novogo mira i tendentsii razvitiya russkoi literatury pervoi treti XX veka*, RGB, 2004.

Perepiska M. Gor'kogo v 2 t. T.2, M., 1986.

Posse, V., "Pevets protestuyushchei toski," *Maksim Gor'kii: pro et conta. Lichnost' i tvorchestvo Maksima Gor'kogo v otsenke russkikh myslitelei i issledovatelei 1890 1910. Antologiya*, Russkii Khristiyanskii Institut, 1997.

Severov, L., "Obektivizm v iskusstve i kritike," *Nauchnoe obozrenie* No.1, 1901.

Skabichevskii, A.M., "Gor'kii. Ocherki i rasskazy, dva toma," *Maksim Gor'kii: pro et conta. Lichnost' i tvorchestvo Maksima Gor'kogo v otsenke russkikh myslitelei i issledovatelei 1890-1910. Antologiya*, Russkii Khristianskii Institut, 1997.

Weinverg, I., *Nesvoevremennye mysli*, Sovetskii pisatel', 1990.

러시아의 영혼에서 영원한 현재로: 이반 부닌

최진희, 「러시아 상징주의 문화 유형으로서의 '창생(Zhiznetvorchestvo)': 행위 유형과 소통방식을 중심으로」, 『러시아어문학연구논집』 제29권, 2008, 317~341쪽.

_____, 「이반 부닌의 창작에서 사랑의 테마」, 『러시아어문학연구논집』 제14권, 2003, 249~279쪽.

Bakuntsev, A.V., "Rech' I.A.Bunina. Missiya russkoi emigratsii v obshchestvennom soznanii epokhi (po materialam emigratskoi i sovetskoi periodiki 1910-x gg.)," *Ezhegodnik Doma russkogo zarubezh'ya imeni A.*

Solzhenitsyna 2013 T.4, Dom russkogo zarubezh'ya imeni A.Solzhenitsyna Moskva, 2014, pp.268~337.

Bunin, I., *I.A.Bunin: Novye materialy* Vyp.1, Russkii put', 2004.

_____, *Okayannye dni*, Sovetskii pisatel', 1990.

_____, *Sobranie sochinenii v 9 t.*, Khudozhestvennaya literatura, 1965~67.

_____, "Rech' Ivana Bunina po sluchayu vrucheniya emu Nobelevskoi premii," *Slovo\Word* No.56, 2007. http://magazines.russ.ru/slovo/2007/56/bu26.html

Yarov, S.V., *Istochnik dlya izucheniya obshchestvennykh nastroenii i kul'tury Rossii 20 veka*, Nestor-Istoriya, 2009.

Kreps, M., "Elementy modernizma v rasskazakh Bunina o lyubvi," *Novyi zhurnal* No.137, New-York, 1979, pp.55~67.

Lavrova, V.V., *Holodnaya osen'. Ivan Bunin v emigratsii (1920-1953)*, M., 1989.

Lotman, Yu.M., *Izbrannye stat'i v 3 t.* T.3, Tallinn, 1993.

Mal'tsev, Yu., *Ivan Bunin 1870-1953*, Frankfurt-na-Maine, Posev, 1994.

Marullo, T.G., 《*Esli ty vstretish' Buddu...*》 *Zametki o proze I.Bunina*, Izdatel'stvo Ural'skogo universiteta, 2000.

Mel'nikov, N.G., *Klassik bez retushi: Literaturnyi mir o tvorchestve I.A.Bunina. Kriticheskie otzyvy, esse, parodii (1890-e-1950-e gody) Antologiya*, Pod obshchei redaktsiei N.G. Mel'nikova, Knizhnits. Russkii put', 2010.

Peredel'skii, D., "Khrustal'naya yakhta Ivana Bunina," *Literaturnaya gazeta*, 10 oktyab., 2010. http://www.rg.ru/2013/10/10/reg-cfo/bunin.html

Ponomarev, E., "Krug 《*Tyomnykh allei*》: Neopublikovannyi Bunin," *Voprosy literatury* No.5, 2015. http://magazines.russ.ru/voplit/2015/5/17p.html

Shakhovskaya, Z., *V poiskakh Nabokova. Otrazheniya*, Kniga, 1991.

Sheshunova, S., "Bunin protiv kriticheskogo realizma," *Voprosy literatury* No.4, 1993, pp.340~347.

Shrayer, Maxim D., "Vladimir Navokov and Ivan Bunin: A Reconstruction," *Russian Literature* XVIII, North-Holland, 1998, pp.339~411.

Sidorchik, A,. "Ot Tolstogo do Brodskogo. Russkaya istoriya Nobelevskoi premii po literature," *Argumenty i fakty*, 10 sentyab., 2014. http://www.aif.ru/culture/book/1355760

Struve, G., *Russkaya literatura v izgnanii*, YMCA-PRESS, 1984.

Teleshov, N.D., *Zapiski pisatelya: vospominaniya i rasskazy o proshlom*, Moskovskii rabochii, 1980.

Vygotskii, L.S., *Psikhologiya isskustva*, Pedagogika, 1987.

혁명의 예술, 예술의 혁명: 블라디미르 마야콥스키

앤 차터스·새뮤얼 차터스, 신동란 옮김, 『마야코프스키: 사랑과 죽음의 시인』, 까치글방, 1981.

이장욱, 『혁명과 모더니즘-러시아의 시와 미학』, 랜덤하우스중앙, 2005.

조규연, 「문학의 계승과 소비에트적 변형: 혁명 이후 러시아 미래주의와 '레프'」, 『외국학연구』 제40권, 2017, 229~254쪽.

후고 후퍼트, 김희숙 옮김, 『나의 혁명 나의 노래』, 역사비평사, 1993.

Burenina-Petrova, O., *Tsirk v prostranstve kul'tury*. https://culture.wikireading. ru/74131

Chukovskii, K., "Futuristy," *Sobranie sochinenii v 6 t*. T.6, M., 1969, pp.202~239.

Goldberg, R., *Iskusstvo performansa. Ot futurizma do nashikh dnei*, M., 2015.

Jangfeldt, B., *Stavka-zhizn'. Vladimir Mayakovskii i ego krug*, KoLibri.

_____, *Majakovskii and Futurism: 1917-1921*, Almqvist and Wiksell, 1976.

Krusanov, A., *Russkii avangard: 1907-1932 (Istoricheskii obzor) v 3 t*. T.1. *Boevoe desyatiletie* Kn.2, NLO, 2010.

Kruchyonykh, A., *Nash vykhod: K istorii russkogo futurizm*, RA, 1996.

_____, Khlebnikov V., "Slovo kak takovoe," *Manifesty i programmy russkikh futuristov*, München, 1967, pp.53~58.

Lenin, V., *Polnoe sobranie sochinenii v 55 t*. T.38, M., 1969.

Lisitskii, L., "Kniga s tochki zreniya zritel'nogo vospriyatiya-vizual'naya kniga," *Iskusstvo knigi* Vyp.3, Iskusstvo, 1962, pp.163~168.

Literaturnye manifesty: Ot simvolizma do Oktyabrya, Agraf, 2001.

Markov, V., *Russian Futurism: A History*, Berkeley & Los Angeles, 1968.

Mayakovskii, V., *Polnoe sobranie sochinenii v 13 t*., Khudozhestvennaya litetatura, 1955~61.

Naumov, E., "Lenin o Mayakovskom. (Novye materialy)," *Novoe o Mayakovskom*, Izd-vo AN SSSR, 1958, pp.205~216.

Romanov, N., "Mayakovskii kak futuristicheskii proekt," *Tsitata: klassiki glazami nashikh sovremennikov*, M., 2007. pp.49~53.

Shklovskii, V., "Voskreshenie slova," *Texte der Russischen Formalisten 2: Texte zur Theorie des Verses und der poetischen Sprache*, München, 1972, pp.2~17.

Trotskii, L., *Literatura i revolyutsiya*, Politizdat, 1991.

http://a-pesni.org/zona/avangard/manifesty.php
http://www.tsvetayeva.com/prose/pr_poet_i_vremya

혁명과 자유를 노래한 시인: 알렉산드르 블로크

김용규, 『철학카페에서 문학 읽기』, 웅진지식하우스, 2006.

홍순길, 「헤세와 니체: 운명애를 중심으로」, 『헤세 연구』 13, 2005, 78쪽.

Akhmatova, A., *Stikhotvoreniya i poemy*, Sovetskii pisatel', 1976.

Berdyaev, N.A., "Russkaya ideya. Osnovnye problemy russkoi mysli XIX v. i nachala XX vekov," *O Rossii i russkoi filosofskoi kul'ture*, Nauka, 1990.

Blok, A., *Sobranie sochinenii v 8 t.* Khudozhestvennaya literatura, 1960~65.

Blok, A.A., *Literaturnoe nasledstvo* T.92 Kn.2. *Aleksandr Blok. Novye materialy i issledovaniya*, Nauka, 1981.

Kondakov, I.V., *Vvedenie v istoriyu russkoi kul'tury*, Aspekt press, 1997.

Likhachyov, D.S., *Zametki o russkom*, Sovetskaya rossiya, 1984.

Mayakovskii, V., *Polnoe sobranie sochinenii v 13 t.* T.12, Khudozhestvennaya literatura, 1959.

Mochul'skii, K., *Krizis voobrazheniya*, Volodei, 1999.

Semenovskii, D.A., *M. Gork'ii. Pis'ma i vstrechi*, Sovetskii pisatel', 1983.

Zaitsev, V., "V rusle poeticheskoi traditsii (O tsikle Aleksandra Galicha "Chitaya Bloka")," *Voprosy literatury* 6, 2001. http://magazines.russ.ru/voplit/2001/6/zai.html

Zhirmunskii, V.M., *Voprosy teorii literatury*, Academia, 1928.

Znamya 11, 2000.

Zorgenfrei, V.A., "Aleksandr Aleksandrovich Blok," *Aleksandr Blok v vospominaniyakh sovremennikov*, Khudozhestvennaya literatura, 1980.

달리 생각하는 자의 혁명 살아내기: 안나 아흐마토바

Akhmatova, A., *Sobranie sochinenii v 2 t.* T.1, Pravda, 1990.

_____, *Sobranie sochinenii v 6 t.* T.5, Ellis Lak, 1998~2002.

Blok, A., *Sobranie sochinenii v 8 t.* T.6, Gosudarstvennoe izdatel'stvo khudozhestvennoi literatury, 1960~63.

Bobyshev, D., "Akhmatova i emigratsiia," *Zvezda* No.2, 1991, pp.177~181.

Chernykh, V. (sost.), *Letopis' zhizni i tvorchestva Anny Akhmatovoi 1889-1966.* Azbukovnik, 2016.

Gryakalova, N.Yu., "Fol'klornye traditsii v poehzii Anny Akhmatovoi," *Russkaya literatura* No.1, 1982, pp.47~63.

Ivanov, G., *Sobranie sochinenii v 3 t.* T.3, Soglasie, 1994.

Kovalenko, S. (sost.), *Anna Akhmatova. Pro et Contra* T.1, RKhGI, 2001.

Loksha A.V., Kozlovskaya S.E., "Struktura khudozhestvennogo prostranstva v tvorchestve Anny Akhmatovoi epokhi voiny i revolyutsii (1914 – 1921)," *Anna Akhmatova: epokha, sud'ba, tvorchestvo: Krymskii Akhmatovskii nauchnyi sbornik,* Krymskii arkhiv, 2011, pp.59~70.

Mandel'shtam O.E., *Sochineniya v 2 t.* T.2, Khudozhestvennaya literatura, 1990.

Mochul'skii, K., *Krizis voobrazheniya. Stat'i. Esse. Portrety,* Vodolei, 1999.

Musatov, V., *Lirika Anny Akhmatovoi,* Slovari.ru, 2007.

Odoevtseva, I., *Na beregakh Nevy,* Khudozhestvennaya literatura, 1988.

Orlov, V.P. (gl. red.), *Repressirovannye geologi,* MPR RF, 1999.

Pak Sunyung, "O protsesse konstruktsii i dekonstruktsii akhmatovskogo mifa," 『노어노문학』 제4권, 2014, pp.349~375.

_____ , "Zhiznetvorcheskie maski Anny Akhmatovoi (k strategiyam avtomifologizatsii)," *Russkaya literatura* No.3, 2015, pp.215~226.

Pavlovskii, A.I., *Anna Akhmatova,* Lenizdat, 1982.

Sarnov, B., *Stalin i pisateli* Kn.2, Eksmo, 2011.

Shubinskii, V., *Nikolai Gumilyov. Zhizn' poeta,* Vita Nova, 2004.

Shukshin, E.V. and Gromov, T.V. (rev. ed.), *Gosbezopasnost' i literatura na opyte Rossii i Germanii (SSSR i GDR),* Rudomino, 1994.

Tamarchenko, A., ""Tak ne zrya my vmeste bedovali..." (Tema emigratsii v poezii Anny Akhmatovoi)," *"Tsarstvennoe slovo". Akhmatovskie chteniya* Vyp.1, Nasledie, 1992, pp.71~78.

Tsvetaeva, M., *Sobranie sochinenii v 7 t.* T.6, Ellis Lak, 1994~95.

Vilenkin, V. and Chernykh, V. (sost.), *Vospominaniya ob Anne Akhmatovoi*, Sovetskii pisatel', 1991.

Zdanovich, A.A. (rev. ed.), *Istoricheskie chteniya na Lubyanke 1997-2007*, Kuchkovo pole, 2008.

Zholkovskii, A., "Kto organizoval vstavanie?," *Znamya* No.10, 2015, pp.198~205.

아름다운 병, 이단, 두려움: 예브게니 자먀틴

나병철, 『소설과 서사문화』, 소명출판, 2006.

미셸 푸코, 이광래 옮김, 『말과 사물: 인문과학의 고고학』, 민음사, 1987.

예브게니 자먀틴, 석영중 옮김, 『우리들』, 중앙일보사, 1990.

이형숙, 「「우리들」 속의 우리들, 우리들 속의 「우리들」」, 『문예미학 7. 유토피아』, 문예미학사, 2000, 213~237쪽.

Borisenko, Yu., A. *Ritorika vlasti i poetika lyubvi v romanakh-antiutopiyakh perboi poloviny XX veka (G. Orwell, A. Huxley, E. Zamyatin)*, Izhevsk, 2004.

Dolgopolov, L., "Zamyatin i V. Mayakovskii (K istorii sozdaniya romana *My*)," *Russkaya literatura* No.4, L., 1988.

Fedin, Konst., *Gor'kii sredi nas. Kartiny literaturnoi zhizni*, M., 1967.

Iz istorii sovetskoi literatury 1920-30-x godov, M., 1983.

Mazaev, A., *Konteptsiya proizvodstvennogo iskusstva 20-x godov*, M., 1975.

_____, *Iskusstvo i bol'shevizm 1920-1930*, M., 2004.

Men'shutin, A. and Sinyavskii, A., *Poeziya pervykh let revolyutsii*, M., 1964.

Orwell, G., *1984 i esse raznykh let*, M., 1989.

Russkii sovremennik No.1, M., 1924.

Sovremennaya literatura, L., 1925.

Zamyatin, E.I., *Povesti. Rasskazy*, Voronezh, 1986.

_____, *Izbrannoe*, M., 1989.

_____, *Ya boyus': Literaturnaya kritika, publitsistika, vospominaniya*, M., 1999.

_____, *Izbrannye proizvedeniya*, M., 2000.

http://az.lib.ru/z/zamjatin_e_i/text_0260.shtml

http://zamyatin.lit-info.ru/zamyatin/proza/my/kommentarii.html

소설 속에서 울려 퍼지는 혁명교향곡: 보리스 필냐크

Alekseev, G., "Zagranitsa(Vospominaniya G.V. Alekseeva i ocherk B.A. Pil'nyaka),"
   Vstrechi s proshlym Vyp.7, Sovetskaya Rossiya, 1990.

Gofman, V., "Mesto Pil'nyaka," *Boris Pil'nyak: Stat'i i materialy*, Academia,
   1928.

Jensen, P.A., *Nature as Code: The Achievement of Boris Pilnjak 1915-1924*,
   Rosenkilde and Bagger, 1979.

Pil'nyak, B.A., "Pis'ma B. Pil'nyaka k M. Gor'komu," *Russkaya literatura*
   No.1, 1991.

_____, *Sobranie sochinenii v 6 t.* T.1, Terra-knizhnyi klub, 2003.

한 반혁명가의 도덕률: 미하일 불가코프

김혜란, 「불가코프의 푸시킨: 『거장과 마르가리타』 속 푸시킨의 형상과 작품
   들」, 『러시아어문학연구논집』 제54권, 2016, 63~90쪽.

_____, 「『거장과 마르가리타』의 전편으로서 『백위군』 읽기」, 『러시아어문학연
   구논집』 제50권, 2015, 55~76쪽.

_____, 「비겁함의 죄와 그 죄인들-불가꼬프의 내전 작품들에 나타난 '비겁함'
   의 모티프 연구」, 『러시아어문학연구논집』 제14권, 2003, 61~85쪽.

레닌 블라디미르, 이길주 옮김, 「청년연맹의 임무」, 『레닌의 문학예술론』, 논
   장, 1988, 188~206쪽.

마야꼬프스끼 블라지미르, 김규종 옮김, 『미스쩨리야 부프』, 열린책들, 1993.

불가코프 미하일, 김혜란 옮김, 『거장과 마르가리타』, 문학과 지성사, 2008.

_____, 김혜란 옮김, 『조야의 아파트 질주』, 책세상, 2005.

에드워드 카, 이지원 옮김, 『볼셰비키 혁명사』, 화다, 1985.

Bulgakov, M., *Sobranie sochinenii v 5 t.* T.1, Khudozhestvennaya literatura,
   1989, pp.179~430.

_____, *P'esy 20-x godov*, Iskusstvo, 1989.

_____, *Dnevnik. Pis'ma. 1914-1940*, Sovremennyi pisatel'. 1997.

Lunacharskii, A.A. "Pervye novinki sezona," *Sobranie sochinenii v 8 t.* T.3,
   Khudozhestvennaya literatura, 1964, pp.327~328.

Parshin, L., *Chertovshchina v Amerikanskom posol'stve v Moskve, ili 13 zagadok Mikhaila Bulgakova*, Knizhnaya palata, 1991.

Zerkalov, A., *Evangelie Mikhaila Bulgakova*, Tekst, 2003.

Clark, K., *The Soviet Novel: History as Ritual*, Chicago, 1981.

Haber, E.C., *Mikhail Bulgakov. The Early Years*, Harvard University Press, 1998.

Sinyavsky, A., "The New man," *Soviet Civilization. A Cultural History*, Arcade publishing, 1990, pp.114~152.

Smelyanskii, A., *Mikhail Bulgakov v Khudozhestvennom teatre*, Iskusstvo, 1989.

프롤레타리아 작가의 낯선 목소리: 안드레이 플라토노프

박노자, 「자본주의적 근대성에 대한 저항의 장」, 안드레이 플라토노프, 윤영순 옮김, 『체벤구르』, 을유, 2012, 5~10쪽.

아르테미 마군, 「공산주의의 부정성」, 『웹진 수유너머N』, 2016년 4월 10일. http://nomadist.tistory.com/entry/특집번역-아르테미-마군-공산주의의-부정성-3

안드레이 플라토노프, 김철균 옮김, 『코틀로반』, 문학동네, 2010.

_____, 윤영순 옮김, 『체벤구르』, 을유, 2012.

Averbakh, L., "O Tselostnykh maschtabakh i chastnykh Makarakh," *Andrei Platonov. Vospominaniya sovremennikov: materialy k biografii*, Sovremennyi pisatel', 1994, pp.256~267.

Berdyaev, N., *Istoki i smysl russkogo kommunizma*, M., 1990.

Blok, A., "Revolyutsiya i intelligentsiya," Znamya truda, 1918. 19 Yanvar', *Aleksandr Blok. Sobranie sochinenii v 8 t.* T.6, M., 1962, pp.9~20.

Brodsky, I., "Predislovie k povesti Kotlovan," *Andrei Platonov. Mir Tvorchestva*, M., 1994, pp.154~156.

Chistov, K.V., *Russkaya Narodnaya Utopiya*, Saint Petersburg, 2011.

Ermilov, V., "Klevetnicheskii rasskaz A Platonova," *Andrei Platonov. Vospominaniya sovremennikov: materialy k biografii*, Sovremennyi pisatel', 1994, pp.467~474.

Fadeev, A., "Ob odnoi kulatskoi khronike," *Andrei Platonov. Vospominaniya sovremennikov: materialy k biografii*, Sovremennyi pisatel', 1994, pp.268~278.

Gor'kii, M., *Polnoe sobranie sochinenii. Khudozhestvennye proizvedeniya v 25 t.* T.7, M., 1970, pp.660~661.

Gumilevskii, L., "Sud'va i zhizn'," *Andrei Platonov. Vospominaniya sovremennikov: materialy k biografii*, Sovremennyi pisatel', 1994, pp.52~73.

Gunter, G., "Revolyutsiya-utopiya-apokalipsis," *Russkaya Utopiya v kontekste mirovoi kul'tury*, Saint Petersburg, 2013, pp.146~158.

Magun, A., "Otritsatel'naya revolyutsiya Andreya Platonova," *Novoe literaturnoe obozrenie 106*, 2010.

Platonov, A., "Dusha cheloveka-neprilichnoe zhivotnoe," *Gazeta Ogni*, Voronesh No.1, 4 Iyul', 1921.

_____, "Pis'mo I. B. Stalinu, 8 June 1931," *Andrei Platonov. Ya prozhil zhizn'. Pis'ma (1920-1950)*, M., 2014, pp.284~291.

_____, "Pis'mo M. A. Platonovoi, 5-6 January 1927," *Arkhiv A. P. Platonova, 1*, M., 2009, pp.459~460.

_____, *Andrei Platonov. Sochineniya. 1-2*, M., 2004.

_____, *Chevengur*, M., 1991.

_____, *Kotlovan*, Nauka, 2000.

Podoroga, V., "Evnukh dush: Pozitsiya chteniya i mir Platonova," *Voprosy filosofii* No.3, M., 1989.

Rasputin, V., "Svet pechal'nyi i dobryi," *Strana filosofov Andreya Platonova. 4*, M., 2000, pp.7~9.

Varlamov, A., "Na adovom dne kommunizma-Andrei Platonov ot Chevengura do Kotlovana," *Zhurnal Oktyabr'* No.7, 2010.

Bethea, D.M., *The Shape of Apokalypsis in Modern Russian Fiction*, Prinston, 1989.

Seifrid, T., *Andrei Platonov. Uncertainties of spirit*, Cambridge University Press, 1992.

Jameson, F., *The Seeds of Time*, Columbia University Press, 1984.

혁명의 이상과 왜곡: 보리스 파스테르나크

김학준, 『러시아사』, 미래엔, 2000.

박소연, 「Boris Pasternak의 《Vtoroe Rozhdenie》의 해석시도」, 서울대학교 석사
　　논문, 1993.

이강은, 「막심 고리키와 혁명」, 『러시아어문학연구논집』 제52권, 2016,
　　9~36쪽.

이명현, 「A. 블로크의 서사시 「열둘」에 구현된 서정성과 서사성의 융합에 관하
　　여」, 『러시아학』 제12호, 2016, 65~90쪽.

_____ , 「러시아 모더니즘의 문화신화와 서정적 주인공」, 『외국학연구』 제
　　16호, 2011, 211~235쪽.

이재화, 『레닌』, 백산서당, 1986.

임혜영, 「빠스쩨르나끄의 근본적인 철학적, 미학적 견해로 비춰본 "계열체 시
　　학"」, 『러시아어문학연구논집』 제9권, 2001, 255~286쪽.

_____ , 「푸쉬낀의 전통에 비추어 본 파스테르나크의 《스펙토르스끼》」, 『노어
　　노문학』 제17호, 2005 : 3, 331~355쪽.

_____ , 「파스테르나크의 『삶은 나의 누이』에 나타난 레르몬토프 전통」, 『노어
　　노문학』 제22호, 2010 : 4.

_____ , 「러시아 문학과 여성신화」, 『슬라브학보』 제26권, 2011 : 3, 97~121쪽.

_____ , 「파스테르나크의 《안전 통행증》에 구현된 리얼리즘 시학」, 『노어노문
　　학』 제26호, 2014 : 4, 229~256쪽.

_____ , 「파스테르나크와 그루지야」, 『러시아어문학연구논집』 제54권, 2016,
　　149~179쪽.

토니 클리프, 최일봉 옮김, 『레닌 평전 1』, 책갈피, 2010.

파스테르나크, 안정효 옮김, 『어느 시인의 죽음』, 까치, 1977.

_____ , 임혜영 옮김, 『삶은 나의 누이』, 지만지, 2010.

_____ , 임혜영 옮김, 『스펙토르스키/이야기』, 지만지, 2013.

_____ , 임혜영 옮김, 『안전 통행증·사람들과 상황』, 을유문화사, 2015.

"Analiz stikhotvoreniya Tyutcheva "Tsitseron"." http://pishi-stihi.ru/ciceron
　　tyutchev

Anninskii, L., *Krasnyi vek v 2 kn*. Kn.1, B. PASTERNAK. http://coollib.com/
　　b/212252/read#t10

Barnes, C., "B. Pasternak i Revolyutsiya 1917 goda," *B. Pasternak. 1890-1960*,
　　Colloque de cerisy-La-Salle, 1979, pp.315~327.

Blok, A., "Intelligentsya i Revolyutsiya," 1918. 1. 19. http://az.lib.ru/b/blok_

a_a/text_1918_intelligentzia_i_revolutzia.shtml

Bykov, D., *Boris Pasternak*, M., 2007.

Dudakov, S., *Lenin kak messiya*, Ierusalim–Moskva, 2007. http://www. belousenko.com/books/dudakov/dudakov_lenin.htm

Fleishman, L., "Pasternak i Lenin," *Ot Pushkina k Pasternaku*, Nauchnaya biblioteka Vyp.LVIII. M., 2006, pp.636~667.

Kormilov, S. (rev. ed.), "B.L. Pasternak," *Istoriya russkoi literatury 20 veka (20-90-e)*, MGU, 1998, pp.167~177. http://anastasija–schulgina2011.narod. ru/ID_1805260244_71701400_71703500_71705600.html

Levin, Yu., "B. Pasternak. Pazbor tryokh stikhotvorenii," *Izbrannye trudy*, Yazyki russk. kul–ry, 1998, pp.156~174.

"Pasternak, B.," *Elektronnaya evreiskaya entsiklopediya (KEE)* T.6, 2005, pp.343~350. http://www.eleven.co.il/article/13159

Pasternak, B., *Polnoe sobranie sochinenii v 11 t.* M., 2003~2005.

_____, *Sobranie sochinenii v 5 t.* M., 1989~92.

Pasternak, E., *B. Pasternak*, M., 1997. http://pasternak.niv.ru/pasternak/bio/ pasternak–e–b/biografiya–4–3.htm

Sergeeva–K., A. and Lekmanov, O., "Agitprofsozheskii lubok," *Nov. Mir* No.6, 2010. http://www.nm1925.ru/Archive/Journal6_2010_6/Content/ Publication6_37/Default.aspx

Sergeeva–K., A., ""Svoi sredi chuzhikh, chuzhoi sredi svoikh"," *Voprosy literatury* No.5, 2012. http://magazines.russ.ru/voplit/2012/5/k32.html

Shturman, D., "Deti utopii.," *Nov. Mir* No.10, 1994. http://www.nm1925. ru/Archive/Journal6_1994_10/Content/Publication6_5989/Default.aspx

Spesivtseva, L., "Obraz avtora v liricheskoi poeme B. Pasternaka "Vysokaya bolezn'"," *Gumanitarn. issledovaniya* No.4 (36), 2010, pp.261~267. http://asu.edu.ru/images/File/Izdatelstvo/GI4/261–267.pdf

Tynyanov, Yu.N., "Promezhutok," *Poetika. Istoriya literatury. Kino*, Nauka, 1977, pp.168~95.

Vozlyadovskaya, A., "Krushenie Aleksandra Bloka," 2012. http://dugward.ru/ publ/s78.html

Zaitseva, A., "Religiozno–eticheskii istorizm B. Pasternaka," *Rossiisk. gumanitarnyi zhurnal* T.2 No.5, 2013. http://libartrus.com/arch/

files/2013/5/08_Zaitseva.pdf

Gibian, G., "Doctor Zhivago, Russia, and Leonid Pasternak's Rembrandt,"
    The Russian Novel From Pushkin to Pasternak, John Garrard (Ed.), Yale
    University Press, 1983, pp.203~224.

카자크 작가인가, 소비에트 작가인가: 미하일 숄로호프

게오르크 루카치, 조정환 옮김, 『변혁기 러시아의 리얼리즘 문학』, 동녘, 1986.

Dinamov, C., "《Tikhii Don》 Mikh. Sholokhova," *Krasnaya nov'* No.8, 1929,
    p.219.

Ermilov, V., "O tvorcheskom litse proletarskoi literatury," Avarbakh, L. (Ed.),
    Tvorcheskie puti proletarskoi literatury: Vtoroi sbornik stat'ei, M., 1929, p.184.

Ermolaev, G.S., *Mikhail Sholokhov i ego tvorchestvo*, Akademicheskii proekt,
    2000, pp.17~89.

Lezhnev, I., *Put' Sholokhova*, M., 1958, p.33.

Lugovoi, V.P., *M.A. Sholokhov i vosstanovlenie edinstva kazachestva s narodom*,
    Rostov-na-Donu: Rostizdat, 2003, pp.9~119.

Osipov, V.O., "Byl li M. Sholokhov stalinistom?," Glushkov, N.N. (Ed.),
    Problemy izucheniya tvorchestva M.A. Sholokhova, Rostovskii gosudarstvennyi
    universitet, 1997, pp.159~169.

Ponamarev, S.M., "Otkryvaya Sholokhova," Maksimov, I.M. (Ed.), *M.A.
    Sholokhov i sovremennost'. Materialy mezhvuzovskii nauchno-prakticheskoi
    konferentsii*, Sterlitamakskii filial MGOPU im. M. A., 2004, pp.29~30.

Revyakin, A., "Retsenziya na 《Donskie rasskazy》," *Oktyabr'* No.5, 1926, p.148.

Selivanovski, A., "Mikhail Sholokhov (Vmesto predisloviya)," *Mikhail
    Sholokhov. Donskie rasskazy*, M., 1929, p.3.

_____ , "Tikhii Don," *Na literaturnom postu* No.10, 1929, pp.55~56.

Sholokhov, M.A., "Pis'mo Sholokhova M. A. k Grinevoi (Kuznetsovoi) M. I. 28
    dekabrya 1933," *Gosudarstvennaya ordena Lenina biblioteka SSSR imeni V. I.
    Lenina. Zapiski otdela rukopisei* T.29, M., 1967, p.264.

_____ , "Beseda Mikh. Sholokhova," *Na pod'eme* No.6, 1930, p.172.

_____ , *Rasskazy. Sobranie sochinenii v 8 t*. T.1, Pravda, 1962.

_____, *Tikhii Don. Sobranie sochinenii v 8 t.* T.2~5, Pravda, 1962.

_____, *Podnyataya tselina. Sobranie sochinenii v 8 t.* T.6~8, Pravda, 1962.

Medvedev, R., "The Riddles Grow: A Propos Two Review Articles," *Slavic and East European Journal* Vol.21 No.1, 1997, p.111.

http://chernov-trezin.narod.ru/TitulSholohov.htm
http://www.redov.ru/istorija/stalin_i_pisateli_kniga_tretja/

혁명과 아방가르드

마테이 칼리니스쿠, 이영욱 외 옮김, 『모더니티의 다섯 얼굴』, 시각과 언어, 1993.

발터 벤야민, 반성완 옮김, 『발터 벤야민의 문예이론』, 민음사, 1983.

변현태, 「문학의 정치: 사회주의 리얼리즘과 아방가르드」, 『러시아연구』 제 23권 제1호, 2013, 77~101쪽.

_____, 「러시아 아방가르드와 정치: Lef의 '예술의 삶 속에서의 용해' 테제를 중심으로」, 『크리티카』 제6호, 2013, 75~102쪽.

페터 뷔르거, 최성만 옮김, 『아방가르드의 이론』, 지만지, 2009.

핼 포스터, 이영욱 외 옮김, 『실재의 귀환』, 경성대학교 출판부, 2003.

Belaya, G., *Don Kikhoty revolyutsii-opyt pobed i porazhenii*, PGGU, 2004.

Vyach. Ivanov, *Borozdy i mezhi*, Musaget, 1916.

Grois, B., "Gesamtkunstwerk Stalin," *Iskusstvo utopii*, Khudozhestvennyi zhurnal, 2003.

Gyunter, Kh., "LEF i sovetskaya kul'tura," *Sotsrealisticheskii kanon*, Akademicheskii proekt, 2000, pp.19~39.

_____, "Zhiznestroenie," *Russian Literature* XX, 1986, pp.41~48.

Dobrenko, E. and Tikhanova, G. (pod ikh redatsiei), *Istoriya russkoi literaturnoi kritiki: sovetskaya i postsovetskaya epokhi*, Novoe literaturnoe obozrenie, 2011.

Lef, "Kogo predosteregaet Lef," *Lef* No.1, 1923g, pp.10~11.

Pospelov, G., "Eshchyo raz o russkom avangarde," *O kartinakh i risunkakh*, NLO, 2013.

Solov'yov, V., *Sobranie sochinenii v 2-X t.* T.2, Mysl', 1988.

Tret'yakov, S., "Novyi Lev Tolstoi," *Literatura faka*, Federatsiya, 1929;
Zakharov, 2000, pp.29~33.

Chto delat', Pans'er, Zh. "Bzryvy nepredskazuemy," http://vcsi.ru/files/ransier.
pdf

Chuzhak, N., "Pod znakom zhiznestroeniya," *Lef* No.1, 1923, pp.12~39.

_____, "Literatura zhiznestroeniya," *Literatura fakta*, Federatsiya, 1929;
Zakharov, 2000, pp.34~67.

_____, "Pisatel'skaya pamyatka," *Literatura fakta*, Federatsiya, 1929; Zakharov,
2000, pp.9~28.

Shklovskii, B., *O teorii prozy*, Krug, 1925.

Buchloh, B.D., "From Faktura to Factograghy," *October* Vol.30, Autumn 1984,
pp.82~119.

Dobrenko, E.A. and Tikhanov, G., *A History of Russian Literary Theory and
Criticism: the Soviet age and beyond*, University of Pittsburgh Press, 2011.

http://rusavangard.ru/online/history/avangard/

「베히」 논쟁과 러시아의 길

이강은, 「막심 고리키와 혁명」, 『러시아어문학연구논집』 제52권, 2016.
이사야 벌린, 조준래 옮김, 『러시아 사상사』, 생각의 나무, 2008.
제임스 이디 외 엮음, 『러시아 철학 Ⅰ』, 고려원, 1992.

Agursii, M., "Sovremennye obshchestvenno-ekonomicheskie sistemy i ikh
perspektivy," *Iz pod glyb; sbornik statei*, M., 1992.

Bakun, D., "Kniga, polnaya geroizma i samootrecheniya," *Vekhi. Intelligentsiya
v Rossii 1909-2009*, Grifon, 2007.

Belyi, A., "Pravda o russkoi intelligentsii. Po povodu sbornika 《Vekhi》," *Vekhi
pro et contra*, Russkii put', 1998.

Berdyaev, N., "Dukhi russkoi revolyutsii," *Vekhi iz glubiny*, Pravda, 1991.

_____, "Filosofskaya istina i intelligentskaya pravda," *Vekhi: sbornik statei o
russkoi intelligentsii*, Grifon, 2007.

Billington, D., *Ikona i topor*, Rudomino, 2001.

Bulgakov, S., "Geroizm i podvizhnichestvo," *Vekhi: Sbornik statei o russkoi intelligentsii*, Grifon, 2007.

Frank, S., "De profundis," *Vekhi iz glubiny*, Pravda, 1991.

_____, "Etika nigilizma," *Vekhi: sbornik statei o russkoi intelligentsii*, Grifon, 2007.

Gershenzon, M., "Tvorcheskoe samosoznanie," *Vekhi: sbornik statei o russkoi intelligentsii*, Grifon, 2007.

Gor'kii, M., "O 《Vekhah》," *Vekhi: pro et contra*, Russkii put', 1998.

Izgoev, A., "Ob intelligentnoi molodyozhi," *Vekhi: sbornik statei o russkoi intelligentsii*, Grifon, 2007.

_____, "Sotsializm, kul'tura i bol'shevizm," *Vekhi iz glubiny*, Pravda, 1991.

Kazin, A., "Vekhi vcherashnie i segodnyashnie," *Vekhi-2009 K 100-letiyu sbornika*, IFRAN, 2011.

Kistyakovskii, B., "V zashchitu prava," *Vekhi: sbornik statei o russkoi intelligentsii*, Grifon, 2007.

Kormer, V., *Dvoinoe coznanie intelligentsii i psevdokul'tura*, Traditsiya, 1997.

Lenin, V., "O Vekhakh," *Vekhi: pro et contra*, Russkii put', 1998.

Merezhkovskii D., "Sem' smirennykh," *Vekhi: pro et contra*, Russkii put', 1998.

Mishin, V., "Vekhovtsy zhivy i deistvuyut," *Vekhi-2009 K 100-letiyu sbornika*, IFRAN, 2011.

Naumova, T., "Dva lika intelligentsii," *Vekhi-2009 K 100-letiyu sbornika*, IFRAN, 2011.

Poltoratskii, N., "Sbornik 《Iz glubiny》 i ego znachenie," *Manifesty russkogo idealizma*, Astrel', 2009.

Rozanov, V., "Merezhkovskii protiv 《vekh》," *Vekhi: pro et contra*, Russkii put', 1998.

_____, "Mezhdu Azefom i 《Vekhami》," *Vekhi: pro et contra*, Russkii put', 1998.

Solzhenitsyn, A., "Obrazovanshchina," *Iz pod glyb; sbornik statei*, M., 1992.

Stolyarov, A., "Do sveta 《Vekhi》 kak prorochestvo," *Vekhi-2009 K 100-letiyu sbornika*, IFRAN, 2011.

Struve, P., "Intelligentsiya i revolyutsiya," *Vekhi: sbornik statei o russkoi intelligentsii*, Grifon, 2007.

_____, "Istoricheskii smysl russkoi revolyutsii i natsional'nye zadachi," *Vekhi iz glubiny*, Pravda, 1991.

Tolstoi, L., "O 《Vekhakh》," *Vekhi: pro et contra*, Russkii put', 1998.

Trubetskoi, E., "《Vekhi》 i ikh kritiki," *Vekhi: pro et contra*, Russkii put', 1998.

프롤레트쿨트와 문화운동

Gorsen, P. and Knodler-Bunte, E., *Proletkult 1*, Friedrich Frommann, 1974.

_____, *Proletkult 2*, Friedrich Frommann, 1974.

Mally, L., *Culture of the Future: The Proletkult Movement in Revolutionary Russia*, California University Press, 1990.

Michael, F.D., "What is Cultural Revolution?," *Russian Review* Vol.58 No.2, April, 1999.

Sochor, Z.A., *Revolution and Culture The Bogdanov-Lenin Controversy*, Cornell University Press, 1988.

Stites, R., *Revolutionary Dreams; Utopian Vision and Experimental Life in the Russian Revolution*, Oxford University Press, 1989.

러시아 형식주의, 혁명적 문학이론의 기원

김수환, 「아방가르드의 기원적 풍경: 러시아 미래주의 선언문 읽기」, 『인문예술잡지F』 제2호, 이음, 2012, 55~72쪽.

_____, 「러시아적 일상과 두 이론: 형식주의 vs 바흐친」, 『슬라브연구』, 32(1), 한국외국어대학교 러시아연구소, 2016, 85~113쪽.

마야코프스키 블라디미르, 김성일 옮김, 『대중의 취향에 따귀를 때려라』, 책세상, 2005.

브룩스 클리언스, 이경수 옮김, 『잘 빚어진 항아리』, 문예출판사, 1997.

Depretto, K., *Formalizm v Possii*, M., 2015.

Levchenko, Ya., *Drugaya nauka: Russkie formalisty v poiskakh biografii*, M., 2012.

Medvedev, P., *Formal'nyi metod v literaturovedenii (kriticheskoe vvdenie v sotsiologicheskuyu poetiku) Tetralogiya*, M., 1998.

Tikhanov, G., "Zametki o dispute formalistov i marksistov 1927 goda," *Novoe literaturnoe obozrenie* No.50, M., 2001, pp.279~286.

Trotskii, L.D., *Literatura i revolyutsiya*, M., 1991.

Tynyanov, Yu.N., *Poetika. Istoriya literatury. Kino*, M., 1997.

Tsiv'yan, Yu., "Zhest revolyutsii, ili Shklovskii kak putanik," *Novoe literaturnoe obozrenie* No.92, M., 2008, pp.10~23.

Shklovskii, V., *O teorii prozy*, M., 1983.

———, "Pamyatnik nauchnoi oshibke," *literaturnaya gazeta*, 1930.

Eikhenbaum, B.M., *O literature*, M., 1987.

Erlikh, B., *Russkii formalizm: istoriya i teoriya*, SPb., 1996.

Hansen-Löve, A., "《Bytologiya》 mezhdu faktami i funktsiyami," *Revue des étues slaves* T.57, Paris, 1985, pp.91~103.

Boym, S., *Another Freedom: The Alternative History of an Idea*, The University of Chicago Press, 2010.

———, "Poetics and Politics of Estrangement: Victor Shklovsky and Hannah Arendt," *Poetics Today* 26(4), 2005, pp.581~611.

Brooks, C., *The Well Wrought Urn*, London, 1949.

Buck-Morss, S., *Dreamworld and Catastrophe: The Passing of Mass Utopia in East and West*, MIT Press, 2000.

Buchloh, Benjamin H.D., "From Faktura to Factography," *October* Vol.30, The MIT Press, 1984, pp.82~119.

Caryl, E., "Literary Theory in the 1920s. Four Options and a Practicum," Dobrenko, E. and Tihanov, G. (Eds.), *A History of Russian Literary Theory and Criticism: The Soviet Age and Beyond*, University of Pittsburgh Press, 2011, pp.64~89.

Eagleton, T., *Literary Theory: An Introduction* (2nd ed.), The University of Minnesota Press, 1996.

Fore, D., "Formalism," Logan, P.M. (Ed.), *The Encyclopedia of the Novel*, Blackwell Publishing, 2011, pp.315~320.

Hayles, N.K., "How We Read: Close, Hyper, Machine," *ADE Bulletin* No.150, 2010, pp.62~79.

Moretti, F., "The Slaughterhouse of Literature," *MLQ* 61(1), 2000, pp.207~227.

———, *Graphs, Maps, Trees: Abstract Models for Literary History*, Verso, 2005.

Morson, G.S., *Russian formalist criticism: four essays* (2nd ed.), Lee, N. Lemon and Marion, J. Reis (trans.), The University of Nebraska Press, 2012.

Serlen, R., "The Distant Future? Reading Franco Moretti," *Literature Compass*, 2010, pp.214~224.

Sheldon, R., "Victor Shklovsky and the Device of Ostensible Surrender," *Slavic Review* 34(1), 1975, pp.86~108.

혁명과 네오리얼리즘

Belaya, G., *Don Kikhoty 20-x godov: "Pereval" i sud'ba ego idei*, Sovetskii pisatel', 1989.

Belyi, A., "Na perevale," *Kritika. Estetika. Teoriya simvolizma* T.2, M., 1994.

Bryusov, V., "Svyashchennaya zhertva," *Vesy*, 1905.

"Deklaratsiya vsesoyuznogo ob'edineniya raboche-krest'yanskikh pisatelei "Pereval"," *Krasnaya nov'*, 1927.

Golubkov, M., *Russkaya literatura 20 v.: posle raskola*, Aspekt Press, 2001.

Ivanov, Vyach., "Dve stikhii v sovremennom simvolizme," *Sobranie sochinenii v 4 t.* T.2, Bryussel', 1974.

Keldysh, V., *Russkii realizm nachala* XX v., Nauka, 1975.

Khotyamova, M., "Kontseptsiya sintetizma E.I. Zamyatina," *Vestnik*, TGPU, 2005.

Lunts, L., *Pochemu my Serapionovy brat'ya*.

Voronskii, A., "Freidizm i iskusstvo," *Izbrannye stat'i o literature*, M., 1982.

_____, "Iskusstvo videt' mir (O novom realizme)," *Izbrannye stat'i o literature*, M., 1982.

Zamyatin, E., "Lektsii po tekhnike prozy," *Vestnik* No.141, 1984.

_____, "Novaya russkaya literatura," *Ya boyus'*, M., 1999.

_____, "O literature, revolyutsii, entropii i prochem," *Ya boyus'*, M., 1999.

_____, "Sovremennaya russkaya literatura," *Literaturnaya uchyoba*, 1988.

사회주의 리얼리즘을 다시 생각하다

김경식, 『게오르그 루카치: 과거와 미래를 잇는 다리』, 한울 아카데미, 2000.

보리스 그로이스, 최문규 옮김, 『아방가르드와 현대성: 러시아의 분열된 문화』, 문예마당, 1995.

슈미트 슈람 엮음, 문학예술연구회 미학분과 옮김, 『사회주의 현실주의 구상』,

태백, 1989.

홀거 지이겔 지음, 정재경 옮김, 『소비에트 문학이론(1917-1940)』, 연구사, 1988.

황동하, 「소련 역사속의 '스탈린 시대': 이를 바라보는 몇 가지 시각들」, 『서양 사학연구』 제7집, 2002.

미하일 골룹꼬프, 이규환·서상범 옮김, 『러시아현대문학: 분열 이후 새로운 모색』, 역락, 2006.

Abramov, K.I., *Istoriya bibliotechnogo dela v SSSR*, Kniga, 1980.

Chernyshevskii, N.G., *Polnoe sobranie sochinenii v 16 t.* T.2, GIHL, 1947.

Dobrenko, E., *Metafora vlasti: Literatura stalinskoi epokhi v istoricheskom osveshchenii*, Otto Sagner, 1993.

Ermilov, V., "Za boevuyu teoriyu literatury," *Literaturnaya gazeta*, 25 Yanvarya, 1947.

Lahusen, T., "Kak zhizn' chitaet knigu: massovaya kul'tura i diskurs chitatelya v pozdnem sotsrealizme," Dobrenko, E. and Gyunter, H. (Eds.), *Socialisticheskii kanon*, Akademicheskii proekt, 2000.

Lenin, V.I., *Polnoe sobranie sochinenii v 55 t.* T.35, Politizdat, 1975.

Lenobl', G., "Sovetskii chitatel' i khudozhestvennaya literatura," *Novyi mir* No.6, 1950.

Nadtochii, E., "Drug, tovarishch i Bart," *Daugava* No.8, Riga, 1989.

Timofeev, L. and Turaev, S. (Eds.), *Slovar' literaturovedcheskih terminov*, Prosveshenie, 1974.

Tregub, S. and Bachelis, I., "Schast'e Korchagina," *Znamya* No.4, 1944.

Volkov, V.V., "Kontseptsiya kul'turnosti, 1935-1938 gody: Sovetskaya tsivilizatsiya i povsednevnost' stalinskogo vremenii," *Sotsiologicheskii zhurnal* No.1/2, M., 1996.

Dobrenko, E., "The Disaster of Middlebrow Taste, or, Who "Invented" Socialist Realism?," Lahusen, T. and Dobrenko, E. (Eds.), *Socialist realism without shores*, Duke University Press, 1997a.

_____, *The Making of the State Reader*, Stanford University Press, 1997b.

_____, *The Making of the State Writer*, Stanford University Press, 2001.

Fitzpatrick, S., *The Cultural Front: Power and Culture in Revolutionary Russia*, Cornell University Press, 1992.

Gorzka, G., "Workers' clubs, 1917-1921," Strong, J.W. (Ed.), *Essays on Revolutionary Culture and Stalinism*, Slavica Publishers, Inc., 1990.

Lewin, M., "Society, State and Ideology during the First Five-Year Plan," Fitzpatrick, S. (Ed.), *Cultural Revolution in Russia, 1928-1931*, Indiana University Press, 1979.

Robin, R., *Socialist Realism: An Impossible Aesthetic*, Stanford University Press, 1992.

Slonim, M., *Soviet Russian Literature: Writers and Problems 1917-1967*, Oxford University Press, 1967.

소비에트 혁명발레, 그 유산의 재조명

모리카와 사다오 외, 임태성·손환 옮김, 『스포츠의 정치학』, 홍경, 2004.

수전 매닝, 김태원 편역, 『현대무용의 미학과 비평』 제1권, 현대미학사, 2003.

수전 오, 김채연 옮김, 『발레와 현대무용』, 시공사, 2004.

신혜조, 「니진스키 발레의 미적 근대성과 전위성: 『유희』를 중심으로」, 『노어노문학』 제26권, 2014, 403~429쪽.

우주형, 「러시아 구성주의 연극의상에 관한 연구」, 『한국의류산업학회지』 제6권, 2004, 153~162쪽.

Asaf'ev, B. and Bondarenko, F. (rev. ed.), *Bol'shoy teatr Soyuza SSR*, Izdanie gosudarstvennogo ordena Lenina akademicheskogo bol'shogo teatra SSSR, 1947.

Bakhrushin, Yu., *Istoriya russkogo baleta*, Sovetskaya Rossiya, 1965.

Dobrovolskaya, G., *Fyodor Lopukhov*, Iskusstvo, 1976.

Dubkova, S., *Zhar-ptitsa: baletnye skazki i legendy*, Belii gorod, 2009.

Gaevskii, V., *Divertisment*, Iskusstvo, 1981.

Gor'kii, M. (rev. ed.), *Pervyi vsesoyuznyi s'ezd sovetskikh pisatelei 1934*, Sovetskii pisatel', 1990.

Gusarova, A., *Mir iskusstva*, Khudozhnik RSFSR, 1972.

Khudekov, S., *Iskusstvo tantsa: istoriya, kul'tura, ritual*, Eksmo, 2010.

Krasovskaya, V.M., *Russkii baletnyi teatr nachala 20 veka*, Plageta muzyki, 2009.

Kulegin, A.M., "Matilda Kshesinskaya protiv Vladimira Lenina," *Vestnik akademii russkogo baleta im. A.Y. Vaganovoi* No.6 (41), 2015, pp.112~120.

Kuranov, V.L., *Vospominaniya o tantse*, Kanon-plyus, 2006.

Lopukhov, F., *Shest'desyat let v balete*, Iskusstvo, 1966.

Pantin, I.K., *Russkaya revolyutsiya*, Letnii sad, 2015.

Rafalovich, V. and Kuznetsov Y. (rev. ed.), *Istoriya sovetskogo teatra: Ocherki razvitiya* T.1, GIKhL, 1933.

Rozanova, Yu. and Razumova S. (sost.), *Baletnye libretto*, Muzyka, 2002.

Slonimskii, Yu., *Sovetskii balet*, Iskusstvo, 1950.

Sokolov-Kaminskii, A., *Sovetskaya baletnaya shkola*, Znanie, 1983.

Surits, E. and Belova, E. (sost.), *Baletmeister A.A. Gorskii*, Dmitrii Bulanin, 2000.

Svin'in, V. and Oseev, K. (sost.), "Baletnaya fal'sh'. O balete 《Svetlyi ruchei》," *Stalinskie premii. Dve storony odnoi medali: Sb. dokumentov i khudozhestvenno-publitsisticheskikh materialov*, Svin'in i synov'ya, 2007, pp.53~55.

Vanslov, V., *Iskusstv prekrasnyi mir*, Pamyatniki istoricheskoi mysli, 2011.

_____, *V mire baleta*, Anita Press, 2010.

Yufit, A.Z., *Revolyutsiya i teatr*, Iskusstvo, 1977.

Zakharov, R., *Slovo o tantse*, Molodaya gvardiya, 1977.

_____, *Zapiski baletmeistera*, Iskusstvo, 1976.

Garafola, L., *The Ballet Russes and It's World*, Yale University Press, 1999.

Homans, J., *Apollo's Angels: A History of Ballet*, Random House Trade Paperbacks, 2010.

http://worldartdalia.blogspot.kr/2012/07/blog-post_5114.html

http://velikayakultura.ru/russkiy-balet/gorskiy-i-fokin-reformatryi-russkogo baleta-v-nachale-20-veka

http://www.musiccritics.ru/?readfull=5548

혁명과 죽음

김동규, 「부정을 통해 신비로: 장-뤽 마리옹에게서 '존재와 다른' 신의 이름에 관한 물음」, 『가톨릭철학』 제21호, 2013, 37~76쪽.

라캉, 맹정현·이수련 옮김, 『정신분석세미나 11: 정신분석의 네 가지 근본개념』, 새물결, 2008.

보조비치, 이성민 옮김, 『암흑지점: 초기 근대 철학에서의 응시와 신체』, 도서출판b, 2000.

사사키 아타루, 안천 옮김, 『야전과 영원: 푸코, 라캉, 르장드르』, 자음과 모음, 2015.

이지연, 「부조리에 대한 변론: 오베리우 미학과 '진정한 실재'의 탐구」, 『노어노문학』 제23권 제1호, 2011, 289~315쪽.

천호강, 「아방가르드와 말레비치의 건축적 통찰」, 『러시아어문학연구논집』 제54권, 2016, 337~371쪽.

프로이트, 『쾌락원칙을 넘어서』, 열린책들, 1998.

Bobrinskaya, E., *Russkii avangard: istoki i metamorfozy*, Pyataya strana, 2003.

Burenina, O., "《Reyushchee》 telo: Absurd i vizual'naya reprezentatsiya polyota v russkoi kul'ture 1900-1930-x gg.," *Absurd i vokrug: sb. statei*, Yazyki slavyanskoi kul'tury, 2004.

Kovtun, E., "《Pobeda nad Solntsem》-nachalo suprematizma," *Nashe nasledie* 8(2), 1989, pp.121~127.

Kozlov, D., "Klinom krasnym bei belykh," *Geometricheskaya simvolika v iskusstve avangarda*, SPb., 2016.

Livshits, B., *Polutoraglazyi strelets: Stikhotvoreniya, perevody, vospominaniya*, Sovetskii pisatel', 1989, pp.449~450.

Malevich, K., *Suprematizm. 34 risunka*, Unovis, 1920.

_____, "Pis'ma k M. B. Matyushinu (Pis'mo K. S. Malevicha k M. B. Matyushinu iz Moskvy v Petrograd ot 27 maya 1915 goda)," *Ezhegodnik rukopisnogo otdela Pushkinskogo doma na 1974 god*, Nauka, 1976.

_____, "Suprematizm. Mir kak bespredmetnost', ili Bechnyi pokoi," *Sobranie sochinenii v 5 t.* T.3, Gileya, 2000.

_____, *Chyornyi kvadrat*, SPb., 2003.

_____, *Sobranie sochinenii v 5 t.* T.5, Gileya, 2004.

Uspenskii, P.D., *Tertium organum: Klyuch k zagadkam mira*, Eksmo-Press, 2000.

Florenskii, P.A., *Sochinenie v 4 t.* T.3(1), Mysl', 1999.

Khan-Magomedov, S.O., *Suprematizm i arkhitektura (problemy formoobrazovaniya)*, M., 2007.

Kharms, D., *Sochneniya v 2 t.* T.2, Biktoriya, 1994.

_____, *O yavleniyakh i sushchestvovaniyakh*, SPb., 2004.

Shatskikh, A.S., *Bitebsk. Zhizn' iskusstva. 1917-1922*, Yazyki russkoi kul'tury, 2001.

Buchloh Benjamin, H.D., "From Faktura to Factograph," *October* Vol.30, Autumn, 1984, pp.82~119.

Chiesa, L., *Subjectivity and Otherness: A Philosophical Reading of Lacan*, The MIT Press, 2007.

Jameson, F., *Archeologies of the Future: The Desire Called Utopia and Other Science Fictions*, Verso, 2005.

Henderson, L.D., "The Image and Imagination of the Fourth Dimension in Twentieth-Century Art and Culture," *Configurations* Vol.17 No.1~2, Winter, 2009, pp.131~160.

Lacan, J., *The four fundamental concepts of psychoanalysis*, Miller, J-A. (Ed.), Sheridan, A. (trans.), London, 1978.

Lodder, C., "Transfiguring Realty: Suprematism anc the areal view," *Seeing from Above: The Aerial View in Visual. Culture*, Dorrian, M. and Pousin, F. (Ed.), I.B. Tauris, 2013.

Lyotard, Jean-François., *Discourse, Figure*, Hudek, A. and Lydon, M. (trans.), University of Minnesota Press, 2011.

Marion, Jean-Luc, *God Without Being*, Carlson, Thomas A. (trans.), University of Chicago Press, 1991.

Ouspensky, P.D., *Tertium Organum: The Third Canon of Thought: A Key to the Enigmas of the World*, London, 1934.

Levinas, E., *De l'oblitération*, Éditions de La Différence, 1990.

다양성을 꽃피운 프롤레타리아 음악

알렉 노브, 김남섭 옮김, 『소련 경제사』, 창작과 비평사, 1998.

리하르트 로렌쯔, 윤근식 외 옮김, 『소련 사회사 Ⅰ』, 성균관대학교 출판부, 1987.

음악지우사 엮음, 음악세계 옮김, 『쇼스타코비치』, 음악세계, 2001.

_____, 음악세계 옮김, 『프로코피예프』, 음악세계, 2002.

_____, 음악세계 옮김, 『스트라빈스키』, 음악세계, 2002.

이강수 엮음, 『대중문화와 문화산업론』, 나남출판, 1998.

제프 일리, 유강은 옮김, 『The Left 1848-2000. 미완의 기획, 유럽좌파의 역사』, 뿌리와 이파리, 2008.

세광음악출판사 사전편찬위원회 엮음, 『음악대사전』, 세광음악출판사, 1993.

슐긴·꼬쉬만·제지나, 김정훈 외 옮김, 『러시아 문화사』, 후마니타스, 2002.

홀거 지이겔, 정재경 옮김, 『소비에트 문학이론』, 연구사, 1990.

따찌야나 미하일로브나 찌모쉬나, 이재영 옮김, 『러시아 경제사』, 한길사, 2006.

채혜연, 「20세기 전반기 소련의 음악: 정치. 사회적 격변기의 모더니즘과 사회주의 리얼리즘 음악」, 서울대학교 대학원 박사학위논문, 2005.

올랜도 파이지스, 채계병 옮김, 『러시아문화사: 나타샤 댄스』, 이카루스미디어, 2005.

찰스 페인스틴·피터 테민·지아니 토니올로, 양동휴·박복영·김영완 옮김, 『대공황 전후 유럽경제』, 동서문화사, 2000.

에릭 홉스봄, 이희재 옮김, 『미완의 시대』, 민음사, 2007.

Myachin, A.N. i dr., *Mir russkoi kul'tury*, Veche, 2004.

Austin, W., *Music in the 20th Century*, J. M. Dent & Sons Ltd., 1966.

Bartlett, R. (Ed.), *Shostakovich in Context*, Oxford University, 2000.

Blokker, R. and Dearling, R., *The music of Dmitri Shostakovich. The Symphonies*, London, 1979.

Burkholder, J. and Grout J., *Palisca C., A History of Western Music* (7th ed.), W.W. Norton & Company, 2006.

Chamberlin, W., *The Russian Revolution 1917-1921*, Princeton University Press, 1987.

Cooper, M. (Ed.), *The Modern Age 1890-1960*, Oxford University Press, 1974.

Edmunds, N. (Ed.), *Soviet Music and Society under Lenin and Stalin*, The Baton and Sickle, Routledge Curzon.

Fitzpatrick, S. (Ed.), *Cultural Revolution in Russia: 1928-1931*, Bloomington

& London, 1978.

Haas, D., "Studies in Composition and Musical Thought, 1917-1932," *Leningrad's Modernists*, Peterlang, 1998.

Lang, P.H. (Ed.), *Stravinsky: A New Appraisal of His Work*, W.W. Norton & Company. Inc., 1963.

Maes, F., *A History of Russian Music. from Kamarinskaya to Babi Yar*, Pomerans A. and Pomerans E. (trans.), University of California Press, 2002.

Norris, C. (Ed.), *Shostakovich: the Man and his Music*, Lawrence and Wishart London, 1982.

Reich, W., *The Life and Work of Alban Berg*, Cardew C. (trans.), London. 1965.

Schwarz, B., *Music and Musical Life in Soviet Russia (1917-1970)*, London, 1972.

Slonimsky, N., *Music since 1900* (5th ed.), Schirmer Books, 1994.

Wilson, E., *Shostakovich, A Life Remembered*, Princeton, 1994.

혁명과 신고전주의 건축

김정수, 『용어해설을 중심으로 한 서양건축사』, 구미서관, 2008.

김진모·정영철·이해성, 「신고전주의와 MODERN CLASSICISM의 고전인용에 관한 비교 연구」, 『대한건축학회 학술발표대회 논문집』 9-2, 1989, 257~262쪽.

마테이 칼리니스쿠, 이영욱 옮김, 『모더니티의 다섯 얼굴』, 시각과 언어, 1993.

박영기·이긍열, 「신고전주의건축의 발생적 의미분석에 관한 연구: 건축사상의 부정성을 중심으로」, 『대한건축학회 학술발표대회 논문집』 9-1, 1989, 147~150쪽.

조규연, 「소비에트 도시건설 기획과 마야코프스키의 도시텍스트」, 『러시아어문학연구논집』 제43권, 2013, 207~232쪽.

하이넨 힐데, 이경창·이동현 옮김, 『건축과 모더니티』, 시공문화사, 2013.

Fomin, I., "Moskovskii klassitsizm. Arkhitektura v Moskve vo vremena Ekateriny II i Aleksandra I," http://aldusku.livejournal.com/18382.html

Ikonnikov, A., *Utopicheskoe myshlenie i arkhitektura*, Arkhitektura-S, 2004.

Kazus', I., *Sovetskaya arkhitektura 1920-x godov: organizatsiya proektirovaniya*, Progress-Traditsiya, 2009.

Khan-Magomedov, S., *Arkhitektura sovetskogo avangarda v 2 kn*. Kn.1. *Problemy formoobrazovaniya. Master i techeniya*, Stroiizdat, 1996.

_____, *Sto shedevrov sovetskogo arkhitekturnogo avangarda*, URSS, 2005.

Khazanova, V., *Sovetskaya arkhitektura pervykh let Oktyabrya. 1917-1925 gg*, Nauka, 1970.

Khmel'nitskii, D., *Arkhitektura Stalina. Psikhologiya i stil'*, Progess-Traditsiya, 2007.

Lunacharskii, A., *Ob iskusstve v 2 t*. T.2, Iskusstvo, 1982.

Malevich, K., "O novykh sistemakh v iskusstve," *Chyornyi kvadrat*, Azbuka klassika, 2003. pp.101~144.

Mayakovskii, V., *Polnoe sobranie sochinenii v 13 t*. T.2, Khudozhestvennaya literatura, 1956.

Strigalev, A., "Ne arkhitektory v arkhitekture," *Velikaya utopiya. Russkii i sovetskii avangard 1915-1931*, GALART, 1993, pp.265~283.

http://niitiag.ru/publications/biblio/70-italyanskiy-renessans-ivana-zholtovskogo.html

연극으로 펼쳐진 혁명의 시작과 끝

김규종, 「1920년대 소련 연극의 문제들: 무대적 실천을 중심으로」, 『러시아어 문학연구논집』 제6권, 1999.

_____, 「영웅-혁명적 드라마와 안티테제」, 『러시아어문학연구논집』 제11권, 2002.

이승억, 「M. 불가코프의 희곡 『극락』에 나타난 안티유토피즘의 문제」, 『러시아연구』 제19권 제2호, 2009.

_____, 「1920-1930년대 러시아 안티유토피아 드라마투르기 연구」, 『한국노어노문학회지』 제25권 제2호, 2013.

Afanas'ev, N., "Tsenzura novogo tipa.," *Paradoks o drame: Perechityvaya p'esy 20-30-x godov*, M., 1993.

Bulgakov, M.A., *Sobranie sochinenii v 5 t*. T.3, Khudozhestvennaya literatura, 1990.

_____, *P'esy 1930-godov*, Iskusstvo-SPb, 1994.

Glebov, A. "Teatr za god," *Na literaturnom postu* No.6, 1928.

Gudkova B., *Vremya i teatr Mikhaila Bulgakova*, M., 1988.

_____ , *Rozhdenie sovetskikh syuzhetov: tipologiya otechestvennoi dramy 1920-30-XX gg*, M., 2008.

Gus'kov, N., *Ot karnavala k kanonu: Russkaya sovetskaya komediya 1920-x godov*, SPb., 2003.

Kanunnikova, I., *Russkaya dramaturgiya 20 veka*, Nauka, 2003.

Kukhta, E.A., "P'esa 《Blazhenstvo》. Kommentarii," *Bulgakov, M.A. P'esy 1930-godov*, Iskusstvo-SPb, 1994

Latynina, Yu., "V ozhidanii Zolotogo Beka-ot skazki k antiutopii," *Oktyabr'* No.6, 1989.

Lunts, L., "Gorod Pravdy," *P'esy, rasskazy, stat'i*, Kompozitor, 2003.

Mayakovskii, B., "Klop," *Poloe sobranie sochinenii v 13 t*. T.11, Khudozhestvennaya literatura, 1958.

Ocherki istorii russkogo sovetskogo dramaticheskogo teatra v 3 t. T.1(1917~34), Nauka, 1954.

Ocherki istorii russkoi sovetskoi dramaturgii v 3 t. T.1~2(1963), Nauka, 1966.

Paradoks o drame: Perechityvaya p'esy 20-30-x godov, M. 1993.

Stalin, I.B., *Sochineniya v 13 t*. T.11, Gipl, 1951.

Tret'yakov, S., "Khochu rebyonka," *Sovremennaya dramaturgiya* No.2. 1988.

Zamyatin, E.I., "My," *Izbr. sochinenii*, Sovetskaya Possiya, 1990.

찾아보기

인물

용어

이강은(李康殷) • 경북대학교 러시아문학

고려대학교 노어노문학과를 졸업하고 동 대학원에서 고리키의 『클림 삼긴의 생애』에 관한 연구로 박사학위를 취득했다. 한국러시아문학회 회장(2014~15)을 지냈고 지은 책으로는 『러시아 소설의 형식적 불안정과 화자』 『반성과 지향의 러시아 소설론』 『혁명의 문학 문학의 혁명: 막심 고리키』 『인생교과서 톨스토이』 『바흐친과 폴리포니야』 등이 있다. 옮긴 책으로는 고리키 소설집 『은둔자』 『대답 없는 사랑』, 시클롭스키의 『레프 톨스토이 1, 2』, 톨스토이의 『이반 일리치의 죽음』 등이 있다. 고리키 문학과 혁명기 러시아소설 연구에 많은 노력을 기울이고 있다.

최진희(崔眞姬) • 안양대학교 러시아문학

고려대학교 노어노문학과를 졸업하고 모스크바 국립대학교에서 「이반 부닌의 소설 '아르세네프의 생애'. 장르연구」로 박사학위를 취득했다. 지은 책으로는 『러시아 인문가이드』 『나를 움직인 이 한 장면』(공저) 등이 있으며 옮긴 책으로는 투르게네프의 『첫사랑』, 톨스토이의 『유년시대, 소년시대, 청년시대』 등이 있다. 주요 논문으로는 「이반 부닌의 창작에서 사랑의 테마」 「이반 부닌과 러시아혁명」 「러시아 상징주의와 제1차 세계대전」 「은세계 예술 문화의 대화성」 등이 있다. 현재 고려대학교와 안양대학교에서 강의하고 있으며 1920년대 소비에트 문화정책 및 사회주의 리얼리즘을 연구하고 있다.

조규연(趙奎衍) • 중앙대학교 러시아문학

단국대학교 러시아어과를 졸업하고 2011년 러시아 국립인문대학교에서 마야콥스키의 조형시학으로 박사학위를 취득했다. 현재 중앙대학교 유럽문화학부(러시아어문학전공) 조교수로 재직 중이다. 지은 책으로는 *Far East, Close Russia: The Evolution of Russian Culture*(공저), *International Yearbook of Futurism Studies*(공저) 등이 있으며 주요 논문으로는 「레프와 구성주의 문학논쟁: 마야콥스키와 셀빈스키의 시적 대화를 중심으로」 「혁명기 문학적 삶의 공간으로서의 조지아: 러시아 미래주의 활동을 중심으로」 「문학의 계승과 소비에트적 변형: 극동미래주의와 블라디보스토크」 등이 있다. 러시아 미래주의 시학 및 아방가르드 문화·예술을 연구하고 있다.

최종술(崔鐘述) • 상명대학교 러시아문학

서울대학교 노어노문학과를 졸업하고 러시아학술원 산하 러시아문학연구소에서 알렉산드르 블로크 시에 대한 연구로 박사학위를 취득했다. 현재 상명대학교 글로벌지역학부 교수로 재직하고 있다. 지은 책으로는 『알렉산드르 블로크: 노을과 눈보라의 시, 타오르는 어둠의 사랑 노래』 등이 있으며 옮긴 책으로는 긴즈부르크의 『서정시에 관하여』(공역), 블로크의 『블로크 시선』, 나보코프의 『절망』 등이 있다. 주요 논문으로는 「파우스트적 세계지각과 반휴머니즘」 「인텔리겐치아와 그리스도」 「시와 러시아 정신-자유, 그리고 애수에 관하여」 등이 있다. 인문정신의 지평에서 러시아 시를 연구하고 국내에 소개하는 데 노력을 기울이고 있다.

박선영(朴仙英) • 충북대학교 러시아문학

충북대학교 노어노문학과 졸업하고 러시아학술원 산하 러시아문학연구소에서 만델시탐의 유기주의 시학 연구로 박사학위를 취득했다. 현재 충북대학교 러시아·알타이지역연구소 전임연구교수로 재직 중이며 충북대학교와 서울대학교에 출강하고 있다. 지은 책으로는 페테르부르크에서 출간된 『오시프 만델슈탐의 유기주의 시학』 등이 있고, 옮긴 책으로는 『사모일로프 시선』 등이 있다. 「안드레이 벨리의 '시대의 아포칼립스적 리듬' 읽기」 「아담이즘 시학의 형성과 전개」 「만델슈탐의 유대 테마 연구」 「아흐마토바의 서사적 욕망」 「미래파 현상의 운명에 관한 소고」 등 러시아 모더니즘 시학 관련 논문을 다수 썼다. 최근에는 러시아 모더니즘 문화 전반의 특수성 및 현대 러시아 전기문학 연구에 관심을 기울이고 있다.

이형숙(李瑩淑) • 고려대학교 러시아문학

모스크바 국립대학교에서 1920년대 러시아 예술가소설 연구로 박사학위를 취득했다. 현재 고려대학교 러시아 CIS연구소 연구교수로 재직하고 있다. 아쿠닌의 『리바이어던 살인』을 번역하는 등 러시아 현대산문 장르를 국내에 소개하고 있다. 주요 논문으로는 「예술가의 내밀한 자유-만델슈탐의 소설 이집트 우표를 통해 본 소설의 운명」 「우리들 속의 『우리들』, 『우리들』 속의 우리들」 「1920년대 러시아 산문에서 '소설에 대한 소설'」 「B. 슈클롭스키의 새로운 소설쓰기-『동물원, 혹은 사랑에 대한 것이 아닌 편지』」 「예술가소설의 개념과 접근방법」 「루복의 예술체계」 「소비에트 초기(1917-1931) 검열과 '의혹은 품은' 이단자 E. 자먀찐」 「대중문학 속의 고전-보리스 아쿠닌의 추리소설」 등이 있다.

김홍중(金弘中) • 중앙대학교 러시아문학

중앙대학교 노어과를 졸업하고 게르첸 국립사범대학에서 필냐크 소설 연구로 박사학위를 취득했다. 현재 중앙대학교 교양대학에서 강의전담교수로 재직하고 있다. 주요 논문으로는 「러시아 모더니즘 문학과 몽타주」 「러시아 각색영화의 특수성과 문화적 의미」 「자먀찐의 '예술 산문 기술 강의': 연상의 시학과 세계 인식」 등이 있다. 러시아 모더니즘 문학과 예술, 혁명기 러시아 산문문학, 러시아 문화이론을 국내에 소개하고 있다.

김혜란(金蕙蘭) • 고려대학교 러시아문학

고려대학교 노어노문학과를 졸업하고 동 대학원에서 불가코프 연구로 박사학위를 취득했다. 현재 고려대학교에서 강의하면서 불가코프와 체호프, 러시아 공연예술을 연구하고 있다. 옮긴 책으로는 불가코프의 소설 『거장과 마르가리타』와 희곡 『위선자들의 밀교』 『조야의 아파트·질주』가 있으며 주요 논문으로는 「비겁함의 죄와 그 죄인들: 불가꼬프의 내전작품들에 나타난 '비겁함'의 모티프 연구」 「불가코프의 푸시킨」 「에프로스와 잔인한 체홉」 「유로지비의 귀: 메이예르홀트의 실현되지 못한 공연 『보리스 고두노프』」 등이 있다.

윤영순(尹英順) • 경북대학교 러시아문학

경북대학교 노어노문학과를 졸업하고 모스크바 국립사범대학교에서 플라토노프 연구로 박사학위를 취득했다. 현재 경북대학교 노어노문학과 부교수로 재직하고 있다. 지은 책으로는 『러시아 고전 연애로 읽다』 『세계문학 속의 여성』 『시장과 인문학』 등이 있으며 옮긴 책으로는 플라토노프의 장편소설 『체벤구르』가 있다. 플라토노프와 그로스만 등 소비에트 작가를 주로 연구하며, 최근에는 소로킨과 알렉시예비치, 울리츠카야 등 포스트소비에트 작가들로 연구 영역을 넓혀가고 있다.

임혜영(任惠暎) • 고려대학교 러시아문학

고려대학교 노어노문학과를 졸업하고 상트페테르부르크 국립대학교에서 『닥터 지바고』 연구로 박사학위를 취득했다. 현재 고려대학교에서 강의한다. 옮긴 책으로는 『삶은 나의 누이』 『스펙토르스키/이야기』 『안전 통행증·사람들과 상황』 등이 있으며 주요 논문으로는 「파스테르나크와 신비주의」 「러시아 문학과 여성 신화」 「파스테르나크의 『안전 통행증』에 구현된 리얼리즘 시학」이 있다.

박혜경(朴惠慶) • 한림대학교 러시아문학

서울대학교 노어노문학과를 졸업하고 동 대학원에서 나보코프의 러시아 소설 연구로 박사학위를 취득했다. 현재 한림대학교 러시아학과 교수로 재직하고 있다. 지은 책으로는 『나를 움직인 이 한 장면. 러시아문학에서 청춘을 단련하다』(공저), 『백년의 매혹. 한국의 지성 러시아에 끌리다』(공저)가 있으며 옮긴 책으로는 나보코프의 『사형장으로의 초대』, 펠레빈의 『P세대』 등이 있다. 주요 논문으로는 「나보코프의 『사형장으로의 초대』 속 "감시와 처벌": 푸코의 계보학적 방법론에 근거하여」 「숄로호프와 혁명, 그리고 문학: 카자크 작가인가 소비에트 작가인가」가 있다. 최근에는 나보코프를 중심으로 한 러시아혁명과 문학의 관계를 집중적으로 연구하고 있다.

변현태(卞鉉台) • 서울대학교 고대러시아문학 및 러시아문학이론

서울대학교 노어노문학과를 졸업하고 모스크바 국립대학교에서 「17세기 러시아 웃음 문학」으로 박사학위를 취득했다. 지은 책으로는 『소설이론을 다시 읽는다』(공저), 『스무살, 인문학을 만나다』(공저) 등이 있으며, 옮긴 책으로는 『고대 러시아 문학의 시학』이 있다. 주요 논문으로는 「사회주의 리얼리즘과 정치」 「러시아 아방가르드와 정치」 「문학의 정치: 사회주의 리얼리즘과 아방가르드」 등이 있다. 고대 러시아 문학과 바흐친 등 러시아 문학이론을 중심으로 연구하며, 최근에는 러시아 아방가르드 이론을 중심으로 연구하고 있다.

이규영(李揆永) • 성균관대학교 러시아문학

성균관대학교 노어노문학과를 졸업하고 러시아 국립인문대학교에서 러시아 종교문화 연구로 박사학위를 취득했다. 지은 책으로는 『동과 서 마주보다』 등이 있으며 주요 논문으로는 「종교예술로서 이콘의 미학성 연구—숭고미(I. Kant)를 중심으로」 「정신사적 관점에서 B. 칸딘스키와 K. 말레비치 회화의 초월성」 등이 있다. 현재 성균관대학교 인문학연구원 연구원으로 재직하고 있으며 러시아 종교, 예술, 문화를 국내에 소개하는 데 노력을 기울이고 있다.

이득재(李得宰) • 대구가톨릭대학교 러시아문학이론

고려대학교에서 「바흐친과 타자」로 박사학위를 취득했다. 계간지 『문화과학』 편집고문이며 대구 인터넷신문 『뉴스민』의 이사로 활동하고 있다. 주요 저서로는 『바흐친 읽기』 『바흐친의 사상과 철학』 『러시아 혁명사』 『대한민국에 교육은 없다』 『17세가 읽는 행복한 경제학』 등이 있으며 옮긴 책으로는 「러시아 현

대문학사』「컴퓨터혁명의 철학」 등이 있다. 최근에는 러시아혁명과 그 이전 러시아 노동자운동의 역사, 현대 러시아 노동운동에 관심을 두고 있다.

김수환(金修煥) • 한국외국어대학교 러시아문학이론
서울대학교 노어노문학과를 졸업하고 러시아학술원 산하 러시아문학연구소에서 박사학위를 취득했다. 지은 책으로는『책에 따라 살기』『사유하는 구조』등이 있으며 옮긴 책으로는『문화와 폭발』『기호계』『영화와 의미의 탐구』(공역) 등이 있다. 최근에는 베냐민 사상에 미친 소비에트의 영향과 소비에트 팩토그래피 미학에 관심을 두고 있다.

오원교(吳元敎) • 경기대학교 러시아어문학 및 유라시아문화
서울대학교 노어노문학과를 졸업하고 모스크바 국립대학교 어문학부에서 「A. P. 체홉의 객관성의 문학」이라는 주제로 박사학위를 취득했다. 한양대학교 아태지역연구센터 HK교수를 지냈다. 공저로는『유토피아의 환영』『현대러시아 대중문화의 양상과 전망』『해체와 노스탤지어』『루시로부터 러시아로』『러시아제국의 팽창과 근대적 유라시아 문화공간의 형성』『한국 근대 문학의 러시아 문학 수용』등이 있다. 주요 논문으로는 「체홉의 '목 위의 안나'에 대한 두 해석」「도스토예프스키와 아시아」「중앙아시아의 자디드운동(Jadidism)에 대한 재고」「포스트-소비에뜨 시대의 유라시아주의와 동양」「러시아 문학 속의 시베리아 흐로노토프」등이 있다. 현재 체호프을 비롯한 러시아문학과 러시아문화(담론) 그리고 이슬람을 포함한 중앙아시아문화 등에 관심을 두고 강의·연구·저술활동을 펼치고 있다.

신혜조(申惠朝) • 성균관대학교 문화학
건국대학교 러시아어문학과를 졸업하고 러시아 국립인문대학교 문화학과에서 고골 삽화 연구로 박사학위를 취득했다. 현재 성균관대학교 러시아어문학과 박사후 연구원으로 재직하면서 연구활동과 강의를 이어가고 있다. 주요 논문으로는 「예술 텍스트의 상호 매체성: '죽은 혼'의 삽화 연구」「니진스키 발레의 미적 근대성과 전위성: '유희'를 중심으로」「레온 박스트의 고대 지향적 미의식과 색채 심미성: '나르시스와 에코'를 중심으로」등이 있다. 러시아 발레와 민속춤, 책 예술과 삽화 등 러시아 문화·예술에 관심을 두고 연구와 저술활동을 지속하고 있다.

이지연(李芝燕) • 한국외국어대학교 러시아문학

서울대학교 노어노문학과를 졸업하고 러시아학술원 산하 러시아문학연구소에서 브로드스키 시학에 대한 연구로 박사학위를 취득했다. 현재 한국외국어대학교 러시아연구소 HK교수로 재직하고 있다. 지은 책으로는 *Konets prekrasnoi epokhi": Tvorchestvo Iosifa Brodskgo*, 『유토피아의 환영: 소비에트 문화의 이론과 실제』(공저), 『러시아 아방가르드: 불가능을 그리다』『사바틴에서 푸시킨까지』(공저), 『알렉산드르 소쿠로프: 폐허의 시간』(편저), 『제국과 기념비: 권력의 표상공간으로서의 20세기 러시아 문화』(근간) 등이 있으며 러시아 아방가르드부터 현재에 이르는 러시아 현대문학과 시각문화에 관한 다수의 논문을 발표했다.

채혜연(蔡惠妍) • 경상대학교 피아노

경희대학교 음악대학 기악과를 피아노전공으로 졸업하고 미국음악원(American Conservatory of Music) 대학원에서 피아노전공으로 석사학위를 취득했다. 이후 서울대학교 음악대학원에서 음악이론전공으로 음악학 석사학위를 취득했으며, 동대학원 협동과정음악학 박사과정에서 서양음악이론전공으로 「20세기 전반기의 소련의 음악」 논문을 써 문학박사학위를 취득했다. 피아노 독주회, 교향악단 피아노 협연, 피아노 듀오 연주회, 실내악 연주회, 교수음악회 등 수많은 연주회에서 피아노를 연주했다.

이승억(李承億) • 경북대학교 러시아문학

경북대학교 노어노문학과를 졸업하고 러시아 게르첸 국립사범대학교에서 불가코프의 드라마투르기로 박사학위를 취득했다. 옮긴 책으로는 『처음 소개되는 체호프 단편소설』『열두 개의 의자 1, 2』『두 친구』『톨스토이 단편선 1, 2』 등이 있으며 『프랑스-러시아 문화토포스 사전』(공저)을 편찬했다. 현재 『러시아-유라시아 문화코드 사전』(공저)을 편찬 중에 있다. 20세기 러시아 드라마의 연극화와 영화화 문제를 연구하고 있다.

예술이 꿈꾼 러시아혁명

엮은이 한국러시아문학회
펴낸이 김언호

펴낸곳 (주)도서출판 한길사
등록 1976년 12월 24일 제74호
주소 10881 경기도 파주시 광인사길 37
홈페이지 www.hangilsa.co.kr
전자우편 hangilsa@hangilsa.co.kr
전화 031-955-2000~3 **팩스** 031-955-2005

부사장 박관순 **총괄이사** 김서영 **관리이사** 곽명호
영업이사 이경호 **경영이사** 김관영
편집 김광연 백은숙 노유연 이경진 민현주
마케팅 양아람 **관리** 이중환 김선희 문주상 이희문 원선아
디자인 창포 031-955-9937
출력 및 인쇄 현문인쇄 **제본** 경일제책사

제1판 제1쇄 2017년 12월 8일

값 35,000원
ISBN 978-89-356-7043-7 93800